廖树蘅诗文集

（清）廖树蘅 著 · 廖志敏 整理

上

凤凰出版社

图书在版编目（CIP）数据

廖树蘅诗文集 / (清) 廖树蘅著 ; 廖志敏整理. --
南京 : 凤凰出版社, 2022.3
ISBN 978-7-5506-3552-4

Ⅰ. ①廖… Ⅱ. ①廖… ②廖… Ⅲ. ①古典诗歌－诗集－中国－清代②古典散文－散文集－中国－清代 Ⅳ. ①I214.92

中国版本图书馆CIP数据核字(2021)第245201号

书　　名	廖树蘅诗文集
作　　者	(清)廖树蘅 著　廖志敏 整理
责任编辑	张永堃
特约编辑	兰淑坤
装帧设计	陈贵子
出版发行	凤凰出版社(原江苏古籍出版社) 发行部电话025-83223462
出版社地址	江苏省南京市中央路165号,邮编:210009
照　　排	南京凯建文化发展有限公司
印　　刷	江苏凤凰通达印刷有限公司 江苏省南京市六合区冶山镇,邮编:211523
开　　本	850毫米×1168毫米　1/32
印　　张	26.5
字　　数	641千字
版　　次	2022年3月第1版
印　　次	2022年3月第1次印刷
标准书号	ISBN 978-7-5506-3552-4
定　　价	208.00元(全二册)

(本书凡印装错误可向承印厂调换,电话:025-57572508)

廖树蘅像

宁乡衡田廖氏旧宅“春泉堂”正门

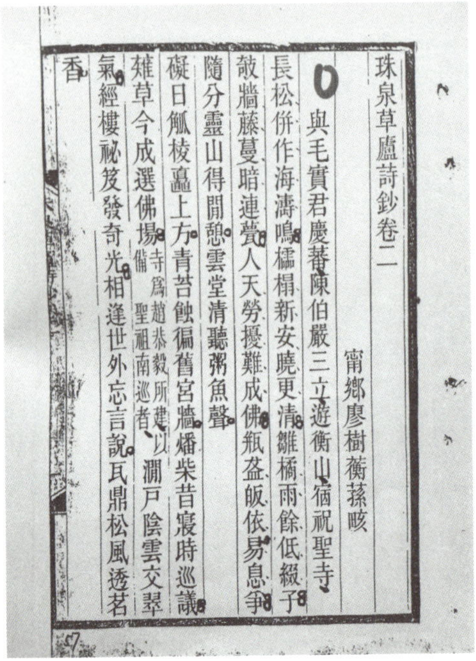
珠泉草廬詩鈔卷二
甯鄉廖樹蘅蓀畡
與毛實君慶蕃陳伯嚴三立遊衡山宿祝聖寺
長松併作海濤鳴檽榻新安曉更清雛橘雨餘低綴子敧牆藤蔓暗連甍人天勞擾難成佛瓶盋皈依易息爭隨分靈山得閒憩雲堂清聽粥魚聲
凝日觚棱矗上方青苔蝕徧舊宮牆幡柴昔寢時巡議
雉草今成選佛場寺爲趙恭毅所建以備聖祖南巡者澗戶陰雲交翠氣經樓祕笈發奇光相逢世外忘言說瓦鼎松風透茗香

《珠泉草庐诗钞》烝阳本书影

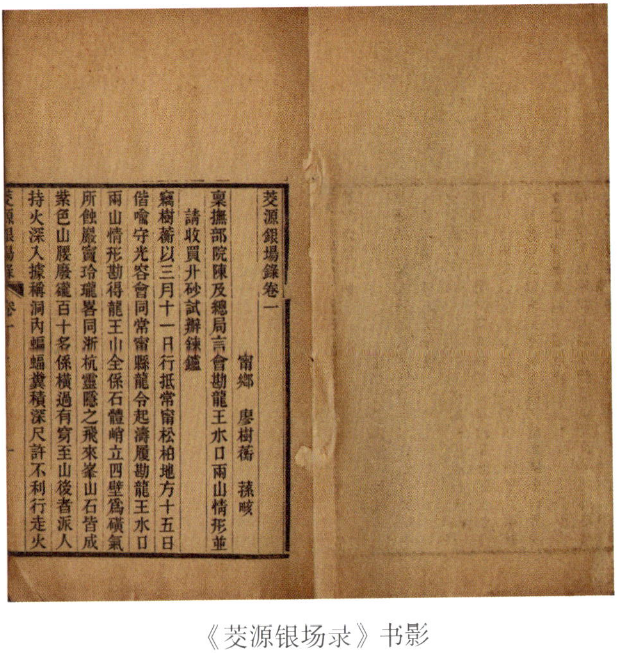
葵源銀場錄卷一
甯鄉　廖樹蘅　蓀畡
稟撫部院陳及總局言會勘龍王水口兩山情形並請收買井砂試辦錬鑪
竊樹蘅以三月十一日行抵常甯松柏地方十五日偕喻守光容會同常甯縣龍令起濤履勘龍王水口兩山情形勘得龍王山全係石體峭立四壁爲礦氣所蝕巖竇玲瓏略同浙杭靈隱之飛來峯山石皆成紫色山腰廢礦百十各係橫過有窮至山後者派人持火深入據稱洞內蝙蝠糞積深尺許不利行走火
葵源銀場錄　卷一　一

《葵源银场录》书影

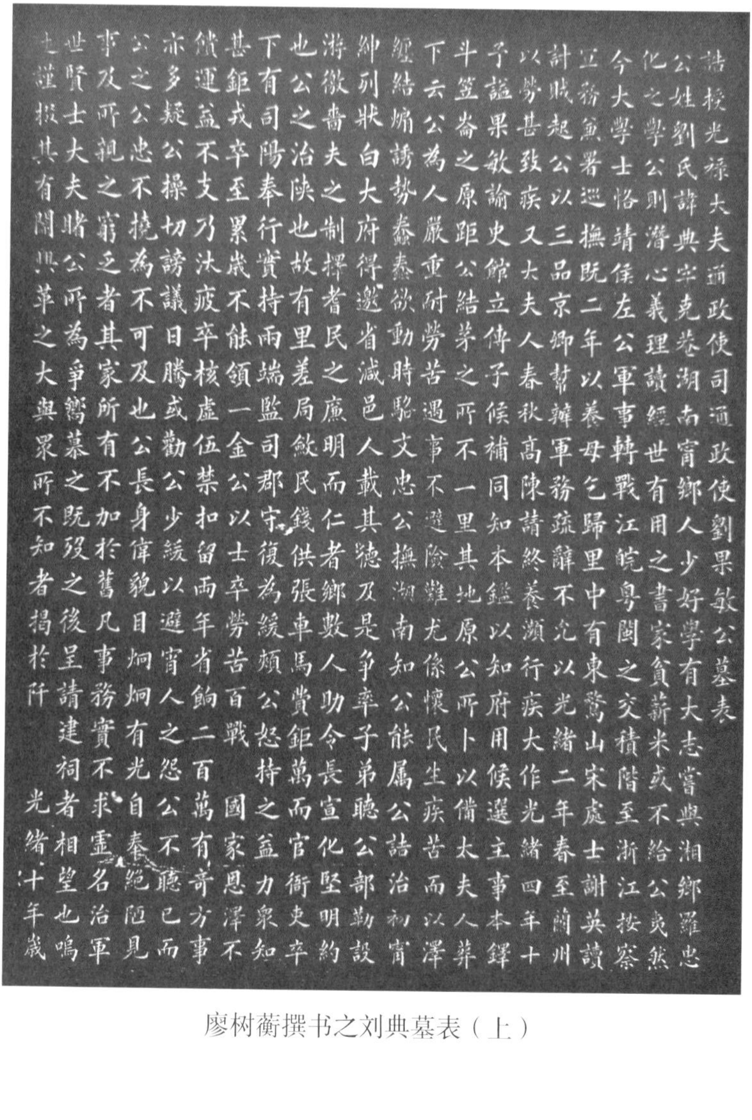
誥授光祿大夫通政使司通政使劉果敏公墓表
公姓劉氏諱典字克菴湖南寧鄉人少好學有大志嘗與湘鄉羅忠
化之學公則潛心義理讀經世有用之書家貧薪米或不給公夷然
今大學士恪靖侯左公軍事轉戰江皖粵閩之交積階至浙江按察
宜務兼署巡撫既二年以養母乞歸里中有東鶩山宋處士謝英讀
討賊起公以三品京卿幫辦軍務疏辭不允以光緒二年春至蘭州
以勞甚致疾又大夫人春秋高陳請終養瀕行疾大作光緒四年十
予諡果敏諭史館立傳子候補同知本鐙以知府用候選主事本鐸
斗笠畚之原距公結茅之所不一里其地原公所卜以備太夫人葬
下云公為人嚴重耐勞苦遇事不避險難尤係懷民生疾苦而以澤
經結煽誘勢蠢蠢欲動時駱文忠公撫湖南知公能屬公詰治初甯
紳列狀白大府得邀省減邑人載其德及是爭率子弟聽公部勒設
游徼嗇夫之制擇者民之廉明而仁者鄉數人助令長宣化堅明約
也公之治陝也故有里差局斂民錢供張車馬費鉅萬而官衙吏卒
下有司陽奉行實持兩端監司郡守復為緩頰公怒持之益力衆知
甚鉅戎卒至累歲不能領一金公以士卒勞苦百戰　國家恩澤不
饋運益不支乃汰疲卒核虛伍禁扣留兩年省餉二百萬有奇方事
亦多疑公操切謗議日騰或勸公少緩以避宵人之怨公不聽已而
公之公忠不撓為不可及也公長身偉貌目炯炯有光自奉絕陋見
事及所覩之窮乏者其家所有不加於舊凡事務實不求壼名治軍
世賢士大夫睹公所為爭嚮慕之既歿之後呈請建祠者相望也嗚
呼謹掇其有關興革之大與衆所不知者揭於阡　光緒十年歲

廖树蘅撰书之刘典墓表（上）

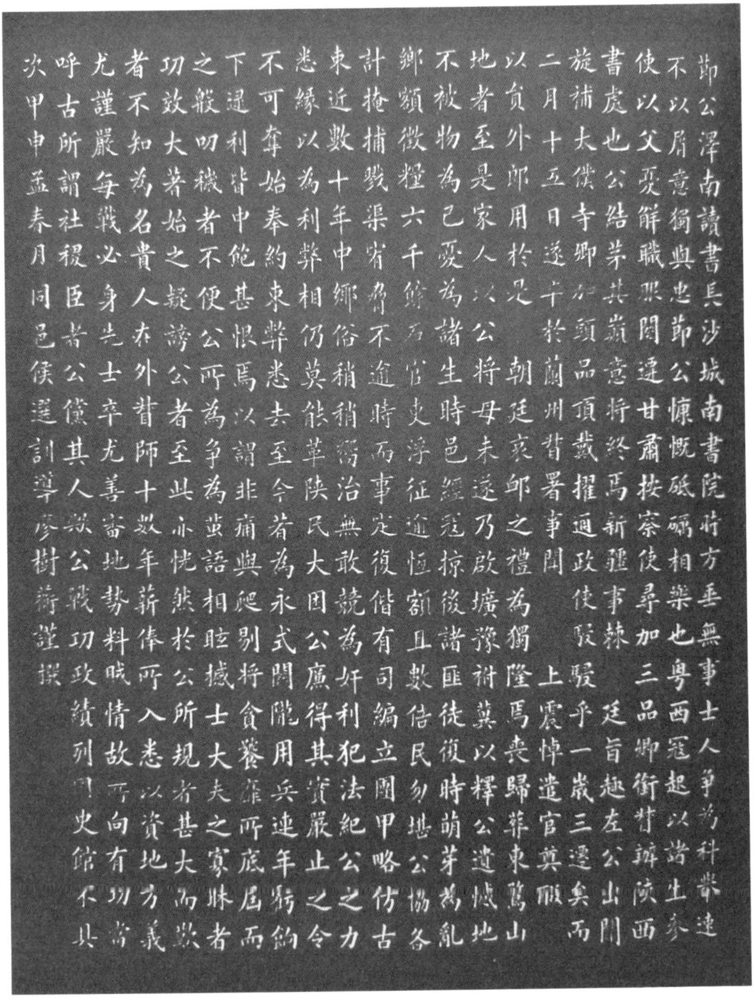

節公澤南讀書長沙城南書院府方垂無事士人爭為科舉達
不以屑意獨與忠節公慷慨砥礪相樂也粵西寇起以諸生參
使以父憂解職服闋逮甘肅按察使尋加三品卿銜督辦陝西
書處也公結茅其巔意將終焉新疆事棘廷旨趣左公出關
旋補太僕寺卿加頭品頂戴擢通政使駸駸乎一歲三遷矣而
二月十五日遂卒於蘭州督署事聞上震悼遣官奠醊
以員外郎用於是朝廷褒卹之禮為獨隆焉喪歸葬東鶩山
地者至是家人以公將母未遂乃啟壙祔葬以釋公遺憾地
不被物為己憂為諸生時邑經寇掠後諸匪徒復時萌芽為亂
鄉額徵糧六千餘石官吏浮征逾恆額且數倍民勿堪公協各
計擒捕戮渠宥脅不逾時而事定復偕有司編立團甲略仿古
東近數十年中鄉俗稍稍獨治無敢競為奸利犯法紀公之力
恙緣以為利弊相仍莫能革陝民大困公廉得其實嚴止之令
不可奪始奉約束弊恙去至今著為永式閩隴用兵連年餉絀
下逞利皆中飽甚恨焉以謂非痛與絕別將貪饕罹所底居而
之般叨穢者不便公所為爭為黃語相睦撼士大夫之寡眛者
功致大著始之疑謗公者至與亦恍然於公所規者甚大而歎
者不知為名貴人亦外省師十數年薪俸所入悉以資地方義
尤謹嚴每戰必身先士卒尤善當地勢料賊情故所向有功當
呼古所謂社稷臣者公儻其人歟公戰功致績列國史館不具
次甲申孟春月同邑侯選訓導廖樹蘅謹撰

廖树蘅撰书之刘典墓表（下）

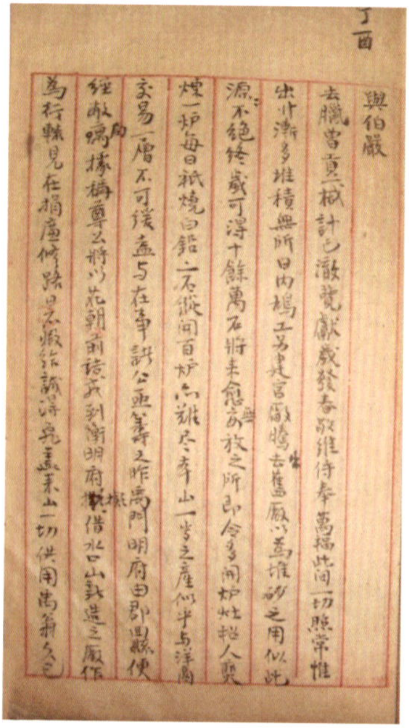

廖树蘅致陈三立书札手稿

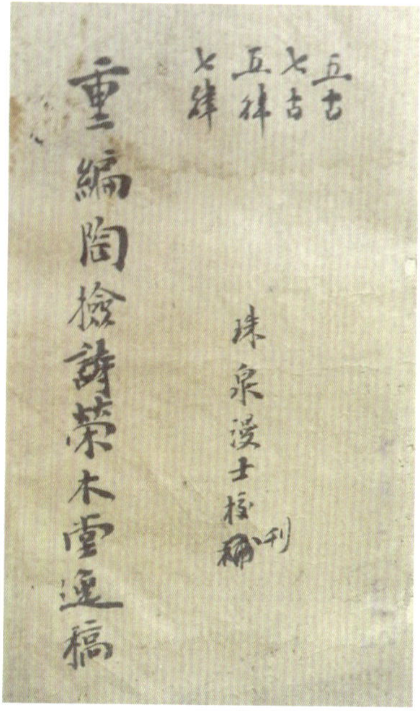

廖树蘅校刊陶汝鼐《荣木堂集》手稿

郭园雅集第一图：廖树蘅（右八，靠树的老者）与湖南名流

郭园雅集第二图。左上廖树蘅题曰：“宙合群贤，会集一亭，兰幽竹修，觞咏极欣。于以契今昔之情。沩宁廖树蘅集禊帖。”

郭园雅集第三图。摄于郭园桥上。左一老者为廖树蘅。

廖树蘅墓。墓在横田水西，珠泉草庐后。

廖树蘅撰联。现悬于湖南省水口山工人运动纪念馆第三厅内。

前　言

地处洞庭南缘的三湘四水，向来气候卑湿、瘴疠横行，自上古至明季，在数千年的中华史中，这里几乎没有发生过什么举世注目的重大史事，亦缺乏引领时代潮流的风云人物，以至于有学者云："湖南人物，罕见史传。"然而，自清初以来，尤其是近代以降，湖湘大地竟呈现出人才喷涌的瑰丽奇观，甚至可以这样说："一部中国近代史，半部由湖南人写就。"甲午中日战争之后，作为"全国最有生气之省份"的湖湘大地，率先在全国发动声势浩大的维新运动，一批有热血有担当的旧式知识分子纷纷走出书斋，积极投身到维新运动的滚滚洪流之中。廖树蘅就是这样一位敢为人先的人物，他积极顺应时代潮流，高举实业报国的大旗，由此开启了中国近代铅锌矿业的先河，被誉为湖南近现代矿业第一人。

曾国藩长孙、近代著名诗人曾广钧先生曾作《天运篇·赠邹价人、向乐谷》诗，论及巡抚陈宝箴主持湖南新政时的代表性人物。诗中有云："一别湘州事势新，其间岁月颇嶙峋。前辈将才余几个，义宁孤立古君臣。我时谒告游巡署，日接黄遵宪梁启超一辈人。健者谭嗣同唐才常时抵掌，论斤麻菌煮银鳞。廖树蘅梁焕奎诗伯兼攻矿，一洗骚人万古贫。沅水黄忠浩熊希龄来应梦，双珠萼生、鞠生盐铁佐经纶。"正因为廖树蘅对中国近代有色金属矿业的独特贡献，世人遂以实业家称之，以至于刘宗向先生曾这样感言："世几忘其文学矣！"殊不知，廖树蘅在早年即以诗鸣于湘中，是近现代湖湘诗坛的著名人物之一。

在这里，我们通过阅读《廖树蘅诗文集》所辑录的诗文作品，从其字里行间的点点滴滴，不仅可以窥探到晚清至民国初年那个特殊时代的波谲云诡，更能感知到一位旧派知识分子在中国社会急遽变革背景下的学术理念、性情品格和家国情怀。

一、廖树蘅之家世渊源与生平事迹

廖树蘅（1840—1923），字荪畡，一字笙陔，因室名为珠泉草庐，晚号遂为"珠泉老人"。湖南宁乡人。湖南近代著名诗人、实业家，水口山矿开拓者，中国近代铅锌矿业先驱，也是近现代湖湘文化的代表性人物之一。

据记载，廖氏先世原籍江西泰和。在南宋时，其先人廖庸，字淇惠，号奇聪，一号明浦，素谙方略，随同名将孟珙一道抗金，因为护驾有功，被宋理宗敕封为"护国公"，镇守潭州，世袭"指挥职"。廖庸即是廖氏家族从江西迁入湖湘的始祖。

其曾孙廖城景，字庆云，袭"指挥职"。元朝延祐年间，由长沙卜居宁乡之衡田。廖城景先后育有五子，其中第四子廖万熙被留守在衡田老屋，继守廖城景的遗业。廖万熙，字宇平，其人富而好义，天子嘉之，敕为"义官"。自四世祖廖城景以降，数百年来，宁乡廖氏，家族文脉，源远流长。有清一代，宁乡廖氏名人辈出。康、雍之时，廖城景的十六世孙廖方达被举荐为茶陵州学正，他出私财搜集、整理明代政治家、茶陵诗派领袖李东阳所著诗文作品，刊刻成一百多卷的《怀麓堂集》，辞世后入祀郡县乡贤祠。十四世孙廖俨，曾任岳麓书院山长，为清代湖南著名教育家，卒后祀岳麓山长祠。

廖树蘅的曾祖父廖锦江，虽然没有为官，但其经济、文章均被时人所称颂。祖父廖含章，字芬田，国子监生，被清政府赠"奉直大夫"。廖含章是湘中宿儒，学者称为"芬田先生"，为人识量宏朗,颇具名德,以让产闻名乡里,县人袁名曜称之为“宁乡第一孝友”。廖含章的代表作有《松泉书屋文钞》《春泉堂诗钞》《廖氏五云庐志》等。晚清名儒王闿运为其撰述墓志铭。伯父廖新谊,字福成,国子监生,工诗善画,著有《古梅仙阁诗存》。季父廖新竘,字桂汀,能文章、工书法。父亲廖新端,字培吾,国子监生,府知事衔,被清政府赠“奉政大夫”。廖新端曾助县令治事,“亭决可否,一秉至公”。他一生质直好义,终日勤学。晚清诗人洪彭述赠廖新端诗云:“满院松花点苍雪,白头编写史宬书。”

从三四岁始,廖树蘅即随祖父廖含章接受音韵启蒙教育。“四岁即延师授读”(廖树蘅《生母氏墓道述》),“性敏异,初读书,能通大义”(廖基棫《先考行状》)。“七岁,芬田先生教以音韵并反切法,能领悟。”(郭立山《廖荪畡先生传》)稍长,其嫡母张夫人“教之习书算,每夕必载笔砚,命条记日用于籍,以备遗忘”(廖树蘅《先妣氏墓道述》)。到九岁时,廖树蘅“出就外傅”,稍怠,其母杨氏“辄扑责”(《民国宁乡县志·故事编·女士传·才德》)。后来,廖树蘅又先后求学于宁乡玉潭书院、长沙城南书院和岳麓书院。同治二年(1863),二十四岁的廖树蘅考中秀才,在随后的府试中也曾名列第一,但是他的科举之路并不顺畅,几次乡试都未能中举。于是,廖树蘅转而致力于诗歌创作与经世致用之学。其为人仗义,喜好交友,常常与诗朋文友在名山幽谷中吟诗作对,诗文水平日益精进。

光绪二年(1876),廖树蘅受陈宝箴之请,司笺牍之务,并兼课陈氏次子三畏的教读。当三十七岁的廖树蘅走进长沙陈氏闲园时,他已是德才兼备的湘中名士。在教读闲隙,他常与陈宝箴、陈三立父子诗酒唱和,结下了一生的深厚情谊,也为后来廖树蘅开拓水口山铅锌矿乃至主持湖南全省矿务奠定了扎实的人脉基础。

光绪九年(1883),廖树蘅受湘军甘州提督周达武之聘,从湖湘一路向西，远赴张掖，入周达武幕府，游历关原，眼界大开。廖树蘅的甘州戎幕之旅，对其二十年后以“兵法部勒”治理矿务而言，可谓是一次思想理念上的提前储备。

光绪十八年(1892)、十九年(1893)，廖树蘅出任玉潭书院山长。“院例向课制艺，府君为置群籍，仿姚先生姬传义理、考据、词章分课，并编立学约，使诸生知敦品励学，通古今，习时务。”(廖基棫《先考行状》)

光绪二十一年(1895)，陈宝箴升任湖南巡抚。赴任伊始，素有“贫国”之称的湖南，此时正值“旱饥”，“赤地且千里”(陈三立《巡抚先府君行状》)。于是，陈宝箴便将旨在“立富强根基”的洋务事业提上了施政日程。因湖南“土地奥衍，煤铁五金之产毕具”，陈宝箴遂奏请清政府在长沙设立湖南省矿务总局，主持开采全省五金、煤炭等矿。廖树蘅初始即被聘入总局襄事。

光绪二十二年(1896)春，廖树蘅出任水口山矿务局首任总办，协助陈宝箴深度参与湖南维新变法。廖树蘅携长子廖基植、次子廖基棫、三子廖基朴来到水口山，“是时风气未开，事属创举，无矿师之指导，无成法之规随”(黄忠绩《附湖南矿务总局总理黄忠绩呈请抚恤故常宁水口山分局总办廖基植稿》)。“矿场在万山中，其地狭隘，商人开采久，窟穴重叠，积潦甚深，入夏即当停采，府君旁皇筹度，得开明窿一法。”(廖基棫《先考行状》)但是，廖树蘅首创的“明窿”采矿法，遭到了保守势力的极大阻挠。“主省局者悉反前议，谓古今中外无此办法。函牍交驰，百端诮让，府君不为动……至十月乃获大矿。”(同上)明窿法的卓著成效，使水口山铅锌矿成为了当时中国矿业之首，“水口山之名，远腾中外”。虽然水口山矿厂员工多达五六千人，但是矿场管理井井有条。廖树蘅开办水口山矿八年，不仅将其打造成为全国最大的有色金属矿区，而且为湖南财政赢利六百多万两白银，成为湖南最为重要的利源。仅一个水口山矿，其年收入约占当时湖南全省财政的六分之一。廖树蘅由此开启了湖南近代矿业的先河，水口山矿历经风雨百年而不衰。“作为中国近代铅锌矿业的先驱，为湖南早期矿业形成产、运、销、炼一体化产业的现代化作出了杰出贡献”，廖树蘅由此被湖南省推举为“影响中国经济现代化进程的十大湘学名人”之一。

光绪二十四年（1898）戊戌变法后，廖树蘅由宜章训导对调清泉训导，就近兼理水口山矿务。“在清泉五年，宣讲训学，推及种植、水利，各具章程，廉三备录之，通饬列县仿行。”（刘宗向《民国宁乡县志·先民传》）

光绪二十七年（1901），廖树蘅出于赈灾之需，为常宁地方置买义田，主持修建义仓，年储租谷达三百余石。“人以是感之。”（廖基棫《先考行状》）

光绪二十八年（1902），廖树蘅被湖南巡抚俞廉三举荐经济特科。奏称“学问渊博，践履笃实，性情爽直，条理井然，经史而外，中西政艺讲求有素。……该山横亘十余里，厂屋栉比，丁夫数千，悉以兵法部勒，秩然不紊，足征威足御众，力能任事”（俞廉三《湖南巡抚俞片奏》）。“提学柯劭忞亦疏保，而树蘅以衰暮辞，不应试。”（刘宗向《民国宁乡县志·先民传》）

光绪二十九年（1903），廖树蘅调任湖南省矿务总局提调，后升总办。“力将积弊廓清，常谓治矿有如经商，当保官本，图渐进，毋务恢张，在事八年，官商大和，利无旁溢。”（廖基棫《先考行状》）在他的治理下，除常宁水口山、平江黄金洞和新化锡矿山外，还部署落实了一批铅、锌、锑、煤、铜、硫磺、锡等勘探开发项目，于是湖南矿业大兴，成为晚清全国矿业之冠。清政府为了表彰廖树蘅的功绩，特赐二等商勋、加三品衔，加级授荣禄大夫。同时，湖南有色金属矿产业的大力发展，带动了冶炼技术的不断进步，水口山炼铅厂、炼锌厂以及湖南黑铅炼厂先后建立，湖南有色金属产业实现了产、供、销、炼一体化，一条完整的产业链条由此基本形成。

宣统三年(1911)冬,廖树蘅退居衡田老屋,避谈世事,终日吟诗作文,整理诗文旧稿。“辛亥后山居,汲汲于风教文献,于廖氏祠右庑置龛,祀乡贤谢英、易祓、周堪赓、陶汝鼐、廖方达、廖俨、王文清。选刊汝鼐及刘基定诗文集。”(刘宗向《民国宁乡县志·先民传》)

民国十二年(1923)五月,廖树蘅在衡田老屋辞世,无疾而终,享寿八十四岁。对于廖树蘅之为人为事,赵尔巽《湖南巡抚赵片奏》如此评价:“心地光明,笃实沉毅,尤能淡泊明志,有古儒者风。”岑春蓂《湖南巡抚岑片奏》则云:“任事诚恳,劳怨不辞,与人接物,一秉大公。”刘宗向《民国宁乡县志·先民传》曰:“同光间,县人恢张事功者夥矣。以树蘅之高明强毅、实事求是,独退然以诗鸣,老而殚心一矿,虽一雪文人无实之诮,然卒不得大任。惜夫!”

二、廖树蘅之诗:风格数变,翛然意远

宁乡自宋太平兴国二年(977)置县以来,距今已千年有零,明末以前宁乡以文学名世者寥若晨星,仅如唐之齐己、宋之易祓、明之周堪赓等。而从清初至民国年间,能诗会文者遽呈井喷之势。而考宁乡吟咏著者,“当首推明季遗民之陶汝鼐《荣木堂》一集,所与唱酬皆当世知名之士,是后声响歇绝者几百年。乾嘉而后,有陶章沩、何焕、胡泽汇、周云台、易清照、邓枝麟、黄本骥诸人,稍振宗风。至道光中,邓显鹤任宁乡县学训导,显鹤素以提倡风雅为己任,居宁乡者十余年。于是,承其风而起者,有刘基定、刘希蕺、梅钟澍诸家,而基定之所成就独为杰出。光绪间有隆观易,为陈三立所称”(《续修四库全书总目提要》)。迨逊清末季以迄民国之初,“当推树蘅与程颂万,树蘅既友隆观易,又与颂万同为三立之友,而四卷本《珠泉草庐诗钞》与颂万之《鹿川

田父集》互不相称,殆缘不相识也。一乡三百年之诗学,以汝鼒为其始,以树蘅与颂万为其终。以遭遇论,三人同值嬗代之年;以诗才论,两家抗手乡贤,差无愧色。斯亦数乡邦掌故者所宜知矣!"(同上)

从《续修四库全书总目提要》所论宁乡三百年之诗学中,可以窥见自晚清至民国间,廖树蘅在宁乡乃至于湘中诗坛的重要地位和深刻影响。

此次整理的《廖树蘅诗文集》收诗较多,所收之诗可以说是廖树蘅诗作的主体。其创作时间,起自十四五岁,终于八十四岁,跨度达七十年之久。

廖树蘅成长于诗书之家,从小就受到祖父廖含章、父亲廖新端、季父廖新竘的诗学启蒙,"幼敏慧,从其祖受音韵学,有神悟,老宿惊叹"(刘宗向《民国宁乡县志·先民传》)。在如此家庭氛围中,廖树蘅少即能诗,"十四五岁时,已裒然成编"(杜俞《珠泉草庐诗集序》)。

随着年岁稍长,撰诗渐多,廖树蘅渴望与同好进行创作交流。于是,他便将目光投向了山村衡田之外,先后与张祖同、杨运昌、张发濬、廖祖桢、张剑秋、隆观易、刘倬云、李瀚昌、卢泳清、谭钟钧、洪彭述、成克襄等诗友相互往来,彼此切嗟诗艺。在这些早年的诗朋文友中,廖树蘅最为相得者,当为张发濬、隆观易二人。

张发濬年轻时即负诗才,其家在湘乡大富,与廖树蘅的衡田老屋相隔不过数里,彼此交流也更为频繁。廖树蘅《自大雾寺逾岭至大富访张发濬福荄,岭路险峻,人迹罕经》一诗有云:"打门得良晤,举酒同笑唪。宵深兴渐阑,巘崿生孤枕。"其《自浪丝港泛舟至百花潭,与张福荄同作》一诗中,有"年来选梦鸥边熟,与子高吟趁晚晴"句,不仅描述了与张发濬一同乘舟吟诵之情景,更体现了这位二十岁的青年人有着何等的浪漫情怀和诗词兴味。

作为一位天才诗人,隆观易在十三岁时即赴衡阳随曾国藩游,深得曾公器重。后因家中遭遇变故,只得隐逸于宁乡、新化的丛山叠岭间,处境极为凄苦。其时,廖树蘅自家中前往新化曲溪,于宗亲廖柳堂之迟楼得识隆观易,"观易伏处穷山中,幽忧苦吟,树蘅与论诗莫逆"(刘宗向《民国宁乡县志·先民传》)。"亟出箧中诗,篝灯读之。其时山人方肆力于苏黄诸家,余爱诵不忍释手。是夕,风霰交作,楼外松枥尽缟,檐冰堕阶墄,铿然有声。两人者围炉煮茗,深谈达夜分,以为坡谷以后,无是乐也。"(廖树蘅《罘罳山人隆君哀辞》)自此以后,两人交往日多,不仅诗书往来频繁,甚至隆观易还多次造访廖氏衡田老屋,在与廖树蘅谈诗论文之余,还细心教授廖氏次子基棫的诗文创作。廖基棫研学隆观易诗,入其堂奥,得其精髓,后来成为民国时期湘中地区宋诗派的代表性人物之一。

这一时期,廖树蘅的诗歌表现出来的风格,多是芬芳悱恻、沉郁顿挫。例如,在《会春园词并序》《吉邸宫人斜三首并序》《感事》《题云亭山人〈桃花扇〉传奇》《隆无誉,别五年矣。今年自秦陇以诗见惠,用刘景文〈登介亭〉韵答之》《蕲源银杏歌》《秋日村居杂兴》《杂兴仿香山体》诸作中,其诗风特色可以一览无余。

光绪三年(1877),对廖树蘅来说,是诗风的转折之年。光绪二年(1876)九月,廖树蘅参加湖南乡试再次落第,那种沮丧的心情自是难以言述。人生或许就是这样,当一扇门关闭之时,另一扇门却已经悄然开启。恰在此时,陈宝箴由湘西镇筸道解任回省城长沙主持营务,特请廖树蘅"明年司笺牍之务,并兼教读"。光绪三年(1877)初春,廖树蘅走进了位于长沙局关祠右的陈氏闲园。这一经历,不仅为廖树蘅以后的人生剧变埋下了伏笔,而且对其诗歌创作产生了深刻影响。杜俞《珠泉草庐诗集序》云:"荪畡诗初似刘文房诸人,自言近得桐城姚姬传论诗之法,而诗一变。"(《珠泉草庐师友录》册一卷二)陈三立《珠泉草庐记》云:

“公尝谓三十八岁得交义宁父子,始识诗文涂轨,盖指是时也。”(《珠泉草庐师友录》册一卷二)此后,廖树蘅与诗友交往更多,诸如陈三立、曾广钧、陈锐、范当世、洪汝源、柯劭忞、梁焕奎、廖润鸿、刘筠、罗正钧、释芳圃、释敬安、释默安、释永光、汪诒书、文廷式、周达武、杜俞、朱应庚、王良弼等等。廖树蘅于光绪十三年《自订年谱》中云:“时义宁公父子居蜕园,相距甚近。罗顺循、曾觙庵、杜元穆、王伯亮、陈伯涛、文道希常来陈宅。文酒之会,几无虚日,每会必驰函相召。”廖树蘅与诗友往来之密切,由此可见一斑。

廖树蘅这一时期的诗歌作品,可谓芳鲜澄澈、自有幽芬。“曾国荃偶见其所为诗,诧为才人之笔,谓异日必有所表见。”(《沩宁诗选·廖树蘅传》)其代表作有《与毛实君庆蕃、陈伯严三立游衡山,宿祝圣寺》《龙凤山道中,时淫雨害稼,忽逢开霁,喜而有作》《九日偕里中同学,由小桃源至盘泉寺》《黄鹤楼感事》《删丹道中》《园居久未修葺,命奴子浚池种树,渐还旧观》《归自粟溪,经停钟桥,溪山明媔,怡然有作》《长女归梅氏,诗以命之》《嘉平二日,舟次武昌,夜饮提刑署,赠陈吏部一首》《麓山纪游十首》《矿石有极佳者,颇类英石,以五枚上之义宁公,媵之以诗》等等。

六十岁以后,廖树蘅居清泉学署,后又于光绪二十九年(1903)调回省城长沙,出任湘矿总局提调、总办。在此期间,廖树蘅“始与王闿运订交”(《沩宁诗选·廖树蘅传》),并与王先谦、叶德辉、李葆恂、瞿鸿禨、程颂万、李宝淦、邬同寿、张绍华、赵启霖、皮锡瑞、易顺鼎等多有唱和。而其中最为密切者,当为王闿运无疑。《珠泉草庐师友录》卷二王闿运撰《廖荪畡先生七十寿序》后所附之按语,述说了廖树蘅与王闿运的金石交谊。其文曰:“公任清泉县训导,先生主讲衡州船山书院,见公所题署内楹联,谓不类校官所拟,且不似湖南人吐属,欢然订交。公赠先生诗，有‘余生犹有笑谈缘’句，盖谓相见之晚也。厥后公调主省局，先生亦常居省垣营盘街之湘绮楼，过从益密。光绪丙午，先生自长沙赴衡田，同作沩山之游，归看汤泉，宿于灰汤市上。明日分袂，先生径归云湖桥里第。国变后，先生复有衡田之行，相与赋诗，各有家国无穷之感。民国三年，先生任国史馆长。明年回湘，复访公于衡田。……先生与公相见晚而相知深，论交二十年，推服无异词。公尝谓先生外诙谐而内方正，先生极为首肯，许为知言。明年，先生病卒，公挽以联云：‘岁星游戏人间，诡时不逢，先生有道；书卷长留天地，斯文将丧，后死胡依。’亦足见公与先生交谊矣。”“湘潭王闿运为魏晋之学，与君异趣，而服君勤悫，始终无间言。”（郭立山《廖荪畡先生传》）而在诗歌创作方面，廖、王两人更是经常切磋探讨，如宣统元年（1909）十一月初一日廖树蘅《珠泉草庐日记》云：“过友善堂，适王先生家祭……吾将都门诸作请其指定，亟赏颐和园作，谓在伊所作圆明园作之上。以吾此诗上侪元白，伊作不过劣愈梅村。《留别感事四首》在宋、明之间，然亦不可谓非合作云云。”十一月初三日《珠泉草庐日记》又云：“赴湘绮翁宴席，示以律诗四首，后一首衰飒宜改，余皆善。”

对于廖树蘅来说，与诗友谈诗品诗，亦是其社交生活的重要内容，在廖树蘅现存的日记、笔记及友朋书札中，随处可见，信手拈来。如廖树蘅在《与俞廙轩》中云：“在京略有吟事，《颐和园》一首曾经录稿呈请教正，厥后又有《留别感事》《登陶然亭》之作，壬秋、益吾谬为许可。因索观者多，刷成单片附陈一帧，乞加评削。”宣统元年（1909）十一月初二日，王先谦赴矿局访廖树蘅，《珠泉草庐日记》这样记载道：“葵园称吾都门诗甚佳。”而在《复刘定夫观察》一札中，则有评点云：“公诗古秀雅苍，接武山谷。骈俪遒丽，希纵六朝。”

晚年的廖树蘅，其诗风亦随年岁与阅历而转换，可谓沉密谨严、希风二杜。如《题俞廙轩中丞卧游图》《落拓行，为成三赞钧作》《邀成梓贞、蒋少穆、周云昆麓山看红叶》《丙午人日，湘绮先生自长沙来，邀游沩山，途中作诗属和，次韵奉酬》《送赵启霖提学四川》《悼笠云上人》《题松柏江楼》《陶然亭》《颐和园词》《上巳，瞿相公招同湘绮先生赏樱花，赋诗索和，拟此奉答》《十月十八日，邀同王湘绮、李经彝、罗顺循、蒋少穆、曾般庵麓山看红叶，湘绮先成一诗，次韵奉答》《碧血桥二首……作诗哀之》《梅壑即事》《前避寇六首》等诗，读后便可心领而神会之。

毫无疑问，廖树蘅的诗歌创作，以其独有的精神承载、审美风度和特色韵味，构成了近代湘中诗坛的一道风景。为此，廖树蘅的诗歌获得了时人异口同声的赞誉。“王闿运称其诗‘裔皇宫中音，决其非乡曲穷愁文士’。柯劭忞称其‘近体虽闿运无以过’。……陈三立序其诗，称为‘芳鲜澄澈，冷然埃壒之外’。曾广钧则谓‘神明变化，不可方物，芳鲜澄澈不足以概之’。”（《沩宁诗选·廖树蘅传》）梅英杰赞曰：“（先生）喜为诗，芬芳悱恻，翛然意远。”（《珠泉先生墓表》）刘宗向写道：“（树蘅）诗诸体皆长，长句如《长安》《河西》诸作，希风二杜。”（《民国宁乡县志·先民传》）《续修四库全书总目提要》如此评点：“虽皆出自交游赞许之词，而树蘅诗之气度凝炼、音节铿锵，固开卷可得也。”

三、廖树蘅之文：明净高朗，简洁精严

孔子曾曰：“言而无文，行之不远。”散文在中华文化中渊源久远，其写作手法复杂多变，写作技巧更是多种多样。本文中所指之“文”，即为广义的散文，也就是除诗、词、联、曲、赋之外，对所有文学作品和非文学作品的统称，主要包括记、序、论、传、述、铭、随笔、纪年录、年谱、日记、信札、公牍、史著、议、祭文、书后、墓表、启、哀辞、章程、合约、事由、祠志、跋、叙等。所涵盖的文体种类较为丰富，在阅读这些作品的同时，可较为全面地领略廖树

蘅的为文水平。

今天，笔者重新梳理廖树蘅所存之文，研究这些作品的应有价值，除具有文学本身的特性外，最值得称道的是其史料价值。就此主要从四个维度来进行审视。

第一，就文学性而言。廖树蘅的散文创作大多曲折有致、自有精彩。所谓文学性，指对大量材料进行巧妙概括、提炼，运用形象的语言、精巧的结构，适当辅以曲折的情节，并采用文艺手法来反映人物和事件。廖树蘅散文作品中此类情况可谓比比皆是。其中无论是以记事为主的《游麓山记》《游衡山记》，还是以抒情见长的《珠泉草庐记》《益阳县治园池记》，无论是记叙独行逸民的《张子均传》，还是讲述平凡孝子的《龚君识昭传》，在性格刻画、心理描写、环境渲染、细节铺陈等方面，无不洋溢着文学之美。

以《张子均传》为例。传中曰："晚益困，冬无裘夏无帏，或连日不得食，则撷溪毛杂粞以食。有遗之粟者，拒勿受。当乙卯、丙辰间，余读书里中之阳和堂，君时僦塾旁屋以居。同学十余人，惟余年最幼，君顾喜就余谈。一日早起，谓余曰：'夜来月色如银，窗外紫丁作缬，风来甚香，殊适也。'窥其突无烟，问其邻，绝粮已两日矣。其孤洁自好如此。"寥寥数言，通过场景描写、语言自述、情境对照、行为举止等一连串的铺垫，张子均这个逸民形象如在眼前；生动而传神的叙述，让人产生难以忘怀的印象。

复谷峰，是廖树蘅故里衡田的一座普通山峰，属于衡岳之余脉。在《游复谷峰记》一文中，廖树蘅极尽文学描述手法："朝暾初升，晓露未坠，春光已深，绿铺麦野，黄满菜畦，草木皆以滋荣，时时有香气袭人，久处出游，心目倍觉开涤。……入苍碧中，野鸟交鸣，其声万变；又数步，则杂树成林，或篁或杉或松之属，交柯接叶，浓翠欲滴。约半里，则更入幽谷中，径小如飞蛇，青湿如新过雨；杜鹃方花，点缀于丹崖翠巘，而㶁㶁泉声又与松涛竹籁相应和,萧然不类人境。……微风徐振,心情更觉超旷。怪石骈列,或仰或倾,奇诡万态,俯仰百状。"这些文字,即使在百年后的今天,读来仍让人清气荡漾,无怪乎时人发出如此感言:"境固幽峭,文亦洒洒自如,点缀随之生色,直令阅者如入武陵桃源,步步引人入胜。"

第二,就艺术性而言。廖树蘅的散文创作始终坚持平实的叙述和朴素的白描,简洁而精严。廖树蘅作品这一艺术手法的酿成,是深受桐城姚氏影响的具体体现。王闿运《珠泉草庐文录序》云:"文因小见大,务为有用之作,不甚雕绘,颇取韩退之气盛言宜之说,沛然而来,忽然而止,于今所谓古文家者,皆有合焉。"阎镇珩在序文中则曰:"予读之,真气充溢,绝不为俗儒摩拟之习。至其状写景物,尤出之以自然。廖君其深于古者与?"正是这种实实在在、规规矩矩的艺术手法,不漂浮,不虚幻,充分彰显了散文创作的永久生命力,从而别有一番魅力。

对于廖树蘅而言,散文要达到平实的境界,那是走过万水千山后的精神显露,是一览众山后的心灵超脱,是与文坛浅薄者迥然不同的灵魂底色和精神高度。《清泉欧阳氏族谱序》作为一篇普通的族谱序文,廖树蘅在文中将极平常之事说得深合礼意,"是以八家笔路阐六朝人议礼之识者"。又如《先考墓道述》,此文追述父亲廖新端一生行事,不紧不慢,娓娓道来,将一腔情怀蕴藏于朴实本色的文字之中。而《诰封资政大夫王公墓志铭》的写作手法是平铺直叙,《梅节母生圹志铭》则雅洁有法,这些散文篇章无疑都是平实特色的丰富和延展。

在具体创作实践中,廖树蘅的散文还运用了烘托、渲染、抒情、议论、对比、比拟等手法。《重修如在堂记》夹叙夹议;《祭亡妻张氏文》蕴情于文;《刘质亭传》运用场景烘托,人物个性更加鲜明……这些,亦为廖树蘅散文的艺术特色。

第三,就思想性而言。周敦颐《通书·文辞》曾云:"文所以载道也。轮辕饰而人弗庸,徒饰也,况虚车乎!”此中所谓的“道”,即指文章的思想性。在廖树蘅的散文中,如《营湘私议》《拟言湖南风俗利病书》《西域屯田议》《平定西域善后事宜》《诸葛武侯不长于用兵》《沩宁育婴田记》《祭山神文》《豹子岭修路启》《新建紫宸宫碑记》《常宁忠字一团丰备仓记》《刘果敏墓表》等作,都有着清晰的智者意识,表现出对社会事务的高度关怀,都是廖树蘅早年经世致用思想的集中体现。

试看《西域屯田议》一文,廖树蘅从追溯西域屯田史开笔,从地域、水源、兵革、历史兴废等方面层层剖析,指陈屯田之利。最后廖树蘅感叹道:“如此,则三年得小效,十年得大效,而于近人所谓‘人则损中益西,财则损西益中’之语,庶几有合,其为塞防要务无疑也。”而在《常宁忠字一团丰备仓记》中,廖树蘅指出了筹建丰备仓之必要性,其云:“县属之谷既不足以给众,是矿之丰于地,正天所以惠爱此一隅之民,天爱之而受命牧民者,或不加恤焉。非所以承天也,是两中丞发地之藏以裕国,仍分矿之羡以惠穷,可谓上下交益矣。”

第四,就史料性而言。应该说,廖树蘅文中之公牍、日记和书札,都具有极为重要的史料价值,对于研究湖南近代矿业史、文学史、文化史来说都是不容忽视的历史文献。

光绪二十二年(1896)初春,廖树蘅执掌水口山矿务局,到光绪二十九年(1903)离职赴任湘矿总局提调,在水口山实实在在干了八年。对湖南经济发展产生过重要作用的水口山矿,从创建伊始到平稳发展,廖树蘅将这八年间的往来公牍汇集编纂成《茭源银场录》二卷。仅举几例,从《禀抚部院陈及总局言会勘龙王、水口两山情形并请收买矿砂试办炼炉》《禀抚部院陈并总局言水口山地势平衍请开明礲以避水害》《禀抚部院俞言试办土炉情形,并现在矿产辔旺》《禀抚部院俞言蒋道德钧与英矿师布卢特来山勘矿情形》《禀总局言起运万吨白铅砂情形并请交卸矿差》等篇章，即可对水口山矿早期开办、试办炼炉、创办明窿法、矿砂销售贸易及与英国矿师的技术交流等情况有较为全面的了解，所以这些资料无疑为研究湖南近代矿业史、经济史提供了十分重要的第一手资料。

而《常宁忠字一团义田记》一书，则是廖树蘅主持置买义田、修建义仓的资料记录，本书中除收录廖树蘅对义田由来的撰文、拟定善后章程等外，还附有省、道、府及湘矿总局的相关批牍及水口山矿局与民户签订的土地购买协议合约。可以说，这是一份衡阳地方救灾、慈善的珍贵历史文献，对于研究湖南近现代救灾史、慈善史及土地流转史而言，是一份难得的史料。

两卷本《武军纪略》是廖树蘅代周达武所作。主要记录周达武所率武军在四川、贵州等地的连年战事，此书完稿于光绪十二年九月。罗正钧在致廖树蘅的书札中曾云："大著《武军纪略》以蔚宗之整赡，兼孟坚之硕雅，而于当日用兵先后，贼情缓急，与夫山川形势、局势险顺，无不纲举目张，俾读者有所据依，不迷于所向。赵充国云：'兵势国之大事，当为后法。'实深识此意，允为不朽之作，赵魏不足方也。惟如此高文，假名于尚书公，恐不见信于后世。"《武军纪略》是对王闿运所著《湘军志》的一个很好的补充，对于研究太平天国史、西南军事史、民族关系史而言，是直接而重要的史料。

本书收录的廖树蘅日记共两种，分别是光绪九年的《香树簃日记》和宣统元年的《珠泉草庐日记》（己酉卷），与其全部日记相比，廖树蘅的这两册日记虽然占比很小，约为其总量的二十分之一，但是其史料价值不容小觑。比如，《珠泉草庐日记》中对筹办长沙黑铅炼厂、光宣朝清政府对实业特别有功人员的奖励政策、大办平江黄金洞金矿及水口山矿业的进一步发展等情况，都作了清晰记录。另外，廖树蘅《自订年谱》可与日记相互对照，其史料价值亦同样重要。

信札是廖树蘅作品的重要部分。宁乡刘健鹤先生在《时贤启笺杂钞》钞本序文中云："荪陔廖君，吾宁积学士也。曾得陈右铭中丞为友，名大噪，出为湖南矿务督办……其平时与朋辈书牍往来汇集成帙，无虑百千万幅也。君已先后付梓。"廖树蘅曾按时间顺序自编《珠泉草庐书札》计三十卷，刘健鹤先生所言"付梓本"笔者未曾见过，但是《珠泉草庐书札》的编目却是亲眼所见。本书收录的近二百通信札，约占廖树蘅所辑书札的十五分之一。

仅从《珠泉草庐书札》卷五、卷二十三两卷内容来看，卷五中，廖树蘅致陈三立、黄笃恭、邹代钧、沈让溪、喻光容、刘镇、龙起涛等人的书信，对应着本年廖树蘅管理水口山矿务与矿业发展的大致轨迹；而从致陈衡恪、李瀚昌、廖润鸿等人的书信中，可以看到廖树蘅的读书生活及艺术思考。卷二十三中始终贯穿着水口山、黄金洞、锡矿山、长沙黑铅炼厂等企业的情况记录，其中既有廖树蘅在衡田老屋乡间起居的家常琐屑，也有在湘矿总处与友人往来酬应的种种况味。信札中还有关于时政的相关论议，尤其是廖树蘅对于清政府起用袁世凯后的人事思考，为后来历史的发展走向所印证，可谓一语中的。本册日记最具价值之处有二：一是廖树蘅在汉口、北京之行的所记所思，是对当时汉口、武昌、京汉铁路及北京行旅的真实记录，是百年前的原生记忆；二是清政府对廖树蘅赏赐三品衔、二等商勋的往来过程，从吏部所表现出的种种衙门作风中可以看出清末吏治是何等凋敝。

四、廖树蘅之联：声光逌然，雅切无伦

联，或曰对联、楹联、楹帖，是我国传之已久、人们喜闻乐见的一种文学形式，千余年来一直长盛不衰。据传《蜀梼杌》中所记"新年纳余庆，嘉节号长春"，是我国最早的一幅春联。从中国楹联史来看，由文人闲趣到大众普及，楹联最盛莫过于有清一

朝。穹宫巨观、驿舍茶亭、官厅试院、祠堂庙宇、亭台楼阁、家居宅第、江湖桥柱，处处都悬挂或粘贴着楹联。光绪二十一年（1895）春间，廖树蘅游历苏州虎丘，曾这样感叹：“凡名胜之区，穹宫巨观、山楼坞壁、江湖桥柱，皆有佳联，动人忻赏，固由江表多才，山川秀丽之气足以发之，抑亦六飞频莅，士人争相濯磨，冀得当以动天鉴耳。”（《联语摭余序》）湖湘楹联是湖湘文化的重要组成部分，曾国藩、左宗棠是湖湘楹联最具代表性的人物，“曾文正官京朝弥工此体，沈雄浑雅，并世惟左文襄庶几，他人无此灏气。流风所扇，人争效之”（同上）。近代湖湘，能编联撰句者如鲫如蚁，不可胜数，其创作成就，可谓极一时之盛，恐怕后世再也无法企及。

作为湖南近代的文学名士，廖树蘅不仅热衷于楹联创作，而且自辑有《联语摭余》一书，此书于“己未仲秋印于衡田之崇睦堂”，为后世留下了一批楹联佳作。对此，廖树蘅在自序中说道：“与世周旋，东涂西抹，正复难免，过而存之。”此书收录廖树蘅所撰楹联 122 幅、辑联 15 幅。廖树蘅的楹联作品自问世至今，一直备受关注。光绪二十五年（1899），廖树蘅出任清泉训导，其自题学署楹柱云：“此间亦号西湖，十里烟波千柳树；遗构犹邻茂叔，一庭芳草万荷花。”又题客座联云：“午榻梦初圆，小雨凉生乌帽影；水风香不断，白莲花是藕丝魂。”当时，王闿运赴清泉学署相访，见廖树蘅所拟楹联，称赞不已。宣统元年十月二十一日廖树蘅《珠泉草庐日记》云：“赴梅根宴席，他客未到，邀至书室……相与谈诗文，其家有字少莲者，赏吾所制联语，取纸亟录之。”又，宣统三年夏末、初秋间，梁焕奎致廖树蘅书中云：“联语笏老一联，早所佩服，近作以陶李二联为最，其他亦非羌无故实者所可能，殆曾湘乡所谓一卷挽联行世者矣。”从王闿运、梁焕奎对廖树蘅楹联的评点，到傅绍岩家人向廖树蘅索联，仅这三例，就足以表明在时人眼中廖树蘅所撰楹联的分量与水平。

民国期间,湖南慈利人吴恭亨辑有《对联话》,全书共十四卷,其中在卷三“题署”、卷四“题署”、卷七“哀挽”三个部分中,共收录廖树蘅所撰楹联 13 幅。吴恭亨在《对联话·题署三》中云:“宁乡廖荪畡树蘅为湖南治矿先河,与王湘绮为石交,予闻名甚宿,今已逾八十。昨由李石冰交到其《联语摭余》一卷,特多石破天惊之作。兹录其监常宁水口山银场联云:惟精诚所感,能开金石;兴山泽之利,以致富强。九言作一句,坚刚无伦。又集东坡句为联云:且凭造物开山骨;欲助君王铸裹蹄。亦雅切。自言居场先后十六载,场故在松柏市。王湘绮记文称,由市至豹子岭八里,上为水口山,今银场名天下者也。始至有梦兆其馆地,即寇平仲旧馆,廖于是即临湘一面建楼,并题联云:十里接银场,前代茭源曾置监;层楼压湘水,过江山色入凭栏。语亦秀发。……荪畡壮年尝从军甘凉,为提督周达武入幕之宾。军府建牙张掖,汉河西四郡之一,古之居延塞也。提署有曰一园者,杨果勇昔所命名,内有肖虹亭,荪畡撰联云:胭脂在北,祁连在南,四郡襟喉归揽结;旅宿非舟,陆居非屋,三山楼阁浸虚无。又联云:树摇苍空,云气暗遮楼阁;园据绿水,月明如坐潇湘。又箭道左毅武营营门联云:雄剑倚层云,貔貅夜肃天山月;大旗招落日,鼓角霜严敕勒秋。按各作均带边塞商音。”作为诗联同人,吴恭亨对廖树蘅楹联的评价扼要中肯。

二十世纪八十年代以后,中华楹联又进入一个复兴期,随着各种楹联版本的接连面世,廖树蘅的楹联作品也被《长沙名胜楹联选》、《湖南楹联》、《对联写作规则》、《中华对联大典》、《中国名胜楹联大辞典》、《中华语言精粹宝典》、《中华语海》(第 4 册)、《永州文史第六辑·永州古楹联》、《中国衙署会馆楹联精选》、《古今戏曲楹联荟萃》、《长沙市志·第 17 卷》、《宁乡文史第八辑·沩宁耆旧联选》、《花都文史第三十二辑·花都历代楹联与碑刻》、中华诗词网、中国对联网、《张掖对联》等诸多选本和专业网站引用、收录。廖树蘅所撰楹联,有的还被主流媒体追根溯源,加以报道。而在湖南省常宁市水口山有色金属集团公司,一百二十多年前廖树蘅父子曾经创新开拓的这片土地上,廖树蘅撰写的"惟精诚所感,能开金石;兴山泽之利,以致富强"一联,则被悬挂于工人文化宫工会会议室、水口山工人运动纪念馆第三厅"中国铅锌工业从这里走来——水口山矿冶史陈列"。

廖树蘅的楹联作品,从思想性、艺术性、史料性和可读性等多个维度进行审阅,可以说是佳作频频。在尺幅之间,即将思想性和艺术性实现了有机融合,真正做到了"文道统一"。以《题宁乡县治城卢泳清诗社联》为例,光绪六年(1880),县人卢泳清新辟诗社于县城骆公祠侧,廖树蘅题联以纪诗坛盛事,联曰:"拓地数弓,连楹有丞相祠堂,一般隔叶黄鹂,映阶碧草;谈天半日,相与论乡关烟景,最好楼台晓色,飞凤朝阳。"此联以淋漓酣畅的笔墨,极言宁乡治城景物之美,环境之幽,读来令人深为沩宁的晓色朝阳所陶醉。又如,廖树蘅《自题梽木山住宅联》云:"梽木映山红间白;鸡菱踏水绿和青。"全联"映山""踏水""红""白""绿""青"等对比词语和色彩表现,使梽木山的美丽风景跃然纸上,让人过目难忘。

廖树蘅楹联的另一大特色,就是突出表现了作品的史料价值。可以说,有的楹联堪称史联,就是述史、评史,独具深沉的历史厚重感。《挽周达武联》云:"葛武乡绥服西南夷,濡管我曾胪战绩;陈破胡困于刀笔吏,上书谁为讼忠勤。"此联前有按语曰:"县人尚书衔甘州提督周达武朴勇喜功名,所领武字营添至百二十营,家无余财,廉将也。蜀黔战绩,曾代拟事略行世。以嗛于御史安维峻,于论杨昌濬、沈玉遂疏内牵连得书,没后撤销易名之典,非其罪也。"此联可以说是周达武个人历史的浓缩表现。其所作《挽陈启泰联》,亦是联语史料性的有力证明之一。

五、《廖树蘅诗文集》的整理经过

在许多人看来，廖树蘅或许只是一位矿人、实业家，但其实作为近现代湖湘地区的著名诗人、学者，廖树蘅一生笔耕不辍、著述宏富，在诗、文、联等方面皆有成就。其主要著作有《麓山纪游诗》（清光绪三年自编本）、《衡田诗文钞》（清光绪四年自编本）、《余园杂志》（清光绪七年未刊本）、《刘母萧太夫人墓表》（清光绪八年，宁乡档案馆藏拓片）、《香树簃日记》（清光绪九年未刊本）、《诰授光禄大夫通政使司通政使刘果敏公墓表》（清光绪十年，宁乡档案馆藏拓片）、《诰授中宪大夫徽州府知府梅君行状》一卷（清光绪十二年宁乡梅氏刻本）、《武军纪略》二卷（廖树蘅代周达武撰，清光绪十二年长沙刻本）、《沩水校经堂课艺第一集》一卷（廖树蘅辑，清光绪十九年沩水校经堂木活字印本）、《珠泉草庐诗钞》四卷（清光绪二十三年衡州刻本）、《珠泉草庐诗钞》四卷（清光绪二十七年烝阳刻本）、《常宁忠字一团义田记》一卷（清光绪二十七年衡州刻本）、《荧源银场录》二卷（清光绪三十二年长沙刻本）、《珠泉草庐文录》二卷（清宣统二年长沙刻本）、《珠泉草庐诗后集》二卷（清宣统二年长沙刻本）、《珠泉草庐诗后集》二卷（民国十二年衡田廖氏重刻本）、《珠泉草庐书札》二十七卷（未刊本）、《联语摭余》一卷（民国八年衡田廖氏崇睦堂刻本）、《廖氏五云庐志续编》三卷（民国八年衡田廖氏崇睦堂刻本）、《衡田世典》（民国十一年未刊本）、《自订年谱》（民国十一年未刊本）、《珠泉草庐日记》三十卷（未刊本）、《珠泉草庐文集》（不分卷，衡田廖氏刻本）、《珠泉草庐读史录》二卷（未刊本）、《珠泉草庐杂著》一卷（未刊本）、《珠泉草庐骈文》一卷（未刊本）、《珠泉草庐笔记》二十三卷（未刊本）、《荧源银场书牍》（梅英杰抄录，宁乡梅氏澄波楼藏书第四十七册）、《湘矿丛钞》（梅焯宪整理，未刊本）。其中《珠泉草庐日记》被收入《历代日记丛钞》(学苑出版社,2006年)第159册,《珠泉草庐诗钞 珠泉草庐文录》被收入《清代诗文集汇编》(上海古籍出版社,2010年)第745册。辑刻之作有:《澹台梦草》一卷(周心源著,清光绪十二年衡田廖氏刻本),《棫慧山房诗集》四卷(吴超然著,清光绪二十九年清泉学署刻本),《西问诗草》三卷(卢泳清著,清光绪三十四年长沙刻本),《唐诗镜》一卷(王鸿文著,清宣统二年长沙刻本),《茭源银场诗录》一卷(清宣统三年长沙刻本),《题珠泉草庐图诗》一卷(清宣统三年长沙刻本),《荣木堂文集》六卷、《荣木堂诗集》十二卷(陶汝鼐著,民国十年宁乡沩峤遗书馆刻本),《五峰文集》(周堪赓著,民国十一年刻本),《复园诗集》六卷、《复园文存》一卷(刘基定著,民国十七年刻本),《希葴山房诗存》三卷(刘代英著,民国二十年刻本)。

《廖树蘅诗文集》的整理工作,是与《廖树蘅年谱长编》的撰写同时进行的。2008年,笔者开始撰著《廖树蘅年谱长编》时,《廖树蘅诗文集》的整理工作亦随之展开,到2019年9月《廖树蘅年谱长编》结稿时,《廖树蘅诗文集》也已完成了诗、文、联主体部分的整理工作,惟有部分廖树蘅作品的钞本未及整理,尤其是清光绪四年的自编本《衡田诗文钞》,手写体的文章既有行书,亦有草书,修改过程中存在涂改,加之有的篇章已经浸洇,字体模糊不清,这些都给整理工作带来了极大难度。对此,笔者四处向相关的专家学者请教,力求做到弄懂弄通,努力接近原文原意。同时,在全书的整理过程中,针对文中明显的错讹、不规范的字体,都直接加以订正,有的地方还做出注解,以便于读者更好地阅读和理解。

2020年元月中旬,笔者开始休年假,除在家中照顾儿女外,更主要的是想利用假期静下心来对本书进行重新校订。春节期间,一场气势汹汹的新冠疫情袭来,为了有效切断病毒的传播途径,政府号召所有人员必须居家生活,不得随意外出。笔者在这一段时间内，每天早上五点即起，一直忙到晚上十一点方才入睡，再次潜心通读全书，一点一点地进行校对，以免出现遗误。尤其是对廖树蘅诗文钞本的校阅、审订，每每如履薄冰，从来不敢有丝毫懈怠和疏忽，生怕因为自己的不够严谨而影响到全书的整体整理质量。

钞本与稿本的整理无疑是本书最具挑战性的难点之一。《读书文摘》杂志总编辑童志刚先生、长沙市书法家协会副主席夏时先生、天津人艺艺委会副主任朱大平先生及宁乡本土作家刘金甫先生，对本书的整理工作给予了许多帮助。山东大学李开军教授得知本书即将出版，于百忙之中抽出时间对本书部分内容进行审读，对错误之处一一予以订正。五位先生严谨认真的治学态度和热情细致的尽心指导，对我来说，不仅是一种学术收获，更是一种激励与鞭策。

《廖树蘅诗文集》所整理和收录的作品，当然并非廖树蘅诗文著作的全部，可能仅占其作品总量的三成左右。其杂著、骈文、笔记几乎全部缺失，信札、日记的收录约不到十分之一，而公牍则仅限于已刊刻的一卷本《茭源银场录》和《茭源银场书牍》钞本。至于廖树蘅此集中之未刊作品，部分稿本或钞本被有关学术机构和廖氏后人所收存，也有零星作品散落于各种刊本之中，如 2020 年 9 月凤凰出版社出版的《吴庆坻亲友手札》中，就收录有廖树蘅书札两通；而具有相当分量的一部分作品，则可能早已失传，尤其是那些弥足珍贵的日记及信札的失去，更让人心痛难忍、唏嘘不已。对笔者来说，廖树蘅遗文遗诗的搜集及整理工作，永远不会停止，依然重任在肩……

历经十三年的艰苦磨炼，《廖树蘅诗文集》终于要出版发行了。由于水平有限，整理中肯定还存在错漏之处，但是笔者相信，这部用心血和毅力纂辑而成的作品集，是目前廖树蘅较为全面、系统的作品总汇，其出版发行能为研究湖湘近现代文学史、文化史、矿业史、经济史、城市史、工业史及维新运动史提供第一手资料，也能对景慕、研究珠泉老人的读者有所助益。

廖志敏

2020年11月12日

于北京桤山斋

凡　例

一、本书依次收录《珠泉草庐诗钞》《珠泉草庐诗后集》《珠泉草庐诗补遗》《珠泉草庐文录》《珠泉草庐读史录》《珠泉草庐文补遗》《联语摭余》《珠泉草庐楹联补遗》《武军纪略》《茭源银场录》《常宁忠字一团义田记》《珠泉草庐公牍补遗》《珠泉草庐书札》《珠泉草庐书札补遗》《自订年谱》《香树簃日记》《珠泉草庐日记》《廖氏五云庐志续编》《茭源银场诗录》《题珠泉草庐图诗》，共20种。

二、本书采用的底本、校本及相关文献情况如下：

1.《珠泉草庐诗钞》，廖树蘅撰，清光绪二十七年烝阳刻本（烝阳本）。以清光绪二十三年衡州刻本（衡州本）为校本。

2.《珠泉草庐诗后集》，廖树蘅撰，民国十二年衡田廖氏重刻本。

3.《珠泉草庐诗补遗》，廖树蘅撰，整理者辑录自《珠泉草庐诗钞》衡州本、廖树蘅自编《衡田诗文钞》、《珠泉草庐读史录》以及俞廉三辑《湘水怀清集》、傅熊湘撰《钝安脞录》等。

4.《珠泉草庐文录》，廖树蘅撰，清宣统二年长沙刻本。

5.《珠泉草庐读史录》，廖树蘅撰，稿本。

6.《珠泉草庐文补遗》，廖树蘅撰，整理者辑录自梅焯宪、廖镇枢辑《珠泉草庐师友录》，以及《衡田诗文钞》《民国宁乡县志》《桑榆夕照录》《宁乡灰汤刘氏四修族谱》《黄璧斋遗文》《宁乡罗氏金山房聚山房六修族谱》《荣木堂诗文集》《宁乡衡田廖氏五修族谱》等。

7.《联语摭余》,廖树蘅撰,民国八年衡田廖氏崇睦堂刻本。

8.《珠泉草庐楹联补遗》,廖树蘅撰,整理者辑录自《珠泉草庐师友录》、徐一士撰《女诗人廖基瑜》、吴恭亨辑《对联话》、《宁乡文史第八辑·沩宁耆旧联选》、《长沙张文达公荣哀录》等。

9.《武军纪略》,廖树蘅代周达武撰,清光绪十二年长沙刻本。

10.《葵源银场录》,廖树蘅撰,清光绪三十二年长沙刻本。

11.《常宁忠字一团义田记》,廖树蘅撰,清光绪二十七年衡州刻本。

12.《珠泉草庐公牍补遗》,廖树蘅撰,整理者辑录自刘健鹤抄录《时贤启笺杂钞》,廖树蘅撰、梅英杰抄录《葵源银场书牍》,徐一士著《一士类稿》等。

13.《珠泉草庐书札》,廖树蘅撰,钞本。本书择其卷五(光绪二十三年丁酉正月至六月)、卷二十三(宣统元年己酉正月至腊月)进行整理。

14.《珠泉草庐书札补遗》,廖树蘅撰,整理者辑录自《一士类稿》《时贤启笺杂钞》《葵源银场书牍》《珠泉草庐师友录》《吴庆坻亲友手札》《湖南省志》等。

15.《自订年谱》,廖树蘅撰,整理者辑录自《一士类稿·廖树蘅二》,以及《珠泉草庐师友录》与《民国宁乡县志》所录廖树蘅自辑《纪年录》。

16.《香树簃日记》,廖树蘅撰,清光绪九年稿本。所记时间始于清光绪九年二月二十九日,终于四月十二日。

17.《珠泉草庐日记》,廖树蘅撰,清宣统元年稿本。所记时间始于清宣统元年七月一日,终于十二月三十一日。

18.《廖氏五云庐志续编》,廖树蘅编撰,民国八年衡田廖氏崇睦堂刻本。

19.《茭源银场诗录》,廖树蘅辑,清宣统三年长沙刻本。

20.《题珠泉草庐图诗》,廖树蘅辑,清宣统三年长沙刻本。

三、正文整理文字一般使用规范简化汉字,人名、地名等必要情况则保留底本字形。底本漫漶不清之字,用“□”代替。底本明显的误字,则予以径改。

四、部分原文后加案语,对校勘内容、文献出处、人物情况等予以说明,以供参考。

目　录

珠泉草庐诗钞

序

陈三立

自倭夷称乱朝鲜，未几遂与我构难，将士不堪战，丧师弃地，日月有闻。于是天子知淮人旧屯不足凭倚，益大募湘军，备东征而助防御。其时耆将宿校罗召四集，飙合云举，翔于海郊。而乡校之儒，里党之彦，亦率扬臂扼腕，感发奋厉。揣形势，储画策，争走戎幕，图尺寸自效。盖湘士之习犹好言兵事，既已痛国威之堕于岛丑，抑亦因利蹈便，以赴功名之会，而稍几通显也。其年冬，雨夜召客饮提刑官舍。吾友廖君荪畡忽自湘抵鄂，入相见，有与廖君游故者咸问所向。廖君曰："久处僻壤间，聊及吾未衰惫，得出览吴越山水佳特处，足矣。"闻者以谓廖君才智文学方为时所称，乃若不知有世变然者，私叹其高致，又颇惜廖君遗处世物，务遂其沈冥不返之思。廖君终不顾而行。今年二月，游竟还过我，示诗数十篇，益以曩岁所得若干卷，曰："子为我尽读而叙之。"余尝愤中国士大夫耽究空文而废实用，骤临利害无巨细。及有四夷之变，一以意气论议排捍之。不则瞠目敛手，无以为计。即有负智能而名干济者，探索考验，差切时用，而迹其所效，裨助至眇浅，或反芽祸流毒，偾败相踵，何邪？盖忠亮不据于其心，而无宁静淡泊之天怀为之根柢，才力之所极，功能之所擅，皆以成乎苟偷巧饰斗捷者之尤，是故本不立而俗不长厚。即果变今之法，矫今之习，欲以诱进天下之人才，弭外侮而匡世难，吾知其犹不可必焉。然则不苟如廖君其人，令皆不仅以诗名，少得程其才而竟其术，其系于滔滔之斯世，何如也？廖君诗芳鲜澄澈，冷然埃壒之外，纪游近作尤寥泊称其志意。嗟乎！廖君之归也，观世益深而自处益审，当愈放于溪壑寂寞之乡，优游老寿以蕲工其诗。异日者，余傥能携酒而就诵焉。廖君即与世绝不复出，宜不无动心于余之所感矣。光绪二十一年二月，义宁陈三立。

案：陈三立著、钱文忠标点《散原精舍文集》及李开军校点《散原精舍诗文集》，均将此序命名为《廖笙陔诗序》。廖树蘅，字荪畡，亦作“笙陔”。

卷　一

涉　园

晨园露草香，云气养丛菊。岩泉注秋涧，愔愔咽琴筑。绪风池阁凉，树影摇空绿。波喧蛙黾窜，石瘦苔泉蓄。余怀信怡怿，孤赏延空曲。喧寂谅难兼，悠然眷林麓。

案：《珠泉草庐诗钞》衡州本（以下简称“衡本”）卷一中，“树影摇空绿”作“竹树摇深绿”。

岳麓万寿禅林，晋之麓山寺也。林石幽奥，令人意远，登览之余，率尔成咏

磴道延缘万绿稠，半空回首见湘洲。风吟坠叶敲樵笠，雨挟泉声入寺楼。路转阴连群壑暝，松深凉送六朝秋。尘劳如海无时断，丈室萧闲为小留。

案：衡本卷一中，此诗题为《岳麓万寿寺，晋之麓山寺也。林石幽奥，令人意远，登览之余，率尔成咏》。“雨挟”作“雨杂”，“凉送”作“凉带”，“萧闲”作“幽闲”。

正月初二日雪霁试笔

一天旭彩喧檐溜，亭馆晶嵌壁有棱。饕鼎尚龕元日火，麝香刚释砚池冰。屠苏入髓通身暖，银海生花万象澄。导鹤头听取

暄燠,远山青已褪层层。

自长沙归,中途遇雨,得诗一首

一江梅雨别湘城,百里云山管送迎。匣底青萍知己感,天涯芳草客心惊。村醪味薄难成醉,驿树风高易借声。归路相将成独往,大堤烟柳若为情。

案:衡本卷一中,此诗题为《归自长沙,途次偶作》。

薛砌

薛砌余寒翠蕊蕤,春风曾共倚阑窥。玉扃消息经年断,一任湘帘踠地垂。

里中大雾寺,为先世供佛之所,上有龙洞,云气常罥,祷雨辄应

老树空苔合暝阴,篼舆山路碧沈沈。林间依约闻仙梵,松际高寒见鹤心。行雨龙归阴洞黑,应霜鲸吼暮烟深。三朝遗构仍形胜,蹋阁攀林与细寻。

案:衡本卷一中,此诗题为《里中石佛禅林,亦名大雾寺,先世供佛之所也,上有龙洞,云气常罥,祷雨辄应》。

晓仙谣

银蟾蚀尽玻璃影,仙鹤无声莲漏永。银瓶鸦轧响桐阴,一奁湿翠涵金井。迷离梦雨蕙裀空,笑推宝枕珊瑚红。双鸾明镜湛秋水,华珰复带娇春风。缃桃泣露幽兰润,晓入瑶台调紫凤。十二栏干风露凉,金缝罗衣压肌重。白榆历历秋风长,情波潋滟生银潢。谁怜绿绣笙囊湿,天上人间同断肠。

案:衡本卷一中,"栏干"作"栏杆"。

春 晚

云木溪桥接叶圆，蒙蒙空翠隐啼鹃。焙茶天气逢微雨，种竹人家劚暝烟。修禊已伤芳草暮，冶春犹剩晚花妍。客来命坐休辞醽，漉雨香螺入箸鲜。

中秋，宴瑶里张氏宅

虚幌悬香桂露涔，夜堂银烛向人寒。年光怯听青虫响，秋思偏宜白纻单。花写湘屏围玉罼，菱酣溪雨落晶盘。生来浅懦难胜酒，夜合花前一倚栏。

上官屋场

靳水出湘乡万岁塘，十里入宁乡，受麻山水始渐大。其地有靳尚墓，水因此受名。前年有人于墓前掘地得古鼎，形制诡异，置暗室有光，静中隐隐作笙竽声，以为怪异。投之溷中，光响遂绝。江岸有废墟，土人称为上官屋场。至今田垄犹袭花园、库厩之称，当即尚之宅基。地志失载，诗以纪之。

春风十里闻鹍鸩，恶木森森围废宅。至今犹被上官名，山水蒙羞湔不得。上官当日最工谗，断送君王入武关。湘上菟裘营窟穴，水边薋菉害芝兰。年深蚁垤无人识，碧涧荒榛闪寒日。惟凭父老说依稀，阶墄池台余旧迹。青山一角翠烟荒，云是穷奇骨所藏。土人发地得古鼎，云雷滃郁含宫商。焉知不是殉葬物，便房同闭三千霜。我来正值清和节，古翠新阴满林樾。研毫江馆纪遗闻，留与他年补梼杌。

案：此诗收录于《长沙名胜诗词选》（张湘涛主编，岳麓书社，2014 年）。

初　夏

樱笋成时日渐长，檐风草阁燕泥香。午晴支枕维摩榻，残梦依稀堕画廊。

自大雾寺逾岭至大富访张发濬福荄，岭路险峻，人迹罕经

涉涧履危石，披榛上高岭。寒松澹日色，夕气澄虚景。风来万窍鸣，磐响诸天静。泉枯涧痕白，石瘦苔花肿。回头睇来术，窅窈同眢井。扶携出云表，弥望天容迥。连山开阵云，带水萦蛇蚓。寥寥宇宙阔，纳纳古今永。穿云下崱屴，上下拳肩踵。危攀雕鹘巢，险踏铜铅矿。少焉落夷旷，野水横畦畛。隔林闻犬吠，失喜柴扉近。打门得良晤，举酒同笑哂。宵深兴渐阑，巉崿生孤枕。

案：衡本卷一中，此诗题为《由石佛寺逾岭至大富访福荄，岭路险峻，人迹罕经》。“连山”作“群山”。

闺　夜

绿橙香细侵琴荐，银烛光清隐镜奁。坐久星河当户转，月痕和露上花尖。

题杨宗坦《海棠春睡图》

铜槃香细冰奁润，钗梁宛转桐花凤。游丝芳昼画檐间，燕语呢喃絮春梦。珠帘锁锁玉钩钩，碧玉韶龄未上头。仙趣榜严传十种，星期银汉阻三秋。流波一片春无奈，花月姻缘供组绘。鸂鶒新裁浅色绫，鸳鸯自纂双丝带。东风无力破春慵，掩袖怔忪宝髻松。金屋雕栊深似海，银床冰簟悄无踪。红潮一缕生梨颊，午枕依微闻响屟。绣户春深醉牡丹，花房微雨沈蝴蝶。花房绣户

气细缊，镜里烟鸾欲化云。绛树无心调绿绮，石榴有意妒红裙。护花铃动东风紧，坠珥空衾人乍醒。浅笑玫瑰梦里情，弯腰杨柳风前影。相逢疑梦复疑仙，鬟影春风绝可怜。十斛明珠无觅处，湘屏一曲锁疏烟。

案：衡本卷一中，此诗题为《题〈海棠春睡图〉》。

蒋安阳祠并序

祠在吾乡汤泉，土人塑像祀之，旁有像设，与侯并祀，相传为元时知县刘某。考方志职官表，元无刘姓官宁乡者，殆刘敏也。陈承祚《蜀书》称侯零陵湘乡人，今湘乡县城有伏虎井，传为侯之故宅。按：宁乡宋太平兴国四年，析长沙、益阳、湘乡三县地所建置。今汤泉与湘乡接壤，安知侯之故里不即在此，土人祠之，有由来矣。汤泉沸热，常有灰气，亦名灰汤云。

书记从龙入蜀来，壮怀时一跃深杯。牛头预兆三公贵，鸾凤原非百里才。贱日声名中表共，平生忠雅故侯推。门前火井犹腾焰，一样昆明有劫灰。

褚登善洗笔池

同承玉几弥留命，独向荒朝树典型。十斛已更田舍妇，一封安望懦奴听。蛮荒谪宦君门远，松柏灵宫翰藻馨。犹有英风振涟浦，墨池飞雨洒寒汀。

自浪丝港泛舟至百花潭，与张福荄同作

雨霁澄江放溜行，鸣榔几处棹歌声。悬罾影落鱼梁浅，擘柳风催鹢首轻。柁转云山随岸改，水清砂砾碍船鸣。年来选梦鸥边熟，与子高吟趁晚晴。

案：衡本卷一中，此诗题为《由浪丝港泛舟至百花潭，与张发濬福荄同作》。

夜 泊

黄叶下疏雨，秋随人到船。镫凉偎荻雪，篷响破菰烟。风曳滩声碎，潭生月浪圆。露虫吟不断，与我并忘眠。

会春园词并序

长沙北城外开福寺，故五代楚会春园地也。按：马殷据潭州，用其都军判官高郁策，开山泽之利，以通商旅，国以富饶。殷卒，子希范嗣，性豪侈，好兴土木，尝辟会春园于碧浪湖侧，园中有嘉宴堂、祓禊亭、紫薇山诸胜，费巨万。又于城西南隅，建九龙、碧湘、金华诸宫殿，天策、勤政等堂，天策、光政十六楼，并皆饰以珠玉，涂以丹砂，耀日熙云，瑰丽无比。选士庶家女有容色者充其中。尝谓黄帝御五百女以升天，吾其庶几乎？时召其天策府学士赋诗上觞以为乐，大都颂其妾媵之美、栋宇之盛、文物之丰，谓为诸国所莫及也。别置银枪都，长枪大戟，鋈以白银，募富民子弟充之，凡八千人。每出列为前驺，阗咽衢巷。自以为马援后，立铜柱溪州，以誓群蛮。命李宏皋勒铭其上，柱至今存。国计不足，则遣使者行田以增顷亩。另置回图务，榷银、茶诸税，民不胜赋，愁怨日滋。尝遣侍臣至金陵，归语人曰："东朝天子，粹若珠玉，南岳真君，殊未如也。"其取讥臣下如此。已希范薨，弟希广立。庶兄希萼自以年长当得国，自朗州诱溪洞诸蛮陷潭州，大掠三日，宫殿燔焉。南唐李氏，令边镐以偏师至，收其宗族、宾佐、嫔御千余人，与其花石货贿送建康。马氏遂亡，凡享国四十有七年。当希范在位时，浚隍得土龙，旋获石碣，篆文有"羊归穴，猴离次"之语，时又有马子离群之谣。众莫喻。及希范以丁未薨，希广以壬申生，同室构难，卒为唐俘。按之前事，悉皆符验，其亦前定与？夫马氏父子乘时窃国，不思保境息民，以俟天命，顾乃穷极侈欲，以底灭亡。其事诚不足道，然兴蹶之感，虽有达者，亦难冥情也。咸丰庚申正月，有事轸垣，暇日出游，求所谓会春园者。时经寇乱，廊殿圮尽，惟见荒寒野圃中，橘柚交柯，寒菜湛绿，不胜苍凉凭吊之思。爰拟歌词纪述其事，并著其略于此，俾阅者知其概焉。

湘春门外湘波绿，橘柚连畦罨林屋。春风问讯马王宫，霸业销沉几陵谷。碧浪湖边辇路长，楼台当日有辉光。曾传凤盖临嘉宴，又报蜺旌下碧湘。君王亦复耽风雅，天策招罗同邺下。九龙春殿瑞烟环，兰茝清芬荐杯斝。后庭佳丽拟轩辕，狎客辞成众口喧。花醉珠帘春侍辇，香迎翠幰晓窥园。觚棱金爵湘流映，殿榜居然署勤政。十万砂涂藻井丹，八千都拥银枪劲。别有藏娇十六楼，华灯复帐控琼钩。谁云南岳真君乐，不及东朝天子优。宁知别苑荆花瘁，蛮触纷纷等儿戏。争栈人嗤马失群，无家谶应猴离次。噫吁嚱！纥干山头雀冻僵，髡黔盗贩皆侯王。九州分裂地失据，十日并出天无光。五十四年豪纵日，土木丹青竞崇饰。作坊烟月荔枝红，丝管摩诃春水碧。不应此地更骄豪，罄竭菁华事宫室。增亩功论井邑荒，回图务榷脂膏入。一方烽火召何人，从此湖湘非旧域。宫花驮上秣陵舟，寂寞园林系客愁。楼观夷陵剩焦土，莺花南部殉荒丘。惟余山色堆螺黛，兰麝珠玑无一在。古殿风摇九子铃，荒阶乱长瓢儿菜。君不见，樊楼灯火召边尘，紫筠花木摧为薪。又不见，胭脂井塌临春倒，六代华林没秋草。从来楼阁本虚无，筑怨筑愁无一好。刓兹窃号洞庭南，么麽国步经新造。土龙历劫又千年，铜柱荒寒镇楚天。遗民漫话沧桑局，落日湘南哭杜鹃。

案：衡本卷一中，此诗题为《会春园词》。

吉邸宫人斜三首并序

湘西白箬塘道中，有废阡焉，穹碑没字，苔痕滋其瘦绿，灰钉沁血，鱼膏闭其古青，悯荆榛之塞途，竟爵里之失考，询之野老，则累累者，并吉邸宫人坟也。噫！玉钩斜畔，金粟堆边，萤苑芜荒，翠华雨绝，莫不感深顽艳，振触古愁，矧此地铭残鹤瘗，庵近龙潜。其地有龙潜庵，吉王园寝在焉。听啼鴂于绿晓，花湿胭脂，闭艳骨于黄肠，土香兰麝，而步玉一改，宝衣遂焚，有不魂埋幽石，动明远之新愁，寺访慈明，摅圣征之幽怨者哉！庚申春仲，仆马偶经，蓬累凄凉，棠梨开落，爰续焚椒之录，以补志地之遗。《善化志》失载。匪徒惜罗绮之凋荒，亦以志沧桑之感喟云尔。

曩日风流帝子家，荒寒犹识内人斜。杜鹃声里春如梦，翁仲无言对落花。

绛节苍梧去不还，一抔香土尚人间。凄凉征士哀湘赋，肠断江南庾子山。吾宁陶密庵《哀湖南赋》，百队嫔阉皆随逆节，为吉藩言也。

不及雷塘野史编，玉钩千古艳情传。东风十里湘南路，一片寒芜绕墓田。

案：衡本卷一中，此诗以序文为题。“则累累者”作“则云累累者”，“春仲”作“夏仲”。

感　事

飒沓风霆接近畿，江湖千里羽书飞。争传日驭迁黄道，果见钩陈动紫微。四海伤心哀痛诏，千官扈跸木兰围。徙戎江统和戎魏，筑室年来果是非。

西山晴翠故葱茏，划却琼华一望空。不道神仙犹有劫，本来天汉易生风。凄阴鳞介蟠空殿，落日牛羊下故宫。大息经营经五圣，凤笙虚忆月明中。

塞上烟尘接九边，炎风官道属车连。金缯又见和夷日，沧海同悲出狩年。豆粥芜蒌兴汉业，天河波浪洗腥膻。似闻钟虡犹无恙，九庙英灵故俨然。

案：本诗收录于《道咸同光四朝诗史》卷六（孙雄编辑，上海古籍出版社，2013 年）。

油草塘道中

村晚饥乌绕树啼，故园犹在乱山西。长空日落秋烟迥，系马邮亭认旧题。

案：衡本卷一中，此诗题为《油草铺道中》。

晚　霁

一雨洗尘溽，晚山相向幽。高崖吼怒泉，散作千银球。回溪清且浅，迅忽成奔流。笙镛蟼谷酣，万木风飕飕。少焉天宇霁，列岫颓云收。蟾光吐碧霄，新沐如银钩。清寒逼毛发，晖采莹南楼。溪翁为我来，相约祠灵湫。露坐话农圃，真率如猕猴。旷然还羲农，乐意兹焉求。

丛　祠

丛祠夜静百虫绝，山雨倏来杉枥鸣。一室已同僧入定，百年翻羡佛无情。桂枝当户洒幽露，饥鼠出檐窥短檠。俯仰群生同逆旅，便应参契到无生。

曾王父葬湘乡金鸡山，清明入山展墓，宿天历庵墓庐，松涛汎空，不能成寐，起步山椒，怅然有作

群峰围一镫，露气入虚牖。林风吹缺月，黄黄大如缶。羁心倦长夜，当户灿星斗。空岩交冷风，白气萦坡阜。人家堕烟雾，宛未玄黄剖。茫茫大地中，但听风涛吼。因兹得玄览，思入无何有。泉光逼鬓寒，凛乎立难久。

雨止发墓庐，舆中书所见

过雨群山响，巑岏万木齐。崦风交翠气，急溜薄回溪。大壑

龙蛇蛰,阴林霿淞迷。刀耕怜晚获,塍垄峻如梯。

路古飞蛇细,风生雕虎过。林花兼雨落,泉响得琴和。云欲流山去,情如惜远何。行行重回首,阡表隔烟萝。

题云亭山人《桃花扇》传奇

龙马浮江尚未成,中朝水火便相争。櫜鞬淮泗新开府,烟月齐梁旧有名。彻夜笙歌酣九陛,极天戎马蹴重城。春灯影里山河改,凄断江楼燕子声。

殿头宣敕选充华,阁道春游响钿车。狎客竟容江总在,党魁重破李膺家。后庭歌舞翻琼树,南部风流剩馆娃。一德有人勤燮理,钩帘微雪赏梅花。

名士当筵易断肠,白门佳丽属平康。楼头烟柳丝丝媚,扇底桃花片片香。碧血竟成千古艳,黄绝终奉九莲装。繁华梦醒冰纨碎,零落珠玑字几行。

呜咽秦淮早晚潮,后湖人散鬼吹箫。西风残照宫槐冷,流水栖乌岸柳凋。六代荒淫终战伐,百年兴废几渔樵。凄凉法曲灯前泪,揾遍青衫恨未消。

案:此诗收录于《晚清文学丛钞·小说戏曲研究卷》(阿英编,中华书局,1960年)。

秋日杂咏

新晴云日丽,干鹊噪空仓。沿溪耞板声,飒沓秋风凉。游观出村巷,奥赏缅陵冈。瓜壶尚连畦,风露有余香。溪童拾遗秉,馌妇岁壶浆。何来牧犊翁,笠影攲朝阳。物情纷暇豫,人语含丰穰。取适不在远,兹焉履康庄。

商飙振林樾,落叶纷如雨。飒然疏雨来,润此岩下土。种蔬辟方罫,几日青苍吐。皇皇汉阴瓮,琐琐樊迟圃。平生百瓮齑,旧籍传食谱。破陂今已塞,膏滀如泼乳。泥黏螟螣稀,人力天能补。我闻东陵侯，种瓜青门墅。吾侪小人耳，遑敢忘作苦。

凉风凄以厉，晶日逾皎洁。连蜷小山桂，当轩洒黄雪。端居人事简，照眼青编列。荒唐皇古篇，奥衍龙威册。张皇及幽渺，异义翻前辙。据案忘朝铺，覃思晤先哲。文章本筌蹄，至道焉可说。胡为自束缚，耽究绵岁月。博奕犹贤乎，聊以自怡悦。

凛秋众芳歇，菊迟开独牢。植根盆盎间，霜峻色转饶。移樽对屏山，写影上堂坳。不恤颓然醉，蟹螯流玉膏。平生一片心，雅在柴桑陶。采采篱下英，醉眼窥其曹。逃名名自归，止酒酒更豪。澶漫崇自然，节与花俱高。

案：衡本卷一中，此诗题为《秋日村居杂咏》。第二首中“膏滀”作“膏蓄”。

凉荐道中

秋晴白云丽，山路闻樨香。藓石分林色，篌舆下夕阳。年丰村酒酽，溪晚白鸥凉。欲就前途宿，炊烟出短墙。

案：衡本卷一中，此诗题为《善化道中》。

中庭紫薇一株，幼时所手植，忽忽十年，枝柯长大，秋花盛开，赋诗一首

绪风花蕾斗差池，晓日雕栊艳客思。栽种成阴犹昨暮，婆娑写影上轩墀。玉堂辍直清无梦，画省孤吟月满枝。争及山家风味别，饭香时节酒盈卮。亦名饱饭花。

案：衡本卷一中，此诗题为《中庭紫薇一株，髫时所植，忽忽十年，枝柯长大，秋花盛开，赋诗一首》。

宿回龙山僧舍

岩泉霜叶响萧萧，云壑逶迤路一条。下界阴晴纷变灭，上方

金碧郁岧峣。风传疏磬僧楼晚，雨洗残云佛阁飘。十二年来重问讯，桫椤阴覆旧栖寮。

斋散空堂怖鸽飞，浮生应息箭锋机。道场香渗陀罗雨，苔磴凉深薜荔衣。一榻茶烟销鬓雪，百年乔木绕岩扉。相衣瓶钵何嫌寂，沧海横流万事非。

案：此诗收录于《长沙名胜诗词选》。又以《回龙山白云寺》为题，被收入《长岛人歌》（长沙诗人协会编，湖南文艺出版社，1997年）。

鹿坡二十三叔五十初度，诗以寿之

林卧能怡自在身，闲闲人拟葛天民。风烟满壑松萝老，云碓喧溪秫稻新。埋照放教杯在手，灌园期与物同春。年时数理穷精蕴，傥许阿咸一问津。

何须句漏访真仙，丹井吾宗有异泉。石屋云深坚鹤骨，黄华香澹制颓年。藏舟喜诵遗荣赋，投辖新添读画缘。谁与襄阳传耆旧，庞公妻子亦宽然。

清溪三面白云乡，投老林坰事转忙。红杏花时耘下噀，白梅香里注归藏。疏顽我忝铜盘馈，任诞公嗤大阮狂。阡树连云苔磴冷，重烦撰杖话斜阳。

摄卫年来效若何，淮南药鼎舐应多。长镵自把黄精劚，明镜宁愁白发皤。应辟曾襄风土记，督儿今应力田科。花源从此无人问，门闭松阴自养和。

登罗仙峰放歌

罗仙峰高众山拱，镵空万朵青莲拥。我来长啸走山魈，满壑白云如泼汞。须臾林际烟霾开，山神为我洗尘埃。仙之人兮在何许？石床丹灶生秋苔。我欲左持绿玉杖，右把金莲花，大呼仙人萼绿华。与余痛饮玉皇家，渴斟沆瀣饥胡麻。又恐羲和鞭日玻璃碎,依旧朱颜凋尽发鬖髿。吁嗟乎！骊山一抔秋草绿,通天台下无人哭。寥天笙鹤悄无声,从古仙灵多恍惚。我登罗仙峰,不见山中仙,酒酣箕踞山之巅。仰天绝缨发大笑,但见荒荒白日下照桃花鲜。

春日杂感

中园有遗构,牖户涵幽晖。左琴而右书,错以尊与彝。斗室既虚净,古光还陆离。瞑坐日移晷,浩浩心神怡。长吟庄列篇,静玩周孔词。披条掇其荣,穷日不知疲。不必问所尚,物我其如遗。

呼僮缚苕帚,扫我桐阴屋。清风散缃帙,勉课群儿读。日长庭宇静,书声出林木。臣痴与臣笔,要当各有属。更有牵衣女,娇小好眉目。晴晓报花开,镫窗乱笺牍。痴憨倚大母,言笑多婉淑。一家春融融,团圞聚骨肉。只憾灵椿树,严霜摧太速。幽幽慕屋山,宰树悲风肃。感此忽凄然,泪滴深尊渌。

北堂厚萱荫,慈爱难具陈。嫡母性慈俭,鞠我如所生。饮食节饥饱,既壮视犹婴。恒虑生事绌,服膳戒取盈。生母更劬劳,饎爨皆亲营。鸣机勖宵读,剉荐供嘉宾。形疲气易衰,常恐臻颓龄。自伤学殖微,禄养无由成。瞻乌发永叹,此念何时申。

我生鲜同气,顾影悲茕孤。体弱幼多病,线命争须臾。伤哉我生母,惊怛无时无。宵衾拥之坐,有泪滴儿肤。最难世母王,隔舍来持扶。衰宗衍单绪,每见辄欷歔。稍长更患难,族里同侵渔。孤孽人所易,敲剥穷锱铢。雪竹斫千竿,芳塍毁百区。其时吏道苟,有屈不能舒。坐此日疲困,踽踽伤辕驹。今兹稍安逸,趋走来群雏。痛定更思痛,念往一悲吁。长哦《杕杜》诗,仰见浮云虚。

辟畦艺杂卉,枝格纷相当。深春花怒开,红紫相回翔。天公不世情,造物无低昂。顿令瓜牛庐,俪美平泉庄。移尊日相赏,竟体春风香。不学富家儿,木石矜奇僵。千金市灵壁,万钱购黄杨。至竟奉诚园,终悲蔓草荒。

先畴占沩溢,汩汩珍泉汇。虽无二顷多,取足供王税。春风污邪祝,秋社鸡豚集。力田科傥登,学稼事差备。常恐人力怠,地利或未遂。言宣服亩勤,借识田间味。闻道菖蒲叶,前溪已摇翠。佳哉春已深,勉矣农功治。

湘中风土记,习尚犹近古。壶浆洽邻里,租税输官府。熙熙化日长,勤俭忘作苦。年时寖衰替,斫朴务雕组。嚣风竞里闾,旧业荒农圃。民穷俗转侈,盛治何由睹。休休蟋蟀吟,句拟唐风补。

春阳二三月,雨泽久愆期。膏腴变硗确,不得施锄犁。村农相向语,泪下如绠縻。前年盛秋潦,嘉谷污涂泥。去夏蛟移宅,巨浪高于堤。连年歉收成,卒岁恒苦饥。青阳雨再艰,生事将益亏。自分忍饥饿,租税从何赍。况闻里胥言,县檄已严追。军储索供亿,不得稍延稽。人事迫如许,戚戚安所之。感此老农言,悄然心暗悲。

隆无誉经同王文鼎过草堂,临别赠诗,依韵酬之

才名乡国逊君长,海内论交尽老苍。难得羊求同竹径,顿令喧笑溢回廊。谈深蟹舍青灯喜,池涌鸥波绿雪凉。有约盘泉共樵牧,平生息壤未应忘。

粪除尘榻伴清眠,石鼎香龛谷口泉。淅沥松声扶醉听,惺忪茶梦替卿圆。论文不负梅山约,合拍谁如蜀国弦。不碍园池留十日,露荷花叶最清妍。

秋　兴

亭皋木落晚萧萧,秋至登楼接望遥。暮色苍茫连大野,夕阳明灭送寒涛。荒荒泽国鱼龙舞,浩浩高天鹳雀嚣。南北雄图几

寥落，那禁风雨更飘摇。

回首菰芦雾雨昏，断肠烟月不堪论。绣襦香冷鸡鸣埭，金粉秋凋白下门。六代繁华终废井，百年戎马又江村。不应更唱符鸠曲，呜咽新亭有泪痕。

七万程途一苇航，极天波浪暗重洋。金缯市舶脂膏尽，和战中朝议论张。鳞介冠裳纷杂遝，伏波横海去仓黄。从兹海若无官守，却望扶桑是故乡。

瀚海祁连一线通，河湟千里隔羌戎。不辞转粟来天上，要使防秋出陇东。汉代嫖姚方觌武，唐家都护漫论功。百年戎索资藩卫，天马葡萄事不同。

缗算人间岁屡迁，汉家盐铁为筹边。银茶遍置回图务，平准还征少府钱。四海军储争榷税，九重休养到农田。只虞法敝仍中饱，虫蠹蛛丝管子篇。

昏垫才惊下国灾，可堪赤地更蒿莱。海边鼍鳖乘潮横，原上鸢乌啄肉来。圭璧桑林天听藐，稻粱秋雨泽鸿哀。木饥水毁谁廑念，输与监门作会才。

六郡良家竞荷戈，十年鼙鼓老滹沱。同编汉末英雄记，去唱阴山敕勒歌。白骨犹萦思妇梦，黄金难买力田科。变通刀犊知何日，终古龚黄绩不磨。

湘上云山久废耕，秋风铙唱亚夫营。中天弓剑无留影，大泽萑苻有啸声。贳醉告身羊胃烂，还乡昼锦沐猴惊。承平战伐终须定，目击艰难意未平。

案：此诗收录于《道咸同光四朝诗史》卷六（孙雄编辑，上海古籍出版社，2013 年）。

田家乐词

红蔷薇嫣枳离曲，细雨千门秧正绿。柳边人语屐声凉，满坞翠烟啼属玉。陇头叱犊带雨耕，暗泉汩汩空陂鸣。竹林映水半边绿，逆浪鱼吹细沫生。冲泥更有垂纶叟，�篮箬笠苍溪口。落花波面一丝风，泼刺银刀刚上手。东邻枫火焙新茶，西邻萤箔响缫车。桑麻连畦鸡犬静，只少洞口流桃花。室家和平劳亦乐，比屋熙熙竞操作。少妇持瓶汲井华，小姑洗手供杯杓。新笋和泥劚碧岑，蕨芽带露捋云壑。斗酒明朝速近邻，伍符昨日严乡约。几日村前绿树肥，赛神箫鼓闹成堆。杯珓示我今年稔，头白山翁烂醉归。

督植棫朴入山拾薪，诗以示之

汗漫陟秋山，凉风动巾帻。辞柯霜叶乱，溪涧丹黄积。呼儿拾堕薪，少小各勤力。携筐竞奔命，草影穿林隙。叶干声窸窣，肩压行盘辟。相携返林屋，喜笑声阗溢。承欢到公妪，一一颁枣栗。眷兹真朴情，良用增愉怿。渊明古贤哲，儿躬柴米役。矧余未闻道，生事恒多绌。不凭手足劳，曷由供朝夕。吟成授儿读，聊以示鞭策。

案：衡本卷一中，此诗题为《督植棫樾入山拾薪，诗以示之》。廖树蘅三子基樾，后改名为基朴。

又案：此诗被收入《晚晴簃诗汇》（徐世昌编纂、闻石点校，中华书局，1990年）。

隆无誉，别五年矣。今年自秦陇以诗见惠，用刘景文《登介亭》韵答之

一笑堕红尘，受此炎涂溽。频年叹离索，学道苦不足。朝樵岳屏紫，暮汲珍泉渌。因循阅年岁，藜苋充肠腹。永怀卧侯子，梦绕罘罳麓。投分始中梅，时逢积阴伏。园炉纷白战，天海云龙逐。一别四五年，因风思眉目。嗟予方在疚，云卧荒江屋。诗筒天外来，邮置惊神速。其时仲蔚门，久罕羊求躅。多君雅见存，

惠此昆山玉。琅琅声满简，洒洒字盈幅。秋窗眼倍明，不厌百回读。清如峡猿啸，怆若湘娥哭。囊寻古锦藏，集拟题襟续。征轺闻度陇，轮铁轹坑谷。壮游君未央，良会我所欲。何时志事毕，还君遂初服。

案：衡本卷一中，此诗题为《隆无誉经，别五年矣。今年自秦陇以诗见惠，用刘景文〈登介亭〉韵答之》。

靳源银杏歌

距余家二十里曰大富，属湘乡，靳水发源之所也。富训畈，地高平，宜稻菽，嘉名肇锡，有自来矣。迤南近山之处曰状元坪，宋礼部侍郎王容故居，容中淳熙十四年明通榜，相传赴礼部试时，于袁州逆旅，梦女子赠以词云："嫦娥翦就绿罗衣，待留到蟾宫与换。"家有园名南涧，园中故有银杏树，今尚存。数百年来柯干益古，垂荫可数亩。丙子五月，偕张福荄憩树下，歌以志之。

昭阳作噩日在井，我从靳源见银杏。十人聊臂抱不交，皺皺孙枝蔽阳景。虬根迸露龙起蛰，拳枝倒挂树生瘿。长风忽激林籁鸣，万绿如潮向空涌。朅来吾党二三子，单衣却立同延颈。问树何年植，树古难具言。但闻宋时王状元，曾移鸭脚当庭轩。平泉草荒金谷毁，老树郁郁蟠秋原。绿罗衣冷青瓷润，碌碌科名原幻梦。榜花零落杏花存，日月烟霞老岩洞。淳熙到今七百年，霜日炙剥无真坚。紫阳之樟野火燎，此树胡为能久延。将母植根幽涧底，得以臃肿全其天。深山大泽龙蛇窟，劫灰不到湘川隩。冥冥气蓄沩云寒，飒飒枝摇靳波绿。可惜湘人不好事，洞天清异无人录。几度攀条感不支，夕阳西下鸟归迟。恨无子美传神笔，貌此参天溜雨姿。

泛湖一首

水与云俱活，空灵一镜圆。暑风抽翠荇，凉露泫金莲。红飐蜻蜓影,青浮杜若烟。观河生面缬,理楫厌蘋牵。蜩嘒清如磬,荷雏小似钱。蘸凉翻鹭雪,激浪警鸥眠。攲侧波湔袂,沿洄柳拂舷。笠檐青箬重,风味紫菱鲜。空色延余赏,浮生践胜缘。芦碕重舣棹,野酌露香边。

案:衡本卷一中,此诗题为《泛舟沙湖一首》。

送友人赴礼部试

梅花如雪拥騑骖,微霰疏疏点玉潭。射策君方过匡鼎,论文今已重罗含。大河春气催行鷁,北道冰霜涩剑函。莫更周南苦留滞,陌头杨柳影鬖鬖。

与袁镇戎夜话

冰花红绣佩刀妍,髀肉消磨绝可怜。百战艰危犹在世,一生羁苦坐无田。青山拾橡宁非福,夜烛谈诗合有缘。剩取一瓻桑落酒,与君轰饮落花天。

秋日村居杂兴

细雨簁林屋,烟寒树影昏。枯音喧木叶,凉意皱池痕。种菜新编圃,归牛早闭门。无须忧薄获,丰歉总天恩。

虫语乱如雨,荒园惊早秋。篱花攒扁豆,风蔓袅牵牛。枣熟容邻扑,笤香与妇谋。平生志农圃,一饱复何求。

案:衡本卷一中,"平生志农圃"作"吾侪小人耳"。

题画三首

杏　花

酒旗村店清明雨,晴日雕轮紫陌尘。写向屏风更幽绝,曲江三月梦华新。

藤　花

曝书亭畔新阴满，吏部堂前老干蟠。留得帝京风物在，酒阑池馆卷帘看。

海　棠

一枝涵露娇无力，薄醉微吟殢客魂。记向麓山庭畔见，画阑丝雨湿黄昏。

案：衡本卷一中，此诗题为《为友人题画三首》。

晚　眺

清霜染林木，离离如赪霞。岩壑一以暝，炊烟三两家。怀人伫溪溆，积水明坻葭。独立无人问，苍茫数暮鸦。

麓山纪游十首

笠屐云山未了缘，草香风暖纸鸢天。钟鱼鸽散青莲影，茗粥春寒白鹤烟。修褉人来三月暮，垫巾游记十年前。棋镫书笈浑如旧，回首根尘一惘然。

云叶风柯不断香，时从树隙见红墙。縠阴悬榻琴帘润，苔气侵墀砚瓦凉。运甓几人同士行，斫轮他日有吴刚。年时服郑谈经席，尘蠹珠丝满画梁。

小雨愔愔晕碧波，池亭三面蔚蓝拖。人来楚国先贤地，听唱沧浪孺子歌。晴槛倒空鱼唼影，东风呼酒浪生螺。浮生到此消尘服。攲岸微阴罨薜萝。

蘅兰如写楚臣心，祠庙空山自古今。鶗鴂何知恤芬泽，灵修终为谅忠忱。千秋桂醑庚寅日，一曲神弦泽畔吟。好事更无黄邓辈，寥寥花落寺门深。道光时，黄虎痴、邓湘皋、王香杜、沈栗仲诸公，尝入山为屈子作生日。

荒台榛莽窜鼪鼯，元祐诸贤一个无。逐客昔吟湘寺雨，书镫今照岳云孤。风流耻附苏梅席，遗构犹邻屈贾徒。往事伤心天水碧，落花时节鸟悲呼。

孤崦青藤密叶遮，归云木末见檐牙。客来霜晓停车毂，我更春深问落花。放鹤汀遥芳草积，种桃人去夕阳斜。罗鸿胪典主岳麓讲席，尝来爱晚亭放鹤，题楹柱云："忽讶艳红舒，五百夭桃新种得；好将丛翠点，一双驯鹤待笼来。"飞来岚翠看难辨，卧听枫林聒乳鸦。

梯空千尺接危崖，巨木连柯夹道排。凉袂纤尘飞不起，远钟幽涧听逾佳。樵斤响共孤蝉发，酒面寒宜石雨筵。万籁萧萧生众绿，烂苔和露湿蒲鞋。

红光翠气镇相连，法象云山阅岁年。松化误归千载鹤，草深时见六朝砖。风泉岩窦苔生屧，钟鼓虚堂月满天。欲访支公无处所，飘萧花絮飒寒烟。

霄汉奎章石屋高，河山郁律助挥毫。云嘘藓壁蒸仙液，电掣金绳偃巨鳌。湘峤春深人独立，鼎湖龙去鸟空号。崦风吹酒亭阴卧，绝顶松声落翠涛。

枇杷花下石阑横，城郭风烟一望平。千树帆樯趋极浦，十年兴废悟无生。茶瓜饷客叨寒衲，轩槛浮空寄远情。不必便愁归路晚，四围苍翠夕阳晴。

杂兴，仿香山体

庭树翳阳景，暧暧凝幽辉。孤花媚晚枝，濡染苔烟肥。一室既闲静，众鸟还因依。朝餐枝上荣，夕哺巢中饥。徘徊乐其私，晻蔼识所归。岂不志高远，下上凌烟霏。微霜警夜寒，百卉倏已腓。毋宁抢榆枋，终无厌卑飞。

北山有佳士，淹雅绝流尘。薪歌激延濑，皎皎含霜筠。讵让祢衡俊，宁辞原宪贫。光采闷岩阿，可望不可亲。鹤书天外来，翩然谢凡鳞。道逢平生亲，含意不敢伸。不羡未来果，颇思过去因。谁能测所之，慨息弥柴荆。

迢迢洛阳陌，粲粲繁华子。希世据要津，乘时取青紫。归来连骑驷,喧赫动邻里。木妖延咸阳,地癖规好畤。朝酣金张第,暮宿长陵市。蜉蝣塞阛阓,娱乐方未已。只虞秋节至,商飙变纨绮。朝华不再荣,夕露难久泚。华觞泛深夜,烛尽还复止。

拾遗瀼西居,草草数椽屋。木奴三百栽,青黄垂屋角。天寒橡栗拾,岁晏黄精熟。艰难办一饱,风味清可掬。东坡谪黄州,长镵艺麦菽。秋塍露颖凉,纂纂垂嘉谷。糟床滴清液,红压珍珠馥。居贫有余适,食力养微福。古今疏俊人,才大恒遗俗。侈谈霸王略,自负经纶腹。宁知方寸间,萦扰如转毂。吾宁师老彭,知足乃不辱。

澄源鲜渟滀,流衍无波澜。风力不厚培,焉能振羽翰。所以古节士,偃蹇甘泥蟠。末俗耻贫贱,攀附凌高寒。烟宵纵有期,终坠青云端。自媒女所贱,炫服心岂安。千古一毛生,似之良独难。

园 夏

墙阴粉箨坠风凉,攲枕藤花入幔香。溪上微阴新过雨,添来山溜决林塘。

梅子生仁藕茁泥,落花门巷草盈蹊。茆庵睡起斜阳白,绿雾蒙蒙叫竹鸡。

长廊窈窕俯清池,苔石幽凉夜更宜。月下噞喁鱼唼浪,烟中格拍鸟移枝。

么花秾压枳篱幽,橘刺钩衣柳拂头。消受雨香云艳福,溪山深处置菟裘。

读黄虎痴学博《三长物斋集》书后

金石荒荒订百讹,碧湘风雨动高歌。穷经老作诸侯客,笃行能当孝弟科。仙蠹香浓闲册府,慈乌风定恋庭柯。浮生得失谁多少,斜日沧江俯逝波。

纪梦

录曲雕栏绕碧墀，隔帘红袅紫薇枝。好风晴卷喧声入，正是宣毫染露时。

槐榴接叶绿阴浓，人在丹梯第几重。不碍花间小容与，日华犹在最高松。

桐阴飞练洒寒泉，日午松风撼醉眠。细碾玉川三百月，蓬莱高处小游仙。

抡才月窟茝兰香，束笋文高玉尺量。官阁清钟刚报午，薰风殿角送微凉。

从兄肇诚居洞冲，擅林木水石之胜。暑夜从之纳凉池上，谈饮达旦

奇峰碍日日易夕，竹影淡波吹素壁。虬松屋角海涛喧，出水长鲸作人立。宵阑余热犹蛰藏，捉席命侣向银塘。大鱼吹波月光动，老鹳咳夜林风翔。坐久星河当户列，取适人间争一瞥。笑煞铜壶阁上人，预计明朝火云热。芳鲜合让山家丰，酒窨冰梅杯碧筒。齁鼾醉卧不知曙，杲杲赤日生于东。

再宿洞冲老屋，枕上闻泉声有作

暗泉淅沥山池坠，池面幽篁落寒翠。林禽格拍时一呼，惊起满山猿鹤睡。泉声禽声竹露声，锵然天乐咸池鸣。八鸾仙子渺何许，令人忽忽思瑶京。百年老屋苔痕积，夜半孤眠清到骨。银河珠阁句争传，合有笙箫吸华月。昏灯残醉梦初圆，合沓山围小洞天。罡风掀我上山去，漠漠洞口飞秋烟。

秋凉，往来溪山之间

乳鹅浮拍散轻漪，池面瓜花罥短篱。细雨聋天宜种菜，湘人

谓白露逢庚为进聋。嫩寒金粟欲生肌。野田遗秉饥乌啄,古道西风倦马嘶。欲访参寥证无上,寺藏修竹被云移。

案:衡本卷四中,"细雨聋天宜种菜"后有按语云:"湘人谓白露逢庚为进聋。见邓子立《南村草堂诗》。"

雨 夜

菱塘风过藕花攲,帘外香生暮雨时。客散酒醒虫语急,秋镫水阁对弹棋。

卷　二

与毛实君庆蕃、陈伯严三立游衡山，宿祝圣寺

长松并作海涛鸣，棂槅新安晓更清。雏橘雨余低缀子，攲墙藤曼暗连甍。人天劳扰难成佛，瓶钵皈依易息争。随分灵山得闲憩，云堂清听粥鱼声。

碍日觚棱矗上方，青苔蚀遍旧宫墙。燔柴昔寝时巡议，薙草今成选佛场。寺为赵恭毅所建，以备圣祖南巡者。涧户阴云交翠气，经楼秘笈发奇光。相逢世外忘言说，瓦鼎松风透茗香。

案：衡本卷二中，此诗题为《与毛实君庆蕃、陈伯严三立宿衡山祝圣寺》。第一首"瓶钵皈依易息争"后有按语云："实君性严重，余与伯严善诞，舟行靡日不相喧辨。至此，乃共寂然。"第二首"瓦鼎松风透茗香"后有按语云："云雾峰产野茶，色香味在芙蓉、君山之上。"

周提戎达武招饮长沙蜕园，即席有作

莺声细雨绿杨城，尊酒园林乐寓公。胜日朋簪纷暇豫，中年哀乐写丝桐。关河永夜松亭梦，裘带青山岘首风。朱鹭歌成人散尽，看君鸣镝立花丛。

烟尘井络起仓黄，卅载登坛剑有光。印筦悬军开越嶲，姎徒归命接澜沧。弓衣绣满娵隅字，铜弩苔埋井鬼方。闻道蛮溪亲试险，椒花红雨瘴云香。

案:衡本卷二中,此诗题为《渭臣军门招饮长沙寓园,园为刘蜕故宅,自号蜕园主人,是日召菊部侑觞,席上索诗,赋此以赠》。

唐蓬洲明府步瀛招饮贾太傅祠

炎灵旷千载,前修渺难缅。犹余数亩宫,望古深遐眷。谁与理荒翳,水木含欣忭。朱华藻碧池,绿筱生幽院。威纡蹑层构,岳树参差见。遐川阻故欢,拊槛怀乡县。佳招感茂宰,接席罗英彦。芳醴发朱颜,欢言恣谈宴。华堂日易夕,顾景增凄恋。重来傥可期,醉眄秋英绚。

案:衡本卷二中,此诗题为《唐知县步瀛招饮贾太傅祠》。

七　夕

风静针楼笑语纷,华镫幽幌袅灵氛。衣砧漫拟支机石,银汉秋来不忍闻。

鹊驾迷离不可望,锦屏清冷闷幽香。离云梦雨浑无奈,并作潇湘一夜凉。

案:衡本卷二中,此诗题为《七夕有感》。

九日游铁佛寺

凉风郊路接名兰,老树初秋绿尚酣。乱后楼台空柱础,定余花梵出尘龛。无边浩劫天难问,满眼沧桑佛不堪。剩有木樨香未隐,冥冥幽院共寻参。

案:衡本卷二中,此诗题为《九日偕友人游铁佛寺》。

吉宫行

紫荆园头衰草深,红墙剥落森秋阴。旧池流涸积槁叶,怪鸮当昼嗥青林。中天承运余空殿,兽头鸱吻依稀见。事去难招帝子魂,城空只剩双飞燕。想见雄藩胙土年,龙旗凤辂殷湘川。谁云燕啄王孙尽，已有长沙舞袖旋。贤王好士邹枚萃，石墨镌华富经义。万顷湘堧黄籍编，百年玉牒天潢贵。汉家火德忽熹微，又见苍鹅贴地飞。薄命王孙遘阳九，飘零龙种竟无归。旧堂何处寻兰雪，百队嫔阉随逆节。燐火宵游端礼门，民廛近接觚棱阙。陵谷迁移二百霜，殉城司李骨犹香。至今银沼鸳鸯散，宝镜仍腾波面凉。同治中，渔人于邸池得古镜一，照见肺脾，惧，仍投水中。凄凉怕诵芜城赋，毕竟高皇封建误。开天潭谷已罹殃，何况衰微承薄祚。惟传山石会春余，一样兴亡吊废墟。惆怅藩城堤畔路，夜深啼煞白头乌。

闲园秋怀

西风金井坠疏梧，凉入江城雁影孤。羌笛怨生湘岸柳，玉阶秋长故宫芜。旧罗衣袂香痕澹，夕照池亭雪练铺。欲采芙蓉凭寄远，碧波千顷阻重湖。

清閟堂虚画烛凉，丛花丑石湛幽芳。轻烟出树香初烬，纤月窥帘夜未央。宾榻经时縻鹤俸，莼丝千里忆鲈乡。戒寒虫语苔阴急，镜里年华未可忘。

画阑丛桂雨声寒，一帧湘山雾里看。蘋信渡江秋意老，橙香入馔酒杯宽。自排缃帙搜仙蠹，闲剔晶盆护雪兰。拥袖诗凉清昼永，琴帘深锁碧琅玕。

瑟瑟云容叠细罗，寒闺砧杵动凄歌。金茎露浥层宵迥，玉琯声飞别院多。秋海棠凋湘寺雨，碧芙蓉老楚江波。幽兰九畹伤憔悴，子夜如闻唤奈何。

桃笙清冷锦屏幽，小枕眠云制虎头。琴思秋翻广陵曲，樨香浓透瘦生裯。家园一发青山梦，银海三更白露秋。剔尽昏镫残醉醒，一声征雁下西楼。

烟皋兰芷美人心，摇落江潭思不禁。丛竹影低清泪重，哀弦弹入渚云深。薜萝山鬼啼寒雨，木叶西风伫夕阴。读罢离骚二十五,愔愔凉露湿瑶琴。

桂宇凉蟾又此宵,灵槎星渚望迢迢。秋河捣练风初紧,银甲弹筝酒半消。斜汉微云乌鹊度,芝田清唳鹤声遥。黄姑消息经年断,愁听严更响丽谯。

络纬惊寒近绿墀,闲园霜信菊花迟。雨催坠叶兼山果,风折么红卧晚枝。茗碗香消人去后,重湖波冷雁来时。无端棖触羁人恨,黯黯停云入寤思。

案:衡本卷二中,此诗题为《闲园杂咏》。

陈观察宝箴,招同张福荄发濬、隆无誉经、杜云秋俞、张伯纯通典集饮闲园

新杭捣玉蟹含黄,萧瑟江城槲叶香。一笑打门来旧雨,千金换酒做重阳。桂花台榭秋阴聚,苔石轩亭鬟影凉。难得主人能好事,留髡重醉菊篱霜。

银烛当筵杂醉醒,相逢呼啸并忘形。荒唐竞纵谈天口,离合真成逐浪萍。秃管联吟矜速藻,秋花写影入湘屏。明朝又是扁舟别,嘹唳征鸿不忍听。时无誉有甘肃之行。

案:衡本卷二中,此诗题为《分宁陈公宝箴招同张福荄发濬、隆无誉经、杜云秋俞集饮闲园,公子三立索诗,为赋二首》。第二首"嘹唳征鸿不忍听"后有按语云:"无誉将以明日解缆,作宁夏游。"

题画石

苍然一片仇池石,写入鹅溪墨犹湿。髯苏颠米今则无,谁与宝此玲珑质。穿岩插窦竹数丛,蒲根细络青蒙茸。天寒日暮抱泉气,苍雪阴岩交冷风。凉堂秋阴云满壁,斋扁应题雪浪室。梦里仙山有路归,袖中东海无人识。石交嶙峋今已稀,云根忆煞苍

苔肥。结交虽无临海守,写照幸有孙之微。

案:衡本卷二中,此诗题为《为友人题画石》。“雪浪室”作“雪浪石”。

曾明经锡圭,昔年同学麓山,以扇索诗,为题七律三首。扇旋遗失,书来嘱为补录,原稿散佚,不复省记,拟此贻之

往事依依惨绿年,玉潭波暖曲尘天。莺花有兴思前约,鸥鹭多情续旧缘。白袷谈兵萧寺雨,青钱沽酒杏帘烟。空山一枕怀人梦,依约梅花浅水边。

白鹤泉边晚雨凉,麓山枞桂郁相望。寻诗记叩维摩室,习静微闻薝卜香。桐叶石阑朝点笔,海棠春雨夜连床。越罗湘竹飘零尽,欲话前尘却已忘。

黄梅香渗碧湘浔,冻雨敲窗忆不禁。淰淰江波通望眼,愔愔琴语惜知音。孤镫照睡新吟涩,四海论交旧雨深。十斛官醅倾尽否,便应清兴绕烟岑。

案:衡本卷二中,此诗题为《曾翰传锡圭,少时同学友也。同治丙寅共学麓山,尝以纨扇属题,为书七律三首。扇旋遗失,书来嘱为补录,原稿散佚,不复记忆,拟此贻之》。

长生无极瓦歌,为刘朴堂倬云作

愤王熛怒阿房圮,椽栾山北觚棱起。渐台水蹙钟虡移,坏瓦千年土花紫。瓦形团团裁璧珰,长生字古蟠中央。璇题当日动光彩,万年宝历詹灵长。求仙仙不来,采药药都假。美人瘞玉骊山下,金茎摧折茂陵荒。铜仙清泪如铅泻,蕲年之效安在哉?初明拜表通天台。炎精十世已无焰,零瓦虽存吁可哀。我闻考工埏埴无恒矩,长乐长生各千古。波砾犹详集古录,拓文早入宣和

谱。刘侯嗜古与古谋,剜苔剔藓咸阳搜。流传况是君家甓,什袭还同祖砚收。摩挲宝笈球琳贵,虹彩中宵郁彬蔚。千秋平子赋西京,即此犹然见宏丽。

案:衡本卷二中,“千秋平子赋西京,即此犹然见宏丽”作“羽阳铜雀并声名,豪夺应知晋卿意。余久欲夺取,故举东坡语调之。”

读陈涉列传

陈涉王,大楚兴;丛祠篝火狐夜鸣。壮士要当举大名,岂肯低头垄上耕。逃亡揭竿死亦等,王侯将相宁有种。东收梁楚西入秦,别遣田臧为令尹。张楚建,故人来;夥颐涉之为王沈沈者,燕雀安知鸿鹄之志哉?一夫作难秦社毁,事虽不成功足纪。君不见,砀山守冢三十家,汉皇当日有加礼。

拟东坡秋怀诗二首

衡纪无延晷,奄忽届秋时。迅商肃庭树,摵摵音多悲。素魄荡虚景,孤镫暖幽纬。叶干铿有声,古术奔狐狸。燕去有恒信,乌栖无定枝。扶光迫崦嵫,夸父不可追。感此念畴昔,嘉辰难再期。忧来纷无端,独夜兴嗟咨。各勉恣行乐,无为怨暮迟。

木叶下亭皋,飒然杂风雨。寒螀警深夜,切切如私语。羁人滞江湖,孑然守遗堵。投林鸟倦飞,食蓼虫知苦。朋知渺天末,旧约乖鸡黍。平生离别情,何处非南浦。安得秉锄耒,耦耕傍阡亩。清晨露气涵,同看稻华吐。

读《张魏公传》书后

时局艰危一力任,两淮守备故严森。贤奸惜混知人鉴,生死难渝报国心。忠比武乡谁曲谅,议同殷浩太文深。与人家国原非易,阅尽兴亡感不禁。

古　书

绿字餐余蠹已仙，龙威清秘阅千年。江陵著录无萧绎，福地探奇有茂先。天上玉堂青简积，湘帘晴日古香绵。文房建业宣和谱，溺志精良并损贤。

古　琴

玉楔犹存弦已无，聊凭酒适寄清娱。冰纹已迸梅花断，坏漆空余百衲孤。静夜鞠通缘绿绮，当年哀雁响青蒲。十三徽上阴尘覆，多少良材爨下枯。

案：衡本卷二中，“已无”作“久无”，“空余”作“犹余”。

古　剑

劫火烧余赤堇铜，黄蛇睒睒逐西风。沈埋狱底谁知我，生死交情忍负公。拭去星文犹有血，化来神物竟成空。秋郊鬼母空悲泪，应运终推赤帝雄。

案：衡本卷二中，“狱底”作“宝气”。

古　砚

呜咽崖山海水凉，绿端青铁发奇光。石交到此才称久，铁面如君信有霜。薄冻晴烘鸲眼活，微凹膏剩麝脐香。羽阳铜雀声名旧，瓴甋犹堪百世藏。

君家曲，用杨廉夫体

生忆君家锦树园，朱楼一角围秋千。海棠娇春湿红雨，游丝络花芳榭边。回廊愔愔白日暮，曾是年时听歌处。葳蕤锁断红玉春，回首雕阑不如故。彩云易散日易斜，金笼鹦鹉惊霜华。紫薇不葩丹桂老，拒霜惟有芙蓉花。芙蓉娟娟秋水冷，凌波忆煞惊鸿影。露寒风悄碧天凉,清泪暗添愁黛重。

案:衡本卷二中,此诗题为《君家曲,用杨廉夫体,为里中某氏作》。

伯严送其弟就婚永州,余以岁晏归故山,书此寄之

闲园梧竹翳椽橑,我与陈子同朝昏。两年论学绎古义,时凿混沌搜乾坤。一篇出手互印可,半字未协劳吟魂。深谈那管烛见跋,渴饮遑恤酒倾盆。测交晚得隆与杜,乡井虽异情则敦。凉堂夜宴擘霜蟹,谈笑气可倾千人。今年与君更汗漫,蹑屩踏遍千嶙峋。南登祝融望沧海,夜半涌出扶桑暾。天公嗔我太豪宕,蓦然一雨封天门。白云漫漫径路绝,黄叶莽莽猿猱奔。云堂衣迦换僧裓,面目顷刻成缁髡。斯游虽险实奇绝,此语难与西河论。调实君。翻嫌来时困赵盾,局蹙篷底如鸡豚。归来揽镜发大笑,皮肉鬃黝同牺尊。我归宁亲又两月,气候倏忽殊寒温。到来君泛浯溪棹,绿墀青琐余苔痕。因孤生懒益无俚,径思归去寻竿纶。留诗示君当面别,兼叙离索摅愁怨。明年傥动剡溪兴,访我黄叶水边村。

浯溪山水天下无,舟行耳目多清娱。漫郎鲁国并殊绝,文字寿与江山俱。涪翁后来颇好事,字刻石壁苔模糊。只今镵锲日益密,石墨照耀西南隅。徐凝恶诗虽不免,柳侯题咏宁皆虚。君行于此意良得,况有介弟同舟车。岩开玉琯见古隶,潭泛钴锅森菰蒲。辅行更得舞阳胄,十年操缦名江湖。谓樊司马仙芝,司马善琴。抚弦动操九嶷应,搏拊殆可通姚虞。归来衙斋恣豪嚼,酃渌不与郫筒殊。太仓诗老今召杜,谓张太守东墅。酒酣爱说齐民书。一时风雅美无度,令人妒羡增巇吁。新篇想已充箧衍,勿靳邮示开凡愚。我虽无能识郢曲,目力尚足别焉乌。傥仍逋诗似逋赋,定遣长鬣打门呼。

沧水铺道中

林阴清润笋舆轻，溪路新晴荠菜生。瞥眼山桃增触拨，故园明月是清明。

案：衡本卷二中，“故园明月是清明”作“故园风物近清明”。

益阳寓楼一首

春流浩淼聒樯乌，芦荻生芽雨满湖。下濑风帆收汉浦，榷茶人语殷川涂。濱梅地接云千里，吴蜀襟分此一隅。极望裴公亭畔路，濒江烟树绿模糊。

案：衡本卷二中，“汉浦”作“汉浦”。

寺楼晚眺

桃花春涨接重湖，夕照龟台一笠孤。波上声犹惊咳唾，泽中风屡动萑苻。文章上国浮丘贵，功业中兴鄂渚扶。高阁毗庐几人在，暮天清磬下平芜。

由裴公亭至白鹿寺

草树单椒合，阴森白合藏。泉飞萝石冷，云净法华香。苔磴凉幽屧，江声走夕阳。何来旧连师，慧业问空王。

畦暖群蛙吠，到门闻午钟。余花兼晚笋，芳意郁蒙茸。茶话诸天静，参寥一笑逢。华严见弹指，苦行称禅宗。

园居一首

惊绿破幽梦，乱蝉嘈夕阳。醉宜湘簟冷，静觉渚蘋香。过雨琴生润，观泉骨亦凉。溪茶清可煮，流馥入诗肠。

蓬洲明府于署园葺屋一区，竹树蒙翳，甚凉适也。六月二十四日，招同吴韵庭超然、陶俊元必良落之

小槛花明帘四垂，细禽幽筱澹炎曦。兰心浥露琴声润，桐荫当阶鹤步迟。胜日宾筵招二妙，碧廊烟柳罥千丝。人间何处非河朔，醉拗莲筒未用辞。

案：衡本卷二中，此诗题为《蓬洲明府于署园葺屋一区，竹树蒙翳，甚凉适也。六月二十四日，招同吴、陶二孝廉落之》。

移居园中之云山涌座隅楼下，康熙时吴江吴园次尝来居此

老树当窗一笠圆，竹廊长日聒新蝉。风帘影堕秋光小，珍簟凉生午睡便。拔宅分难辞热恼，置身权喜占幽偏。百年林蕙余芬韵，恰有诗心到枕边。

晓起桥亭口号

虹板条条犯晓行，藕香风曳纻丝轻。菱烟罥罿露华湿，水鸟掠波飞有声。

濆阳曲，拟杨巨源《大堤曲》体

盈盈十五倡楼女，镇日凝妆向江渚。油壁春风狭路逢，珠箔青楼暂相语。活活娇鬟香玉春，青黛扫眉眉细颦。澄潭水渌芷兰秀，日暮空江愁煞人。晚凉一叶随波去，抱月飘烟不相顾。叶屿花潭桂楫轻，迎眸又见南溪树。沙头打鼓赛神忙，珠翠雨余湖水香。北客不来秋思悄，箬篷凉雨梦鸳鸯。

案：衡本卷二中，"油壁"作"油壁"。

袁绶瑜绪钦以憩园诗见示，园中夜色更佳。拟此广之

银塘水色夕，轻桡溯芳沚。粼粼碧吹轻，皓月同千里。凉风荡乡思，夕露惊纨绮。观河面皴生，尘垢聊一洗。归舷掠菰蒋，宿鹭一双起。

虚馆静遥夜，兰膏凝紫烟。芳尘拭璇席，当窗鸣玉弦。秋气敛金徽，冰岩铿夜泉。潇湘渌水深，涧户青苔连。持此慰幽独，岂必知音怜。

虫语玉阶急，水窗闻暗香。折荷裁作镫，瘦绿映帘凉。露气净缃蕙，檐风交松篁。秋思黯孤烟，萧条昔年芳。参辰忽已移，却立增彷徨。

曙色动帷屏，山禽聒深树。篁纹吹素波，清梦落何处。振衣池上亭，菱深浩烟雾。荷风荡暄浊，肺疾宜花露。钟凉隔水闻，憬然得元悟。

寓园冬夜一首

朔霰因风洒未成，萧萧寒意满江城。剥余紫蟹频呼酒，看熟黄庭得养生。明月梅花孤枕梦，纸窗灯火汉书声。残年风味清如许，记取湞阳此夜情。

沩口舟次寄杜云秋

沙树微黄水始波，秋风江上别离多。扁舟近接铜官渚，独雁流音奈远何。

名场结客得交亲，短榻论文未厌频。今日江湖成独往，酒酣箕踞更无人。

天末停云系远思，水蕻香里雁来时。闲将楚客悲秋意，说与人间杜牧之。

案：此诗收录于《道咸同光四朝诗史》卷六（孙雄编辑，上海

古籍出版社,2013 年)。

伯严侍其尊人之官河北,赋此送之

金风萧萧天宇凉,木叶微脱云鸿翔。我友驰驱嗟路长,关河络绎奔车航。飘然一棹辞江湘,朋侪讴思贻琳琅。篇成五字跻河梁,伊余两载侨华堂。纪群交谊金兰芳,安能默塞缄衷肠。我闻河内形胜强,绾毂南北屏王京。浊河西来流汤汤,大艑峨峨漕粢粮。川涂萧寥气昏黄,疮痍未复增凄伤。君侯才调不可当,名父之子人中英。登高揽辔重盱衡,同行况闻有黄裳。谓云秋。英谋硕画相咨商,由来贵胄道易光。紫岩南轩众所望,愿君努力思颉颃。探索政要研文章,疏狂率易慎厥防。精金百炼始称良,超然跃冶惧非祥。不才拌为岩穴藏,甘逐鸠鹭抢榆枋。临歧揽袪心彷徨,质言赠君慎勿忘。

案:在衡本卷二中,"贵胄"作"贵介","不才拌为"作"不材拚为","甘逐鸠鹭抢榆枋"作"甘学鸠鷽枪榆枋","勿忘"作"忽忘"。

滨阳雪夜

风雪一身遥,严城夜泬寥。酒杯侵手冷,炉火受寒消。破兴书连屋,酬恩剑在腰。犹怜玉门外,万马逐天骄。

衡龙桥道中

陂湖残照雨丝丝,不定阴晴四月时。沿路烟光连斥堠,祈年箫鼓集灵祠。条风总翠林禽喜,芳草连云客子思。一棱青山近乡县,旅怀消尽掌中卮。

和复园老人《咏怀湘中古迹八首》

浯溪碑

韩碑柳雅此先声，文字江山并有灵。一代高文出循吏，千年波磔郁雷霆。蛮溪风雨蛟鼍恶，长日毡椎墨沈馨。留与人间叹双绝，断岩经雨古苔青。

开云楼

谁从北坂写楼台，岳色江光落酒杯。峰顶已无云气蛰，日边曾有逐臣来。虹收宿雨青天迥，帆转湘流翠嶂开。一样儒先表遗迹，中天霁雪又崔巍。

凿石浦

碕岸谽谺碧藓滋，湘云漠漠护灵祠。文章万古余光焰，老病孤舟有别离。异代尚来蘋藻荐，生前谁疗凤皇饥。山川一宿犹增概，碧杜红兰有所思。

射蟒台

冥蒙毒雾锁湘隈，鼓角声中万弩催。猛气竟除吞象孽，欢声齐动夹城雷。江山典午非前日，祠庙春秋有旧酯。何必孝侯才弭害，渡江重见出群材。

定王台

地小难容舞袖旋，剖符贫国已堪怜。登高树隔秦川绿，反哺人嗟望眼穿。大孝有孙延赤伏，荒台无主罥苍烟。千年土带咸阳色，独客凭阑意黯然。

案：衡本卷二中，“反哺”作“反浦”。

贾傅宅

一椽犹自古城隅，策策高梧荫已虚。三载官淹卑湿地，千秋人重治安书。无年敢怨君恩薄，有后能膺郡守除。毕竟遗民能好事，兰堂配食有三闾。

会春园

九龙宏丽碧湘清，又辟离宫避暑行。玉沼金尊朝祓禊，珠帘银甲夜弹筝。才名天策新承宠，烽火家山旋弄兵。霸业烟消成底事，北湖波浪照前楹。

案：衡本卷二中，“旋”字后有按语：“去声。”

黄陵庙

水潆花落鹧鸪啼，回首烟皋日又西。环珮声随湘瑟冷，苍梧云拥翠华低。香消蕙幄阴尘覆，碑补空廊碧藓迷。可有风交沅澧浦，湖云如梦罨空堤。

刘节妇诗，和黄学师肇鼎作并序

节妇王氏，江苏人，父兄皆列仕籍。咸丰时，粤寇东犯，全家歼焉。氏年十六，有殊姿，惧为贼污，自投眢井不死。刘彩章者，宁乡农家子，年少应募入湘军，逐贼经井旁，援出之，遂携以归，结为夫妇，倡随十二年，伉俪甚笃。一日彩章病，医药罔效，氏潜刲臂和药以进，一饮霍然。越五日，疾复作，遂死。氏呼抢不欲生，濒死者数矣。氏故无子，仅育一女，甫六岁，牵衣绕泣，邻妪劝忍死存此弱息。夫弟某复许为立嗣，始收泪勉存视息。自是母女屏居一室，外人希见其面，今数年矣，凄惋如初丧时。当氏求死时，家人见氏左腕有血痕，裹以布缕，问之不语，问女始得其情。里人高其义，上其事于县尹桂林许公。公嘉焉，以彩缎旌其门。学师黄雉九、侯官林司马竹修、县人张廉访寿荃并撰歌辞，以传其事，而属和于余，赋此应之。时光绪辛巳嘉平四日也。

刘彩章妻王其氏，草拔卷葹心不死。冰霜荼檗一身兼，节行铿然动邻里。生小江南佳丽乡，一门簪绂有辉光。门临震泽开妆镜，家近苏台画绿杨。菰芦一夕封狼据，骨肉仳离不知处。弱质拌为井底泥，贞心肯逐风中絮。刘郎执戟赋东征，六郡良家旧有名。乍见岂能忘恻隐，手援从此订鸳盟。日归偕隐沩山侧，鬘

髫当门贫亦得。昼馌粢醪陇上耕,夜催机杼窗前织。七国三边役已竣,双心一抹白云边。谁知梁孟相庄日,又是文园示疾年。恹恹病入膏肓久,扰扰医巫咸束手。祷佛蕲年计已穷,操刀割肉情何厚。鹛鹈膏带血痕腥,至性真能泣鬼神。百沸松风开药鼎,一帘残雨泣綦巾。由来祸福皆前定,五丝难续庚寅命。一夜悲风啸白杨,双鸾倩影凋青镜。引吭悲鸣海水枯,泪斑湘竹血模糊。牵衣剩有垂髫女,忍死相存掌上珠。从兹定迹栖深谷,视息虽存心槁木。字翦皮金骨亦香,鬓飞蓬葆膏慵沐。无双叔重古循良,逋老涪翁并擅场。为阐贞风翊阴教,高吟大句动湖湘。彝伦近日多亏缺,弱草轻尘争一瞥。赖汝摩笄断腕心,尚留皎日青松节。如此艰贞亦大难,寸肌虽毁寸心安。客窗泚笔香盈简,屋角孤梅破雪寒。

案:衡本卷二中,诗题中"并序"作"并叙";诗序"邻妪劝"后、"忍死"前有一"氏"字,"夫弟某复许为立嗣"后、"始收泪勉存视息"前有"而共其财","侯官林司马竹修"后、"并撰歌辞"前无"县人张廉访寿荃","赋此应之"前有一"爰"字;诗中之"拌为",作"拚为"。

县斋与蓬洲明府夜话

桂花如霰打琴床,信宿冰衙梦亦香。桦烛深谈频见跋,枯肠得酒旋生芒。风尘未靖思良牧,凫舄重来觉老苍。多少人间兴废感,玉潭疏雨夜镫凉。

案:衡本卷二中,"旋"字后有按语:"去声。"

晓发长沙

喔喔鸡声万瓦霜,麓山烟树辨微茫。白涵江气连城动,红蘸朝霞透水凉。晓日鱼虾争趁市,芳洲橘柚半悬黄。人间好景湘川隩,不道垂杨尔许长。

冬日杂咏

南堂新瓦雨声凉，酒畔分柑潠雾香。忽漫怀人渺天末，心随南雁落林塘。

谾谼飞练散溪烟，竹屋萧疏称醉眠。半夜月明清梦醒，白梅飘雨打琴弦。

溪水萦沙练练清，疲驴乌帽看山行。兜罗裹住旃檀阁，停策霜林听磬声。

寒天野鹜散江隈，枯树湾头换酒回。片艇芦碕冲雪出，银刀泼剌上冰来。

隔篱疏霰响沙沙，老鹤无声冻月斜。生起一枚黄叶火，地炉喧雨煮松花。

夜堂松韵助幽清，攲枕猊烟拂鬓轻。映雪镫凉人未睡，隔窗依约汉书声。

梦与人至一兰若，僧徒甚多，粥鱼钟磬声相闻，循山左转，道路宽平，松阴不断，时晴云丽空，天宇寥阔，悄然动乡井之思。梦中得诗一首，醒时不遗一字，走笔记之

海山弥勒旧同龛，荔子桄榔味熟谙。梦里圆蒲闻梵偈，天涯筇竹又精蓝。松连峤道千盘翠，水试曹溪一勺甘。倚槛乡心忽超越，断云斜日是湘南。

案：在衡本卷二中，此诗题为《夜梦与人游山，至一兰若，僧徒甚多，粥鱼钟磬声相闻，循山左转，道路宽平，松阴不断，或云地当蛮徼，时晴云丽空，天宇寥阔，悄然动乡井之思。因各赋一诗，醒时不遗一字，走笔记之》。

原　上

送客芳原上，西风禾黍香。塍拳双鹭白，树咽一蝉凉。尔牧情何逸，骑牛下坂长。重峦纷紫翠，一半是斜阳。

戢戢雏松长，风来万鬣鸣。凉披纤葛软，醉爱石源清。谿涧渐收潦，桔槔时有声。连畦蕃芋菽，旦晚庆西成。

悼殇女二二并序

二二，同治庚午十二月生，余方居先子忧，营葬山间，家人来报，意未属也。稍长，性柔良，吾母绝爱之，余亦加怜惜焉。二二尝就余索果食，或为擎送茗碗，览其行步迟重，辄为笑也。十三年五月，偶感微疾，误投凉剂，遂殒。在日值予穷乏，未制一新衣，疾亦疗治失宜，悔宁有极耶？归熙甫女二二葬志辞极悲惋，乃知骨肉之爱，贤达难忘，悼之以诗，亦与熙甫同耳。

不见髫双了，难禁泪雨斜。临危犹恋母，逃药每呼耶。墟莽魂先散，医庸疾转加。爱河流不尽，莲性本空花。

亦解承耶意，瓯香日日擎。簪花怜浅鬌，索果每低声。荏弱含生浅，驯良受性贞。莫来频入梦，汝母泪常盈。

兄姊年皆稚，哀哀哭汝旁。宁知共命鸟，忽见一雏伤。薄槥埋黄土，凄风动白杨。送儿依大母，掩袂下前冈。

送人入都谒选

夫君风骨玉壶清，三十鬑鬑绕喙生。十载诸侯老宾客，夷门秋雨吊侯嬴。

草檄夜传青海箭，挥兵朝打黑山围。酒边谈笑烟尘静，岸帻荒城对落晖。

一官催汝上幽燕，走马金台雪满天。诗句旗亭闻赌唱，晓风残月拉鹍弦。

君去好寻循吏传，我来刚唱渭城诗。断云含日湘江晚，目断官桥万柳丝。

龙凤山道中，时淫雨害稼，忽逢开霁，喜而有作

万壑雨收才，奔湍响若雷。沙明溪路净，凉重积阴开。禾耳连畦茁，耞声隔浦催。相逢垂白叟，欢意逐人来。

湘乡燕子岩展谒先茔，信宿旧庐，得诗四首

碧涧交流急，沿洄尽日看。树蟠攲磴古，风漱鹭涛寒。溪雨芹堪煮，林霜柏渐丹。橘租今岁稔，孤策且盘桓。

人家住山崦，密树拥篱门。旧俗崇巫鬼，村居长子孙。牛耕山上畈，瓜蔓水边墩。新酿浮蛆满，呼来老瓦盆。

陟巘寻兰若，沙鸣屐齿松。瀑添山雨壮，岩被乱云封。远岫沈孤塔，重峦吼万松。到门知不远，风落一声钟。

摇石连根动，山中有巨石，高广数丈，以一指推之，动摇有声，数人掀曳反不动。灵奇理莫参。深丛育罴虎，幽壑富楩楠。岚翠空中坠，笙钟谷底酣。多生缘未了，有约再来探。

雨　止

雨止林霏开，流光坠烟翠。深丛鸟乱啼，亦若含欢意。微笑对茗碗，悠然得闲憩。微风动高梧，流馥入衣袂。默坐契无朕，屏居谢尘翳。蜉蝣天地间，扰扰何多事。

蔬　食

薄采盈筐筥，充庖晚膳香。清宜配盐豉，嚼定叶宫商。但觉鸡豚贱，犹含霜露凉。兼旬得安寝，并乏蹴园羊。

题画二首

荷　花

我有茅芦傍溪溆，绕门流水花田田。红妆翠盖不受暑，晓露夕风娇可怜。陂塘秋老水色净，池馆雨余花气鲜。对此翛然更清远，扁舟苕霅待何年。

木芙蓉

蟠天际地一万朵，百雉都成云锦浮。能拒清霜标艳彩，即沦篱下亦风流。谁与貌此剧幽绝，浩然风露湘江秋。等闲勾起故园思，墙角一枝开已稠。

示　儿

如此溪山画不如，茆斋三面敞清虚。弟兄分占东西屋，荷芰香中好读书。

会春园瓦砚歌

猪龙起蛰腾湘水，十州膏血供挥斥。一般宫殿写长安，天策金华相次起。城中六月如探汤，避暑重开嘉宴堂。山色远拖螺黛雨，池台清带芷兰香。考工埏埴澄泥腻，千窑色夺南山翠。鸳瓦排云碧浪摇，王居壮矣民生瘁。离群马子散，争栈众驹喧。洞蛮三日火不熄，九龙光政飞秋烟。何况园居远在湘川隩，传烽更在碧湘先。流传片瓦供磨琢，兄视羽阳弟铜雀。瓴甋今犹出北邙，真君久已归南岳。刘园蜀苑并蒿莱，十国兴亡尽可哀。草倚城南望城北，冷萤飞上马王堆。浏阳门外高冢累累，皆诸马伪陵，俗呼"马王堆"。

案：衡本卷四中，"皆诸马"作"为诸马"。

晓步园池得诗二首

清晨散幽屧,初日射西园。青苔团露光,花影上高垣。山禽弄园吭,听之欲忘言。墙外叱犊声,东作亦已繁。春风一应节,动植各自恩。达人悟元化,守默持其原。始知末俗趋,未若畎亩尊。吾谋不可移,已买两乌犍。

东园有孤栎,苍藤交络之。花时香满室,流荫照轩墀。年时霜雪繁,藤枯树已萎。不仅嘉荫惜,为伤先人遗。呼僮觅拱把,补植发华滋。诚知生有涯,难观千尺蕤。芸生各有宜,枯菀随其时。绕树三叹息,聊为百年规。

案:衡本卷三中,此诗题为《涉园》。第二首中"已萎"作"亦萎"。

谢友人惠腌菜

平生爱读冰壶传,酒醒空堂雪月凉。百瓮饱偿寒士籍,连宵梦断蹴蔬羊。酸咸世味怜齑粥,霜露田园忆故乡。歙钵风炉聊具足,感君分润到枯肠。

新　堂

一瓯香雪散余酲,睡起新堂听鸟声。种竹人家添晚翠,插秧天气趁新晴。小池萍散初浮鸭,病叶虫苏欲化虻。恰好闭门笺尔雅,斜阳苔篆不胜情。

友人丧偶,诗以唁之

鹣鹣比翼互温存,检点牛衣有泪痕。一自屧声和梦断,窥帘月冷怨黄昏。

未信人间有别离,碧山偕隐乐巾綦。天风吹断葳蕤锁,雨浥寒香冷故帷。

紫玉空奁已化烟，银屏一角映愁眠。剩来膝下双硗玉，抚镜他年定泫然。

人世光阴一刹那，散花休更著维摩，情天赓续伤心史，多恐安仁鬓已皤。

案：衡本卷三中，此诗题为《友人有丧偶者，诗以唁之》。

首夏村居

刺桐花白浊醪黄，鹎鵊声中播种忙。鹭外斜阳千嶂紫，鸥边微雨一丝凉。园丁笋劚青苔碧，茶户烟蒸晚焙香。便作幸民吾亦愿，醉闻渔笛起沧浪。

案：衡本卷三中，此诗题为《首夏村居一首》。

戏咏冰梅酒

收拾曹公入盎瓶，清流滟滟浸春星。沾唇品压荔枝绿，透髓香嘘藿叶青。快扫风轩斫冰鲙，好邀明月到疏櫺。酸寒与我同风味，浮拍花前不愿醒。

题山水屏幅四首

结庐傍菰芦，野旷风萧萧。古木叶脱尽，雁行天际高。幽人掩柴扉，读易笺离骚。疏野信可乐，吾生良独劳。

片艇出芦碕，蒙蒙水云里。澄潭泻空绿，中有棹歌起。山腰露危栈，峭壁石齿齿。何当抱琴来，一访赤松子。

深松碍白日，虚籁落峭崒。招鹤鹤未归，呼猿猿不至。麓山与灵隐，清景劳寤寐。毕韦不可作，幽意兹焉会。

崦风驱雾净，突兀露伽蓝。石附著岩际，下临千仞潭。长风激驰波，壑谷笙钟酣。慎勿吹铁笛，下有潜虬蟠。

中秋日作

往事迷漫不可求，砖炉油幕六经秋。松风蟹眼圆初梦，鼓角星河缅节楼。尽有风云通径路，那无消息到林丘。人间何处能藏热，笑向花前倒一瓯。

九日偕里中同学，由小桃源至盘泉寺

平生能著几雨屐，我独寻常命筇竹。携朋晓入南山口，振衣石上看飞瀑。跳珠溅玉一片白，散作昙花万银簇。天风浩浩毛骨寒，凉雪霏霏盛阴蓄。呼僮汲泉煮山荈，一瓯香亚君山绿。摩崖字古半刓泐，点画然疑略可读。岩石上镌“淳祐十年太岁庚戌二月”十字。仙牛一去不复还，石上犹留旧蹄躅。石上有牛蹄痕，深入数寸。更沿危栈上崱屴，雾凇漫空迷远目。奇蹲虎豹石僵立，野战龙蛇峰起伏。扪苔细读石间诗，颇欲遗荣谢拘束。峰顶有石牛，嘉庆时，里人刘丕文题诗其上。峰坳突兀露兰若，径往从之憩行足。殿冷尘埋古佛窍，僧逃烟绝斋厨突。自删红叶暖村醪，旋斫枯枝煮山蔌。浮生半日得闲憩，各有雄谈副腰腹。渐看夕照下高岭，归路凉云满岩谷。他时避世此中来，翳鬖自葺林间屋。

上巳日，同人宴集浩园池上

踠地青杨一万条，东风门巷曲尘消。楼台上日喧莺燕，帘幕清尊散郁陶。一片沧波有兴废，千秋乡衮自云霄。坐看春色回天地，未碍欢呼尽此宵。

重游碧浪湖

蛮触兴亡亦可伤，镬边同听梵声凉。湘涛拍岸声穿树，残甓延苔绿上墙。白社有缘词客聚，青山无恙绮罗荒。重来风月无人管，极目烟芜赴渺茫。

芋 园

长沙几处亭台丽,位置终推此地尊。孤屿树荫能媚日,碧池春水自生痕。谁编湘上名园记,曾是平泉几叶孙。有约携壶看新绿,稚荷纤柳夕阳温。

案:衡本卷四中,此诗题为《芋园一首》。

初夏忆故园

园扉绿暗雨丝丝,开到荼蘼第几枝。婪尾光阴来燕候,困人天气饲蚕时。捋菰浅渚苔烟暝,向晓风林茗露滋。如此溪山不归去,酒边梦里一寻思。

案:衡本卷四中,"园扉"作"园林"。

自题珠泉煮茗小照

凛秋风日佳,园林蔚深碧。虬松落幽翠,苍藓盈阶堿。篱编鹿眼稀,花草纷如积。呼童挈铜斗,远就溪桥汲。珠泉色深绀,味可中泠敌。松风瓦鼎号,玉碗斟云液。自非坡与谷,此意无人及。痴儿才五龄,问字勤绕膝。诗书不疗饥,汝学复何益。云林有礽孙,为我状寒乞。虎贲类中郎,神似那可必。繄余将远行,秣马长城碛。关河怅修阻,出处殊劳逸。回首湘上山,英英白云匿。但愿归来日,松菊犹如昔。稚子开柴扉,疏镫出棂隙。荒园菜甲肥,亲舍欢情溢。依然深树下,箕踞读周易。

谒周尚书堪赓家祠,示其裔孙培莹并序

公以崇祯十五年治河著声绩,上六大弊疏,切中时病,已知事不可为,遂乞病归,时一弟一子皆被寇难。国变后,落发县西八角庵,即今祠也。顺治时,洪承畴略地云贵,道宁乡,减从谒公,拒不见。时已昏暮,承畴径入,乃徐起,命家僮具饭,谈至夜

分，承畴驰去。明日，家人请报礼，公不许，曰："吾不以此辱洪公。"十年，孔有德荐公可大用，辞不出，逾年遂薨。事具黄周星、邓显鹤所为传志。近阅王夫之《永历实录》，乃有微词。夫易世之际，人所难言，至于削发易服，却聘不起，较之桥亭卖卜，相去有几，而犹不免于传闻异词。题诗：

骨肉流离碧葬凉，劳臣心尚系危疆。长河幸挽滔天势，六弊空陈痛哭章。家国一生余涕泪，烟尘六宇痛仓黄。百年野史滋遗议，谁为庐陵一阐扬。

与国存亡信有诸，史宬名恰殿河渠。披缁已证菩提果，誓节宁烦却聘书。虚室阴尘瞻象设，石门斜日吊遗墟。疏盘白酒家常饭，惭愧元戎谷口车。

冬晓散步村外

墟散人从木彴过，晖晖寒日上林柯。早霜翳草微松步，老树横溪半卧波。晴久寺钟音更亮，年丰村酒价无多。徐熙小笔分明在，且喜生涯足啸歌。

泊石井

隔溪危栈傍峰斜，云气生边绿树遮。知有人家住山崦，刺桐花里露篱笆。

梦中得二十字

荷笠度寒林，夕阳淡人影。闯然孤鹤飞，直上青松顶。

有　感

白纻红牙事已遥，重来惟剩旧书寮。石阑干外纤纤柳，依旧春风斗舞腰。

题赵千里画幅，尾有项子京珍藏印章

仙山楼观影霏微，云树葱茏海水飞。曾是项家缇锦袭，断缣残篆认依稀。

芸幌二十四叔于东偏厅事前凿沼方三丈许，沼中垒石为山。六月二十三日，招同张福荄发濬、洪薰普彭述、张振镛象彝落之。即席呈诗一首

叠石与檐齐，秋云纳浩浩。天阴藓花湿，岩窦悬纤草。跟跗著池心，矗立如蓬岛。轻鯈出罅窍，跃浪翻萍藻。山腰一洞穿，迎面天光皛。又如风洞山，凿空开奥窔。玲珑备众妙，堆垛尽诸巧。我闻张南垣，为山极缥缈。梅村为撰传，江介驰名早。秣陵名园记，大半见手爪。臣叔固不痴，当轩事营造。竟兹一篑功，弥见中峰好。佳辰招客至，置酒临芳沼。突兀见古青，孱颜露林杪。欢赏连日夕，不觉玉山倒。

卷　三

癸未七月将为河右之行，二十五日次治城，明日，黄石仙显瓒设饯憩园，即席有作

感遇伤离且莫论，凉堂花气破兰荪。冥鸿欲去仍呼侣，佳日相逢快引樽。池馆微波堆古雪，江楼残笛怨黄昏。浮生聚散浑闲事，狼籍生衣半酒痕。

丝竹中年兴易阑，西风萧瑟响刀环。权抛短枥三升豆，去看长城万仞山。雁警新寒腾楚泽，马驮残月度崤关。岩松坞桂休腾诮，云自无心任往还。

案：衡本卷三中，此诗题为《蜕园主人自甘州以书见招，七月二十五日治装赴之，是夕宿治城。明日，黄石仙显瓒招同刘省卿本鉴、家啸汀祖桢宴集望云别墅，作诗二首》。第一首中“仍呼侣”作“仍求侣”。

舟发沩口

断渡犷飙尽日颠，苇间今始一帆悬。川原落照月乌榜，乡国回头入暮烟。人语疏灯沩口酒，雁声柔橹洞庭船。思归莫笑东曹掾，风味江南故可怜。

洞庭舟中

臬臬西风送一航，碧天波影混微茫。江豚吹浪翻晴雪，老鸹

衔芦带晓霜。水上如闻灵瑟响,云间还曳雁行长。浮摇江海神仙接,弭楫高楼一举觞。

岳阳楼望湖

缥缈平湖阔,危楼倚夕阳。风帆开鄂渚,清气纳潇湘。声拓岷涛壮,光摇海镜凉。天池吾未到,觉此已汪洋。

湘瑟音凄断,苍龙听未终。金堂扃贝阙,神女御飘风。空旷仙灵聚,弥漫气象雄。余怀殊浩渺,风定月当中。

螺山阻风四首

无数旌竿啸远空,浪花飞雪打孤篷。可知泽国年犹稔,鼓枻频来卖饼翁。

人语涛声咽一洲,荒荒斜日闪寒流。渚宫一夜西风冷,吹出芦花也白头。

海内文章王子衡,春风倾倒鲁诸生。到来门巷萧寥甚,一树幽花照眼明。

雪藕鳊鱼不值钱,阻风中酒亦因缘。天涯此去沧波阔,洗脚拖篷听雨眠。

案:衡本卷三中,第三首"海内文章王子衡"后有按语云:"谓柏心比部。"

金　口

涛江郁风烟,连山飞白练。喷薄下危矶,苍茫浸遥甸。峨峨金口镇,建置得形便。大小两军山,峥嵘峙江面。洪流遭束缚,隘小如匹绢。急溜漩盘涡,惊湍激飞箭。炎精昔沦丧,孙曹互专擅。角立争雌雄,夹江骇龙战。兹丘实对垒,霜雪明刀剑。往事去堂堂,光阴瞥如电。清时忘设险,径路荒榛遍。非无大将牙,坐甲操防倦。似闻江海上,鳞介娴沙线。安得固吾圉,重锁横江链。

黄鹤楼感事

觚棱八面丽层霄,秋际登临纵目遥。动地江声通远海,高城白日飒寒飙。天垂襄汉涵空迥,市涌楼台隔渚嚣。南服中原同在眼,岂惟形胜重南朝。

案:衡本卷三中,"秋际"作"秋霁"。

漫向夷陵问劫灰,严城三压坏云颓。南楼风月元规误,东下功名士行推。战地云荒衰草白,寒江风打怒涛回。似闻岛屿氛犹恶,太白光中独举杯。

楼下空矶雪浪悬,柳梢帆影落樽前。南飞乌鹊横江表,西望长安在日边。乡国易生摇落感,江山难复中兴年。水云洲渚空迢递,残照天涯独洒然。

汉江舟次

夹江烟树绿蓬蓬,十幅蒲帆一笛风。身在仇唐图画里,碧天无际响飞鸿。

案:衡本卷三中,此诗题为《汉江舟次一首》。

仙桃镇寄家人

沙树经霜色渐酣,萧萧凉意满江潭。寒衣莫便金微寄,秋雨秋风滞汉南。

岳家口闻笛

一片羌山笛里秋,月明清绝水边楼。曲中心事分明甚,不怨杨枝怨石尤。

宋人于濮议诋庐陵为邪说，其实持议甚正，明人大礼议沿宋之陋而加甚焉，激成朋党，反使小人用事，乱国纪，空善类，君子不能辞咎也。舟次安陆，赋诗一首

毛里恩难顾，君亲义未安。持平无永叔，泥古尽师丹。钩党诛何急，跻僖事太謾。祸深由过激，贤者责难宽。

案：衡本卷三中，此诗题为《宋人于濮议诋庐陵为邪说，其实所议甚正，不审当日何反非之。明人大礼之议，沿宋人之陋而加甚焉，于是激成朋党，反使小人用事，乱国纪而空善类，二三君子不能辞其咎也。舟次安陆，有感其事，赋诗一首》。

秋江怨词四首和友人作

丝雨丝风几暮朝，秋来江上易魂销。顾为蒻席情犹阂，欲化行云梦已遥。团扇缘抛秋后叶，香螺红晕镜中潮。巾衫莨篋牢收拾，狼籍啼痕未易消。

案：衡本卷三中，“香螺”作“脸波”。

解珮人来易断肠，白蘋洲外露华凉。芦汀酒醒花如雪，蓉帐宵寒梦也香。离恨天描眉月小，郎当亭度驮声长。班骓一去垂杨暮，何日音书寄阮郎。

传来笺素褪深红，多恐心情渐不同。堤畔枯荷喧暮雨，笛中疏柳怨西风。裙抛白练香云薄，桨打秋潮别恨丛。漫对柔波歌小海，软烟遮断细腰宫。

麝月蝉云绝可怜，凌波自惜影娟娟。瘦来绶带频移孔，盼到刀环定隔年。仙桂有香浮阆苑，碧波如玉滟湘川。蟾奴万杵延年药，难使星期夜夜圆。

案：衡本卷三中，“难使”作“谁使”。

鹿门山庞公栖隐处

炎运崩离日，先生贞遁年。埋名顾及外，投老楚江边。丘垄酬先德，功名付后贤。寥寥耆旧传，风骨自孤骞。

案：衡本卷三中，“风骨自孤骞”作“念汝独能贤”。

襄　阳

魏晋而远事屡更，依然笳鼓动严城。人争败局撄残劫，天划岩疆作战枰。南雍已非齐代镇，北来曾扼索头兵。萧楼一角何轻重，一涉兴亡便怆情。

九日游万山

客里逢秋思易伤，万山高处作重阳。不辞笠屐穷孤巘，难得登临在异乡。古洞苔深残碣冷，秋原花老暮云凉。隔江粉堞依稀在，犹见遗民说战场。

江上秋生鼓角豪，孤城回首阵云高。上游荆郢提封远，前代英雄战伐劳。白骨几堆萦蔓草，夕阳千里下平皋。只休龙尾舟边过，刷耳悲风起怒涛。

耆旧风流安在哉，故家池馆久蒿莱。人来易洒悲秋泪，龙卧曾推命世才。白社已荒谁抗手，青山无恙且衔杯。百年犹唱铜鞮曲，可有萧郎按拍来。

案：衡本卷三中，此诗题为《九日偕友人游万山》。第一首中“不辞笠屐穷孤巘”作“且携壶盏招同侣”。

淅川官花滩，两岸石壁嶙峋，险怪百出

咄哉造物钟灵怪，巨刃摩空运风快。当空劈破青芙蓉，磊砢平分矗江介。千年积铁色如黝，万古凝脂坚不坏。潆洄一水贯当中，角立双峰竞雄霸。童无寸草茁岩腹，时有髡椿穿石罅。斜

飞细脉走龙蛇,迸裂冰纹蟠赑屃。共工头触柱忽折,巨灵掌擘痕犹界。绝无径路通行李,犹见遗民结硐寨。浓云堆垛压篷重,老鹳拳枝向人欬。疏林不复仿南宫,青绿何能追北派。回环撑拄数十里,鼠穴羊肠争险隘。元黄剖判太无聊,犷顽合受人嘲骂。须臾出险就平衍,收召精魂起孱惫。夜深孤枕梦阑珊,奇鬼森挐吁可怕。

案:衡本卷三中,“犹见遗民结硐寨”后有按语:“山巅常有石堡,雉堞宛然。嘉庆时土人筑此以御教匪。”

丹江舟次

风急雨冥冥,荒江一舸停。云霾千嶂白,秋酿一镫青。石啮涛逾怒,宵凉酒易醒。霜空闻雁唳,似欲诉飘零。

攲岸临无地,篙师曳缆劳。石奇狞虎立,村晚秃鹙号。瓯脱萑苻警,荒年酒价高。凋疏生意浅,谁为长田毛。

抡指长安近,天涯数去程。路穿鄖子国,家隔鄂王城。水宿鸥波冷,霜寒鹤梦惊。天风酣壑谷,满耳凤鸾声。

白发悲明镜,青山送客舟。一临江上路,两见月轮秋。风雨怀君子,关河悔远游。楚天西向尽,回首白云浮。

案:衡本卷三中,此诗题为《丹江舟次四首》。第一首中“逾怒”作“逾吼”,第二首中“攲岸”作“攲屽”。

樊城换捩尾艑至江口,与汉水别,溯流抵淅川之石庙湾,阻风三日,石啮涛怒,颠簸不安。来时于金口大军山文昌宫壁上,见有前明熊襄愍东园诗石刻三首,录置箧中,舟次无聊,用原韵赋此以摅积闷,示同舟张参军璪光

颓云千里羃秋阴,回首秦关雾雨深。刮地连朝嘘噫气,极天

高浪涌江心。五更金铁孤舟梦，满耳波涛万鼓音。到此何能论喧寂，相看都似蛰虫喑。

闲坐挑镫到夜阑，村沽痛饮强寻欢。衾裯泼水和衣卧，书卷连床伏枕观。饥雁流哀喧溆浦，踆乌何日射旌竿。抽毫漫写悲秋意，付与江南子布看。

丹水滔滔拍岸浮，柳边连日峭帆收。惊心愁鬓逢秋改，入夜乡情似茧抽。琴枕低昂风戛橹，沙痕依约雪盈洲。人间行路难如许，谁道林泉福易求。

附录熊襄愍原作

连夕屯云接地阴，一亭霏雨对愁深。且携弦酒招同侣，共话桑麻悦素心。鱼鸟欲飞犹怯湿，蛰虫初起未成音，烟霾满面难开眼，牛马从人且学喑。

苦雨伤春兴欲阑，寻春带雨强为欢。惜将流水邻西去，恨不移山屋里观。泥重倩人频栉屐，桥攲过我屡扶竿。为怜光景难闲坐，更待晴明倚醉看。

东风吹浪绿烟浮，高树流云湿不收。寒萼欲开犹半闭，露芽才出未全抽。苍鸡伏卵巢阴筱，白鹭看鱼下夕洲。即事但能成小趣，适情何必更多求。

至荆紫关，舍舟而舆，一路林石苍润，如行湘西道中

才辞江路向青山，已觉巑岏不易攀。残梦惺忪驴背稳，乱峰从沓石头顽。征衫乍点林荫翠，节物频惊柿子殷。冻雨萧萧红叶闹，石淙飞沫浣尘颜。

案：衡本卷三中，此诗题为《至荆紫关，舍舟而舆，一路林石苍润，耳目为之开涤，舆中得诗一首》。

双庙岭

晓发闭軨帷，劣若拘囚窘。陂陀数登陟，积渐升高岭。天风猎猎寒，吹我酒魂醒。群山忽破碎，乱若云涛涌。连天开阵云，拔地森铓颖。秦山信天险，未涉神光警。天低陇首高，日落中原迥。遥看鹘没处，熊耳双尖耸。

商南道中

青壁高何极，枯沙作雪飞。天寒铃舌哑，冰冻石头肥。攲磴危通骑，荒溪响振扉。夜来孤枕梦，犹被乱山围。

武 关

关前日暮闻鹍鸠，千载夷陵土犹黑。嬴兴芊蹶何足云，齿冷孱王太痴绝。商於百里秦上腴，岂肯尺寸他人输。五千里地不自足，贪饵乃丧千金躯。呜呼王固下愚耳，国无人焉事可耻。子兰若死左徒存，区区张仪安足齿。秦人欢笑楚人哀，怨毒于人甚矣哉。君不见，毁关直入愤王怒，三月阿房冷劫灰。

黑龙峪

千嶂围阛阓，林霏午未收。雨兼山果落，泉带断冰流。鸦噪墟初散，铃喧客乍投。无由浣尘垢，一为访灵湫。

商州颜都督席上

鼓角森严大将牙，相逢痛饮月轮斜。黄花香滟金樽凸。银烛光清翠幄遮，十载榆关收锁甲，三更莲幕斗筝琶。明朝又向蓝桥路，独听松风浣翠霞。

秦岭有泉自石罅流出，潴为清池，澄绿可爱

岩窦秋阴乳雪悬，空波寒藻净涓涓。一泓浮玉同澄澈，合号人间第二泉。

西来消渴感金茎，觅得松萝带雨烹。此后枯肠风味别，穹庐羶酪压瓶笙。

案：衡本卷三中，此诗题为《秦岭有泉自石罅流出，潴为清池，澄绿可爱，赋诗二首》。

长安杂咏

西来云物郁葱茏，犹见规模百二雄。天下名山尊太华，古来形胜重关中。金城险扼秦边远，铁马声凉汉畤空。莫倚齐云望都邑，雕旗犹卷晚霞红。

王气终南久寂寥，中天台殿尚岧峣。天回北斗宸居改，云散陈仓霸业销。石马无灵蒸汗血，铜仙有泪下穹霄。一规犹剩秦时月，多少功名博早朝。

汉家陵墓倚崇冈，丹箓蕲年事渺茫。仙露晓分金掌碧，宝镫秋照玉鱼凉。荒唐沈炯通天表，寥落安期却老方。何处离宫三十六，虫声如雨乱斜阳。

万花春绚岭东西，南内归来迹已迷。香漱长汤原祸水，亭铿羯鼓引秋鼙。珠帘晓日宫鹦舞，玉垒东风杜宇啼。无限兴亡感游子，津阳门外草萋萋。

案：衡本卷三中，此诗题为《长安杂咏四首》。

晓发醴泉

铎响初离驿，繁星尚满天。晓钟敲月落，乡梦逐轮圆。戍火明空堠，铜瓶响暗泉。匆匆缘底急，一笑落吟鞭。

十月二十三日，宴集平凉军次，为张提戎大雄题《秋原射猎图》

猎火连山夜合围，饿鸱高叫马如飞。健儿拍手降羌舞，月黑崆峒射虎归。

百战风尘血染袍，腰间斜压赫连刀。宁知沧海屠鲸后，又向天山睨皂雕。

高平关外月如霜，擘阮张镫饮射堂。有酒如淮能疗渴，不须生血割黄獐。

案：衡本卷三中，此诗题为《十月二十三日，宴集平凉军次，为张提戎题〈秋原射猎图〉三首》。

兰州河桥

灏灏灵源不断声，皋兰千里积阴生。奔流尚被群山束，缚艇能教万险平。波挟泥沙来积石，冰兼残雪打金城。毂雷终日长虹碾，迥接天西一万程。

抵甘州，呈一园主人

别来六度逢人日，鬓发惊看渐老苍。帐下风云屯虎豹，镫前鱼麦话湖湘。刀围绮席银尊暖，雪压胭脂画烛凉。今夕不辞濡首醉，相逢主客并他乡。

衙斋清比玉堂深，乔木千章聒晚禽。河右兵曹依幕府，将军第宅有山林。辕驹伏枥心还在，沧海横流感不禁。安得三千射潮手，秋风关海靖鲲鲟。时法兰西败盟，海上事棘。

案：衡本卷三中，此诗题为《甘州呈蜕园主人》。第二首“秋风关海靖鲲鲟”后有按语：“时法兰西败盟，海上事棘。故云。”

潘太守效苏，曩官河州有声，吾友张象彝尝称其贤，除夕晤于节园，时方之任迪化，将以明日启行，拟此赠之

我性如麋鹿，畏人尝遁樊。守钝百不营，厌闻车马喧。今年偶汗漫，策蹇来边垣。张掖古雄郡，摩系疲轮辕。桓桓亚夫营，冠盖如云屯。晤谈盛才哲，迎送穷朝昏。潘侯乡国彦，气可熊罴吞。西行迫岁除，一笑来款门。曩得茂先书，谓君当见存。幸无交臂失，异日滋愁怨。握手果贤豪，伟论江河奔。吁嗟国步艰，喷沫来鼍鼋。君才可肆应，气早耆羌浑。宁无济时策，用答明主恩。似闻刘荆州，与君夙好敦。长才治剧郡，政贵持其原。况今乌孙庭，西去连大宛。民和圉易固，此议当细论。宁知傅介子，不及赵翁孙。原持学道心，一回黍谷温。明发肇履端，华辀向昆仑。相爱不能忘，琐琐聊赠言。

案：衡本卷三中，此诗题为《潘太守效苏，曩官河州有声，吾友张君尝称其贤，除夕晤于节园，时方之任迪化，将以明日启行，拟此赠之》。

甘州新年乐府

打娭歌

皮弦嘈嘈夜未央，华堂毳幕春风香。十三定子谁家郎，秃襟小袖回鹘装。八声甘州音绕梁，两廊观者如堵墙。鹍鸡转轴繁声奏，红锦地衣随步皱。莲花乱舞流星镫，满座光华同白昼。须臾放赏青蚨飞，乱洒茵墀不知数。春宵苦短酒易醒，统如鼓打交三更。槐庭月明微有风，与民同乐春融融。似闻中朝达官老于事，此曲亦进明光宫。

案：衡本卷三中，“明光宫”作“光明宫”。

迎喜神

东郊迎神风日美，花竿洒洒旗舒尾。信是今年喜气多，倾城士女随车轨。雕轮绣毂鸣柔沙，笳吹金铙满路哗。亦有牛车出村哄，羌儿蕃女纷腾拿。衣裁嘈噜状奇诡，辫丝络索鸣冲牙。令严玉帐人声静，超乘翘关各呈勇。泼寒胡戏助恢奇，一片欢声地维动。细柳迎春天下同，此邦风物较清新。金花插帽三军喜，归路香风净曲尘。

火浮图

香街璧月明如昼，人语喧腾车辐辏。儿童拾甓起浮图，七级盘空逼檐溜。束薪洒秕沃以膏，火光熊熊彻绛霄。万人争看光明烛，鼋头戢戢排星桥。今年烧塔大吉利，城关静谧无烽燧。不求子母溢牢盆，但愿匣金捐落地。我闻阿育王塔八万有四千，其一乃落在甘泉。相轮历劫今尚在，此独顷刻成灰烟。明朝满地鸳鸯紫，华严楼阁销弹指。几见人间窣堵坡，火劫风灾长不毁。

一园二首，园在提督署后，擅林木水石之胜

暖风晴雪耀祁连，楼观空明泼眼鲜。地扫硷霜新过雨，池松冰缬渐胜船。笛飘蒙逊城边柳，人醉居延塞上天。莫谓殊方苦萧瑟，绿槐红杏尽芳妍。

苜蓿葡萄满院栽，轻阴如梦罨池台。晴分花气萦帘细，香点芦芽入馔才。雏鸭清波牵荇藻，乳鸦深树啄莓苔。最怜东苑玲珑石，扫磴留云日几回。东苑石假山，李立翁所叠，虽倾圮过半，尚含飞动之致。

案：衡本卷三中，此诗题为《一园二首，园在甘州提督署后，有既济春宛在中央，肖虹亭、小蓬莱诸胜，乾隆时提督法灵阿所筑》。第二首"扫磴留云日几回"后有按语："东苑石假山，湖上立翁所叠，虽倾圮过半，尚含飞动之致。"

宏仁寺观卧佛，寺建于西夏永安九年，明永乐时重修，佛长十丈，偃卧阁中，金容粲然

庄严地剩一袈裟，座涌青莲转法华。香界消除尘海热，东风吹老道场花。打包迦叶津梁倦，敧枕云堂怖鸽哗。割据雄心仍佞佛，宁知饥雁久无家。

客游屡月，问视久疏，午榻眠回，陡惊身落六千里外，闲阶视荫，殆难为怀

久旅西堂合射稀，草心无力答慈晖。睡余情思瞢腾甚，斜日杨花作雪飞。

河西杂感

祁连山雪潫晴晖，红柳关河莽四围。一线啸声苍鹘起，满天秋色万鸦飞。平沙落日缠兵气，坏垒霜风响铁衣。憔悴百城劳转毂，长途今喜羽书稀。

酒泉西去接乌孙，都护当年有旧屯。蒲类营田庤钱鎛，条支互市隘关门。阴连朔漠天如醉，人杂华夷地渐温。何日东风散铙吹，国殇多少未招魂。

谁道渠犁垦溉多，风沙弥望涩雕戈。穷边地尚争瓯脱，逃虏人犹豢狴囮。粟转青天填陆海，风吹宛马渡精河。千秋定远安边略，察政焉能得下和。

准部回疆取次收，何曾休养到毡裘。供储早病乘楂使，节钺仍勤部曲侯。岩险一关扃铁牡，中西两界此鸿沟。鬼薪城旦休频论，怕有中行说一流。

葡萄天马玉门边，辛苦难忘凿空年。雁户只今归尺籍，狼烽当日照甘泉。汉庭已寝珠崖议，属国犹鸣铁勒弦。且喜书声暖

锋镝,同文今已有微权。

施均甫补华自关外归,留一园两日,以诗见饷,依韵酬之

当关有拙奴,报客无昏晓。泛然如浮萍,那得怀抱好。人间缟纻缘,作合未云巧。施侯江海士,妙誉驰八表。轺车返故关,秋色翩旟旐。吟怀莽空旷,宁受征尘扰。笳声鬓发苍,柳色鞭丝绕。怀中万言策,余论及海岛。鲸鲵气自横,蛟鳄终须扫。中兴洗兵马,一策治安了。微讥肉食偷,作计未能早。今晨打扉入,握手惊苍老。说诗荟汉宋,高论摅胸抱。咄哉济南王,隐现矜龙爪。

巴黎在西极,迢遥七万里。欧洲互雄长,各自相首尾。汽轮越溟渤,出没涛澜里。狡焉思启疆,沿海烟尘起。怀柔虽有时,款议太无俚。夷情工变诈,顷刻殊怒喜。金缯与土地,横索何时已。宁知用兵久,彼且贫如洗。商战国易穷,此语何其伟。君侯得其情,置辩如流水。失今不自振,群情当解体。谁操仪秦术,连衡到英美。南丰道未光,余子碌碌耳。

一园饶水石,河西推此最。辟畦艺花树,置藩区内外。开樽池上亭,宴赏罗旌旆。拔榛刈赍菉,劚涉莳兰艾。携筇立斜阳,清风拂衣带。与君一携手,一笑得微醉。秋色苍然来,风林哕竽籁。此中得佳趣,何处容尘壒。皤然两白头,离立如霜桧。握手出肺腑,枕戈待期会。愿言保岁寒,勖哉各自爱。

八月初十日,湑公率同城文武饯余南关外之南华书院,作此述别

闲鸥踪迹去留便,马首西来恰一年。磨盾文章供覆瓿,佣书心事愧行边。敢期诗句同高适,薄有生涯似郑虔。归去江乡足

鱼稻，洞庭东望水连天。

晓日城门祖帐开，天山晴雪白皑皑。五凉霜早黄榆陨，八月风高画角哀。上路辕驹惊短驭，中兴将率足边才。相望各有无穷感，世事乘除岂易推。

案：衡本卷三中，此诗题为《八月初十日，渭公率其寅僚饯余南关外之南华书院，即席有作》。

删丹道中

乌帽东归弱水西，天涯云物怅分携。轻衫短策删丹道，榆叶秋风衬马蹄。

早稻如云被陇黄，一般风物似湖湘。渠分燕尾靴纹细，村落鸡啼午饭香。

案：此诗被收入多个诗集选本，如《晚晴簃诗汇》（徐世昌编纂、闻石点校，中华书局，1990年）、《锦绣中华历代诗词选》（张从吾主编，西苑出版社，1999年）、《万首清人绝句 第3卷》（杨子才编，昆仑出版社，2011年）等。

兰州魏方伯席上，同施均父作

同倾十斛乌程酒，听唱黄河远上辞。海内朋簪今夕贵，天涯情话夜灯知。尘霾屋瓦边风紧，苔绣空廊石气滋。记取皋兰好时节，细云微雨雁声迟。

萧关，北宋驻师备西夏处

置栈危通骑，群峰峭刺天。痕疑巨灵擘，险忆宝元年。石黝蟠精铁，溪荒响乱泉。不须铭剑阁，声教讫无边。

案：衡本卷三中，“置栈”作“裂罅”。

钱王才纳土，银夏焰旋荧。形势一关重，秋原万马停。宁须南渡日，始号小朝廷。齿冷张吴辈，清时此地经。

六盘山遇雨

欲上疑无路，盘盘雨气昏。鼕雷翻地轴，瀑雪洒天门。林滃云犹湿，霖甘物自恩。客心终惮险，叱驭叹王尊。

骊山四小诗

甲帐珠帘彼一时，霜红照眼想胭脂。郎当天子风流梦，输与岩边老树知。

草色犹寒石瓮寺，花光无复集灵台。千年艳迹余残础，阁道春风长绿苔。

龙豫当日出昭阳，赐浴春寒合殿香。莫问长汤十六所，芙蓉开落怨兴亡。

依然御路傍峰斜，绣岭秋凉散暮鸦。我与遗山同茹愤，西山今亦划琼华。

自西安至龙驹寨，率用骡以供负载，余以十月十一日出青门，日夕渡蓝水，一驮忽蹶，从人泅水出之。是夜宿野村，启箧则沾濡尽矣。戏作一诗

晨发长乐门，日夕蓝田县。蓝水自西来，沄沄如匹练。生驹负筐箧，衔尾波涛践。奔腾银浪翻，蹴踏珠尘溅。人声浩呼汹，怒沫侵鞍鞯。宁虞一驮蹶，倾陷忽不见。濡轨济难求，灭顶凶几验。群奴束一胆，捞救如赴战。夺回蛟龙窟，擎之出波面。余时兀山轿，银海为之眩。入坎复出坎，解鞍憩山店。启钥尽淋漓，持巾拭淤淀。泥沾白氍裘，水渍宣和绢。芝泥杂墨沈，濡染丹黄绚。宵来束缊烘，满屋飞烟焰。皱若面观河，缩如蔓生援。千金供一掷，僮奴互讥怨。余笑语诸奴，非汝事未善。鸡虫争得失，朝暮事蕃变。达人悟虚元，身外岂所恋。明发逾七盘，早起营朝饔。

龙驹寨登舟遇雪

搣搣空江溯霰声，短篷偎枕不胜清。雪漫低衬澄波黑，云冻微含远日明。捩柁舟穿岩缝出，乱流篙与石头争。年来转漕荆湖急，今古劳劳共此程。近岁大军度陇，饷餫由鄂溯汉换小船，循丹水至寨起陆，汉唐漕粟之故道也。

案：衡本卷三中，此诗题为《龙驹寨舟行遇雪》。“至寨”作“至龙驹寨”。

到　家

冲泥返家衖，屋角梅初胎。老母闻鹊声，倚闾盼归来。肩舆犹在途，欢笑溢荆柴。上堂拜阿母，抚我如髫孩。喜极翻哽咽，良久色不怡。谓我仅育汝，跬步不曾违。自从汝出门，老眼泪常揩。此后毋再游，使我心徘徊。汝去举一子，白晳体甚魁。又添两孙儿，齿与阿叔侪。仆媪抱持出，命我审为谁。子各肖其母，辨认幸无差。母乃大喜笑，左右同欢咍。是时斗室中，真气弥埏垓。须臾月轮上，照我庭花开。余子前布筵，香风郁尊罍。千金争一刻，此事能几回。人生重天伦，至乐输庭闱。自非久离别，焉知完聚佳。从兹谢尘鞅，终日守岩扉。

园亭坐雨

縠阴当户雨声粗，攲枕翛翛病骨苏。香落疏栊栖蠹简，梦随清磬堕烟芜。痕添蓼节池新涨，凉到诗心句欲逋。匝地苔茵露珠缀，团蕉真觉一尘无。

哭石仙编修

怛化谁能免，如君觉可伤。长离难作达，早慧故非祥。画荻亲犹健，将雏妇并孀。平生萧瑟意，何处叩穹苍。

白社论交久，青山结好邻。落花溪上雨，仙树洞中春。时局余孤愤，楹书属后人。应刘今并丧，芳树欲凝尘。

万古长沙国，伤心事总多。还朝犹逆旅，时方入都供职，扶病抵会城，卒于旅舍。上路已沈疴。积毁坚金铄，承凶恶鸟过。百年如露电，流恨满关河。

昔别伤萍梗，兵曹远涸余。一尊江上月，千里故人书。梦寐通关塞，音尘隔酒垆。萧斋风雨夕，念汝一欷歔。

案：衡本卷三中，此诗题为《哭黄显瓒四首》。第三首“还朝犹逆旅”后有按语：“时方入都供职，扶病抵会城，遽尔沦丧。”

园　夏

碧池空水自生波，柳外风来飐小荷。春去不须伤畹晚，山深差喜足烟萝。闲中岁月无新故，眼底琴尊有啸歌。糁径花深趺坐软，举看香雨著衣多。

寄怀杜云秋成都

海上云山入倦眸，又垂吟橐过西州。征篷稳泛岷峨水，名士当为陇蜀游。家世浣花依幕府，风流濯锦占遨头。铜壶阁上千回醉，可有乡心到野鸥。

案：衡本卷三中，此诗题为《寄怀杜俞成都》。“当为陇蜀游”作“终为井络游”。

园居久未修葺，命奴子浚池种树，渐还旧观

移来芳树露犹沾，新浚淤池绿满奁。怕碍荷花低著槛，旧栽幽筱密遮檐。髫孩绕砌慈颜喜，帘幕围香午睡甜。怪底惊禽落幽翠，旅生梢出海棠尖。

翛翛小雨晕池痕，梅子黄时昼掩门。皷石笋掀苔面出，密林云补鹊巢温。墙连薜荔鼪鼯聚，援植瓜壶世界存。织槿编茆聊

自乐，玉津金谷不须论。

题画二首

绿　梅

湘漪潋滟如笏滑，迸入江梅万枝绿。酒醒冰篁见横枝，疏影娉婷皴瘦玉。空山无人水自流，一丸冻月悬枝头。霜风拂林暗香动，绿珠身轻闻坠楼。云腴嘘香墨痕冻，斜枝细朵黏苔缝。葱珮疑逢萼绿仙，羽衣重入罗浮梦。一拳洮石伴高寒，依约慈恩寺里看。莫倚东风吹玉笛，恐惊苍雪落阑干。

牡　丹

名花传种自永嘉，义熙以前知者少。竹间水际露香艳，侵寻遂遍洛阳道。宫庭花面高一尺，豪贵雕栏围百宝。午晴支筱雨支棚，生恐摧戕被花恼。何人狡狯工写照，乱洒胭脂对晴昊。徐熙老去黄荃死，没骨无人传旧稿。此图设色尚秾艳，内府殷红承玛瑙。百年金粉剥无余，一卷沧桑幸能保。愿君藏弆须秘密，偷夺防人擅豪巧。

案：衡本卷三中，此诗题为《为友人题画二首》。《绿梅》诗中“皴瘦玉”作“倚皴玉”。

喜　雨

晚雨喧腾枕簟凉，快听山溜决林塘。枯荄得润黄尘净，风物搴帘翠荚香。溪涨开䂬通滞楫，农闲含笑说丰穰。买来鲜鲫初离网，应识今朝酒味长。

长沙寓馆

细雨扃幽院，盆山草木苍。麝煤馨黝玉，蠹粉贴青箱。室净心神洁，花新鼻观香。离家刚百里，有梦到高堂。

案：衡本卷四中，此诗题为《长沙馆中一首》。

雨止月出，有怀李石贞瀚昌、洪毅夫汝源京师

雨止众星见，坏云如奔涛。天空卵色净，月出湘山高。露气浥墀卉，寒光生鬓毛。素心千里隔，离索慨吾曹。

案：衡本卷四中，此诗题为《雨止月出，有怀石贞、毅夫京师》。“湘山”作“湘天”。

塞　上

塞上呼鹰记昔年，玉关杨柳笑人颠。龙泉入手生铜吼，騕褭嘶风叱拨鲜。湘上青山时到枕，秦时明月夜临边。归来闭置如新妇，酒冷灯残一惘然。

幽　居

觥筹连日不曾闲，谢客归来且闭关。梅雨送凉苏病骨，麦天分润上屏山。日长散帙频移晷，睡起拈花一破颜。谁识幽居清净业，香台绣满古苔斑。

案：衡本卷四中，此诗题为《幽居一首》。

寄怀张璪光伊州

凿空天西久未归，关门榆柳欲成围。新声乐府伊凉曲，旧梦江南白板扉。出塞羽毛惊玉靶，寒天冰雪下金微。穹庐羶酪应凄断，莼叶家山已渐肥。

案：衡本卷四中，此诗题为《寄怀张参军伊州》。

城东谣

长沙藩围后，爽垲多林木，贵宦列邸其间，高甍大栋，前后相属。提军某由淮军起家，致资百万，第宅尤巨丽，金钗十二，列屋居之，声色之娱，近未有也。前年提军死，姬侍散去，惟一王姓

者，苏州人，仍居旧楼，黄绝入道，有终焉之志。宅既空旷，会有由黔抚罢职归者，僦其东院以居。丁亥七月十三日夜，宅内火，楼观为墟，王姬殉焉。某抚亦丧资数十万。余感富贵之不可久居，而繁华之足以召劫也。作歌以哀之，且为多藏者戒焉。地当城之东偏，遂命为城东谣云。

城东大宅连云矗，列戟门高射朝旭。豪华当日受恩偏，姓氏依稀梁与霍。长廊窅窱带园林，瑞室云巢窈复深。列屋云霞舒锦绮，后堂璀璨耀金琛。金琛锦绮贱如土，更买蛾眉教歌舞。花里秦宫态可怜，楼头碧玉娇如许。欢娱苦短日苦长，不奈悲风啸白杨。石兽祁连才复土，红绡金屋旋催妆。犹余故伎衔恩重，礼佛蒲团戛幽磬。春雨门扃燕子楼，西风梦醒迷香洞。庭前媚子几人存，渐渐荆生伯有门。一夜灾腾祆庙火，三更血涴杜鹃魂。高甍大栋成灰烬，坏劫空怜美人殉。熛怒难平赤帝威，繁华易醒黄粱梦。那堪殃祸到池鱼，比舍绵延贵仕居。两院妍华同逝水，一般气数有乘除。茫茫人海风波速，衰盛循环如转烛。金穴人嗟戚里空，泉台谁恤贞娥哭。子夜如闻唱懊侬，金钗零乱葬芙蓉。乌衣巷口斜阳冷，金粟堆边雾雨封。君不见，奉诚园属北平马，歌舞台倾余断瓦。不及同朝郑国孙，左藏输钱还故厦。古往今来一叹嗟，从来恩怨出豪家。西风振策亲仁里，一树垂杨有暮鸦。

案：衡本卷四中，此诗小序中之“第宅”作“第宇”，“十三日夜”作“十三夜”；诗中“左藏输钱”作“天子宣恩”。

又案：此诗收录于《湘雅摭残 2》（张翰仪编纂，岳麓书社，2010 年）。

蜕　园

紫竹红榴长过楼，旧题诗处不胜愁。十年风月随人改，一片苍烟绕树流。穿径屧声惊睡鹤，过桥笠影散轻鯈。生憎鬓发无情甚，一样苍凉有渚鸥。

哭七儿龢咸四首并序

甲申三月二十四日，余方客塞垣，夜梦女佛趺坐先墓，类世所奉普门大士，左手掖一婴，及接家书，儿适以示梦之夕生。其年十一月，余归里门，怜爱倍常儿，儿体皙，性慧能言，授以诗歌，劣能上口。兄子二人与齐年，两儿或憨跳喧聒，辄加诃止，兄或责其子，则曰我实使之，非若咎也。兄为霁颜。丁亥九月，感呕泄之疾，医治罔效，先是余以扇贻儿，绘梨一枝，背书《聂夷中二月卖新丝诗》。又梦琴之么弦忽断，殆皆兆之先见也。临死常呼归去。连日兄姊抱持，局蹐甚苦，寝之于床，连呼“好好”，遂瞑，九月十三日也。无服之殇，义虽有止，情实难忘，以成人礼瘗吾嫡母张太孺人墓右，而悼之以诗。

丈六湘山佛，婴婗亲手将。三年乳哺毕，万里梦魂凉。问字凭乌几，同巢殿雁行。昙花空示现，薄祜岂能当。

割却心头肉，夷中诗谶奇。么弦断焦尾，六角绘秋梨。归向谁家去，眠来痛楚稀。雪肤看渐冷，举室共悲啼。

诸姝年差长，酣嬉共一堂。不群能自重，有过替儿当。翦鬌常依姊，分甘每遗娘。回头成幻梦，凄痛到肝肠。

贫贱生多苦，儿休再入怀。世方蕃祸难，吾亦厌形骸。了却三生债，思量百事乖。一抔依旧垄，骨肉竟生埋。

野　兴

刺花罥水裔，细香流一溪。垂杨绿成衖，上有黄莺啼。邂逅得吾友，藉草壶芦提。肌肤生土香，巾屦无尘泥。举杯恣谈议，滑诞不可稽。仰视苍精天，荡荡如玻璃。白日忽已晚，青山闻竹鸡。我醉君且休，落英归路迷。

立夏前一日，饮酒至醉，适得云秋成都书，以余不乐世事，举谢太傅正恐不免语相啁谑，诗以示意

榆荚飘残正饯春，初樱晚笋一番新。枯肠酒酽森芒角，远道书贻感故人。天下文章推幕府，古来江海有畸民。长楸倦足鞭难起，惭负亲知赠策频。

自大石窟渡沩至粟溪，天沈沈欲雨，风势尤猛，舆中口号

云气如磐涌，遥空一鹭明。远山沉雨脚，旷野飒风声。林叶黏天舞，银涛拍岸惊。前程迷处所，望远若为情。

案：衡本卷四中，“自大石窟”作“由大石窟”。

归自粟溪，经停钟桥，溪山明媔，怡然有作

紫草空陂画夕阳，平畴千顷稻苗苍。飞来白鹭明秋雪，闲煞乌犍卧绿杨。此景合登风土记，与鸥分占水云乡。晚风村落篮舆卧，幔卷藤花扑簌香。

九日宴集洞天丙舍

疲驴山路叶声干，策策西风弄浅寒。白社琴樽招旧雨，黄花香艳压雕栏。千山木落清霜肃，万里云罗一鹘抟。蝉蜕尘埃原不易，洞天深处且盘桓。

示基植

汝年已及壮，迹未离乡陬。一旦被饥驱，远作江湖游。乞食悲泉明，负米伤仲由。此味余久餍，念之犹蒙羞。愿汝秉忠信，身困志益遒。投分慎厥始，作事忠于谋。尤须戒疏略，动辄防愆

尤。暇日便温经，旧业勤搜求。上珍白璧躬，下免青蝇投。勖哉崇令名，毋贻老父忧。

位卑不足愧，志卑斯可哀。家贫虽足忧，学贫尤可咍。所以古贤达，志不在资财。海溢富淫巧，车马纷喧豗。下士溺其中，浩浩如浮埃。古今貉一丘，污贱羞舆台。要当拓心眼，毋为习所推。立品以救穷，修德以辟灾。二语出时贤，义精理亦赅。

案：衡本卷四中，"毋为"作"无为"。

祖母年虽高，眠食尚安好。繄余及汝母，年亦未笃老。弟妹余七人，相好无相恼。汝儿暨汝姪，健若犊腾皂。家幸富图书，花石纷袅袅。门庭乐事多，不烦思远道。男儿志四方，桑弧配文葆。不驰域外观，焉识井天小。况今门户衰，倚汝支持早。去去汝勿念，毋为伤怀抱。

案：衡本卷四中，"不烦"作"不须"。

喻绍宣璜入泮，诗以勖之

茂才异等汉最重，劝学特为天下先。岁时课第其高下，郎中掌故随所铨。明兴论秀尚有制，廪之庠序无余员。后人沽名议增附，岂免资蒉淆兰荃。年来额广录已滥，小县累百大且千。陋生希荣骛速化，经史故训无闻焉。怀中各挟兔园册，鱼兔得矣忘蹄筌。青衿城阙世所贱，名籍合共罢民编。郎君铮铮乡国彦，少年风骨能孤骞。昔时随宦历秦陇，黄沙白日蒙鞍鞯。归来读书茅屋底，图籍错列供摩研。里中黄生况英特，析赏互拍洪崖肩。今年偶掇璧池茆，幅巾就我青林边。匆匆一语意未尽，请毕余说商吟笺。吾乡夙号山水窟，峙有东鹫流汤泉。江山清气毓人杰，合有达者承其偏。蒋公忠雅谢公逸，志事卓荦光千年。君生幸与同里闬，肯令大美前人专。希文志定秀才日，古来科目因人传。况今时事异汉宋，支拄杌陧资才贤。愿君努力蓄光采，逸足直度骅骝前。

哀友五首

周俊甫寿蕃

醇醪我最思公瑾，少日交游觉汝贤。山鬼吹镫窥夜读，僧寮忍饿拥寒毡。人如菊淡何嫌傲，命与仇谋不受怜。频岁应刘凋丧尽，浮生知己感迍邅。

隆无誉经

廿年前踏梅山路，风雨迟楼意倍亲。作客仲宣多难日，解颐匡鼎苦吟身。竭来关陇空皮骨，一去江湘少替人。我与长文同契阔，诵君绝笔一伤神。

卢邵棠泳清

玉潭池馆依然在，头白归来竟罕缘。君营池馆于治城之东，有“头白早归来，还就池边宿”之句。握手金城添酒债，系官青海送余年。归艎素旐三湘远，诗句弓衣万口传。闻道陈荄将被陇，生刍犹隔墓门烟。

黄石仙显瓒

南雷经术重当时，又向华宗一遇之。乡国无人赓白雪，春风有路近丹墀。漫天箕口兼金铄，伏枕丹铅瘦骨支。探箧秋怀诗好在，楚天凉雨梦如丝。

吴韵霆超然

藤绒犹镌句斑斓，辽海秋风鹤不还。故国莺花牵昔梦，丁年冠剑出雄关。才驱江汉风涛涌，人在苏梅伯仲间。零落遗孤谁与振，一尊和泪酹青山。

案：衡本卷四中，《黄石仙显瓒》为第三首，《卢邵棠泳清》为第四首，《吴韵霆超然》中“藤绒犹镌句斑斓”后有按语：“君所著《椟慧山房诗》四卷，余录存箧中。”

醉 游

不断空蒙落叶声,西风催我看山行。寻碑古寺逢疏雨,迟客枫楼爱晚晴。撷茗自斟溪水煮,刳橙聊当酒杯倾。瀑悬阴磴飞秋雪,醉倚危栏倍眼明。

建家庙于石佛禅林之侧,诗以落之

移樽清晓入岭岈,寝庙旁连释子家。霜露九秋容荐菊,山茶满壑正开花。岩深树带归云暝,峰转泉萦别涧斜。喜见檐牙卓林隙,寺楼钟鼓散栖鸦。

长女归梅氏,诗以命之

女生愿有家,语本邹峄贤。嘉礼既牉合,内职修宜虔。枣栗奉堂上,蘋蘩荐嘉笾。良人身所天,偕顺期百年。筑里与小姑,敬慎相周旋。下及臧获辈,使令毋自专。以此供妇职,庶以免尤愆。汝上有两姑,承事不宜偏。爱敬一不至,何以免猜嫌。汝生粗识字,大义习遗编。所愿践行之,夙夜常乾乾。听汝贤声播,免我寸心悬。

宛陵县旧姓,门望殊清华。贤哉庶常公,砥行无纤瑕。有蓄未及施,食报宜无涯。茑萝施乔松,所托良已佳。婚姻万福原,人道所萌芽。尚其谐琴瑟,静好宜其家。庶几福禄绵,远近颂柔嘉。吾门久已衰,汝命当不差。

雪苑有贤女,秉志何坚明。谓男重立品,青紫非所荣。妇女贵有德,珠玉在所轻。雨薪与霜臼,裙布及钗荆。是皆分内事,努力勤支撑。又云人间世,万事皆虚名。惟有力行善,庶不负所生。落落只数言,足与班诫衡。吾家故寒窭,装送难取盈。女其学侯媛,识量期深闳。守汝淡泊风,谅爷拮据情。

十一月十九日，展祀里中乡贤祠，同集者十有四人，夜宿祠下，家振才孝廉以“夜烛催诗金烬落，秋芳压帽露华滋”分韵，得夜字

朔风号空树枝亚，寻诗古寺疲驴跨。寺门苔石写清寒，潋潋泉声穿石罅。入门下马气森爽，梧叶纷飞打头下。消寒喜共群彦集，祀社咸推乡衮大。萧萧急霰打窗扉，炭炽如磐酒频炙。围炉拊掌恣啁谑，不遣清樽负良夜。吾家阿连颇好事，刻烛吟成索人和。戴凭威迟圣俞逸，角逐文坛竞雄霸。伊余咽作秋虫声，唧唧枯肠出寒饿。榆槐已忝充都讲，风雅宁当占高座。积薪自让后居上，珠玉当前吁可怕。要知此会不易得，酒龙诗虎纷腾驾。明年相忆隔天涯，素衣莫使缁尘涴。振才将以明年入都应礼部试。

案：衡本卷四中，诗题中“得夜字”作“余得夜字”，首句中“朔风”作“朝风”，“榆槐已忝充都讲”后有按语：“时余方主玉潭讲席。”

梅殿香英杰招饮企霍山房，酒后偕李山人灏基至藓花岩闲眺

步屧沿堤下，归禽背夕阳。玉潭皷树绿，苍藓蚀岩凉。渴爱山泉活，醒苏野蕊香。偶从渔父语，孤艇系髡杨。

案：衡本卷四中，此诗题为《梅明经英杰招饮企霍山房，酒后偕李山人灏基至藓花岩闲眺》。

玉潭讲舍感旧二首

依旧滩声搅夜眠，棋镫书笈感当年。萦帘紫雨春仍闹，沸耳瓶笙梦又圆。载酒人来横舍满，连床书压锦函鲜。只惭经术输麟士，长日酣歌愧俸钱。

玉潭千尺水潆洄，拾级高楼日几回。堤柳绿拖帆影去，江风晴卷市声来。盘堆菜甲无羊蹴，门闭槐阴有鹤陪。且喜款扉无俗辙，旧居池馆长莓苔。

雨宿石佛禅林

法堂龙象久安禅，云木阴森雨气连。百岁风灯人事改，两朝功德相轮圆。名山已办乡贤祀，藩邸犹留下潩田。寺田故明吉藩遗产。洗脚僧毡眠不稳，石淙幽涧响溅溅。

苍寒涧水咽笙簧，一路寻秋入道场。佛阁瓦喧松子落，石幢苔臃化城荒。烹泉响杂花梢雨，扫径声干槲叶霜。扰扰人天无住著，只应初地最清凉。

过白滩张氏废宅

林雨溪烟也费思，重来已是卅年迟。墙匡缺处梅如雪，曾记霏英入酒卮。

次韵刘研云世溥见赠

草合苔封路一条，稚圭庭庑久萧寥。磐流松坞云同静，门闭花阴柳乱飘。难得夕阳停客舄，聊凭乔木话前朝。浮生俯仰成陈迹，记取来时旧板桥。

四世祖庆云府君，葬县南乌牛山，五百余年矣，山体穹窿，树石盘互，九月十四日入山展祀，诗以纪之，并示啸汀、荪堂诸族老

霜枫簇单椒，绚若珊瑚海。蓬蓬云出壑，浓淡随风改。跨溪木彴支，入隘石头礧。流淙响幽涧，一洗筝琶耳。崎岖路易迷，登陟汗有漼。半山忽超豁，丙舍巍然在。列嶂开芙蓉，群丘森蓓

蕾。绳绳五百年，垄隧严樵采。我来会祠下，秋色正潇洒。当阶桂露悬，风过飘珠琲。新宫极深丽，粉壁动光彩。先民手足劳，缔构弥年载。毕竟愿力宏，楹桷规模岿。

登高一以眺，群壑青茫茫。二水夹中洲，负沩面乌江。众山如儿孙，罗列自成行。金风肃肃来，万木凋元霜。落叶必粪本，对此增凄怆。繄吾先人泽，流暨亦孔长。子孙守丘垄，旧业敦农桑。我闻宣城梅，奕叶垂芬芳。至今柏枧山，庐墓郁相望。读其阡表文，慨然风土良。愿言各努力，稼穑兼缥缃。庶几各有托，葆此毋相忘。

卷　四

十一月十六日，泊舟长沙，将为苏杭之游。连日阻风，得诗四首

明漪潋滟抱城流，清绝人寰让此州。日暮峭帆依岸泊，北风吹雪打江楼。

拖篷夜听潇湘雨，倚柁朝看岳麓云。镇日沙头候风色，举杯遥酹洞庭君。

案：衡本卷四中，“拖篷”作“停杯”，“镇日”作“尽日”，“举杯遥酹”作“辨香遥祝”。

炉火沙瓶透茗香，自烹潭渌润枯肠。夜来寒气侵人骨，篷背深堆一寸霜。

寥天冻月小如钩，鼓角声严转戍楼。醉倚蠔窗成独笑，万波如沸一筇游。时东瀛战事日棘。

赠湘滨渔隐

已拌身世落江湖，忽报刊章下九衢。痛哭乾坤宁恤死，平生忠孝本多愚。晚为孟博心谁谅，老去韩非愤有余。难后城隅重觌面，酒阑歌啸杂悲吁。

案：衡本卷四中，“已拌”作“已拚”。

舟发铜官渚，有怀鄂城诸友

长风一千里，吹送洞庭舟。挥手招黄鹤，因之江汉游。言寻素心侣，痛饮庾公楼。莫惜千金换，人天同一沤。

夜泊鹿角

人语隔湖烟，羁人迥未眠。霜严星斗大，家远梦魂牵。野堠风凄析，微波夜拍舷。余馨闻岸芷，夜气极澄鲜。

醉仙亭观洞宾睡象

危楼拔地一千尺，日夜湖水流淙淙。道人醉卧唤不醒，梦踏鹤背凌涛江。天边铁笛声入破，袖里青蛇气未降。云外归来应识我，天风浩浩震瑶窗。

望君山

二妃去已远，渺渺动微波。暝色上斑竹，湖风交薜萝。如闻瑶瑟响，不见翠华过。千载珮环冷，烟流镜里螺。

嘉平二日，舟次武昌，夜饮提刑署，赠陈吏部一首

千里相思一命舟，孤云落日接南楼。江山鄂渚看应倦，宾从溪堂闹未休。海内论交轮我早，风尘揩眼觉君优。酒杯商略平生业，未用悲伤岁月遒。

案：衡本卷四中，诗题中“夜饮提刑署”作“夜饮提刑署中”。

舟发武昌，成赞均克襄邀同衡山赵尚达仲弢走送江干，别后却寄

声名座上逢成瑨，为道平生赵倚楼。湖海多年仍旅食，烟尘无际入新愁。文章上国莲花幕，霜霰天涯下濑舟。比棹寒江劳送远，银涛千顷拍空流。

沪上感事

狂鲸吹浪暗重洋，划取沧溟作战场。衔尾戈船趋渤海，极天烽火照扶桑。千秋夷甫宁辞责，半夜妖星正吐芒。闻道王师新失利，九重颁诏到湖湘。

诸将宜为未雨谋，一军资给主恩优。登坛人尽骑猪去，载宝归还跨鹤游。弦管三更催沪渎，兵尘万里接神州。虫沙猿鹤看同尽，俯仰难宽漆室忧。

三韩形胜接幽燕，瀛海安澜阜井廛。狎浪何来平秀吉，伏波难复马文渊。三河召募椎埋子，万户牢搜间架钱。咫尺陪京忧不细，秋风零乱北征篇。

岛国纵横阅岁时，阴谋睒忽秘难知。应防大夏通安息，难免匈奴役郅支。蜂螫漫云摇毒小，羊亡真悔补牢迟。从来不战兵能却，蒲类深谋殆可师。

案：衡本卷四中，此诗题为《沪上感事四首》，第三首末句中“秋风”作“巾霜”。

由上海至双林镇杂咏

衰柳霜风拂短篷，支流屈曲暗潮通。谁知江海乘槎后，又落寒溪一苇中。

冥冥烟雨峭帆收，打桨人真镜里游。青浦县南山泼黛，吴江

西上水如油。

虹桥跨水桅常偃，鱼簖碍江舷乱鸣。隔浦酒香知近市，平湖波漾得通津。

白鱼紫蚬贱如土，明月梅花共一船。翻喜威迟得闲憩，断芦寒水拥书眠。

案：衡本卷四中，此诗题为《由上海至双林镇舟次杂咏》。

双林榷舍晤胡大湘春，遂留度岁

朋簪乡国记髫年，玉篴关山梦屡牵。摩眼风尘惊老丑，别来人事几推迁。深谈野堠频传柝，良夜镫花可斗妍。西塞梅花应笑我，一天枯雪郯溪船。

朱柑紫蟹乌程酒，排日冰盘餍老饕。壶盏依然谈笑共，歌呼不减旧时豪。朋交渐觉同俦少，簿领从知作吏劳。有约归田宁早计，东风鹎鵊语烟皋。

案：衡本卷四中，"同俦"作"同时"。

湖州晤张白琴琳

邃阁缸花照酒卮，相逢斑管醉题词。烟中雁鹜流音远，雪后溪山放棹迟。此宋名流多榷酤，吴兴老守例能诗。浮霞墩畔扁舟别，风雨他年入梦思。

连市巡检束鹏举以诗见贻，作此酬之

苕南邂逅逢仙尉，家近龙眠积翠连。能话方姚旧时事，感深丰治乱离年。云山入手添新语，冰橐无缘买薄田。不碍浮沈百僚底，故家传禮有遗编。

案：衡本卷四中，此诗题为《连市巡检束子翊鹏举以诗见贻，拟此报之》。

正月二十日，偕胡大泛舟西湖

柔橹鸣烟际，驯凫狎浪凉。微波缩沙步，空秀映湖光。柳稚涵春浅，梅疏渡水香。湖山真有美，且莫问兴亡。

千尺黄妃塔，湖云罨未消。基扃齐宝石，功德盛南朝。危绿荒榛罥，颓黄野火烧。劫灰飞不尽，吹入浙江潮。

案：衡本卷四中，第二首中“基扃齐宝石”作“江山逢晚霁”。

堙流辟莲洪，随意著亭台。花石蟠空秀，湖山入槛来。波随桥宛转，人与月徘徊。遗象瞻乡衮，空樽酹碧苔。

案：衡本卷四中，“遗象瞻乡衮”后有按语：“谓彭刚直。”

昔贤遗爱在，堤路属南屏。葑卷天开镜，云香翠掩汀。潭收仙雨绿，钟走暝烟青。想像巡方日，金支柳外停。

迢递孤山路，苔深引屧迟。寒泉容荐菊，山月解谈诗。莫问登封事，犹余绝笔词。竭来香雪海，何处水仙祠。

越人能好事，都讲宅幽偏。旧史门生长，谓徐太史。新居小有天。宫墙邻御宿，池馆接风烟。一笑揸门入，空苔抱石圆。

岳王坟

碧葬湖堧事有无，东风隧道满烟芜。金牌已痛长城坏，劫火重惊老柏枯。殿陛阴尘瞻像设，墙匡精铁貌奸庾。当门万顷澄波白，多少遗民画舫扶。

由灵隐寺至韬光寺

丛筱绿无缝，群峰青刺天。拨云穿鸟道，刳竹引厨泉。香涨野梅远，烟流佛磬圆。一痕苍雪落，飞鸟扑林边。

案：衡本卷四中，此诗题为《由灵隐至韬光寺》。

雨宿上天竺

山中一夜雨，溪涧合潺湲。泉气媚幽石，香风摇翠鬟。户交杉栎响，天放石头顽。云构悲尘劫，宸题尚草间。

表忠观瞻武肃王像

纥干山头冻雀死，髡钳盗贩皆天子。罗平妖鸟更披猖，海寓分崩从此始。黄王败死钱王来，馘董擒刘霸业开。一剑光寒州十四，欢呼夹道射潮回。衣锦山头衣锦宴，花飞陌上群妃艳。伐罪虽惭昭谏言，佳兵恐召天心厌。纳土王孙拟窦融，朝廷恩礼贯初终。煌煌铁券藏盟府，奕奕祟祠署表忠。君不见，香孩儿起恢天网，斩削群雄如反掌。后服终封违命侯，先归谄附降王长。惟王恭顺有遗型，祠墓千年梡巘馨。惆怅六陵迷处所，人间无地种冬青。

案：衡本卷四中，此诗题为《表忠观瞻钱武肃王像》。“髡钳”作“髡黔”。

再游西湖一首

又为西湖一日留，鸣榔依旧散轻儵。泥松暖茁莼芽浅，莺哢晴催柳浪柔。山影空灵入明镜，东风萧瑟满湖楼。煮鱼呼酒聊行乐，浩荡同为水上鸥。

塘栖舟次

梅花匼匝柳丝抽，一片空香罨客舟。沿岸烟霏桑蓊响，半帆斜日橹声柔。年光晻霭心如醉，琴枕低昂梦亦幽。芳树春流无限好，缓风摇艇出杭州。

姑苏五人墓

冤狱前朝迹已陈，当门赤石字犹新。衣冠北寺羞鹰犬，肝胆南邦郁义民。靡俗吴阊偏劲节，荒园碧藓尽幽燐。春来梅柳看垂发，沿路芳菲净曲尘。

雨游虎丘

东风舣棹山塘路，短簿祠前柳色新。拾级单椒倍惆怅，春阴如梦雨如尘。

宝幢经雨渐生苔，说法生公尚有台。乱后荒榛缘砌长，青山无复翠华来。

金虎消沈霸业荒，美人遗窟亦苍凉。繁华勘破兴亡梦，一磬沈烟礼法王。

浮图倒影剑池幽，五十三参到上头。空旷忽惊湖水白，江山吴越一楼收。

鄂城阻雪，与陈大伯严夜话，并怀罗孝廉顺存、黄茂才修原天津

寒雪黏天入暝愁，瓦沟犹自响飕飕。炉盆已具仍能冷，风势排檐未易休。沧海一樽朋辈在，昏鸦万里阵云浮。津门数子应凄断，砚铁冰凝檄草修。

二月二十五日，伯严招饮两湖书院，同集者汪进士穰卿、邓分校葆之、徐太守稚生、邹明府云帆

水国春阴万柳丝，高城霁雪照衔卮。客来论道羲皇上，时邓先生方讲羲学。我独闻鼙卫霍思。帷幕轻寒银烛暖，阑干花信玉兰迟。酒阑风细沈街柝，识得销魂是此时。

案:衡本卷四中,此诗题为《二月二十五日,伯严招饮两湖书院,同集者为谭山长、汪进士穰卿、邓分校葆之、徐太守稚生、邹明府云帆》。

陈友谅墓在武昌提刑署后,伯严及通州范当世肯堂、钟仲林各为一诗,余漫拟之

辍耕犹是夥颐王,凭吊兴亡一举觞。城垒昔成狐兔窟,旌竿犹矗水云乡。古碑阴雨生金粟,遗窾荒园泣断蛩。惇史世家谁引例,鄂城吟望几斜阳。

偕湘潭周应昆、长沙马棣吾、宁州陈聘珍游曾文正祠,登凌霄阁一首

猎猎风搴铁凤森,浮空轩楯敞凭襟。崖边树石延苔色,望里涛澜合暝阴。登览已规全楚胜,云霄犹见老成心。朋侪弦盏纷游豫,倚待亭皋落日沈。

金口阻风

急电惊涛飒一川,清樽银烛照愁眠。江声动地斜侵枕,雪子跳珠乱入船。大泽龙蛇方起蛰,遥空氛祲欲霾天。回思昨夜南楼酒,雨散星离一惘然。

始入湘江,云光葱蒨,耳目为之开涤

江霁气逾鲜,遥汀漾纤绿。空香泛兰茝,沿洄近隈隩。春桃今始华,缃枝露犹溽。襟情纷豫怿,余赏延空曲。伊余滞川途,兼旬困喧浊。明漪忽在眼,清气弥胸腹。由来清绝地,践眄皆芳缛。余怀不可极,悠然眷林麓。

泊湘阴县

湘月粼粼碧，群蛙吠客眠。软烟扶树直，归梦到家先。城郭青葱影，江湖信宿缘。来时曾泊舟于此。左徒吟啸地，香草一凄然。

重午大雨，山溪盛涨，与家人夜坐，醉后偶赋

银竹千条万瓦喧，夜堂相向悄无言。可堪泽国仍昏垫，且喜全家守故园。蜡泪承盘初罢酒，坏云如墨欲埋原。床床屋漏知难免，凉叶翩翻溅短垣。

案：衡本卷四中，此诗题为《重午之夕，大雨倾盆，山溪盛涨，与家人围坐厅事，醉后偶赋》。"凉叶翩翻溅短垣"作"缃帙应迷旧日痕"。

重游蜕园，时主人下世一年矣。追忆旧游，怆然成咏

碧廊依水花如幄，曾共尚书步屧来。跃网澜翻容斫雪，隔帘筝细共停杯。秾华易了人间世，旧侣难忘宿草堆。留得白头重拊槛，东风吹泪涴莓苔。

案：衡本卷四中，"白头"作"故人"。

曾惠敏墓庐题壁

石甃缘陂陀，荒榛罥昏烟。威纡陟苍巘，复土何隆然。伊人济世才，九流归陶甄。衔命涉沧涛，殊俗交相贤。单心干颓运，志肯因人迁。不观敷奏言，昭然白日悬。方今骇龙战，沿海森戈铤。斯人如未亡，轻重当能权。禀命既不融，宿草俄生阡。怊怅此山阿，悲风怆谷泉。

案:衡本卷四中,此诗题为《乙未四月十七日,有事长沙,经曹家坳已昏矣,便谒曾惠敏墓一首》。

游回雁峰,过吴三桂郊天处,得诗三首

仓卒西南苦用兵,烽烟六诏接南衡。王敦濒死犹为贼,侯景称戈讵有名。八部荆襄先扼险,诸藩闽粤敢连盟。六州当日浑成错,惭负申胥痛哭情。

绵蕞仪成具体微,横空猛雨散朝归。可知天意终兴汉,肯使姎徒失所依。赤族儿难凭戚畹,黄绳妃早悟先机。笑他依附冰山客,西选年来事已非。

窃号偏隅鬓已皤,长沙吴芮本么麽。一般衮冕称尊客,不及蛮夷大长多。象阵连山轰炮火,狼氛逾陇逼黄河。全凭庙算能戡乱,八载从容庆止戈。

案:衡本卷四中,此诗题为《三月初九日,游回雁峰,过吴三桂郊天处,得诗三首》。"肯使"作"忍使"。

丙申三月,被檄治矿常宁水口山,久雨未能兴役,僦松柏市楼以居,无聊之余,辄复成咏

久旅淹尘服,浮生感梦华。声名嗤画饼,人事慨抟沙。峤道依山转,湘帆带雨斜。登楼意无限,望古一长嗟。

金品南荆贡,银场北宋推。方志宋时置银场监。真令富媪泣,谁问鞠穹来。其地久经开采,山体受戕,废礶潴水,动辄倒灌,不避其险,未易措手。山骨摧难尽,蛮云郁未开。书生发奇想,一笑缅崔嵬。

古寺藏西崦,钟声隔水闻。积阴迷楚望,微雨蘸湘纹。兴为看山发,流还碍石分。趁墟人尽散,归路尚余醺。

家有藏书坞,花光照小楼。溪音与琴合,竹翠接帘幽。书问沈黄犬,归心滟碧流。青春不相待,虚愿傥能售。

案：衡本卷四中，此诗题为《被檄采矿常宁之水口山，天雨未能兴役，僦松柏市楼以居，无聊之余，辄复成咏，合之得四首》。第二首“银场北宋推”后有按语：“方志宋时曾置银场监。”第三首“钟声隔水闻”后有按语：“对江大云寺，唐时古刹。”

初夏，同人散步湘岸

条风烟柳绿成堆，沙步轻阴引梦回。流水光阴逢小满，扑襟丝雨涴黄梅。�篮香压墟初散，邨落农间鸟尚催。未碍江湖成懒散，丛祠箫鼓闹如雷。

案：衡本卷四中，“未碍江湖成懒散”作“未碍江湖同懒散”。

碧云庵当龙王山之右，距松柏十余里，吾乡喻都转光容亦以矿人来此，僦庵院以居。其地绝类吾里中石佛禅林，暇日过从，得诗一首

万绿如潮涌碧岑，居然初地故山寻。岩泉触石成微雨，桐叶当阶转午阴。一鸟啼烟僧入定，诸天历劫佛无心。寺极巨丽，林木尤荟蔚，近为山主戕毁殆尽。新丰鸡犬应难辨，指点前峰夕照深。

案：衡本卷四中，此诗题为《碧云庵当龙王山之右，距松柏十余里，吾乡喻都转光容亦以矿人同来此地，僦庵院以居。其地绝类吾里中石佛禅林，暇日过从，得诗一首》。

重游碧云庵

东风骀宕湿云开，问讯名兰又一回。夜雨蔬盘头番去声笋，树阴僧院夕阳苔。生天慧业无今古，出世根尘有去来。解带山门成一笑，宝山回望正崔嵬。

由水口山回松柏，途次遇雨，俄而开霁

暑雨初收石路平，稚荷新水縠纹生。涧添岩溜交流急，林翳

浮苍掠地轻。山外残雷虹绚彩，柳边圆啅鸟呼晴。野芳敧岸篴舆转，静里闻根分外清。

送殿香归里

之子渺然去，烟江闻棹歌。心随云叶转，愁似乱山多。顾我尚留滞，归怀满薜萝。临歧各无语，落日澹潇波。

倚闾人已老，不敢尼君归。从此隔山岳，相思烟草肥。天心方启蛰，吾道岂终非。努力崇名业，无长与世违。

案：衡本卷四中，此诗题为《送企隺山人归里二首》。

大云寺

问汛空林释子家，晚风髡柳乱啼鸦。凉云出树钟初动，落叶催人日易斜。尘海劳形圆鹿梦，人天法会证龙华。浮生不解圆通偈，洗瘴频斟六洞茶。猺山产茶，以出六洞者为佳。

案：衡本卷四中，“以出六洞者为佳”作“以出六洞者为最佳”。

十月二十日，衡州舟次一首

衡云孤映碧湘清，剧郡楼台夹岸平。酃醁旧供高庙酎，临承犹剩汉时名。银涛石鼓灵鼍吼，寒雨江天断雁鸣。击楫悲歌吾径去，颠风吹堕塔铃声。

案：衡本卷四中，“颠风吹堕塔铃声”作“东洲回首翠烟横”。

舟发衡阳

夜雨承阳郭，晨发晞微阳。江亭绿萝风，散入縠纹香。理楫下前浦，树石涵幽苍。霜晴水始烟，棹歌闻中央。乾坤一朝肃，万汇皆清凉。孤赏情屡移，吾欲歌沧浪。

霜落湘更清，沙石明练练。舟行先雁起，云光郁葱蒨。圆洲杂树多，到眼青黄绚。空波漾寒藻，柔绿净堪嚥。灵境信可悦，时节亦善变。昔往桃始华，今来天欲霰。岂不念徂景，万事等流电。持此幽独心，庶无桑下恋。

昔谒祝融君，言与二妙俱。谓伯严、实君。其时正徂暑，火云照川途。扬舲溯清涟，击汰讴吴歈。彼此并年少，意气隘寓区。迅忽二十载，须鬓渐萧疏。昔时印须友，乃各天一隅。昨经分袂亭，轩槛成荒墟。流年如颓波，感此增踟蹰。安得绝圣智，混然同贤愚。谁谓齐物论，不及德充符。

达人贵无我，畸士重守贞。人性如草木，区别非一伦。伊余爱闲静，澶漫自相亲。随物既屡迁，困踬将焉论。兹晨信休暇，江路清无尘。碧潇不可唾，岸石苔斓彬。及时展遐眺，聊用娱我神。闲云自依山，愧尔骖鸾人。

案：衡本卷四中，“斓彬”作“粼彬”。

嘉平八日，由长沙解缆，仍回常宁工次。舟中得诗六首

湘流如笏滑，咳唾亦芳鲜。梅冻一林雨，香随风到船。波迎蠔镜绿，鸥抱断芦眠。汩没涛春枕，吾将弦水仙。

祝融望不极，冰雪倚高寒。帆饱舟如驶，仙风狃碧鸾。云移黄叶寺，天展白银盘。莫厌湘流曲，烟峦面面看。

案：衡本卷四中，“云移黄叶寺”作“人传听雨录”。

昏鸦集髡柳，暝色赴烟墟。趁渡归人急，喧篷朔霰疏。霜天围紫逻，沙蹬立寒渔。预卜明朝霁，丹霞岳顶舒。

案：衡本卷四中，“围紫逻”作“沉紫逻”。

峰坳露赪壤，野祀楚江多。厨冷伊蒲馔，云荒窣堵坡。钟凉摇翠巘，潭古浸青萝。且自斟醽醁，浮生一刹那。

羹鱼饭香稻，清气满江湖。透甲黄柑馥，经霜白菜腴。芬芳添食籍，风味敌莼鲈。他日秋风起，相思到此无。

残年淹泽国，春意逐波来。林翠压篷重，江花破冻开。水风

铿玉玦，霜霰点金罍。到眼青山熟，翻嫌鹢首催。

除夕前一日，大云寺衡上人冒雪渡湘，以笋干粉糍见贻，诗以酬之

残年霜霰阻江湖，犯晓浮湘一笠孤。气识金银怜我困，味贻蔬笋感公劬。敢同永叔传惟俨，略似东城与蜜殊。万劫不能灰愿力，会看楼阁现须臾。

案：衡本卷四中，"会看楼阁现须臾"后有按语："上人方有志重新法门。"

矿石有极佳者，颇类英石，以五枚上之义宁公，媵之以诗

谁挥灵窟仙人斧，割取蓬婆左股来。积素犹凝太古雪，嵌空时落劫余灰。崚嶒肯受奇章污，锤凿曾令富媪哀。瘦骨苍根自幽邃，助公他日压舟回。

案：衡本卷四中，此诗题为《矿深至四百尺，矿上时露气孔，内涵晶石，深黄浅碧，各色皆备，取极丑有致者数枚上之右公，媵之以诗》。

附录和作

荪畡学博从常宁矿厂以石山五枚见贻，并缀以诗，瑰玮雄奇，雅与石称，率次韵戏酬

陈宝箴

匡庐五老增乡思，真面何人写照来。混沌凿开犹有魄，娲皇炼后未全灰。虎丘夜气今谁识，鱼浦军屯古所哀。此日济时须楚宝，看君满载万艘回。

雨后散步溪上

浅草鸣蛙陂水浑，呼僮插竹记溪痕。罨凉影落鸥波小，柳老风吹翠浪屯。久客方言听渐熟，频来钓石觉犹温。浮踪何处非吾土，旧种芙蕖绿绕门。

案：衡本卷四中，“柳老”作“柳软”。

和王比部荩宣《九日招同人宴魁星阁，有感时事》之作，并柬龙大令禹门

濒江高阁郁嶒崚，壶盏招携迭主宾。天末四愁勤远念，秋来九辩送归人。百年嘉会簪萸侣，万瓦清霜落帽晨。输与山阴王内史，酒边题句默痕新。

沧海连年有是非，潜虬吹雨昼霏霏。过江名士新亭少，横海楼台旧愿违。朝局苍黄甘露变，蘅兰萧瑟楚风微。剩来一掬忧时泪，洒向湘山碧草肥。

菊黄枫紫感流年，回首觚棱落照边。海客有方能缩地，书生无计坐忧天。逋逃已肇中行衅，锡类曾无颖叔贤。除却酒杯难遣愤，接䍦期汝短篱前。

金碧高岩夜气澄，珂乡三载忝宾萌。裹蹄难助丹房铸，乡思常随白月盈。陔养君逾茅季伟，银场我愧薛文清。因君问讯禾川老，傥许归鸿一问津。

治矿三年，倦而思返，适奉部檄得宜章训导，拟诣大府辞差就官。十一月十六日，挈儿子棫、杰四鼓启行，至松柏天始曙，饮于刘氏寓楼，得诗三首

岩壑蒙蒙雾凇漫，篰舆宵发秃裘寒。山川阅历浑成熟，时事崎岖总未安。北斗星文沈虎气，南阳烟雨失龙蟠。声名从古来

镌议，省识人间任事难。

回首青山一桁垂，生年猿鸟托新知。持平自觉人情厚，临别翻增去后思。椎凿已伤金气尽，归装惟有郁林持。矿杂奇石，余收数十枚，函之以椟，人多疑为载宝。只虞皑素如山积，万舳连樯出浦迟。

维絷何劳到藿场，屡次上书求拣替人，当事辄加慰留。百年人事太仓皇。湘流好趋归帆疾，岳雪平分鬓发苍。老马长楸余瘦骨，寒鸦枯树啄晨霜。搴帷渐觉朝晖启，红叶江亭映饯觞。

易实甫顺鼎游沩山，与寄禅上人用净影韵唱和，各成小诗百咏，余漫和之，得八首

闻香觅水源，寥寥八垢净。一定了万缘，钟声摇塔影。
云中罗汉田，莜开白花净。溪南十亩阴，横卧毗庐影。
道人天宇光，不垢亦不净。明境既无台，何处寻形影。
识山有礽孙，瀑洗枯桐净。莲是藕丝魂，现出如来影。
参来白骨观，一扫红尘净。潭空心境凉，照彻昙花影。
沩山水牯牛，雨洒毛角净。吸涧下危谿，踏破青松影。
溪水味弥甘，白米筛已净。皓月印千潭，青天只一影。
千年银杏树，香触旃檀净。风来殿角凉，满地龙蛇影。

朴堂观察解组后，于宅后筑白云亭为课耕之所，征同人赋诗，得二首

绣衣持斧海南归，径向湘山赋采薇。下潩田肥聊种秫，汉阴人老欲忘机。松根稳任乌犍卧，谷口牢拴白板扉。莫再被风吹出岫，丛条幽壑竦啁讥。

祠墓严台旧泽存，何妨求志继贤昆。著身岩壑丹铅富，脱屣江湖白发尊。亭畔扶藜看布种，树边招隐促移樽。露葵朝槿山

中足，时事纷纷莫更论。

舟次樟木寺遇雪，得诗三首

橹牙伊哑碧湘清，朔霰喧江玉玦鸣。恰好围炉呼煮酒，耳边飞到卖鱼声。

小艇鸬鹚放溜斜，绿蓑衣上绽冰花。时平使宅无供亿，换得青铜付酒家。

濒江市尽接禅堂，系缆风林雪满舱。一杵烟钟敲梦断，霜空摇曳水云凉。

白箬铺道中

紫草斜阳画不成，晚风纤柳袷衣轻。泥浑青陇乌犍健，路绕苍山石葹平。溪水向西争注濁，道旁水皆西流。英雄埋骨尚留名。山麓有杨勇悫墓。我来却有平生感，店月桥霜岁屡更。

梁璧垣焕奎以诗见赠，作此答之

婆娑我已同枯树，尘海相逢觉汝亲。举世无人能执吝，少年如子岂长贫。文章邺下犹余骨，书记元瑜亦困人。愿向元龙楼上卧，素衣京洛易缁尘。

赴官自笑

老大宗生尚典州，我来欣与蓿盘谋。草香波暖刚三月，眷属图书共一舟。湘浦春风催短棹，衡山晴翠落吟眸。高歌那管填沟壑，转徙真成浩荡鸥。时因公调任清泉。

姚少府庭熙以督运来山，时湘流浅涸，艰于转运，以诗见示，余亦事多窘棘，作此戏复之

湘洲水落鼍背出，金锡连艅出无日。君来督运运转迟，日坐

愁城愁溺职。鲰生亦是可怜人，忧来肺渴欲生尘。文书屡遭长官骂，日夜望气求金银。佳诗贶余苦难和，秀语焉能出寒饿。誃台已苦度支穷，茅屋更愁风雨陂。所居翳茅为之，时方为大风所拔。姚生姚生休叹嗟，从来吾道一龙蛇。卑官虽屈百僚底，压箧尚有千梅花。少府工画梅。

十一月二十九日，自松柏买舟东下，风雪连天，波涛震荡。至东阳渡，风浪愈大，舟人大恐，三鼓抵潇湘门，城已阖矣

巨浪如山万窍号，独持孤艇与风鏖。漫天雪压潇波黑，残夜冰铿桂楫胶。瞑踏潜虬穿穴出，卧闻饥虎隔林嗥。平生涉历多奇险，莫笑颓年兴尚豪。

七月十一日往水口，出门天犹未明

残夜蕖香隔浦生，篼舆宵发葛衣轻。鱼喻缺月微掀浪，鸟聒平芜渐向明。星饭频年成断梗，风林侵晓有余清。茫茫芳草迷前路，一抹朝阳画不成。

酬邬小亭运判惠题小照

百家新学沸蜩蝉，小隐无如借箸便。难得群公争倒屣，相逢江馆并华颠。吟声逸少评风格，谓湘绮老人。佐治龙庄许后先。一样丝纶褒母节，诗名湖海较他贤。

汉家参佐由征辟，莲幕于今尚庶几。出处几人矜履蹈，精神五夜困笺移。性情浩落君能重，岩薮雕镌我已疲。顽钝漫劳推晚遇，蓿盘今日倦难支。

题宋人雨湖花鸭小幅

桃花涨暖鸭将雏，唼叶芦碕接翅呼。可奈沙头眠不稳，万丝

春雨打蒲菰。

客坐假寐，戏拟东坡

饤座近日旰，饥肠如雷鸣。只合须臾忍，微来鼾睡声。遗形齐得丧，随分勉支撑。一笑缘何事，无须怨不平。

睡起书怀

小雨鸣窗叶，瞢腾睡梦余。扶头初病酒，攲枕乱摊书。苔竹青相借，幽凉暍已除。晚来桥圈立，莲叶戏游鱼。

自江口塘至黄甲桥，道旁有隐者居，擅林石池沼之胜，作诗一首

乱石嵌墙薜荔芜，青山迎面烧痕苏。蘋风吹满鱼帘翠，丛竹森森叫鹁鸪。

常宁李山人果园年八十六矣，先世藏书极多，所居洋泉近猺洞，道光丙申猺变，书被毁。山人精小学，著述高数尺，健夫力难举。一日自携以来，为题二首

藏书楼矗西山麓，累叶丹铅未肯疲。煨烬曾丁猺猓变，风流难问庆光时。故家标格灵光在，白首邅回下泽驰。难得天公贻老健，飘萧犹见鹤鸾姿。

邹罗绝学开湘鄀，又见宜阳接踵来。字母何嫌沿梵夹，汀芒宁计避嘲诙。青云事业朋簪盛，白社尊垒鹤发推。莫悔穷年老幽壑，襄阳耆旧有庞崔。

秋日晓起，过西湖观

石径松阴引屧凉，晓风千顷白莲香。楼台木末腾赪壤，城郭秋清带碧湘。钟送古愁穿树出，塔悬孤影卧波长。烟塍几棱瓜花罥，划取金绳作道场。

题俞廙轩中丞卧游图

禹会山川接混茫，卅年归梦滞鲈乡。臣心自恋圭峰月，天眷终依绿野庄。壁上枫楠森似荠，毫巅皴染澹生香。请看退食垂帘日，万笏青苍绕印床。

春流碧玉词刚写，又放潇湘画里舟。两戒河山归眼底，千春忧乐到心头。清娱宗炳同微尚，丝竹兰亭话旧游。且莫相逢语天姥，苍生弥望治功遒。

东洲舟次，与振才同作

寒雨潇潇水没矼，倚舷同听浪舂撞。箬篷选梦香迎枕，山意窥人绿上窗。雪点浦梅浑欲暝，年深髡柳渐成桩。浮家始践论文约，短榻联吟对暮江。

纸阁琴樽十日留，竭来江上作清游。潺湲山溜澌冰谷，萧瑟风声戛柁楼。戎马关山悲直北，天涯兄弟在扁舟。不应便续骖鸾录，泼尽葡萄未洗愁。

扈从长杨最少年，朱幡今更猎湘堧。草间狐兔空求活，云外旌旗欲藻川。块磊难平雄剑吼，惊风不定饿鸱传。归来渴饮黄獐血，没羽争夸老守贤。

天作穹庐云四垂，北风连日发阴机。虚弦未便摇孤注，饮羽犹当杀一围。夹道蛮夷瞻剑写，宠行诗句绣弓衣。人生未应夸奇获，负手南山识所归。时因事去位，故云。

东轩早春和振才

碧沼鳞纹破冻开，曈曈初日上高槐。梅枝酝酿春犹浅，芸叶葳蕤手自栽。雪后云山沈紫逻，官闲庭院富苍苔。条风不复论喧寂，晴卷江声入槛来。

蓬蓬生意盎帘栊，街雪初融屐响松。冰泮圆吹鱼沫细，堂深烟喷麝脐浓。草苏莲子湖边路，风断花王寺里钟。闭阁真如僧舍冷，强赓诗句破春慵。

正月十四日挈儿子基杰回长沙，舟泊雷家市

片帆蔽岸往来频，五度霜枫泼眼新。鸥鹭有情应识我，风烟无际欲霾津。开年爆竹喧山市，来日传柑属令长。流落江潭君勿叹，且留清啸落湘滨。

昭陵滩

积雨遥峰失，舣舟湘水浔。潇波受风碎，泛空流清音。昭陵古称险，刺流生岖嵚。理楫一不慎，衣袽空复寻。伊余倦行役，水宿愁孤斟。劳生竟靡涯，出岫宁有心。缅彼采樵人，浩歌南山岑。

过亡友张福荄墓下

商瞿五十尚无儿，燕姞迎来梦已迟。失意唐衢惟善哭，清愁顾恺竟成痴。不辞阿好常推我，有志穷经自得师。车过墓门须腹痛，戏言今日践前期。

明桂藩石狮歌

漫空雨打花竿黑，湘水衡云黯无色。铜驼已出大明门，石兽犹留桂王宅。桂藩之国属熹宗，承阳大启维城封。茄花委鬼纷

满地，尚按玉牒崇金墉。觚棱金爵森烟际，规制崇宏逾吉惠。承运檐迎岣嵝霞，体仁阙挹朱陵翠。晶莹耒石如截昉，巧匠琢出狻猊双。东西屹立各神王，鬈髵胡惔纷腾骧。暮听虾蟆更点急，朝看鹓鹭分行入。繁华阅历十余年，石若能言应雨泣。谷城当日鹰脱韝，衡湘千里烟尘浮。猺山跋涉悲龙子，火雉迸落燔琼楼。从此王孙归岭峤，小朝水火仍难了。桂林驻跸又安隆，十载规模诚草草。只虞五虎尚当关，谁恤双狮落草间。搏兔难瞻清禁月，排衙空唱念家山。惟余古井波莹澈，照影凄凉悲玉雪。野草闲花遍地愁，残霖古砌凝幽血。沈埋瓦砾百年中，爝火骊山种牧童。神物萧条失俦匹，长衢淅沥来悲风。君不见，田家铁狮长安陌，一样苍凉藓花涩。伤尽娄东祭酒心，风雨如闻泣幽咽。尘海茫茫历劫多，年来天汉有风波。金鳌玉蛛今何似，矫首燕云唤奈何。

衡州府署后石台高数丈，相传康熙时叛藩于此校阅，或曰圆圆妆台，非也。振才作诗四首，余依韵和之

紫闼何能熭日中，百年霜露坠荒宫。崇台校阅无人记，石蘸蟠空有路通。痛哭乞师方按剑，仓黄射日复弯弓。只今狐鼠无余影，枫相犹疑战血红。

五华宫殿郁岧峣，炎峤重看绛节朝。毕竟隗嚣多反侧，谁云吴芮有根苗。基扃合续芜城赋，豚犬难当弄玉箫。百尺郊天台远近，一般缔构等烟消。

莽莽风烟接大荒，石栏西望日沈黄。稽诛元济终膏斧，擅蜀公孙自速亡。千步球场横北坂，八年尘劫堕南方。传闻篝火狐鸣夜，上变曾经走部郎。

辰龙�险矗雄关，铁骑纷驰大箐山。郊劳共看俘赞普，苴茅当日镇乌蛮。连衡唉竖同归尽，入道名姬永不还。诗史诛心已

难道，奸谋况值鬓毛斑。

出柴埠门，买舟溯流至东洲讲舍，有怀王壬父先生，旋至万圣宫小坐

出郭理轻楫，溯流成独往。威迟见洲树，飞磴缘岩上。嵯峨弦诵宫，层构出林莽。高梧当户立，策策清风响。堂深清夏气，地僻延秋爽。缅惟湘绮翁，群经增奥赏。伊人水一方，游洄任吾党。言归倏移序，道远深遐想。楼前木芙蓉，得雨新茎长。花时翁傥来，相从一拊掌。

陟阁揽江景，林深阻遐觌。惟余风帆影，时时度林隙。荒庵距山麓，一磬定喧寂。吾生良已劳，到此万缘息。孤游谢酬答，小坐养脚力。僧供白晒笋，味胜波罗密。云堂合有缘，茗饮风生腋。榜人相待久，持棹催归急。出寺下危梯，烟萝暝将夕。

石子铺道中

松声不断乱蝉鸣，十里风荷曳浪轻。谁料衡南山谷里，妍华如向越中行。

自两路口归，舆中口号

积雨得微霁，滃然空翠香。荷盘泼露珠，的皪坠池凉。萍密虑防鱼，刳竹横中央。人行瓜援中，金绳围道场。行野适所愿，浩然心欲翔。归来坐南荣，野色沾衣裳。

清泉学署当郡之西郭外，风荷十顷，花时清香不断，晓露未晞，泼取烹茶，香味绝伦

池荷泫幽露，走盘如明珠。溪童趁晓来，倾泻入冰壶。年时苦肺渴，对之心怡愉。砖炉手自煎，满耳松风嘘。色绀味微苦，

清芬生徐徐。流馥入心脾，飞甘从天衢。中冷与惠山，岂得专名誉。新买六啇芽，品与芙蓉俱。烹煎应火候，色味皆清腴。官虽饭不足，清供固有余。十斛收莲租，百尾税池鱼。余征及花露，郑虔有此无。大呼桑苎翁，把臂入林箊。

六月二十三日，招同王山长壬秋及谭、沈、胡三大令，邬、程两运判集饮东轩

花影蝉声秀一栏，泠泠湘竹动微澜。凉堂胜日来佳客，曲沼清尊续堕欢。读画喜无寒具污，谈天不觉九州宽。忘机尚有濠梁在，倚醉何妨一再看。

珠泉草庐诗后集

卷　一

访岳屏周院长不遇，雨归有作

单椒枫柏点微霜，谡谡栟榈石蕝凉。一笠芳亭依半岭，九秋风物近重阳。云开雁路闻清唳，风送鲸铿出上方。归路饱听茭叶雨，袷衣浓沁绿云香。

常宁北乡龙王山距水口山约三里，南上里许曰龙王庙，汍泉汩汩，溉田数十顷。泉上黄荆两株，大者三人合抱不交，深六七丈，根露地面如龙蛇战野，叶青而香。秋深结实累累，色如丹砂，禹画野以荆分州，取其繁生也。此独成峻干，殆感灵泉之气不与凡楚同与？余居茭源八载，至此始一憩树下。诗以纪之

大树涵泉气，青天万叶攒。千沤随地涌，下有老蛟蟠。石黝苍崖瘦，柯蜷白昼寒。神祠踞危石，一半塞榛菅。

不嫌苔径滑，铜斗汲清深。渴吻漱寒渌，空香泛远岑。枝摇仙雨细，波点绀珠沈。八载山中住，寥寥始一寻。

儿子基棫由家送来百合一筐，采自岩野，味甘平润肺。仿东坡玉糁羹法调以甘旨，为进一瓯

�篮鸦觜湘山隩，劚取云腴颗颗圆。莲瓣饱涵仙露润，砂壶烂煮玉麋鲜。嘉名律吕新书见，滋味时中本草传。衰病频年谋服食，乡心早在白云边。

将发衡州，东洲院长王先生壬父与同人饯于郡邸。先生赋长歌宠行，亟切难于和韵，作七律两首酬之

先生卓荦抱遗经，白首编摩手不停。直以心精开奥窔，都将形貌写丹青。文章海内推尊宿，谐际花前见性灵，寒雨芳洲书带绿，吟声依约梦中听。

神交犹在卌年前，云海相望各一天。觌面并增迟莫感，余生犹有笑谈缘。余与先生神交有年，及来承阳始亲颜色。疏灯共话湘楼雨，香水行参密印禅。约游沩山。有约溪堂擘霜蟹，梅花冻合玉壶鲜。

附王闿运原作

送廖荪畡还山

西湖三日陪清宴，笙歌酒暖飞霜散。归来乘月度寒林，始晤欢筵有离怨。临承形胜扼中游，义军初起振湘洲。文武龙骧四十载，兵寮自士尽高流。我先避地仍留客，君亦借才分一席。每同游赏得新诗，偶说乱离成旧迹。中兴艰苦信徒劳，坐看鸟迹兽蹄交。不恨枢机迷政本，反空杼柚困钱刀。昔岁蜀滇论矿利，弹冠笑谢非吾事。闻君投笔把长镵，聊与故人供指臂。谓陈右铭侍郎。陈侯不用老生言，顿空库藏损囊钱。谁知百万银铅涌，始验

中丞计画宽。众难群疑方一雪,君自清寒人自热。浮江万舸宝光腾,闭户一毡清兴发。功成身退古今同,况复富强非远功。不肯斋厨餐苜蓿,安能幕府倚梧桐。清湘波静携家去,何减扁舟五湖趣。回思风雪五峰间,却望匡庐九江路。余欲乘樏度醴东,便沿牵水看霜枫。山中腊酒知同熟,有约珠泉放钓筒。

衡山县舟中作

睡起江雨霁,微曦漾昏眸。湘波静如拭,烟中来棹讴。县郭带湿容,蓬蓬草树浮。人家住深翠,微露江边楼。近岳不见岳,丘垤蔽离娄。鸡犬了不闻,孤塔涌中洲。此邦信清淑,空际生香流。沆瀣一气通,收之入吾舟。泚笔书赫蹄,留以资卧游。

舟 夜

夜雨最萧瑟,况来江上听。愁添霜鬓白,山压短檠青。松菊乡园梦,笙竽帝子灵。犹余旧瓢在,一为泛湘醽。"还挈来时旧酒瓢",五代楚时衡山令廖融句。

案:此诗收录于《湘雅摭残 2》(张翰仪编纂,岳麓书社,2010年)。

落拓行,为成三赞钧作

抵长沙之次日,赞钧来谈,别十年矣。饮酒至醉,赋此赠之。

十年前蹋晴川阁,岸帻高吟动寥廓。今年濡首定王台,黄花滟滟照酒杯。人世光阴刹那耳,落拓依然吾与汝。无钱付与酒家胡,几累刘伶渴欲死。渴死吾曹亦何顾,招魂不向扶桑路。南皮老去义宁亡,谁与湘中醒顽固。民智还须官智开,诸公衮衮良可咍。平生倾倒南轩语,陛下当求晓事才。初见抚军赵公,即谓湘人欠开通,当亟开民智。余对以近日民情谲诡已甚,毋须再开,但宜亟开官智耳。公大笑。伊余忝附矿人长,八载穹山辟榛莽。武夫不惜力拘原，欲铸裹蹄仍惝恍。矿羡均归外销，地方义举、绅官干修亦于此取之。几度归心逐白云，州家符檄又纷纷。因君枨触年时恨，长啸江楼对夕曛。

案：此诗收录于《湘雅摭残 2》。

题张雨珊《湘雨楼画册》，兼柬其弟冶秋

山雨潇潇至，江楼百尺高。繁声亮新瓦，生意郁烟皋。弘景三层迥，休文八咏遥。低头事铅椠，想见著书劳。

亦有溪边屋，萧椮梧竹阴。输君好兄弟，愧我旧园林。料得连床夜，同为抱膝吟。黑麋山下路，有约共攀寻。

小除日归家度岁，渡湘天沈沈欲雪，至油草铺遂止宿焉

逆旅萧寥甚，浮生有折磨。山寒方酿雪，岁晏尚奔波。倦鸟投林急，孤忱积感多。曲生谁造汝，一醉散沈痾。

送大越荣祐归日本

连年平江大冶金矿，前后动款近六十万，作辍屡矣。中惟新化李士铨用土法月收净金二百余两，大府旋用倭矿师米山良辉代之，以昌江乏煤，议于六十里外凿山，用石枧引水转输，造端宏大，闻者咋舌。大越特工程师之一，年仅二十四岁，留居省局，朝夕接见，辄用笔谈，米山经营数月无效，辞焉。大越随之回国，临行索诗，喜其韶秀，颇通中文，书此贻之。

邓禹封侯岁，能为上国游。鲸波浴东海，虎视蔑西欧。助我探金穴，与君同亚洲。银涛三万里，一笑等浮沤。

邀成梓贞、蒋少穆、周云昆麓山看红叶

经年不蹋南台寺，梦绕湘西万壑松。又向林垌试腰脚，依然

杖屦得从容。红衣磴道枫人醉,白发江天旧雨逢。且食蛤蜊知许事,破空风落夕阳钟。

案:此诗收录于《历代名人咏长沙诗词选》(黄纲正主编,湖南文艺出版社,1996 年)、《湘雅摭残 2》。

嘉平之望为清河君生日,其周甲之年实在戊戌,曾作两诗未留稿,今七年矣,为书补之

竹叶槃来药玉船,今宵人月喜双圆。平生马磨嗟蓬转,旧日牛衣有泪涟。甲子平头刚隔岁,君长余一岁。参苓续命亦奇缘。君前年一病几殆,适有人送天生术,服之病遂除。先春生意南枝逗,渐有幽芬到枕边。

嫁得黔娄未厌贫,徂年微损鬓丝匀。雨薪霜臼忧劳惯,紫凤天吴坼补频。相敬同珍青玉案,待需香窨碧螺春。结褵便有终焉志,莫笑高柔是恨人。

张布政小传,文端公六世孙,由湘藩改云南,年七十矣,临别赠之以诗

曾于惜抱双溪记,想见龙眠雾雨蒸。太傅清风重台鼎,故家芬韵到云礽。量移有诏劳丹注,悃愊无华见吏能。至竟文渊犹矍铄,可能重见庆云兴。

怀柔外海金缯溢,贫国焉能舞袖回。安静不来搜间架,锱铢宁止免誃台。虚怀不肯因人热,东阁曾劳为我开。祖帐百僚同引领,白头相望重低徊。

丙午人日,湘绮先生自长沙来,邀游沩山,途中作诗属和,次韵奉酬

梦想西沩万笏山,春风华发共跻扳。百年游事赓乡衮,明崇

祯时,湘潭李文庄与县人陶幼调同游沩山。一路烟峦耸髻鬟。幽壑转雷神瀵洒,袈裟铺地水田环。闻香我亦寻源客,径欲移家到此间。

石头路滑倏东西,回首仙都望欲迷。扫塔有禅参白骨,升天无术觅丹梯。断碑生粟经千载,香水和烟漱一溪。归对桃花成独笑,寒山密藏莫轻提。

案:此诗被收入《宁乡文史·第十辑》(湖南省宁乡县政协学习文史委员会编纂,内刊本,2000年)、《热土宁乡丛书·宁乡诗联》(谢胜文、徐拂荣编,湖南人民出版社,2004年)。又,此诗以《游沩山步王闿运原韵》为题,被收入《宁乡历史文化丛书·诗文荟萃》(徐拂荣、夏时编,中国文史出版社,2016年)。

汤泉鸭一首,次湘绮韵

汤泉温暖渚云肥,鸭浴晴波刷羽衣。不道笼鹅僧院客,却来冬鹜钓人矶。新河座上曾分脔,洄曲军中大合围。养髓不应频折棰,由来囚鸟不忘飞。

沩山产款冬花,春晴盛开,香涨岩谷,于香严岩下劚取一株,归植园中

香严岩下忍冬花,百里移根直到家。白足有缘参密印,紫囊同梦到僧茄。蕊翻优钵泉边雪,枝拂毗庐阁畔霞。最好酒醒闻异馥,冻云和月上窗纱。

洹阳尚书奉诏还朝,出使外洋,充五大臣之一。临别索诗,勉成二首

黑头被诏赋东归,六月潇波照节麾。一治蒸霞通学蔀,九重前席寄安危。极知郑国兼忠信,要使天骄识等夷。毕竟云泥互

相忆，南楼风月忆元规。

犀照何劳主故常，人称通侻近资阳。令严只觉军容肃，地小难舒舞袖长。万事从今咨伯始，三公他日恋桐乡。莫嫌京兆之官浅，已有声名动楚疆。

儿子基棫出门必雨，几如东坡一生不遇顺风，春间命赴水口山，至岳后白果市遇潦，几灭顶。九月复往，雨后云容解驳，以为可望久晴，行未十里大雨，连五日不止，其母念之，至废寝馈。余亦恻然愍之，兼示基植

离毕阴蟾翳未开，居然磨蝎命宫来。泅溪春涨曾濡轨，驿路西风又洗埃。魂梦累余同绕越，羽毛怜汝太毰毸。鸿来燕去浑无定，何日云霄接翅回。

聂宅席上，酬曾舨庵广钧

文正贻谋世所崇，绳绳犹见旧家风。人夸范氏传遗砚，我识长源是圣童。少日词场纷跌宕，别来怀抱益冲融。玉壶同泻酃湖醁，蜡烛烧残一寸红。

赠赵芷荪启霖

神羊岳岳人天喜，犹见斯民直道存。岂为声名方厉节，即归田里亦蒙恩。青鞋布袜湘南路，橘雨菰烟岳后村。行矣志完休自满，弥天事业尚无垠。

送刘定夫归武宁

相逢尘海得交亲，同赞湘南矿政新。入坎难谐多士口，盍簪犹有老成人。余在矿不受请托，人多憎之。公长厚不随曹恶，尤不以所

获矿利专供外销为然。极知金锡能肥国,不道银场未疗贫。除却太丘无可语,崝庐东望一伤神。

冰囊难谋下濮田,惟余奇石压舟偏。银场产石,色白而脆,西人以炼玻璃,名矽里开。公取数枚压装,余笑曰此郁林石也。三湘作吏留鸿爪,七秩悬车养大年。诗派西江容著录,归航南浦羡登仙。东坡海上春婆梦,争及乡山款段鞭。

泬寥天气近新霜,归去重寻古柳庄。白社衣冠尊鹤发,沧洲风味重鲈乡。晴空霹雳开先瀑,夜月琵琶送客航。从此江湖归老宿,坐看天地入清凉。

案:此诗收录于《湘雅摭残 2》。

与周镜渔、俞绶臣渡湘,邀陈善余同游麓山,下山陈别去,余与两君回舟次饮酒甚乐,入城已昏暮矣

潭州老守淮南客,饱看龙眠插天碧。浮湘邀作麓云游,欲假峿嵝散愁疾。结交喜得武林俞,十年熟读穰苴书。艅艎径向水犀借,肥鱼大胾罗兵厨。秋风一舸翦江去,筇竹棕鞋展幽步。李邕碑古遍摩挲,白鹤泉清同挹注。岿峣云麓俯湘城,万井楼台夕照横。树杪钟悬苔蚀纽,戒坛松倒鹤无声。钟声催客出林树,回首名蓝隔烟雾。相风竿引上艨艟,舣向朱张旧时渡。煮鱼呼酒洗尘襟,一丸大月浮波心。髯苏赤壁有前后,醉翁丰乐无古今。归帆倏挂西湖柳,千炬蜡灯迎鹢首。张盖游山吏卒哗,诙嘲奚免谈天口。归来一笑卧南轩,衣上犹余碧鲜痕。七百年来无此乐,大呼无己与同论。谓善余。

寿余尧衢母夫人九十

早岁虽贫乐有余,幽花袅竹闭门居。灶觚香冷余藿粥,硗玉儿能读父书。掞藻天门酬荻管,循陔芳膳映簪裾。人间亨塞原

无定，后乐弥征福庆储。

花底双声唱和存，独班兴庆荷湛恩。淡黄凤阁来新诏，惨绿牛衣有旧痕。春殿宣仁询福履，祥刑隽母问平反。遥知令子趋朝日，永忆篝镫课诵昏。

书南皮驳刑律疏后

纤儿撞坏公家事，剿说崇朝遍九垓。新法荆舒犹有学，旧书城旦已成灰。长茭莫挽滔天势，孤愤难平斫地哀。从此纲维纷解纽，堙流谁为澹沈灾。

血气年来屡偾张，不分妖孽与祯祥。人羶猛士刀头蜜，步失邯郸挟瑟倡。煅铁反钳终必折，芸田舍己岂能穰。凭他医国回天手，无术能治举国狂。

刘彦丞夫妇八十重偕花烛

洞开桃花笑靥开，刘郎今更到天台。仙家不少延年药，老去重交合卺杯。花烛依然偎梦暖，酒缸仍见缠红来。支机石畔双星会，鹊驾秋风又一回。

刘纲夫妇年俱永，梁孟风怀老更痴。今夕绸缪人再少，洞房香润漏添迟。红绫归遗圆初梦，绿鬓相看忆旧时。难得白头双绶带，春风齐上万年枝。

刘采九凤苞重游泮水

蓬山旧梦昆明月，弹指都成过去因。今日璧池同采茆，金花先上白头人。

释奠桥门彼一时，朗江波暖绿差差。请看观里桃千树，尽是刘郎去后枝。

绣衣洱海护妉徒，睒瞫山川瘴雨收。老向江乡恣游戏，襕衫队里占遨头。

常宁水口山所产连锡向归比商亨达利承买，就汉口设驻鄂湘矿转运局，委员司之，今岁移局于乾隆巷邱家垱，择湘人之廉而有行者主其出纳，遍与各国通商，承事之人与余有旧，于其行也，作此贻之，亦临别赠言意也

荆山蕴宝浑难尽，直以欧洲作尾闾。楚国回图原有务，十国春秋，马殷用其都军判官高郁策，置回图务榷银茶诸税，国以富饶。汉家平准已无书。梯航海客输琛赆，辛苦司农议积储。府海官山起纤悉，一编管子是前车。

八载茭源涸泥滓，竭来江上穆清风。由来郡国多香草，不道迁移到渚宫。一命期于物有济，九州从此利常通。波涛利涉资忠信，谁道东西事不同。

四月一首，柬镜渔饮酒

梅炎麦润柳抽丝，最好光阴四月时。衢巷晚风珠络鼓，江楼微雨鹧鸪词。樱桃饤座偏饶笋，瓜蔓连汀恰上鲥。输与湘州馋太守，偷闲来捧夜光卮。

久雨湘涨，城不没者三版，而芦林以下船犹阁浅，以三十六湾纡曲不得泄耳。四月十一日登南城，见附郭阛市皆没水中，亟命煮赈。作诗纪灾，兼著致此之由

久雨众淙汇，湘涨溢阛阇。濒江四城阙，弥弥失交衢。浑流接屋檐，嗷鸿争相呼。百堵骕然倾，土石纷模糊。闻有一家人，七口同绷繻。拚为共命鸟，栋桡沦江湖。江心渡人舟，时亦惊沦胥。浮尸中江下，无异鸭与猪。登楼惨心目，浩劫连朝晡。亟令

具饘粥，聊以供须臾。喧声出屋瓦，惭沮色不舒。微闻老人言，此灾百年无。客从五渚来，湖水犹凋枯。江轮犹阁浅，洲草青苍铺。如何天降凶，独钟此一隅。将毋人心召，抑亦官政疏。客乃曰否否，兹事不关渠。水性故善下，遏之生嵚岖。不闻卅六弯，崎岸相萦纡。致今蠔河口，水立冰山如。壅塞不得出，万派自停潴。焉得巨灵掌，碎此九曲珠。又忧潇湘波，沛然无留余。有利即有害，念之增踟蹰。治水师白圭，何以免其鱼。东南水患，由河淮南趋，江浙淤淀，湘害亦由江不畅消，弯河阻塞，南水乘之，近世经济家谈湖湘水利，专主濬洞庭，末矣。世无神禹，难矣哉！

光绪丁未七月十四日，清河君殁于衡田旧庐，犹记丙子正月，梦至一园，额署“安分知止之馆”。园中杜鹃花满地，旁舍有巨镜，余冠青金石服貂涵镜中。醒语君曰：“余若官贵，君当无幸，落花非休征也。”君笑曰：“显职岂寒士易得，梦当不灵。”阅十九年，岁在丙申，义宁陈公抚湘，招余主水口山之矿。又三年，部选宜章训导，山阴俞公为便矿计，调署清泉，君同居冷署，常劝归曰：“不记昔年安分知止之训乎？”越岁癸卯，赵公尔巽继任，檄余管省局事，君遂归。丙午，大府以校官难统治全矿，命捐分部主事，加四品衔，非余意也。君闻，愀然语诸子曰：“而父一生梦多奇验，今有征矣。吾其死乎？”至是疾革，颇以卜兆未定为忧。先是五月间，梦至屋后山有茅舍甚饬，舍旁古松，风来有声，心甚乐之，恍惚与君同立舍中。偶触前尘，向后山求葬地，宛然梦中所见，遂定穴焉。陶甓为垣，门于前题曰“梦松仙馆”。集为联

云:“青嶂会为身后冢;苍龙犹是种时孙。”虚其左窴,备他日合葬,用德清俞氏《题右台仙馆》韵,作诗二首嵌于左垣,并征人赋诗

镜影花魂谶竟酬,重来圆梦到松楸。苍髯夜落涛千尺,宿草今余土一抔。引分敢忘知止诫,抽身先作化城游。尘劳如海谁非幻,一段因缘付蜃楼。

忍泪亲将石墨镌,本来同穴订生前。栴檀君证无生果,萍梗余犹下濑船。华表他年归皓鹤,冈阡依旧绕珠泉。崦嵫同尽无多日,圆石双题莫问年。

展重阳日,沈翼孙祖燕招同幕府诸君,饮余于高明游息之楼,分韵赋诗,余方有幽忧之疾,勉成一首。无情之词,徒增忉怛耳

隐囊纱帽对汀鸥,淼淼潇波抱郭流。万井楼台酣夕照,隔江烟树罨芳洲。碧波拖练来番舶,白袷论诗挟酒筹。拚倒接䍦成酩酊,与君消尽古今愁。

明日再宴江楼,同集者为涂亹亭、胡蕃舟、黄子焘

有约登楼更举觞,依然四面纳秋光。清霜隔浦丹枫醉,寒雨横江白鹭凉。剥蟹余腥搓菊蕊,解酲依枕爱橙香。秋来无术消愁疾,竿木随缘又一场。

送黄忠浩任四川提督

卅年前识黄公覆,白袷谈兵正少年。抵掌桐阴犹昨莫,别来沧海几推迁。风尘百战声名在,铙吹三军斥堠连。揩眼有人瞻事业,高楼岌嶪正筹边。

桂管刚回落日戈,兜鍪旋照锦江波。翘关岂少巴图鲁,名士能当曳落河。白雪西山连卫藏，绿林杈櫱蕴岷嶓。毛椎盾鼻何轻重，能耐艰难便足多。

送赵启霖提学四川

碧湘如梦怆离群，呼酒临歧一送君。天下无如西蜀险，草堂休勒北山文。埋轮节已推齐擘，论蜀才还张楚军。好把方圆区内外，年来政俗益纷纷。

天彭井络势嵚巇，林箐当年咽鼓鼙。合有文章暖锋镝，可无沾被到蛮夷。人瞻玉尺规多士，国有金城在四维。棋局如斯难著手，淮南桂树尽葳蕤。

题杨生文锴《红桥感旧册》

春流如玉滟邗沟，选胜人真镜里游。面面垂杨一曲水，销魂从古说扬州。

闻道康雍全盛时，名流鼓吹有新词。只今金粉飘零甚，怕诵徐釚本事诗。

平山堂与梅花岭，一例荒寒怆客魂。好事何来杨德祖，春衫细雨镇淮门。

九月二十六日，赴平江黄金洞，由东阳渡过浏

野灶燔煨薯蓣香，墙头柑橘杂青黄。棹歌新谱渔家傲，枷板秋登晚稻忙。风物湘东犹近古，沟涂平陇自成疆。黏天荞麦花如雪，无数饥乌下夕阳。

浏阳道中

百里殊乡县，方音听易讹。家修麻枲贡，人重力田科。云尽

莫山峭，溪回乌桕多。晚凉沙路静，汀树挂烟蓑。

村　舍

村落薯丝饭，人家卵石墙。田山千顷豆，谋野半年粮。地僻勤能补，时和俗渐良。西流渌如练，百里入清湘。绿水西上百余里，至醴陵始入湘。

道旁有寺，藏深树中，颇庄严，未暇问名

觚棱露木末，深处有精蓝。一磬烟中定，多生静里参。香花严法界，岁月老瞿昙。尘鞅吾方极，离亭夕照酣。

黄泥塽入平江境

西方振广漠，万窍变商音。木落洞庭野，云生幕阜阴。秋阳晞短发，香草入长吟。岁晏君门远，寥寥楚士心。

晓发献钟

杉竹连汀秀，残蟾隔叶明。客行先雁起，溪路与云争。潭静星沈底，滩澌石有声。须臾出村衖，树杪挂铜钲。

抵黄金洞

欲陟疑无路，昂头小有天。是峰皆峭拔，无涧不回旋。绝壑精镠蕴，嵁崖夏屋连。局屋异常坚丽，亭馆森列，约费五万金。夜深腾虎气，流曜照山川。

自冯家庄至青弯，林壑幽邃，矿厂绵亘数里

历尽羊肠险，如穿九曲珠。青山迎面立，白发受风疏。尚女收茶子，山农足芋薯。此中堪避世，莫问武陵渔。

十月之望，归经长田市，甚雨溪涨，屡犯危险

油衣不如瓦，谐语却天真。山雨横空至，春衫碎点匀。石头防路滑，溪涨怯桥倾。不敢怨行役，劳生合有因。

悼笠云上人

余与上人相识于麓山虎岑堂，时堂畔六朝松犹存，往来唱和，甚乐也。上人工诗，前年游日本，与其国人长冈子爵交善，名益著。近居曾文正祠，余自昌江归，遣人遗之以茶，则灭度已四日矣。闻其临终作偈曰："千江有水千江月，万里无云万里天。"掌未合而绝，可谓通知了义矣。诗以纪之。

虎岑堂外松犹矗，我与支公识面年。海国欢迎诗律细，经龛出定梵音圆。云堂白雪抄香饭，柴火砖垆证夜禅。留得茗芽无处煮，馒头容有再来缘。

光绪戊寅之岁，与丰城毛庆蕃、宁州陈三立冒暑游衡山，寓祝圣寺，与默安、淡云两上人知识。壬寅八月，由家赴衡州，过岳市，率儿杰入寺访之。默安扶杖出迎，作竟夜谈，口占七律一首，未及写付，未几默安示寂。顷于箧中搜得旧稿，其徒有来长沙者，书此付之，距壬寅又六年矣

疏花古甃静无尘，曾共关门听晚钟。今日再来寻旧梦，依然短榻对长松。凉蟾穿竹宜新浴，老鹤当轩有病容，惆怅酒徒星散尽，北窗容我寄孤筇。

梁大焕奎所居在浏阳门外五里牌，亦名青郊。署其园曰“二学”，不忘稼圃也。久病不出，往候之

门外春阴拂水流，青郊烟月接沧州。平生稼圃归田录，浮世功名不系舟。多病中年宁勿药，哀时无地可埋忧。从君一证潜夫论，凉雨芳田正麦秋。

于役承阳泊晚洲一首，忆癸卯九月，与清河君泊舟于此

依然沙步卸轻帆，星斗阑干浴碧潭。独漉自沽酃县酒，无人同擘洞庭柑。天空雁唳霜风大，江静奁开月露涵。五载刹那成底事，不胜幽怨满湘南。

柬东洲院长王湘绮先生

海内文章伯，当今王子衡。别来曾几日，鄙吝又潜生。蕉竹迷诗梦，风林想笑声。今宵江馆月，应为两人明。

案：此诗收录于《湘雅摭残 2》。

潇湘门舟次有感

夕阳江上晒鸬鹚，曾共偎篷赋竹枝。今日州门重舣楫，乌丝阑写断肠词。

湘水秋清抱郭圆，到来如梦复如烟。小西门外莲湖路，细草寒花一惘然。

题松柏江楼

松柏当常宁北乡，距水口山十里，濒江筑楼，直栏横槛，觚棱四映，足供游眺。余回长沙七年，胜地重临，山川增慨，撰联悬之

楼柱云:“十里接银场,前代茭源曾置监;层楼压湘水,过江山色入凭栏。”《常宁县志》:“明薛文清瑄尝充茭源银场监,收矿税即此地也。”都人士为余置酒楼上,即席赋两诗,述微意焉。

一观嵯峨占上游,三湘烟雨望中收。过江岳色青归槛,倒影潇波绿上楼。佳日开帘丛菊艳,豪情呵壁墨香流。圆经他日传名迹,著录应须到此丘。

极浦风帆去不停,汀洲兰茝动微馨。巢痕我已如秋燕,泽畔人应笑独醒。斜日乌啼霜柏紫,隔江钟走暝烟青。凭阑无限悲秋意,天际飞鸿未易冥。

舟次一首

洲草余残绿,堤长逐艇移。朝曦初出崦,光照岳神祠。霜晓烟笼水,江寒粟上肌。人随征棹远,久役竟忘疲。

卷　二

己酉九月，以事至汉上，时京汉铁路通，思乘便一至京师。三十日挈第五子基杰由大智门上车，明日黎明至顺庆，晚达正阳门，寓西河沿旅馆，于顺庆路上得五十六字

千里飙轮一夕过，晓看烟树蓟门罗。连畦宿麦饥乌下，万井当年战垒多。心逐云山朝北极，客来燕市动悲歌。支离西北真无奈，矫首金台白日俄。

陶然亭

黄芦积水绕空亭，拊槛西山一桁青。上日尊罍怀旧社，天涯文物感晨星。皇居壮丽仍形胜，海浸东南入杳冥。剩有黄花堪耐冷，隔帘孤映楚累醒。

颐和园词

颐和园中萃森爽，虬松老桂参差长。亭台高下绀墙围，复道行空备宸赏。园门瑰丽涂青红，铁色狻猊琢镂工。想见千官随仗入，旌旗剑佩声摩空。循廊一片湖波白，天地萧寒忽异色。汉家昆明何足云，江南莫愁逊清绝。垂虹下属湖心亭，万顷玻璃入杳冥。续缦沈竿深莫测，涛澜潏荡风烟青。玉泉衍近丹棱沜，仓

卒真源寻未见。剩有清流浩荡来,人间已觉恩波遍。佛香亭占山之巅,百尺陂陀不易缘。仿佛骊山石瓮寺,东西绣岭相钩连。古松抱阁日光碧,谡谡寒声荡空隙。举目萧条郊野荒,皇情定轸流亡室。东下遥连乐寿堂,椒房阿监直东厢。宫车晏驾行游息,绿苔生阁榭尘芳。当年行乐回天眷,歌钟设在云和院。水调新翻菊部头,薰弦透入排云殿。此中宜夏亦宜秋,瑟瑟红衣镜里稠。四面凉风铿玉玦,一帘花雨控琼钩。园居逭暑寝成例,圣圣相承七皇帝。一自圆明化劫灰,重来此地严周卫。割取蓬莱左股来,依然平地起楼台。规模虽比上林小,将作微伤少府财。宫官前后怀忠悃,姓氏依稀文与永。大臣容默小臣言,志节与园同不泯。冲皇临御游幸稀,铜龙昼静寒乌啼。长杨五柞盛皇汉,昭宣以降停骖骓。我来刚值园扉启,中官守护严纲纪。凤钥长将寝殿扃,龙舟远向芦碕舣。此后应难再步尘,聊将歌咏纪前因。《连昌词》与《津阳什》,一样伤心感后人。

十月十七日,出都留别同乡诸友,兼感时事。先拟出张家口观明陵,再由天津航海达沪,溯江而归。适儿杰病疟,丙青、渐之、系莼劝仍乘车回鄂。此行专为游览,虚愿难偿,亦定数也

不为求赢也出游,软红新试紫骅骝。无端边号催芦管,大好河山别冀州。欹帽同酣燕市酒,冲寒仍检敝貂裘。梦华转眼成陈迹,欲赋东京岁已遒。

瓯脱犹闻鹬蚌持,驺虞无复止戈时。坐看蛮触争蜗角,难免惊乌徙故枝。碧海泷涛飞铁甲,绿杨驰道隐金椎。沿河拓跋空屯戍,帷幄如斯事可知。

撸拄艰危仗老成,深源当日有声名。服妖幻出麒麟楦,侯鲊调成骨董羹。土木讵能禳厄运,更张徒自失宫声。旧时朝士无多在，难遣贞元以后情。

回首金台落日悬，太行晴翠接幽燕。奇肱缩地轻千里，西笑萦怀已卅年。归买乌健容种秫，醉呵斑管且题笺。离情付与芦沟柳，朔气金风正满天。

彰德一首

席卷中原霸业开，八方风雨会高台。炎精已化三分鼎，水镜曾知命世才。横槊诗成乌鹊远，分香人散穗帷哀。一般玉几弥留命，白帝遗音量较恢。

隋　堤

阿麽当日恋琼花，殿脚三千静不哗。无复春风宫锦丽，冷萤飞上玉钩斜。

十月二十五日，由汉乘汽轮返湘，舟中只余与杰二人，卧起甚适。二十七日未刻抵省河，先是沩水陡落，须由沩口换民船，俄而北风大作，波涛汹涌，水皆逆流，遂未停轮。作诗一首

北风吹水立，寒日黯无光。漠漠风烟白，萧萧浦树黄。江昏余雪练，轮亟愈雷硠。久役形神苦，今宵引梦长。

十一月二十八日，历经铺道中作

一霰便成冬，风鸣万窍空。鳞云微见岘，寒雀尚偎丛。电线生虚籁，霜桥亚短蓬。羁怀兀山轿，清趣寂寥中。

到家拥炉

饥乌翻残叶，霜风刮地来。寒蔬压筐筥，小灶共燔煨。柴火

通身暖，山梅破冻开。闭门回俗驾，幽意满苍苔。

寒食日，朱鞠樽招同湘绮，由西湖桥放舟至碧浪湖，宴于湖心亭。是日北风微雨，舟行甚迟

杨柳丝丝拂水湄，佳游刚趁禁烟时。扶持白发移吟舄，难得沧江共酒卮。橘浦青苍随棹远，北湖波浪落帆迟。人间此会成今古，轮与山阴内史知。

拾级湖亭到上头，马王台榭已荒丘。漫从北梦搜遗事，且放南皮作后游。螺黛远涵云麓雨，鸭头新泛碧湘舟。渼陂游傥嘉州绩，商略沿堤筑酒楼。

汉阳黄小鲁以所辑《道学渊源录》见贻，诗以酬之

茫茫坠绪阅千年，赖有前贤觉后贤。家集南雷开学蔀。诗名江夏绍薪传。沟通朱陆无门户，传列儒林有后先。辛苦杀青应有意，百家今已沸蜩蝉。

宇田朱翁九十寿诗

东风入律应春韶，才过花朝又几朝。天上长沙星焕彩，人间朋飨酒如潮。朱家任侠人延颈，卜式输财众免繇。千载有人占利涉，碧湖今已聚千桡。

万花争簇地行仙，平格祥征大耋年。避世无如中隐便，杖朝新受主恩偏。图书布列园林贵，风月婆娑子弟贤。腰笛有人同李委，鹤声飞上大罗天。

送吴庆坻请假归田

心折延陵继武人，不缘珪组久风尘。承家志定传经日，忧国心悬乞退身。鸾掖文章留旧价，凤毛辉采映新纶。只今朝士贞

元少，谁是先皇侍从臣。

时事参差略可知，邯郸学步得归迟。伯淳不拒荆舒法，韩愈才堪国子师。难蜀有人思去后，乞湖当日是清时。秋风一箸莼丝滑，句起东曹掾史思。

上巳，瞿相公招同湘绮先生赏樱花，赋诗索和，拟此奉答

潭州相公忠孝家，进御不取姚黄花。独于城东五亩宅，绕墙柳茁黄金芽。园中红紫纷烂漫，辛夷文杏枝交加。就中樱花更殊特，海东移种来长沙。嫣红著雨呈笑靥，粉面宜睇笼轻霞。尽教舆台到桃李，居然解语侔仙葩。我闻牡丹传种自永嘉，竹间水际露妍华。名花晚出愈足重，此卉行且遍天涯。主人命醽恣豪赏，酒龙诗虎纷腾拿。海棠颠任市人发，柘枝舞惜豪门奢。新诗贶予墨痕斜，豪端春色人争夸。会当装池笼碧纱，虚堂日日支画叉。

附录原作

日本樱花歌简湘绮丈并同坐诸君

瞿鸿禨

日本樱花颜色殊，举国重此倾城姝。千人万人争出看，矜夸丽质天下无。谁言绝妙海东种，竟肯移植湘西庐。初来离立甫二尺，俄已高挺翘双株。春深怒发千蓓蕾，明艳繁缀百琲珠。吉野一种尤清娇，似蝶展翅偎花须。留仙翠裙随风舞，凌波玉袜凭人扶。嫣然宜笑相媚妩，淡妆浓抹皆妍都。园中百花岂不好，品题一任人隆污。梨花韵雪憎太白，海棠泫露嫌微朱。中华山樱亦艳冶，相对疑吹南郭竽。初闻海国名花名，心醉便已惊千夫。

世间万事骋新异，渐染浸及章缝儒。文词治法尚舍己，何况卉木徒区区。我思古昔众植物，亦有来自西域胡。蒲桃苜蓿安石榴，滥觞且到淡巴菰。近时名品益纷出，但号洋产无瑕瑜。他年此花定流衍，到处错杂犹蒲卢。直须遍被移春槛，何必更乘浮海桴。群公今日肯临赏，痛饮宁辞酒百觚。河汾丈人方莞尔，西席华餐无乃迂。不嫌野蔌甚俭觳，还当竹里安行厨。牡丹齐放请张目，国花毕竟吾何如。日本以樱花为国花，吾国则以牡丹，颐和园种牡丹十数亩，异种皆备，御题“国花台”。

追和散原昔年见赠之作

多年不见陈惊座，消尽乌程几斛醅。听雨屡虚巴峡约，匡时谁任巨川才。性情浩落君能重，事变纷乘我所哀。闻道匡庐好岩窦，白头相望各怀哉。

善化相公上巳招客赏樱花，作七言古诗一章，索和既和矣，书来复征近体，勉应嘉命，作七律二首

禅榻茶烟扬鬓丝，条风刚过海棠时。且乘洛社耆英集，来赋延年曲水诗。海国樱花春旖旎，清明时节燕差池。幼舆只合藏岩壑，芳草他年入寤思。

晴阑花气润侵帘，欹磴斜通小有天。不道长沙投辖饮，居然东晋永和年。楼台俯听流莺语，厅事才容厩马旋。从此湘城添故事，名园记共洛阳编。

李文石葆恂工书善吟精鉴赏，现主湘鹾，见余寄散原诗，用原韵作诗见赠，叠韵答之

关东才子知名早，握手高楼覆旧醅。诗律江湖留秃发，天涯云水识宏才。练裙书破珍余沈，残碣揩摩动古哀。盐铁本来同

一论，奈余归计已悠哉。

答胡子威索腌菜

秋来霜露田园满，菜把当门挂一绳。略著椒盐郁瓶盎，好从雪夜嚼寒冰。酸咸风味无人领，干橑收藏有妇能。定有清芬满肠腹，最无聊赖是何曾。

送周镜渔开藩四川

饮醇宾榻笑谈余，蕉石阴连牖户虚。忽报遨头迎濯锦，定苏赪尾到嘉鱼。民劳抚字收功易，天险蜣征按辔徐。此去漫愁淫豫恶，冉駣千里迓安舆。

十月十八日，邀同王湘绮、李经彝、罗顺循、蒋少穆、曾觙庵麓山看红叶，湘绮先成一诗，次韵奉答

霜红照岩壑，石路入嵚崄。名山古佛尊，白日僧扉掩。高丘俯城郭，时见湘流滟。地灵昔称盛，道晦今无焰。缅维负笈年，一瞥如电闪。晚钟催客下，归路忽已黯。回舟恣豪酾，至乐无余歉。短景催阴阳，卜夜忘拘检。虽输飞盖游，幸免淄尘染。

附王闿运原作

十月十八日，荪畡招游麓山看红叶，还舟设酒，即席赋诗呈同集诸君子

缓步寻枫林，回途入西崄。昔陟喜扳跻，今来见重掩。登峰岚气散，倚槛川光滟。密林凝莫烟，平沙朗晴焰。竹树郁冥蒙，亭馆纷飞闪。循径屡经歧，入舟惊忽黯。良朋欢合座，嘉肴慰疲歉。宦游倦尘事，山险忘拘检。且取一日闲，无为世情染。

廖荪畡约游麓山

缓步寻枫林,回途入西崄。昔陟喜攀跻,今来见重掩。登峰岚气尽,倚槛川光潋。密林疑春烟,平沙朗晴焰。竹树郁冥蒙,亭馆纷飞闪。循径屡临歧,入舟惊忽黯。良朋欢合坐,嘉肴慰疲歉。宦游倦尘事,山隐忘拘检。且取一日闲,无为世情染。

案:此诗录自《湘绮楼日记》,页三〇七四至三〇七五。

廖荪畡招游麓山寺,还舟设酒,得掩字

缓步寻枫林,回途入西崄。昔陟喜攀跻,今来见重掩。杜诗“一重一掩”,善赋麓山者。然以为“肺府”则不可。登峰岚气散,倚槛川光潋。密叶疑暮烟,平沙朗晴焰。竹树郁蒙茏,亭馆纷飞闪。循径屡临歧,入舟惊忽黯。良朋欢合坐,嘉肴慰疲歉。宦游倦尘事,山隐忘拘捡。但取一日闻,无为世情染。

案:此诗录自《湘绮楼诗文集》册四,页五八三。

附录李宝淦和作

十月十八日,珠泉先生招同湘绮先生及顺循、少牧、重伯麓山看红叶,湘绮、珠泉先成一诗,次韵奉答

尘鞅厌缚束,命俦访崖崄。清晨棹轻舠,云日互亏掩。崇冈惫登跻,遥川俯滟潋。枫林不知数,赫曦眩朱焰。堕叶纷翩翻,山禽倏飘闪。寻幽苦昼短,思古忽神黯。耆英忝接席,承颜疗饥歉。雄谈杂庄谐,促座驰礼检。寥天看月上,蔚蓝朗如染。

与杨文锡、文锴，梅梁杰、焯宪，载酒游碧浪湖，是日适逢贱辰，儿子基杰随侍

降日观河百感生，萧疏衰鬓已成翁。偶搴居士浮梅槛，来访骄王避暑宫。澒洞渐惊陵谷改，寂寥犹喜笑谈雄。浮生取适无多事，欹枕篷窗任好风。

经彝既和峪韵，复作别体一首，依韵和之

缓风沙步系轻舲，径上松龛叩旧扃。孤崦霞蒸霜叶紫，断崖苔臃古碑青。回舟磅礴无余子，玩世诙谐有岁星。烧烛啜醨何所顾，高鸿天际自冥冥。

附录李宝洤原作

再赋七律二首

拟向江湖买钓舲，又来崖壑访禅扃。猩斑著树未全赤，雁路回峰无限青。山鬼那知尘世事，华筵喜近老人星。湘绮先生七十九，珠泉先生七十一，少穆、顺循亦近六十。步虚声寂天风好，乞取新诗寄窈冥。

朱张渡口舣轻舲，直上禅宫叩午扃。云为无心随分好，山如有眼向谁青。尊罍资暇酬佳日，杖履崇朝聚德星。七十二峰何处尽，丹枫苍霭雁冥冥。

碧血桥二首。桥在盘泉寺下之石碑口，隔余家约四里，前年儿子基棫随同里刘硕光、刘石顽经其地，见石上微露字迹，扪苔读之，文多剥蚀，仅存"淳祐三年癸卯七月王节女碧血桥"十四字劣能辩认。考淳

祐为南宋理宗年号，其时宁乡不闻有寇乱，而碑有“碧血桥节女”等字，明系王氏女遇暴殉节于此。世远年湮，余字脱坏，无从考辨，作诗哀之

石牌霜叶晚萧萧，下马来寻碧血桥。六百年来陵谷改，难将本事问前朝。

玉碎珠残事可伤，断碑幽沁紫苔凉。行间姓字差能辨，家本琅琊大道王。

案：《宁乡文史·第十辑》收录此诗。又，此诗以《题石牌口碧血桥二首》为题，被收入《宁乡历史文化丛书·诗文荟萃》。

九月朔，湘垣燴乱，仓促出城，得能标黄君死难之耗，拟此悼之

侧耳长空急电过，冥冥氛祲满关河。何人竟贼来君叔，曳足曾哀马伏波。灞上军容诚戏耳，市门欢噪敢谁何。苌弘碧血无人扫，蕉萃幽兰引泪多。馈余建兰两盆，自君蒙难尽萎，不胜人琴之感。

重阳后一日，族弟重垞展祀七世祖祠，作诗见赠，勉和二首。祠邻大雾寺，县志前代廖氏避寇乱于此

一桁青山拂暝烟，相逢重话乱离年。逃虚昔免红羊劫，洗足今参白业禅。苔石苍寒香界净，桫椤遮护慧镫圆。盘空银杏当门立，阅尽兴亡夕照边。

南朝旌节照湘渍，与子同为护国孙。棼橑廿年新缔构，兰堂七叶旧精魂。吾始祖淇惠府君，南宋端平时随孟忠襄入蔡州，封护国公，镇潭州。四世迁宁乡，余与重垞共七世祖，即今祠也。宁知洛下伽蓝记，仍是秦人避地村。辛苦与君论故事，恒河无际验沙痕。

和梁大谢惠竹舆之作，用原韵

出门必须营轿马，谁道油衣不如瓦。宁知山轝胜裹蹄，纷纷市骏何为者。竹笃轻便平谢装饰，拗筱支撑不容把。上编细篾安玻璃，中设绳床便休假。天衣无缝风不入，银竹千竿任他泻。梁君避地入邻县，山水虽奇过从寡。我制篃舆助游兴，乘之恰称诗人雅。休论款段与下泽，一样清风振林下。陶园先生君乡衮，墨花乱向诗舆洒。君今获此济胜具，觅句寻山定难舍。碧幢红旆世所重，吾侪况早归田野。请看咿哑出林垌，他年笠屐图同写。

由余家南上三里许曰龙潭，珍珠泉由此泻出。口以内四山环碧，岳麓山脉所经由也。山麓有复嶂，泉石竹树所萃，茅屋数间，负崖而立，前年以三万钱买之。于屋东偏筑楼一间，覆以草菅，楼后老梅一株，洞开后壁，纳其嘉荫，署曰"梅壑"。楼中略具几席，游者便焉。重垞喜其幽邃，作诗张之，且坚后约，次韵答之

团蕉小筑湘山隩，老树霜严谷口秋。聊与山农分一席，饱收烟翠入危楼。无人败兴租先了，有酒如淮妇可谋。惟有此中堪避世，汉谚。南垂北际任人筹。

山果饤盘香沁齿，不论丹荔与江瑶。�笼秋涧收菰米，雷雨春山长蕨苗。蝉脱尘埃身易隐，鹿门烟树笔难描。新诗合用羊羜换，有约重阳折柬招。

寒雪拥炉，书示棫儿

油窗花户霰声凉，瓦鼎新添柏子香。鹤氅生肥虚室白，蟾蜍缩冻砚池荒。琴癣细举梅花断，酒渴浓煎厚朴汤。莫笑襦裢无住著，万重香雪一身藏。

梅壑即事

新晴筇杖入谽谺，蕉石迷离一径斜。凉袂白揩新竹粉，老苔青烂古梅丫。疏离麂眼容编槿，土铚枫香正焙茶。莫放清流出山去，待看深涧长芹芽。

苦雨寒彿，近夏始放晴，出户窥之，则沿溪烟柳绿摇天也

指尖犹未褪余寒，雨足芳田野水宽。十日秧针才茁颖，一春鲑菜罢登盘。耽吟绶带频移孔，抛卷昏眸不耐观。时节已更浑不觉，沿溪芳树绿成团。

族父啸汀八十寿诗并序

咸丰庚申岁，与君同学县城玉潭书院，君长余八岁，与之共四世祖，祖墓在县西乌牛山。同治己巳，父老倡建族祠，命余与君董其事。祠占地高，松堤碧涯，势若重环。一夕天大风雪，竹树冻折，满山作爆竹声。山上雪深数尺，寒不可忍，两人者自起摭工厂木梯生火取暖，瓦盆煨醴醽啜之，高歌夜半，忘身在万山寒雪中。诘朝雪霁，檐溜声聒耳。出户观之，则冰玉如如，恍置身瑶岛璇台，不觉叫绝，以为淞海之涛、黄山之云无此奇观也。是岁祠成，自是非远游必来襄事。忽忽四十余年，迄今思之，无苦之非甘也。赋诗三章，叙述曩情，以申赞祝。

老向江湖作幸民，萧萧华发覆肩新。忘形诸阮无南北，诞秀吾宗有丈人。雪夜酣嬉兼苦乐，酒杯歌咢郁轮囷。萦回五十年前事，欲话鸿泥迹已陈。

风尘澒洞海声凉，清浅蓬莱又几霜。老去花源忘甲子，人来谷口问农桑。衣冠南渡今非昔，孝义门宗旧有光。君六世、七世祖

均祀瞽宗。不碍希夷千日睡，坠驴人自识兴亡。

乌牛山上有梯田，火种刀耕不计年。北郭迁从延祐日，汶阳归自道光前。深山云护松楸古，丙舍蘋搴沼沚鲜。愿祝白头无量寿，年年来证木樨禅。主堂墀下，桂树两株，建祠之岁，余与啸公手植，今过檐矣。

臣 里

臣里佳人下蔡无，缟衣琼珮塞阛阇。湖心竞演销金术，海上原多逐臭夫。酒色乾坤终战伐，浮阎妖谶应摴蒱。凭谁丈室天花散，度尽罗家鬼趣图。

南阳怀诸葛公

纷纷厨顾争名日，林卧深山尚有人。乱世君臣由际会，偏安王业待经纶。论才岂只曹丕倍，制主终输孝直亲。挥扇祃牙仍纳诲，每于奇雅见忠纯。

蟂矶灵泽夫人祠

千载寒潮咽旧矶，涛江秋冷珮声微。山川终古伤离别，婚媾当年有是非。大耳婿殂龙驭杳，紫髯兄猛雁书稀。思亲望帝均凄断，泪洒汀洲碧杜肥。

还乡河，和毛西垣作

到此才知忆故乡，燕山东上驮声凉。六宫花冷胭脂雪，万古魂销替戾冈。艮岳已成盘马地，玉津犹剩打球场。朝来又渡桑干水，回首中原夕照黄。

读梅村集

南朝无限伤心史，说到兴亡泪便流。绝代歌行长庆体，词场骖靳绛云楼。铁崖宣去仍初服,庾信归来已白头。遗恨凄凉满园石,梅花香点墓门幽。

前避寇六首

丙辰四月,乡间盗匪蜂起,湘乡沈伯纯、宁乡谢文彬其魁也。谢支党踞石潭口之鳜鱼寨、南田坪,均隔余家不远。是月晦,突来百六十余人围余宅,掠去厩马、纸币。五月十一日,谢率众数千犯县治,陷之,知事避去。旋来军队数起,有隶程潜者,有云经长沙汤督军派来者,与谢党杂居。谢本西门外旽隶,自以根势已立,与各军首尾暂归息。十六日辰刻,外军驻关岳庙者,邀谢计事,其妻虑不测,劝勿往,不听,至即逢枪毙。或曰程潜所为,或曰非也。谢党鸟兽散。未几,余党复集县属七都、五都,重经扰害。六月十六日,有居石潭口外之冯德卿,率十数人来,口称奉湘乡沈司令牒委索枪支,儿子辈以难可与语,探知治城自谢受诛粗安,送余赴东关外莓田梅宅。时南田坪、龙凤山一路氛尤恶,漏夜改道渡乌江汭,循西大路入城,午抵莓田。

篝火妖狐啸,潢池又弄兵。出亡诚卤莽,属耳尽风声。束缊连宵发,驱车避道行。婿乡差可隐,小乱暂居城。

坤维纷解纽,群盗满江湖。兵贼看难辨,官曹事有无。凭谁游羿彀,失喜落蝥弧。大泽犹余警,中宵感喟俱。自甘知事行遁,无人承乏,旋有易、张、丁、杨四人先后入县廨,皆不久自去。城乡自相保集,图苟安。主客难分,纪纲未立。邻县如益阳、长沙犹时有寇警,殊惴惴也。

薛花崖畔路,渴爱碧泉凉。向夕犹余热,幺荷尚有香。偶逢渔父语,弥觉故情长。何处炊烟起,萧疏古柳庄。薛花崖下临玉潭,距莓田仅数武,崖畔石泉清冽,烹茶最佳。时方苦热,日晡偕童孺纳凉崖下,旁有渔庄垂柳荫中。渔人结网鸣榔,相逢问讯,真意可掬。

世乱交亲在,兼旬饫老饕。江回鲜鲫美,林密赤乌逃。一饭思冥报,诸梅太兴豪。毋容矜独醒,泽畔共餔糟。梅宅居东郊外,负山面流,竹树蒙翳,自其先人礼部君以来,仍世居之,结构谨严,后院尤邃。婿家兄弟、叔侄排日治觞邀饮,令人忘乱离羁旅之思。

手爪姜芽茁,朋知颇嗜痂。相看撤寒具,见赏到僧伽。绾处难为蚓,涂来只似鸦。息机由守黑,妙义本南华。素拙临池,到此无闲,僧俗竞以笺素索书,爱而忘其丑也。梅氏有楼,后枕高岩,藓石凝结。每晨起阴凉适体,辄登楼吮墨,为竟数纸。时主客军屯尚有数千,桴鼓声相闻。乘暇为此乌唇濡袖之事,殊自笑也。

一片潭桥月,乡心九处同。渐闻蛮触远,未忍故巢倾。家祭仍荆俗,商歌补楚风。墙头频过酒,谋野速溪翁。仓皇出走,全家迸散,分为九处,其实能坚守望之义,亦毋须仆仆也。节届中元,当归荐新,十一日黎明,由莓田首途至银花桥早尖,午抵家,仅棫、楙两儿挈佣数名居守,房栊阒寂,不胜离散之感。惟中庭夹竹犹花,秋兰无人自芳,若留待主人归者。家人避居近邻者,亦次第归。向夕举行家祭,念我先人,汍澜不已,盖感激而悲也。

惠敏上人偕其同参静尘访余莓田,具云海印禅师旬日将往密印,余旧识也,赋此贻惠敏兼讯海公

喜接沩山善知识,一篇指月悟天根。澜翻舌底青莲涌,居近香林白业尊。筇竹曾窥沧海色,衲衣归印藓花痕。生憖老去锋全钝,瓶钵无由得细论。

岳云深处富名兰,曾共蒲牢吼处参。昨梦伽南微示笑,本来弥勒旧同龛。湘中禅友如默安、笠云、寄禅、海印皆夙契。默公尝许我为过来人,今惟海印尚存。余皆示寂矣。三生石上精魂在,一勺曹溪水味甘。若遇海公从问讯,为言余亦老瞿昙。

自玉潭归,惠敏上人寄沩山雨前茶,诗以报之,兼讯静尘

我有卢生癖,砖炉自煮茶。拟求阳羡郡,饱吃雨前芽。劫外

逢禅友,机锋转法华。肯分三百月,封裹到山家。

静公真好静,莲性故玲珑。曾共寒山子,来寻秃鬓翁。袈裟余坏色,渊默是真空。相对忘言说,悠然古竺风。

悼亡姬曼聪

姬以庚戌八月来,戊午六月十九日微疾而逝,得年二十有五,性慈惠诚信,娴组紃,慎言语,肯为人任事,家人辈咸爱重之。事余八年,勤能无过,临没举室悲涕。来时翩翩畏慎,屡问余曰:“闻主母甚贤,今若在,婢子小心事之,能得其意否?”余告以人能安分,则尽人称善,况而女君慈俭能逮下,定然抚汝以恩。闻之色喜。近日知难永年,眦泪常盈,屡向余云:“设一旦无幸,乞埋主母冢旁。”意可悲矣!殁后棺敛如式,有厚无薄,厝于梦松仙馆左方,践前诺也。作诗悼之。

灵瑟刚希廿五弦,无端妖梦恼啼鹃。是何真实能偿债,值得全家为泫然。

瘞骨求依主母旁,落花新冢土膏香。交芦庵与栖禅寺,一样凄迷乱客肠。

己未四月初六日,与同社看农人分秧泥,饮至醉。友人先成诗一首,依韵答之。忆去年此际山越正扰,不图尚有此会也

旧巘犹余下潩田,一犁权喜占幽偏。泥浑塍垄乌犍健,柳暗陂塘紫燕穿。归路已斜桑柘影,农歌犹破夕阳烟。花村暂喜无尨吠,莫向今年说去年。

余以道光庚子十月生，去年降日避客荒寺，不欲以此烦人。今岁四月，宗人居湘乡、安化者，不远百里来补坠欢，盖以耄人累日较多。所居春泉堂，原四世祖元时遗构，爱屋及乌，致有此举。白酒蔬盘，淹留信宿，致足乐也。从子基进先呈一诗，依韵酬之。基进席先业，林屋幽邃，足利居止，近忽思习白圭计然之术，又遣幼子远涉涛澜访学于外，以属近居迩，诗意微及之，盖厚之也

何须琢句呕心肝，愧乏铜盘写食单。蜡屐青山曾对局，归田皂帽已无官。浮沈入市收场易，绷倒孩儿作父难。愿汝聪明知所择，弥天清气属林峦。

后避寇五首

庚申四月，北军驻防衡州者，因换防全军浮湘东下，南军督起永郴桂之师收衡州，克宝庆，下长沙，湘督张弃城走，资械丧尽，湘中乱氓乘南军逐溃兵往岳，四处搜取枪支，杀人越货，在所不免。幸南军连诛十余人稍止，然余氛未尽殄也。二十五日，有南军一师一旅一团团副某持其团长某手书，率百余人围吾宅，长副皆与余家有连经，余面问遂解围去。复有李姓来，不肯道名称，一师五团中有两人尤狞悍，闯入屋后，枪林弹雨，阖家惵惧，任其登楼发箧，大索数时。然先后来者只持去团局寄存枪支，未及他物也。是夜，余家男女三十余人皆迸散，余止于先曾祖祀庐，越数日风气犹未息。二十八夜，复移居去家三里之洞冲老屋，原先高王父所营缮分授季房者。院宇深静，居处甚适，当丁巳九月朱泽黄溃卒过境，余亦曾率眷避入此宅。今第二矣。五月十一日，有张某者匿冲内人家，引党窥伺。是夜，乘月仍回家。

时靡有宁无穴可逃，拟从此听客所为，不出雷池一步矣。当丙辰六月谢寇扰乱，曾赴县城梅宅作《避寇诗》纪事，今用原韵，再拟五首，以见世变。月异而岁不同。

洞口仍充隐，天心未厌兵。宵征趁荧火，甚雨壮溪声。不道龙钟叟，重为避地行。四维今已裂，何处有金城？

镫火穿篱出，苔深古屋凉。到门闻犬吠，积雨发林香。捧杖怜余惫，铺床引睡长。途穷安用哭，有尔道南庄。

兼旬骇龙战，碧血染重湖。债帅骑猪去，腰缠跨鹤无。举幡难息斗，载鬼竞张弧。海客乘桴便，群思击楫俱。

一物归人有，非其不敢饕。如何藏壑密，竟尔负舟逃。共说黄天立，都成赤帻豪。放怀齐得丧，埋照且铺糟。

运数无由测，艰危到处同。多生徒速辱，有胆向谁倾。晋郑共和局，纵横战国风。一般无可说，输与嗫嚅翁。

送唐兆槐

兆槐，四川乐山人，前衡州监司蓬洲之孙，因勘验邵阳、安化、宁乡兵燹，迂道过访，初固未谋面也。延入，言论丰采雅类其祖，不觉跫然以喜。蓬洲作令益阳在光绪三、四年间，招余课其二子，长即兆槐之父也。时犹未婚，忽忽四十年，乃有丈夫子担持门户。轩车过境，犹垂念空山耄人，可谓厚矣。特其祖、父均已逝世，而世难方新，出处皆如巢幕，临别为之慨然。

孔李交亲久，风尘觌面才。不图多难日，见汝出群材。驿路穿豺虎，巾车问草莱。荷君风义笃，草草一传杯。

令祖鸣琴日，而翁上学年。伊余趋幕府，彼此未华颠。喜见桐孙茁，能将旧砚传。纪群先宿草，相向一凄然。

南服戈铤沸，君来一勘灾。为怜兵死鬼，亲问髑髅台。犵草迷荒寨，蛮烟涸劫灰。崎岖不辞险，即此见奇侅。时梅山一路，余氛未靖。

荒江翳篁竹，频岁困山戎。彼黍离离后，伤心处处同。仳离连骨肉，颠倒到衰翁。惨淡无由诉，因君一发蒙。吾宁上游大沩一带，焚掠尤酷，县治经南北军角斗，十室九空，咸同以来所未有也。

案：诗前小序中“光绪三、四年间”误，当为“光绪五、六年间”。

壬戌元旦试笔

又共梅花老一年，一枝犹喜占幽偏。岁朝云物仍书字，盗贼山林幸见怜。绿螘倾觞宽酒禁，紫毫题壁补春联。过来八十三元日，识得浮生是偶然。

无处能容虮虱身，早抛生事付流尘。佣书阚泽悲前遇，乞米陶潜属幸民。膏沐爱听连夜雨，柳梅犹滞渡江春。红氍毹上髫孩满，倚杖相看杂笑颦。

童光岳紫珊六十生日诗

旧业沩堧顷亩连，霜桥幽濑响溅溅。棣华分占东西屋，笠屐看耘下溴田。听雨瞻由劳梦想，栖山求点亦因缘。吾庐岂只涂人爱，林卧深春意邈然。

团蕉新结麓云幽，磴道延缘众绿稠。逭暑涧喧泉万斛，灌园租纳橘千头。买山招隐偕徐淑，有子能贤似仲谋。北际南垂何必问，逃虚终让此中优。

藏来蕲国旧军持，新炙秦砖作砚池。建业文房珍李煜，俗书姿媚逞羲之。隃麋以外无余好，木讷之间有导师。参契圣因由主静，一编主旨少人知。

老我江湘作幸民，白头犹剩此闲身。支离饱阅人间世，涉历都成过去因。敢幸郑乡兵不入，由来营道户多贫。忘机便觉千忧失，与子平分黍谷春。

珠泉草庐诗补遗

廪轩中丞大人节下，阅报知当移节太原，旋闻予告东归，朝廷眷念劳臣，所请辄允，洵属有加无已，于公可谓得矣。惟民望方深，而急流勇退，不仅晋人失赖，湘人尤惓惓不能忘。湖外自分省以来，封圻不乏名贤，然其时大都有内政而无外交。至公乃独为其难，令地方甫靖，诸事有绪，可以坐啸而享膴仕矣。而遗荣一疏，不待终朝，视汉二疏之知足不辱、知止不殆有过之无不及。从此希踪曩哲，堂绿野以开樽，园独乐而引屣，骈禧累祜，并世罕伦。所难必者，世方多故，干运需人，将来事会所乘，恐不免东山再起。虽非公之所愿，天下之人乃至愿矣。树蘅承辱眄睐，惟有历年，复蒙举荐巍科，称许逾量，虽有自甘暴弃，不能朋试殿庭，有负大君子殷勤荐达之盛心，知遇之感，永矢勿萱矣。此次分当趋送，因事不果，抑当读义宁中丞送李廉访归郁林序，以谓亟亟于郊送，徇下属之礼，而迹诬其心，不若寿之以言而伸其意。区区之意，窃附此义。赋诗写诚，即求教正

碧湘千尺引归艎，夹道朱幡会饯觞。予告恩荣同晋国，乞湖资望重知章。觚棱北望君门迥，烟水东归旅梦凉。计到兰亭刚四月，初樱晚笋饤盘香。

庚辛残劫太无端，棋险谁知著手难。算到舟车民不扰，悬来功令吏无贪。江湖几汐仍多事，沧海蛟鼍尚屈蟠。见说銮舆西狩日，储胥先遣入长安。

已分襜帷指晋祠，遂初偏值量移时。为公代感君恩重，顾我虚蒙国士知。学派永嘉先事业，宦成何武有讴思。云关岫幌应难掩，时事犹烦白羽麾。

案：此诗录自俞廉三所辑《湘水怀清集》（清光绪二十九年刻本）。

游复谷峰,并系以诗,用湘潭王湘绮先生游沩山诗韵

淑气荡春和,东风悦余心。端居动幽游,兴欲尽云岩。深行度清溪,曲折穿幽林。寒泉激清籁,翠竹碧成荫。群峰忽在望,驰骋快登临。长风松际来,悠悠太古音。径向苏腰脚,涤我尘凡襟。俯仰天地间,幽奇已遍寻。归来有余恋,孤枕生岖嵚。

案:此诗录自廖树蘅《珠泉草庐读史录》所附《游复谷峰》一文。标题为整理者所加。又,原诗中"径向"右侧标有"并览"二字。

春日偕同人游复谷峰,道中即事,用湘绮先生《沩山道中即事》韵

百里峰峦接麓山,东风良友喜跻攀。朝暾初放凝烟雾,溪柳摇风舞翠鬟。三月林莺幽谷静,四围山色画图环。杜鹃花更添幽兴,点缀丹崖翠巘间。

骀荡春光日渐西,乱莺啼处草凄迷。已知幽谷同灵境,地名小桃源,故云。更向青云踏石梯。松下欲眠高枕石,桃花休问武陵溪。到来万事都抛却,家国沧桑更莫提。

案:此诗录自《珠泉草庐读史录》。原诗后有评云:"境固幽峭,文亦洒洒自如,点缀随在生色,直令阅者如入武陵桃源,步步引人入胜,诗并佳。"

又,此诗用王闿运《立春前一日,同廖荪畡游沩山,道中即事》诗韵,故知此诗作于光绪三十二年廖树蘅偕王闿运游沩山之后。从内容看,当为廖树蘅对早年春日偕同人游复谷峰后的追忆之作。

上官屋场歌

靳水发源湘乡万岁塘,十里入宁乡境。受麻山水始渐大。

江岸有靳尚墓，水因此受名。前年有人于墓前掘地，得古鼎，形制诡异，置暗室有光，静中隐隐作笙竽声，以为怪异。投之溷中，光响遂绝。今藏杨氏祠，殆尚物也。咸丰戊午读书杨氏怡园，于江堧见废墟，广可数亩，土人称为上官屋场，至今田垄犹有花园、库厩之称。按尚仕楚为上官大夫，此地距墓所十里，当为尚之宅基。地志失载，诗以纪之。

春风十里闻鶗鴂，恶木森森围废宅。至今犹被上官名，山水蒙羞湔不得。上官当日最工谗，断送君王入武关。湘上菟裘营兔窟，水边薋菉害芝兰。年深蚁垤无人识，碧涧荒榛闪寒日。惟凭父老说依稀，阶墄池台余旧迹。下游十里古龙冈，云是穷奇骨所藏。土人发地得宝鼎，云雷滃郁舍工商。安知不是殉葬物，便房同闭三千霜。我来正值清和节，古翠新阴满林樾。研毫江馆纪遗闻，留与他年补梼杌。

案：此诗录自衡本卷一。与烝阳本所录相比，诗题、小序及诗中内容均有不同，故重录于此。

麓山纪游十首

笠屐云山未了缘，草香风暖纸鸢天。钟鱼鸽散青莲影，茗粥春寒白鹤烟。修禊人来三月暮，垫巾游记十年前。棋镫书笈浑如旧，回首根尘一惘然。

云叶风柯不断香，时从树隙见红墙。縠阴悬榻琴帘润，苔气侵墀砚瓦凉。运甓几人同士行，斫轮他日有吴刚。吴荷屋中丞所建湘水校经堂，正当陶桓公杉庵之下。年时服郑谈经席，尘蠹蛛丝满画梁。

小雨愔愔晕碧波，池亭三面蔚蓝拖。人来楚国先贤地，听唱沧浪孺子歌。晴槛倒空鱼唼影，东风噂酒浪生螺。浮生到此消尘服，敧岸微阴罨薜萝。

蘅兰如写楚臣心，祠庙空山自古今。鶗鴂何知恤芬泽，灵修终为谅忠忱。千秋桂醑庚寅日，一曲神弦泽畔吟。好事更无黄邓辈，寥寥花落寺门深。道光时黄虎痴、邓湘皋、王香杜、沈栗仲诸公，尝入山为屈子作生日。

荒台榛莽窜鼪鼯，元祐诸贤一个无。逐客昔吟湘寺雨，书镫今照岳云孤。风流耻附苏梅席，遗构犹邻屈贾徒。往事伤心天水碧，落花时节鸟悲呼。

孤崦青藤密叶遮，归云木末见檐牙。客来霜晓停车毂，我更春深问落花。放鹤汀间芳草积，种桃人去夕阳斜。罗鸿胪典主岳麓讲席，尝来爱晚亭放鹤，题楹柱云"忽讶艳红舒，五百夭桃新种得；好将丛翠点，一双驯鹤待笼来"。飞来岚翠看难辨，卧听枫林聒乳鸦。

梯空千尺接危崖，巨木连柯夹道排。凉袂纤尘飞不起，远钟幽涧听逾佳。樵斤响共孤蝉发，醉面寒宜石雨簁。万籁萧萧生众绿，烂苔和露湿蒲鞋。

红光翠气镇相连，法象云山阅岁年。松化误归千载鹤，万寿寺六朝松，去年为大风所拔。草深时见六朝砖。废圃中时露断瓦，绿黝布纹，厚可寸许。制以为砚，最发墨。风泉岩窦苔生屧，钟鼓虚堂月满天。欲访支公无处所，飘萧花絮飒寒烟。

霄汉奎章石屋高，河山郁律助挥毫。印心石屋四字，成庙书赐陶文毅者。文毅泐石山椒，建石亭尊藏之。云嘘薛壁蒸仙液，电掣金绳偃巨鳌。湘峤春深人独立，鼎湖龙去鸟空号。崦风吹酒亭阴卧，绝顶松声落翠涛。

枇杷花下石阑横，城郭风烟一望平。千树帆樯趋极浦，十年兴废悟无生。茶瓜饷客叨寒衲，轩槛浮空寄远情。不必便愁归路晚，四围苍翠夕阳晴。

案：此诗录自衡本卷二，内容与烝阳本有较大差异。

麓山纪游诗十首

书　院

笠屐云峰访昔缘，草香风暖纸鸢天。钟鱼鸽散青林影，茗粥寒消白鹤烟。修禊人来三月暮，垫巾游记十年前。山堂乐事浑如旧，藤杖椒觞一惘然。

湘水校经堂

云叶风柯衣袂香，偶从树隙见红墙。縠阴悬榻琴尊静，苔气侵帘砚几凉。运甓几人怀士行，堂侧有陶士行祠。斫轮他日有吴刚。吴荷屋中丞抚湘时建此堂校经，邓家峙留别诗有“斫轮曾否记吴刚”句。年时郑孔谭经席，虫蠹珠丝满画梁。

吹香亭

小雨跳珠晕碧波，吹香亭榭蔚蓝拖。人来楚国先贤地，听到沧浪孺子歌。晴槛倒空鱼唼影，东风呼酒浪生螺。浮生到此捐尘服，皷岸微阴罨薜萝。

屈子祠

江潭垂鬓黯难禁，拾级荒祠霭夕阴。鹍鸠怨春鸣绿晓，芝兰和露咽青琴。千秋桂醑庚寅日，一曲神弦泽畔吟。好事更无黄邓辈，吾邑虎痴孝廉与新化湘皋学博常招集名流遇臣为屈大夫作生日，自两公没后，二十年来竟无有举行者，风雅之道微矣。寥寥花落寺门深。

蓉裳琼佩渺难寻，遗庙芳林自古今。鹍鸠怨春鸣绿晓，芝兰和露咽青琴。千秋桂醑庚寅日，一曲神弦泽畔吟。好事更无黄邓辈，吾邑虎痴孝廉与新化湘皋学博常招集名流遇臣为屈大夫作生日，自两公没后，二十年来竟无有举行者，风雅之道微矣。寥寥花落寺门深。

道乡台

高台榛莽窜鼪鼯，元祐诸贤一个无。逐客昔投湘寺雨，唫镫还照岳云孤。清流自附欧陈籍，遗庙闲邻屈贾徒。往事伤心天水碧，落花时节鸟悲呼。

爱晚亭

孤崦青藤密叶遮，归云木末见檐牙。客曾霜晓停车盖，我更春深问落花。放鹤汀遥芳草合，种桃人去夕阳斜。亭有联云：“忽讶艳红舒，五百夭桃新种得；好将丛翠点，一双驯鹤待笼来。湘潭罗鸿胪慎斋所题也。”循渠瀌瀌鸣寒玉，坐看枫林聒乳鸦。

万寿寺

红光翠气镇相连，法象云山阅岁年。松化误归千载鹤，草深时见六朝砖。寺建于晋太康年，阶下六朝松丙子十二月为雪所折。风泉岩窦苔生屧，钟鼓虚堂月满天。欲访支公无处所，飘萧花絮飒寒烟。

清风峡

迎人杉枥鸟喈喈，一径苔痕印草鞋。凉袂纤尘飞不起，寺钟幽涧听逾佳。不嫌小坐苏行脚，时有樵歌出断崖。归去碧鲜重拟赋，夺将山绿入吟牌。

印心石屋

霄汉奎章石屋高，尚书恩遇喜重叨。御书题额片两次颁赐，一刻茱萸口，一刻此山。云嘘翠薜蒸仙液，笔掣金绳偃巨鳌。湘峤春深人独立，鼎湖龙去鸟空号。山亭日暮东风急，天半松声响怒涛。

望湘亭

枇杷花下石栏横，城郭风烟一望平。千树帆樯趋极浦，廿年兴废悟无生。茶瓜饷客叨寒衲，轩槛浮空寄远情。不必便愁归路晚，峰坳犹见夕阳晴。

枇杷花下石阑横，城郭风烟一望平。千树帆樯趋极浦，廿年兴废悟无生。茶瓜饷客叨寒衲，轩槛浮空寄远情。不必便愁归路晚，四围红叶夕阳明。

案：此诗录自廖树蘅自编《衡田诗文钞》钞本。《屈子祠》与《望湘亭》存在一首诗具有两种文本的现象，或是廖树蘅当时对诗句反复推敲、不断比选之后留下的痕迹。下文有同类情况，不一一说明。《清风峡》在《珠泉草庐诗钞》烝阳本卷一及衡州本卷二中列为第七首,《万寿寺》列为第八首。

渭臣军门招饮园中,即席有作

楼台高下飐残红,尊酒江城细雨中。老将园亭围水石,中年哀乐写丝桐。关河永夜松亭梦,裘带青山岘首风。朱鹭歌成人散尽,看君鸣镝立花丛。

烽烟瓯脱起仓黄,廿载登坛剑有光。印笮悬军开越巂,妭徒归命遍澜沧。弓衣绣满娵隅字,铜弩苔埋井鬼方。犹记渡泸逢五月,栟花绿瘴云悲凉。

烽烟瓯脱起仓黄,廿载登坛剑有光。印笮悬军开越巂,妭徒归命遍澜沧。弓衣绣满娵隅字,铜弩苔埋井鬼方。犹记渡泸逢五月,朱鸢绿瘴尽悲凉。

案:此诗录自《衡田诗文钞》。与《珠泉草庐诗钞》衡州本及烝阳本所录均有较大差异。

九月十四日,陈右铭观察招同湘乡张庶丞、杜云秋、朱恢元,张仲蓉、伯纯,并吾乡隆大无誉集饮闲园

新秔捣玉蟹含黄,萧瑟江城槲叶香。旧雨忽移湘水棹,好风吹集午桥庄。桂花台榭秋阴聚,苔石轩亭笑语凉。难得主人能好事,留髡重醉菊篱觞。

霜信萧萧木叶号,华堂兰酚锦成围。明朝梦醒人何处,时无誉将以明日赴肃州。寒雨灯深听尔归。耐可烹茶苏酒渴,不嫌添烛理琴徽。一尊早暮应珍重/流光早暮须珍重,惨绿年华转眼非。

案:此诗录自《衡田诗文钞》。"张庶丞"即张发濬,"张仲蓉"即张仲容,"伯纯"即张通典,"朱恢元"即朱应庚。

蒋安阳祠

祠在吾乡汤泉,土人塑像祀之,旁有像设,与侯并祀,相传为

元时知县刘某。考方志职官表，元无刘姓官宁乡者，殆刘敏也。陈承祚《蜀书》称侯零陵湘乡人，至今湘乡人以县城伏虎井为侯故宅。按：宁乡故太平兴国年析长沙、益阳、湘乡三县地所建置。今汤泉与湘乡接壤，安知侯之故里不即在此。土人祠之，有由来矣。汤泉沸热，常有灰气，亦名灰汤云。

书记从龙入蜀来，壮怀时一跃深杯。牛头预兆三公贵，鸾凤原非百里才。贱日声名中表并，平生忠雅故侯推。门前火井犹腾焰，一样昆明有劫灰。

案：此诗录自《珠泉草庐诗钞》衡州本卷一，诗序与烝阳本所录有较大差异。

吉宫行

紫荆园头衰草深，红墙剥落森秋阴。旧池流涸积槁叶，怪鸮当昼嗥青林。中天承运余空殿，兽头鸱吻依稀见。事去难招帝子魂，城空只剩双飞燕。想见雄藩胙土年，龙旗凤辂殷湘川。谁云燕啄王孙尽，早有长沙舞袖旋。贤王好客邹枚萃，石墨镌华富经义。吉简王见浚，尝刻石经藏岳麓书院。万顷湘堧黄籍淆，百年玉牒天潢贵。汉家火德忽熹微，又见苍鹅贴地飞。薄命王孙遘阳九，飘零龙种竟无归。旧堂何处寻兰雪，百队嫔阉随逆节。燐火宵游端礼门，民居早占觚棱阙。田海迁移二百霜，殉城司李骨犹香。至今园沼鸳鸯散，宝镜仍腾波面凉。同治时，有渔人于四方塘网得照胆镜一枚，洞见肺膈，渔惧，仍投之池中。殆邸中旧物也。凄凉怕诵芜城赋，毕竟高堂封建误。开天潭谷已罹殃，何况衰微丁薄祚。惟传山石会春余，储备仓后石假山，相传为马氏会春园物。一样兴亡吊废墟。惆怅藩城堤畔路，夜深啼煞白头乌。

案：此诗录自《珠泉草庐诗钞》衡州本卷二，与烝阳本所录多有不同。

除夕遣怀

七尺昂藏白骨余，年年此夜问何如。亦知才拙难供职，赢得官洵好著书。鸦带晚寒迎岁早，花辞残腊入春时。六经心事还依旧，肯向人间赋子虚。

案：此诗录自《衡田诗文钞》。标题为整理者所加。

君家曲，用杨铁崖体

生忆君家锦树园，朱楼一角围秋千。海棠娇春湿红雨，游丝络花芳榭边。回廊愔愔白日暮，此是年时听歌处。葳蕤锁断红玉春，回首雕阑不如故。彩云易散月易斜，金笼鹦鹉惊霜华。紫薇不蕾丹桂老，拒霜唯有芙蓉花。芙蓉娟娟秋水冷，凌波瞥见惊鸿影。露寒风峭碧天凉，清泪暗添愁黛重。

案：此诗录自《衡田诗文钞》。与《珠泉草庐诗钞》衡州本及烝阳本所录差异较大。

伯严奉尊人命，送其弟就婚永州，余以岁晏归故山，书此寄之

闲园梧竹翳椽榱，我与陈子同朝昏。两年论学绎古义，时凿混沌搜乾坤。一篇出手互印可，半字未协劳吟魂。深谈那管烛见跋，渴饮遑恤酒倾盆。测交晚得隆与杜，乡井虽异情则敦。凉堂夜宴擘霜螯，谈笑气可倾千人。今年与君共汗漫，蹑屐踏遍千嶙峋。南登祝融望沧海，夜半涌出扶桑暾。天公嗔我太豪宕，蓦然一雨封天门。白云漫漫径路绝，篁竹莽莽猿猱奔。云堂衣浉换僧衲，面目倾刻成缁髡。斯游虽险实奇绝，此语难与西河论。调实君。翻嫌来时困赵盾，局蹙篷底如鸡豚。归来揽镜发大笑，皮肉皲黝同牺尊。我归宁亲又两月，气候倏忽殊寒温。到来君

泛浯溪棹，绿墀青琐余苔痕。因孤生懒益无俚，径思归去寻竿纶。留诗示君当面别，兼叙离索摅愁怨。明年倘动剡溪兴，访我黄叶水边村。

浯溪山水天下无，舟行耳目多清娱。涪翁当日颇好事，字刻石壁苔模糊。漫郎鲁国并殊绝，文字寿与江山俱。后来镵锲日益密，石墨照耀西南隅。徐凝恶诗虽不免，柳侯题咏宁皆虚。君行于此意良得，况有介弟同舟车。岩开玉琯见古隶，潭泛钴鉧森菰蒲。辅行更得舞阳胄，十年操缦名江湖。谓樊司马仙芝，司马善弹琴。抚弦动操九嶷应，搏拊殆可通姚虞。归来衙斋恣豪醽，鄱渌不与郫筒殊。太仓诗老今召杜，谓东墅太守。酒酣爱说齐民书。一时风雅美无度，令人妒羡增嚱吁。新篇想已充箧衍，勿靳邮示开凡愚。我虽无能识郢曲，目力尚足别焉乌。傥仍逋诗似逋赋，定遣长鬣打门呼。

案：此诗录自衡本卷二，内容与烝阳本差异较大。

沩口舟次寄杜俞

沙树微黄水始波，秋风江上别离多。扁舟夜对铜官渚，独拥清樽奈汝何。

橘熟橙香紫蟹鲜，湘中最好九秋天。寻诗傥续花源约，定为遗踪一惘然。

客散华堂酒半醺，闲园芳草又斜曛。重来怕听山阳笛，肠断州门旧日群。谓无誉。

天末凉风动远思，水蒹香里泊舟时。聊将楚客悲秋意，说与三生杜牧之。

案：此诗录自衡本卷二，共四首，烝阳本卷二所录为三首，且诗有较大差异。

周司农堪赓，崇祯时治河有功，积劳致病，以十五年乞假归，时一子一弟皆死张献忠之难。国变后，日哭荒山中，两孙侍侧，辄挥使去。国朝定鼎，落发县西四十里董家冲之八角庵，外人希见其面。顺治时，洪承畴经略云贵，返役道宁乡，减从谒公，公辞以疾。承畴揢门入，公乃强起，命家僮撷园蔬留共饭，饭已，承畴驰去已夜半矣。明日，家人请报礼，公不许，曰："吾不可以此辱洪公。"九年，恭顺王孔有德荐公可大任，朝旨起用，公伏不出，逾年遂薨。本末具黄周星、邓显鹤所为传志，乡人传述无异词。同治初，衡阳王夫之遗书经湘乡曾氏付锓行世，其《永历实录》载公改事本朝，先是县人王文清撰《长沙郡志》，亦于公有微词。夫之当抢扰时窜身溪峒，传闻失真犹可说也，独文清以乡井后进，不一考公生平，不亦异乎？光绪戊寅，余馆分宁陈公邸中，曾以公所上六大弊疏稿呈陈公，公亟称之，并为撰传，以雪其事。时平江李次青方伯方撰《湖南通志》，余请其将传附入司农传下，书出竟未之载，乃交司农裔孙刊入公所著《治河奏疏》中。余以襄祀先祠，纡道八角庵谒公遗像，庵外叠石为门，上镌"白云深处"，公所书也。题诗祠壁，以寄慨叹

骨肉流离碧葬凉，劳臣心尚系危疆。长河幸挽滔天势，六弊空陈痛哭章。家国一生余涕泪，烟尘六合痛仓黄。百年野史滋遗议，公道今才一阐扬。

与国存亡信有诸，史宬名恰殿河渠。《明史·河渠篇》：周堪赓堵塞未竟而明亡。披缁已证菩提果，誓节宁烦却聘书。虚室阴尘瞻象设，石门斜日吊遗墟。蔬盘白酒家常饭，惭愧元戎谷口车。

案：此诗录自衡本卷四。诗序与烝阳本不同。

题《天山立马图》

壮游不出玉门关，茧足五岳徒跻攀。登高不蹑天山顶，焉知六合以外多奇景。君侯豪气隘九州，闯然匹马出关游。霜蹄蹴踏陟岩巘，俯视万象森吟眸。上有万年不融之古雪，下有飞珠溅玉之龙湫。苍茫独立觉神王，瓯脱人烟莽空旷。戈壁烽销贡铎通，乌兰哈喇难名状。噫吁嚱！班书范史所不详，几人振辔穷要荒。自从王师度沙碛，举凡绳行沙度皆可通车航。君本揽辔才，挟策东西走。振衣千仞发长吟，下士苍蝇安足数。归来平地纪游踪，一幅鹅溪落君手。湓城八月秋风香，相逢池馆谈伊凉。侏离椎结仆数不能尽，始识张骞凿空非荒唐。我抱残经蛰丘壑，年来颇困青油幕。可惜无能猛着鞭，同君万里探戎索。闻道鲸鲵气更横，萧条辽海结愁云。期君更策追风足，重立金鳌顶上勋。

案：此诗录自衡本卷二，烝阳本无。

湘乡燕子岩，先茔在焉。为经纪墓田事，留山中累日，得诗四首

碧涧交流急，沿洄尽日看。树蟠攲磴古，风漱鹭涛寒。溪雨芹堪煮，林霜柏渐丹。橘租今岁稔，孤策且盘桓。

人家住山崦，密树拥篱门。旧俗崇巫鬼，村居长子孙。牛耕山上畈，瓜蔓水边墩。新穲浮蛆满，呼来老瓦盆。

陟巘寻兰若，沙鸣屐齿松。瀑添山雨壮，岩被乱云封。远岫沈孤塔，重峦吼万松。到门知不远，风落一声钟。

摇石连根动，山中摇石洞，深不可测。虎窟其中，土人见惯不惊。洞上有巨石，高广数丈，跗著洞顶，以一指推之，动摇有声，数人掀曳反不动，亦奇观也。灵奇理莫参。深丛育罴虎，幽壑富楩楠。岚翠空中

坠，笙钟谷底酣。多生缘未了，有约再来探。

案：此诗录自衡本卷二，诗题及内容与烝阳本有异。

九日，偕里中同学由小桃源至盘泉寺

平生能著几雨屐，我独寻常命筇竹。携朋晓入南山口，振衣石上看飞瀑。跳珠溅玉一片白，散作昙花万银簇。天风浩浩毛骨寒，凉雪霏霏盛阴蓄。呼僮汲泉煮山荈，一瓯香亚君山绿。摩崖字古半刓泐，点画然疑略可读。小桃源七星松下，有瀑布自石门流出，岩石上镌“淳祐十年二月，太岁庚戌”十字。仙牛一去不复还，石上犹留旧蹄躅。石上有牛蹄痕，深入数寸。更沿危栈上崱屴，雾凇漫空迷远目。奇蹲虎豹石僵立，野战龙蛇峰起伏。扪苔细读石间诗，颇欲遗荣谢拘束。由洞口至盘泉寺约三里，寺据峰巅，中空数百丈，四面陡绝，仅刳一缝，可通人迹，寺右有石牛，嘉庆时，里人刘丕文题诗其上。峰坳突兀露兰若，径往从之憩行足。殿冷尘埋古佛窍，僧逃烟绝斋厨突。自删红叶暖村醪，旋斫枯枝煮蔬蔌。浮生半日得闲憩，各有雄谈副腰腹。渐看夕照下高岭，归路凉云满岩谷。他时避世此中来，翳茆自葺林间屋。

案：此诗录自衡本卷四，诗题及内容与烝阳本多有不同。

甘州新年乐府《火浮图》

香街璧月明如昼，人语喧腾车辐辏。儿童拾甓起浮图，七级盘空逼檐溜。束薪缊火沃以膏，火光熊熊烛绛霄。灯光月彩一齐夺，万人如海声喧呶。今年烧塔大吉利，城关静谧无烽燧。不求子母溢牢盆，但愿厘金捐落地。我闻阿育王塔八万有四千，其一乃落在甘泉。相轮历劫今尚在，此独顷刻成灰烟。明朝满地鸳鸯紫，华严楼阁销弹指。几见人间窣堵坡，火劫风灾长不毁。

案：此诗录自衡本卷三，与烝阳本多有不同。

兰州魏方伯席上，同施补华作

穿尽玲珑积石阴，清秋喜共故人寻。楼台近塞黄尘涴，文毲经时碧藓深。镜槛围花传酒盏，河声动地入豪吟。天涯幸与群贤会，无奈墙匡日易沉。

案：此诗录自衡本卷三，诗题及内容与柔阳本迥异。

题梅锦源挽辞

十载兵间住，艰难鬓发皤。论功袭珪组，作吏盛讴歌。皖水迟分竹，江关未止戈。归与谢尘鞅，溪上有渔蓑。

子真苗裔在，旧籍著承明。春雨莓田绿，秋风桂蕊荣。楹书动光彩，祖砚蕴精英。后福人难厄，芸香奕叶清。

案：此诗录自宁乡莓田梅氏刊《诰授中宪大夫徽州府知府梅君行状》。

蜕园主人七十寿诗

大树威名绝域通，牙旗秋卷瘴云空。路穿深箐蛮烟黑，险夺危碉炮火红。两扼岩扃严虎落，三擒椎结出蚕丛。争传马角能平蜀，泚笔谁铭剑阁功。

泸江五月水汤汤，红落椒花雾雨凉。邛笮何曾知汉大，威弧从此破天荒。椎牛五夜埋铜鼓，卷甲千峰履剑铓。辛苦一书规善后，有谁留意到岩疆。

十载罗施劫运开，种人今已服苗回。斩蛟士尽闻鸡起，犄角功收逐鹿来。六诏烟尘严斥堠，三军号令肃风雷。由他债帅贪金去，辜较军租十一才。

建节河西又几年，园林花柳笑华颠。威名九塞氐羌肃，壶盏三更韵语传。黑水沦漪回笔阵，天山晴雪落吟笺。通侯末路嗤蛇足，不及功名细柳前。道光中叶，某公由甘肃提督赴广东参赞军务，以畏葸为世所诟笑。

曾拂居延塞上霜，九年离绪梦悠扬。万金散手钦豪上，七秩平头愈老苍。火枣冰梨重入馔，蜡珠硗玉况非常。好寻平子归田赋，烟水菰芦话更长。

案：此诗录自衡本卷四，烝阳本无。

驿步门舟次闷坐，赋长篇奉怀

手斩楼兰万里回，拂衣贞隐楚江隈。那堪东北犹蛇豕，空使英雄郁草莱。精卫有心填碧海，功名无梦到云台。可知袄教东来日，只有杨生绝可哀。南仁怀、汤若望到中土时，惟杨光克诋之最力，举世无知者。

腥风怪雨逼江城，愤极聊凭纸墨争。禹鼎象奸魑魅泣，昌黎辟佛鬼神惊。诛奸已罄南山竹，定难曾无北府兵。时局如斯人尽痳，知君块垒未能平。

弋鸿篏凤满张罗，拟和先生正气歌。帝鉴臣心从薄谴，天留砥柱镇颓波。椒山有胆蛇焉用，杜老无家气不磨。不枉此身精铁铸，群儿蠢蠢漫相诃。

案：此诗录自《珠泉草庐师友录》册一卷四，页六四。周汉《誉女篇赠珠泉老农》诗后有按语："道人入狱，公有《驿步门舟次闷坐赋长篇奉怀》三首，《珠泉草庐诗钞》前后集均不载，兹从周氏子孙钞得原稿，移录于此，读之可以慨想道人之为人也。"

金观察环将随五大臣出洋，临行索诗，赋七律二首送别

周宣汉武中兴业，斡运都凭政策来。大海泷涛悬使节，一时参佐尽奇侅。占星不少乘槎客，接伴终推作楫材。此去谈瀛征实业，不应虚费木华才。

从来立国须根势，孤注终防一掷休。宵旰宫庭方楫揭，漂摇

户牖快绸缪。秺侯家世中朝重，司马文章谕蜀优。试向苏彝河畔望，鲸波滚滚接天流。

案：此诗录自《珠泉草庐师友录》册二卷八，页七二。金环《金观察书札》后有按语："端方以五大臣出洋，调观察充随员，临行索诗，公为赋七律二首。"标题为整理者所加。

秦塘村诗为王杖芸广文作并序

秦塘村当嵇岊山之麓，群峭杂袭，山号芳储。众溷交汇，岩名滴水。从篁蔽天，峤道翠石，簇成烟霞鬘信欲界之仙都。幽人之薖岫已。宅左拓地数弓，杂植竹木，芳春绚若绮谷；开池种藻，亦受明月。跨水为梁，我知鱼乐。园中箭茆成廊，以通幽步。乘兴曳履，无间晴雨，类皆审曲。面势因山下址，师卫荆之苟美，陋季伦之华构。余尝薄游周历吴会名园，如顾氏之怡闲，盛氏之寒碧山庄，非不窈窱玲垄，引人入胜，然美则美矣，大都穷殚人力，虚耗木衡，孰若斯丘之妙造自然、不多烦匠石哉！夫宇宙逆旅，乾坤草亭振古贤豪，退专丘壑，斯遁而已虽多奚为，杖芸于是能知止矣。每思腊屐，幸获瞻衡，斑管试操，蛮笺遂满，聊资喷饭，匆吝引斤。

欹石当门蚀翠苔，绕墙新柳绿成堆。宁知水覆山重处，满眼嫣红姹紫来。结构幽奇谢雕饰，云泉错落洒池台。只缘连日潇潇雨，雾凇无因一扫开。

信是秦人避世村，乱山乔木拥篱门。云中犬吠房栊静，池面鱼噞钓石温。新竹连冈蕃纸业，丰年赛社足鸡豚。嵇仙一去林阴合，丹灶千年迹尚存。

案：此诗录自《长沙名胜诗词选》，页三六九。

题恽寿平《花坞夕阳图》

大地浩烟尘，入林恐不密。谁欤觑天奥，结庐傍林隙。秋风槲叶黄，衰柳垂垂碧。遥山渺无际，远树青欲滴。溪回一水香，波暖群凫息。箬篷舣碕岸，野芳侵杭席。展读意翛然，人情各有适。戊申夏五，多龄仁世兄雅属。廖树蘅。

案：此诗录自恽寿平《花坞夕阳图》。

由水口山回松柏，途次遇雨，俄而开霁

暑雨初收石路平，稚荷新水瀫纹生。林摇湿翠沾衣重，风卷颓云出岫横。山外残雷虹绚彩，柳边圆哢鸟呼晴。野芳攲岸箯舆转，静里闻根分外清。

案：此诗录自衡本卷四，与烝阳本差异较大。

游颐和园

颐和园中萃森爽，虬松老桧参差长。亭台高下绀墙围，复道行空备宸赏。园门瑰丽填青红，铁色狻猊琢镂工。想见千官随仗入，旌旗剑佩声摩空。循廊一片湖光白，天地萧寒忽异色。汉家昆明何足论，江南莫愁逊清绝。垂虹下属湖心亭，万顷玻璃入杳冥。续缦沈竿深莫测，涛澜潏荡风烟青。玉泉衍近丹棱沜，仓卒真源寻未见。剩有清浏浩荡来，人间已觉恩波遍。佛香亭占山之巅，百级陂陀不易缘。仿佛骊山石瓮寺，东西绣岭相钩连。古松抱阁日光碧，谡谡寒声荡空隙。举目萧条郊野荒，皇情定轸流亡室。东下遥连乐寿堂，椒房阿监直东厢。宫车宴驾行游息，绿苔生阁榭尘芳。当年行乐回天眷，歌钟设在云和苑。水调新翻菊部头，薰弦引入排云殿。此中宜夏亦宜秋，瑟瑟红衣镜里稠。四面凉风鉴玉块，一帘香雨控琼钩。园居避暑寖成例，圣圣相承六皇帝。一自圆明付劫灰，重来此地严周卫。割取蓬莱左股来，依然平地起楼台。规模虽比上林小，将作微伤少府财。宫官前后怀忠悃，姓氏依稀寇与永。大臣容默小臣言，志节与园同不泯。冲皇临御游幸稀，铜龙昼静寒乌啼。长杨五柞盛皇汉，昭

宣以降停骖骈。我来刚值彤扉启，中官守护严纲纪。凤钥长将寝殿扃，龙舟远向芦碕舣。此后应难再步尘，聊将歌咏纪前因。《连昌词》与《津阳什》，一样伤心感后人。

案：此诗录自赵炳麟著《柏岩感旧诗话》，其抄录廖树蘅所撰《颐和园词》，与《珠泉草庐诗后集》所录有异。

登陶然亭感赋

黄芦积水绕空亭，拊槛西山一桁青。胜日尊罍怀旧社，天涯文物感晨星。皇居壮丽仍形胜，亭上可望景山。海祲东南入杳冥。剩有黄花能耐冷，隔帘孤映楚累醒。

案：此诗录自赵炳麟著《柏岩感旧诗话》，与《珠泉草庐诗后集》所录有异。

留别都门诸友兼感时事

不为求赢也出游，软红京国紫骅骝。无端边号催芦管，大好河山别冀州。敧帽同酣燕市酒，冲寒重检敝貂裘。梦华转成晌陈迹，欲赋东京岁已遒。

瓯脱曾闻鹬蚌持，驺虞无复止戈时。坐看蛮触争蜗角，难免惊乌徙故枝。碧海泷涛飞铁甲，绿槐驰道隐金椎。沿河拓跋空屯戍，帷幄如斯事可知。

搘拄艰危仗老成，深源当日有声名。服妖幻出麒麟楦，侯鲊调成骨董羹。土木讵能禳厄运，更张徒自失宫声。旧时朝士无多在，难遣贞元以后情。

回首金台落日悬，太行青霭接幽燕。奇肱缩地轻千里，西笑萦怀已卅年。归买乌犍容种秫，醉呵丹管且摊笺。离情付与芦沟柳，朔气金风正满天。

案：此诗录自赵炳麟著《柏岩感旧诗话》，与《珠泉草庐诗后集》所录有异。

郭园雅集褉帖

宙合群贤，会集一亭；兰幽竹修，觞咏极欣。于以契今昔之情。

案：本集褉帖录自《珠泉草庐师友录》册三卷九，页十九至二十。宣统二年二月八日（1910 年 3 月 18 日），曾广钧、周大烈招同廖树蘅与王闿运、黄忠绩、龙璋、胡子清、谢重斋、梁焕奎、王铭忠、胡子靖、杨度、杨均、谭延闿，宾主十四人，集于长沙城东郭氏之园。相与谈宴赋诗，谓不减兰亭梓泽之游。酒阑，拍照三帧，谭延闿题签，署曰《郭园雅集图》。王闿运为记，周大烈与杨度均有撰文，曾广钧、梁焕奎各赋诗，廖树蘅题赞。一时传为长沙胜事。

又案：廖树蘅所题《郭园雅集褉帖》，位于第一帧照片左上方。因廖树蘅是湖南宁乡人，沩水是湘江支流，由西向东蜿蜒流经宁乡全境，廖树蘅姓名前冠以“沩宁”二字，以表明其籍贯。

挽梅肇森诗

绮梦随京宦，群公诧凤毛。多年蓄文彩，一第溷诗豪。昔日丹黄积，端居履蹈高。年时频过我，尘巷竟忘劳。

梓里经师忘，岩疆令长才。牛刀初报最，鹏鸟遽传哀。丹旐江天杳，青山墓道开。愧无欧九笔，砻石表崔嵬。

案：此诗录自傅熊湘《梅肇森》一文（《钝安脞录》卷二），诗后有按语：“荪畡为宁乡老宿，著述甚富，其诗文集省馆皆有之。余录中所谓珠泉，其草庐名也。闻亦于前数年溘逝。录此不惟为景宁增重矣。雨苏君仲子勋彝，名焯敏，上年在吴门某公处与余相识，知其为军人，未知其一门世德也。”又，梅焯敏非梅雨苏子，而是梅鼎杰子。

咏怀古迹七律五首

新康城

新康原属晋新阳，沿革千年尚可详。地有汤泉蒸大泽，江分燕尾接清湘。人家近水鱼虾贱，云碓连溪秫稻香。名号只今存古驿，桃花三月马蹄忙。

玉潭镇

相传马子离群日，郊垒烽烟接此间。曾闪朱旗殷北斗，空余铜柱誓南蛮。平戈事定山河在，城郭风柔燕雀闲。赖有兴王来作邑，碧潭依旧响潺潺。

道林市

讲道先生返故林，嘉名肇锡到于今。贞栖不改松筠操，月夜犹闻诵读音。石镜晶莹湘月朗，曲生风味酒垆寻。客来山市寻遗迹，莽莽荒台日易阴。

嵇岩山

天际真人不可攀，石床丹竈尚人间。峰高不碍登临眼，地迥能宫大小山。篁竹连冈饶纸业，岩泉喧耳隔烟鬟。何人半夜吹长笛，疑是嵇仙控鹤还。

靳　江

百里清溪屈曲行，一条衣带碧盈盈。青山尚瘗穷奇骨，渌水犹蒙佞幸名。鶗鴂惯来堤畔语，茝兰休向水边生。玉池凿空真堪笑，地望何能作定评。

案：此诗录自《廖基瑜诗词集》卷二。原题为《附录家大人拟作》。

附廖基瑜和作

咏怀古迹七律五首

新康城

新康东望接湘州，依旧青山景物幽。残堞数家烘夕照，渔村半角影寒流。当年市陌春驰马，此日霜蓬冷狎鸥。城郭人民同一辙，沧桑世事感沉浮。

玉潭镇

画里烟岚带郭斜，城楼咫尺隐千家。渚深秋影拖寒雁，潭底天光衬落霞。茂县铜符仍作镇，前朝铁戟已沉沙。行人日暮频搔首，古戍风烟噪晚鸦。

道林市

清溪百转市门前，胜地人能述昔贤。古木连汀生远碧，云峦访道锁寒烟。瓦鸥帘影能招客，石柱书声不记年。人世几经沧海劫，岩花幽草尚依然。

嵇峁山

层峦复嶂倚云霄，杉竹连冈入望遥。树裹湘波横匹练，雨余云气卷轻绡。空山钟磬音犹吼，上界仙真迹已销。拟蹑丹梯上峰顶，洞庭衡岳举杯邀。

靳　江

长堤烟柳远依微，今古江天几夕晖。楚望南来飞鸟疾，湘川东下去帆稀。清波尘洗千年污，春草香凋两岸菲。几度临流增怅惘，为怜骚客泪沾衣。

题《铁耕斋图》诗，怡甫仁兄大人属题，即希鉴正

精镠作耒石为田，触目冰斯未觉贤。乞取一规留姓氏，芝泥长押赫蹄鲜。

石墨镌华压架新，竹窗潇洒绝流尘。何当敕断人间事，长与幽人结近邻。

案：本诗录自雷悦《铁耕斋图》。怡甫仁兄大人，即雷悦，晚清民国时期湖南画家，与廖树蘅第五子廖基杰同为画家沈翰的弟子。

珠泉草庐文录

王闿运序

珠泉草庐诗文，余皆得而读之。诗裔皇中宫音，尝决其非乡曲穷愁文士。文因小见大，务为有用之作，不甚雕绘，颇取韩退之气盛言宜之说，沛然而来，忽然而止，于今所谓古文家者，皆有合焉。余之得奉教也，由陈右铭。右铭罢官旅湘，为余亟称廖君能文词，及其抚湘，乃倚以主矿政。余窃意文人不耐杂，不虞君之肯为用也。既而右铭罢去，矿利大兴，海内皆推所主为第一，直省无敢比者，无有称其文诗者矣。独张子虞、柯凤笙前后督湘学，稍知其能诗。余虽勉与君唱和，于古文义法未之窥也。昔归熙甫论王元美，以为庸妄巨子。余之不见屏而猥承相与论文，岂非幸与？退之非薄六朝，余不敢擅论八家，盖人各有能有不能。而余之论君文，曾不敢谓当君意也。丙午小寒日，王闿运题。

阎镇珩序

前明茅氏八家之选，议者或疑其未公，近世益之为十家。然李之学优于孙，而其才实非子厚匹也。明嘉、隆诸子，貌为秦汉，当时已不餍人心。惟震川自比介甫、子固，至今犹师法之不已，然未有齿及王、李者。盖文章贵真不贵伪。王、李之效秦汉，伪也；震川之为八家，真也。惟真则可久，其伪者特蜉蝣之旦暮而已。与震川同时有摹效史迁者，震川为文讥之，比于东里效西施之颦。夫人才之高下不同，古今之时变亦异，必欲舍我而效人，如邯郸学步，直匍匐而归耳。善夫曹子桓之言曰："文章者，人之精神。"形躯有时而敝，精神终古不泯。学者诚知文章为吾之精神，则必实道其胸中之所得，使真气沛然不可抑遏。如是，虽欲无久于世，得乎？廖君荪畡，积其所为文成一巨册，间使人走遗予，且俾商论。予读之，真气充溢，绝不为俗儒摩拟之习。至其状写景物，尤出之以自然。廖君其深于古者与？然吾闻文章之体，莫尚乎简洁而精严。望溪标举"义法"二字，原出于《史记》年表序，百余年来人人诵言义法，然为之而能简洁精严者，盖亦少矣。姬传之才不逮八家远甚，惟其善于修饰，工于淘洗，故古光油然，为世所宝重。廖君诚能于此求之，其必有进乎今之所得者矣。丙午小阳月，石门阎镇珩序。

胡元仪序

《春秋左氏传》记仲尼之言曰:“言之无文,行而不远。”《论语》记仲尼之言曰:“辞达而已矣。”是皆据聘问专对言也,而文章之道,不外是矣。言而能文,文也;辞而能达,质也。文而虚浮,其弊也史,谓如府史徒役于人而不自立。质而直率,其弊也野,谓其径情邻于鄙俚而不婉曲。是以文质彬彬,斯为贵矣。何以能文质彬彬?则于《易·系传》得一言焉,曰:“修辞立其诚。”诚无欺伪,而虚浮免焉。诚能委曲,而直率免焉。毋史毋野,有不彬彬夺目、徽徽可诵者乎?廖君荪畡,相知二十余年,立身莹洁,宅心温厚,吾知其为诚笃君子久矣。近以所为文相示,读之如见其人,夫乃叹诚之不可掩如是乎!文者心之所发也,心者学之所致也。无学则无术,安用所达?无术则心昏,安得而诚?不诚则笑啼皆伪,又乌足与之论文乎!是以读其文如见其人,斯乃诚之至著者也。《中庸》曰“诚则明”,明则著,诚而明著,自然而然者也。既著之矣,久则变通生焉。诚而至于变通,则非特诚之所积,尤赖学之所充耳。昔人云:“为文当有我在。”此言虽朴,其理甚宏,其实不外修辞立其诚而已。元仪不能文,谨贡所知,君其以为知言否耶?光绪三十有二年丙午六月。胡元仪序。

卷　一

重修如在堂记

如在堂者，本我曾大父太学公暨妣汤孺人之墓庐，后改为享堂者也。先是，公自营生圹于堂后山，依山辟址，建屋两栋，陶甓为墉，以规久远。左辟横舍，为子孙集读之所。堂舍之间，空约二丈，前亘崇坊，榜曰“悠远”，处示无穷也。坊以内缛草平逵，上接墓所。堂之前无门有墙，大书“墓屋”二字其上。凡此皆公所手定。当嘉庆丁卯，公以家事分授吾大父及两伯祖，遂由衡田老屋移居于此。时孺人已先殁，葬公所营圹内。越十一年，为嘉庆壬申，公下世，遗命与孺人合冢。又十五年，为道光丁亥，属圹有水患，先大父随两伯祖于湘乡景庆三坊葫薮区，得燕子岩、金鸡山两穴，即以其年春改葬孺人于燕子岩，冬改葬公于金鸡山。柩皆由沩溯湘入涟，穷数月之力始毕葬事，并置田守冢。吁其劳矣！墓既他徙，此屋遂奉栗主其中，岁时荐食如礼。以堂稍隘，中唐广之以亭，亭角风铎送响，窅然深静，可以安神。旧谱有图可按。阅时既久，坊先堕剥。亭高碍风，势将坠落。横舍无居人，亦行就圮。自咸丰至于光绪初载，以次除朽撤敝，惟有正室两进。尔来又数十年矣，树蘅连年客外，因循失修，淤湿穿漏，几不可居。今年夏，始鸠工营葺，视旧制略增拓之。前为正门，上为享堂，左右为燕私之室。有基可凭，资用斯简，不四月而工竣。于是先灵获安，吾侪子孙之心亦少安矣。夫成毁数也，似非人力所能为。如公始营斯丘,何尝不以为一成不易,未几改葬涟上之山。后来鼎建享堂,何尝不求基扃固护,未几为风雨剥蚀,遗构仅存。善始不必善终,此中疑有天焉。然为人后者,苟能心前人之心为心,绵绵翼翼,相引勿替,时至事起,则毁不终毁,人定亦可胜天。然则后之保守勿坠,不能无望于来者矣。工既蒇,爰缀斯堂缘起镌诸石,使览者有可考焉。

曾般庵曰:夹叙夹议,作者惯计。全豹中固屡以此擅场,然皆居一篇之警,未若此篇全幅。用笔皆卓立纸上,无一浅语,无一庸语,乃至无一浅字,无一庸字。偏以状难显之像,发幽渺之情,至文生于至情,毋亦燕子、金鸡二阡名德诱君之衷耶? 数四观之,笔墨化为烟云,不可复辨是笔墨是烟云,觉余以叙与议求之,犹是皮相。

游麓山记

岳麓踞湘水以西,去郡郭约六七里。自宋以来,建书院,经朱、张讲学,名益彰。余以同治丙寅、庚午之岁读书山中,虽尝寻历其所有,然犹以未尽其奇为咎恨。光绪四年戊寅,馆于分宁陈公右铭邸中,适其乡毛实君孝廉来湘,梦想山中胜状,忻然欲往。遂以浴佛前四日,招余与陈公之子伯严,从两奚,唤小舠,绕橘洲而南。风日淡洁,湘波鳞皴。洲上橘花作缬,如木樨,时有细香掠水际。垂杨千挺,逐帆而移。逾时抵山口,舍舟而徒,约二里达书院。院经重修,规模甚饬,先圣祠尤巨丽,觚棱赪壤,与丹崖翠壁相焕发。院前桐梓交阴,紫薇十数株,互叶骈枝,隔离曦景。条桑、女贞、石榴、紫荆之属,霏香骇绿,凉映襟裾。出院门,循径西上,经爱晚亭,度清风峡,林木水石益幽邃。跬步间,苔石交萦,而泉声、鸟声、蛙黾声以次而作。选石危坐,旋有疏钟堕林隙,则万寿寺晚斋未散也。人天劳扰中,忽于空山中闻粥鱼声,令人萧然生出世想。寺藏两峰之间,由峡折入仅数武,而非闻钟不知有寺,幽可知矣。寺前六朝松前岁为雪所折,《麓山志》松原两株,乾隆时大风拔其一,今则尽矣。而书院之紫阳樟亦于近岁被毁。岂先贤遗爱与象王雄力,所至均有所既欤?入寺少憩,旋穿左扉出,观所谓白鹤泉,清澈可鉴人影,味甘洌。近有达官作亭泉上,中矗巨碑,镌朱张唱和诗。折而南为御碑亭,中嵌"印心石屋"四大字,成庙书以赐安化陶文毅者也。再折而上为云麓宫,地绝高,可以望远。天将雨,常有云气触石而起氤氲,类黄海,故又名灵麓云。羽流出茶瓜饷客,同游者以日向暝,相与辞出,还至书院,遂止宿焉。诘朝起,相率穷院之幽与高,凡先圣先贤之祠与乡贤名宦遗迹,罔不毕览。最后登赫曦台,晓露未晞,山光如沐。是日立夏,田中分秧者麇至,农歌四起。环顾风雩、吹香两亭,宛在水中,波影空灵若镜,清明之气令人洒然。昔朱子筑此台以观日出,至今犹想见平旦振衣,悠然会太极之乐。饭已,由屈子祠登道乡台,泉光山色,别开畦町,盘桓久之。由台右直上,为禹碑亭,山之最高处也。麓山双峰角立,右为云麓,左即禹碑。云麓林石萦萦不断,有蹬道可循,故游者日至。此处峰势崱岃,弥望黄茅白苇,非有志探奇者不一至焉。循道中庸、极高明,两亭距碑所可三里,碑字摩崖多刓剥,状尤奇诡,艰于辩识。登陟就疲,各藉草坐。俄而微雨四合,罡风冷然送寒。下视麓山寺,藏深树中,亟投之,蓦坡注涧,不复遵途轨。比近寺,则巉崖峭壁,不容错趾,势难半途返。乃援藤葛而下,旋蹶旋起,衣写半渍苔痕。一路古木大皆数围,树巅为风雪所髡,如鬼臂夜叉,森然怖人,根附岩际,如龙战野。松毛败蘖,积地厚数寸。低洼处时有积潦痕,盖人迹罕至之所也。正惶惑间,忽见檐牙卓林隙,谛视之,则向者之白鹤泉亭也。群入休憩,则皆喘汗不已,相与瀹泉盥漱,就亭阴徙倚。方循岩而下也,危栗万状,僮仆推挽力竭,讥怨并作,即余亦颇悔之。及出险履夷,彼此复大快,以谓非经历险阻,不足尽游山之奇。且自有宇宙,即有此山,游者不知凡几,计未有搜剔尽致如今日,岂非介甫所谓“奇玮瑰怪非常之观,非有志者不能一至”耶?寺中以是日受沙弥戒,首坐僧殊陋,演说了无深义,诸受戒者近百人,亦不过随众膜拜而已。昔孙文定过灵隐,听僧徒说法,谓愚民断绝父母妻子之爱,以入彼教,情殊足悯,而归咎于长民者之失教,岂非然哉?风雨骤至,同行者虑城阖不得归,遂出寺门,至清风峡。雨益甚,万木刁萧,涧泉经雨益壮,激雪溅雷,怒从丛薄中泻出,不似来时之琤琤作寒玉声。一旦暮间而景物之变迁如此。冲泥至书院,衣履尽湿。饭已,雨稍止,遂沿西麓附官渡以归。是游也,往返才两日,而友朋之乐,山水之奇,天容涧声之离合变易,均非意料所及,而为他日所不能忘者也。

王理庵曰:麓山游纪无如此作之尽致者,当效为之,恐效颦耳。

游衡山记

陈君、毛君与余游麓山,历险阻,睹怪玮,余既为之记。三人者乐险好怪无所发舒,复欲作衡山游。以六月二十六日申刻登舟,移棹江心之水陆舟泊焉。洲多橘树,方志一名橘洲,弥望皆沙,首尾二十余里。秦以长沙名郡,殆以此。郡于前汉为长沙国,属荆州,后汉晋为长沙郡,永嘉初置湘州,隋改潭州。唐潭州长沙郡属江南西道,后升钦化军,复更武安军。五代唐改长沙府,宋潭州长沙府属荆湖南路,元为天临路,属湖广行省,明为长沙府,属湖广布政司。国朝康熙三年,分置湖南布政司,治长沙。此其大略也。按“湖广”之名始于元,而“广”之义未闻。或曰:跨湖二十余州,地莫广焉。及考古今舆地沿革,元分天下为十道,以武昌至桂林为一道,设湖广行中书省,始恍然于所谓“广”者,兼广西言也。夜舟溽甚,城上灯光对出,水面如繁星乱流,刁斗声竟夕喧聒。二十七日,发橘洲,三十里至平塘,登岸谒曾文正公墓。墓在同熙寺后，去江岸约三里，穹碑石阙，辟邪天禄之属骈罗道周。汉唐勋戚多陪陵，高家祁连，与国无极，易世之后，或不免于发丘摸金之惨。近世皆还葬乡里，非惟首丘之义宜然，亦所以远害也。公身后易名之典，与范希文同，而勋业过之，相与振衣肃谒，不胜子瞻生晚之思。入寺少憩，回舟已过午候。二十里至昭山，石气空青，草树蓊翳，下临澄潭，微风激浪，咽入石窍，隐隐作笙镛声，湘水最深处也。《寰宇记》：山以昭王南征至此得名。考三代幅员，殷周皆极褊小，江以南尽成荒服，南征之言殆不足据。吾县黄本骥氏辩之韪矣，独谓下为兴马洲，此山因马希范封文昭王得名，则尤为傅会。黄氏以金石名家，凡事必求证据，故援洲为此山立义，独不思昭潭之称唐以前即有之，方志著其名亦无他义，安知山不犹是哉？凡此皆可不必深求者也。夜泊鹞子岩。二十八日，午抵湘潭县，市肆栉比，亘十余里。湖外未置省时，贸迁之盛，以此地及衡州为最，自行省立，商旅皆趋长沙，衡州之市易遂微。自五口通商，夷舶往来海上，此间商务亦远不如昔。地气随人事转移，信矣！泊马家河，入夜南风大作，大波轩然，竟夕不安。二十九日，热甚，舟子牵百丈，伛偻水次，劳瘁可悯。午过楮洲，考亭、南轩岳游后分袂处也，旧有分袂亭，今圮。泊石家埠。三十日，过空灵岸，风利不泊。申刻抵淦田。夕阳西匿，余热犹蛰，与实君、伯严散步江岸，茭田荇港左右交通。村农三五相逢问讯，真率如武陵源人。七月初一，过朱亭，至此可以望岳。三十里至黄石望泊焉。初二日，抵衡山县。初三日，舍舟而舆，绕城西上十五里为师姑桥，村人趋墟者纷集。过此以往，坡阜绵延，一路蝉语松风，泉光山色，令人应接不暇。明人游记，多称由县至岳庙三十里，夹道皆虬松老桂，今无一株存者。舆中望石廪、天柱诸峰，削绿堆青，矗立天际，不必登峰造极，青苍之气已落我襟带间。午抵岳市，寓祝圣寺。寺为赵恭毅所建，以备圣祖南巡狩者，高甍大栋，赪壤腾文，犹想见昆吾御宿之遗。寺后古木千章，粥鱼钟磬之音与松涛相应和。寺僧有曰默安者，居此有年，闭关禅定，罕与人接，与之语，深静有味，实君尤赏异之。日昳，诸上人邀过岳庙，礼而无祈。五岳秩视三公，庙制准藩府，红墙绀宇、金爵觚棱之属，颇极宏丽，惜新被灾，树木之近殿墄者半就焦萎。出后北门为接龙桥，松枥大皆数围，选石小憩，乱蝉斜日，凉风满襟。庙枕朱明峰，相传元世祖尝感异兆，谓朱明峰有天子气，诏有司沟绝之，孰知为代兴者之氏号。明时州守某堙之以土，无所谓桥也。返寺，与默安谈至夜分，议以明日遍览山中之胜，其徒有号宝池者愿为导师。遂以初四日清晓，乘竹兜上山。其式拗筱为兜，斫竹成杆，两人舁之，履险如飞，游山莫此为便，德清俞荫甫氏释兜为篼，谓即竹马遗意。岳高十五里，由庙市逾祝融峰至山后，皆青石砌成梯级，十年前所无也。右上数里为福严寺，清泉古木，修藤巨竹，略同麓山之万寿寺，寺中设伊蒲馔。饭已出寺，左转为七祖衣钵塔，封树蔚然。稍下为碧云岩，径路堙塞，披荆棘而入。至则石屋峆岈，纵广可二丈，上下左右无非石者，惟前面豁开，用乱石堆砌，略具牖户，以为启闭，室中刳石为池，潴泉以供汲饮。老尼一人居之，年约七十余，自云居此已五十年。山中岩洞七十二处，向皆有人栖止，近稍稀矣。洞中冬燠夏凉，春则阴寒刺骨，岩溜如雨，最难禁受。月黑风寒之夕，尝有饥虎攫扉而嗥。或雨雪封山，往往经旬不得粒食。盐酪之味则终岁不一沾唇。门外植瓜蓏盈畦，木槿花一大丛，尼笑指曰："此即老尼余粮也。"伯严悯其穷苦，与之千钱，辞不受。强之，返其半曰："即此已感大惠，过多将为人攫去，徒以滋累。"相与叹息而出。古人巢居穴处，后世圣人教之以宫室，制为养生送死之礼，于是人道始备，咸得若其性以全其天。自佛法入中国，愚民惑于生死轮回之说，乃至断绝天属之爱，忍其嗜欲，以冀幸于惝恍无凭之果报，自谓能识取本原，而不知弃康庄而入荆棘，与上世狉獉之俗无以异，如此尼者亦大可哀矣。

由岩越陇斜上，约二里即山前蹬道，经竹篙岭，陡峻如梯，日夕抵南天门。下视众山，皆出脚底，时有白云一缕出岩隙，微风漾之，弥满山谷，咫尺莫辨，行者恐栗。入庙少息，实君拟即投宿，道者以无供具辞。会雾雨稍开，复命舆前进。其处距上封寺不盈一里，以为顷刻可至，及度岭，猛雨如注，罡风乘之，如百万军声，壑谷皆应。地复险绝，左右壁峭，下临无地，徒侣前后相失，舆夫跧伏草间不敢少动，余亦遍体淋漓。时风雨愈横，俯视群山，云气滃郁，类波涛汹涌，此身如陷稽天巨浸中，茫然不知所届。因念随园老人《游武夷记》有犁头尖遇雨一则，情景与此相肖。游山，乐事也，而忽遇至险，然非险亦不足以尽耳目之奇。少焉风势稍杀，遂瞶雨行至狮子岩，实君在焉，相与同诣上封，伯严已先至，皆襦裓沾濡，相视无人色，僮仆讥怨互作。山高风劲，寒不可当，僧徒爇秸秆烘之，始稍稍收召魂魄。行囊皆留岳寺，无以御冷，主仆并假僧衣加毗庐帽焉，居然衲子。灵山会上忽添此一段因缘，不觉拊掌大笑。寺僧出粗粝供客，伯严携有良酝，相与濡首痛饮，渐觉此身有生意。是日同人皆受怖苦，惟宝池笠屐无恙，因念尘世诸楚，皆从享受而生，使我辈无仆从之烦、衣褶舆轿之累①，亦如宝公之行止自适，何至狼狈若是？到此不觉又生出世想。初四日鸡初鸣，寺僧笼烛导登观日台望日出。台居寺方左方，同人东向坐，红霞一缕横亘天际，须臾而隐，宝池谓日中当有风雨。台上有舍利塔，明李宗伯腾芳撰记，碑字完好如新。宗伯湘潭人，当明神宗时，举朝为建储事上章极谏，首辅王锡爵迎上意，创为二王并封之义，大为同朝所疾，合疏纠之，锡爵愤甚，持之愈坚。宗伯时官庶常，婉词讽锡爵，动以利害，锡爵为之感泣，卒赖其言以成回天之力。尝谓明季党人大都假公义以快其私，群吠所集，上下易形，口舌之疴，卒以亡国，如亓诗教一流，后来

---

① “褶”，疑应为“帽”。

多舞蹈贼廷，改节本朝，视东汉党人抑末矣。独吾湖外人，无激聒沽名之习，而大义所在，仍懔然不可逾，宗伯为一焉。惟惜溺于释氏，名山梵刹，莫不留文字以阐宗风，论者谓为裴休后身，是或然欤？下台，沿石路上谒祝融君祠。祝融峰为衡之最高处，峰尖右偃，形家目为朱鸟咮。峰顶石岩出古松一枝，侧挺旁生，古翠可掬。余语实君此松托地最高，幸不为朱勔辈所识，得以全其天，可谓有畸士之行，实君颔之。循祠左转为罗汉洞，危石悬度，下临不测，过者悚然。祠南向，倚扉凝眺，群山皆落睫底，湘水缭白萦青，小如匹练。《明统志》：自回雁至仙上七峰在衡阳县界，自祝融至天柱五峰及巾紫、金简、降真、芙蓉等五十五峰在衡山县界，吐雾、碧岫、屏障、日华、岳麓则在长沙府境，共为七十二峰。宝池指点若为石廪，若为烟霞，初亦了然，移时仍茫然昧其主名，但见青嶂森森，蒸云泄雾而已。右下数武为会仙桥，即古之青主坛，巨石凸出岩外，广可半亩，同人皆悸不敢登。宝池谓冬晴无事，寺僧多缘出石之悬绝处，负暄取暖，了不为异。归经观音岩，古松三五为风雪所压，偃蹇如龙钟叟。相传罗洪先曾读书于此，此其手植，人呼为念庵松。返寺饭讫，周历庭庑，摩挲碑刻。寺经曾威毅重修，费白金九万两，规制不甚高大，而石墙铁瓦倍极坚致，每大风起，瓦森森如鱼鳞翕张，可见高山风力之劲。殿脊有壶，高可数尺，璀璨作黄金色，云系风波铜所铸，价与金埒。郎瑛《七修类稿》：唐太宗以黄银带赐近臣辟邪。此其黄银。与时雾雨冥冥，风势犹烈，亟于言旋，遂冒雨行，经昨遇雨处，犹惴惴不敢逼视。至丹霞寺，少霁，僧人出茶瓜饷客，轩槛明洁，神为之怡。下半山亭，则赤日当天，酷热不可当。一路树影蝉声，袅袅不断，转晌之间，苦乐殊矣。午抵祝圣寺，回望南天门，如在天上，祝融不可复识矣。初五日，留居寺中，余与伯严犹欲作方广之游，实君以天热止之。方广去此四十里，泉石幽丽。昔人谓高如祝融，幽如方广，为游衡者必至，天气酷热，遂留此名山未了缘。日昳，随诸上人出步市廛。岳市僻在一隅，陂陀起伏，无半里平衍，而储大文《南岳市纪游》谓东南敞朗，可容十万人，引宋潭州守向士璧遣将败兀良觧事为验。夫元起沙漠，兵出不遵常轨，魏源氏讥为至拙，是矣。考兀良觧由大理交趾略地至湘，果欲下潭州，当由前年粤寇犯长沙之路以避湘江之险，计不出此，绕出衡山之麓，是为不识形便蹈绝地，士璧败之宜矣。因此归美于形胜扼塞，谓可宿重兵以绾东南数省之毂，宁非好为高论之过与？初六日，与诸上人别，默安以云雾茶见饷。茶产云雾峰下，谷雨前野人披榛撷采，终日不盈一掬，色香味出龙井、君山、芙蓉之上。闷采岩阿，不致以尤物充头纲之贡，使山民受烘焙碾磨之扰，不得谓茶之不幸。时僮仆已严驾，诸禅侣送至寺外，山雨忽至，默安笑曰："是尚有缘分未尽，宜少留。"回寺小坐。雨旋止，遂行，日夕返舟次。初七日，解维东下，顺风扬帆，晌息百里。泊花石戍，登岸访杜少陵祠。初八日，过空灵岸，小泊，宿马家河。初九日午候，返长沙。光绪四年七月初十日，廖树蘅记，距麓山之游盖七十日矣。

曾舣庵曰：游记罕见如此长篇无一懈笔者，两作皆佳，长则尤难耳。

珠泉草庐记

余所居当宁乡西南鄙，与湘潭、湘乡接壤，前矗高峰，后枕平冈，良畴广衍，清溪贯其中，所谓珍珠泉者是也。地宜杉槠松枥，弥望郁然。先世自元延祐时卜居于此，地既僻远，故患害不至，仍世免于播迁。宅西有小园，先大父芬田府君所垦辟，杂植桃、李、梅、杏、山茶、牡丹、紫薇、木香之属，而拳曲臃肿之枝，玲珑瘦丑之石，骈罗舛互于回廊曲磴间。中有小丘可眺远，菉竹丛翳，猗猗送寒。下为荷池，珠泉坠其中。池南老梅一株，矫如游龙，花时飞英散馥，真香雪海也。自府君下世，园渐堕剥，近始稍稍葺治。另于园西添置椽橑，榜曰“珠泉草庐”。敞其中椽，其左右翼以长廊，以通居室，日扶老母率诸髫稚嬉游其中，以为笑乐。或隆冬夜静，挈儿子读书庐中，溪声夜豪，霜月皛皎，呼僮汲泉支鼎，燔霜叶烹沩山新焙，水火相搏，飕飕作松风鸣，泉声、书声赓续而起，仰视天宇寥碧，万象孤迥，洒然不知人间世复有许事。庐占地绝高，出缭垣之上，方春东作兴，佣人叱犊田中，倚树观之，林雨溪烟豁然呈露，是不第便于课读，且便课耕焉。嗟嗟！余懒人也，生世蹇浅，动多乖戾，年来稍涉世途，见夫奔走四方者，蹩蹩焉穷殚精力以求遂其亡等之欲，卒之赋命有定，所望有遂有不遂。即遂矣，而本实先拨，不移瞬如落英堕溷，水潦归壑，终亦销耗泯没，嗒然悉丧其所有。山木自寇，膏火自煎，不亦重可哀哉？即或有不为利疚，勤一世之力于学问之途，又往往估其记丑而博之业，以意气相排笮，冀垂空文于后世，所诣虽与干禄有间，蔽则一也。向尝读仲长统《乐志论》而慕之，公理故豪士，而情不忘于一丘。今所谓川岩之美、居游之适，余皆具体焉。置此不怡，重蹈世人之劳攘，不且为达人笑乎？妇善操家，子能习农，薄田虽芜，勤力治之足以自赡。庐乎，庐乎，其将倚汝为菟裘乎？既守知止之训，虚寂固所不辞。吾生也有涯，何敢于享荣名膺厚实，然后谓之大丈夫哉？书此揭之庐壁，以稔后人，俾知生世之所乐固在此而不在彼也。光绪十年甲申十月，树蕑自记。

曾舣庵曰：如《思归引》，如《山居赋》，信天壤间之至乐。即论文境，亦韩欧正宗。

益阳县治园池记代

古人从公之暇，不废游观，柳子厚所谓“游息高明之物具，使乱虑滞志无所容入，然后理达而事成”者是也。益阳县廨后有园，纵横数十丈，草树蓊翳，望之蔚然而深秀。其右为池，广可十亩，菱、蒲、莲、苇、鱼、鸟之属充牣于其中。跨池支略彴，左右护以朱栏，上覆以瓦。池北层楼翼然，直栏横槛，制颇宏丽，盖皆前令潘君筱农踵前人之旧而廓大之。潘君之治斯园也，当光绪乙亥，不久即受代去，缔造多未完。余以己卯三月莅此，适值萑泽无警，频岁有秋，乃召徒役经之营之。池南俯以亭，楼之右为弦诵之室，直南十数武翳茆为屋，幽夐萧爽，消夏最宜。临街一面以堵易篱，公暇课园丁操畚锸抱瓮灌蔬以为乐。凡恶草之滋蔓者除之，佳木美箭之蓊茏而蟠结者扶植而灌溉之，浚渠使通以流其恶，积土成阜以辅其势，皆积岁月以成，于是园之规模略具。佳辰胜日，四方宾客之萃止，辄相与觞咏其中，余亦借以自息焉。夫官犹传舍也，今以东西南北之身而眷眷于此，毋乃近愚？虽然，犹病不能真愚耳。孙樵《书褒城驿壁》谓"举今州县皆驿也"，"当愁醉醲，当饥饱鲜"，"明日即去，何用如此"。今之所谓智，大都不出于此。余既不克勤于其职，如子厚所谓事成而理达，而窃簿书之暇，督场师谨完缮，尽吾一日之力，以求此心之安，冀鲜免于苟且之咎，且使后之官斯土者游息有物、高明有具，不犹愈于孙氏之所讥乎？然则余之愚终不可瘳，后之人苟与余同其愚，则斯园虽历久不废可也。

曾觙庵曰：谢客之山水、景纯之老庄兼焉，而纬以柳州、永叔超迈之气。

宁乡育婴田记

上古民气敦朴，人皆老寿繁祉，无扎瘥夭折，熙熙然生息长养，咸若于时。自井田废而贫富不均，于是一夫之力不足供数口之食，人乃以生为忧，至以己之所出忍自溺杀之。呜呼！世未有无故而杀人者，况天下之人相率而杀其子乎？是诚天地之患气，古今之奇变。然人之陷溺其心，相率而忍出于此，其亦容有不可以已者，有心世道之君子所当疾其事，原其情，为之亟起而救正之也。吾县故有育婴田，咸丰初黄陂郭公庆飏尹吾邑时与都人士所捐置，择士绅之廉干者司其事，岁以租入计口俵散，敢有溺者论如律，十余年来全活无算。顾事久玩生，奉行不尽如式，几于名存实亡。乃者县中复有捐置学田之役，事竣而资有余，遂以增置育婴田若干亩，事期核实，就成例而稍变通之，由是出入有经，穷民之受惠益无量。抑吾思之，贫而无借者得此，宜若可以免矣，若夫防范于法所不及之地，莫要于禁虐媳、美教化，是又在神明父母之有以揣其本，油然生其廉耻恻怛之心。张子《西铭》之言曰："民吾同胞，物吾与也。"其义至公以溥，固不敢望之人人。至目击婴婉之不得生，稍具人心者，亦当恻然有所不忍，即孟子所谓"今人乍见孺子将入于井，皆有怵惕恻隐之心"也。苟上下相与颟顸粉饰，不诚其心以求效于事，致令已成之善举不久仍习于奸弊，不特殷勤乐善无以趾美前民，即如道家所谓福田利益，吾恐其亏折减损不少也。可不惧哉！可不戒哉！光绪四年二月，廖树蘅。

新建紫宸宫记

由衡州郡河溯流百五里，有小市曰松柏，属常宁境。光绪丙申三月，余奉檄治矿水口山。初至，僦市屋以居，落落数十户，大半以贩吉贝花酿秫为业，人多悫愿，鲜市井驵诈之习。一日来相告曰："凡市必有神祠以供岁时祭赛。吾市无之，某等愿有事于此，且求济焉。"余曰唯唯。明年丁酉二月，中丞分宁陈公诘戎过此，入山视矿，余具以市人所请告，公慨然出银圆三百助役。于是众情欣跃，不数月集资数千金，不足由船户集钱以益之。盖市埠初不利泊船，自矿务兴，帆樯无远弗届，又下游淤沙坟起，无风水激射之虞，皆以为获神之佑，输钱恐后。适陈姓祠旁有隙地，愿捐作庙基，乃度地审材，经之营之。凡为屋两进，东西联以横舍，并宏巨壮丽。斫砻丹雘，有翼有严。中祀文昌、关帝之神，左雷祖右财神，旁舍祀水神，凡可以锡灵降福于吾人者，罔勿备。

奉安既毕，则又来请曰："寺庙必有主名，今合群神于一室，乌乎名之？市当县之北乡，乡名紫宸，即以此名吾宫焉，可乎？"余曰："可哉！"恽子居有云："王者进退群神之祀，凡以为民耳。其合乎天神地祇人鬼之典法者，秩宗之所掌，逢掖诸生之所诵习，百世不废者也。其不合乎天神地祇人鬼之典法而能见灵爽为征验，捍御水旱兵革，为天下所奔走，王者亦秩而祀之，所以从民望也。"今此之祀按之典法，虽有合有不合，而百家之聚，四境之内，风雨时和，年谷顺成，宝藏大兴，舸舰迷津，虽有虚警，旋获敉平，孰非神之式临以福尔编氓乎？则丰尔粢醪，腯尔牷牲，崇以上清之宫，蒙以紫极之称，夫谁曰不伦？抑即恽氏所谓王者亦当秩而祀之以从民望者也，夫何疑焉？工既竣，恰届三年巡阅之期，今中丞山阴俞公亦来山视矿，县官置顿庙中。公嘉民之虔于所事也，书楄以彰之，随来之监司郡伯皆有所题，于是松柏之神祠异于寻常社庙矣。是役也，以戊戌五月启土，九月告成，凡用制钱若干缗。董事某某出力尤多，例得并书。光绪庚子十月，宁乡廖树蘅。

新修莲花桥记

去余居东向约三里，曰石牌口，山水由口泻出汇为小溪，北行至珍珠桥，会横田、洞冲两水，又三里许入乌江。溪水触石善怒，碕岸受啮易倾圮。初出山，经黑石塘，岸益高，流益驶，跨溪支略彴以通行旅。数年前，溪岸为山潦所泐，彴随毁，行者病之。光绪乙巳，近溪之人醵资伐石为梁，梁之右有陂，产芙渠，命曰莲花桥，属余为文以记之。顾此地居溪山间，蹊径崱屴，不利轮蹄。而父老传闻，石牌口山内有公廨，今虽圮尽，土人锄地往往得古甓，墟莽中尝有花草萌蘖。循山麓西上，由洞冲之湖田仑过岭入湘乡境，当改革时，签民夫输送官物率由此道，民甚苦之。余闻而疑焉，以谓村僻不宜置驿，既而思之，其在何忠烈腾蛟于湖南开十三镇时乎？考当日衡州、宝庆、常德皆置重兵以抗本朝，迄我师屯长沙，各镇征调往来不能不绕避以趋间道，不然不应舍康庄而入幽邃也。丙午正月，湘潭王先生闿运访余园居，举此相质，先生韪之，附志于此，以见世变靡常，而此处之宜有桥，由来旧矣。工既成，用钱十二万有奇，董其事者为某某也。光绪丁未秋九月，里人廖树蘅。

豹子岭修路启

松柏至豹子岭约七里，为常宁至桂阳州达道，旧修石路岁久刓泐，廉者龋，平者陂，行旅病之。豹子岭至水口山约三里，故村僻小路，未甃石。光绪丙申，余适主水口银场，行者属于道，每逢淫雨，泥深没踝。会丁酉二月，中丞陈公诘戎南服，拟纡道来山觇矿。禾川龙公实尹斯邑，谓道茀不治，岂惟负戴者不便，抑且无以迓襜帷，乃慨然出银圆百圆，交绅董属役。余亦薄有佽助，而前年商人之开采此山获赢利者，亦各有所赍。于是由岭至山之道以成，地方一二耆贤复相与来告曰："峤道有成而大逵弗治，是彰吾人之慢也。况周官遂人沟涂之制，匪惟民利于耕，亦求有路以达于畿。今幸有旧可循，覆土以宽其畛，伐石以补其缺，因者固易于创也，愿率作兴事，以蒇此役。"余曰："岁比不登，正须休息，公等得毋劳乎？"则皆曰："频岁虽小歉，吾辈犹足自赡。发廪廥之藏以兴工作，贫者得食，漱者无渫，行者利安，一举而三善备焉。且使大中丞凭轼观之，得荡平之休而无诃于农之惰，吾侪小人为幸大矣。乃者浮屠老子之宫，迎神赛鬼之会，动累千百，彼昏曾不知恤，宁于此而反靳之？择可而取，毋抑毋滥，吾人自乐于从公，但乞一言以先之。"噫！有是哉！此邦之人之渴于义也。行道有福，古有明训，会见仁里之蒸为善俗，而日臻康乐，敢不濡管以资引喤？

曾觙庵曰：耆艾曼衍，其源出于庄子《说剑》《渔父》二篇。

营湘私议

自来论建都形胜，多主关中，李伯纪兼取金陵、襄阳。以余观之，关中虽四塞，而地高土燥，易致亢旱，八水淤浅，舟楫不通，贡道由河入渭，经龙门底柱之险，动遭覆溺。唐时荆湖等路，间由丹、淅转漕，而汹溪小舠不能多致，龙驹寨以上仍须驮运。毂辇之地，万国来同，飞挽之艰，较之东京汴洛又倍蓰焉。且立国长安，大都倚蜀为根本，唐时剑南节度常重其选，往往枚卜即出其中。夫倚一隅以灌输，已觉凭借不厚，况今蜀中情势与昔不同，措置偶乖，未获其利，先承其敝。故作邑西京，于周秦未废封建井田之时犹可，汉以下则利害参半也。金陵四达五会，百货流衍，较之关中挽运自便，然偏于一隅，明祖用之不再世而陨，至于今日，戈船上犯，则苛担悚然，不待智者，知其不可。襄阳一弹丸地，山谷堙郁，非万乘所居。伯纪建议南渡之初，权一时之宜，欲迩中原为进战退守计，播荡之余，苟相保聚，或犹庶几，今则时地皆不宜矣。顾祖禹有云："凡形胜要害，随国都为转移。"余则谓建都之地，亦当随时势为转移。方今藩篱尽撤，四夷交争，首善之区，鳞介杂袭，庚申一役，可为寒心。朝廷以和议相羁縻，恃盟约为可信，万一外夷败盟生事，旅顺津沽一有疏失，不知谋国者何以策万全？夫多难迁都，古今皆引东周为戒，不知殷以播迁而中兴，周之先王亦以屡迁而开国，皆三代事也。晋东宋南，国祚赖以不绝，明怀宗泥古而不知变，大命以倾，尤近事之较然者。然则欲为国家策治安，其在迁都乎？由前之说，关中、金陵、襄阳既如彼，则欲得形便之区，致人而不致于人者，其在长沙乎？长沙向称边远，按今舆图，居天下之中。军兴以来，人物之浩穰，阛市之繁丽，皆有蒸蒸日上之机，气先动矣。湘水出洞庭，折而东趋，金口、武昌迭为关锁，小孤、金焦砥柱中流，皆所以束湖南之局，他省不足当之。疆域则西通云贵，南连两粤，东界豫章，西北枕四川，而鄂皖承其下游。长江千里，悉归控驭，吴樯蜀舸，交织川途。凡建都之地，最患单露。秦中地接羌戎，燕都密迩边塞，故汉、唐、明皆有外夷之警，长沙则居里腹之地，无肩背单寒之虞。古来以湖南为险远者，皆以地接黔中，近于荒服，又洞庭风涛不测，不利往来。今则汽轮飞渡，若履平地。将来滇黔铁路能开，利且尽于南海。加以平畴广衍，豁然开通，民习耕战，兵食有借。或岛夷肆扰，则由吴淞以达江湘，扼要之区如江宁之金、焦二山，江西之湖口，湖北之田家镇、黄鹄矶，金口之大军山，湖南之岳州、湘阴、铜官渚、沩口戍、金紫湾、三汊矶，节节可安设炮台，以资防御。夷虽鸷悍，亦断难以兵轮深入长江数千里而进退自如。况湘水盈缩不常，秋冬水落，寻常小轮亦多搁浅，铁甲笨重，讵能驶行？抑兵法云：虽有金城汤池，无粟不能守，而物产资借于外，一有阻遏则困乏堪虞。湖南竹木、茶麻、煤铁之利足以供用，杭稻之饶甲于天下，故向来有"三楚熟，天下足"之谣，经纪得人，国不患贫矣。本朝仍明旧都，岁漕东南之粟四百万以实京师，河运之艰，耗三致一，而治黄治运，不能两利并行。道光以前漕河两大政，岁糜金钱近千万，而民间津折不与焉。长沙则万艘翔集，食货骈阗，无转输供亿之劳，有重关铁牡之固。昔昆山顾氏常论地脉矣，谓天下山川起昆仑，分三龙入中国，中龙最先发，北龙次之，南龙尚未发，至南宋始稍见端。洪荒甫辟，伏羲都陈，少昊都曲阜，颛顼都牧野，周起岐山、都丰镐，秦、汉、唐皆都关中，宋都汴，故曰中龙最先。黄帝始起涿鹿，尧都平阳，舜都蒲坂，禹都安邑，其后尽发于塞外猃狁、冒顿、突厥、夷狄之王，最后辽、金、元入主中国，故曰北龙次之。吴、越春秋时为夷服，孙吴、司马晋六朝稍稍王建康，仅偏安一隅，无百年之主，宋高南渡，立国百年，至明太祖始混一，故曰南龙发方始也。发而久者宜少间，则新发者当坌涌，何疑？以天运之循环而证以顾氏之论，金陵王气安，必不归入湖湘。抑余湘人也，楚人安楚，知不免于齐客之讥。然天下大计,肉食者或不暇熟图,草野一得之愚,容能窥见至隐。故娄敬,戍卒也,一言而汉祖寝都洛之谋。异日国家或有迁丰营洛之举,必有与谬论相合者,留此以为左券焉可也。

曾紱庵曰:先忠襄常持此议,以为乡人当蒙丰镐之泽,玉池翁独不谓然,以为历代居京师人罕至将相。以上随侍忠襄闻之扬州舟中。二公皆人杰,持论不苟同。瞿止庵相国为讲官时,具疏言建陪都,及入相,不闻再论此。窃谓本朝幅员当建数陪京,极北珲春,极西伊犁,极南番禺,极东上海,中央长沙。以铁路联之,以军镇辅之,仿古皇巡狩之法,春夏居北,秋冬居南。责任内阁常居北京不随扈,大事置驿以闻,小事则专决。羽林从者不过百人,嫔御帷帐不徙而具。南北飙轮五日可达,一岁而六京遍焉。不知作者河汉余言否耶?

拟言湖南风俗利病书

从来乱肇于失防,患生于不觉,必有人焉起而持其敝,然后潜移默运,消弭无形。譬之医者治疾,察其人尪羸已甚,必须以良药辅其营卫,庶可渐臻平愈,若其养痈讳疾,方药不施,其不至于危殆者鲜矣。窃谓湖南今日有三患焉,其病不在腠理而在膏肓,失今不图,后将难治。所患伊何?民嚣而不静、财穷而用侈、匪多而难诘是也。军兴以来,湘人从军者众,一人获利,众人羡之,于是远近承风,若鱼龙之趋巨壑,驯至陇畔之耰锄尽辍,百工之艺事皆荒,此风一开,势难衰止。夫捐亲戚、弃坟墓、冒白刃而出入危亡,原生人所甚恶,今不啻乐郊之适焉,岂非人情之变哉?迨至遣撤归田,尽皆习成骄悍,平日所执之业已不屑为,由是弱者惰游,强者剽盗,日流非僻,为暴里门,及为乡里所不容,仍然窜投军籍。而邻里中之本有恒产、素性良愿者,习见此辈不耕而获,不织而暖,亦遂怠于力作,喟然兴厌弃乡土之思,而民气之漓极矣。四民之中,士居其首,读书授学,何地不可自存,自有军务以来,大都投奔毛锥,驰情域外,弃乡闾如脱屣,视本务若土苴,不必凶年饥岁,壮者已散于四方,民心摇摇,无一日之固。间尝综全省大势计之,安于四民之业者不过十之二三,游惰居其大半。以大半无业之民,错处于九府四州之地,猝有灾变,岂能帖然?贾子曰:“安民可与行义,危民易与为非。”诚至论也。所可患者此其一。湖南本非财赋之区,自入国朝以来,经永明滇藩两次称兵,民力萧然竭矣。祖宗休养生息百余年之久,蠲租减赋,叠沛恩纶,故乾、嘉以还渐臻康豫,十室之邑必有一二素封之户,其余皆足自存。自广西寇起,当事以国计不足,举办厘捐,行之有年,势难停止,剥肤椎髓,几同竭泽而渔。年来湘人以勇爵起家者甚多,三里之村列戟相望,品秩既殊于庸众,服膳亦异于齐民,习侈导奢,浸淫不觉,乡闾转相则效,以致远近同风。因而富者渐贫,贫者益甚,内虚外实,枵若悬匏,求如嘉、道间家给人足,人人遂其养生送死之私,百不得一焉。且生物亦较绌矣,向来田地亩收一钟者,今只得半,甚至不及其半。推求其故,亦因耕者太少,致地利有所未尽。论者不察,动谓天下降康,岂理也哉?他如辰永木植、资邵铁冶、安化平江之茶,向皆置邸通商,颇称饶衍,今亦渐不如昔。岂真地有所靳与?毋亦他处销售不旺,山林采斫渐空耳?物产如此之薄,习尚如此之侈,天地之生财有数,用之不节,其何以堪?夫富者众人之母也,财者养命之源也,生人不能无欲,及至饥寒切体,虽廉者亦难固其操,况以嚣然不靖之人心适丁民穷财匮之日也!所可患者此其二。风俗贞邪,由于教化,教化之要,首在纪纲。孟子曰:“经正则庶民兴,庶民兴斯无邪慝。”湘省自经寇乱以后,匪案迭出,焚杀攘夺之事几于无处无之,就中尤以斋匪为最可虑。见在蕴孽于无形,伏烬而未发。其教以天方邪淫之术,杂取佛氏因果之谈,邪说本属不经,愚民偏易受诱,一人奉教,举室从之,男女溷淆,出入无限,甚至荐绅之家、占毕之子,间亦被其蛊迷。有司惮于举发,但求目前无事，亦遂苟且偷安。纵有一二良吏有心诘治，非寄耳目于士绅不足以资倚办，而士绅之廉正晓畅、真能任事、可信其不枉不纵者，亦实难其人。万一听任稍偏，闾阎之造福不可期而上官之严谴已先至。人情喜安恶危，避难就易，亦孰肯毅然为地方任此事哉？宜乎隐情惜己而不敢轻发也。夫汉末之黄巾，元明之红巾、白莲诸会，本朝之川楚教匪，何尝不因先事失检，厥祸遂至燎原？卒至劳费师徒，生人罹毒。殷鉴不远，可为寒心。或曰：方今营伍练习士卒，皆百战之余，设有揭竿之事，不难草薙而禽狝之。是又不然。古今事变之来，往往中于所忽，凡事钩连太广，滋蔓必至难图。秦、隋国势不可谓不强，一旦乱民乘之，遂成土崩之势。后汉段颎、张然明之兵威，能使氐羌震摄而不能胜张修、张角之妖。就令今之兵力实有可恃，必待兴师以劳挞伐，生民之受敝已深，何如先事解散之为愈乎？况今营伍正未可深恃也。所可患者此其三。以贫瘠褊小之湖南，加之以三患，非图之于豫，谁敢必其无虞？况湖南居武汉上游，为黔粤门户，形胜固云扼要，时平后服，世乱先变，民俗尤不易调，惟得人以抚之，犹足资以为用。昔人有言：楚虽三户，亡秦必楚。前代董卓之乱，孙坚率长沙子弟为诸侯先。苏峻之变，陶侃用湘州之兵戡除大憝。往者粤寇云扰，亦赖曾、胡、左诸君子纠合湖湘义旅，以剪凶顽。湘人之可用有明征矣。若不善用之，厥害亦略相等。尝读顾氏《方舆纪要》一书，其论广西形势也，谓："所出之途易，而湖南之险与我共之。""伐岭峤之材浮湘而下，席卷衡水，风趋长沙，湖南一倾则湖北必动，湖北动则中原之声势通。"及粤寇之窜，果不出其所料。是故湖南治，中原纵有不靖，可以徐起而定其纷；湖南乱，东南先受其敝，而天下之全局亦震。然则保湖南即所以保东南，保东南即所以保天下，不仅区区为一方计也。顾欲保湖南，非除三患不可。欲除三患，非州县得人不可。州县得人之道奈何？亦不外督抚之勤于延访而已。夫督抚之于州县，犹家长之于子弟也。家长之赏罚明，子弟自乐于效用。为督抚者，果能择有为之州县而假以得为之权，设诚而致之行，复随事加之督察，孚以恩谊，捐其烦苛，行之有恒，必有征验。方今积弊已深，一时诚难即革，然风俗之楛良随上人为转易，州县果能崇本抑末，赏善惩奸，事事将以实心，不徒为迎合上人起见，将风声所树，观感自深。王而农谓：建武初元，赤眉铜马之降众，数盈千万，而洗兵释甲，闾井晏然，虽由动极思静，抑亦寇恂、卓茂诸人抚绥之力也。然则化嚣竞为纯良，长民者亦非无道以处此。至财用衰旺之权，亦大半操之自上，果能省躬约己为斯人倡，并取婚丧宾祭之典、衣服饮食之事稍示制限，有勿率者虽微必惩，而凡山泽之利、市易之经有可为吾民生养之计者，不惜设法疏通，俾无遗利。盖民穷则返本，当此敝化奢丽，在百姓亦苦于欲罢不能，一旦示以准绳，为之开源节流，父老子弟以为上之计我身家者至也，有不奉令承教者乎？惟禁戢妖徒，宽则养奸遗患，急则激变堪虞，似乎艰于措手。然而握要以图之，终亦秩然而受治也。现今裹胁虽多，大都受诳于匪人，未必甘心于从逆。若斯之伦，直可贷其一死。惟传教之犯，法所必诛，惩一二人以警其余。执法严而用不滥，挈千百人而返之正，操术约而用不劳，又何反侧之不易安，事机之不易举乎？他如戈匪会匪伏莽虽多，为害犹浅，何也？若辈屡经创艾，其势已成强弩之末，纵有不靖，按之有迹，禁诘无难。惟斋匪伏机最隐，结党最多，此时虽若无能，及至气势已成，在该辈亦若为劫运所驱，而迫于不容已。凡事之发难也迟，则其为祸也烈。然则就三患而权重轻，觉邪教之当除更有急于二者。虽然，奉法者州县也，执法者大吏也，有实心然后有实政。大吏果有心除害，必先内度诸己，才略允堪济变，属僚皆堪信用，事事根立势举，然后下其法，使之推行，庶不大声色措湘民于衽席之安。若徒相镇以声，相高以名，妄肆更张，漫无筹画，则是乌附与参苓杂投，直同庸医之杀人而已，反不若泄沓者之暂可免害也。

故又不可不慎也。

王理庵曰:所指诸事,皆切中症结。三患中以斋匪为急,最得要领。又切戒不足济变者之以更张致患,允矣练达之言。远识吾所钦也。

曾觙庵曰:理庵之评极是。读胡文忠、江忠烈集,有数篇笔气与此相类,大抵办事之人然后有办事之文。今日少如此文,由于少如此人耳。评竟废书三叹。

此篇作于光绪辛巳之岁,距今且三十年。世变循生,所患比当日有加矣。后此不知所届。庚戌六月自记。

案:本文曾发表于《台湾文艺丛志》杂志,后收录于台湾《彰化崇友社贰拾周年纪念诗文集》一书,民国二十五年(1936)出版发行。现存于中正大学台湾文学研究所。

书《江忠烈公传》后

天之将治也,必生众君子,经营缔造,积数十年之久而道始光。其乱也,必生群小人,奸贪选懦,梗塞其间,而祸始极。迨夫势已糜烂,一时蒙被患害出死力以捍疆圉,必平日惜名义、重气节之君子,所谓奸贪选懦者不与焉。纵或朝廷振刷纪纲,间予严诛,幸免已不少,数年十数年之后,此辈复循资递转,忝窃禄位,又以成将来之厉阶。三代以下,治日少,乱日多,岂不以此哉?粤寇之乱,养痈固非一日,厥后捐顶踵、竭身命以与贼鏖者,吾湖外人为多,其中识机最早、起兵最先、任事最劳、致命最惨,莫如新宁江忠烈公。忠源公之从湘潭间道以趋长沙也,当咸丰二年八月,由余里门过师,余年尚幼,不知其他,第闻父老啧啧称江公纪律严明,师行无滞,尝一日逴百余里,心窃敬之。既而闻公殉难庐州,死事甚烈,长沙建三忠祠,公居其一,每因赴行省试,偕同人游览其旁,辄不禁肃然起敬,叹公之干略志节为不可及,更以仓卒殒命不克竟其志事为绝可悲。虽然,皆天也。使当日湘粤主兵者先后徇公之请,则寇不殄于永安,即歼于长沙。鄂抚某公不分公之兵,则提劲旅以凭坚城,必能严绝内奸,守死以待援军之至。天未厌乱,特多生偾事之材,到处与公相午,公乃氅氅焉竭吾一生之力,以遂其致命效节之忠。譬之稽天巨浸,操敝舟颠簸震荡于惊湍骇浪间,极口呼吁同舟谨持帆舵以图其济,而莫之应。嗟乎!公固沦胥矣,彼愦愦者独何益哉?厥后寇踪遍十六行省,国家糜饷以千亿计,掷数百万人之性命,历十数年之久,仅乃克之,始终不出公聚而歼旃之谋。是公之议虽不伸于生前,终见效于身后,公固可以无憾。独是天下蒙被楚毒,元气索然,不能不致憾于当日偾事诸人耳。是故朝廷不能无憸壬,不可使乘时以都崇高之位。世运不能无倾否,不可使贤者有孤立之虞。凝天命以弭乱源,炳离明以别淑慝,庶君子不受小人之祸,而天心可挽,祚脉得以永延。有国有家者,可不鉴诸?

曾般庵曰:纯朴而有作作之光,渊渊之声。此篇最完善,无一字可弹射。古文中自有俪语,昌黎最为擅扬,姚氏力避之。鲁男学柳下,定不及柳下先祖作《先正事略序》,结处亦有俪语。

书刘方伯瑞州军事

刘君景侨既以尊甫方伯公降寻甸回事,属其友人杜俞为文以纪之,一日谓余曰:"吾父一生事绩不仅此,尤伟者莫如复瑞州一事,子盍为我撰文记之。"余唯唯。景侨之言曰:"当武烈公之围瑞州也,吾父参其军事。瑞州城险粮足,绾全省之毂,寇所必争。官军数千顿城下,且数月,日有战事,终以地险难猝拔,武烈憾焉。一日誓众,期必举,师甫傅城,武烈中炮薨。武烈遇人有恩纪,部将咸来枕尸哭,全军悚然无固志。吾父见事急,攘袂大言曰:'吾兄惟不忍于一城久不下,糜国家巨万钱粮,使生灵涂炭,故不惜生命以图之。城垂克而主将亡,此何等时也,诸君不思并力攻城,为地方纾患、主帅复仇,顾乃相向作楚囚泣,泣其有损于寇哉?’于是众皆收涕作色曰:‘公言良是,我辈敢惜死?’回戈扨其城,克之,寇熸焉,西江赖以敉宁。”武烈名腾鸿,公之从昆,湘军将领中最有名者也。当是时,军无主,创痛之余,士气隳靡,非公一言,全军且为寇尽,东南大势亦摇,公诚有功哉!抑吾闻之,兵者机也,惟神识素定不为利疚,乃能审其机而谨持之,否则心先乱,曷有济?闻之张发濬,公性雅俭,与人言退然如不胜,及临大事则机牙肆应,心胆翕张,用能转败为功。贤者固不易测,岂非所谓神定而不为利疚耶?持此以定天下无难,宁仅一城一堡之功?惜乎当日无有上其功而竟其用者,毋亦公自不求禄于人,而人之知公者亦鲜欤?然公自此远矣。

曾赧庵曰:熟于湘军本末,故于言战事篇弥有风雷之势,此篇及刘朴堂墓志皆然。

次宜先生述

先生讳俨,字次宜,于树蘅为七世从祖。幼奇慧,七岁能属文,多险语,塾师呵之,自署其幅曰:“自后再作此等文,令天下人笑我。”师大奇之。十岁为学官弟子。家故丰于财。父芪甫,禀贡生,以经学负重名,为张献忠所执,不屈,断其右臂,人称为了翁者是也。先生于同辈所许可,惟与湘潭张璨、攸水陈之驱交善,同县推陶汝鼐父子,汝鼐其妇翁也。时湖南北未分闱,尝与之驱赴行省试,联舟洞庭湖,扣舷高吟,巨鱼惊起,跃浪有声。俄而风涛震荡,舟人大恐,先生与之驱吟益豪,饮益剧,风止浪静则已抵岳阳楼下。楼经新造,是日郡人方拟上梁,文未就,远近文士并集,分笔札较工拙,口哺稿数易,无当可者。先生微睨之,众喈曰:“若宁能办耶?”曰:“是何难!”援笔如飞,文成奥博,众皆骇服。乃更张灯命酒,询里居姓氏甚悉,良久乃散。先生之学不主故常,大要以通经致用为主。诗文特其余事,然所为制举艺得明人义法,不在正希大力下,人争宝之。故事,督学按部,必召诸生讲四子书义。先生讲《中庸》天命章，词约义赅，使者离席致敬曰："名下果无虚也！"用是大湖南北无不闻廖先生名。清兴数十年，湖外风气犹晦，当事思网罗才乂以兴发士气。先生从父乡贤公字昇生，以诸生膺巡抚荐，官茶陵州训导，先生亦经赵恭毅公聘主岳麓讲席，旋举博学鸿词。是时吾家仕虽不显，学行称盛一时。晚年以拔贡授沅江训导，辞不赴，家居课读，萧然无累。县人王文清，故先生门下士，文清治经颇觚析细碎，先生勿善也，彼此名重一时，而论学多不合云。先生臂力材勇绝世，尝徒手搏剧盗数辈。喜济人急，自内外亲及他士之寒者，倾资赒之无难色。主讲岳麓时，悯肄业生资用匮缺，出修脯佽之，坐是晚亦困矣，而气岸不衰，性无畦町。宅旁有湖，沕潏潜演，盛夏不竭，旱岁邻有乞其余者，曰："汪洋之水，何乞之云？"即日四邻增车埠数十，后著为例，亦不较也。所著《警亭文草》一卷，《息六轩诗草》二卷，《次宜制艺》二卷，县人黄遇隆、陶士偰为序行之。卒年若干，入祀岳麓山长祠。

案：廖俨所著《次宜制艺》，由廖树蘅辑录并刊刻，张发濬作序。

张仲容诗集序

张君仲容，余友福荄之从弟，凡为诗若干卷，余读而善之。窃以吾乡诗派自国初诸公竞沿公安、竟陵之习，作者无由自立，如廖大隐所辑之《楚风补》、邓子立之《沅湘耆旧集》，采摭不下数十百家，于沧洲、陶园三数公外，求其卓然可名家者不数数觏，甚矣其难也。仲容处湘乡之隩以能诗名，盖能深有所会而不囿于习派。往者随其兄福荄馆余季父家，余尝就福荄谈，间涉谐际，君则瞠目直视，噤不发一语。时以君方年少易之，及稍窥见其所为诗文，清夷和婉，能自拔于流俗，始大异之。自是每过福荄，必与君谈，君亦昵就余，迨严冬归里，犹书问往复不绝。尝一夕穹阴盖原野,雪花蔽空如掌大,居人皆掩闺卧,骤闻剥啄声甚厉,启扉则君与福荄至焉。家人尽揽衣笑起,篝灯治鸡黍,围炉煮酒,痛饮欢呼达旦,以为子猷剡溪之游不是过也。未几君出游吴越,买舟浮洞庭,登岳阳楼,蹑小姑金焦之岭,吊六朝故墟,由钱塘探禹穴,泛西子湖,以底于穷海极边之地。凡夫帝王卿相、忠臣义士、名流迁客战争驰骋,栖息回翔之地,每至必有诗纪之。君性峭厉,非义不合,游江介三载,未尝苟有所托。然三年之中,覆舟于扬子,病沴于润州,徘徊踯躅于吴山越水间,备极艰苦危险、惊怖非常之境。人或咨嗟悲恨而莫能自克,君顾处之怡然。所为诗益豪宕雄迈,与昔时殊,昔人所谓必得江山之助与夫穷而后工者,非耶?君既归,益治先世园亭,竹树幽茂,池馆轩豁,兄弟读书其中,声琅琅出金石。举凡人世之荣利、得丧、毁誉、忻戚无纤毫介怀,粥粥然未尝一知当世之务者。盖有相深于其际而人莫能测也。丁丑九月,君偕其乡人以试事来长沙,予适馆陈氏之闲园,彼此出诗文相质证,虽诸人所为各有以自见,然挈以君诗,则卒无以尚之也。盖天地山川草木之情状,与夫风云月露惊霆震雹之俶诡奇变,惟静者能窥而有之。故其发而为言也,浑朴而内蕴,天机四溢,有以尽古今之变而揽其奇。仲容静者也,宜其有得于此。是编始于壬申之岁,其时君年甫弱冠,而所造已可观如是,使更由此而深以学殖,捐弃凡近,以精求古人之法,日月所至,容能崭崭树立,杰然自异,而发名声于时,以重吾乡人,仲容勉乎哉!他日者,彼此人事粗毕,携此卷相过于青溪白石间,俯仰畴昔,当必更有振触于怀而不能自已者。留此以为息壤焉其可矣。

武军纪略序代

近世纪战之书称详核不诬者,当以我朝为最。开国《龙兴》一记,神功圣烈炳耀寰区,自时厥后,若赵翼之《皇朝武功纪盛》、魏源之《圣武记》、王闿运之《湘军志》，并皆典核精审，足备一朝掌故。原夫作者之意，亦匪仅敷鸿烈、晵德威也。兵兴战危，圣人不得已而用之，为揭示军事之本末与终事之艰难，亦后来得失之林也。余以武人洊阶专阃，忝窃已多，而戎旃所及，常在西南夷裔。冉駹、印僰之长，花门、槃瓠之遗，揭竿木拗苛筱以为兵，衡以粤捻各寇，凶狡诚有不及，区区偏师致果曾何足云？然而事会所值，亦有数难。山谷隩阻，径路杂袭，一夫守险，万众趑趄，难在地势。淫潦嘘蒸，毒瘴魂魂，前僵后踣，胔骼相望，难在气候。乍人乍兽，豨突鸟徙，军糈羽檄，动致梗阂，难在驿传。三者皆足以致我。昔殷宗深入，挞伐三载，伏波矍铄，曳足五溪，匪智力偶有所殚也。兵事千变，易地勿能为良，且焉知当日不亦有限于数难与？余始以一旅往来郴桂之交，入蜀而所部寖广，至黔则全军几三万人。时江淮虽奠，东南杼柚渐空，飞挽颇虞艰滞，驱数万饥疲之旅，日与姎徒从事于嶐岩大箐间，至穷万人之力，更历数月之久，不能铲一硐、夷一堡，必待腰緪束缊，飑行蛇伏，凿凶裂罅，冒九死一生之计，仅乃举之。而疠疫锋镝，颠踣于坑堑者，更不知所纪极。呜呼！憯矣！幸赖国家威灵，师行无阻，得以次芟除逆乱，而一念将士之出入肉阜血潭，魂梦犹为惊怛。然则所谓军事之始末与终事之艰难，亦有不忍任其放失者。守官边塞，老病侵寻，刺取昔年军牍，排比经纬，日竟数纸，付钞胥缮写成帙，非敢铺张微末以希著闻也，亦欲俾来者有所考耳。起咸丰己未，终同治癸未。以本军颠末在此，故他不著云。

宁乡刘氏族谱序

宁乡治南百里有汤泉，沸热不可手。《荆州记》谓新阳县惠泽中有温泉，盖指此。去泉里许有蒋安阳祠。宁乡故宋太平兴国年割长沙、益阳、湘乡三县地所置，陈承祚《蜀志》：蒋琬，零陵湘乡人。今汤泉适接湘乡境，征之故迹，准以地望，侯之故宅，当即在此。顾自汉至今千余年，环泉而居者罕闻人，自刘果敏公于咸同间以诸生出领戎旃，助平粤回各寇，始以智功勇名列于史册。而果敏公之弟朴堂观察、从子元樽军门并跻显秩，子弟之绾符绶、籍学官者复相望。天道不翕集不张，地气非积久不发，则谓汤泉之灵，自安阳后至此始一昌焉可矣。稽刘氏之先，由江西吉水徙湖南之衡山，明永乐时有曰薄碑者，由衡山徙宁乡之白石峰，其地去汤泉不盈十里，世以耕农为业。先世故有谱，入国朝凡两修，一修于果敏之尊人光禄公允慎，再修则果敏自秦抚告归时所手定。日月逾迈，忽忽又卅余年，朴堂虑岁久或有遗忘，与元樽建议续修，以编纂属藻秋学博。甫创稿而朴堂、元樽相继下世，藻秋惧日久放失，穷日之力重加编辑，而征序于树蘅，其言曰："余之赓续此举，体裁义例一准先伯果敏之旧，奉迁宁之薄碑公为初祖，以上列之总系。尝观吾同姓之谱，非远祖豢龙即近宗炎汉。至南岳诸刘自出舂陵，北宋人犹能言之。吾家来自衡山，非不知据此以为门望，顾传嬗远而宗系难明，毋宁守先训而征实于近。惟生齿、卒葬视再修时有加，不加慎审或有阙略，为戾滋大，不能不尽吾心。子盍为我发其凡？"余闻而韪之。明允有云："谱者，谱其所可知也。"侈门伐溯远系，乃六朝唐碑记文之习派，其时承曹魏九品官人之后，势处于不得不然。且去周秦犹近，若断若续之坠绪犹得而理之。今则中外一家，去汉唐又千余年矣，必欲溯原于赐姓受氏之初，不亦惑乎？兹编一遵先志，不敢偭越，可谓知谱之义矣。抑人亦有言："足于己者，无俟外援。"今刘氏一门，文武通达，方隆隆而未有艾。果敏殄寇之功，不在安阳专事一隅之下，家世之盛，岂止震十一时？继此以往，相保相守，读书治生业，自处于不可废，安见汤泉之灵不永永钟毓于德门乎？重违藻秋之意，用质言之，以为嚆矢焉。

曾赧庵曰：如青乌家先认主峰，次观少祖，文拈汤泉，其主峰欤？陪以安阳，其少祖欤？谋篇之善者也。

清泉欧阳氏族谱序

尝观各族之谱，多溯源汉唐以上，举一姓之名德巨望，衍为一脉，图表蝉联，蔚为巨帙。传嬗久而支分派别，转相涂附，世系愈不可稽。先贤先儒之裔蹈此弊者尤多。其实州壤各判，昭穆不能尽明，譬诸草木，区矣别矣。凡此非扳援华贵以张门望、希优免，即侈其生齿之众，图炫襮于里中单寒之家，甚非作谱之本义也。宋以来谱学之精，推欧氏、苏氏。明允《族谱亭记》只及近代，永叔义例稍宽，然亦只致详于安福公以下所谓八祖子孙者，何其慎也！曾文正《衡阳彭氏谱序》因欧阳公讽曾子固奉关内侯据为诸曾之祖为不能阙疑，文正亦讥公所著《唐宰相世系表》于巨族推其出于某帝某王，如屈伸指而数庭树，略无参稽犹豫之词，为不善阙疑。夫以欧阳氏谱学之精，犹来文正之讥，则凡承修谱牒而出于庐陵之系者，可不加慎乎？清泉欧阳在勤居常宁之松柏，尝述其迁湘之祖曰安世，原籍庐陵，为文忠四世孙，官湖南衡阳令，罢官后子孙即居县之西南境，为今清泉县地，递传有曰相、曰用、曰明者，错居清泉、常宁、桂阳州之域，生齿繁衍。自来谱牒皆合修，今适当续修之期，其居清、常两支人，翕然愿赓前典，而居桂阳州者则因岁比不登，举凶荒杀礼之说旅辞。在勤乃谋之于众，权举清、常两支而谱之，其于桂阳之宗仍详其先系，并著先合后分之由，以免将来之遗佚，属树蘅弁言谱首，以发其凡。余闻而善之。收族之谊，有经有权。同条共贯，举其所可知者而尽谱之，俾无遗漏，经也。时绌举赢，人有未逮，我姑叙本支以免放失，权也。权之至者，亦即无戾于经，此举可以无憾，夫何疑焉？余频年往来清泉、常宁之郊，与诸欧阳习，而于在勤尤深，喜其宗人循职分、务耕读，不失为方雅之族。今在勤与其族人赓续支谱，于不获已之中仍达其应尽之义，可不谓贤欤？夫事之守大义而又不深怫人情者，天所与也。吾见欧阳氏之方兴而未有艾矣,故不恤为之序云。

极平常事说得深合礼意,是以八家笔路阐六朝人议礼之识者。

欧阳母朱太孺人七秩晋六寿序

光绪丙申春,余治矿于常宁之水口山。距山十里,有市曰松柏,濒临湘岸,初至时僦市屋以居,借识市邻欧阳上舍藻。藻之为人也,朴属谨厚,练习物情,南轩张氏所谓晓事人也。常宁故析耒阳地所建置,山谷杂袭,饶五金之利。县属既山多田少,终岁所获不足以给众人之用,则相与伐山斫谷,笼银铅煤铁之利以济物产之穷,一时饶心计而善于其事者,或因此而擅奇赢,师师相承,寖以成习。藻独退然无所预,但以诗书稼穑课其子若弟,躬自列肆于廛,握牢盆权子母,习计然、白圭之业。或以矿务见招,则谢曰未遑。余心异之,试测之以言,则曰:"此吾母之教也。当先君见背时,吾母年甫三十余,藻兄弟五人,幼者犹孩,家故微也。赖吾母勤俭节缩,质明而操作,向晦犹未居息,折葼之训,不以孤子驰其严。今藻虽无似,而仲与季并承吾母之训,知勖书以励于学,仲且幸籍于庠。家虽未康,于先人所遗之产有加矣。至于坑冶之利,藻非不心艳之,吾母则诫之曰:'是不可为也。矿蕴于幽嵁,非穴地无以发其藏。水土之役,易致崩陨,惧不免于伤害。即侥幸有获,人之觊其利者,必百计以相倾笮,械斗讼狱由兹而起,是为得不偿失。其或因凿空而致折阅,更无论矣。家有薄田,尽供饘粥,勤力合作,足以长吾子孙。吾闻之:暴富者不祥。愿汝食旧无愿外也。'吾母之言若此,藻用兢兢勿敢忘。"余闻而喟然曰:有是哉!太孺人之贤也。自刘向创为《列女传》,后之修史者必裒录一代之贤媛以著录于编。然上下数千年,女子之以才德见者多矣,至于具高世之识、通究事物之理如敬姜、辛宪英一流,即书传中亦不多见。然则如太孺人者,宁可多得哉?

抑又闻之,太孺人不第优于识,抑且厚于仁。人或穷乏不能以自存,必分余粟以赈之,屡求而不厌,遇歉岁厚其施,远近之人并颂慕不少衰。自奉虽觳,延宾师必加腆。一家之中,幼子童孙既皆有事于占毕,一塾不能容,则分两席以课之,束脯之供、浆酒藿肉之烦无所悋。藻感母氏之劬,会朝廷捐例开,谋纳粟得诰命,推封其亲,太孺人不之许,谓与其入资以忝笄珈,何如隆师而课群俫?俫者,衡永间髫稚之称也。凡此皆于无意中得诸藻之自述,与其乡人之称颂云。《诗》有之:"釐尔女士。"说《诗》者谓:女有士行,故蒙士之称。吾于太孺人则谓不仅有士之行,且饶伟丈夫之识略矣。丁酉某月某日,为太孺人七秩晋六帨辰,都人士谋制锦以为升恒之祝,征序于余。余惟宣圣之论仁知,于仁之实归宿于静与寿。坤道主静,得一而有常,是以老寿蕃祉之征往往女多于男,静之效也。今太孺人啬己而厚施,其有合于仁之体。中更孀独,葆其贞静纯一之德,于以延其龄,大其门,而昌其子孙,所谓无成而代有终者,其在斯欤?重违诸君之请,爰粗述群经之旨,以明获寿之有由,为跻堂者晋一解焉。

姚母黄太夫人八秩寿序

树蘅诵诗至"无非无仪,唯酒食是议",窃以谓言各有当,此殆为妇人处顺者云尔。若夫际家道之曲艰、生人之蹇厄,惟是率中馈恒职,不思出险济变,以求合夫承天代终之谊,则亦非地道之正矣。吾于姚母黄太夫人有得而称焉。太夫人故通议大夫铭三太守之德配,现任广东永安县知县笃生明府,甲午科举人润吾孝廉、湖南候补巡检缉吾少府,国子监生溥臣上舍之贤母也。姚母故浙东右姓,中更衰落,至太守君益微。始以孤童育于外家杨氏,太夫人之来归也,即杨氏家成礼。甫逾月,太守君随其舅氏习幕蜀中,留太夫人依杨氏,居杭州,饔飧之供朝不谋夕。太夫人不欲以此累戚属,凡夫疏布之衣、粗粝之食、宾祀问遗之琐琐,悉取资于十指，复以其余致賟于夫之外祖母。由是内外姻党靡不称姚家新妇之贤。杭州擅丝枲之利，据湖山之胜，嘉道以前銮舆屡经临幸，增荣益观，自成丰豫。自粤寇傚扰南服，据金陵为伪都，苏杭居其下游，疆臣悉率以供金陵之师，以为增北府之防，塞皖南之阻，寇不敢东向以窥吾圉，人人恃以无恐，太夫人独忧之。杭俗多停棺不葬，往往积数十年庋置僧院。时太守君之母柩亦淹寄寺中，太夫人知杭当受兵，亟称贷于人以营葬事，不足则撤簪瑱以佐之，或有讥为不亟之务者，太夫人不恤也。居无何，太守君遣人以书问迎之入蜀。当是时，烽火遍江淮，蜀居长江上游，溯江上峡，水陆九千里，风涛之震荡、径路之岖险、猿狖貙虎之狂攫而惊嗥，昔人状其行路之难于上青天，所亲咸危之，群相尼止，太夫人卒不顾而行。凡七阅月始得达，时杭州已陷于寇，昔之穹宫巨观、高楣大第并成煨烬，杨氏亦阖门殉焉。每当深夜愔愔疏灯絮语，太守君既衋然于乡土之难未有穷极，尤深感太夫人智烛几先，妥先魄而离危祸，得有此相见之一日也。及太守君就官湖南，未及一月，即奉转饷安庆之檄。时江上战事方棘，往返必须绕避，又初至，资用乏绝，意颇趑趄。太夫人曰："此事他人不属而专属君，是上之人以君为才也。事济当蒙眄睐，家食不足，吾宁节缩以供之，行矣其无疑。"太守君遂行。及还役，果以此受知大府，不数年历宰赤紧，荐升牧守，声绩由此愈隆。当官宜章时，粤寇逾岭来犯，公私赤立，太守君拊循绥缉，昼夜督兵民登陴固守。事亟时，家人劝太夫人方舟顺流避居长沙，太夫人慨然曰："主君谊不负国，吾辈焉可负主君？设无幸，园池止水，吾与若并毕命于此矣。"已而援师集，城得无损，于是人皆服太夫人处义之精。自是太守君凡有泽及民物之事，太夫人必力赞成之。其他施及姻亲周急拯危之事，不胜枚举。太守君故廉吏，入仕多年不名一钱，无几微交谪。惟日以勤俭自约敕，洒扫补缀，为之不厌。子女劝其节劳，则曰："吾自安之，无所谓苦也。”太守君有男子子四人，女子子五人，惟笃生、润吾为太夫人出，余子生母并早世，鞠育婚嫁胥太夫人任之，诸子亦孝敬愉愉，感母氏之劬，各有所成立。以故太守君下世已十年，家声无替于旧。树蘅夙闻阃德，近与缉吾习，益知其祥。一日缉吾请于余曰：“今年十月为吾母八秩寿期，称觞于吾兄永安官舍，庭熙羁留湘上，不获随诸昆登堂进爵，博吾母一日之欢，愿丐先生一言书之屏幛，俾弟庭焘持归，陈之堂上，借伸望云遥祝之思，先生其无辞。”树蘅唯唯，惟愧梼昧无文，不能发皇徽音，谨摘懿行之大者叙之，以塞缉吾之请，为太夫人晋一觞焉。

刘惕斋先生七十寿序

光绪甲辰秋九月某日，为刘先生惕斋七十寿辰，适其次君以是年隶学籍，季静庵早廪于庠，有声湘泽，余子力田供养。一门之中，诗书稼穑各执尔业，先生高年怡愉，神明不衰。族邻群然知善之可为，而颂先生获福之有由，拟制锦以伸跻堂之祝，征序于树蘅。盖先生为里闬德人，静庵又从学有年，未敢以不文辞。夙闻先生内行肫笃，家故农也，薄田无几，皆自治之。幼时自塾归，其父必命之行田疏涧淙、缮畦町，与佣保杂作。父或负载于路，辄趋往代之，遇疾痛疴痒，扶持抑搔无斯须离左右。其事母也亦然。弟某颇佚荡，或深夜不归，则持扃钥以俟，至则启扉纳之，不令堂上人知，亦无责善之词，久之弟亦嘿感而轨于正。读书求心得，耻为章句口耳之学。国朝承明旧制，以八股文取士，俾习知孔孟之微言大义，法非不善，流暨既久，司文枋者奉行不尽如式，每命题辄割裂鉥析，名为避熟，实则自掩其荒陋。于是缀文之子皆束群籍不观，专取坊刻程文以相侔揣，单慧之姿，虚弄机彀，一艺偶合，循是掇巍科、膺膴仕，积资以登台鼎。士见出身非此末由，翕然趋之。朴学因此愈微，人材遂因此日窳。先生心知其非，自顾莫能正其失，仅一入试场以顺亲命，遂绝意科举，日惟从事于经史有用之学。深山草庐,一编自随,罔间凉燠。复捃摭史鉴中有关世用为人人所应知者,制为歌括,以诏其乡人,训其子弟。经师人师,所立卓尔,被其教者大都谨饬务学,不敢轶于人范,亦犹苏湖弟子望而知为出安定之门也。穿谓三代以下,学校隳坏,教与学两无所丽,中间如汉如唐如宋,虽孝悌力田,茂才异等垂为科目,冀以收作人之用,究皆名存而实不至,则以教之不豫故也。金元以降,自郐无讥。近因海祲不靖,当事渐知空文不足以弭敌,稍稍讲学,务兴工艺,以蕲复古者六艺之遗。而承其事者或阳奉阴违,或虚应故事。间有深知事会之来,非师外人之长不足以图自强,而于承学之选顾往往不择而育之,縻百千亿万之金钱,学鹄未正,流弊滋多,其患与阳奉虚应无以异,且或加甚焉。岂知体不立,即用不行,本实拔,斯末不举,此古今中外之通义而莫之能易也。不此致审而贸贸然行之,宁有幸乎?然则如先生之敦伦纪、习勤苦、劬书体验以衷实用,是即所谓本也,所谓体也。奉此以研求有用之学,何功业之不可成?惜乎达者之罕也。《易》曰:“天地闭,贤人隐。”方今世难未夷,群言淆乱,语以先生之学,非病为儒缓即讥其顽固,卒之孰得孰失,有识自能辨之。天道无剥而不复,数年之后,情见势绌,覆辙相寻,必有返求诸本体以大其用者,则先生之学昌矣。愿抱冬心,禁历冱寒,以待萌朕之一日,知天之锡先生以年,必有因此而愈笃者。故不惜引申其义,以为左券,且为先生侑一觞焉。

卷　二

艺芳馆诗录序

二南多后妃夫人之诗，诵《葛覃》《芣苢》《采蘩》诸什，悠然见成周盛时，女职恪供室家熙熙之乐何其厚也。近世女子之作，多流连光景，以求媚悦于人。不则幽忧无憀，戚然无以自处。师氏之训：不先学，不足以贞遇。动为境困，斯道所以日下也。树蘅读湘乡曾母郭太夫人《艺芳馆诗》，窃谓有合于古焉。太夫人为蕲水郭氏雨三太史之女，太傅文正公子妇，栗诚部郎之室，觙庵编修、履初、敬诒、季融三观察之母。门阀之盛称一时。微闻部郎君没京寓时，兄公惠敏公奉命出使海国。文正一生无余财，所处容有不易者。太夫人愍默自敕之余，第策励良子奋于仕学，以承先业，他无所问。洎诸子先后通籍，隆隆以升，福履丰腴，可以自愉矣。顾乃躬躬畏慎，无改于初。或就养往来燕南赵北江海繁会之区，目击世变，循生习尚之日趋傲诡，辄不禁感胸慨臆，情见乎词。迩来年齿夙暮，定居长沙，犹昕夕管持家政，不因老而弛其勤。人所难者勉为其难，人所易者不视为易。孔子论处约处乐之能长久，归本于有仁，如太夫人者，岂非得性情之正而善于处己者耶？是可贵矣。树蘅与觙庵交最久，今岁二月遇于长沙，以所为散文属其订正。会有山越之警，树蘅还故山。一日，觙庵以书来，谓："当城中爚乱，时惧惊，吾母亲率市人荷戈巡行衢術，及归寓，则取君文为下酒物，每尽一釂，击节称叹。吾母命广钧曰：'汝既善廖君之文，盍求其一言以序吾诗？'"龢庵以为言，不敢以不文辞。夫吾之文，曷足动人嗟赏？至太夫人此集，信可传后，为一代女宗之绝出矣。乃书此以归之。宣统庚戌六月，宁乡廖树蘅。

邬筱亭诗集序

桐城姚氏论诗，不薄明七子，以谓诗宜从声闻证入。余尝服膺其言，并服其所为诗。吾湘曾劼刚言：国朝诗于七言长句，当推惜抱翁。居恒以所见与余有合，得稍稍窥见作诗本旨，窃用自熹。盖古昔盛时，上自公卿大夫，下逮委巷寂寞之士，其发为歌咏，无论庄谐愉戚，类皆情词票姚，音中宫商，传所谓律和音谐也。流暨既衰，作者专务翻前民窠臼，于是以拗涩为古，以幽僻为奇，极其功能所至，居然自成一家。欲其舂容铿丽，有合于风人之则，鲜矣！姚江邬君筱亭，少孤贫，试吏于湘，既而不乐卑栖，去而入幕。守其节母之训，终身俭觳，刻苦自励，用能葆其贞素，发声名于时。一时东诸侯之闻其名者，争相延致，惟恐其不得当。盖人皆知君为佐治才矣，顾知其能诗者甚少。光绪己亥、庚子之岁，余以治矿权清泉校官，君适居州幕，既彼此相识，通殷勤，乃各出所业相印证。时王先生壬秋主东洲讲舍，评君诗声音浏亮，词事相副，且决其晚遇必亨，君闻而为之益勤。及余来长沙，君为院司治文书，踪迹仍在一方。一日，出其先后所作见示，盖已裒然成帙矣。于薄书堆中，为之不倦，而格律益古，不能不服君才之优。唐代诗人如高达夫、杜子美，皆回翔大藩，借山川人物之阅历，以昌其诗，遂卓然为古今诗人之望。然二公者，或崎岖边塞，或流离山谷，愉适少而困踬多，今君平流相羊，所往来为东南泽国，有啸歌之乐，无尘𡒄之累，所谓晚遇者，非耶？君待人有终始，累出气力拯人于险。平生啬于用财，独扶济困难之交无所吝。其性情盖有余于诗之外者矣。世未有无性情之人而能成就一事者，独诗也欤哉？

宋元良先生传

宁乡之西南曰温泉乡，有隐君子焉，姓宋氏，名宗万，字元良，国子监生。先世故右族，乾嘉之际稍替矣，至先生之父，始以勤俭兴复其家。先生席先业，子能持家，终身宽然，不问有无。道光时，里中物力丰浩，颇务华侈，先生独无所与。所居近山，嵁岩邃谷间，多盘根樛枝，历落相映。山春初和，率僮奴穷历险远，锤幽凿罅以出之，归而罗植庭院，润之以清泉，芟其灌翳，拗其柯节，久之枝叶骈互，层出如掌。先生喜之弥甚，宅前后遍植，几无隙壤。终日箕踞苔岑，目营魂与，皇皇焉，至于忘昕暮，废寝馈。人或过其门，辄曰："能从我一涉园乎？"有誉其树者，则益喜，或即推赠，无所吝。盖人心必有所寄，而后能屏外营。痀瘘承蜩，宜僚弄丸，艺也，而道存焉。富岁，子弟酣豢，罔所事事，故声色狗马之事以起，先生独能守约，不染敝习，借此以怡其情葆其龄，并以持其盈，可不谓犹贤已乎？性伉直，人有不善，面折无隐，然实无容心，其人能改，遇之如初。宋氏与廖氏世姻，先生与先君子年相若，两家结欢久，往来绝勤。先君质直略同先生，余尝从容婉讽，恐府怨而为人所疾，先君卒率恒性不为动。及今先君与先生殁皆有年，远近并颂慕不少衰，而我辈之自托明哲者，言行转未孚于乡里。以是益知自治之疏，平日之所以事亲与测先生者，多未尽也。先生虽未管家政，能以勤俭率其子，晚年家日有赢。配杨孺人，慈淑易良，能称先生之德，同岁卒，年皆八十有一。

杨范臣先生传

先生讳亦模，字范臣，宁乡人。明之季有萧庆四郎者，为杨氏赘婿，遂从其姓，先生其裔也。曾祖某，祖某，并有隐德。父某，武生，早世。母王氏，有子二人，先生其季也。生九岁而孤，恂谨如成人。稍长随塾师学，为制举文，理致深厚。尝以例贡生读书岳麓书院，院长欧阳坦斋雅重其文，屡列高等。顾连试有司不利，遂辍去，专意治生。家故有田数千亩，所居云木阴沉，陂湖潜衍，跳鱼集鸟，涵育喁喁。先生优游林下，不二十年，资产倍于前。道光中叶，吏法刓敝，刁民以岁旻，朋索富者之门，稍不满望辄撞搪叫呼，毁厩发廪，掠其粟帛牲畜以去，或决堤刳堰以泄其水利，形同寇掠，莫敢谁何。里魁伍伯，阳为和剂，阴实主之。讼之官，漫不訾省，而丁胥贪婪，至破产不得一直。先生夷然任之。有以非分干者，召里邻谕劝，量与以钱，不轻涉讼。或明知里魁构煽牟利，但倚其驵诈，足资我用，亦遂容蓄，不相擿发，俾为害不至已甚。以是人多颂杨公长者矣。乡俗，贫户举女不能自育，辄夤夜送人门外，啬者略予财帛，转送他所，设遇冱寒，多道毙。先生之门，送者岁以十数计，每拾一婴，立予粟十斛，发佃人养，为童媳。屡费而不吝，故环先生居少鳏民，亦无自杀其女者。其后县人敛谷为育婴公社，岁终按口俵给，所给少而散不以时，婴之得全者寡。于是里人益思先生。军兴，捐例开，县置绅宦数人，按户验索，名曰劝捐，幽囹圄受笞者，哀号相续。宁乡凡派捐十一次，先生闻令，则率先输助，前后近万金，大吏益称其贤智云。自奉俭约，冠裘数十年不易，敛藏谨久而光泽如新。所居之室，净丽无纤埃，喜莳花墀墄间，翠碧鲜腴，芳风不断。间为小诗，有韵格。工擘窠书。居家有常度，饮酒未尝过三爵。甫明即起，僮奴数百指，各授以事，部勒井然。体丰腴，不苟言笑。人有干者，无少长，皆以礼接纳。粟虽多，终未尝受议叙，后以子四品阶封朝议大夫。配彭氏，封太恭人。太恭人性慈俭，能佐先生有其家。同治十年十月，夫妇并跻八秩，距其初婚时适周甲子，戚里跻堂为重偕花烛之会。是日丝管铿锵，内御者拥太恭人，花簪翟衣，与先生交拜成礼，风外大欢。明年，先生与太恭人先后卒。子曰炜，曰熿。孙五人，曾孙三人，玄孙三人。余家与先生有连，知其内外事甚详属，其孙名岳峻者，列序先生事状，属为撰传，谊不敢辞，谨摭其大者书之。独是先生殁才二十年，里中敦庞廉俭之风，稍不如昔矣。传先生不禁婵媛太息也。

刘笏泉先生传

先生讳丕文，字笏泉。先世有曰经源者，明成化时由江西庐陵徙宁乡衡田，再传曰峣九、曰峣十，并以资雄里中。会有临蓝矿贼之扰，兄弟筑堡以居，坚墙厚闳，绵亘里许，前列圭门九，形制甚伟，今犹存其一焉。先生为峣十之裔，曾祖曰达生，祖曰添擎，父曰敦五，仍世务农。敦五生先生兄弟五人，先生次居四。一门之中，秀读朴耕，家日隆隆起。先生以习专经登嘉庆戊辰乡榜，连试礼部不利，居家奉母。母年近九十，高年怡愉，五子环侍，极盘匜瀡瀡之欢。田园邸第，日增式廓。先生饶干略，县属有大兴革，多倚之为重。道光中叶，江华猺煽乱，提督连兵进剿，县当孔道，兵差络绎，县令按饷征费应役。资已集矣，院司不善所为，严檄罢征，已收者悉还之民。令窘，谋于先生。先是县人有欲于南关外建浮图，绌于费不果，先生为具请大府移兵费造塔，允之，令得免议。由是德先生甚，投契愈密。先生于县事利病，知无不言。未几，令因他事嗛之，摭浮言腾书大府相齮龁，几中危祸。人多不直令所为，先生自是亦杜门扫轨，不复与闻他事矣。是时里门物力丰浩，又丁承平无事之日，家有歌伶，岁时宴客辄出以侑酒。先生故精音律，伶人度曲偶误，则召立筵前，亲为正拍。酒阑人倦，或即颓然偃卧座上，不复知有主客。近世王禹卿，行无远近，必以伎乐自随，及客去乐散，默然禅定，殆其流亚欤？生平邃于制艺，亦喜吟咏，著有《槐阴阁诗草》一卷。余尝登里中石牛峰，见镵诗其上，字用隶法，扪苔读之，略能辨认。诗有寄托，视彼沉浮于世事而不知返者，相去盖远也。先生为先大父业师，其孙有字紫香者，苕秀绝伦，与余有交，惜早世，不竟其业。余惧先生之流风久而就没也，为条列其大概，俾他日志地者有所采焉。

张子均传

张君子均，逸其名，湘乡弦歌里人。性疏脱，善饮酒，醉则吃吃笑不止。常数月不沐浴，敝巾曳履脩然也。好买书，得钱辄付坊贾，然不甚珍惜，多散佚。喜谈兵，料事奇中。咸丰初，粤寇僭号江宁，君曰："寇习邪教，无远略，直成擒耳。"六年夏，斋匪倡乱，倚湘宁接壤之罗仙寨为窟穴，县令集团丁数千，赭其巢，复言大府，请大发兵。君曰："么麽贼，吏卒数十治之有余，征调何为？"事后，咸服君言。君精拳勇，性豪宕。少尝赘湘潭某氏，某故富于资，妆赍奁物田产甚丰，君置勿顾。妇翁以其不事生产，微讥切，君怒返其田，绝去不与通。尝扁舟往来江湖，一日登黄鹤楼，醉书壁云："故园心事促归程，好趁蒲帆泛泛轻。回首长江万余里，一波未了一波生。"读者可以想见其概矣。同治三年，大军克江南城，君时佣书军中，随至伪天王府。金钱狼籍满地，人争攫取，室中缊火焰熊熊，就视皆宋元人墨迹，急灭火出之烬余，罕有完者。君顾喜甚，囊归长沙，出以示人，有爱者即分持以去。余尝于张发濬所，见山谷诗册半幅，残缣断楮，犹然希世珍也。晚益困，冬无裘夏无帏，或连日不得食，则撷溪毛杂糲以食。有遗之粟者，拒勿受。当乙卯、丙辰间，余读书里中之阳和堂，君时僦塾旁屋以居。同学十余人，惟余年最幼，君顾喜就余谈。一日早起，谓余曰："夜来月色如银，窗外紫丁作缬，风来甚香，殊适也。"窥其突无烟，问其邻，绝粮已两日矣。其孤洁自好如此。后不知所终。

曾觙庵曰：写独行逸民，有海山缥缈之致。

萧云阶先生传

先生萧氏，讳震万，字云阶，湘潭诸生。父曰恒斋，迁居宁乡五都，又为宁乡人。先生性严重，为学刻励自致。嘉庆时，罗鸿胪典主讲岳麓书院，先生从之游。鸿胪治朴学，教士有法，先生尽辍所学而学焉。中年客授于外，学徒多务速化，习八股试律，不能尽如先生之教，稍稍引去。自是闭门扫轨，专力治经。尝隆冬负暄南荣，布裘毡笠，手一编，咿嚶不辍。或有劝其少休者，笑曰："老不读书，死为鬼亦汶暗也。"治家绝严，内外斩截，至有佣其家数年未窥其疱者。悯乡俗礼教衰薄，手订婚丧祭礼，沿朱子之说稍变通之。平生不喜阴阳神怪吉凶之说，中堂奉四代栗主，无渎祀。禁子孙勿入剧场，至今犹能守之。咸丰壬子，粤寇犯长沙，聚掠村闾，联艅由瓦官口入，去先生居不远。一日，寇愈逼，先生冠服坐堂皇，命家人坎地置椑，曰："寇来尸我于此，汝等逃生可也。"既而寇不果来，先生得无恙。晚益喜研经，通究大谊，所著经说，亦质雅入古，其存者皆所手订也。子曰骥、曰骅，骥诸生，以诗鸣。

张君福荄传

君讳发濬，字福荄，一号篆星，湘乡人。父治家严，君以长子，督望尤切，自龆齿至于成童，每放学，不离父左右。年十六，父命习医，君泫然请勿徙业，父悯之，始命出外就傅。君刻苦自励，昕夕罔倦，不数年学大进。试郡县，辄有声，顾不利学政试，年四十始受知郡伯童公，录第一，即于是年隶郡庠。君学务博览，经史百家之书，过目不忘。其见赏童公也，经题为"金铁皮革筋角齿"，君援据经典，钩考襞绩以缀于篇，入场固未携一字，闻者骇服。湘中嘉道以前，士溺于时文，束群籍不观，间有学为唐宋人之文者，绳以义法，多未有合。自周星叔、邓子立两先生别裁正伪，途轨始正。曾文正集其大成，柈湖、玉池益赓其绪。于是湖外之文，几欲与江皖名家争席矣。君生文正之乡，渐染遗则，与里人章瑞坦兄弟讲求诗古文之学，以倡导后进，乡人翕然从之。性耽游览，遇山水清胜名人故迹，辄盘桓凭吊，以寄其旷远之思。所居故南宋王侍郎容故里，容以淳祐十四年登第，至今犹名其地曰状元坪。坪中银杏大可十围，磊砢轮囷，枝蘖骈互，君暇辄招其群从及里中友，藉草树旁，流连忘反。涟水出珍涟山，绕县城东下，风漪沦回，清澈可鉴。江上有山曰东台，树木丛翳，磴道盘纡，梵宇琳宫，离离造香，风景雅类麓山。君常与同人置酒山寺，赋诗以为乐，绘《东台看云图》，征人题咏。嵬俗之子至榜游者姓名于交衢，以君名列首，同游病之，君笑曰："兰亭竹林，风期千古，当时宁无恶其标置以相诙嘲者？由今观之，定何如也？"其自憙好遨益甚。法人败盟之岁，诏起湘中夙将，聚于海隅，君亦随众出游。心既无所系属，遇乡人主兵者，疏脱无加礼，或疑为亢，其实无容心也。所亲有专阃衢州者，迎居署中，留数月以归。自是游亦倦矣。洪彭生述，为君门下高材生，诗文奇丽，余尝拟之徐祯卿，不幸早逝，君哭之恸。盖生之事君犹父，又能驯服君之教，发声名于时，以为君重，故丧予之戚，日久不能忘。君虽脱去畦町，而内修特严，人有不谊，去之惟恐不速。一日与余同客省门，见冶服佚游者，顾谓余曰："若辈安所历劫，吾与君庶其免乎？"余举左未生答方望溪语为进一解，君笑颔之。君长余十岁，卒年六十二。两娶皆举子不育，纳妾亦无出，以弟之子主后。女四，长为余长子基植妇，婉顺宜于吾家，屡乞为君撰传，曰："吾父蹇困一生，著述多散佚，非得大人一言，后将无征。"言毕累欷。余哀其意，为举其所知者以传之。虽然，余亦曷足以传君哉！

曾歈庵曰：文有诗心，无句可摘。

张君研吾传

君讳运翚，字研吾，姓张氏，国子监生，邑之飞凤都人。先世以典商起家，至君之祖讳国某，益恢大之。所居滨河，方志所谓乌江也，土沃水清，擅林壑之美。君生十岁而孤，弟运某尤稚，母李氏守节自励。君以幼孤失学，专力治生，凡殖材于山，艺种于田，饫豕于牢，种鱼于陂，穷日之力，躬率佣仆为之。林垌沼沚或有堕剥，立召工役修缮，多费而不恤，力劳而不驰。人或以为不急之务，劝少缓以节虚縻，则曰："有基而坏之，是弃也。且吾虽费于目前，终必取盈于后日。吾之居积，固与人殊也。"为之愈益勤。不二十年，杉竹连山，陂池潜演，凡所规措，靡不饶衍。咸同之际，里中富室多中落，独君撍拄勉完故业，则以林沼之羡，有以缉其匮也。树蘅尝慨吾湘少久故之家，往往祖父丰盈，不再传即更衰落，弊由习侈，不能时其丰啬，传嬗久，生齿繁衍，一析再析，遂以无余。又子弟习成骄惰，不屑亲琐事，一任田园荒秽，僮奴侵盗，如此安得不日入于窭？如君者，庶几能保世矣。君性俭觳，一裘历数十年不易，而事亲则不敢恤力。母性微卞，愉愉承颜，务得其欢心。与弟析居有年，母以季子不善经纪，命复合爨。弟殁抚孤侄，曲有恩纪，终君之世，与侄同居，无几微见于颜色，人尤以为难。以光绪二十二年五月二十三日殁，得年六十有四。娶李氏，子三，振襄、拔襄并茌秀，工文词，善书法，先后补学官弟子。拔襄从余游有年，一日以状来乞撰传。余知君甚稔，故为书其概云。

刘质亭传

世习脂韦厌戆直，人有执义不阿者，比俗之人往往惮而远之。及其人已殁，则相与咨嗟叹息，以谓某君正人，使犹在，我辈将有所恃赖，今无其人矣。吾于刘君质亭有取焉。君性伉直，遇事棘棘不阿，大义所在，则为之必力。家仅中资，于先人祠墓，常率先捐重金以导其族人。人有行不合谊者，面折峻责不少假。受者虽病其椎直，然鉴于无他，亦自屈服无孕恨。余家与君居毗连，溪上之田犬牙相错，彼此雇佣力耕耨，勤求粪田之法。年来人力匮乏，农家多运谷至外埠易枯饼以为肥料。枯饼者，鄂皖所产吉贝花落，其实压油既尽，所余渣滓规为圆饼，碎而扬之田中，性热易发苗。然循用久则土质渐坚，田受病，每岁使米粟外溢，费亦不赀。余仿《周礼》草化之法，市肥草、红花、油菜诸籽种，于获后散布田中。方春芳华满垄，谷雨前腰镰刈之，浸之水土中，越宿而腐，泥质经化，坟起红润异常。秋成，实颖坚栗，获有赢。然布种必禁牛羊践龁。方建议，时人多以为不便，群起挠之。独君以为可行，共相维持俾勿坏，至今人食其利。楚俗明禨尚鬼，乡有水旱疠疫，则敛钱召羽流斋醮以求禳解。余以事涉不经，谕止之，故吾里数十年无设醮演剧之事。君虽与余衡宇相望，而图甲各异，力不能违众禁制，遇里人有执戈扬盾之会，则闭门勿与，而深以余所执之义为然。即此见君处事之不惑，可以破时俗之愚。而余之雅重君，亦非尽出于同己而阿好也。光绪辛丑二月，君下世已两年，其孤乞为撰传，乃摭居乡治田之事，拉杂书之，盖欲存其真且砭薄俗也。

曾觙庵曰：似徐玄庐农政书中文字。徐文在明末殊博奥，有法度，顾无称之者。

龚君识昭传

六行孝称首，犹五常之仁，五行之土。物物各有其一体焉。五者一不备，即不得谓为孝。东汉重名义，末流至事亲亦多矫饰，朝廷从而褒之，过矣。岂知本实先拨，他行举无足取。吾于新化得一人焉，曰龚春丝，字识昭。君少孤贫，兄弟五人，伯仲季皆早世，君与叔兄奉寡母居荒园老屋中。兄喜遨，恒屡月不归，君独力治园，鬻菜茹充养母，有疾昼夜不离左右。母嗜饴，食时喜分甘幼稚，君市两盎置床头，时其有无，令无缺乏。置钱枕畔，以充老人不时之需。几几乎陆氏所书崇明老人轶事矣。所居曰北溪，故有市廛，市人廉君勤能，招使主进，旋与共业，用此所入渐有赢。母以某年月日卒，年九十三。君恸母早更穷乏，罄所有以营丧，或以称家规之，勿顾也。毁甚，隆冬席地得寒疾，甚惫，所亲以君病重，起攒时未令君知。君见柩已出堂，则哀号徒跣从之。时舆机者正渡河，舟离岸数丈，君凫水奔赴，凶几灭顶，赖会葬人多援之起。见者感叹，以谓如龚君者，庶几知有亲不知有躬矣。兄性豪健，不较资产有无，视君勤俭缜密，宜若难合，而同居数十年绝无纤芥。后因食指繁，始议析爨，兄年八十四，君亦六十有八矣。待亲故曲有恩纪，有父子两世居君家，赖以濡活者。乡邻有讼，必竭力营解，劳费无所恤。会其家不戒于火，市人有乘之窃去财物者，诸子拟讼之官，君不许，曰："天之降灾，其必有由，修省之不暇，其敢造怨于人，以重吾殃咎乎？"君虽废读早，晚年留心书史，能通大义。教家绝严，子妇入门，必举班氏《女诫》及蓝鹿洲《女学》相约敕，风外斩然。没年八十四。属纩之前日，冠服谒祖先，力疲不任拜跪，命子代成之，可谓造次不违矣。配某氏，先君二十年卒。子孙籍于庠者四人，迹君一生行谊，无一不根于天属之爱，故能得天厚，而子孙盛昌。武陵杨彝珍著有《北溪翁因果说》，盖言君也。因果虽彼法中语，然与禹谟影响之义有合，杨君盖有见君惠迪所由来，而推服深也。是可传已。

廖树蘅曰：新化故梅山蛮，北宋时始置邑，土厚而水清，数百年来士崇朴学，风尚纯古，至国朝人文益称盛，岂非山川之气堙郁久而发之弥光哉？孝义如龚君，其人庶几赓续前轨，足为乡土重矣。宋人于梅山一役，多诋章子厚为生事邀功，使终守闳塞之义，安得才贤接踵如今日乎？以此不能无慨于元祐诸贤矣。

曾觙庵曰：文幽折有致，起结尤善赞扬空，别有寄托。龙门创之，六一翁仿之，亦渐有科臼矣。

张节母传

节母廖氏，宁乡人，树蘅之从姑也。年十九适张芸桥，芸桥髫年入县学，颖秀善属文，伉俪甚笃。逾年生一女，子不育。又二年，芸桥死，节母哭尽哀，计以身殉，家人防之密，未得间，然祈死之心，无一日或忘也。芸桥兄弟三人，皆无子，亲属无可继者，其姑悯其无依也，谕暂宁母家。张氏与廖氏世姻，因细故积有违言，节母益不安。一夕，家人咸寝，节母窃利刃自刭，不殊血淋浪流枕席有声，婢媪惊起奔救，气息仅属，母兄傅以良药，得不死。已而泫然曰："嗟乎！胡又使余得生乎？"自是凄惋益甚，或终日不发一语，越三年乃卒。夫兄字竹人者，哀其志，启芸桥之圹，俾合葬焉。

论曰：节母既没之四年，树蘅从母张安人尝言：当节母议婚时，其家探灵策于里中之神繇，词谓宜得贵人，众莫喻，今而后知神语有由耳。安人者，节母之小姑也。余尝读归熙甫《陶节妇传》，亦云节妇将嫁而其夫已病，妇父玉冈将之官，卜嫁之大吉，遂归焉。人特以妇为不幸，卒其所成，为门户之光。噫！如节母者，巨非吾家之光哉？

王理庵曰：于此集中为别调，亦允为佳文。

先考墓道述

先考培吾府君既殁二十有九年，碑墓未立，不肖子树蘅夙夜从疚，不能释然，会将之学官任，惧去远而修治无期，乃召工伐石，封筑如式。匆遽未及求名公撰表，爰自叙述府君一生行事，刻石以揭于阡。我廖氏，先世大抵皆务农，至我高祖克昇公，以勤俭起家，为里中富人。曾大父孔殷公始读书。大父芬田公益勤其业，精研经史，往往得要旨，复躬行孝悌，推让同气，为人情所难。育府君兄弟三，伯季两父均能文章，工书法，郡县屡试高等。府君少病瘵，辍读最早，然所为文艺，词理均可观。二十以后屏居一楼，慎自调护，三年未尝食盐醢，后遇良医，疾得痊。年三十余，吾嫡母张太孺人无出，生母杨太孺人育一子，即树蘅。府君以三世劬书皆未遇，课树蘅读特勤。甫四龄即令随季父桂汀先生读书，九岁出就外傅，稍长命赴有司试。尝徒步遣送，天雨泞淖，不以为劳也。道光末纪，谷贱钱荒，有司征漕，逾常额数倍，闾里重困，吾家亦由是中落。府君素喜治田，至是为之益勤，日役佣保百余指，亲历陇畈周察。府君既恃医药为命，病诸鬻药者多杂伪品，动至杀人，乃就家列肆储良药，以应人之需。府君性质直，遇事不苟为掩阿。粤寇起，乡人奉令练团，宁乡分十都，都有长，都析十区，或十数区，区有率，助令长清查保甲，严守望，略同汉世游徼啬夫之任。县令廉府君正直，檄使治一方之事，亭决可否，一秉至公，乡族之顽，颇不便之，间亦因此受累。及府君殁，则无贤不肖，并称颂无异词。或遇难处之事，辄曰："使廖公在，宁有是哉！"吾家自四世祖庆云公由长沙迁宁乡横田，支裔散居湘乡、安化、益阳、新化各属，祖墓在今二都乌牛山之椒，数百年来，祠祭缺如。自吾大父芬田公于道光庚子襄买墓田，然后梡嶡有可供。自府君于同治庚午添修丙舍，然后主祏有所庇。大母伍氏、姜氏、曾氏、孙氏，葬里中神山庙之左原，蓬蒿未剪，则列碑甃石以表之。复为五世祖万熙公、十八世祖子成公襄立祭会，岁时率子姓奠献如仪。宗牒旷三十余年未修，卒葬渐不可考，发议赓续之。凡属宗族之事，知之靡不为，为之靡不力。时公私皆无羡余，并由艰苦拮据，勉强以几于成。人谓非府君之诚不至此。府君虽老于田间，于当世之事最留心。咸丰初元，粤寇俶扰南服，府君于邸钞中见曾文正、袁端敏言事之书，慨然曰："有臣若此，贼不足平矣！"就灯下亟录之。时树蘅甫十一岁，见府君忻喜之情，至今犹依然在目也。凡遇名臣疏议有关时政之大者，必手钞之,积久合为巨帙,殁之先数月,犹钞纂不少疲。湘乡洪彭述赠府君句云:“满院松花点苍雪,白头编写史宬书。”盖纪实也。府君一生勤俭刻苦,无一日自逸。周甲后,树蘅以诸生负米于外,已有四子绕杖而嬉,府君顾而乐之,惜乎其不久也。府君讳新端,字培吾,国子监生,府知事衔,以树蘅官宜章训导,得赠修职郎。同治九年十二月十三日卒,享年六十四。葬龙窠塘墓屋后山。子一,树蘅,廪贡生,宜章县训导。孙七,基植,贡生;基棫,附生;基樾,监生;基懋,从九职衔;基杰、基栋皆监生;觻咸,殇。基樾出后世父福臣先生。先生故有子曰灿昕,十二岁殇。昕幼慧,六岁时戚某以水雷公属对,村儿浴于池,以手合水作霹雳声,俗称水雷公,昕以火星子对,远近诧为神童。府君绝爱怜之,殇已数十年,言及未尝不流涕也,命樾后之,盖不忍昕之死而陨大宗之祀也。曾孙二:镇觻,镇丹。光绪二十四年中夏,树蘅述。

曾敂庵曰:朴实说去,自有精采。

先妣氏墓道述

先妣姓张氏,为树蘅嫡母,性慈俭,识大谊。归先君时,吾家内外累数百指,母氏循分承接,罔有疏密,上下安之。先君少患咯血疾,屏居一楼,三年未尝食盐酪,母氏秤药量水,时其起居服食,积久而不倦,极勚而忘其疲,自树蘅生母来,始辍劳焉。遇吾生母有恩礼。自奉极约,一皮衣历三十余年不肯易。所制纱纻,见者叹为精绝,以为虽苏松浏产,蔑以过也。树蘅鲜兄弟,祖以下孑然一身,母氏怜之,抚爱如己出。稍长,教之习书算,每夕必载笔砚,命条记日用于籍,以备遗忘,自髫年至于授室有子,莫不然。咸同间,家中落,母氏恤然忧之,树蘅或有所费,戒之曰:“时绌举赢,吾惧汝之难于继也。”闻命悚然,为之抑止。树蘅疏脱不耐事,或有非分凌索,宁称贷以餍其欲,勿与校。人或讥为愚,独吾母善之，谓此实省事之一法，汝能及此，吾知免矣。及树蘅有子，其用爱亦如之。悯子妇饎爨事烦，则牵率孙雏出厅事前，或涉园，以免其萦扰。树蘅性卞急，儿子或顽钝不任读，动加笞扑，往往过当，母氏尝从容谕之曰："子固当教，然不可偏于严，老人闻扑抶声辄心悸，以后无以为也。"自是有督诲，不敢令吾母闻。先君尝拾女婴，命母氏鞠之，及笄，遣嫁如式。呜呼！此皆吾母之实也。同治癸酉五月十三日卒，享年七十。以树蘅选宜章县训导，得赠太孺人。葬横田湾住屋后山。自吾母殁，家中丧亡接踵，多附此丘。右下为孙棫妇边氏，樾妇张氏同域。右上为孙觻咸，树蘅客张掖之岁生，体晳，性颖慧能言，授以班史中歌括，略能上口，三岁殇。左为樾继娶宋氏、孙女二二，曾孙女毓。呜呼！诸殇环厝一隅，推吾母慈幼之心，其相庇以慰兹寂寞乎？光绪二十四年六月，树蘅述。

生母氏墓道述

生母姓杨氏，善化平山人，年十九归先君，逾年生树蘅。先世颇丰于财，至是微矣。吾母尝语树蘅曰："汝出腹时，家无婢媪，或深夜溲溺在床，辄自起持汝入厨洗濯。素畏雷，或阴雨震电，则瞑目屏息，持汝愈谨，电止复行。汝幼多疾，余晓夜在视，夏夜蚊蚋嘬肤，至不可忍。一夕病剧，至后苑撷芣苢饮汝，阴虫如沸，露草中蛇动索索有声，至今思之，犹悸也。汝父喜治田，先业在数里外者，皆自种之，获时佣僮数百指，馌馈皆余主之。寻常宾祭之事，未尝一烦庖人。每盛暑执爨，汗下如溜，衣无寸缕干者。余待人不敢从薄，道光己酉岁大饥，里人采夏枯草杂粞以食，饿莩盈路。余请于汝父汝嫡母，宁节缩口食，用米汁沃焦以食饿者。亲串中有求于我，必设法赒之，于汝外家尤厚，故汝张氏诸舅父，视我无异同生。汝诸姑诸母中，间有持大体以相压者，余惟隐慼自饬，不敢宿留于心。顾念仅育汝一人，非读书难望有成,故四岁即延师授读,九岁附学外塾,离家数里,非不念汝,惧以姑息害成也。凡此汝或不尽知,然余苦矣。”树蘅聆之,嗷然以悲。吾母性肫质,一生无訾言。习中馈,工针黹,先大父履絇鞶帨,非吾母手制不适于用。所绩之布,密韧耐久。自树蘅有妇,饎爨之事虑新妇难独任,犹时助之。及先妣张太孺人卒,始以内事授子妇,而年齿已近六十矣。慈爱孙曾,抚恤倍至。树蘅频年客外,出门时必相向涕泣。光绪癸未,属有河陇之游,逾年归,吾母喜甚,忽泫然曰:“汝以后其毋再游。”自是不敢远离。树蘅所能言者止此。以光绪十八年四月十二日卒,得年七十有一。葬龙窠塘墓屋后山,距先父所葬右下数十武。光绪二十六年四月,树蘅述。

曾叡庵曰:钟士季作《成侯命妇传》,余绝重其文,此殆过之。

诰授中宪大夫安徽补用知府梅君墓志铭

君讳锦源,字掬海,姓梅氏。先世自南昌徙宁乡。曾祖书笏,祖教章,世有隐德。父钟澍,由翰林改官礼部。梅氏自迁宁以来,仍世不耀,至礼部君始以学行科名显。妣高太夫人,育子三:长镜源,宣恩县知县;次鉴源,咸丰戊午举人,景宁县知县;次即君。君孕育前徽,幼即徇敏,失怙时年未弱冠。家既中落,外侮丛沓,君隐慜自饬,日随两兄读书老屋,愔愔自相师友。及兄弟先后以文学发声,于是人皆谓梅氏诸孤能自树立,齮龁者亦少衰止。咸丰二年,粤寇逾岭犯长沙,县数被兵,君奉母走穷山中,倍极危苦。寇退,慨然生事日艰与时难之未已,以为不自奋于功名,无以兴门户而赓先人之绪,不亲炙当世贤哲,无以资裨学识合世变而应期会。会胡文忠开府鄂中,遂往依之,委司笺奏,凡所裁拟,洞中款綮。是时湖北新刳于兵,公私交困,文忠议兴厘金济用,有司经纪不尽如式,课日绌,文忠患之。察君综核,遣开榷场咸宁。君辜较缜密,利不外渗,数月逾常额几倍,以是益重君。值文忠以艰去位，县人朱提督品隆招君襄其营务。朱公善战守，顾峭直少谐时，方驻师祁门，君为达上下之情，师旅大和。寇据徽州，曾文正议自将攻之。时景德新失，祁、黟、休、歙寇踪如蚁，君谓大军深入，万一失利，外寇乘之则援绝，驰救不及，不若固守休宁，俟其敝而蹙之，蔑不济矣。文正不用其言，师果无功，卒赖朱公会诸军克黟县，推锋逼徽州，寇始弃城遁。及君以事归，军连挫退，屯青阳，飞书促君出。至则寇酋黄文金合众十余万顿城下，朱公病不能军，援师屡挫，城无现粮，杀马屑树皮以食，佥拟溃围出，君力止之，晓夜巡城堞，拊循士伍，众赖以固。及席公宝田至，内外合击，大破之，凡苦守三十八日而围解。论者谓：非君坚忍能用众，事有难言者。别贼古隆贤通款，愿献石埭、旌德、太平三城自赎，主兵者疑之。君决其可信，从数骑诣寇垒受降，散遣万计。已朱公乞病归，以军事属君。及江宁复，余党溢入徽州者，辄移军击走之。君先以功得同知直隶州，赏蓝翎，留安徽用，至是擢知府，赏换花翎。君既积苦兵间，思借一官自效，谒选，仍留安徽。凡两署徽州，一摄安庆，事皆办。遇疑狱，大府辄以委君。徽州居万山中，乱后生气茶然，君煦之以仁，劾贪吏，严保甲。城池、学宫、书院为寇毁者，次第修复，舆论翕然。文正请以泗州借补，虽格于部议，而向用之意未已。及文正薨，君乃不安于位矣。先是长江水师议于裕溪口设参将，署巡抚檄君监造，君度地洼下难施工，请移西梁山，已报允，参将某图牟工费不遂，衔君，构于主将某公，以擅改地面为君罪，属巡抚论劾。巡抚以经前请难之，重违某公，乃摭他事镌君级焉。光绪二年，谒左文襄肃州，留司章奏，每脱稿文襄辄曰："真胡文忠幕职也。"为奏复原官，伸论前枉。四年，以母丧归。又六年，以疾卒于家，十年四月初十日也，春秋五十有五。葬县东柏石湾来熊山之原。配张恭人。子三：华杰，殇；英杰，廪贡生，国子监典籍衔；芳杰。女三，均适士族。孙男焯惠、焯懿，孙女五。君性孝友，礼部君没京邸，闻讣毁几灭性。母夫人治家严肃，内外凛然，君左右怡愉，曲尽忠养。事两兄有加礼。取与素严，服官皆兵燹凋劫地，禄入尤薄，悉推所有供先人祠祭，归家不名一钱，斯尤难矣。兵兴以来，湘人勋业灿然，尝以诸生布衣不数年洊阶方面，虽发名成业各有由来，而阶缘际会盖亦不免。君以名家子出事戎轩，投笔最早，履事最艰，而苍苍若或显之，若或晦之，卒令黯黮迟回，不克发摅，当躬以大其用，所谓命焉者，非耶？乌乎！是可铭已。铭曰：

谓才之不若胡，在军在官皆有可传。谓知我者希，所事皆当世大贤。欧公有云："士之所难，有蕴无时。"然则所蓄不施，盖将大显于来裔，夫亦何撼于九京！

案：由宁乡莓田梅氏刊刻的《诰授中宪大夫徽州府知府梅君行状》，收录廖树蘅所撰《清故中宪大夫安徽徽州府知府梅君墓志铭》，其文与上文有两处差异："寇始弃城遁"后、"及君以事归"前，《行状》中有"于是，人皆服君料事之精"；"曲尽忠养"后、"事两兄有加礼"前，《行状》中有"独得欢心"。

诰授朝议大夫杨君墓志铭

君讳宗坦，册名运昌，字橘潭，由监生援例得运同衔。祖讳亦模，树蘅尝为撰传，其家世详焉。父讳世炜，州同知衔，以君四品阶，封朝议大夫，妣封恭人。君性肫直，于天属能致爱敬。咸丰同治间，尝共学君家，所居当靳江之隩，江岸有废墟，名上官屋场，地志失载，余定为靳尚宅基。一面临江，云木蔚映，两人者暇辄往游，藉草歌呼，流连凭吊。又尝寒夜被酒渴甚，僮仆尽睡，相与撷园中野菜煮而啖之，以谓坡谷以后罕此趣也。其时彼此并年少，酣嬉跌宕，以为至乐。君既耽于学，所为诗文皆合矩度，顾不利于有司试。尝肄业岳麓学院，一踏省闱不遇，遂绝迹举场，一意延师课子。已子文锡以童年入学籍，旋食饩。文锴亦试郡县有声，兼以诗鸣，君顾而慰乐可知矣。君虽不耐杂，然乡邻有事亦尝出为平亭。同治甲戌鄂潦，饥民就食于湘，有妇人道病垂绝，里妪张怜而拯之，得不死。妪仅一子，鳏而瞽，妇感妪德，愿为子妇。里豪某觊妇微有姿，谋夺之，君召豪切责，怵以利害，豪计不得施。又王姓妇为夫所弃，妇诉于君，谓已有身，且无罪，无去理，夫卒嫁之，不数月得孪生男也。故夫旋客死于外，所亲向妇索子归宗，妇衷前憾，执不子，将讼于官。君谓妇曰："而被遣时，不尝告我已有妊乎？去五月而诞子，胡云非王氏种也？"妇语塞，卒予子王。乡闾敝习，岁歉，有谷之家多居奇不肯散粜，贫人无从得粟，动致欢噪。君独倾廪应之，稍贬值焉，尝曰："人病不知足耳。丰年斗谷值数十钱，遇歉几倍之尚欲求赢，是无厌也。且求赢必罄所有以贷与阛户，市民驵诈，入钱多不如期，甚至从而干没之，今吾以粟易现钱，无赊贷追逋之烦，而来乡井不虞之誉，较其赢获，究孰优乎？"其能惠而知如此。居家有常度，一室之内，壶盏、几榻、花石、楮墨庋置井井。不耐剧饮，然每食必具酒，三爵之后，醺然饮和，每当深夜罢酒，刺刺述先人俭德及身所经历，往往至泣下。二子悚听，内外肃然。盖杨氏自明以来多富人，极炽而丰，稍务华侈，君独慨念先芬，躬躬如恐失坠，故诸杨中推君为能守旧业焉。光绪十二年三月九日，以疾卒于家，得年五十一。配刘恭人。子三：长殇；次曰文锡，岁贡生，验就教职；曰文锴，蓝翎五品衔，两淮盐课大使。女一，适李。孙三人：曰章洞、章瀚、章咏。女孙三。君墓在所居上五里桐木塘山之阳，葬二十年矣，其孤将纳石圹中，以书来索铭。树蘅与君习，铭莫余宜。铭曰：

单慧锲薄，德之贼也。慈惠直谅，天所植也。肫肫杨君，无竞于人。有闳未伸，后昆其振。我襮其纯，以奠君神。

杨君从吾墓志铭

君讳宗垲，字从吾，访渔其别号也。宁乡杨氏。先世盖尝富矣，君虽席先业，顾坦中狎易，乐与文士往来，人亦以君真率，乐与为友。幼读书，略能通大谊。中年为许氏之学，然亦寄焉而已。所居当靳江之堧，幽花袅竹，丛翳涧户。性爱禽鱼，雕栊曲沼间，啾啁喁喁，顾而乐之，至忘寝馈。座上客常满，文人墨客、优伶星卜、百工技艺之士，杂然迸进，君一一酬接，各尽其欢。人以乏告，必设法赒之，屡求而不厌，受给而不悔。度一岁所入耗于此者，十尝五六，家由此少替焉。余尝举雪苑寄贾三兄书，劝其省无事之忙，守不贫之富。同里黄编修显瓒亦尝因事献规，君皆笑而不答。一日私谓余曰："君等爱我良厚，然黄君之言，听者十一，君所教则无一不动吾之隐，苦于不能自克，何也？待人有始终，虽以余之疏直，论交数十年不生厌倦，有短余于君前者，转因此薄其人而远之，余之不谅于世久矣。"君独久而不渝，不为群毁所夺，岂非相信有独深耶？君素无疾恙，因丧其冢妇，兼悼姬人，忧能伤人，遂至不起，以光绪甲午八月十三日卒，年五十。配唐氏，生一子曰某。女一，适某氏。孙男二，孙女三。其孤以君卒之岁九月，葬君湘潭七都五甲杨梅仑螺头山之阳，申首寅趾。铭曰：

赤舌烧城，白肉生痏。谁为断金，历劫无毁。伟猗从吾，形放天纯。庶几有终，近于光明。吾为昭之，永诏亿春。

诰封资政大夫王公墓志铭

公讳镇兴，字宾予，王氏。先世由江西徙湖南之常宁，代有闻人。明中叶有从阳明受学，讳某，为公之几世祖。曾祖某，祖某，父某，并隐居不仕。祖、父皆以公子良弼贵，赠资政大夫，妣皆夫人。兄弟四，公次季。性沉毅，读书通大谊，为文矩矱前民，顾不利有司试,遂舍去,专力治生。先人遗田不满百亩,躬率佣力治之,并以余力种鱼于陂,畜牧于冈,凡可笼自然之利者,为之靡不善,不数年家渐赢。念先世多读书为诸生,乃择名师教其二子。自奉觳也,独致隆于师。师或有疾,为市珍药和丸以进,师感其意,教之益勤。常宁故山县,自置邑以来,未有预馆选者。近城有小水曰北水,谶记“北水回头,科名鼎盛”,同治时水逆流二里许与宜水合,光绪壬辰良弼果以二甲入翰林。公伟躯干,声如洪钟,勇于赴义。咸丰三年,山寇数千围县城,公从昆桂史在围城中,解所佩刀驰一介突围,报公曰:“速援可望活,否则索我于沟渎矣。”公即号召邻里,得三百人赴之,所居距城近,俄顷驰至,城中鼓噪应之,寇惊溃,围遂解。军兴以来,湘人多从军于外,及散军归,大半失业,勾连徒党,掠人财物。入其党者,人给尺布为验,谓之放飘。踪迹诡秘,无敢举发。县北乡有市曰烟洲,匪徒卵育之区也。光绪辛卯,势汹汹谋起事,乘夜入城纵掠,人心恇忧。知县龙起涛患之,请公主办团练。公首先出资为众人率,旬日间集资盈万,爰于城中设筹防局,集壮勇,缮器械,申门禁,官民恃以无恐。设法解其党羽首悔者白官免罪,一月之中,缴布求免者以千计,地方遂安。起涛感之,尝曰:“此次非王公,城不守矣。”自是,县中有兴革皆倚公为重。久之,渐有孕恨而思龉龁者,公喟然曰:“吾之始出,为地方也。既不我与,吾其为刘胜乎?”由此杜门扫轨,终岁不一踏县门。时公年几七十矣。公雅善为古人之文,所著《黄甲草庐家世录》,凡先人有名德者,各为撰传,祠堂冢墓经其缮修,必为文记之。叙事有序,于江介人所守义法,无分寸之不合。树蘅尝诵言于俦人中,公闻之窃用自憙,遣其孙起诗、起书来受业。予辞,公笑曰:“昔薛文清监葵源银场,吾之先人多与之游。今君所受之事与文清略同,其地距葵源河不远,相与赓续前轨,不亦可乎?”予愧谢不敢当,重违公意,勉应之。公意主扶济困厄,生平施及于人之事尚多,兹第举其大者。以光绪某年月日卒于里第,春秋七十有几。配谭夫人,先公几年卒。子二:长某,廪膳生,早世;次良弼,光绪壬辰进士,由翰林改刑部,旋以道员发广东,加三品衔。妾某氏,举遗腹子,未周晬而殇。孙起书,廪膳生,候选训导;起诗,附生;起某;起某。曾孙几人,均幼。先是良弼于乙未奉母讳归里,以公年老,不欲离膝下。庚子之变,公谓良弼既系朝籍,应赴行在急国难。及公即世,良弼甫由河南扈跸入都,闻讣奔回,毁几灭性。病已,为公卜兆于邑南某山之阳,葬有日矣。良弼以书来督铭,曰:"先大夫励学一生,世无知者,惟君能知之,铭幽之文,莫君为宜。"乃为铭曰:

处己以约,施则侈也。功在枌梓,人或忘其美也。郁此孤怀,宜来裔之特起也。惟山岧峣水屈蟠,中有单椒灵秀攒。奠是幽宅巩且安,勒铭贞石永不刊。

曾叙庵曰:学王介甫志,平铺直叙,亦是古法。方、姚每每无端作提笔,掉弄玄虚,读史公《伯夷传》欲效颦,岂可得哉?铭约而洁。

诰授资政大夫福建汀漳龙道刘君墓志铭

君讳倬云,字朴堂,姓刘氏,湖南宁乡人。曾祖继扬,祖振晖,父允慎,皆以公兄果敏公贵,赠光禄大夫,妣皆一品夫人。君兄弟七人,果敏公属长,君次季,少于果敏二十六岁。幼慧,果敏奇爱之。六七岁时,附学村塾。家固农也,放学归,赠公仍督令薙草饲牛,君恐所受书有遗忘,每荷蓧入圃,丱角双垂,手刈口诵,喃喃不辍,见者笑之,勿顾也。稍长,果敏以乡曲隘陋,挈君读书长沙陶公祠,与罗忠节公泽南讲求有用之学,用是益知行身祈向之义。膏火不给,质衣以供朝夕。长沙距宁乡治城百里,岁晏归,橐中仅十余钱。醴雨首途,备极劬瘁。年二十五,补县学生,旋食饩。石大开犯宝庆,湘属戒严,果敏主宁乡团练,君实助之。及果敏佐左文襄公率师援浙，挈君以行。果敏东南战绩尤伟者，在力战徽州，以通金陵馈饘，复金衢严，成杭州之功，江介人至今犹诵言之，君与有力焉。果敏凡事衷实，不求襮于人。以君亲弟，功多不叙，仅以训导候铨。旋丁父忧归，及再出助果敏诛汪海洋于嘉应州，论功擢知县直隶州，赏花翎。文襄移督陕甘，诏起果敏帮办军务，君统楚军克勇七营以从。当是时，逆回盘旋渭北，联为一片。君自邠州至固原，大小数十战皆捷。楚军大将高勇烈公连升，君乡人也，为判弁所戕，全军汹汹，规与回合。君亟起扼之，诛其首恶，逆谋遂沮。随复绥德、鄜及甘肃正宁，全陕肃清。丧乱之余，地方凋敝，庆阳各属弥甚，请发籽种兴屯垦。时果敏兼权陕西巡抚，所请辄报允，益得发摅，以竟其施焉。及事竣归里，值土寇蜂起，连陷龙阳、益阳等县，湖南巡抚刘公昆、今相国王公文韶先后委君办治。乃募团勇数百，亲搏寇于石牛港、桃花江、鸬鹚渡，斩获有差。上功保道员，值太夫人年高，遂留不出。县属有事，皆倚君为重。如长沙建沩宁试馆、县南添修云山书院、捐买宾兴田以惠寒畯，发端虽由果敏，而黾勉以底于成者，君也。未几，果敏薨于位，太夫人亦相继弃养。营葬毕，会法人败盟，沿海设防，闽浙总督何公璟起君主办闽防。马江之役，力陈兵轮不宜聚泊一处，主兵者不能用，兵轮歼焉。旋奉委赴浙江，巡防宁波温，署福建按察使。兴泉械斗成风，更百十年，缴绕仇杀不止，君清厘积牍，绳以峻法，设乡族长以相维持，窳俗渐革。海盗张阿知、张野杀人越货，历任官不敢问，君亟捕之。阿知、野遁香港，公饬弁勇就港弋获，港酋庇之，并弁勇留不遣。总督某公以为生事，置不理，君乃入都诣译署，援约章与辨。时两广总督张公之洞、直隶总督李文忠公鸿章以君强直，能任事，且于法应争，皆翊助之，卒令港督交犯，置之法，远近称快，由是誉流京师。诏赏二品衔，交军处存记。君于归田后每一言及此事，犹掀髯拊掌不置也。旋署兴泉永道，调署延建邵道，光绪十五年八月补授汀漳龙道。漳州,朱子讲学地也。甫下车,即捐廉建丹霞书院,聘名师以宏教育。漳地宜桑,而民间种植不尽如式,蚕织之利未溥,购湖桑数万株,下列县遍栽之。留心察吏,所举任后多至大位。南靖、龙溪被潦,溃堤千余丈,为请帑缮堤代赈,不数月堤成。积劳既久,又因监视堤工,感受瘀湿,得偏痺之症,遂乞病归。时事日棼,居恒悒悒,日与乡父老讲求农务。聚里中高材生,就东鹜山果敏旧墅所谓求志山房者,仿吕氏乡约,撰条教相约敕,以防弊俗。生平慕傅奕为人,所居筑白云亭,自撰记勒石以见意。少时颇溺于制科文,五十以后始究心诗古文辞,为之辄工。性强鲠,口微吃,论事棘棘不阿,人多惮之,然最服。善待人,有终始,任事不避险艰。家居八年,当事交章论荐,辞不赴。以光绪二十九年九月十三日卒,年七十。湖南巡抚陆公元鼎上其战功事迹,请宣付史馆,附祀果敏祠。夫人王氏,生三子:本针,员外郎;本钟,知县;本钛,幼殇。孙几人。女四:长适喻,二适秦,三适周,四适今相国瞿公鸿禨之子某。其孤葬君于县某都某山之阳,葬二年矣,本针等来请铭。树蘅论交有年,知君较详,乃掇拾所闻,以志于墓。铭曰:

人亦有言,太刚则折。公壮其頔,物莫能厄。岂非不系私爱,免蹈世之机括耶?斡运需人,亦孔迫矣。乃才大而施未究,劳多而壮不遂。并世之人,不能无望于当日之高位矣。旧巘崔巍,郁此瑰奇。厚土藏热,烝为菌芝。更千亿年,视此铭词。

曾般庵曰:纯乎史笔,不能摘句。铭则遒媚。

刘母萧太夫人墓志铭

太夫人宁乡萧氏,赠振威将军讳里仁之女,同邑刘氏诰封荣禄大夫讳智新之妻。年二十二归刘,光绪七年十二月二十一日以疾卒于里第,年九十。生子八:曰大其,殇;曰典,通政使司通政使,以襄办陕甘军务积劳成疾,先太夫人四年卒于兰州节署,予谥果敏；曰大谟，湖南补用总兵；曰大训，候选县丞；曰大诰、曰大濬，均候选从九；曰汝康，县学附生，广东候补知县；曰倬云，廪贡生，福建候补道。女二：适周、适陶。孙二十一，孙女十八，曾孙十三，曾孙女十二。以壬午二月葬于里中东鹜山斗笠仑之原，与子果敏公同域。将葬，倬云以书来督铭。倬云之言曰："吾家故寒素，先大夫因贫辍读，躬耕白石山下，备极勤苦。自吾母入门，昼操井臼，夜勤纺绩。内外之事罔弗饬也，仰事俯畜罔弗预也。祖母周夫人晚年得喘咳之疾，吾母躬治汤药勤浣濯，十数年如一日。先大夫性严毅，喜交际，客至治具稍不如式，诮责不少假，吾母益躬躬谨饬，无几微不怿。先大夫临终恻然曰：'与若共事五十余年，若于我无毫发憾也。'自奉俭觳，待人则加厚。道光己酉湖湘大饥，吾母率子妇采蒿芒杂粞为粥以食，以其余分饷饿者。及先兄以诸生从戎积功由臬司擢署陕西巡抚，禄入渐丰，吾母贻书曰：'汝家久更衰落，今祖宗福荫萃汝一身，宜推惠族人，以全一本之谊。'厥后先兄出俸余置买义田，太夫人所命也。光绪戊寅、己卯间，秦晋豫三省旱灾，死者千万，吾母闻而唏曰：'何天降凶至此乎？吾湘屡丰未可长恃，宜务储蓄以防未然。'会大吏议筹积谷，吾母首出钱五十万，购谷数百石，建廒储之，歉岁恃以无恐。先兄先后乞养还山，因事棘，廷旨起用，吾母促使行，谓受恩深宜勉图报称，不可以我老而怀眷恋。其性识明而知道理多类此。其他惠恤穷嫠、恩及臧获，难以枚举。今弃养已逾年，而阡表之文未备。惧无以称吾母之懿而垂信来兹，吾子其无辞。"树蘅受果敏知有年，又与倬云雅故，家世素行知之稔矣，敢以不文辞？铭曰：

繄古贤达，母多令淑。始困终亨，古今一族。天道不翕不张，地道无成有终。猗欤夫人，为世女宗。自奉约而艾物丰，早厄艰而报之显庸。鹜山之椒，宅是幽宫，与子同茔，垂荫罔穷。

张母盛太淑人墓志铭

太淑人姓盛氏，处士讳光远之女，赠通奉大夫长沙张讳绍庚之妻，平湖县知县镕万之母。年二十归赠公。张氏故湘东右族，至赠公之世稍替矣。兄弟二人并以授经自赡，太淑人奉公姑、谐妯娌，节缩家用，内外井井，不足则勤十指以益之，俾赠公得一意于教学。及连丁内外丧，兄公亦殒逝，家益不支。赠公游宦秦陇，镕万随侍，留太淑人挈弱女子居里门，早暮治事，倍极勤苦，姻亲见者未尝不叹其贤而悯其劬也。及赠公卒于甘州府经任，镕万奉柩归来，家业萧条，母子相依为命，所处至是极难矣。甲午中东之役，镕万随总督邵阳魏公出师关外，师衄陷敌，讹言一夕数至，太淑人惊怛累唏，求死者数矣。及镕万由海城脱身归来，旋赴官江苏，历宰平湖、六合、桃源等县，太淑人就养官所，于是始有天属完全之乐。既历尽艰辛，其于周恤穷乏，曲得其隐。尝除夕遘危疾，里妇某适来，旋不告而去，疾有间，命镕万曰："某妇来去倏然，而面有戚容，殆无以供岁而征于余也。瞷余疾甚而默尔以去，此情最可愍，盍周之？"镕万告以已有所赍，复慨然曰："将毋薄乎？"命内御者搜箧以益之，遣人持送其门。镕万官桃源时，幕客有失馆不能成行者，太淑人悯其无所依，佽以重金。仆某因过受谴，累重无所措，则斥私储以相遣发，不令镕万知。由是人咸颂太淑人之用惠，罔非出于中心之恻隐，而有合于推己及人之义也。良嗣承家，奉慈惠以为民依，夫非有所自哉？是可铭矣。太淑人以光绪某年月日卒于桃源县署，享年若干。子镕万。女适李、适赵、适严、适邹。孙庭瑞、庭球、庭琛。曾孙毓光。以某年月日葬于东乡周家坡之源，某首某趾。铭曰：

始困终历亨逵，无歉莫若善施。懿矣淑人，岂仅女师。我为其铭表幽徽，百世之后视此词。

梅节母生圹志铭

光绪癸卯春，女婿梅毅杰来清泉学廨为其长嫂节母罗氏求撰圹志。毅杰之言曰："吾嫂益阳罗某之女，年二十一归先兄廪膳君文杰，长于先兄三岁。通知大义，出语斩然，吾祖母高太夫人、吾父宣恩君并爱怜之。同治元年，先兄得咯血疾，昕夕在视，衣不解带者数月。百方疗治卒不起，嫂哀怛不欲生。时未有子，太夫人谕以抚孤承祧之义，始勉节悲涕，自是依太夫人以居。当是时，吾家尚贫，先君与仲父、季父频年宦游于外，服养慈闱、摒当内政，胥嫂氏一身任之。洎毅杰生母王太宜人与吾叔兄梁杰生母冯太宜人先后来归，齿皆少于嫂数岁，嫂遇之以礼，罔有轩轾。先君由湖北解官归，所居近县，酬应颐冗，浆酒藿肉之烦，皆两太宜人与嫂共之。及毅杰兄弟生，复助太宜人扶持鞠养。性方严，毅杰等巾履或有不整，必加呵禁，所与游者或非谊士，辄为怫然。故毅杰兄弟严惮吾嫂过于所生。及太夫人弃世，嫂前后抚两子皆不育，自伤继嗣之艰，形影之孤茕，恒中夜掩泣，睡梦中犹哭声呜呜，家人惊起，群相譬慰。或寒夜拥炉言及夫没时情况，泪淋浪滴炉灰有声，隐愍悲痛之情，至今犹未释也。先君以光绪戊子弃养，遗命毅杰兄弟与嫂同居而异其财。嫂善撙节，岁入有赢，尝出所余以周人之急。近城衢巷甃石刓泐，众议兴修，县城故有节孝祠，积有逋负，均出重金以相补助。或以修建佛寺及岁时赛会求布施者，则不之应，曰此所谓作无益以害有益也。其明智类此。先兄即世距今且四十年，原葬之处术者以为不吉，岁某某嫂为改葬于本邑某山之阳。当迁柩时，嫂素衣徒步，奔赴舆机，犹隔半里望之，一痛几绝，哀感路人。旋兴工修治冢墓，虚其左穴备合葬。先兄之卒也，铭幽之文出长沙易公润坛之手。嫂知毅杰将来官舍，爰命之曰：'妇人虽无求于名，而丘垄必有征。若兄既纳志圹中，于未亡人祔葬未具，吾惧易世之后无所征也，盍求而外氏及吾之生而赐之以文，暂虚卒葬月日以待续刻，虽于古无征，吾自欲之，不必以豫凶为嫌也。’吾嫂所诏如此，毅杰敬将其命，幸无辞。”廖树蘅曰：古今妇人之以节著者多矣，然不衷诸贤孝，虽操履贞洁，于守节之谊犹未备。今罗孺人完行若此，不綦难哉！梅氏为邑中旧族，自礼部公以庶常改官，积学砥节，未竟厥施，士林惜之。及禀膳君承其祖若父之业，名隽一黉，举国望之如祥麟威凤，以为将来能嗣旧服者，繄惟兹是赖。余年小于禀膳君一岁，犹记咸丰丙辰、丁巳之岁，相与朋试有司之庭，见其苕秀蕴藉，翛然物表，心窃慕之，不谓旋即殒世。呜乎！此岂独梅氏之不幸耶？犹赖节母苦志坚贞，数十年为之光其门而延其嗣，俾禀膳之名由兹益显，是犹不幸中之幸欤！节母以光绪某年月日卒，得年若干，祔葬于夫之左，同向。节母以两次抚孤皆不育，在日不欲立嗣，没后梁杰以子嗣之。梁杰，禀膳君之庶母弟也。铭曰：

罗有淑姬，曰嫔于梅。瓛珮琼琚，肃肃倡随。天降鞠凶，运理中摧。匪石心坚，停辛茹苦。上奉祖姑，中事公姥。能敬承顺，循循合矩。裁冗缉匮，啬已厚施。处之以义，不爽铢锱。好恶得正，敛散随时。地老天荒，万劫不毁。一念所天，有泪如琲。伐石为茔，穹碑双巇。同穴之矢，之死靡改。玉潭无尘，沩峤不骞。华表高揭，瑞草芊绵。砻石缀词，以诏千年。

曾觙庵曰：雅洁有法，铭与文称。

祭刘观察倬云文

呜呼！我初识君，岁在庚午，朋试举场，骖靳而舞。君长而才，意气赫然。独于贱子，执礼弥谦。许与逾分，令我歉然。谓吾石友，君与云先周比部瑞松。庶几始终，不渝贞坚。辱君相知，弥自克治。虑伤君明，供人议讥。比部往矣，独我幸留。有善同奖，有患同忧。君性强直，执德甚酋。苟非其人，言不易投。刍荛之陈，亦时蒙采。相规相劝，冀免尤悔。君性如弦，量乃如海。虚怀乐善，有过必惩。凡今之人，无此赤诚。观政八闽，得所借手。缉逋止斗，锄稂去莠。善政累累，布流朋口。疆臣避事，惮君清刚。恐于柔远，磋磨匆良。事多牵掣，治难恢张。君曰咈哉，是宁可为。投簪挂冠，归去来兮。东鹜之椒，汤泉之湄。云白山青，可以自怡。公琰楚华，易世同揆。君初出山，实依果敏。介弟之亲，僚佐引领。君不自居，调护惟谨。闽海秦关，群凶狂骋。曾领偏师，以锄顽犷。帕首靴刀，居然武勇。及服官政，能惠而慈。不吐不茹，山甫是师。茧丝保障，施措随时。贤者不测，人岂易知。士夫居乡，众难皆悦。燥湿刚柔，赋性各别。无非无刺，子与所黜。不甘乡愿，庶几遗直。滔滔斯世，如沸如羹。改服易制，事杂言庞。外人齿冷，举国若狂。为下不倍，君心实伤。我侨承阳，与君同恨。小杜言罪，积书盈寸。主忧方亟，元戎先遁。东亚一隅，势成坐困。一瞑不视，君可无闷。夏秋之交，书问犹勤。黄独醽醁，索之甚殷。我为犨至，载筐及瓶。媵以小诗，祝君增龄。闻君发函，色然心喜。觥船手弄，药鼎亲舐。裁笺见复，咴啁不已。讵料书来，君已不起。我诗成谶，莫究厥理。呜呼哀哉！今日何日，幽明路岐。顾念昔者，能不累唏。酌以清酤，佐以盘匜。摛词写诚，式饮庶几。

曾觙庵曰：尝言西晋人哀诔文胜东汉，此文何减潘黄门？惜抱在茅氏脚底下盘旋，不知昌黎原不薄潘陆耳。

祭亡妻张氏文

玄化絪缊，有缘成偶。万古北邙，同归乌有。繄余与君，结欢较久。结褵之初，年十八九。四十九年，乌飞兔走。曾是不意，蓦然分手。呜呼哀哉！君性婉嫕，慈惠是师。上奉尊嫜，委宛愉怡。调以甘旨，夕膳晨卮。雨薪霜臼，一手搏持。新妇能贤，公姥一辞。鞠育勤斯，三女七子。各殇其一，积痛成痏。存者八人，雁行齿齿。纫针补缀，血淤十指。中岁荐凶，两丁亲丧。养礼均缺，畫焉增伤。君实共之，泪涴衰裳。生事奇绌，黾勉同当。饥驱乞米，异县他乡。亲无强近，藐焉寡俦。上事生母，下抚诸雏。惟君是赖，内顾纾忧。每逢出门，有棘在喉。魂折骨惊，君犹记不。男女疾疢，黄小殇殒。连丧五妇，哀怀尤轸。卅年以来，悲劳接踵。胆虚善惊，闻病先恐。人非金石，岂免销烁。气血内虚，肌肤外削。丙申之秋，疠疟大作。幸遇国医，施以良药。黍谷温回，刀圭命夺。随宦衡南，礼岳浮湘。银场冰署，五阅星霜。莲露共瀹，苜蓿同尝。素不解吟，亦渐成章。因闲生慧，思绪芬芳。先劳后逸，踬困稍偿。卯秋归田，倏更四载。一家春融，至乐无改。余虽不才，虚声众采。俸钱过万，差免冻馁。余笑谓君，生常畏贫。此非贪泉，饮之勿惊。自今伊始，毋虑亏盈。坤为吝啬，厥性靡移。鸡豚粟帛，纤悉必稽。余或妄费，从容献规。我达君悫，伯伦之妻。宁知今日，一瞑不视。何有何无，一棺长闭。卜兆家林，虚其左窆。他日溘然，从君入地。独我老矣，情实难支。每入君室，有泪如糜。虚惟故香，帘衣下垂。无母女孙，涕洟相随。无小无大，嗷然同悲。君有何德，致人哀思。无形之化，是谓真慈。念君一生，夫何间然。存顺没宁，众口称贤。会葬山阿，车马骈阗。所不足者，两子未回。远道承凶，戴星归来。靡盬之叹，今古同哀。愿垂护佑，毋使崩摧。我实心悸，不堪再劘。呜呼！生存华屋，零落山丘。对此茫茫，有泪难收。爰命儿孙，薄具肴蔬。君不胜酒，勉尽此瓯。濡泪和墨，摛词写忧。知君鉴此，也应泪流。呜呼哀哉！尚飨。

曾般庵曰：文生于情，故为擅扬。苟令神伤，理不空绮。其原出于《大招》《李夫人赋》诸篇，粗观之似有冗句，细按始知不可增减。

珠泉草庐读史录

汉淮南王长杀辟阳侯审食其，文帝赦而不治论

汉文帝初即位，淮南王长来朝，杀辟阳侯审食其，而复肉袒请罪于阙下。帝赦勿治，后长遂骄纵日甚，卒以反死。世之论者，未尝不叹文帝为能曲谅其情，而咎淮南王破法坏纪，以自底于灭己。自君子观之，文帝亦有失之者矣。何以言之？初，赵王敖献美人于高帝，得幸有娠，及贯高事发，美人亦坐系。美人介审食其言于吕后，吕后妒，弗肯白，食其亦不强争。美人已生子宪即自杀，其后高祖知之悔，令吕后母之，命之曰长。及灭黥布，遂以封之。及长阴以食其不向吕后力争，致其母不得其死，心窃恨之，而勿敢发。至是入朝，目睹食其之奸佞，而方立于大位，益触其痛母之情，愤慨之气积不能平。于是，椎杀之。虽豫让、荆卿，不若是之气矜也。既而肉袒请罪，情见乎词，呜呼！此忠孝之至情而有合乎礼者。文帝赦而勿治，亦能曲谅其痛母之情，是诚各得其善也。虽然，长之骄恣生邪谋，则又实基于此，何以明其然也？盖长本刚戾任性之人，其杀辟阳也，痛母之情切，故不暇计及利害而为之。既而知事关乎国法，又恐刑罚之将加诸身，而肉袒请罪焉。当此之时，文帝宜因其念亲之诚而教以忠孝之道，不听，稍裁制之。长虽骄恣，久之自当就范，长为贤藩可也。文帝乃赦之，而不置可否于其间，则王必以为杀国之大臣亦无罪，天下事当无不可为者。骄纵之心一启，遂不可遏矣。由是观之，岂非文帝有以使然哉？史称淮南王归国后，益骄恣不奉法，出入警跸，称制侔于天子。帝又不问，袁盎谏亦不听，迨谷口之谋泄，始召问之。而王则不食恚愤死矣。其贻杀弟之名于天下，而取讥于民歌也，其咎果安在哉？夫淮南王先之杀辟阳侯而不罪，伤其志之为亲，后之不奉法而不治，又何也？将毋纵其性而使之放，养其恶而使之成耶？然吾尝考之，帝之用心实非如此，何以明其然也？盖帝于兄弟骨肉之间有相爱之至情，故知其骄

恣而不忍加罪，惟徐图有以化导之。及王之反形已具，而终不忍置之法者，爱之深也。而岂料王之终不一悟哉！且察人之忠不忠，视其孝不孝。王之痛母而杀食其，孝也；肉袒请罪，亦忠也。文帝以其能孝且忠，思以恩爱化导其骄心，其用心良苦，惜乎未得。其所以处此之策，盖兄弟骨肉之间，非他人所得而与。亲者自亲，猜者自猜，若能绳之以义，而不使为恩所掩，则兄弟自怡然相安于和平秩序之中，而无乖戾以相倾覆之患，文帝盖犹未知此也。抑吾推帝之心，犹有不然者，何以言之？辟阳之罪，莫大于侍太后监宫中，淮南王责以三罪而不之反，盖为亲讳也。文帝亦心知辟阳大恶难于显言，亦快心淮南之一击也，岂不然哉？岂不然哉！

不特主意拿得定，故反复说来，莫不均有下落而以文之，自舒自展，流湎不羁，亦非聪明人不能有此笔致。

商鞅徙木立信论

商鞅变法于秦，而畏民之不奉也，于是立木南门，令曰："有能徙置北门者，与五十金。"呜呼！此何异儿童之见耶？夫信，国之宝也。君子行其威、立其信，自无有不敢服者。又曰："上有好者，下必有甚焉。"国君果能以孝弟忠信率先于朝，则下民自向化矣，何有借于徙木哉？鞅狙诈之小人也，既以新法惑于孝公，又恐民非议而不奉，于是假立木之小而重以五十金之赏，以诱之驱之。自谓举无遗策，然而新法之不便，民之非议之者，自若也。厥后太子犯法，鞅黥其师、刑其傅，而后民始趋令。由是观之，直以威服，且所谓徙木立信者将安在耶？其言曰："法之不行，自上犯之。"则法之与信固有不能相假者，而鞅之情见矣。夫秦自穆公以来，国家强盛，至孝公而益修其政刑，恢宏前绪，虽无商鞅，固将富强于天下。论者不察，谓为鞅功，岂鞅严刑峻法之功哉？呜呼！圣人之治天下，盖以礼闲之，而以法补其不足也。而法又因民之风俗利病，而轻重之，有与民之不便者勿为也。鞅之法，峻法也，又安能以徙木之小信而立天下之大法乎？多见其不知量也矣。

渣滓悉去，而清光大来，殆亦昔人所说，油然不形而神，去肉而纯以洎馈者也。

元微之责四皓定惠帝酿吕氏之祸论

吕氏之祸，果奚自否乎？论之者其说不一，而元微之则谓肇自于四皓之定惠帝，遂使母后得握政权，而其祸成矣。是说也，岂其然哉？吾窃以为不然。方高帝之欲废惠帝而立赵王如意也，吕后惶惶焉不知所计，又何暇思及于将来之握政权？及乎惠帝即位，而后其野心遂生焉，而吕氏之祸始萌芽焉，是则吕氏之祸系乎惠帝之废不废也。然帝之不能废，则固天下之大公，无以易之者也。而吕氏之祸，又不能前知，是则于四皓何咎焉？且当其时，叔孙通、周昌等尤力争之。而高帝虽意犹未已，然已不能无惮于公议矣。厥后吕后问计于子房，乃教之以用四皓，盖子房心知必能激悟高帝也。然则惠帝之不废，特假手于四皓，而其实子房也，叔孙、周昌亦与有力焉。或曰：如此，则吕氏之祸，罪将谁属乎？曰惠帝之不可废，无待言矣。而吕氏之祸，则在后欲王诸吕时，陈平、周勃未能与王陵力争也。岂不然哉？岂不然哉！

淘汰澄炼，撇渣滓而挹其精，故能拔出流俗。

平原君用毛遂论

秦围邯郸，赵使平原君求救合纵于楚，约与门下食客有勇力者二十人俱。得十九人，余无可取者，有毛遂自赞请行，平原君轻之，不许。固请，乃偕之至楚，议不能决，卒赖遂而始定从焉。平原君大奇之，归而以为上客，且自责不能相天下士。呜呼！若平原君亦可谓能得天下士者矣，虽然，曷足以言得士，夫遂者，仪、秦纵横捭阖之徒也,又乌可谓之士哉?当楚王叱遂,遂乃按剑,出空言以恫喝,冀侥幸于成功,设不幸楚王震怒,命左右擒之,遂又将何所施其计耶?盖遂处平原门下三年矣,碌碌无所见,乃思借此以有自拔,乃适遇楚王之庸,竟为其语所绐,故使遂乃得以成其功名。此有天幸焉,恶足尚哉?且吾观平原君之于赵也,既不能将兵以却秦军,而门下所称天下士者,即遂之流。一旦秦军来攻,则不求救于楚,即求救于魏,举国震动,莫知所为。而门下三千之食客,宴然若无有也,得一遂而自以为奇,抑何重视天下士耶?信陵君在赵,尝访交处士毛公、薛公,而平原君乃讥之为妄人。呜呼!相去何远矣。君子是以谓陋平原,而为真信陵能得士也。

一经陶炼,常语皆有光气,故未许芜秽家问津。

书范仲淹《严先生祠堂记》后

尝读范文正公《严先生祠堂记》,慨然想见东汉节义之盛,而知先生之大有功于名教,乃敬书其后曰:“夫君子之学,出则措之邦国,以垂为事功;处则型于乡里,以蔚成风俗。其道一耳。然世之人莫不以措之邦国为重且荣焉,而岂知处于野者之潜移风俗,遏乱萌于无形,其系于滔滔之世,亦且有甚于居朝者耶?吾于东汉严先生子陵见之矣。先生光武之故人也,光武初即位,笃念故交,于是物色访之。礼隆三聘,而先生自隆见后,终夷然不屑,退居于富春山下,莳花娱钓,养身与生,若两不相收。嗟呼!岂所谓贫贱不移、富贵不淫者非耶?于是,四海之内莫不知有先生其人,而相与缅怀高志。风俗因为之一变,东汉节义之盛有由来矣。且先生当天下扰壤,竞功名之会,万物之气,嚣然不宁。先生独能以其廉静寡欲之身,风示海内,阴移一世之人心,其用心亦良非浅鲜,而其系于滔滔之世,又何如哉?时至今日,礼乐缺崩,薄俗寡暗,视节义如仇雠,倘得先生辈复起于其间,则天下之乱庶有豸乎？故余读此文，不禁重有慨于今日矣。”

笔端一片云灵之气，往来直如风行水上、月到天心，何处着一点污尘秽滓？

书柳柳州《晋文公问守原议》后

柳子厚《晋文公问守原议》，义正词严，辨矣哉！晋侯将无辞以对。虽然，柳子亦未知其道也。夫守原，晋侯岂不知为为政之大者乎？盖其方受原于王也，喜不自胜，遂不觉以之问于左右寺人，而勃鞮之言洞中肯綮，故遂不及复问于先轸、狐偃诸人，而因以畀诸赵衰矣。嗟呼！此宁非晋侯之心乎！而孰知得已贬其守原谋及媟近也，柳子不察，千载下又从而为之辞哉？知晋侯有知，亦当含恨而不服也。且以吾观之，是乃从善也。古人设谏鼓谤木，以进天下人之言，况寺人近在左右，果能达上下之情，识治乱之故，择其善者而从，其不善者不从，亦何莫非为治之一道也。况晋侯之问出于无心、勃鞮之言可取哉？虽然，柳子亦非不知此也。盖亦因其时正宦寺擅权之秋而作也。故其谓景监、弘、石之祸亦自晋侯始之，激宕之言，诚有所为而为，是又在读书者之论其世而不昧其义可也。

简洁精当，少许胜人多许。

珠泉草庐文补遗

萧云阶先生家传

先生萧氏,讳震万,字云阶,湘潭诸生。父曰恒斋,迁居宁乡,遂又为宁乡人。性沈默,为学刻励自致。嘉庆时,罗鸿胪典主讲岳麓书院,先生从之游。鸿胪治朴学,教士有法,先生以邑士被教尤渥,久而知治经之善也,尽辍所学而学焉。中年尝客授于外,学徒务速化,不能尽如其教,稍稍引去。自是闭门扫轨,专力穷经。尝隆冬负暄南荣,布裘毡笠,手一编,咿嚶不休。人或劝先生节劳,笑曰:"老不读书,死为鬼亦汶暗也。"治家绝严,内外斩截,至有佣其家数年未窥其庖者。尝悯乡俗礼教衰薄,手订婚丧祭礼,沿朱子之说而稍变通之。平生不择日,不信拘忌,家堂奉四代木主,无渎祀。禁子孙勿入剧场,至今后人犹能守之。咸丰壬子,粤寇犯长沙,聚掠乡闾,联艅由瓦官口入,去先生居不远。一日,寇氛愈逼,先生冠服坐堂皇,命家人坎地置椑,谓家人曰:"寇来尸我于此,汝等逃生全祏可也。"既而寇不果来,先生得无恙。然即来亦岂有能回先生之志者。呜乎,贞矣!先生于他诗文皆不甚求工,惟诂经则考较推究,往往通大谊,文法亦质雅入古,今其存者皆晚年所自定也。子曰骐、曰骥、曰骅。骥,诸生,以诗鸣。

案:本文录自清光绪十二年湘潭萧氏所刻《桑榆夕照录》卷首,与《珠泉草庐文录》卷二所录有异。

宁乡灰汤刘氏四修族谱序

宁乡治西百里有汤泉,沸热不可手。《荆州记》谓新阳县惠泽中有温泉指此。去泉里许有蒋安阳祠,蜀安阳侯蒋琬。宁乡考宋太平兴国年割长沙、益阳、湘乡三县地所置,陈承祚《蜀志》:蒋琬,零陵湘乡人。今汤泉适接湘乡境,征之故迹,准以地望,侯之故宅,当即在此。顾自汉至今千余年,环泉而居者罕闻其人,自刘果敏公于咸同间以诸生出领戎旃,助平粤回各寇,始以智功勇名列于史册。而果敏公之弟朴堂观察、从侄元樽军门并跻显秩,子弟之绾符绶、籍学官者复相望。天道不翕集不张,地气非积久不发,则谓汤泉之灵,自安阳后至此始一昌焉可矣。稽刘氏之先,由江西吉水徙湖南之衡山,明永乐时有曰薄碑者,由衡山徙宁乡之白石峰,其地去汤泉不盈十里,世以耕农为业。先世故有谱,入国朝凡两修,一修于果敏之尊人光禄公允慎,再修则果敏自秦抚告归时所手定。日月逾迈,忽忽又卅余年,朴堂观察虑岁久或有遗忘,与元樽军门建议续修,以编辑属藻秋学博。甫创稿而观察、军门相继下世,藻秋惧日久放失,穷日之力重加编辑,而征序于树蘅,其言曰:"余之赓续此举,体裁义例一准先伯果敏之旧,奉迁宁之薄碑公为初祖。薄公以上散佚难考,不敢妄载,尝观吾同姓之谱,非远祖豢龙即近宗炎汉。至南岳诸刘自出舂陵,北宋人犹能言之。吾家来自衡山,非不知据此以为门望,顾传嬗远而宗系难明,毋宁守先训而征实于近。惟生娶、卒葬视再修时有增,不加慎审或有阙略,为戾滋大,不能不尽吾心。子盍为我发其凡?"余闻而韪之。明允有云:"谱者,谱其所可知也。"侈门伐溯远系,乃六朝唐碑记文之习派,其时承曹魏九品官人之后,势处于不得不然。且去周秦犹近,若断若续之坠绪犹得而理之。今则中外一家,去汉唐又千余年矣,必欲溯源于赐姓受氏之初,不亦惑乎?兹编一遵先志,不敢偭越,可谓知谱之义矣。抑人亦有言:"足于己者,无俟外援。"今刘氏一门,文武通达,方隆而未有艾。果敏殄寇之功,不在安阳专事一隅之下,家世之盛,岂止震于一时?继此以往,相保相守,读书治生业,自处于不可废,安见汤泉之灵不永永钟毓于德门乎?余家与藻秋学博有连,又夙承果敏公之知而与观察、军门雅故,用质言之,以为嚆矢焉。光绪乙巳春月谷旦。廖树蘅撰。

案:本文录自《宁乡灰汤刘氏四修族谱》卷首,与《珠泉草庐文录》卷一所录有异。

游复谷峰记

复谷峰，非名胜也。然其地峰峦回复，林谷幽邃，风云合沓，变化无穷。而又为岳麓山之麓蜿蜒百余里不断，故尤足动人之游览焉。乙丑清和节后数日，同人邀穷其幽深，欣然而往。朝暾初升，晓露未坠，春光已深，绿铺麦野，黄满菜畦，草木皆以滋荣，时时有香气袭人，久处出游，心目倍觉开涤。行里许，度小桥，始入谷地，径甚狭隘，仅能容骑。既出谷口，则豁然开朗，鸡犬声相闻，林麓桑麻，远近映带，居民熙熙，恍惚有太古之遗意，盖即地志所谓小桃源者是也。窃尝读陶渊明《桃花源记》，慨然生遁世之思，而世谓渊明生当乱离，不肯婞阿诡随，自诬素志，于是高举远引而托为此记，非实有其事。今以此观之，则幽崖深谷，灵区异境，与人世相隔绝，世亦未尝无之也。复沿溪而西行，越陌度阡，入山径，山石礁确，不良于行。依山有茅舍一两间，东瞥西匿，前若有阻，而旋得路。陆放翁诗云："山重水复疑无路，柳暗花明又一村。"盖深领其趣矣，余因是益信古人之言不吾欺。一径北趋，始抵山麓。入苍碧中，野鸟交鸣，其声万变；又数步，则杂树成林，或篁或杉或松之属，交柯接叶，浓翠欲滴。约半里，则更入幽谷中，径小如飞蛇，青湿如新过雨；杜鹃方花，点缀于丹崖翠巘，而瀌瀌泉声又与松涛竹籁相应和，萧然不类人境。腰脚就疲，小憩半晌，更相与振衣临绝顶，回睇来途，渺不可寻，而此身已在尘寰之表矣，逍遥眺望，不知人世间复有许事。微风徐振，心情更觉超旷。怪石骈列，或仰或倾，奇诡万态，俯仰百状。坐对移时，而又一抹斜阳，晚钟催客，遂循别径下山，高高下下，坠身如云，俄而已落旷平。沿溪放步，缓缓而归。夜窗无事，泚笔记之，并系以诗，用湘潭王湘绮先生游沩山诗韵。诗曰：

淑气荡春和，东风悦余心。端居动幽游，兴欲尽云岩。深行度清溪，曲折穿幽林。寒泉激清籁，翠竹碧成荫。群峰忽在望，驰骋快登临。长风松际来，悠悠太古音。并览苏腰脚，涤我尘凡襟。俯仰天地间，幽奇已遍寻。归来有余恋，孤枕生岖嵚。

案：本文录自《珠泉草庐读史录》，原为书后之附文。

诰授光禄大夫通政使司通政使刘果敏公墓表

公姓刘氏，讳典，字克庵。湖南宁乡人。少好学，有大志，尝与湘乡罗忠节公泽南读书长沙城南书院。时方垂无事，士人争为科举速化之学，公则潜心义理，读经世有用之书。家贫，薪米或不给，公夷然不以屑意，独与忠节公慷慨砥励相乐也。粤西寇起，以诸生参今大学士恪靖侯左公军事，转战江、皖、粤、闽之交，积阶至浙江按察使，以父忧解职。服阕，迁甘肃按察使，寻加三品卿衔，督办陕西军务，兼署巡抚。既二年，以养母乞归。里中有东鹜山，宋处士谢英读书处也，公结茅其巅，意将终焉。新疆事棘，廷旨趣左公出关讨贼，起公以三品京卿帮办军务，疏辞不允，以光绪二年春至兰州，旋补太仆寺卿、加头品顶戴，擢通政使，骎骎乎一岁三迁矣。而以劳甚致疾，又太夫人春秋高，陈请终养，濒行疾大作，光绪四年十二月十五日遂卒于兰州督署。事闻，上震悼，遣官奠醊，予谥果敏，谕史馆立传。子后补同知本鉴，以知府用；候选主事本铎，以员外郎用。于是朝廷哀恤之礼为独隆焉。丧归，葬东鹜山斗笠仑之原，距公结茅之所不一里，其地原公所卜，以备太夫人葬地者，至是，家人以公将母未遂，乃启圹豫祔，冀以释公遗憾地下云。公为人严重，耐劳苦，遇事不避险难，尤系怀民生疾苦，而以泽不被物为己忧。为诸生时，邑经寇掠后，诸匪徒复时萌芽为乱，缠结煽诱，势蠢蠢欲动。时骆文忠公抚湖南，知公能，属公诘治。初，宁乡额征粮六千余石，官吏浮征逾恒，额且数倍，民勿堪。公协各绅列状白大府，得邀省减。邑人载其德，及是争率子弟听公部勒。设计掩捕，戮渠宥胁,不逾时而事定。复偕有司,编立团甲,略仿古游檄啬夫之制,择耆民之廉明而仁者乡数人,助令长宣化,坚明约束。近数十年中,乡俗稍稍向治,无敢竞为奸利犯法纪,公之力也。公之治陕也,故有里差局,敛民钱供张,车马费巨万,而官衙吏卒悉缘以为利弊,相仍莫能革,陕民大困,公廉得其实,严止之。令下,有司阳奉行实,持两端,监司、郡守复为缓颊。公怒,持之益力,众知不可夺,始奉约束,弊悉去,至今著为永式。关陇用兵,连年亏饷甚巨,戍卒至累岁不能领一金。公以士卒劳苦百战,国家恩泽不下,逯利皆中饱,甚恨焉,以谓非痛与爬剔,将贪饕靡所底届,而馈运益不支。乃汰疲卒,核虚伍,禁扣留,两年省饷二百万有奇。方事之殷,叨秽者不便公所为,争为蜚语相眩撼。士大夫之寡昧者亦多疑公操切,谤议日腾。或劝公少缓,以避宵人之怨,公不听,已而功效大著,始之疑谤公者,至此亦恍然于公所规者甚大,而叹公之公忠不挠为不可及也。公长身伟貌,目炯炯有光,自奉绝陋,见者不知为名贵人。在外督师十数年,薪俸所入,悉以资地方义事及所亲之穷乏者,其家所有,不加于旧。凡事务实,不求虚名。治军尤谨严,每战必身先士卒,尤善审地势、料贼情,故所向有功。当世贤士大夫睹公所为,争向慕之。既殁之后,呈请建祠者相望也。呜呼!古所谓社稷臣者,公傥其人欤?公战功、政绩列国史馆,不具述,谨掇其有关兴革之大、与众所不知者揭于阡。光绪十年岁次甲申孟春月,同邑候选训导廖树蘅谨撰。

案:本文录自廖树蘅撰《诰授光禄大夫通政使司通政使刘果敏公墓表》楷书石刻拓本。

西域屯田议

准回两部之地,自乾隆用兵,并辟中更张格尔之变,平定以来,颇云顺轨,近因逆回煽乱,雪岭天山而外,大半皆犬羊蹂躏之墟。当事总率师干,式彰挺伐,终以粮尽地远,未能飙驰电掣、鸣剑伊吾。于是乎，有兴建屯田之议。夫屯田昉自西汉，历朝因之，然兴废不常，中外异势。其中有兵屯、民屯、商屯之别，而东晋时更有用流人垦土一法，大抵民商皆谓之营田，而兵则为屯田。处置一失当，兵与民交受其敝，利害亦各得其半焉。然则屯田之兴，其来既远，而规画更不可不详矣。西域兴屯起自汉武，张掖、敦煌诸郡皆在今塞外，终汉之世，拱驭西北，大半因屯田之利。今欲讲求屯政，固宜参考汉制，然亦不可不因时制宜也。居恒考其山川形势，自嘉峪关以西直抵安集延界，迤南者为回部，迤北者为准部。回部多戈壁，又有黄流、昆仑之盘错，沙砾曼衍，沃壤无多。惟准部土沃泉甘，禾、麦、瓜、果之蕃，几与内地无别。就中如巴里坤、乌鲁木齐、哈密诸处，最为繁阜。而木垒、夹木萨、特纳格尔、吉昌图、马那斯一带，亦号沃衍。虽兵燹之后，沟洫渐湮，然引淙泉疏漫壑，亦人力所可及也。诚能于大兵克复之处，即留卒伍兴屯其地，另拨营伍以资捍卫，毋使耕战相杂，致不能并力合作以尽地之利，而檄外流人随行，游勇有愿入屯田者，听至则皆从伍符尺籍钤束之，颁发牛种，宽其征赋，不使土客相争、兵民互讧。俟一年成熟后，再行厘定章程，大要以轻徭薄赋为本，并许以西事肃清后，即以其地给予；其有荒废不治，着该管将领分别治罪。如此，则三年得小效，十年得大效，而于近人所谓“人则损中益西，财则损西益中”之语，庶几有合，其为塞防要务无疑也。夫我国家承平百余年矣，惩明季之弊而饷不加增，伸九伐之条而威罔不振，惟此狡焉思启者，逋诛于天西万里外，顾连年暴师，如万卒不得之系单于之颈，斩郅支、亡明者，故何哉？亦以屯政之未能修复耳。当事诚能悉心掣画，毅然持之无所挠，不以一年之歉薄而懈其功，不以众议之异同而罢其役，不以糜费寖繁而啬其资给，不以征调烦促而误其农功，将见兵农合一，番汉无殊，而各省协拨之银，岁可免数百万。由是关外之军储既裕，即东南之民困亦苏；东南之财赋克充，即海外之奸谋用戢。

譬之医者治疾,表里沈实,淫诊自除,中兴之机,实根如此。然则屯田之议,又不仅西域一隅之利矣。谨议。

案:本文录自《衡田诗文钞》。

西域屯田议

屯政昉自汉、晋,历唐宋元明,皆踵行之。寓兵于农,即寓农于兵,利诚溥也。然考历朝兴屯之所,如武侯之渭南、羊杜荆襄,陈何欧范之西河、关陕,多在中原裹腹之地。即充国之金城,前明之三边卫所,亦只行之于沿途州郡,未有远逾绝漠议耕议种者。西域自康熙、乾隆两番用兵,准回西部之地悉归版籍。自嘉峪关鼓行之,而西直抵安集延界,袤延万里,设立台站百余年来,相安无事。顷者逆回肇乱,关外之地半为侵占,王师征讨连年不决,欲果入其深,则资粮不总;欲漕东南之粟,又以道途辽远而糜费胜然,则宜河道之从;则兴屯一事,计未有逾于此者百。尝考其山川形势,其中大小戈壁水草不生之处,因无庸议,他如巴里坤、乌鲁木齐一带属隶准部者,沃野千里,与内地无别。当事能悉心经画,令军士于荷戈之暇,进而荷耒牛犁,耔粒皆由上与,宽其赋税,使乐其利,将领以时督察,其有田卒污莱者罪之。数年之后,士饱马腾,上可免朝廷数十万之金钱,下可免百姓道途供亿之苦,其效有可立睹者。或谓方今将骄卒惰,积习已深,一旦驱使屯田,势必有叫嚣不靖之事,不如复营田之制,招民开垦之,为愈是大。不然,夫兵屯致变,往常间亦有之,然多出于额设之绿营兵,非近今所募之勇丁也。额兵习于驯悍,以为国家设兵卫民,即当以民赡兵,不应以卒伍而兼泷亩之役,故属有致变之事,若夫勇丁大半皆耨锄祓之夫,治田本其所长,况又有耔粒之赢余,功赏之记注,有不为所愿为者乎?若必招民开垦,无论荒残之地靡有孑遗,就令中泽鸿归,而兵梳贼篦之余,必不能深耕易耨以尽地之利;不能尽地之利,即屯政亦有名而无实矣。若兵,则人自为卫，诸弊可以悉免。然则，关外屯田之议，其当以兵而不能以民也，明矣。但兵屯亦宜略示体恤，不可使耕战相杂，其法宜另移营伍专司农田之役，一切微细悉为罢免，而随以游勇徼外流民有愿入屯者，仿东晋用流人垦土法，收入、尺籍、牛种、赋额与正军同科，如此则不特足兵裕饷、缓急有资，且使游惰有归不重，比虞设一旦因防御少疏，闯入内地，其害有不可胜言者。若于北路各讯添设劲旅，并归伊犁将军节制，兵力沈厚，奸谋自消，所谓"猛虎在山、藜藿为之不采"也。昔班第以撤兵之故，全军歼焉。往事匪遥，可为殷鉴。是在当事，勿安浅近，总全局而一筹之。

一、塞外之屯田宜复也。古者兵食兼资，今关外既有重兵，即需巨饷，若尽仰给于各有之协拨之银与粟，势将不给。查西域自乾隆以来，南北两部所垦田亩，业已满二十八万八千有奇，此外可垦之地尚多，若能仿古营田法招聚流人，广行开垦，三年之后，然后按则报科，岁可增饷十数万，其驻防各军亦每名给田十亩，令其自行开垦者为永业，有事入伍，无事入农，不失唐初府兵遗意，于此则仓廪充实，衣食有资，虽猝有风静之虞，不至人无田志矣。

一、总督宜移驻肃州也。伊犁距叶城五千里，一有警报，策应常迟，前年偾事，大半以此。若督署移驻肃州，外可壮关外之声援，内可固沿途之守御，扼要之图，无逾于此。惟查督臣驻劄处，应有文职大员以备任使，所有抚参督审察件，若由两省臬司转解，往返稽迟，以应专设肃州按察司一员，随督臣驻劄州城，除命盗案件由府州审解省城外，如有抚参督审事件，即令经解肃州，庶事件不重稽迟，案犯免受拖累，吏治军机，交受其益。至副参大员，若剽掠成风，流入贼党，输我国之以情实而长冠雠，然则始以守御而收耕获之益者，总且因耕获而得饵盗之方矣。

夫惟当事应之以实，持之以恒，如省之协撰免，而东南之民力以纾，关外之军实充，而他国之觊觎自息，表里充实，元气昭苏，底定之功有不仅西土一隅者，岂非久安长治之策哉！

案：本文录自《衡田诗文钞》。

平定西域善后事宜

国家威积震叠，凡夫雕题凿齿之国，茹毛饮血之伦，靡不厥角稽首，遵我皇度。道咸之际，地大物隆，中外奸民时复蠢动，虽年来内地以次肃请，而西域逆回尚稽天讨。今湘阴相国左公提师出关，漕东南之粟以实军储，挈子弟之兵以一心力行。见马腾士饱，电掣飙驰，不难括绝妖氛，夺河源而还我天子矣。惟是犬羊之性，叛服不恒，绥辑之谋宜哀重，当不揣冒昧，谨条朝事于左，惟执事者择焉。

一、宜宿重兵以资防范也。西域之地，绵亘万里，兵少则防不胜防，况准部以上逼近外夷，若因一时平定遽撤大军，微持关外之地在在何分协驻防之处，俟惟查另行详议。

一、无偏护汉人以虐回也。准回现归版籍，即一民莫非王臣，皇上一视同仁，原无汉回之别。无奈以前之驻防大臣及诸不肖官吏，每遇汉回相争之案，必偏袒汉人，使回人不得无直，而且夺回人之妇女，掠回人之资财，积怨既深，召变愈速，如前年乌什之事可鉴也。今宜示谕属吏不得虐待回民，须令主客相安，兵民无事，如有暴虐不公如前项事件，一经访察，严加参处。官箴既肃，即民生自安，绥之靖之，谋此其重要也。

一、宜顺俗以时其化导也。孔孟之教，自中土外，惟日本、朝鲜、安南诸国，颇知奉行，其饬多奉佛教，并有所谓天主教者，二者惟佛教最广。西域向习佛教，诵经礼拜，传习已深，今若遽以中国圣人之教绳之，必重枕涅不安，不若仍其本俗，用国初羁縻蒙古法，任喇嘛衍说因果，借天堂地狱之说少辑其贪忍杀嗜之心，因俗化导，亦即吾孔孟之意也。然该地学校之设，仍须实力奉行，拔其子弟之俊秀者，徐徐以诗礼化之，俾毡裘之俗变为礼义之风，斯又长民者所当循序以进之，而无庸骤朝者矣。

凡此皆就耳目所及，以抒其大概，若夫山川城郭之扼要，民情风土之衣窳，必亲历始能周知。昔亭林大儒，而《天下郡国》之撰，以未躬历，舛谬仍多。不免可见兵农大政，非瞀生小儒所能按籍而索者矣。谨议。

案：本文录自《衡田诗文钞》。

诸葛武侯不长于用兵

昔武侯当国，内修外攘，虽儿童走卒、贩夫灶妪莫不知其善用兵，故能扶持论鼎、转危为安，而论者或以应变，将略非所长，少之不知人之所以见少者，正侯之所以见优也。诸葛一生谨慎，前史既有定评矣，所以褒斜之师虽以魏延力争，而不见用，他如陈仓之围、祁山之役、越嶲之讨，虽粮尽地险，莫不搴旗斩将，全军而还，其略已可概见矣。纵频年北伐未能成功，似与留侯之相汉有别，而不知之所以不逮留侯者，天也，非战之罪也。武侯在隆中时，即知天意攸归，鼎足已定，而又不委诸气数，必鞠躬尽瘁而后已。以西蜀一隅之地，当两万万张之虏，值炎精将息之时，具鲁阳回日之力者，其功岂寻常相业所可及？乃陈寿逞其臆说，既以蜀为闰位，夫春秋讨贼之高于武侯，又多失实之词。吾不知寿之所谓将略者，必如邓艾之由阴平入乎？抑如延之直趋子午乎？反覆思维，诚难曲解，或谓武侯曾理其父之罪，故于蜀传多微词，殆不诬也。夫善用兵者，无赫赫之功，故高祖屡北而卒有天下，项羽百胜而终成垓下之围，向使大星不陨于五丈原，安见擒权馘懿之功，不即见于老当益壮之日。天下祚汉，一柱中倾，武侯赍志矣。而世之论此，顾犹不能无疑于一人之私说，岂非好素喜新之过哉？吾故曰侯之短于用兵者，正侯之长于用兵也。

案：本文录自《衡田诗文钞》。

沩宁育婴田记

上古民气淳朴，人皆老寿繁祉，无夭扎短折，睢睢然生息长养，咸若于时。自井田废、阡陌开，而富者益富、贫者益贫，于是一夫之力始不足供数口之食，而人乃以生为忧，悲怨叹嗟郁结，无所聊赖，至以己所自出甫经母腹而手溺杀之。呜呼！世未有无故而杀人也。无故而杀人者死无赦，况天下人之相率而杀其子乎？是诚天地之患气，古今之奇变。然人之陷溺其心，相率而忍于出此，其亦容有不可以已者，有心世道之君子所当疾其事，原其情，为之急起而救之也。吾邑故有育婴田，黄陂郭大尹庆飏令宁时与都人士所捐置，择士绅之廉干有仁者司其事，岁以租入计口，均给之，其有私毙者论如律，十数年来全活无算，厥功伟矣。顾事久玩生，奉行多不如式，几于名存而实亡。乃者邑中复有捐置学田之举，事竣而有余资，遂以增置育婴田若干亩，事期核实，就成例稍变通之，由是出入有经，而穷民之受惠益无量矣。抑吾思之，贫而无借者得此，宜若可以免焉，若夫防范于法所不及之地，莫要于正本清源，禁虐媳、惩邪淫、美教化，是又在神明父母之有以揣其本，油然生其廉耻恻怛之心。语不云乎，扬汤止沸，不如釜底而抽薪，苟敝俗已成，然后切切从而刑之，抑末矣。嗟乎！张子《西铭》之言曰："民吾同胞，物吾与也。"其义至公以溥，固不敢望之人人。至目击婴儿之不得其生，稍具人心者，亦当恻然有所不忍，子舆氏所谓"今人乍见孺子将入于井，皆有怵惕恻隐之心"也。苟上下相与粉饰颟顸，不诚其心以求效于事，致令已成不坏之善举不久仍习于奸弊，不特殷勤乐善无以继美前之人，即如道家所谓福田利益，吾恐其亏折减损为不少也。可不惧哉？可不戒哉？

案：本文录自《衡田诗文钞》，与《珠泉草庐文录》卷一所录有异。

为亡友周俊甫茂才捐金启

吾友周君俊甫，有祢衡之俊、原宪之贫。骨瘦于梅，人介如石。顾励学不倦，信道弥笃。麓山访学，腾父誉于三湘；璧水翘英，冠全军者两次。并能守老子知足之戒，无苏季富贵之念。啸歌琴绪，跌宕词坛。秋山红树，闲研石室之经；春水绿波，屡主苏湖之席。落落焉，轩轩焉，其量雅又志卓矣。而乃书十上而见摈，树三匝而靡依。小人有母，谁怜范叔之贫？天道宁论，竟立邓攸之嗣，以是抑塞，未能安居。其属有戚某仕于黔中，驰书招之，于是挂蒲沅水，蹑履黔峤。红树索索，蛇镫瞍其妖青；绿瘴魂魂，蛊气郁成晓白。铜鼓咽伏波之垒，芦笙凄葛亮之营，惨慄之状，日夕千变，俊甫躬三尺之微命，犯五溪之毒淫。居未一载，遽赋归欤。方得励衡门之高蹈，绍箕颍之亮节，矫颓俗于末世，恬性真于丘樊。禀命不融，享年仅三十有四。呜呼哀哉！时则堂背之萱犹健，镜里之鸾忽孤。晨曦暖树，曲突未温；暮雨掩扉，樵苏不给。人世艰囤，斯其极矣。夫分财者，仁人之惠也；丘死者，明旧世之情也。是以郈成分宅，义问常昭，羊舌下从，仁声丕樀，岂有贤如俊甫？居于吾族，忍见生前既怀不给之忧，地下犹有难瞑之目乎？所望悯善人之世禄，感深情于畴昔，咎分廉俸，惠此困穷。则夫捐困遗涓，笃思其于生前；分金赠绨，致缠绵于贱日，犹不若赐之也。义坚生死，惠及元壤。恭疏短引，聊当引喤。

案：本文录自《衡田诗文钞》。

沩宁谢氏祠志序

古者惟公卿大夫得立庙，庶人祭于寝，所以明贵贱、辨等威。后世宗法不立氏族，淆混无所纪极。于是，凡民皆得有祠，居上者以其事之。近于报本，且可借以生其仁孝慈敬之隐而维系，夫以汉之人心，遂听人育为而不为之，不复限其因俗导之意也。故我谢氏称于汉晋，尤莫盛于南渡以后，车骑太傅之烈著于述德一诗者綦详。自时厥后，流暨益繁，虽不必尽为车骑太傅之系，要不离于江左者，近是然。则谢氏之有祠祀，其由来远矣。我祖某公由吴迁宁，越今凡几世，诗书稼穑之潭食旧甚长，而祠宇顾缺焉未备，前之人已慨焉，志之而未能逮。光绪某岁，有事于祠，佥以为事之不容再缓也，乃共醵资以成之，凡若干缗有奇，工计三阅月而毕。上下为屋两楹，堂皇壮丽，庖湢备具，岁以清明日祇荐于祊。由是升降拜跪之所，帣韝绋铚之父，胥秩秩然，有条而不紊。而群昭群穆之末，与久原于祠者莫不欢欣，祇肃以有事为荣。盖昔之人谋之数十年而不就者，至此幸底于成。而吾祖陟降之灵思，亦借此而少慰矣乎！嗟乎！子孙千百人之身，圣祖一体之所分也，以千百人之各安于其室，而不能为先人谋一椽之庇，情固谢安祠既立矣，仍然任其亲尽情尽，喜不庆，丧不吊，相视若途人，致蹈庄氏族谱之所讥。则祠虽立，而所以立祠之意仍未显祀。有之曰："入庙思敬。"夫所谓敬者，非第循墙伛偻，致恪于临事之谓也，其必推暨于良知之理，奕爱奕敬相率于不吴不话，以延胡考庥，夫然后于敬之义为能尽，否则非圣人训敬之意也。族之人其必有味乎此，立矣。功既竣，佥谓不著之籍，虑无以示后人，于是取事之有关于祠者勒为一书，命之曰谢氏祠志，示勿忘也。后之典守者尚其率循罔越，毋令编中所载之事久而就湿，此则今日作志者之意也夫。

案：本文录自《衡田诗文钞》。从内容判断，当为廖树蘅代他人而作。

书族母谢氏守节事

廖母谢氏，余之族母行也，年二十五而寡，有子三人皆稚，小家乏绝，几无以自活，氏矢志不再嫁，子长不甚力，故垂老犹患贫。僦余旁舍以居，余初未之知也，其子妇某氏尝来余家，助余妇浣濯缝纫诸役。一日,余询其姑之生平,时距节母之死已数月矣。妇曰:“若不知乎?吾姑盖釐而苦者,顾性绝坚僻,颇难于服侍,年已老矣,犹腼腆如二十许人,生客至辄避去;亵衣衵服,必躬自洗濯。虽吾常罕得一见。最是异者,率之岁已八十余矣,弥留时须起溺,子往掖之,不许,麾使出而令关其扉,更余与小姑往,始徐起就溺焉。盖平日固已如是,诚不意濒死而不少宽假也。方余之字廖氏也,里有椤伽庵,栖优婆旁祀大士像,甚灵异,吾姑特办香往祷,经吾门,吾母肃立。入吾家,故族居,闻母客来,佥以为必盛妆,囊咸来阚。欲至则不脂不粉,衣大布衣,推其髻,言语呐呐,若不出口,去后家中人辄引以为笑。余至今以为羞也。”当妇与吾妻絮语时,余适在隔舍,察其言,盖深有嫌于其姑者,非故而不知也,字匕皆其姑之节之坚。余阴识之不敢忘,犹未敢遽信。会节母之夫弟某与余居相近,自往询之,则称述略如妇所言,并言道光朝有诏,每凡直省州县有守节过五十者,令有司以闻。时氏年已苻例,曾以其事上之县,以需徽费多资,不果行。故至今犹不得旌,而里闬中亦罕有知其节之必录者,今子胡为而知其然也。余语之故,则曰:“信请勿复疑,顾余属亲近不能白之于先重,烦吾子之问,余滋愈矣。”余闻之而益信,既深信而不复疑直。邑中有志系之设,功就竣矣,亟以状授主者,得援入,盖迟数日则已无及矣,兹略。子曰:“有是哉!事之不容终闷也。”当节母矢志时,家贫子弱,自分无所,迨其夫弟稍稍知,以其节重矣。旌格于吏,不得达,乃迟迟数十年之久始上其事于有司,于无意中得闻其详,而又适丁县志之成,岂名之显晦有时也,抑节母之至者,天终不欲闷之耶?是诚不得而知之,独惜当日之所谓有司者,徒以征费之故而忍,令数十年青灯白发之苦垂于上闻,是诚何心哉?世衰道微,是氏者几不知曾教阐幽为何事,何慨也夫!

案:本文录自《衡田诗文钞》。

张江陵论

古所谓大臣者，谓其有广济艰危之量，干于宇宙之才，一切微疵小过不暇深计焉。所以齐之管仲、唐之魏徵、宋之寇准，其出处进退均不无可议。贤望之徒，且从而略其短，而取其长，诚不欲以一胜掩大节也。有明中叶，自分宜枋图后，朝政不堪问矣。乃江陵入相，而弱者强，贫者富，譬如临浐受代，壁垒旌旗，焕然变色，其关系岂浅鲜而议者，或毛举纫，故追论之不已。吾窃不谓然，人当与人家国事任劳，必兼受怨。尝考居正本传，神宗初载，继高拟入辅，即慨然以天下为己任，一时潘李凌戚之徒，悉皆妙简无遗，收得人之效，驯其四夷宾服，水旱无惊，不贤而能之乎？论者或以夺情毁书院两事，重为江夺陵，惜乎夺情，则诚万难解免耳。至于毁书院，恐当日不为无所见。明季习尚，天下人士相率以讲学为务，合数十百年萃裒衣大带诏之士，譬诸草木区以别矣。而终日与之言心言性，其居大学者至相互标榜，侵议较纲甚重，以万死莫赎之。陆万龄亦出圜桥璧水间，安知江陵当国时，不早有此不肖者，以萌蘖其百而预为防其渐乎？仓山袁氏之言曰："士少则天下治其见。"殆与江陵相较持。江陵矫枉过正，不免造谤而招，尤此则其所短耳。而勇于任事之心，亦于兹略见。盖知人论世，自古为难，必有激浊扬清之慨，然后有熙天耀日之功，有不避嫌怨之心，然后有握荷一世之力，人第思其荦荦大者而已，又何必引绳批根，以重贤中正之道律事功之人哉？善乎！史臣之赞曰："居正议时变，勇于任事，惟威柄大虆，几于震主。"斯真平允之论矣。噫！有明一代，以江陵之干济，江及之边功，武陵之据荷危，闻楚材之效力极矣。而或则受戮于生前，或则蒙谤于后世，此明社所以终止，而一二有志之士掩卷而三叹也乎！

案：本文录自《衡田诗文钞》。

罘罳山人隆君哀辞

余年十六，尝随友人于郭外浮图见题句绝佳，末署山人名。访之，罕有识者。嗣于何君雨畦所见山人诗稿，始悉其人，年甫弱冠，著书已满家，乃愈益骇服。赋小诗介雨畦以道意。时山人方构家祸，茧足梅山溪峒间，辽阔无由识面，岁时略因雨畦存问而已。同治己巳，余以事抵安化之曲溪，山人适馆余族柳堂之迟楼，相见如平生欢。亟出箧中诗，篝灯读之。其时山人方肆力于苏黄诸家，余爱诵不忍释手。是夕，风霰交作，楼外松枥尽缟，檐冰堕阶墄，铿然有声。两人者围炉煮茗，深谈达夜分，以为坡谷以后，无是乐也。既而山人客游秦陇，余亦叠丁忧戚，音问阔绝逾六七年。丁丑，山人倦游归，访余山中，赋一诗以去。未几，复有出山之志，余适馆今河北道陈公宝箴长沙寓园，山人径来就余告别。陈公夙耳山人名，闻其来，喜甚，命公子三立伯严款留数日，极文酒谈宴之乐。余介绍其间，借与山人畅论古今文章、风会得失，穷晓夜不休。计相知二十年，言论踪迹之密，以此为最。濒行，陈公复尼留其《罘罳草堂诗》十卷，序而行之。岂知山人去甫一年，讣音遽至，盖山人以戊寅十月十六日卒于乡人喻仙乔太守宁灵官舍。呜乎，异矣！当山人发长沙时，余与陈伯严及湘乡张福荄、杜云秋、张仲容，安化黄澍亭、李闳刚，徒步送之驿步门外，目击征蓬渺渺，随鸥波而远。数人者鹄立江岸，意殊惨戚。至今思之，有余痛矣。吾乡自宋以来，词章之学虽不乏人，而能卓然名家直造古人堂奥者殆不数观。山人处荒山中，无师友切劘之助，而刻意砥行垂三十年，以从事于古人之学，遂奄有乡先生之长，而若或过之，可谓能自树立者矣。使假以岁年，其所表见当不仅是。美志不遂，溘然穷泉，倘所谓天者非耶！此余所以感念畴昔，不禁缘缨泣下，而不能自已也。爰为之词曰："巉巉罘罳，青苍戍削。流沙西来，素波瀺灂。清气所积，实生闻人。赫矣隆子,与古为邻。镂心刿肝,翱翔文史。完神葆素,皦然不滓。凭既夺席,鼎亦解颐。逸矣高风,乡衮畴依?希世之珍,旷代一见。石室藤函,用俟来彦。"

案:本文录自《民国宁乡县志·故事编·先民传五十四上》册二,页八五一。

翰林院编修黄君家传

君讳显瓒,字石仙,宁乡黄氏。嘉庆时,有讳思藻者,以举人官广东广宁知县,升万州知州,是为君之曾祖。宦无余财,至君考仅分薄田十亩,躬自耘治,不辞劬瘁。生君兄弟三,君属居长,幼颖慧,读书过目成诵,里人诧为神童。年十七,补县学生,逾年为同治庚午科,中湖南乡试举人。自知学难进取,至光绪丙子始上公车,以是年成进士,授庶吉士,丁丑授编修。南归省亲,曾由杭至粤,所为诗文益闳肆。壬午,丁父忧,家贫授徒自给,借此肆力于经史百家之学,尤喜宋儒之书,尝取《薛文清读书录》《胡先生敬斋居业录》《国朝张清恪困学录》稍加删辑,署曰《翼朱三种》,付工雕板。四子五经皆有札记,大都以经解经,旁通曲证,多前人所未发,惜篇简畸零,与所著诗文、日记皆未暇裒录成书。君体素羸弱,貌若枯禅,自云凡治一书,辄冥心孤往,溺苦不能自拔,必得闲乃臻释然。旁及医卜、堪舆之术,亦如是。精力用是日疲,乙酉扶病入都,没于长沙,年三十有三。君性孝友,馆金并游宦所入,遵母命多推与两弟,妻子无以自赡,无人情所难云。论曰:宁乡自国初至今,与馆选者十人,独君与黄遇隆喜宋五子书,而皆不永年。司马氏云:"含生之类,杂糅者多,精一者间或值焉,而其数不长。"其是之谓与?予与君相识最早,居甚近,每见相与论文章风会得失,辄欣所见之同,今陈荄被垄矣。回首前尘,恍如隔世,思之黯然。嗟夫,岂料石仙竟止如是耶!

案:本文录自《黄璧斋遗文》抄本之附文,为黄显瓒后人所辑。

沩水校经堂课艺第一集逊学斋序

沩水发源于优昙钵花泉，地志所谓马头山，即其所也。行百余里，至百花潭，乌江南来会之。十余里，绕治城而东，潴为玉潭。又七十余里，经沩口戍入湘。迂回澹荡，首尾亘两百余里，明漪见底，芳风藻川，生其间者类多，比物荪荃，体尚风雅。自宋以来，作者接踵。近稍替矣！盖自道咸以降，自朝著以至名都大邑，士多蔽于俗学，时人所谓“高第之子，未窥六籍，已入翰林”是也。宁邑蕞尔邑，又何怪其然！光绪丙子，乐山唐大令蓬洲权知县事，以邑士多局于凥闻，乃时进之于庭，而课以经史诗文之学，复推俸余以资其膏火。一时缀文之子乃渐知以通经学古为重。顾不久受代去，以后或作或辍。县人以育士之资不能尽烦长上，乃稍稍襄置田亩，购书籍，今甘肃提督周公渭臣复大出橐金以扩充之。于是，士之为学愈有借，而风气乃日益开。余以罢驽，忝拥皋比，已两年于兹，每发题课士，必有一二惬心之作，未忍任其散佚，斋馆多暇，乃别择其尤雅饬者若干篇，付诸削氏，用活字板排刷，以公同好。夫学问之事有开必先，唐诗滥觞于陈子昂，北宋文萌朡于穆伯长，厥后两代诗文称极盛焉。岂非以缄镉既启，渐有轨迹可寻，斯道遂有日新月盛之机乎？他日者，山川之气益昌县属，经义治事之才与夫诗古文之学，讲求淬励，日增隆盛，炳然与古之作者絜能，斯编其犹嚆矢乎？亦即蒙今日所深望而厚幸者夫。光绪癸巳首夏，县人廖树蘅叙于玉潭书院之逊学斋。

案：本文录自廖树蘅辑《沩水校经堂课艺第一集》，清光绪十九年沩水校经堂木活字本。

祭山神文

荆衡贡金，厥惟有夏。黄金丹砾，并归大冶。惟天惟地，孕毓精英。韬光闷采，待时勃兴。制国之用，今古殊程。龟贝上世，货布周秦。皇汉受命，始重金银。凿罅裂凶，置场榷税。地不爱宝，以剂盈匮。更二千年，循用不易。轻赍易致，华夏均利。运丁阳九，藩篱大开。潜虬嘘浪，震惊金台。佳兵不祥，饵之以财。殊俗罔餍，悉率难该。帝眷南服，咨汝宝箴。湘岳之间，虹彩上腾。发地之藏，苏我疲氓。箴拜稽首，天子万年。主忧臣辱，敢弗告虔。顾欲兴利，除弊宜先。六计弊吏，皆冠以廉。行己有耻，士行较贤。臣师刘晏，崖穴招延。帝曰俞哉，乃可底绩。试可乃已，余为汝翼。抚臣受命，旁搜远采。愚贱如蘅，亦邀存在。宜阳之鄙，九疑之委。川岳储珍，发皇有待。爰集畚锸，选徒嚣嚣。轰石穿幽，魅遁魑逃。千夫运斤，岂免欢呶。惟山演脉，为冈底斯。东来三千，蟠结中区。逖矣南龙，散为万殊。龙飞凤舞，育珍于兹。惟神效灵，迸露晶莹。土石无陨，沴戾不生。倘免凿空，亦冀取赢。匪曰予利，裕国活民。世习浇漓，竞规私利。蒙实耻之，妄思矫励。率励一身，约敕徒隶。洗手奉公，勉存朝气。有渝此言，神实殛之。天日在上，实闻此词。吉日惟寅，云动天开。告灵既飨，万福偕来。

案：本文录自《珠泉草庐师友录》册二卷八，页八三。沈祖燕《沈观察书札》后有按语："公于光绪丙申初莅水口山，有《祭山神文》。"

豹子岭修路启

由松柏至豹子岭约七里，为常宁至桂阳州达道，旧修石路，岁久刓泐，廉者龋，平者陂，行旅病之。由豹子岭至水口山约三里，故村僻小路。蒙以去岁奉宁州中丞檄，采矿入山，人夫阗咽，行者属于道，每逢淫雨泥淖，跁踦蹩躠，窘困至难言状。会今年二月，中丞诘戎南服，拟纡道来山一觇矿产。禾川龙公实尹斯邑，谓道茀不治，岂惟负戴者不便，抑且无以迓襜帷，乃慨然出银圆百圆，交绅董属役。蒙亦薄有佽助，而前年商人之开采此山获赢利者，亦各有所赍。于是，由岭至山之道以成。地方一二耆贤，复相与来告曰："峤道有成，而大逵弗治，是彰吾人之慢也。况周官遂人沟涂之制，匪惟民利于耕，亦求有路以达于畿。今幸有旧可循，覆土以宽其畛，伐石以补其缺，因者固易于创也。愿率作兴事，以蒇此役。"余曰："岁比不登，正须休息，公等得毋劳乎？"则皆曰："频岁虽小歉，吾辈犹足自赡，发廪庾之藏，以兴工作。贫者得食，漱者无渫，行者利安，一举而三善备，且使大中丞凭轼观之，得荡平之休，而无诃于农之惰。吾侪小人为幸大矣。乃者浮屠老子之宫，迎神赛鬼之会，动累千百，彼昏曾不知恤。宁于此而反靳之，择可而取，毋抑毋滥，吾人自乐于从公。但乞一言以先之。"噫！有是哉！此邦之人之渴于义也。行道有福，古有明训，会见仁里之蒸为善俗，而日臻康乐，敢不濡管以资引嗅。宁乡廖树蘅。

案：本文录自廖树蘅编《常宁忠字一团义田记》（清光绪二十七年衡州刻本），为书后之附文，与《珠泉草庐文录》卷一中所录稍异。

锡坑开口祭山神文

惟神崔巍，孕育精英。六鳌震荡，矽走砂凝。天生五金，以利民用。伐山摧谷，出之深阱。自膺此役，适周两期。地不爱宝，神实相予。无厌之求，以多为贵。匪衡实贪，朝廷之利。町既厚施，坑宁异趣。况于前年，已饕大惠。谨詹吉日，破土兴工。乞灵富媪，下谅愚诚。金银气溢，水土无惊。祓灾禳荧，宣气顺风。俾予小子，尚克有终。

案：本文录自廖树蘅撰《茭源银场书牍》钞本，宁乡梅氏澄波楼藏书第四十七册，第四十二篇。

锡坑启口祭山神文

惟神磅礴，孕育珍异。以资民用，并饶国计。然而伐山摧骨，篝火下锤，绵历岁载，岂免伤夷，渟水潦于空隙，每一泻而难堤。资用既窘于筹措，人力既限于无能。为蘅以前年实躬斯役，启幽元而下贲，罄黄金于一掷。治事未得其方，所获仅偿所失。上无以济国用之穷，下无以答疆吏之识。抚躬内省，难辞溺职。爰以今日，以意为之。穿阴洞以泻水，冀大效之可期。就此地以重开𨫼路，合新旧而四之。然而水土之役，神灵司之。非英灵之呵护，宁殒濩之无虞。清酒式陈，牲牷是割。罄心渺虑，以通微漠。惟神灵之昭格，屏灾害而邀厚福。敬供明神，摅写诚悫。

案：本文录自《荚源银场书牍》钞本，第四十三篇。

再告山神文

惟山岳之崔巍，实胚胎于混沌。经坎离之融结，产五金以利用。人为万物之灵，纵斧凿以盗其藏。陵谷因之而易位，富媪泣诉于穹苍。繄荆州之贡金，自三古已有名经。数千载之采掘，造物亦苦其摧戕。不才颇惜名义，闷影丘园，无求于世。因抚臣之諈诿，来采金于此地。爰竭绵力，勉具斯工。鸠工庀材，昕夕经营。盖日食几盈万指，自夏五以讫于今，糜金钱以万计。每一念及，而神为之惊，然不敢纤毫以规。自利此念，曾质之明神，乃德薄能浅，竭尽移山之力，而宝藏未能大兴。惟山右阜，厥名锡坑。废𨫼交午，时有骞崩。水灌注如泻瀑，极巨木撑拄，而犹不能胜惧。土石之覆压，蘅之获咎固不足惜，而掷百十人之性命于朽壤，能不衋然。沈痛于心，顾此凶危。惶然靡措，寝馈不安。私衷丛疚，愿加谴于一身。毋嘉师之罹咎，爰洁诚而设奠。冀神灵之我佑，町既无石破天惊之惨，氓亦无轴覆维翻之祸。尤愿大功成于不日,金锡怒发,其精英取不尽而用不竭。下以周芸生之困,上以俾助夫司农。庶蘅可酬知于大吏,大吏亦可藉慰。夫宸廑基扃,固护金石累累。宏我王道,惟神是归。

案:本文录自《茭源银场书牍》钞本,第四十四篇。

祭火神文

惟明神之降威,炳南离而有嵩繄。除旧而布新,亦瘅恶而彰德。故行身正,则糜竺得免焚;如寝庙灾,知展氏之有隐慝。况此邦为祝融之正位,昭鉴尤无差忒也。被檄采矿,结屋山椒。经始周岁,不敢告劳。冀洒濯乎寸心,庶神惠之仰叨。所患过失,末由自知。气质亦分灵蠢,赖天心之仁爱,恒即事而示警。畴昔之夜,爝火忽荧。嘻嘻诎诎,光焰上腾。幸呼吁以营护,免鱼骇而兽奔。然而草棚栉比,人声殷阗。警枕蹶起,神魂慢然。倘炎炎不熄,千百人性命所系,此咎亦岂能肩意者?行身祈向,渐即懈驰。遂以肇此灾愆,谨洗心而涤虑矣。此后兢兢业业,一如初念之贞坚。伏乞鉴兹忱悃,俾无后灾。回禄远游,祥和大来。熄融风于旸谷,跻赤子于春台。爇瓣香而上祷,冀威怒之能回。

案:本文录自《茭源银场书牍》钞本,第四十五篇。

祭水口山神文

繄受事以莅兹丘,适已周乎两期。赖神明之默护,溢环宝于深磎。累累然如贯珠之不断,遂使此邦之产,充溢于泰西各国,而市易所入,足以资疆吏征发之需。方今道未由庚,世方多难。沿海驿骚,朝廷宵旰。筹饷更难于筹兵,司农仰屋而兴叹。非山川沛发,其精英曷由逐犬羊,而宏我皇汉。惟抚军之忠荩,兴矿务于湖湘。置祸福毁誉于不顾,役匠石以发厚地之藏。幸此地薄有微效,未至如恃望之凿空,与海若之望洋。宁小子之有干,繄神惠之克彰。乃自去秋以来，矿苗渐微，日甚一日，仅供采斫之资，难为左藏之实；甚或，新场则气噎而洪窄，旧䃴亦砂断而石出。同人束手而兴嗟，工夫执冰而冗食。而蘅也上无以副贤大吏諈诿之殷，下无以豢此方之穷民而安定其家室。中夜以思，不寒而栗。当由蘅功败于垂成，志衰于末路，不能如初念之艰贞。遂不仰邀，夫神佑爰肃。微忱自陈，愆咎矢此。后励此心，以与之始终。庶国既裕，而兵可强；食已足，而圉可固。

案：本文录自《茭源银场书牍》钞本，第四十六篇。

刘竹侯先生文集序

吾友清泉刘竹侯，绩学能文章，盖承乡先生之学，不专以空文自炫者。以举人官益阳教谕多年，光绪己卯、庚辰之岁，余客县令乐山唐公署中，见其声华淡泊，无几微啖名之心，耸然异之，因与订交。益阳山水髻秀，为湖西壮县，校官禄入，视他县为优。其时士服其教，同僚高其行谊，皆愿竹侯久于其地。而竹侯忽腾牒大府，以亲老求解职。佥谓竹侯年未及艾，不宜即止，虽余亦疑之。竹侯喟然曰："此官之不足有为久矣，今吾亲已老，使恋此不去，重贻堂上人门闾之望，于心奚安！家虽无余，授徒犹足供甘旨，吾诚不能以此易彼矣。"卒不顾而去。归未数年，二亲相继弃养，人始服君诚至几动，得以全乎为人子之义，而示人纪于颓俗浩浩之时。然则如竹侯者，其可仅以文人目之哉？丙申三月，余以矿人来常宁之水口山，又二年戊戌，余之执役于此，不可谓不久。嵁岩邃谷间，寥阒无可与语。其年九月，竹侯忽偕其友罗君艺崖、周君敬甫入山见访，此地距其家不盈百里，是年适主郡郭外之石鼓书院。清湘秋霁，击楫而来，喜何如之！相与谈宴，连日夕不倦。临行，手文一编授余曰："子其为我读而序之。"夫余则何能序竹侯之文者？乃以多年知旧，重违其意，不可以辞。按竹侯之文，导源欧曾，无近人门户习派。其究晰天人之微，与时事得失,舆地沿革,并能精凿以自持其说。与人酬赠之作,规多于颂,不苟为谀美,即此可以觇其所志云。

案:本文录自《珠泉草庐师友录》册三卷九,页八至九。原文附于刘筠《刘教谕书札》后之按语中,《珠泉草庐文录》未收。

新建紫宸宫碑记

由衡州郡河溯流百五里,有小市曰松柏,属常宁境。光绪丙申三月,余奉檄治矿水口山。初至僦市屋以居,落落数十户,大半以贩吉贝花酿秫为业。人多悫愿,鲜市井习。一日来相告曰:"凡市必有神祠,以供岁时祭赛。吾市独无之,某等愿有事于此,且求济焉。"余曰:"唯唯。"明年丁酉二月,中丞分宁陈公诘戎过此,入山视矿,余具以市人所请告,公慨然出银圆三百助役。于是,众情欣跃,不数月集资数千金,不足另由船力零捐以益之。盖市埠初不利泊船,自矿务兴,帆樯无远勿届,又下游淤沙坟起,无风水激射之虞,皆以为获神之佑,输钱恐后。适陈姓祠旁有隙地,愿捐出以用庙基。乃度地审材,经之营之,凡为屋两进,东西联以横舍,并宏巨壮丽,斫砻丹雘,有翼有严。中祀文昌、关帝之神,左雷祖右财神,旁舍祀水神,凡可以锡灵降福于吾人者,罔勿备。奉安既毕,则又来请曰:"寺庙必有主名,今合群神于一室,乌乎名之?惟市当县之北乡,乡名紫宸,即以此名吾宫焉,可乎?"余曰:"可哉!"恽子居有云:"王者进退群神之祀,凡以为民耳。其合乎天神地祇人鬼之典法者,秩宗之所掌,逢掖诸生之所诵习,百世不废者也。其不合乎天神地祇人鬼之典法而能见灵爽为征验,捍御水旱兵革,为天下所奔走,王者亦秩而祀之,所以从民望也。"今此之祀,按之典法,虽有合有不合,而百家之聚,四境之内,风雨时和,年穀顺成,宝藏大兴,舸舰迷津,虽有虚警,旋获敉平。孰非神之式临以福尔编氓乎?则丰尔粢醪,腯尔牷牲,崇以上清之宫,蒙以紫极之称,夫谁曰不伦?抑即恽氏所谓王者亦当秩而祀之以从民望者也，夫何疑焉？工既竣，恰当三年巡阅之期，今中丞山阴俞公亦来山视矿，县官置顿庙中。公嘉民之虔于所事也，书榻以彰之，随来之监司郡伯皆有所题，于是松柏之神祠异于寻常都宫矣。是役也，以戊戌五月启土，九月告成，凡用制钱若干缗。董其事者，为同知衔监生欧阳藻、监生王锦泉、刘德成、刘香生，藻之出力尤多，例得并书。庚子十月，宁乡廖树蘅撰。

案：本文录自《常宁忠字一团义田记》，为书后附文。与《珠泉草庐文录》卷一《新建紫宸宫记》有较多差异。

筱村课女录序

吾友筱村二女，髫龄以宋氏姊妹称，屡索观其诗文，不可得。春初，老妻造访，强夺之归，因获毕览，懿哉乎德也，才云尔哉！二女诚贤繄，吾友之家训出寻常万万矣。老妻怂恿寿梓，爰摘录传之朱门华族。家置一编，暇以为闺壶课二南之化。古今人庸讵弗相及，即二女姓字不必传，非敢掩其善也。遵吾友志也，亦内则然也。

案：本文录自《民国宁乡县志》册一，页五〇〇。即廖树蘅为周汉之女周宜男、周花君姐妹合著诗集《筱村课女录》所撰序文。

罗节母汤太孺人五十寿序

宣统元年十月二十一日，罗节母汤太孺人五十寿辰，哲嗣宜沛谋制锦以为升恒之祝，而来征序于树蘅，宜沛之言曰：“吾母一生冰蘖，多人所难能，宜沛无似，不能率德以致显扬，愿丐长者一言以为堂上光。盖吾母来归时，年甫十三，越十又一年而吾父见背。其时吾嗣祖母与本生祖母均在堂，吾两姊长者甫六岁，次三龄耳。吾父没后一月，宜沛始出腹，一家茕茕，内无期功强近之亲，外无应门五尺之童，恤然无所恃赖，家本小康，猝遭闵凶，觊而思齮龁者有之，忧伤之余，其不欲生也屡矣。顾念姑养未终，子犹黄口，未敢决然以遂其一瞑不顾之志，而承天之道，鞠育教诲，相辅而行，应黾勉以行其难者。及宜沛稍长，即督令入塾读书。宜沛幼鲁钝，顾跳荡不受绳尺，尤畏就学，吾母往往加以楚挞，不少假贷。尝谓宜沛曰：'吾不冀汝发名成业，但愿汝多识前言往行，稍名大义，免入奇邪，于吾志足矣。且世间孤子大半无成，弊由母之溺爱，而流入姑息，姑尽吾分，免来世人之诟，庶有瘳乎？'宜沛自是悚，不敢违。其教吾两姊也，虽不及教宜沛之严，而居恒必训以习礼，仪娴内则，他如纺绩织衽，饎爨书算，靡不津津然乐道之。母女三人，终日愔愔相守，不出房闼。尝谓妇人之职，守礼为先，内外有职，男女有别，及为人妇，敬尊嫜，顺夫子，训子女，操井臼，供浣洗，罔非由礼而出。此外，非妇人之事矣。称之者谓，所识与榕门鹿洲之女学，遗规大略相同。吾母性质俭，丝粟不肯妄费，然艾物则必从丰，人有以乏告，必设法周之，下至藏获之微，必加体恤，毋令觖望，其宅心仁恕，类此其事，吾两祖母致敬诚尽无所轩轾。门以内，无间言，殆皆守礼之效欤？惟更患既多，年方五十即颓然如六十许人。宜沛之恳恳以求大文者，诚欲及慈爱日，裒举大概，以报吾母之劳，先生其许我乎？"树蘅闻，肃然曰：太孺人诚贤母也，宜沛欲寿之以文，不亦宜乎？夫古无序寿之文，有之自明归大仆，始而方望溪、曾文正均以为非文体之正，辞而辟之，然旋辨其非，旋又为人撰叙，岂非以人之实行宜传，不忍过拂人子之意乎？然两家集中序女寿者居多，是于徇俗之中，仍寓矜慎之意，而言必有序，绝未过于敷扬，此两家微意也。宜沛诚孝人也，述其母夫人之懿自不至为溢美之词，余忝姻末，故乐得而序之，宜沛持归，张之堂上，以念太孺人，必欣然许为知言也夫。

案：本文录自《宁乡罗氏金山房聚山房六修族谱》卷四，页二九至三一。

梅氏遗书序

学问以时为风气，小才嵬士易为风气转移，国初诸老尚沿晚明习派，喜谈性学。乾嘉人士以言心言性易堕空虚，难免伪儒矫托，相与殚精经术，断断于名物象数、音韵训诂，自以为因文见道、直接往圣之传，而其并世之人已有讥为繁碎缴绕而不了者，百年之间，舛异交争。夫学问不求诸本原，孤恃议论，徒党相排笮，未有久而不敝者也。姚郎中论学，区义理、考据、文章为三，义理、考据之得失既如彼，则能供实用，为中外所共重者厥为文章，然其中又分华实焉，分真伪焉。近更有同轨而不同文者焉，且夫学问、文章之道一也，得其道可以垂训而行远，失其道纵能通九译、明梵夹，其志盖将以求食，与寻常科举之学无以异。穷究失败之源，大都不外于鲜耻。昔者孔子、孟子尝教人以有耻矣，昆山顾氏慨心学之流失，爰揭行己有耻、博学于文为训，其以耻居文之先者，以谓文不根于有耻，虽博无当也。耻之于人大矣哉！吾县梅先生霖生，立身立言庶几于有耻矣。先生早膺乡举，四十以后始成进士，入翰林，散馆改官礼部，旋殁于京邸。迹其一生学行，无一不从艰苦困难得来，而立身行己，较然不欺，本先裕矣。通籍以后，所为诗文裒然成集，流誉京师，顾身后多散失。先生没七十年，其孙英杰搜得古近体诗若干首，文若干首，家书若干首，汇为一编，付工雕板，以弁首之文属树蘅。受而读之，觉诗文皆抗心追古，情深温婉，无啖名求悦之心。家书于极繁细中弥见守道之严、闲家之正，令阅者敛佚志而生道心。人情纵能致饰于外，必不能匿情于妻、子之前，观此益知先生之为人矣。树蘅生晚，不及与先生接，而服膺最久，故欣然为之叙云。

案：本文录自《民国宁乡县志》册一，页四七七。

荣木堂诗文集序

李文公非董子作《士不遇赋》，惜其自待之薄，王荆公贤之，以谓非有王公大人之位，仆仆焉忘其身之劳，岂所谓知命者耶？二公之言，殆为平世之士云尔，若夫遭遇艰屯，义兼伦物，非所论于此矣。宁乡陶先生密庵，丁明甲申之变，与文铁庵、张别山、石见五诸人，崎岖岭海，随何文烈腾蛟举义图恢复。三江两湖之士，闻风而起者三百余人，事在顺治五年，所谓戊子江上之师也。逮督师死国，先生与诸义从并陷诏狱，得郭天门与洪承畴一言而免。夷考先生当日，官不过司铎，秩不过检讨，徒以受怀宗文字之知，国变后奔驰西南戎马之郊，膺永历五省监军之命，困踬流离，无所悔恨。及四方已定，与胜国遗民歌哭空山，栖心宗镜，不鶂官司之饵，所谓始终不变塞焉者，非耶？故谓先生激于行义，观变未深犹可也。谓自待不厚，不知命不可也，先生少负声名，长更患难湖外，自崇祯癸未讫康熙中叶，兵祸牵连未绝，孑遗蒙难之惨，历来谈湘故者多未能详。先生《集》中，如《哀湖南赋》《湖南寇事诗》，哀举靡遗，足补官书之阙。其他诗文乐府辞赋，久有定评。郭天门谓"清气从胎骨中带来"，一语尽之。独惜板本漫漶，中多讹脱，核其付刊年月，先生犹及见之，不图舛漏至此。或谓其时文字之狱，方生仓卒，未暇检校，是或然欤？县属久故之家藏其集者甚鲜，盖沈埋湮塞于右文之世者二百有余祀矣。近于莓田梅氏、企石童氏见雕本，汤泉黄氏、靳源杨氏见写本，大都残破不可手。乡人以先生文章、志行皆可传，惧原书久而愈湮也。谋摭拾而重锓之，属余躬校字之役。衰敝余生，难于久视，重违嘉命，于残丛中拣其篇什完善者交抄胥，离章断句、文不称词、无从笺补者置焉，较之原集仅能得半，加工缮刻精采，转益完美。当明烈皇时，湘潭李宗伯湘洲寓书先生，谓"李文正《怀麓堂集》选录稍冗，宜加简汰"，足征文字之传以精为贵。兹之剬辑,无能多及,亦犹宗伯与先生书意也。梅君英杰、刘君宗向、王君泽洪、刘君鼎元,搜罗督刻,用力弥勤,故并书之。辛酉十月,同里后学廖树蘅八十三岁序于珠泉草庐。

案:本文录自陶汝鼐著《荣木堂诗文集》卷首。民国十年廖树蘅搜集、整理并重新刊刻《荣木堂诗文集》,其中文集六卷、诗集十二卷。

王小憨传

王鸿文,字小憨,晚号啸庵,用弼七世孙。曾祖健修,周在炽弟子。祖名焕,善治痁疾,损伤尤有名,岁施药不倦。父定谔,字源湖,县学生。工骈文,书仿平原,能识金石文,亦通方书。早丧母,善事庶母,与庶母弟妹同居四十年无间。鸿文由东湖迁一都仙凫冲,师马维藩、周觐扬,试辄不利。家世儒,素多藏书。屏居嵇峃山十年,复出试,督学温忠翰拔置第一,补县学生,年四十三矣。旋食廪饩,两赴乡试不中。注《大学》,删定吕留良《四书文》,批唐宋诗元明词曲,多所诠发。编修黄显瓒尝以著作相质证,鸿文谓:"程朱陆王皆践履笃实,能诚其身,殊途而同归。门户之争,末流之弊也。"性高迈,谦待族里父老,而傲于士大夫。然人有善,誉之不容口。廖树蘅为周达武撰《武军纪略》,士鲜知者,鸿文独赏异焉。尝一游黔浙以课徒,终年七十二。弥留时,视屋壁皆字迹模糊,呼家人拂拭,盖其毕世精神贯注于文学云。所著书多散佚,仅树蘅为刊其《唐诗镜》。

案:本文录自《民国宁乡县志》册二,页六六一。原文出自廖树蘅撰《珠泉草庐笔记》。标题为整理者所加。

宋宾逢先生传

宋宾逢,字七峰,七都龙王冲人。少受学于周治辂。治辂得举,将赴都会试,学徒问:"明岁师何从?" 治辂曰:"宾逢。"时宾逢年甫二十,诸生皆同学,或年差长,然皆服从其教。乾隆三年,中乡试副榜,读书国子监。考授八旗教习,补武英殿校书,积分得州判。初发广西,旋官贵州永丰州判。《旧志》《通志》皆作:“发广西,官永丰州判。”考广西但有为永县,南宋时已废。永丰州属贵州兴义府,后改为贞丰府。《宋氏谱》作“安平州判”。安平属贵州者为县,属云南者为厅。依宾逢所施苗民政绩及以后服官诸地揣之,以官贵州永丰州为确。见苗民供署内斯役差累甚苦,辄除之。严禁火葬、跳月诸恶俗。修复义学,延师训课,苗俗一变。调贵州布政司经历,改署贵阳府通判,办征剿缅甸兵差,吏无侵民,无劳上官,亟称能。再判遵义。遵义府西北与四川合江县接壤,啯匪出入所经,宾逢严于摘治,匪顿息。署册亨州同,地界黔、粤边鄙,夷汉杂处,民性难驯。宾逢莅任一年,勤听断,绝苞苴,夷民大悦。甫受代,署安南知县,擢广东德庆州知州。躬课农桑,平情决狱。历官二十余年,不改寒素。以年老告归,捐俸余,置祭田,修先茔,纂族乘、建桥梁。尝负筐入山拾薪,有戚家佣造其门,见其短衣朴僿,呼为“老官”。老官者,乡俗目年老佣人之称也。已知其误,遽前致谢,宾逢曰:“尔不曾慢我也。我旧服官,今老矣,呼之适当。”其和易类此。主讲玉潭书院,弟子以周在炽为最著。年八十,无疾而卒。

案:本文录自《民国宁乡县志》册二,页六八六至六八七。原文出自廖树蘅撰《珠泉草庐笔记》。标题为整理者所加。

贺德瀚先生家传

贺德瀚,字友南,号勺庵,三都鹅山贺氏。曾祖发,祖清寅,皆县学生。发,授州同,以母老不谒选。尝拾遗金还其人。清寅捐谷百石,储社仓。父嘉谋尝见堕盐于水者,迫欲以身殉,即与以值。或负其债,请以佣偿,立焚其券。德瀚生之前夕,父梦达官至堂,传呼接诏。生而端伟,颖异,九岁能文,有奇童之誉。乾隆四十四年己亥恩科，以廪生举于乡。嘉庆六年，大挑知县，发山东。历知菏泽、郓城、利津、朝邑、范县。德瀚性和易，名节所关，则辞气震厉，居官案无留牍。在朝邑，严治窃盗，乡闾安枕。回民丛殴，伤人，人畏其横，德瀚按问如律。县征粮由粮胥誊付活券，弊滋甚。德瀚改用板券，分上下忙征收，吏不能欺。藩司善其法，下列属仿行。范县洊饥，募富民设厂煮粥施赈。不足，捐廉济之。亲历粥厂监验，必试箸，不仆，始按时散给。十八年八月，摄定陶。未一月，而难作，先是林清伏莽近畿，倡为天理教，一名八卦教。密结河南滑县李文成，谋以九月之望乘驾秋狝，率党犯跸。滑县知县强克捷闻之，白巡抚高杞，请发兵捕。杞不应。克捷乃捕李文成下狱，折其胫。贼党急于劫狱，遂以初七日破滑。强克捷死之。曹定、金乡之匪同时响应。犯定陶者为徐安帼、朱成贵，德瀚令汛官张廷立率卒数十人拒之，伤毙。德瀚知事急，取印付家丁李霆赍赴郡，而自冠服坐堂皇谕之，贼弗退，且劫狱。德瀚三日前闻滑县陷，练义勇，未成队，即率之迎捕，不敌，死之。死时骂不绝口，故受祸最烈。时九月十日也。士民收其尸，哭奠三日。巡抚同兴以闻，诏赠知府衔，赐祭葬银各百两。从祀长沙昭忠祠，事迹付国史立传，予云骑尉世职。以恩，骑尉罔替。子懋梿袭，病免，改孙容燏袭；次懋槐、懋檽，皆诸生。曾孙炳翊，有传。

案：本文录自《民国宁乡县志》册二，页六八九至六九〇。

周俊甫传

周俊甫，字寿藩，五都火煽人。诸生，肄业岳麓，院长丁善庆赏之，馆课五冠全院。同治七年岁试，学使吕九霞录置第一，城中贵官争聘为子弟师。尝馆汪炳璈家，有湘潭唐受桐游学至，俊甫赏异之。商炳璈，供其食用，留之读，不责修脯。后炳璈官黔中，招俊甫往，以不乐居官署，留一年归。卒年三十四。无子，母妻无以自活。廖树蘅作诗哀之曰:“人如菊澹何嫌傲,命与仇谋不受怜。”复有醵金恤其家。时受桐从戎,官甘肃玉门知县,闻俊甫赴,亦厚赙之。

案:本文录自《民国宁乡县志》册二,页七〇五。原文出自廖树蘅撰《纪年录》。标题为整理者所加。

黄应忠传

黄应忠,字敬庄,号子横。双观黄氏,懋泮子。同治中,赴贵州,入周达武军,司记室,以功保知县。旋历行阵,改武职。历保至花翎参将,加副将衔。达武任甘肃提督,檄署梨园、峡口等营都司、南固营守备。梨园地近青海,番族养马向番息,岁贡番马数十匹,以银准折。自都司至提督皆有常例,提署岁纳三千金,都司亦七百金。及白彦虎蹂躏番部,种人多穷,恒以牧养抵押出倍,称之息贷金。应忠恻然,以减贡马恤贫番。请于达武,全捐之,番民感戴。达武征黔时,计用军费银四百一十七万两有奇,已报部准销,阅五年矣。光绪九年,部咨忽称尚有银三十余万两不符,而册籍已散失。以初报部时,应忠供缮写,询之,应忠默识端倪,乃曰:“此由牵混各省协饷所致。”达武据以入告,事大白。

案:本文录自《民国宁乡县志》册二,页七三五。原文出自廖树蘅撰《珠泉草庐笔记》。标题为整理者所加。

汤寿吾先生家传

汤咏山,字寿吾,五都紫林汤氏。六世祖道拔之兄道揆,明末从邱存忠御献贼殉难。道拔敛其遗骸,葬陈家塅祖屋下,有传。叔祖世纬,乾隆戊申武举,拣选营千总,擢守备。幼有记悟,闻人读书辄往谛听。里人成定康授徒于家,令咏山入塾,以贫不能卒业。同治乙丑,其从昆兆云以总兵隶刘松山麾下。一日,派咏山往寇巢刺探,尽得其实。松山拔置左右,随战燕齐豫晋秦诸省,历保参将,赏戴花翎。松山殉难金积堡,从子锦棠接统其军。夷堡诛叛,以咏山功多,擢参将。明年,署平罗参将,年才二十二。同城知县熊晓麓,儒吏也,咏山常亲炙之。用是,兼通文术,官书皆自治。光绪纪元,随刘锦棠入新疆讨叛回。时白彦虎窜嘉峪关外,与安集延酋帕夏合。咏山随节征粮河西,屡脱军帅于险。二年六月,攻黄田,破古牧坚巢,克乌鲁木齐、迪化各城。保副将,留陕甘补用。三年三月,进攻达坂城。回众二万余,惮湘军声威,愿献南八城归顺。锦棠拟开其生路,前军将帅失意,仍猛攻,不能下。锦棠、汤咏山知,方令偕两译人款关谕旨。酋目果率众降。旋克吐鲁,进拔托克逊城。帕夏仰药死,白彦虎遁走。左宗棠奏请,以总兵遇缺推补,锡捷勇巴图鲁。旋以克阿克苏、乌什两城功,换霍罗奇勇号。十一月,白彦虎胁党聚尉头渡、开都河,敛舟阻大兵。咏山争先跃马乱流以济,大众随之。万蹄蹴踏,波涛汹涌,进克喀什噶尔。白彦虎遁俄境。连复叶尔羌、英吉沙尔、和阗。于是,南路西四城皆下,新疆平。得旨以提督记名简放,赏正一品封典。宗棠即日檄咏山摄行营中衡参将,分军抗疏勒河,杜旁轶。俄人江大郎阴助白彦虎拥众窥边,锦棠令率材官十员,翻译二人西行。六日,抵卡伦。至则江大郎已先去,仅头目数辈留守。咏山径造俄目卓帐处,剖陈和战利害,归曲于彼。俄目俯首负诺,即日拔帐行。咏山谍报锦棠,略言"外来兵已退舍,人众涣散,势难生衅。惟闻七河总督甚崖柴然距此辽远,俄人当不轻于发难。惟有厚集兵力,以求人之不能胜我。不惑浮言,轻用其锋,西旅当可暂安"。书上,锦棠韪之。锦棠丁忧归,继任新疆巡抚魏光焘、陶模均依咏山为重。历任宁夏、肃州、阿克苏诸镇总兵。宁夏兼水利。乱后湖渠淤塞,自城北至白鹊寺水涨,弥漫一片。军民患之,崧蕃属咏山浚治。绿营兵例不受役,惟湘军遇事宣力。咏山策军人执功,数月涸,出顷亩千万。

厅场就圮者复之。虏既平,兵士颇习酣豢,多以伶人补旷额,咏山力革之。及移阿克苏,兵燹之后,城尤敝恶。咏山督勇葺治,与治宁夏略同。而新藩王某即前任中卫令,因前议治渠有憾于咏山者,将葺治城工及禁革军中伎乐,大反其事,以禀于上。同官皆恶之,而咏山耻于申辩。宣统元年,以积劳病发,遂归。后数年卒于家,年六十二。弟殿恒,字海门,武生。亦从军陕甘,转战新疆,历保至提督,赏头品顶戴,换戴花翎。历任和阗参将,借补喀什噶尔参将。宣统三年,逊位诏下,兵变,被戕于任。光容,字紫宾,军功保蓝翎同知衔,新疆补用知县。

案:本文录自《民国宁乡县志》册二,页七五三至七五四。标题为整理者所加。

李荫棠从戎事略

李泰山,字荫棠,湘乡丰山李氏,分徙宁乡七都。咸丰五年,投胡林翼军,充卫队,讨安化土匪。改隶赵焕联营,随攻东安,军少却。泰山夺大旗陷阵,转败为胜。连战皆捷。数年之间,由弁目历保游击,赏戴蓝翎。焕联命领一旅,随往湘赣鄂之交,所向有功,而安仁、茶陵之役尤著。时洪军未出者闻江宁被围,合众逾岭,出蓝山,图扰湘鄂,牵官军。湘抚檄焕联赴安仁御之。师次龙海塘,敌由前山来犯。军士以众寡不敌,议移师避其锋。泰山曰:"寇散而嚣,虽多无能为。若设奇败其前锋,当自溃。"察龙海塘市外有菜圃,圃前石桥,高可隐人。选精火器者数十人伏桥下,余持刀锚拥护。敌恃众直前,伏发,毙敌目二。泰山督阵冲击,大败之。焕联继进,追奔数十里。敌陷茶陵州,焕联乘胜攻剿。泰山为前驱,将及城,敌大至。泰山急挥后队前助战。前哨弁某陷寇中,泰山突围,翼出之。全军并力冲杀,直薄东门,六战复其城。余散走江西,官军推锋进。前后十三战,皆捷。随复莲花、永新、永宁诸厅县。巡抚骆秉章疏陈战状,称泰山"前后陷阵,勇敢过人”。父忧归。未几,焕联檄催赴营,击退吉水巨股,进攻万安。拔帜先登,克之。八年,从攻吉安,复其城。石达开围宝庆,泰山领和右前营赴援。焕联治军颇持重,人以为有所避,泰山耻之。一日,出营抱矛卧地上,一骁骑飞奔前来。焕联急呼曰:“寇及矣!犹卧乎!”泰山突前,抱寇腰,拗其项倒地。别寇继至,泰山足践寇尸,手矛以斗。寇骇其神勇,驰去。十年,石达开掠永顺,趋龙山。泰山随赵福元,军次红崖溪,适易佩绅、陈宝箴援蜀次永顺之茨岩塘,约赵军夹击。泰山等随席宝田、周达武赴援,大破之。洪军另股出贵州者陷来凤城,随军攻克之。十一年,曾国藩檄调湘军,助攻金陵。泰山率五百人应之。同治二年四月,曾国荃命随萧孚泗进攻雨花台。二十七夜,各率敢死士以进,束草填壕,一跃而上。掷火球如流星,敌惊窜。余垒随溃。追剿过长干桥,俘杀近六千人。得旨以参将尽先补用。八月,随攻江东桥,敌死者塞途。于是,双门桥以东敌成两橛,七瓮桥敌势亦孤。各军扼东卡之前左后困之。夜纵火焚卡,敌无免者,旋委勘孝陵地势,忽有卒从朝阳、太平两门出。泰山率队逆之城根,战酣。有巨酋跃马指挥,中枪坠地。众拥入城,敌遂败。余窜淳化镇。合各军追击三十里,俘数百人。讯供中枪落马者,其护王陈坤书也。九月,移军驻明功德碑石城下,论功擢副将,换花翎。三年六月朔,曾国荃饬于龙膊山麓重开地道。十六日午,地雷发,城崩二十余丈,各军拥入。泰山随孚泗分路夺朝阳、洪武二门。是夜,有敌股从太平门缺口冲出,泰山会黄万鹏军追至淳化镇,生擒其烈王李万才。至湖熟,驱队突出敌前,毙数百人。李秀成亦旋被俘。捷闻,诏以总兵记名简放,锡新勇巴图鲁。其年冬,回籍。囊橐萧然。每省试,为县馆诸生办餐,敝巾草履,见者不知曾为列将也。居无何,左宗棠檄调赴陇襄办楚军前路军务,助平河州回寇。光绪二年,借补甘肃兰州城守营参将。关陇肃清,赏一品封典。四年,署洮岷协副将,补中卫协副将。十年,署宁夏镇总兵，调肃州镇总兵。十三年，以边防劳绩保升提督，赏其子二品荫生。廿一年，复署宁夏镇总兵。廿三年告归，建祠修谱，族中穷乏者出资赈之。卒年八十一。子森，字肇勋，由荫生考通判，历官湖北安陆、保康知县，郧阳府通判，加四品衔。次子芬，字弼钧，工制艺，入县庠。从戎福建，保武职。历官福宁镇标、铜山营游击、福清长福营参将。

案：本文录自《民国宁乡县志》册二，页七五八至七五九。原文出自廖树蘅撰《从戎事略》。标题为整理者所加。

边晓堂先生家传

边晓堂，字虎臣，行四，三都人。喜大言，好胜，乡人称为边四劲。咸丰时，入楚军，积功保花翎参将。同治元年，随席宝田援江西，推锋下鄱阳、彭泽，常为军锋。二年，援青阳，周视巡垒，言于宝田曰："敌厚集东南隅，无隙可乘。惟门西北恃有石卡，防少疏。若先破其卡，围可解。"宝田然之。约江忠义军猛攻，水陆各军同起。守将朱品隆亦出城响应，乘胜破八十余屯。青阳解围，上功以副将补用。转战入浙。三年正月，洪军由遂安扑德清，分据枧桥、歙岭、大济关、泥岭关，宝田驰击，晓堂和成定康间道夺泥岭关。别将夺大济关。敌趋山谷与歙岭，路绝，乃以悍党向泥岭关猛攻。晓堂却而复前者再，敌败走。二月，窜江西金溪。晓堂攻中路，杨芳桂乘胜逼城。城中出万余卒，锐甚。晓堂坚阵相持。别将应之，毙者无算。敌大股由城东绕出。薄暮，雨甚。乘官军收队，蜂拥至。晓堂回马斩数人，敌却。十一日，随队攻城，克之。擢总兵，锡劲勇巴图鲁。三月，攻南丰。晓堂击之八都塘。敌退入城，城卒倾巢出。晓堂受伤，力战。敌复入城。五月，宝田改攻崇仁，官民两城进，潭湖遇伏。晓堂急抄敌后，敌入官城。而民城之敌隔河列队。晓堂轰以炮，亦退据城内。宝田令收队诱之，果由东西北三门出，官军斜出应之。西门敌先溃，仍遁入城。官军进驻。距州城四里，李世贤率二万众来攻，营垒被围。晓堂依垒列阵，率部冲敌队，敌随败，随扑。晓堂按剑，戒部不稍退。会别营抄敌后内外夹击，遂解围。六月，南丰洪军窜铁子岭，晓堂等袭据岭右山冈。敌从山背入，晓堂一鼓击却之，乘胜拔敌馆数处，敌气夺。宝田饬分攻崇仁诸垒，晓堂由右路抄城根，两路敌同溃。忽敌马步队数千从林间突出。晓堂督队继进，敌复大败。七月，宝田攻官城，右敌据高阜，自西门至朝天门皆敌阵，城濠伏者尤众。晓堂夺西城小阜，敌众齐起，分股由西门河干来抄。晓堂抽队拦击，别将夹攻，遂复官城。刘典拔宗仁，遣刘大漠会各军攻宜黄，晓堂与刘建业等由李坡进薄城根。夜半，敌由小东门冲出。晓堂分路追杀，拔难民数千，宜黄复。东乡、南丰、雩都亦先后克。得旨，以提督记名简放。五年春，前按察使李元度募军出沅州援黔，调晓堂与王永章随行。晓堂自铜仁进兵，攻克大小屯坚巢，复与永章进攻石阡之荆竹园。十二月九日，匪出东南北三卡来扑。先击败东北两卡，雾瘴大起。援匪七八百从南卡罗家岩抄官军后，兵贼莫辨。晓堂饬部接应，匪遁入卡内，旋克碗家岩。长围困之。会永章以疾归，晓堂代统章字营。匪踞荆竹园为老寨，在万峰巅，四面陡绝，上有田二千余顷，水泉四时不竭。仅一径可达，贼断其路。以木桥出入，夜则撤之。自趾至顶凡二十里，乌江水环之。江以西大小九百寨，均听命于荆酋。合全力御官兵，米粮子药各寨运济。匪踞十余年，官军仰攻，靡不失利。元度造战船，扼乌江，接济稍断。然荆贼仍不时出扰，乃议“出奇兵，渡乌江，先攻西岸各寨，为扼吭拊背”计。顾兵分则力单，又深入贼地，非骁将莫能任。晓堂自请行，乃以六年六月朔，率章字五营，出贼不意，攻拔铙钹顶贼巢。杀贼千余，全局大振。晓堂冒暑力战，感瘴疫。初五日，遽卒于铙钹顶军次。后卒由此路用火攻，拔老团、环岩、城头界各大寨。于是，河西九百寨皆下，荆竹园遂孤。七年，教匪平，实晓堂先渡乌江剪叶批根之力也。事闻,照提督军营立功后病故例予恤,敕建专祠于思南府城,而以攻寨之提督洪有元等二十人祔置祀田焉。弟辉瑞,字玉山,花翎游击。

案:本文录自《民国宁乡县志》册二,页七六五至七六六。标题为整理者所加。

廖效忠传

廖效忠,字六冈,七都人。初读书,解文义,改投行伍。道光末,崇阳钟人杰之乱,随鄂督裕泰征剿,以功叙外委,隶湖南抚标。咸丰二年八月,洪军将萧朝贵率党逼长沙,效忠与千总洪定升守黄道门,瞥见社坛岭黄旗植立,知萧军已逼城。告定升,疑为团练。效忠言:"民旗安得色黄?请闭城。"定升犹豫,以钦使在城外为词。钦使为前湖北巡抚罗绕典,时奉命治湖南团练,驻妙高峰。乃诤曰:"城重耶?钦使重耶?"急阖门。而萧军逼至。时城中官民及守堞兵皆不知也。朝贵至城下,见城未阖,疑有备。东趋天心阁。及折回故道,城已闭。效忠由此稍知名。五年,两广洪军同时扑湘,连陷郴州、宜章、东安、武冈诸县。衡阳土匪乘机响应。效忠随军追寇至金株市,毙其目一,斩获盈百。历叙千总,赏戴蓝翎。湖南初设永清水师,效忠与守备王萃友分领之。六年,县中罗仙寨斋匪起事,刘典治团练。效忠奉巡抚会剿,时左宗棠居抚幕,尝言:"效忠有书生气象。"每批答,嘉劳倍至。卒以不能洪泓,湮没无闻。

案:本文录自《民国宁乡县志》册二,页七七七至七七八。原文出自廖树蘅撰《纪年录》。标题为整理者所加。

卢泳清传

卢泳清,字邵常。三都人,诸生。乡试不售。从刘典军转战浙江,叙功保知县,以同知升用。泳清初不能诗,在浙时尝于破屋中得《施注苏诗》残本，朝夕讽诵，久之积吟稿成巨帙。幽迴峭洁，酷似大苏。光绪元年乙亥，游关陇，时左宗棠督师定回疆，泳清作诗二十章上之，遂受知，以原官奏留甘肃补用。初知灵台，次权礼县。会治赈务，泳清区灾情轻重，按户俵给，严杜中饱。灾民交颂。以艰归，县令涂鸿儒强起襄治钱漕。泳清就骆文忠祠旁拓地数弓，凿池潴水，筑屋数间，环池植桃、梅、蕉、竹、梧、柳，以为同社会集之所。居二年，服除，复往甘肃。作诗别县人，有"头白早归来，还就池边宿"句。旋补丹噶尔同知，地近青海，盛夏犹雪。泳清以垂老守官边塞，甚清苦。作诗亦生意凋枯。未几，卒于任。兄瑞麟，以立功陕甘保副将，历官洛阳、平凉游击。

案：本文录自《民国宁乡县志》册二，页八一六。原文出自廖树蘅撰《珠泉草庐笔记》。标题为整理者所加。

黄泽传

黄泽，字晃吾，双观黄氏。建灿子，出后建峰。廪生。从左宗棠转战江、皖、浙、闽，洊保同知衔知县。克漳州，署福建长乐县事，县人生祠之。升同知，留福建补用。从征甘肃，署灵台县知县，亦有声。光绪元年冬，病假归，至陕西咸阳卒。子贲勋及一仆并没。从子副将应忠，在凉州闻丧，徒跣千数百里，护柩归葬。三子浚勋，字履濬，诸生。少有文誉，没年仅二十三。

案：本文录自《民国宁乡县志》册二，页八二二。原文出自廖树蘅撰《西征杂记》。标题为整理者所加。

杨鼎勋事略

杨鼎勋，字羲卧。十都沩山人，徙三都。幼喜谈兵。放学归，恒于沙中布阵为戏。咸丰初，洪军自全州出永、郴，湘省戒严。鼎勋与刘典倡办团练。九年，曾国藩委带亲兵营。十年，洪军将杨辅清踞徽州休宁为老巢，遣其别将黄文金陷建德，分扰饶州、景德镇诸处，围箬口。时官军驻祁门，多远出，留守仅二千人。鼎勋率部绕道登山夹击，解箬口围，进平建德。十月，克休宁，保以主簿选用。左宗棠督师浙江，驰书曾营索将领，国藩以鼎勋应。同治元年，领军进扎婺源，敌踞马金。官军三路进攻。鏖兵一昼夜，左腿受炮子伤，卒毁其巢。移攻遂安，与刘典前后夹击，破之，复遂安。宗棠特保人才，以鼎勋与刘典、杨昌濬同举。得旨，以知县留浙补用。二月，攻常山，突击于峡口、新塘江诸处，追至花园港，敌据险固守。鼎勋选精锐千人，夜半缘梯上，敌焚营遁走，官军进逼衢州。五月，宗棠令分攻里黄、外黄、莲花村诸处。杨昌濬由右路追至河边，鼎勋由莲花渡河，刘典麾军逾濠荡击。鼎勋绕外黄后山，扬旗下，大捷。六月，典由遂安南路进剿后路，洪部拥至，鼎勋率部截出，乘胜进驻龙游之高桥。七月，从攻游埠各巢。战酣，敌从旁来袭，鼎勋截击，敌退孟城等处。二年进克龙游。二月，高连升进攻富阳，鼎勋驻桐庐县城，以通饷运。于是，汤溪、兰溪、金华以次下，浙东肃清。叙功以同知留浙补用，赏戴蓝翎。官军进严州，鼎勋率师驻分水兼摄县篆。兵燹后，饥馑疹疫，死亡枕藉，悉力赈抚。会伤疾发，乞病归。三年汪海洋、李世贤窜闽，宗棠督师援剿。檄鼎勋出总营务兼带亲兵营，随刘典进驻延平，战朋口，遂克连城。右肩受矛创。四年，接统楚军克勇右路各营，进攻白沙及上下奎洋山城、龙岩诸处，悉平。四月，复南靖，以同知改留福建补用，加知府衔，换花翎。时洪军入粤，随军截击。粤事平，迁知府摄上洋通判篆，兼带湘勇剿匪九龙山匪窟。擒诛匪首陈金鳌，群匪投诚。旋总福建营务。前后擒斩闽、浙盗魁，伏莽皆靖。七年回籍养伤。十二年，以原官改发浙江，委办宁波海防，会修镇海、定海炮台。光绪纪元，檄领楚军正右营驻防温州，擒获匪首施鸿鳌，赏加一级。七年，委带温州各营，筹办海防。十四年，委勘萧山沙地。沙地因海潮淤淀而成，土客民争界斗杀，屡酿巨案。鼎勋为正其经界，编立团甲清丈给照，按亩升科。居民立碑志“去思”。十八年，统泗安内河水陆各营，兼办嘉湖保甲。杭嘉湖汊港纷岐，匪多藏匿，获盗魁胡名扬正法，盗风以戢。奏保道员留浙补用，赏二品衔。二十三年，丁母忧归。二十六年，卒于家。长沙王先谦等胪陈战绩，呈请巡抚庞鸿书入告，追赠内阁学士衔，国史馆立传。荫一子入监读书。鼎勋母教极严，或不怿，屏息长跽。兄弟三人，长早逝，禄入分授弟侄，与人交有终始。大义所在，必倾身为之。喜吟咏，初出山时，年二十，过鹦鹉洲吊祢正平有“我是小儿杨德祖，不妨权作大儿看”句。识者已觇其不凡。居嘉湖久，公暇，与番禺梁鼎芬、沅江张琳唱酬甚多。绘《鸳湖诗话图》，一时传为韵事。子煐，字文雄，和厚爽直。承荫，考知县，分发湖北，需次数年，不与时合。改革后还山，会改都区为乡镇。煐被举为洋泉镇董，为匪所害。鼎勋弟松林，字仙英，膂力过人。咸丰末，投左宗棠部下，转战鄂、皖、闽、浙各省，累功保参将，赏戴花翎。松林感宗棠知遇，益自奋，身中枪子无完肤。战浙之余杭，卒于富阳营次，年二十七。

案：本文录自《民国宁乡县志》册二，页八二三至八二四。

丁翰传

丁翰，字树垓，诸生。性严重，承父教不敢逾防检。尝授徒武冈邓辅纶家，邓多藏书，学以淹博，工楷、隶，画竹亦有风致。咸丰辛酉，以古近体诗谒曾国藩安庆，国藩赏异之。令归应乡试，不售。应周达武聘，从征蜀、黔，辄有功。同治十年，邓有德约翰等分道攻破九门汛苗屯，南皋苗来援，败苗合势反攻，军士死伤接踵。翰亟分军袭破南皋苗，回救。大军乘势截杀。翰回军夹击，大捷。明年正月，苗酋张秀眉为楚军击败，遁排卓，结伪潘王等拟由珠厂河窜广西。翰与有德及周振琼伏兵扼之。番扛闸口苗至,各军齐发,大败之。累功保分省补用道,加按察使衔,赏戴花翎。同治初,谒左宗棠兰州。宗棠方督师出关,以翰司古城粮台者三年,以用人勿慎受欺,亏巨帑。宗棠奏劾,犹称其性耽词翰,盖惜之也。翰惧兴大狱牵连多人,躬任其咎镌级,竟以忧愤死辟展。宗棠旋察其代下受过,奏复原官,并赠鸿胪寺卿衔。恩荫一子入官。榇归之日,当日享其利者,复踵门寻仇。产遂尽。子鸿英,字畅生,诸生。

案:本文录自《民国宁乡县志》册二,页八二四。原文出自廖树蘅撰《珠泉草庐笔记》。标题为整理者所加。

廖宗尧先生传

廖宗尧,字台望,晚号了翁。衡田廖氏,别居五都东湖。父廷相,明季官陕西洛川知县,升泸州同知。杨嗣昌督师入蜀,廉其才能,拟加荐剡廷相。知事不可为,辞焉。宗尧,明廪生,习三礼。崇祯癸未,张献忠掠宁乡,迫授伪职,斫其右臂。后以左手作书,能工楷。清初,许生监以原职应考,督学赏其文,贡之太学,磨勘以卷中引典多怪僻被屈,实皆周礼也。后以县试第二名重入学。明世,县有王田仓场等,皆亲藩邸业,派田邻代输粮,自加征辽饷,民重困,多逃亡。清初,尚依旧例征敛,谓之草上赔粮。差役追呼至,以篾折沃膏楷农民项,焚火胁之,有鬻妻子或倾家输官图免者。宗尧痛甚。顺治十七年,巡按御史忤绍昕莅县。宗尧诣行辕,请除荒征,自己达申,跪烈日中,乃得请。流亡渐归。宗尧兄弟及姊俱贫困,分己产畀之。复恤其从子。子俨有传。

案:本文录自《民国宁乡县志》册二,页八六七。原文出自廖树蘅撰《珠泉草庐笔记》。标题为整理者所加。

李公舞家传

李公舞,字云亭,七都人,金薮李氏。业农。性坦直,人有不谊,辄面折之。里中争讼尝以正言证曲直。道咸间,官吏失驭,里魁奸胥蟠结为患。懦者悁悁不敢枝梧。公舞联同志正其乡约,乡人赖焉。近居有废坡,众所共也,某独侵之以垦田。或邀公舞讼于官。公舞曰:"擅众人之地以为己有,彼亲自有致其责者,焉用余为?"未几,其家果讼之,缴绕不息,人服其智。自以废学早,课子读书绝严。尝购书贻其冢孙心耕曰:"巨族多贻长孙以田,今贻若以书,熟读而精思,虽不达,不失为正士人。"皆称其善教。

案:本文录自《民国宁乡县志》册二,页八七七。

胡士琯传

胡士琯,字仙舲,一都人。幼称神童,父携之读书县城。城南玉潭桥墩铸铁牛镇水怪,偶侍父步桥头,有秦某命赋诗。士琯应声曰:"桥上一铁牛,牛是何年铸。我是牵牛星,牵汝上天去。"秦大惊异,以女字之。及长,天才放逸。道光己亥、庚子间,以诸生读书岳麓,与平江李元度、湘阴吴淮、新化喻檀江交,皆负才名。工词赋,辄甲其侪。士琯等尤不守绳尺,元度訾之,不顾也。中道光十三年副贡,后中咸丰元年辛亥乡举。广西乱起,佐元度治军江西,积功保知县加同知衔。以足弱不良于行,辞归。经滕王阁题诗曰:"珠帘画栋竟何如?烟水茫茫接太虚。天道红羊开劫运,世传黄石有兵书。谁从燕市寻屠狗,且向淮阴学钓鱼。欲拍栏杆谈将略,江花江草总愁予。""仙尉而今安在哉?阁中歌舞已尘埃。西山烟雨腾兵气,南国风云起霸才。文正敢当天下任,武昌新有捷书来。夜深倚剑看牛斗,五色珠联上将台。"晚病瞽,家渐落,而诗益多。神动天随,不假思索。卒后稿皆散佚。距今七十年才名犹在人口。

案：本文录自《民国宁乡县志》册二，页八七八。原文出自廖树蘅撰《珠泉草庐笔记》。标题为整理者所加。

丁应台传

丁应台，字熙堂，谦国季子。少读书，遇经史疑义，玩索反复必求浃洽，故其学约而能精。年三十始补诸生，居恒慷慨激昂，慨然有澄清一世之志。咸丰初年，曾国藩治团练，时盗匪蠢动，国藩欲清内奸，颇尚刑戮。应台上万言书，略曰："天下无故用平典，有故则用重典，欲安良善必先去暴。所谓刑期无刑也。夫乱，固始于奸民，而其实由于官吏之侵牟渔夺而民不聊生故。奸民得以为辞，今不务澄其源，而欲骤遏其流，万一有司见阁下执法甚坚，以为其意专主于用杀而锻炼周内之，以文致其罪，吾恐棰楚之下必多冤民。民之蚩蚩不死于法场，必死于狱吏，岂不痛哉？夫鸩之杀人，死者不怼，唯无心也。镜之鉴物，丑者不怒，唯无私也。今既偏于任法，则民疑其心矣。网不遗径寸之鱼，而或漏于吞舟，则民疑其私矣。且今所杀者果当乎？豪强者力足以致乡耆连保，虽罪大而可原；贫弱不能致者，虽株连而不得脱，安能有当抑杀之？可胜杀乎所杀？会匪特其头目可以指名者耳。其徒累百盈千，何处不有，若不得簿册，虽其父兄有不能知者。乡团族团何缘觉察？至于地痞，虽甚凶悍，苟其并无案据，乡里又无事迹，实无可正之罪，何据置之死地。而其志皆嚣嚣欲逞。窃为阁下危之。"其他所论曰励俗、曰演艺、曰因便、曰预谋、曰用间，皆具卓识，国藩奇之。应台旋荐沅江伍宏鉴于国藩。咸丰四年，洪军复由岳州上窜，国藩遣宏鉴率部屯宁乡，力战死。遂以应台为知人。后国藩总督两江，招之往，以亲老辞。子鹤，一名骥良，字芑山，一字瘦生，天才放逸。尝九日登里中高露山放歌。廖树蘅谓可与张九钺登采石矶之作相埒。年甫二十，走安庆，谒曾国藩。国藩以其年少宜读书，留之署中，不授事，鹤不乐拘阂。辞出，罄其装，购古琴一张，游江北军次。旋襄张运兰营务，染疫而卒。运兰归其丧。

案：本文录自《民国宁乡县志》册二，页八八四。原文出自廖树蘅撰《珠泉草庐笔记》。标题为整理者所加。

唐家圭传

唐家圭，字执镇，号楚田，一都贴紫塘唐氏。父邦勋，字克猷，工医，遇贫乏予以药。族某，举家染疠疫，秽恶不可近，邦勋悯其困，手自涤垢，疫遂除。侍祖父学瑾病，逾年扶持，抑搔昼夜不懈。年五十五无疾终。邦勋弟邦点，字异三，性仁厚，年九十。子三皆各爨。次子家高，不娶，独与父同居。竭力侍奉至老，悉以所积余金，周兄弟贫乏。父病，侍汤药，父丧数日，家高亦以毁没。家圭读书为文，务规法先正。或谓非时所宜，家圭笑应之，终不移其所好。然竟不售，遂不复应试。承父志习医，究心其术，为人疗治辄效。家圭益慎其用。昼出应人之求，夜取《灵素难经》等编，审其几微而察其离合，务尽其变。虑有遗忘，复于翌日行道时背诵之。朔望不受人请，专攻方书，虽严寒酷暑不辍。家故不丰，率兄弟同力合作，中岁以后，则至小康。悉推所蓄，俾其弟经纪之，不复问有无。尝语人曰："世间忠孝节廉之士，都从勤俭做起。"又曰："治家图未就之功，不如保已成之业。"闻者以为名言，事亲孝，母晚瘫痪，扶持经年，未尝一日离。光绪八年卒，年八十四。著有《人身通考》《幼科刍论》，藏于家。

案：本文录自《民国宁乡县志》册二，页八八六至八八七。标题为整理者所加。

评希蕺山房诗

希蕺诗步武复园,思绪稍钝,所谓学人之诗也。在吾县自是一作者。

案:本文录自《民国宁乡县志》册一,页四八〇。标题为整理者所加。

文书山御寇杂记

咸丰四年三月,寇扑宁乡。曾侍郎治兵长沙,檄魏弁力臣领湘勇千人先来防御,令朱孙诒参其军事,魏弁拟驻军驿马坪,朱不可,移驻东关外之文书山,去治城约半里,坡阜合沓,盖绝地也。寇来,全军歼焉,而朱与魏皆先逃。逾年,朱奉委来宁清查团练,魏适至。朱捕诛之。魏出身微贱,朱先令宁有声,县人多右朱而贱魏。同治间续修县志,至将文书山之败全归狱于魏,谓朱欲驻驿马坪而魏不允,颠倒是非矣。

案:本文录自《民国宁乡县志》册一,页五二三。原文出自廖树蘅撰《珠泉草庐笔记》。标题为整理者所加。

评王闿运《隆观易小传》

湘绮此文,较骈枝室尤佳,波澜格局略同,高老过之,学以年进也。论词得史公之遗,令人往复不尽,卧侯不死矣!

案:录自《凌霄一士随笔》册五,页一九八〇。原文附于陈三立、王闿运各撰隆观易传之后。标题为整理者所加。

崇睦堂契约

光绪三十四年八月初四日,玄孙树蘅同男基植、基棫、基懋、基杰、基栋,出抚之第三子基樾,以光绪二十六年原接刘超海七都四区西团、地名正屋水田三十亩之业内有二亩丘一丘,在吾高祖克昇公崇睦堂墓庐塘基之下，与墓田相连，情愿划出捐作吾祖考妣祭田，其田过丈，实系二亩一分四厘，额租五石八斗，水分照额注荫于廖西春泉堂户内，拆分正饷七分二厘，佃规纹银九两五钱，随田归公，任公更户，招佃管理，租谷即于本年起征，以后蘅之子孙不得以田系我房所捐引为口实，墓庐经理人亦不得加规出典售与外人。缘此田本吾祖购置，日久出售外姓，今幸赎回，仍充祭产，诚为至愿，既经书簿，不另立契约，此据。树蘅笔。

案：本文录自《宁乡衡田廖氏五修族谱》卷四十四，页六。

联语摭余

序

奇偶相生，妙合成文，肇始《六经》，梁太子所选连珠类也。顾自来无辑为楹联者，吴任臣《十国春秋》载孟蜀桃符十字始滥觞焉。以后作者接踵，莫盛于清之中叶，福州梁章钜《楹联丛话》搜辑尤多。昔年游虎林，凡名胜之区，穹宫巨观、山楼坞壁、江湖桥柱，皆有佳联，动人忻赏，固由江表多才，山川秀丽之气足以发之，抑亦六飞频莅，士人争相濯磨，冀得当以动天鉴耳。挽联盛于近代咸庙时，曾文正官京朝弥工此体，沈雄浑雅，并世惟左文襄庶几，他人无此灏气。流风所扇，人争效之。投赠往来，几同羔雁。由是受挽不必有道，撰句不必中郎，用稍滥矣。自惭襟情欠雅，不敢效颦，及与世周旋，东涂西抹，正复难免，过而存之，缀之以语，聊资笑噱而已。

胜　迹

题靖港水神庙联

沩水入湘之处曰靖港，相传李靖征萧铣，驻军于此得名，或曰非也。宁乡产米，岁漕三十万石，至港与鄂商交易。县人置邸市旁，权衡出纳，中祀水神，俚俗无主名。同治庚午，买舟赴岳麓，道此，守邸者索书神联，仓卒无以应，集《骚》与之。句云：

驷玉虬以乘鷖，朝发苍梧，夕至县圃；

登白薠兮骋望，沅湘无波，江水安流。

羌无故实，不着一字，亦犹渔洋山人之题露筋祠也。

题宁乡县五都土桥庙联

楹联用成语落句，不拘平仄。吾县五都土桥庙有五通神，《搜神记》云系兄弟五人，乡人祀之甚虔，谓其能御灾害也。余曾集《经》语为联，张之祠壁云：

能御大灾，能捍大患，则祀之；

十目所视，十手所指，其严乎。

按：五通神不列祀典。康熙时，汤文正斌上方山毁庙一事，与西门豹沈巫事略同，林神社鬼乘生人之气以降殃祥，理或有之。黄冠草服操豚蹄以祈穰，可也；过于崇信，如俗吴之靡，不可也。盖鬼神祠祀之成毁，亦视其所崇所降为何如，子曰："敬鬼而远之，真能窥见天人之微乎？"

题宁乡县治城卢泳清诗社联

宁乡治城东门外祠庙林立。咸丰六年五月，飞蝗过境，不为灾，县人于玉潭之上，立刘猛将军庙报享之，以史称猛善治蝗也。庙后有隙地数十弓，中稍洼，县人卢泳清邵棠自甘肃解组归，就其地凿池潴水，筑屋数间，环池植桃、梅、蕉、竹、梧、柳，水种芙蕖，以为同社会集之所。左有骆文忠祠，文忠抚湘时，湖南有漕，州县三十四，宁其一焉。取不以制，闾里重困，疏请酌减，民德之，祠焉。及治蜀，人称为武侯后一人。此处祠庙既合为一，规制尤阔，邵棠属题池上。联云：

拓地数弓，连楹有丞相祠堂，一般隔叶黄鹂，映阶碧草；

谈天半日，相与论乡关烟景，最好楼台晓色，飞凤朝阳。

楼台山有陶氏祖墓，古枫千百株，霜天如珊瑚海。去治所六里。飞凤在学宫上，两山为宁乡十景之二。

案：此联以《题骆公祠》为题，被收入《长沙名胜楹联选》（岳麓书社，2010年）。《宁乡文史第八辑·沩宁耆旧联选》、《对联写作规则》（岳麓书社，2006年）、《花都文史第三十二辑·花都历代楹联与碑刻》均收录此联。2002年6月10日，《长沙晚报》文艺副刊登载胡静怡先生所撰《乡关烟景纪人文》一文，对此联作出解析。

题益阳县馆联

益阳濒资，称壮县，去宁乡百里而弱。光绪己卯，乐山唐步瀛知县事，招课其二子兼校课卷。辛巳秋，巡抚李巡阅过境，县令例支供，集幕客拟馆联，求雅切。客所拟有“气壮山河”字样。大令笑曰：“此关壮缪庙中语也。”时巡抚车驾已抵宁乡，逾日至沧水铺，归益阳办治。馆人拂笺濡管，以待亟来就余，口授云：

清可濯缨，歌传孺子；
厅容旋马，业绍肥乡。

题茶尖联

两茶尖云：

组字凌霞仙芋熟；
定瓷吹雪武夷香。

平泉细品中泠水；
牛渚平瞻太白楼。

题行台署廨头门联

时行台即设署廨，头门云：

帝重黄图，特遣疆臣持节钺；
人瞻紫气，喜随关尹拜旌麾。

题行台三堂联

三堂云：

行部憩甘棠，驻节正当诸葛井；
诘戎屯细柳，筹边还上赞皇楼。

《三国疆域志》：吴蜀分土，指资为限，诸葛井、关侯濑，皆近县地名。此外，尚有十数联集《焦氏易林》及汉碑字了之，不复记忆矣。巡抚赏其雅切，过后大令来谢，谓："此番非公速藻，几误乃公。"答曰："此种应酬，如南斋翰林应制之作，专工谀美，何足奇？不料既为食客解嘲，复为大官括目也。昆山顾氏有云：凡以文字谀人，即犯圣人巧言之戒。吾安所免哉？"相与大笑。

题甘州提督署一园桥亭联

甘州,汉之张掖,为河西四郡之一,晋称北凉,为沮渠蒙逊所据,古之居延塞也。祁连、胭脂南北蜿蜒千里,中空不过百余里,五凉之绾毂也。地饶水草,黑水支流穿城,入潴为湖荡,遍生菰芦,凉气袭人。若无风沙时起,风景不减江湖。提标占地宽,乾隆时提督法灵阿圈余地为园,园中有湖,周围约三十亩。近夏,绿波沄沄;秋深即冻,来年冰泮,始可胜船。沿湖亭馆十数。道光时,果勇侯杨芳官此,署曰“一园”。光绪三年,吾县人周达武来绾提篆,招余叙其蜀黔军事。以九年七月二十五日,由家别母起程,十一月二十七日抵张掖,至即下榻园中之肖虹亭。园土粘胶,作坯坚如石,先是主人用坯甃桥,池心周可二十丈,出水高三丈,下为三瓮,便艇子穿过。桥上作屋五间,中为广亭,直栏横槛,觚棱四映,亭上可望城外,天山晴雪,光摇银海,真奇观也。主人导游各处,所至请书联匾。其桥亭一首云:

胭脂在北,祁连在南,四郡襟喉归揽结;

旅宿非舟,陆居非屋,三山楼阁浸虚无。

案:《对联话》(吴恭亨编撰,岳麓书社,2003年)卷三收录此联。《宁乡文史第八辑·沩宁耆旧联选》、陶琦编《张掖对联》均录有此联。另外,“名胜古迹对联”“中华名胜对联”“名胜联集”“古诗词网”“中国对联网”“甘肃对联大全”“中华诗词网”等亦收录此联。

题一园肖虹亭联

迤北有淓,纵横约三十丈,水四面环之。淓上有屋数间,榆柳大皆数围,间以文杏,浓荫亏蔽。门外菊畦,五月即花。门书“宛在中央”四字。联云:

碧树摇苍空,喜四面阴浓,云气暗遮楼阁;

名园依绿水,爱一奁波净,月明如坐潇湘。

沙地善渗,纯庙驳虞集《京东水利议》,谓:“东南水性横,西北水性立,难渟蓄。”考察至精,诚为天亶。独此地与京师城内多海子,盖以近都有西山、玉泉;张掖为黑水之源,而天山晴雪又能灌润也。

题毅武营蔬香亭联

园西旷地甚多,尽为菜畦,提标故有湘勇一旗,名“毅武营”,按日更番灌园,绿旗例不供杂差,惟勇丁耐劳,挑河浚隍,并皆受役。近来营勇积习亦深,渐成骄悍,则以疆圻私将领,任其懈驰故也。劳则善心生,役亦何妨军律哉?五凉高寒,未秋先肃,菜茹尤难久留。主人啖疏,嗜南烹,常自湘取籽种来,莩甲既迟,瓜瓞非夏晚不实,往往甫登盘,西风一起,连根槁瘁,如读山谷诗,恨得不偿失。嫩如蕿、菠、菘、韭,或劚地作壶形,深一二丈,由畦移植壶内,壶口覆以麦草,或作土炕,长数丈,用木横排,坑上敷沃土厚尺许。布种时,其灌溉坑口,蕴微火烘之,上仍支木作簃,糊以油素,令有日无风,如马塍唐花,赖此得咬根,以资羊踏,然亦劳矣。旁有亭曰蔬香,作折叠扇式,主人行菜于此,少憩焉。联云:

细雨土膏香,入箸新添庾郎韭;
长镵白木柄,得闲来种故侯瓜。

题毅武营披香榭联

披香榭在蔬香亭之上,尽种葡萄,春深由窖中将根株移出蟠架上,三月始萌嫩芽,人行其间,寸光寸影,碧我衣带,在东南为春尽矣。联云:

轻阴如梦罨轩墀,也如汉殿香新,苜蓿葡萄交翠气;
久旅忘家感时节,苦忆江南春早,绿槐红杏绕鞭丝。

题东院子石假山亭联

出一园门数武曰东院子。院中尽杏花，间以柴杨，杨四月飞花，如绵不断，铺地厚寸许，杜工部诗所谓“糁径杨花铺白毡”也。日色微醺，飞絮如云，陡惊身在六千里外，不胜狄怀英之感。得绝句一首云：“梦醒西堂合射稀，草心无力答慈晖。天涯触目增怊怅，斜日杨花作雪飞。”院东石假山，相传为李笠翁所甃。康熙时，靖逆侯张勇提督甘州，重币聘笠翁主幕府，值吴三桂派人逾卫藏来甘，约侯起事，秘密无人知。翁微闻之，冠服叩阁门道贺，曰：“闻滇南遣人来，若立斩其人，驰告天子，此封侯业也。”侯然之，得赏，延为名臣。今石山虽半倾，名迹犹在，山傍故有亭，题其楹云：

瘦石攓颓云，是湖上笠翁写意；

高台临广术，缅当年帝子分茅。

院外有高楼，闻系明肃藩所构云。

题一园毅武营门联

毅武营在箭道之左，营弁索书门联。云：

雄剑倚天山，貔貅夜肃氐羌月；

大旗招落日，鼓角霜严敕勒秋。

案：《对联话》卷三、《宁乡文史第八辑·沩宁耆旧联选》及《张掖对联》收录此联。另外，“廖树蘅经典名句赏析”“中华名胜对联”“甘肃对联大全”“中华诗词网”等亦录有此联。

题甘州提督署大堂联

又书提署大堂云：

威克允济，爱克罔功，此语深明大略；

进思尽忠，退思补过，浮生那得安闲。

自计癸未十一月二十七日抵甘州，甲申年八月初五起程回湘，在一园二百五十日。纪其踪迹，以志因缘。越十年，而信翁薨于位，迄今又二十五年矣。尺波电谢，思之惘然，园中景物，闻已荡然，世事宁有极哉？

题常宁水口山矿局门联

自光绪甲申冬，由河西归，母年逾六十，终鲜兄弟，不敢远游。越十二年丙申，宁州陈侍郎抚湘，廿年前知旧也。方疏请治矿浚利源，请余监常宁水口山银场，其地近茭源河，郦注谓即钟水，明薛文清暄充茭源银场监即此。是年三月，挈儿子基植至场，时贤论矿主用西法，余以将来起重、抽水非用机器不可，但不宜用之太早，最要在祛尽魏古微所谓人心、人才虚寐二患。权用土法，寸寸节节为之有效，不难恢张，否则易于收束。姒氏荆衡贡金马楚银茶致裕，岂有他哉？然因此丛众诟不少。揭门联云：

惟精诚所感，能开金石；

兴山泽之利，以致富强。

案：《对联话》卷三收录此联。其云："宁乡廖荪畡树蘅为湖南治矿先河，与王湘绮为石交，予闻名甚宿，今已逾八十。昨由李石冰交到其《联语摭余》一卷，特多石破天惊之作。兹录其监常宁水口山银场联云：惟精诚所感，能开金石；兴山泽之利，以致富强。九言作一句，坚刚无伦。"《宁乡文史第八辑·沩宁耆旧联选》录有此联，名为《题常宁水口山银场》。《中华对联大典》（龚联寿编著，复旦大学出版社，1998 年）收录此联，题为《银场》。

题常宁水口山矿局屏联

又，集东坡句为屏联。云：

且凭造物开山骨；

欲助君王铸裹蹄。

受事先后十六年,后八年余回省,局交基植接管,所程薄效具档册。植集昌谷句为堂联云:"霞巘殷嵯峨,石破天惊逗秋雨;新云启华闼,雄光宝矿献春乡。"

案:《对联话》卷三收录此联。其云:"又集东坡句为联云:且凭造物开山骨;欲助君王铸裹蹄。亦雅切。"《宁乡文史第八辑·沩宁耆旧联选》录有此联,名为《题常宁水口山银场》。另外,"中华诗词网"等亦收录此联。

题常宁松柏市临湘楼联

松柏濒湘,隔水口银场十里,对河有市亦曰松柏,属清泉。前代设有巡检司,清初奉裁。此市属常宁,在茭源上五里。余以丙申三月来此,僦市人何氏屋以居。嘉平,次儿基棫自家来,丁酉元旦之夕,棫梦市后古樟下有巨室,书"延室"二大字。跋语云:"保此令名,以全其德,惟彼汶汶,不受污蔑,不丰不俭,是为先生之宅。噫,微斯人孰能有此!"恍惚此字下尚有二字不甚晰。末书"天禧四年,谦叟"。谦字偏傍金,微漶。晓起诣余,问天禧系帝谁纪元? 答以辽末帝,及翻纪元编,末帝只三年。惟宋真宗凡五次建元,曰咸平,曰景德,曰大中祥符,曰天禧,曰乾兴,天禧五年改乾兴。真宗在位二十六年,梦中称四年,是临御之二十四年也。梦境迷离,无从索解。是年,市商于近樟之地建神庙,甚宏大,发地筑基,有旧址,与新卜无分寸不合,众异焉。明年,棫复来,工已完,突兀见新庙,适如梦所见,惟子午向不合,诧为奇事。又十三年,丁未五月二十七日,湘潭王闿运字壬父世称湘绮先生来观水口银场,夜宿松柏,基植出笺素请照书棫于梦中所见大小四十二字。先生写毕,并记于后云:"濒湘水东岸松柏小市,常宁北地,山路至豹子岭八里许,上为水口山,今银场名天下者也。自宁乡廖君荪畡始来督矿工,其仲子侍行,僦市中小屋居之,即夜梦见室中题字如此。未几矿兴,大运银砂,当有堆积,及工役,居宿之处乃拓大其基,经营墉垣,则得故址,如所营广轮之数,盖所梦谦叟旧功也。余既夙闻而异之,因请书其寐记文字而推测其意。天禧四年,正寇平仲谪道州之年,此云保令名不污蔑,又曰延室,盖筑以馆莱公也。故曰不俭为先生之宅。谦叟其亦豪矣。几千年而示灵,非廖君孰能发之?”先是庙成之后,复于临湘一面建楼,余题联云:

十里接银场,前代茭源曾置监;

层楼压湘水,过江山色入凭栏。

并作七律二首,儿子植、棫均有诗,植另有词三阕。湘绮复撰联云:“松柏岁寒心,平仲昔来曾筑室;潇湘水云色,元晖吟望试登楼。”自湘绮定为莱公过化地,遂为此邦添一故实,后之志地者,其有取焉。家重垞及曾舣庵并有和作。余曾撰《紫宸宫记》《丰备仓记》入石嵌庙壁,不知尚存否?

案:“乙酉元旦之夕”误,应作“丁酉元旦之夕”,光绪二十三年为丁酉年。

又案:《对联话》卷三收录此联。其云:“自言居场先后十六载,场故在松柏市。王湘绮记文称,由市至豹子岭八里,上为水口山,今银场名天下者也。始至有梦兆其馆地,即寇平仲旧馆,廖于是即临湘一面建楼,并题联云:十里接银场,前代茭源曾置监;层楼压湘水,过江山色入凭栏。语亦秀发。又湘绮联云:松柏岁寒心,平仲昔来曾筑室;潇湘水云色,元晖吟望试登楼。廖自记言湘绮定为莱公过化地,遂为此邦添一故实,后之志地者,其有取焉。”《中华对联大典》《宁乡文史第八辑·沩宁耆旧联选》亦收录此联。《宁乡文史第八辑》中题为《题水口山银场临湘楼》。

题常宁松柏市紫宸宫联

当基械示梦时,余已拟作楼纪异,预成一联。云:

作室不丰不俭,曾经示现梦中,卌二字题榜无讹,彼法谓之轮回,吾徒归之造化;

卷帘湘雨湘烟,依旧收回眼底,百八杵霜钟警寤,了却一重公案,添来一段奇缘。

此联未付刊,存其事而已。

题衡州清泉学署大堂联

衡州小西门外,弥望皆莲池,池北红墙碧瓦隐现。柳堤菜畦间,则衡、清两县学宫、西湖书院、西湖寺、文昌宫、衡清书院、清泉观,绵亘将一里,颇类杭之白堤。丁家山清泉学署近湖堧,署右有郑向故宅,周元公所自出也,今为濂溪祠。余以光绪二十四年选宜章训导,巡抚以便矿故,与清泉对调。论地,宜边清腹;论饭,宜不足清有余,惧人以管仲见测也。托矿局提调裕庆、黄笃恭辞之不得,自往面陈悃悃。巡抚曰:“我与君非旧,兹为公耳,其无然。”及抵州,受代者为武陵梅鋈,字澹怀,见面笑曰:“此席待公久矣,吾莅任时,梦于酒楼与人联诗,有‘湖海勾留十二年’之句,吾以湖南海防捐入资得此官,两次验看,恰十二年,而君适来,宁非数乎?”署湫隘劣,仅容膝,惟客座甚宽。前有方池,长荷芰,池上蕉、竹、海棠、石榴、紫荆、木樨、木芙蓉,四序香艳不断,略施垩饬,加以联语。大堂云:

此间亦号西湖,十里烟波千柳树;

遗构犹怜茂叔,一庭芳草万荷花。

案:《中华对联大典》收录此联,题为《学署》。

题清泉学署便座联

便座云：

午榻梦初圆，小雨凉生乌帽影；

水风香不断，白莲花是藕丝魂。

案：《中华对联大典》收录此联，题为《客座》。

题衡州莲湖书院左楼联

莲湖书院居学宫右，衡、清原一县，乾隆二十五年，陈文恭奏分两县，书院仍共之，余到任之三年，诏天下书院改学堂，此院前面加两高楼，郡县属撰联。左云：

蒸湘二水之间，于斯容与；

零陵三亭而外，有此高明。

案：《对联话》卷四录有此联。其云："廖荪畡《联语摭余》云：'光绪二十四年，予部选宜章训导，巡抚以便矿故，俾与清泉对调。论地，宜边清腹；论饭，宜不足清有余，辞之。巡抚曰：此为公耳。强令受事。学宫之右为莲湖书院，乾隆二十五年分县为两，仍共一书院。至是诏改书院为学堂，增两高楼。予撰联左楼云：蒸湘二水之间，于斯容与；零陵三亭而外，有此高明。'"其中"廖荪畡《联语摭余》"原误作"廖孙阶《联语缀余》"，"二水"误作"一水"。《中国名胜楹联大辞典》（裴国昌主编，中国旅游出版社，1993年）收录此联，并注云："三亭：指读书亭、湘秀亭、府清亭。"《中华对联大典》收录此联，题为《题莲池书院》。《中华语言精粹宝典·楹联卷（名胜古迹编）》（盛晓光、赵宗乙主编）及《中华语海》第4册均收录此联。《永州文史第六辑·永州古楹联》录有此联，名为《衡阳莲池书院》，并附注云："衡阳市小西门学宫后，为清时衡阳有名学府。附近皆莲池，景色绝美。后改为学堂，扩增左右两高楼。"

多种版本的联集中均将“莲湖书院”误作“莲池书院”，将作者名“廖荪畡”误作“方荪陔”。

题衡州莲湖书院右楼联

右云：

孔思周情，吾道实先北学；

雨奇晴好，人间又有西湖。

案：《对联话》卷四录有此联。其云：“右楼云：孔思周情，吾道实先北学；雨奇晴好，人间又有西湖。盖衡州小西门外，弥望皆莲池，池北红墙碧瓦，隐现柳堤，菜畦间则学宫、书院等公共场所，绵亘将一里，颇似杭之白堤，联故云云。然言下清气袭体，必有此笔，方与名胜相称。”《中国名胜楹联大辞典》《中华对联大典》均收录此联，《中华对联大典》注云：“（书院）在衡阳。见《湖南名胜楹联》。”《中华语言精粹宝典·楹联卷（名胜古迹编）》、《中华语海》第4册、《永州文史第六辑·永州古楹联》亦收录此联。

题衡州长沙会馆中堂联

潇湘门外，垂柳毵毵，湘水前横，地甚旷远。光绪二十九年，长沙人贸迁郡城者置会馆于此，祀陶、瞿两真人，皆长产也。岁时宴集设排，当具酒食，招同入社，请加楹联。中堂设神座。联云：

弥勒旧同龛，位业相参，仙佛长沙应合传；

浮生原逆旅，乡关共话，岁时荆楚此登楼。

案：《中国衙署会馆楹联精选》（解维汉编选，陕西人民出版社，2006年）选录此联。名为《题衡阳江西会馆》，有误；联中“仙佛长沙”作“仙佛真灵”。

题衡州长沙会馆戏台联

内戏台云：

潇湘门外柳枝多，听玉笛飞声，乡思暗牵橘浦；

烟雨池边鸿影度，忽苍龙入破，江风吹下潭州。

是冬，余回省局，人笑联语成谶云。时湘绮主船山讲舍，题外戏台云："东馆接朱陵，好与长沙回舞袖；南山笼紫盖，共听仙乐奏云门。"家重垞题内舞台云："笙管吹开九面云，看舞袖低回，风流当忆长沙国；家山共此三湘水，听乡音无改，雅调如翻渔父词。"

案：《古今戏曲楹联荟萃》（金实秋编，中国戏剧出版社，1992年）录有此联，作者署名廖荪陔。《中国名胜楹联大辞典》录有此联，题为《衡州长沙会馆联》。《中华对联大典》收录此联，题为《戏台》，并注云："（戏台）在衡阳长沙会馆。见《对联话》。"《长沙市志·第17卷》（湖南人民出版社，2004年）录有此联，题为《衡州潇湘门外长沙会馆戏台》。《中国衙署会馆楹联精选》收录此联，题为《长沙衡阳会馆》，作者署名廖荪陔。《长沙名胜楹联选》收录此联，题为《衡阳长沙会馆联》。

题长沙湘矿总局黎家坡楼联

湘矿总汇之所，在长沙郡学后之黎家坡，所中有楼，高七十级，宴客多在楼上，窃取柳子厚记中语意，题曰"高明游息之楼"。风景甚佳，雪尤增兴。联云：

凭他好手仇唐，岳雪湘烟难着笔；

到此兴思屈贾，碧波香草最销魂。

题长沙天心阁联

天心阁踞一城之上，湘城无游观之所，官士常来置酒。其实

阁后皆漏泽园,望之令人寡欢;前市屋栉比,有远观无近瞩,不及吾矿楼之胜,而游人常来者以其高也。联云:

胜日此登临,看橘洲烟雨,灵麓晴岚,万古湖南叹清绝;

高吟动星斗,有桂栋镵云,芳苕总翠,九歌江上续离骚。

哀 挽

挽刘惕斋联

同里刘先生惕斋，孝友积学，不随流俗转移，二子皆诸生，能读父书，先生没年过七十，吾党德人也。挽之以联云：

蜩螗沸羹之世，独立不移，如君足当健者；

父子兄弟之间，丝毫无忝，到此始算全归。

挽刘硕光联

其（刘惕斋）从子硕光，亦振奇人也，后先生数年没。挽云：

迹无论乎显晦，若性斯贤，看贞不戾俗学不啖名，亦真率亦诙谐，数同井交游，风期独绝；

习渐入于奇衺，正命为幸，喜妇能操家子能负耒，有石田有茅屋，比杜陵野叟，身世何如？

挽周达武联

县人尚书衔甘州提督周达武朴勇喜功名，所领武字营添至百二十营，家无余财，廉将也。蜀黔战绩，曾代拟事略行世。以嗛于御史安维峻，于论杨昌濬、沈玉遂疏内牵连得书，没后撤销易名之典，非其罪也。联云：

葛武乡绥服西南夷，濡管我曾胪战绩；

陈破胡困于刀笔吏，上书谁为讼忠勤。

案:《宁乡文史·第十辑》收录陶成武撰《周达武家世简况》一文,文中引用此联。

挽张祖同联

长沙张祖同雨珊,居黑麋峰下,有《湘雨楼诗草》,总角时彼此以诗往来,顾不曾谋面。光绪丙午,晤于宁州陈氏蜕园,雨珊题余《珠泉草庐图》句云“大湾池馆识君初”是也。此后相见日多。后其弟堃秋一年没。联云:

四海一子由,荆树飘零,听雨湘楼虚旧约;

众中识韎韐,笛声呜咽,题襟江馆感当年。

挽王世琪联

吾县大理院右丞王世琪,性狷介,供职比部多年,人颂其平,寖寖乎大用矣。逊位诏下,痛哭辞朝,间关归里门,罕与人接。未几,没于家。联云:

门巷认乌衣,君原上国名卿,宁知沧海横流,华表遽归缑岭鹤;

当途骇龙战,我是故山顽秃,见说湘累气尽,商歌赓续洞庭秋。

明遗老郭都贤有《洞庭秋诗》十首,伤亡国事也。痛哭辞朝事,炳青未尝自言,近始闻之张兴慧萼林。张亦县人,以进士发河南,十年未一绾符,所谓刚毅木讷,非耶?萼林有悼炳青联为人所称。炳青,世琪字。

挽易佩绅联

龙阳易方伯佩绅,以戎幕起家,历绾四川、苏州藩条。二子顺鼎、顺豫并负才名,方伯挂冠后,贞栖庐阜,筑楼居之。时袭道装往来江汉间,见者以为仙也。长沙诸易皆祖袚,今宁乡大沩山有易尚书墓、识山楼遗址尚存。方伯没，拟此挽之：

嘉祐文章出一家，教轼辙早成名，人间再见苏明允；

使者旬宣周数省，借神仙为退步，匡庐又有识山楼。

挽聂缉规联

衡山聂氏自乐山翁后，轩冕嫣蝉不断，前浙江巡抚缉规，乐山玄孙也，家世清华，兼婿湘乡曾氏，少颇斫弛。太傅父子不甚与之，及入官悉变，所为左文襄独赏，异焉。抚浙时，为言路所论落职，尝谓予曰："余之一生，公所知也。言者论为不谙西学，其实中学亦何尝谙哉？浙人有称我不要钱者，此尤不知我也。先世本丰于财，以此相拟，何异褒老寡能守贞？"其善于解嘲类此。事母能竭力，母生三子，惟善仲芳。濒没年九十余矣。侍疾四十余日，昼夜罔间，以此感疾，随母而逝。大府上其事予旌典。余挽以联云：

离大臣之职，不渝臣初，去位无殊在位；

当不毁之年，偏以毁死，过情仍属至情。

挽王之春联

清泉王之春，字爵棠，光绪季年以广西巡抚罢职，没于长沙邸舍。官湖北藩司时，俄储游鄂，馆之晴川楼，与相渥洽。及充使俄大臣，太子已正帝位，时倭侵北洋日剧，之春乞俄入援，已画诺矣。会中日议和而止。编有《谈瀛录》，论史事能详。挽以联云：

七万里乞援强邻，和议书成，吾谋勿用；

数十年讲求专对，谈瀛录在，公去谁来。

挽叶世鸿联

邻人叶世鸿，字瑞琪，父母早没，遗田无几，躬自耘治。弟世敦甫数岁,令裹饭从村塾学书,弱冠补弟子员。余主荧源银场,招瑞琪主出纳,在事十五年,终始如一。没后无子,世敦以次子后之。挽云:

为银场主计,挈瓶不改初心,足矫末流夸毗习;

教弱弟成名,鬻子仍令式谷,增重人间手足情。

挽胡湘春联

胡湘春,字卣笙,幼时同学友也。弱冠以诸生从戎,保知县,发浙江,历署临安、遂安,旋即真。光绪二十年,余以家口连丧亡,出游泻忧。由鄂附轮抵浙乌程之双林镇,君适司榷其地,遂留度岁。明年正月,同游圣湖,夜宿下天竺僧寮。山雨飒空,风泉竹树,刁骚澈夜,清气可掬。居无何,君以仕不遂意,乞病归,归而病死。挽云:

总角论交,年来倦鸟知还,大药难翳双鬓雪;

明湖打桨,记否僧庐话雨,三生同听一楼钟。

挽陈启泰联

陈启泰伯平官御史时,论枢臣溺职,人畏其口。晚抚苏州,因上海道蔡乃煌侵款,下檄追缴,乃煌故诪张,又倚亲贵,力反唇相诋。愤甚,病五日而陨,湘人多为不平。余挽之云:

梅花心似石,姜桂老逾辛,直道事人,卓有元龙湖海气;

蚁穴溃金堤,高门来鬼瞰,谤书盈箧,竟乱苏州刺史肠。

所居在湘东鹅洋山下,扬历多年,不给于供,人称其廉于取财。

案:《对联话》卷七录有此联。其云:"又挽陈伯平云:梅花心似石,姜桂老逾辛,直道事人,卓有元龙湖海气;蚁穴溃金堤,高门来鬼瞰,谤书盈箧,竟乱苏州刺史肠。盖陈以纠上海道蚀款,不胜愤懑,发病遽死。王湘绮所谓'晚伤鼷鼠千钧弩'者,亦指劾蔡事也。”另外，“古诗词网”“中华诗词网”“廖树蘅经典名句赏析”等亦收录此联。

挽朱昌琳联

朱昌琳，字雨田，长沙东乡人，年三十余犹为人佣书，后以盐筴致富。能散财，会城湘春门外碧浪湖，一名北湖，五代楚避暑之宫也。湘水抱城而下，不利泊船，前民议开北湖，纳浏避湘涛之险，格于群议不就。宣统二年，西林岑公来抚湘，雨田发私财逾万万，落其成事。闻由道员赏阁学，不由科目，而膺华选，异数也。没年九十四。联云：

俭不逼下，富而能施，卜庶长损己益公，天与大年丰美报；

当扆知名，群侯倒屣，陶征士隐居行义，我于乡国重斯人。

其家无樗蒲之戏，不演剧，尤为湘人所称云。

挽王先谦联

王祭酒先谦，晚号葵园，督学江苏，所收多知名之士。及归长沙，专意著书，性质厚，不忍以不肖测人。光绪末纪，东南竞崇实业，以为真有益于国与民也，到处投资倡导，尝规之，则曰：“故知忠告，然已受累，奈何？”语以速止犹可及，过是欲少味矣，甚然子言。国变，老死不悔，可谓知耻矣。挽云：

皭然湖外遗民，抱蓉裳琼珮守意自如，蕉萃江潭无所恨；

允矣中朝硕学，与湘绮曲园画疆而霸，垂声宙合各名家。

七十得子，今能读书矣。

挽张之洞联

张文襄之洞规模闳大，其要在不避事、不苟同，昔年见其《驳刑律》一疏，曾作诗称之。然于用人、用财不甚缜密，难为贤者讳也。挽云：

权臣不可有，重臣不可无，嵩构云颓，四海苍生念元老；

办事资乎材，晓事资乎识，宏规具在，千秋青史有公评。

挽陈为钢联

郴陈为钢官湘乡训导，姿容映丽，朗如玉山，乞病回州，纡道访予学廨。时湖莲盛开，香风不断，入座笑曰："是何博士斋，直神仙窟耳！得此足为黎祁吐气矣。"别未数月，即来讣音。拟此挽之：

叔宝本神清，曾向万荷花里赓续坠欢，三日衣香犹未散；

维摩频示疾，谁料百尺楼头溘先朝露，一条湘水太无情。

挽汪镜清联

汪编修镜清：

长沙耆旧感晨星，记送我有人，千尺桃花潭水碧；

天上玉堂成幻梦，叹见君无日，三湘烟雨蕙兰悲。

挽洪汝源联

宁乡自国初至今，膺馆选者十人，惟陶士偰毅斋、洪汝源毅夫保送知府。毅夫运蹇，辛亥自蜀归，遭世艰迍，意多凄苦，没之前一月，尝徒步来予家，饮酒畅谈以去。挽以联云：

江山新数革除年，家国多虞，知君有棘在喉，满眼新亭名士泪；

乡井故人今有几，应刘并丧，剩我积怀成痗，伤心旧社酒徒稀。

案:《对联话》卷七录有此联。其云:“荪阶挽人联,亦时饶名隽之作。如挽洪毅夫汝源云:江山新数革除年,家国多虞,知君有棘在喉,满眼新亭名士泪;乡井故人今有几,应刘并丧,剩我积怀成痗,伤心旧社酒徒稀。自注:宁乡清一代膺馆选者十人,惟陶士偰、洪汝源保送知府。洪运蹇,辛亥自蜀归,意多凄苦,殁之前一月,尝徒步访予,饮酒畅谈以去。”《宁乡文史第八辑·沩宁耆旧联选》亦收录此联。又,“惟陶士偰毅斋”,有误。陶士偰,字伦宰,号嵇山;陶士僙,字中少,号毅斋。

挽李继静联

李秀才继静工书法,尤精小楷,曾佐矿昌江,数月病没。

书破羊欣白练裙,姿媚绝伦,我愧姜芽常敛手;
识取高岩金碧气,事权甫属,谁知仙李竟无年。

挽汪凤池联

长沙知府汪药阶:

卧护吏民,汲淮阳一生少戆;
日斜庚子,贾长沙万古同悲。

挽魏嵲涂联

宁乡训导魏嵲涂,巴陵人:

冻月涌重湖,鹤背笙凉,人共梅花归北渚;
霜天闻楚些,讲堂雪冷,我随多士唁西斋。

案:《民国宁乡县志·故事编·官师谱·清》在“训导”条目下,有“魏嵲涂”者,廖树蘅《联语摭余》中作“魏皞”,当为编误,现据《民国宁乡县志》改,其云:“魏嵲涂:字碧峰。巴陵举人。四年九月任,十七年卒于官。”

挽王镇兴联

常宁王庶常之父宾予：

子贤注籍金门，义训群推王海日；

尸解仍骑仙鹿，州壤重逢聂乐山。

挽邹代钧之弟联

新化邹君某，叔绩先生之孙，沅帆之弟：

节义文章之后，明德合有达人，禀命不融，忍听槐风锵楚挽；

谈天赋海而归，难兄足当健者，宾鸿忽断，怕听哀唳落衡阳。

案："新化邹君某"指邹代辉。邹汉勋孙，邹世诒第三子，邹代钧弟。曾留学日本，学习西法印刷技术，帮助其兄邹代钧在中国首创西法印图。

挽袁全熺联

袁秀才全熺云：

气能集事，智足乘时，本当世有用之才，何图陇首归来，达夫仅以兵曹老；

交忝卅年，别刚一月，忽斯人无疾而陨，从此墓门思旧，骑省长深宿草悲。

袁氏多以科第显，熺才辩纵横，独不偶，与余有连，故尤悼之。

挽夏献铭联

衡永郴桂兵备道夏：

绣衣持斧，风静萑苻，遗爱在三湘，香草有情承履舄；

密座清谈，礼周宾佐，别来曾几日，梅花如雪打廞旌。

案:“衡永郴桂兵备道夏”指夏献铭,字子鑫。

挽刘筠联

清泉刘筠竹侯:

碧湘秋霁,访我银场,廿年旧雨重联,文酒酣嬉圆昔梦;

茧纸霜凝,序君佳集,百里音书甫达,人天缥缈怆离群。

挽席沅生联

东安席沅生,时主湘鹾:

贾谊无年,万古长沙多恨事;

桓宽论政,一篇盐铁有成书。

案:《对联话》卷七录有此联。其云:“又挽东安席沅生云:贾谊无年,万古长沙多恨事;桓宽论政,一篇盐铁有成书。按席卒于长沙鹾局。又各作均声光逌然,不愧作家。”

挽唐凤仪联

唐凤仪榖延:

盾鼻染渝麋,一万里关海奔驰,行矣孔璋工草檄;

笠檐嘲饭颗,五十载酒杯谈笑,飘然太白竟成仙。

挽王姻家联

王上舍姻家:

弟兄列屋东西,公去何之,花萼楼头余梦草;

怛化刚逢丧乱,我来叹逝,乌衣巷口几斜阳。

挽黎绍甫联

黎上舍绍甫:

举独子出后大宗,引义断恩,此事足风颓俗;

有老亲年跻百岁,竟难终养,知君茹恨重泉。

挽王荩承联

王杖芸孝廉父荩承:

琅琊大道王,缑岭忽惊笙鹤远;

箕畴九五福,槐厅兼有芷兰香。

案:王荩承即王翰文,字晋丞。湖南宁乡东湖王氏。王荩承子王章永,曾被廖树蘅委任为新化锡矿山矿务总办。

挽宋仕尧联

宋上舍仕尧:

陶朱公以货殖起家,江湖竞说鸱夷子;

乡大夫助令长行化,里甲犹高月旦评。

挽周良僎联

周良僎黼丞:

古谊托苔岑,三尺蓬蒿填蒋径;

萧晨逢竹醉,一天风月澹濂溪。

挽龙湛霖联

龙礼侍湛霖芝生:

曾叨前席侍寅清,数先帝旧臣,脱屣江湖余白发;

忽敛精神入箕尾,剩词林香茗,连床书卷冷丹铅。

挽李凝华联

李知府凝华,字荫棠:

西徼昔笞兵,骢马归来,同学少年多不贱;

东山今起用,鹧鸪啼急,教人酒座孰为欢。

挽李士铨联

李明经士铨，字筱春，新化人：

徂岁吾伤嬴博，感君千里来临，风义薄云天，怅望萧楼频拭泪；

陡惊星陨长庚，剩我九原思旧，死生同契阔，相逢饭颗永无期。

挽陈三畏联

陈三畏仲宽：

昌谷太清羸，昨犹翩然入座，为道双井人归，长安书至，父兄无恙天涯，岂虞点瑟才希，挥手俄惊幽梦影；

季方殊伟特，向曾密意论文，每忆闲园花韵，虚馆灯痕，光景难忘畴昔，从此牙琴罢御，刺船空听海涛凉。

挽廖祖桢联（一）

啸汀祖桢：

拓乌山报飨新宫，两三载共事单椒，彼此藏高堂未竟之事；

承乡贤孝友遗训，八二龄归魂净域，先生真华宗积庆所钟。

挽廖祖桢联（二）

又：

质行式孚邦族，耄期犹未倦勤，宰树护遗阡，徂岁从公登旧巘；

交情无间初终，到此才称耐久，陈荄哀永逝，酒杯和泪吊先生。

挽廖维东联

维东族父：

芹香衍十四传之绪，公真教子有方，陶泉明农业经营，菊圃储芬怡晚节；

衡宇隔廿余里而遥，我愧过从太简，阮嗣宗酒杯抛却，竹林回首有余凄。

妇女类

挽王小憨之母刘氏联

王小憨之母刘：

陔草油油，羡膝前洁养有人，绩学同符伯厚；

徽音穆穆，怅此后升堂拜母，经帏不见宣文。

挽黄忠浩之母联

不遑将母，玉节频移，叹游子归来，一寸春晖双血泪；

急景凋年，金萱遽老，看骖鸾仙去，弥天冰霰万梅花。

挽胡湘春之配柳氏联

胡湘春之配柳：

拔钗沽酒，落叶添薪，贱日极艰劬，诵元微之《遣悲怀》，三章知稿砧。

情难自已，抚媵御宽，交族亲谨□，读王介甫《仙源君》，一诔惟硕人。

德可庶几。

挽喻庶三之母联

萍乡喻庶三之母：

食苦教良子成名，州壤清风压芹苋；

挂席溯渌江归葬，汀州接伴有湘君。

挽张振襄继室成氏联

张振襄继室成：

和熊画荻，阿婴卅载劬劳，最怜游子匍归，寸草春晖嗟已晚；

茋篚荆钗，稿砧屡伤怀抱，谁料瀼西人日，细雨梅花又断魂。

挽姚铭三之配黄氏联

仁和姚铭三之配黄氏：

保族全城，巾帼躬丈夫之事，缓带衍螽斯犹未也；

劬身耐瘁，茀禄由俭觳而生，承天膺象服亦宜哉。

挽郑少尉之妇联

宁州郑少尉，十年前同客陈氏长沙闲园，余因省墓涟西，遇于龙城义园。值其悼亡，书此挽之：

不是内人斜，如何新冢落花，艳骨顿成兰麝土；

最怜崇让宅，依旧雨帘芳树，西风愁绝玉谿生。

挽张仲卣之妇联

长沙张仲卣之妇：

紫泥封印犹新，那堪随宦归来，宝瑟方酣俄辍响；

绿绣笙囊仍在，可奈华年夫婿，湘帘帘地更无人。

挽族女某联

族女适黄，其夫以任子得官，早逝，事重闱有贤名。

天壤有王郎，一家羯末封胡，我惭阿大；

衰门育贤女，毕生慈淑恭俭，跐美泷阡。

挽洪维善之配联

同里化州知州洪维善之配、巴陵训导汝滋之母：

苏泽堂前橘，君山寺里茶，频年随宦天涯，父子归装余土物；

茂先女史箴，敬姜劳逸论，一瞬骖鸾仙界，宣文经术冷纱幮。

案：洪维善，即洪惟善。此处云洪惟善与洪汝滋为父子，有误，洪汝滋父应为洪霈。《民国宁乡县志·先民传二十九·清》：“洪霈，字云浦，以军功授广东开建知县，历署连平、化州、长宁，归善有惠政。霈子汝滋，初以诸生官巴陵训导，旋举光绪甲午乡试。”

挽张雨珊箎室联

按湘弦离恨，诸阙已绾柔肠，那堪老向词场，小令重赓瑶瑟怨；

展长沙贤媛，一编又添佳传，难得鞠成硗玉，天书频湿武都泥。

《湘弦离恨词》，张君悼其正室之作。

挽龙知县之室联

相夫教子，并著循声，本来湘上名家，纱幔清芬光炜管；

设色添毫，自成馨逸，定荷几余题句，老人恩遇俪南楼。

挽邓承鼎之母联

邓承鼎之母，旌表节孝张氏：

节孝之后必昌，嗣子能贤，一夔已足；

泷冈之阡有待，大文垂世，异代同符。

挽余尧衢篮室联

八龄失恃，一恸填膺，桓序决刘敬宣充闾，具征阿嬰善教；

岂似凡民，但称慈母，东坡为周夫人撰传，都由宗愈能贤。

代　作

挽熊兆祥联

澄湘水师营总熊都督：

田邓勋名而外，有此朴干良才，五管风云钟上将；

蒙冲交替以还，不见雍容裘带，三军涕泪说恩私。

案：熊都督即熊兆祥，熊希龄之父，曾任湖南衡州协副将，澄湘水师营统领。

挽喻之封翁联

陕西同州府知府喻之封翁：

关陇颂声腾，喜鲤庭扬历边陲，茧纸亲钞循吏传；

典型乡国望，讵日观嵯峨云表，罡风吹折大夫松。

挽童少尉某联

童少尉某：

枳棘非鸾凤所栖，冰署久哦松，长才谁拔百僚底；

交亲因茑萝益密，良辰逢吊屈，续命难添五色丝。

挽武陵校官程联

武陵校官程：

珠树拂沩云，三凤联翩，疏雨碧梧惊翼折；

家声承洛学，卅年交旧，空斋尘网叹琴亡。

挽长沙太守珍联

长沙太守珍，满洲人，以心疾致陨。四品大员为此无名之死，宁州中丞愍焉，属代拟联云：

首善为百尔所瞻，悃愊无华，虞箴早懔；

一瞑而万世不顾，人生到此，天道宁论。

挽贺封翁联

贺封翁云：

论交在群纪之间，每来书带堂前，诗篇爱诵斜川集；

频年为疢疾所累，从此梅花桥畔，饮中不见鉴湖仙。

所居在治城东门外之梅花桥，以酒致病。

祠　联

古者无田不祭，为卿以下云尔。族祠始自近代，合群昭群穆于一室，时其祭享，衡以古义多不协。上之人以其事近收族，不复为之制限，王道本乎人情也。宁乡宋以来，惟张魏公父子、易尚书祓有专祠，族祠罕所闻。清雍乾之世，一二有力之家，合族建祠，务极闳丽，然亦仅矣。近来营缮渐多，余自二十世曾王父起，等而上之至四世，建祠凡六，皆积岁月合众力以成。惟八世祖祠在衡田洞口者，有东西夹室纳群主，余皆专祀，每祠制联加跋语焉。子不云乎，慎终追远，民德归厚矣。致严于所生，综大凡而质言之，语虽不工，庶无掠虚美而流于薄，所谓家人之言也。

题乌牛山衡田廖氏四世祖祠联

先世有曰淇惠者，南宋端平二年以勋爵袭潭州卫指挥。四世曰庆云，由潭州迁宁乡衡田，葬治西六十里乌牛山，居乌江沩之间，墓当山椒，群峭森眼底。同治九年，先君与族老雨亭翁，就墓右建祠，命题楹联云：

继别子以为宗，百世不迁隆肸蚃；

升高丘而望远，众峰罗列如儿孙。

题乌牛山衡田廖氏四世祖祠大堂联

堂联云：

派衍衡湘，家集守遗传，续宋史艺文一录；

礼隆报享,岁时祭远祖,遵大儒程子之言。

题衡田廖氏五世祖祠桂馨堂联

五世讳熙,旧记称“寿四郎”,庆云君第四子,世居衡田。元统时湖外大无,输粟二千石助赈,诏建坊里门。墓在虎形山。光绪癸巳建祠,距墓二里,地名“桂馨堂”,老桂连蜷,花时香闻数里。联云:

发粟赈元二之灾,乐善好施,坊第三朝诒穀远;

荐馨当重九以后,天清云丽,樨香万斛拂檐来。

题大雾寺衡田廖氏七世祖祠联

七世讳洧,葬衡田高倚山,两水夹之,岳仑之干也。原有墓庐,光绪癸卯,移建大雾寺旁,寺为四仲房布金地,饶泉石林木之胜。联云:

林庙新开,望珠泉洒润,银杏摩空,振衣访四仲遗墟,古寺幽深犹胜概;

云山高倚,指靳水南来,乌江东注,适墓问三朝故事,旧碑磨洗认题痕。

题大雾寺衡田廖氏七世祖祠大堂联

室事交乎户,堂事交乎阶,各敬尔仪,用康禋祀;

入则顺乎亲,出则顺其长,聪听彝训,以明人伦。

题大雾寺联(一)

大雾寺建于明洪武年,山上龙王庙常有云雾涵之。相传前代廖氏于此避寇,雾重,寇无从踪迹,寺因此受名。山下名王田,冲有明吉藩废垄数亩,今归寺。联云:

剩一堆雾里烟螺,先世有遗传,曾赖云关免山越;

耕几棱废藩旧町，秋塍纂嘉谷，炊成香饭供如来。

题大雾寺联(二)

又：

剩一堆雾里青山，先世有遗传，曾赖云关免山越；

耕几棱废藩旧町，秋塍纂嘉谷，炊成香饭供如来。

题大雾寺左之乡贤祠联

寺左为乡贤祠，祀谢处士英、易尚书祓、周司农堪赓、陶检讨汝鼐、王主政文清、廖训导方远、廖训导俨，庭院幽洁，涧产香芹，岁一设飨。联云：

岁时社集此盘桓，竹院森寒，是树石苔泉所汇；

乡国英翘半河岳，雕柈荐苾，撷涧溪沼沚之毛。

题洞冲衡田廖氏八世祖祠联

八世祖祠在衡田洞冲，旧为族祠，乾隆年建，光绪己丑撤而新之。山木幽幽，神所凭矣。中庭紫荆两株长出檐外，清明花霏如紫雨，光绪时所植也。联云：

人治之隆，莫先于祭祀，莫重于食飨；

守孰为大，惟孝可生福，惟敬可立身。

题衡田廖氏九世祖怀四公函象联

九世曰仲泰，字怀四，偶象袭道士服，元代重入道，君生永乐四年，遗俗犹存，用玻璃龛函象，附栗主下。联云：

尸礼废，象设兴，人教同符内史；

灵既向，神哉沛，继祢斯为小宗。

题洞冲衡田廖氏八世祖祠附室联

附室祀诸无后者。联云：

何处最消魂，棠梨花湿清明雨；

奉盛同致飨，秔稻秋登下潩田。

题桎木山衡田廖氏十八世祖祠联

十八世讳义皋，由衡田上新田移居老屋湾，今之春泉堂也。大木百围者数株，元时故宇也。君兄弟三，属长，季出后叔父。已叔母生子，季来归，先人所授之业已与仲平分，乃剖己分之半与季，邦族称焉。没葬桎木山。乙未，筑庐山麓，中为飨堂，右曰怀清堂，立墓下旌表节孝七主，以励贞操。庐与老屋湾相望。联云：

近居嗣服先人，割产厚贻同气；

取善无非耕稼，结庐式护松楸。

题桎木山衡田廖氏怀清堂联

怀清堂联云：

井水无波，门外寒泉可鉴；

松心不改，天寒励节弥坚。

庐下有井，泉极莹澈，名“珊瑚井”。

题衡田廖氏十九世祖祠崇睦堂联

十九世讳胜晖，余高王父也。先世自元以来代称富人，明清之际微矣。至府君始，大人称衡田万石，墓在枞木堂，与老屋湾相向。光绪丁未建墓庐，题曰“崇睦堂”。语云：“兄弟睦，家之肥，登思堂也。其顾而斯哉！”联云：

百年庐墓相依对，丛条总翠，木叶归根，抚景弥增霜露感；

累世耕畲未废愿，农服先畴，士修旧德，承家仍举力田科。

题衡田廖氏二十世祖祠如在堂联（一）

二十世赠"荣禄君"，余之曾王父，嘉庆朝营生圹于龙窠塘。建屋两楹，中唐有亭，左竖祟坊，颇坚饬，荣禄君没后与汤太夫人合葬焉。越二十年，改迁湘乡三坊，一在金鸡山，一在燕子岩，相距约三里，并置墓田招守户，所遗龙窠塘旧庐遂改飨堂，题曰"如在"。岁久，堂渐陊剥。光绪丙午，拓而新之，距嘉庆建筑时恰百年矣。联云：

阡表隔珍涟，壑互峰连，百里威迟伤远目；

祠堂依旧巘，爱存悫著，一庭陟降有余思。

题衡田廖氏二十世祖祠如在堂联（二）

又云：

是先人自营菟裘，鹤化归来应恋此；

越百祀重新燕寝，龙窠云木尚依然。

题衡田廖氏二十世祖墓庐联

湘乡金鸡山墓庐，两处山体穹窿，溪水萦抱，与姚惜抱集中《游双溪记》略同。光绪时，丐湘绮老人书"宁乡廖氏墓庐"六字榜于庐，并自题联语悬壁，以永其思，曾孙树蘅恭记。联云：

金鸡具体龙眠看，松堤内绕，碧岩外交，树石烟岚同拥露；

湘绮希风惜抱记，听雨双溪，题名丙舍，文章字迹并留传。

附录县人旧撰

吾乡人多工联语，录数首以资共赏。

某题大沩山密印寺联

大沩山密印禅林云：

雷雨护龙湫，洗钵安禅，昨夜梦伽蓝微笑；

松花迷鹿径，鸣钟入定，何人知节度重来。

不著撰者姓名。

周莲舫题紫云宫联

沩水入湘之口，濒湘有紫云宫，甚宏丽，其戏台联云：

看沩水西来，百里云山，恰要此楼台锁住；

唱大江东去，三湘烟雨，全凭他笙管吹开。

传系周封翁莲舫明经之作。

谢威凤赠左宗棠七十寿联

谢太守威凤工于集句，左文襄七十寿辰，适拜东阁大学士之命，寿之以联。云：

东阁官梅动诗兴；

南极老人应寿昌。

谢威凤寿李辉武之父联

又，寿陕西汉中镇李辉武之父八秩联：

子为飞将军，七二钟灵百二管钥；

公真柱下史，五千道德八千春秋。

辉武，衡山人，从周达武战鄂、皖有功，为时名将。余在承阳，同人竞称此联之工，不知出谁手，闻余言始悉。

王鸿文挽某校官联

王鸿文，字小憨，思力精果，有《大学注》《唐诗镜》《删订吕留良四书文》，均能拾遗匡谬、直摅所见，自负工为挽联。尝笑曰："君等撰联，只能打半圈，余所拟则自首至委一气流转，几于圂圈矣。"惜难全记。其挽零陵校官联云：

潇合为湘，直探江水源头，春在绿天庵畔；

师承以长，报道先生归去，悲生红杏坛边。

王鸿文挽从父联

（王鸿文）挽其从父鼐臣云：

望断玉门关，万里不归班定远；

响绝广陵散，六尺更无嵇侍中。

鼐臣之兄方臣，以武进士官至肃州镇，没于任。鼐臣善琴，无子。凡此皆能典雅，而带沉雄之气，虽难全副其自负之言，要能摆弃流俗矣。

周汇万挽梅霖生联

周孝廉汇万挽梅礼部霖生云：

一第得来难，君胜方干，瑶草亲承仙露滴；

九原归去疾，我惭郭瑀，玉兰拟替故人培。

霖生先生弱冠中湖南乡试,四十后始得庶常,旋改曹司,没于京师。子鉴源婿于周氏,联语情文周至,脱尽火气,此境良不易到。

许扬祖挽友人联

许扬祖,字季铭,贵州知府许乃兴之子,弱冠博稽坟籍,著书甚富,然应学政试屡以文艺逾格见黜,扬祖终不以为意,年二十七卒,人咸惜之。有挽友人某联,云:

在人间八千三百日有奇,竟别父母兄弟妻子朋友以长游,孤愤难伸,作鬼犹当为厉;

尽天地一十二万年之后,直合圣贤帝王豪杰愚贱而皆没,浮生若梦,劝君如是达观。

某挽邓凌云联

吾县多仗节死义之士,浙江绍兴府知府廖宗元、乌程县知县许承岳、贵州印江县知县邓凌云、贵州普安知县刘代英,均死事甚烈。生员谢封、生员周岳生、廪生胡铮,生员杨濬,以呫哔之儒,身膏原野,尤为可愍。挽联可观者甚多,惜不记。惟记挽邓凌云一首云:

烈士当如是死;

儒者乃有此人。

用史传成语不着一字,特忘记作者之名耳。

案:《对联话》卷三录有此联。其云:"廖苏阶《联语缀余》云:县人邓凌云官贵州印江县死难,有挽联用史传成语,不着一字,惜忘作者姓名。联云:烈士当如是死;儒者乃有此人。按:寥寥数言,气却劲拔。"廖苏阶即廖树蘅,字荪畡,在宁乡方言中,"苏阶"与"荪畡"同音。

张橄仙挽杨琴舫联

张橄仙挽其戚杨琴舫，联云：

宿草竟何如，叹玉树湮沈，不许人间看卫玠；

梦粱犹未了，恸画幗零落，那堪花底觅黄筌。

张氏与余家世姻，一门俊雅，余与橄仙识面，彼此皆舞勺之年。此联即于是年作，人称奇童，逾冠而殒。其从昆有字香龄者，余妇清河君之叔父也。年十八有《铜爵台赋》，为城南院长陈尧农所激赏，而当时不传，兹录其首一韵云：“邺城烟雨蒙，五十七丈兮，倒插半空。夕阳片瓦，秋蔓一弓。草无情而晕碧，花有恨而颤红。数十年霸业徒劳，空付半江流水，八三万雄军安在，都归一炬东风。”亦不久即没，附录以见张氏多才，而惜其不永年也。

珠泉草庐楹联补遗

自题衡田老屋大门联

知仁近勇；

力穑有秋。

案：此联录自《宁乡文史第八辑·沩宁耆旧联选》。根据廖树蘅曾孙、廖树蘅第五子廖基杰之孙廖湘瑛绘制的横田廖氏祖居“春泉堂”平面图，此联原悬挂于中堂屋大门两侧。

《楚沩家风》（中国文史出版社，2016年）以《廖树蘅自题门联》为题引用此联。

自题梽木山住宅联

梽木映山红间白；

鸡菱踏水绿和青。

案：此联录自《宁乡文史第八辑·沩宁耆旧联选》，《长沙名胜楹联选》亦收录此联，下联中“绿和青”误作“绿知青”。

题甘州提督署一园肖虹亭联

树摇苍空，云气暗遮楼阁；

园据绿水，月明如坐潇湘。

案：此联录自《对联话》卷三。其云：“荪畡壮年尝从军甘凉，为提督周达武入幕之宾。军府建牙张掖，汉河西四郡之一，古之居延塞也。提署有曰一园者，杨果勇昔所命名，内有肖虹亭，荪畡撰联云：胭脂在北，祁连在南，四郡襟喉归揽结；旅宿非舟，陆居非屋，三山楼阁浸虚无。又联云：树摇苍空，云气暗遮楼阁；园据绿水，月明如坐潇湘。”

题甘州提督署左毅武营门联

雄剑倚层云，貔貅夜肃天山月；

大旗招落日,鼓角霜严敕勒秋。

案:此联录自《对联话》卷三。其云:“又箭道左毅武营营门联云:雄剑倚层云,貔貅夜肃天山月;大旗招落日,鼓角霜严敕勒秋。按各作均带边塞商音。”

挽张百熙联

悦道开北学之先,千古文明推楚产;

尽瘁为天心所鉴,九重褒赠备荣哀。

案:此联录自《长沙张文达公荣哀录》一书。《骈字类编》、“搜韵”、“古诗词网”等亦录有此联。

挽王闿运联

岁星游戏人间,诡时不逢,先生有道;

书卷长留天地,斯文将丧,后死胡依。

案:此联录自《珠泉草庐师友录》,其中王闿运《廖荪畡先生七十寿序》后附按语云:“明年,(王闿运)先生病卒,公挽以联云:‘岁星游戏人间,诡时不逢,先生有道;书卷长留天地,斯文将丧,后死胡依。’亦足见公与先生交谊矣。”

挽成克襄联

平生以山斋九溪见推,奖励却逾恒,我惭后死;

论学与白沙阳明异趣,始终不变塞,只有先生。

案:此联录自《珠泉草庐师友录》,其中成克襄《荪畡姻丈有苏杭之游,道过鄂州,晤教于黄鹤楼,别后赠诗,依韵奉和》诗后附按语云:“成先生克襄,字赞君,四都富子塘人。清廪生……以九年七月卒于长沙,公挽以联云‘平生以山斋九溪见推,奖励却逾恒,我惭后死;论学与白沙阳明异趣,始终不变塞,只有先生’云。”

挽外孙女梅焯孝联

福慧本难双,如此聪明宁耐久;

老怀原易恶,那堪殇逝重愁予。

案:徐一士《女诗人廖基瑜》云:"长女焯孝,颖悟过人,通文史,尤工书法,凡名人之字,见即能摹写逼真,学何绍基极神似,适刘氏,民国四年卒,年二十二。……又树蘅联云:'福慧本难双,如此聪明宁耐久;老怀原易恶,那堪殇逝重愁予。'"(《大风(香港)》第九期,一九三八年五月二十五日)

附

家居戏联

家种碧梧枝,一边栖凤,一边栖凰,凤凰不效鵂鶹飞,鵂鶹休向凤凰借;

盘摊红豆粒,许多养燕,许多养雀,燕雀安知鸿鹄志,鸿鹄莫为燕雀欺。

案:此联录自《宁乡文史第八辑·沩宁耆旧联选》之附文《楚沩诗话》。原题为《廖荪畡"碧梧""红豆"慰知心》。其文云:"廖荪畡,咸丰年间秀才,文名重于一时,自幼胸怀远志。曾游湘军提督周达武幕,历览关原,大开视野,在其一生事业中卓有成就。廖在家居时曾戏拟一上联,不凡志慨即已见一斑:'家种碧梧枝,一边栖凤,一边栖凰,凤凰不效鵂鶹飞,鵂鶹休向凤凰借。'出幅既成,一时无以为对,适有友人来访,遂求之续以下联,友人亦怀才未遇之士,故尔郁郁而多苦衷。冥搜良久不就,忽闻窗外燕语喃喃,雀声唧唧,蓦见庭前晒有红豆一盘,小鸟时来啄食,遂欣欣然有喜色道:'好,我且一小试,万勿见笑:盘摊红豆粒,许多养燕,许多养雀,燕雀安知鸿鹄志,鸿鹄莫为燕雀欺。'道罢,二人拊掌大笑。"

武军纪略

卷　一

咸丰九年己未春正月，粤寇石大开自江西南安入陷桂阳。湖南援军四出，边圉空虚，巡抚骆文忠将大募师而简健将领之。先是，余以四年入李忠武军，从征鄂、皖，积功至游击。八年冬，因创假归。时左文襄居文忠幕府，与县人刘果敏交善。明年三月，果敏腾书论荐，谓余颇知兵，用是得领一旅，是为武军建立之始。

三月，军发长沙，侦寇已由新宁走祁阳，遂由攸县进师。戊戌，及寇熊罴岭，败之，乘胜解祁阳城围。蹑追至九龙岭、渡头桥，皆大捷。四月，石寇犯宝庆，众号三十万。宝庆城坚峙，粮粗备。各路援师大集，水陆近四万人。余与王公永章驻东关外，画地申守，内外有严。五月壬申，寇来攻屯，官军合战移时，左路周公宽世之师少却，守备洪公定升死之。丙戌，寇悉众出，布阵长数里。各军开壁纵击，斩馘满千，甚雨，引还。寇由间道奔犯我军。亟乘垒用伞笠遮护火器，伺近霆击。寇创返奔，自是不敢逼攻。余施移屯寿佛寺。

寇之初至也，民仓卒不及徙避，多匿寺中，饥困之余，暑雨薰蒸，疠疫大作。时每营日支仓粟七石充军食，军中病者相属，米日有赢余，分余粟活难民。并部分男女，左右出入，以免羼杂。复轰火药厅，事疏解秽恶，疾疫有瘳。主兵者韪余所为，檄各营踵行之。

七月，李勇毅之师至。寇方萃攻刘公长佑屯，勇毅乘间踔入，连毁寇垒。内外军欢噪应之，寇溃如决堤。余与王公永章逐北至文明铺。寇走广西，我军移防道州。

十年春，广西寇患棘，连陷数县。余随刘公岳昭越境剿之。四月收富川，六月复贺县。当我师之至贺也，蒋果敏亦以粤军至。寇分万人屯河西拒粤师，悉悍众万余扼河东街以拒我，跨河作浮桥通城寇，别寇千余伏东塔备援应。五月癸亥，刘公下令以明日五鼓攻屯。客军将陈某觊功先发，各军从之。寇出屯拒敌，不能下。刘公连檄余助战，未即应。最后公自来。余曰："寇散而嚣，易与耳。诸军不知蹈瑕，而专击其坚，是以为所持，少焉必得，当以报。"已令裨将何世华率三百人伏河岸，亲率队趋东塔。寇惧我之搜其伏也，则皆辍战奔我师近岸，世华麾众起，寇骇奔。会余已平东塔，回旆直薄河东街。刘公督十营乘之，立拔其屯。寇争桥，桥解溺焉。岸寇经驱杀略尽，河西不战自溃。粤军乘势收其城，是役人多归功粤军，非事实也。

九月，石寇犯永明。余与王公永章扼之新开渡。寇走石头铺。我军渡河，置辎重民堡中，以轻兵袭破之，追杀十余里，至鼓子江。江水驶急，凫水逃者多溺湫流，余悉降。是夕，寇后旗万余窜河东之柘牌。余约永章以明日进击，令降寇列前。永章顾先发，猝与寇遇，出不意，败还。降卒以官军无能，意犹豫，余亟掠阵厉声呵之，归诚人侯得贵首先陷阵，斩敌一级，众始奋。两军并进，寇益不支，遂降。

时我军不盈千人，降众且数倍，阴有戒心，令其隔水立屯，非令召不得渡河。方思设法资遣，而道州、永明、江华团练争相捕斩，呼号震天，余恻然令退，团练军于是拔残众二千有奇。以八月下长沙，选丁壮千人入伍，余悉遣散。叙功擢副将，加总兵衔。

十一月，石寇中旗党约五万，出四厂桥。余与刘公岳昭赴之，至则寇攻杨公恒升屯垂破矣，军进，俘斩千计，寇走江西。

十一年冬，石大开由泗城犯靖州。我军先赴难，席公宝田、赵公福元、王公永章并以师会。至绥宁，闻会同已陷，遂分道驰薄。寇分党衷我后，师小挫，伤亡军卒七十余名。旋与席军夹击，破之。寇走黔阳，师从之。寇扼城南拒敌，时成公定康以诸生主余营务，直前搏战，斩首虏七百余，寇走斛水湾。斛水湾者，万山丛杂，沅水贯其中，山口左壁右湍，仅容一骑。各军皆以地险，不敢前。会江公忠义、周公洪印以五千人援黔道此，约共破贼，许之。是日，余与席公先发，寇置伏山隈，军半渡，突发。时江军循沅岸西上，阻水不能救。赵军出东山之巅，下临绝壁，亦猝难赴急。寇知援绝，益欢哗。两军更番力战，席公连丧两军将，危在呼吸。余重赏购得敢死士二百人，用百人伏山沟，亲率百人殿后。令各军以次退舍。寇果倾巢来追。我军返兵力斗，伏卒突起，斩七十余人。寇返奔，各军乘之，大破之。寇走乾州。会杨公岳斌在籍，率众乘城。寇改道向泸溪。余恐其顺流东也，轻兵赴辰谿，出其前。寇掠永顺，趋龙山。我军蹑追至红岩溪，鏖兵三昼夜，走之。寇久羁山谷，无从掠食，更谋东下，窥常、澧。值易公佩绅、陈公宝箴、罗公亨奎以二千人援蜀，次次岩塘，亦恐其出扰善地，亟起扼之，并约我军夹击。遂令成公定康率百人先发，一夕踔九十里，黎明会于军。寇亟攻屯，固守不出，余与席公先后至，主客合击，大殄之，斩馘近千。游击萧仲芳陷伏死。时腊月十七日也。

同治纪元壬戌正月，粤寇另股出贵州者陷来凤，期与石寇合。我军扼马罗峒而营。己丑，会易、席、江、赵、王等军，分三路进剿。积雪初融，泥深没踝，各军以不便驰逐议退师，余力主前进，军势重者请独任之。与寇隔溪而军，溪岸坦坡高约四五丈，余麾军越溪上，举枪攒击。寇不虞我军之突发也，不战自溃。各军踵至。寇奔凤凰山，山下即来凤城。乘胜收其城，俘斩数千。明日，犹于积尸中获悍酋数人。寇走黔江，湘属号为肃清。余以母丧回籍，委军事于成公定康，营伍移屯利川。

是时蜀乱日棘，总督骆文忠用易公佩绅言，即家起余，以本军入蜀会剿。遂以五月至军，七月发利川，八月抵涪州。

先是，蜀中群盗如蓝大顺、二顺、李永和、周绍涌、郭福桂皆著名剧寇，党众多者数十万，少亦数万。川军脆弱不任战，会城百里以外出入自如，无敢过而问者。自文忠督师入蜀，连战得捷，蜀人如获更生。及黄忠壮淳熙战没，寇焰复炽，全蜀几无完宇。我军入蜀时，蓝、李两寇经湘军堵击出境，惟郭、周如故。时绍涌拟由大宁犯陕。查出陕之路，以城口、窄子口为要，而窄子口尤便，遂分军守之。至则寇骑随至，窥有备，折回。

九月癸亥，击寇向家坪，败之。明日，进军路阳坝，新雨淖，我军皾雨发，寇出不意惊走，追斩近百人。甲子，进军盘垭口，沿路寇党出没，与军伍并行，各军持满以进，寇亦不敢逼。日晡，抵口门口，当两山间，仅一面可上。寇扼险立卡，游寇络绎奔赴，势张甚。我军初至，未即击。寇出诱战，持不应，乃下山延烧民房，用激我师。余审寇气已盈，阴令裨将李辉武、何世华左右逾山入，周家盛、王照南植队山下，伺便从中路仰攻。已，左右军皆及寇，湘军将刘公德谦、曾公传理亦各以众至。命家盛等捣其卡门，三路奔驰，声尘合沓。寇不及防，弃卡狂奔。我军登卡骋望，虏已在吾掌中。盖循山后下迤二十里曰后平坝，屋瓦鳞次，寇资萃焉。由口驰赴，若建瓴然。遂下令各军蓐食，以明日五鼓攻屯。寇既失险，惶惧无措，军至望风靡。各军袭击，伏尸盈路，寇践尸逃，追杀八九里，俘斩八千有奇，夺马骡八百余匹，他物称是。逃匿不及者，至以头植泥田，听追兵加刃。旋下免死令，拔身来归者千余口。余众走大竹安吉场。我军兼程及之，军士愤其狂走，疲于奔命，竞起斫之，群寇大熸，周绍涌亦就俘。绍涌之禽也，由李辉武力战所得，专弁槛送余营，中道为客军掠去上功要赏。余与客军交质骆文忠，文忠慰解之。人皆为余扼腕。乃未几又有鼎山铺之捷，前后两酋皆为我所翦。于是，人皆不直客军，即文忠亦渐知我军为可任矣。捷闻，诏赏质勇巴图鲁名号。丁丑回成都。值郭福桂由宁羌走仪陇，文忠属由广元进剿。时营伍尚驻绵州，檄由潼川截出。寇旋窜顺庆土门铺。

十一月辛酉，师次蓬茅坎。寇前队据三岔河，阻险立屯山腹，万矛林立。令李辉武、黄河清绕出山后，杨步高、周家盛由中路进，余率骑队备策应。寇亦分起应之。家盛等攻击未即下，适黄河清由大仪山寨压下，寇之右拒溃，家盛等抵隙力攻，寇酋马玉英亲搏战，步高挥刃斩之。玉英，寇中之最有名者也。群寇闻之夺气，遂合右路溃党奔入后山。时李辉武之出左路者，已沿山脊转战至枇杷寨。寨寇不知中右之已溃也，犹扬旗吹螺以出。辉武一战殄之。寇窜山后者约七八千人，竟奔将军寨。寨天险，步高等恐为寇据，与之争道上，寇计不道，复下奔，家盛迎路扼斩，死者不可计数。郭寇于土门铺闻耗，拟亲赴援。会我军已驰至，寇列陈拒敌，游击李太和战死。李辉武跃马贯阵，诸将大呼临之，寇大奔，弃粮械山积，戮死千余名，出难民男妇八千余口，余众走福林场，师从之。寇结屯场口外，列巨木撑拄，近攻则铅子如万雨雹。我军舁巨炮击之，毁其栅橹，各军夺门入。寇自相骀藉，死者数千，坑堑中趾顶相枕藉也。郭寇知场且不守，先夜遁龙背场。及蹑踪至龙背，不见一人，搜匿寇讯之，始知已乘夜遁往鼎山铺，去此地六十里。日晏众疲，已张幕矣，既念寇善狡脱，稍纵则收拾愈难，乃令拔帐穷追，先到者受上赏。士皆感奋思效，夜分及之。寇连夜失眠，日无宿饱，方幸疾驱出险，少苏残喘，忽见追师云集，知无全理，遂皆释仗降。旋获郭寇于民舍中，送成都诛之。是役往返才二十二日，而大酋授首，师无留行，若有天幸焉。捷闻，诏授建昌总兵。

时蓝大顺陷洋县，粤寇伪扶王陈得才由鄂入陕围汉中，众各数十万。川兵皆屯叙南，昭、广门户空虚矣。

二年正月，我军发潼川。三月，次广元之转斗铺，分防七盘关、两河口。而石大开方自高县走宁远，将逾大渡河，南北并严。初，文忠以我军仅二千人，不敷调发，令加募千人。及是，余弟康禄由湘率新募军入蜀，飞檄令与知县潘泽霖一军沿途剿平内寇。会川北事急，道府驰书乞援，乃令改由梓潼斜出，以杜北寇溢出保宁，兼顾转斗铺后路。继因白水河有警，复由昭、广趋朝天关，一军连月数奔命。已，石寇至紫打地地方，值金江盛涨，阻饥山谷，经猓夷禽献，川南解严。惟陕防日棘矣。

四月，兼护四川提督。时汉中被围久，罗掘一空，官兵集汉南者且三万人，久次无功。廷旨趣达武赴援。陕抚刘公蓉亦屡咨文忠，令余助攻。文忠持不可，疏陈武军素矫捷，应留蜀以备缓急。自是我军专主防务。汉中遂以中秋日失陷。城破之夕，火光烛天。我军分防青石关者，相距仅九十里，居高临下，望之了然，官民盖无噍类焉。

三年正月，汉中寇弃城顺流下洋县，寇师蔡昌龄与伪启王梁福成陷佛平。八月，陷阶州，据之。阶当陇、蜀之交，由平武斜界转斗铺，亘四百余里，皆归我军防守，径杂易偷越不胜防，拟越境剿之。文忠初意不可，得布政使江公忠濬力赞始允。军卒多湘产，不习麦食，议由龙安采米供军，沿途设夫站，利飞挽。文忠虑余孤军无继，非万全，增遣黄公鼎、江公忠淑助剿。是时，我军增至十一营，以李辉武、周家盛、何世华、宇文秀、钟开兰、胡国珍、向芝寿、王照南、张锡卿、黄河清等分领之。

九月庚子，发龙安。丙午，进文县，江公忠淑来会师。十月庚午，抵阶州。州居万山之中，北山尤巍峭，东南限水，所谓白水江者是也。离城三里曰严家湾，山势下迤入江，口门险隘；又二里曰东泽水，寇皆筑屯守之。北山之清赞庙、官子山及距城三十里之两水，并敛众保险，守御屹然。欲拔阶城，非先平诸垒不可，而东泽水尤要。十一月庚子，三路进攻泽水屯，约江军于严家湾隔河发炮，遏援寇。已，城寇万余争赴敌。余虑其钞出军后，令周家盛以二千人攻东泽水，余分两路应之。是日，蔡寇亲搏战锋，锐甚。参将廖德成、黄河清先后战死，军几不支。中道无险可扼，急斧道旁桑树，锐其末列前撑拄，限冲突，于树隙用连环枪轰之。相持一时许。周家盛见事急，解围赴援，寇始溃奔，我军整队跟追，至严家湾，俘斩千计。其出河下者，经江军炮毙无算，余众至踉跄入城。丁未，李辉武移屯北山，与陇军将张华合垒。寇于清赞庙、严家湾加修屯卡。乘其未就，派军平之。蔡寇出援，为官军冲击落马，几获。河外寇亦于南岸立屯，经江公忠淑袭破。三路殄寇九百余人。己未，黄公鼎、萧公庆高各以师会。两军同驻李子山，持西北之冲。余维斗大一城，暴师累月，非锁围断其豨突，将来若由南岸分道奔轶，蜀、陇皆当被患。乃商各军帅分段扼守，断其接济，以收聚歼之效，各军报如约。遂请黄、萧两军兼顾柳坝、旧城山、黄路坝、后村、石门、高家村各隘口。令李辉武分扎燕台山、郭家山，与江军相接；周家盛等列营王家沟、猫儿梁、上下腰道、赵家坪、大坝子，横亘三十许里，以固东南之防。西北之两家沟沟口、铁保山、杜家沟，以新到陕军三千人守之。于是四旁皆有重兵。

十二月辛未，李辉武、钟开兰突过东泽水之后曰东江水坝者，筑屯扼守，断泽水屯寇入城之路，兼断其樵汲。揣城寇必力争，先陈大队坝前。俄而援寇果出，我军持满以待，寇知不能胜，引还。其夜城寇潜于校场坪、盐厂湾各增两垒，冀通东泽水之路。明日，李辉武、周家盛由北路绕出攻之，每军派百人专掷火弹，焚其新增或旧垒。是日雾甚，近屯寇始觉。流星迸射，各垒俱焦，仅逸七人出屯。城寇大股出援，家盛等伏兵空垒以待。寇不知各屯悉毁，呼噪直前。伏卒由垒突出，各军乘之，寇大奔，追斩八百余人，泽水屯益孤。谍知屯寇将夜遁，设数伏以待，约举火为号。夜分，果空壁出，火发伏起，寇窜如惊麋。我军因寇垒为营。丁丑，刘君鹤龄之师至，立屯石榴坪，固文县之防。我军于东江水坝前造浮桥，以通南北之师。

四年正月辛丑，进攻严家湾、上腰道，克之。明日，平北山新旧两垒，守备周世鉴死之。寇于三官殿下增筑一垒，塞我西去攻城之路，周家盛重赏购死士百人，人持大盾并锹镬直前，毁其屯基。都司易绍青先登，被斫死。我军继进不已，顷之屯壤，寇歼焉。甲辰，寇攻黄公鼎屯，李辉武赴援，走之。辉武移屯磨水沟，宇文秀军河南里寇巢之上。壬子，寇悉调其河南里、旧城山五垒之众入城助守，别出众千余向两水，图出礼县，合众解城围。辉武轻赍迅追，及冠萧河坝。适甘肃按察使林公之望军其前，黄公鼎亦驰至。寇无走路，悉降之。城寇闻之恟惧，但连日编造木筏，拟乘江涨驶出。我军用长木巨石栅断江路，寇计益绌。

二月朔，家盛攻三官殿，未下。寇于殿沟添修一垒，与三官殿、清赞庙犄角。自是靡日不有战事。杀伤相当。参将蔡万俊，守备田兴贵、高香远，千总吴中兴先后中炮死。丙子，提督胡公中和莅师。先是，湘果右营与英毅营勇多投寇，每战驱为前敌，凶悍无所避，各军患之。胡公至，将两军力加澄汰，择善将领之，于是各军始无牵缀忧。湘果右营者，何镇军胜必所部，胜必病广元，不能军，故纪律日隳；英毅营由主簿李某率来，两军皆由陕供支者也。

时主客军近二万人，陕抚刘公蓉虑师无统纪，罕成功，移书骆文忠，请用胡公总诸事，专奏报。会廷臣亦有此议，诏下文忠酌度。文忠疏言："胡中和与周达武故等夷，今军事正得手，不宜别有更张。"胡公亦力辞。群议始寝。

三月，清赞庙上坡寇诣军降，山右各屯以次平。五月戊戌，萧军克三官殿，城外寇屯略尽。寇于城南加修子城，为负嵎计。时长围且合，官军距城皆不远，周家盛一军驻北山将台下者，尤得形便。惟寇炮尚多，近攻则铅子如密霰，洞茵穿几，寝馈皆可虞。初，我军于城东南开挖长壕，就壕通隧，为轰城计。阶地多沙，非透水即碍石，自三月以来作隧十数，皆不就。惟周家盛由将台下斜入者得无患。至是昼夜督役，矢必成。然当穴地既深，往往气噎不得通，灯光旋转缩小如豆，昏黑中几无所施力。余祷于关壮缪祠，别鼓皮牌以泄洞中之气，然后雍蔽得以少舒，可谓极人力之疲苦矣。丙午，地道成，实火药其中，勒期明日五鼓轰城。各城严备，先募敢死士四百人伏北沟，备城破先登之用。丁未寅刻，地雷发，城崩十余丈，四百人者从烟尘中跃入，大军随之。寇从州署突出，倾火药燔军，游击李文彬，千总傅昌华、文桂林、余得文、刘有元死之。余麾军猛战，寇短接不却，立陴之寇返枪内击，死亡踵藉。亟令宇文秀、周康禄、向芝寿、胡国珍、成有余从缺口上城，分道驱击。李辉武、周家盛战城寇。寇保子城，我军轰以巨炮，楼橹悉毁；并抛掷火弹百道萃攻。寇窘亟，合党从火光中跃出。蔡昌龄首先跳走，为乱军所歼。梁福成退据城楼，经家盛手俘。当我军克城时，西北各军同时并举，故寇之逸出者尽为江、黄、萧、刘等军所遮杀。是时，城中到处火起，呼号震天。亟下令灭火，抚难民，搜逸寇。诸事粗定，专弁送梁寇成都，处以极刑。阶州平，文忠两疏陈战状，诏授贵州提督。

乙卯，我军回文县，各客军皆罢。文县与蜀松潘连。松潘久怀反侧，文忠属以胜兵计讨定之。我军暴露久，闻番地险恶，且各路采运既停，难宿饱，颇惮于役。连日开陈大义，拊以温语，始称娖行。番故狡狯，历以抚误官。官之劣者，甘受其谩，规免目前。及难发而毒官逾甚。前年，南平被陷，至将巡检剥皮抽筋作为马缰，残酷几无人理。而大吏惮于用兵，曲加容贷，疆事遂不可言。侦由文县进番之路凡三：中路由哈南寨、柴门关、会龙汛、汤珠河至南平城，八十里，西南进沟可通窝角；左由哈南寨分路至杨家山，五十里；右由红土坡、石鸡坝、安昌河中寨、哈南西沟至野猪关，百二十里。各番以羊峝为最强，窝角次之。关隘以柴门为最险，野猪次之。柴门破，群番失藩篱之蔽；羊峝、窝角服，南平，漳腊免桴鼓之惊，其大较也。惟番地郁郁多雨，未秋先雪，老林大箐穹岩复嶂，所在皆是，稍不得利，则丛棘朽橛皆可为难，故师行较内地不同焉。

八月乙未，周家盛、何世华、向芝寿由中路取柴门；李辉武、王照南、胡国珍出左路向野猪；周振藻驻哈南寨为两路声援。柴门番知当兵，先于当路之交曹卡、滴水岩置栅严守。番善火枪，能于二十丈外击中灯光。所衣褐布与灰土同色，窜走岭腹不辨其为贼也。军至，番据卡拒敌，枪子飒至。我军举炮轰之，破其卡门，乘胜趋滴水岩，克之。何世华由马尾墩绕出柴门之后，周家盛由林家湾上岭，先将滴水岩窜番驱杀，杜其绕袭，然后勒众叩关，与世华前后并举，克之，其逸出者自相推挤，颠死大半。丁酉，李辉武由中路进哈南西沟，番断道不通，我军堙道进，至野猪关，番已遁去。庚子，进军黑各浪。其地上连中田、芝麻，下通抹地沟，由右渡河至南平城仅六里。会溪涨桥坏，乃沿山潜行四十里出抹地沟大路，将守番击散。方拟夺桥过师，溃番遽将桥道掀毁，仍不得前。于是勒兵将附近大小水田各番寨荡平。辛丑，余由文县进哈南寨，振藻移屯汤珠河。番酋欧利哇诣降，于是关外五寨及杨家沟、草地沟各番皆送款到军。欧利哇者，即前年戕南平巡检之首恶也。丙午，周振藻、向芝寿克南平。南平沦陷久，兵燹之余，蓬蒿没人，移军驻之。附城之边山七寨、中田四寨、芝麻五寨、隆康七寨望风服。惟窝角八寨观望。何世华进军草地沟觇之，至窜猪岩，番果拒守，岩高数里，左右皆穹林，军进，雷石雨下，都司刘文林、千总易桂芳、把总吴启元，外委黄定山、张金山死之。同日，周家盛进攻上干咋，亦因山高雨滑不能进，于是两军皆引还。癸丑，何世华、邓千胜两路攻岩，拔之，引军由羊角山绕出大窝角之后，家盛亦攻拔上干咋，殒岩溺河者相属，余众经向芝寿驱出两河口，斩溺略尽，推锋克下窝角。明日，克鹰扬坡，并踏平大小窝角及羊山、蒲龙观等寨，前后斩馘千计。

当李辉武之顿兵抹地沟也，拟由黑水河进规羊峝，番扼河拒敌，军士伤亡接踵，相持累日不能渡师。愤甚，凫水直前，番骇返奔，我军乘锋进击，连下数寨。由是军势沛然。是时，羊峝番倚岩赖四寨为藩篱，岩赖不破，我无进师之路，而岩赖滨河势岖险，正兵攻之难猝拔，乃沿河西上五十里，绕出山后，山壁立，篁棘蔽空，令降番联牛皮绁縋挽以升，约两时许始出其巅。先令胡国珍由黑水河上游进沟，扬旗鼓噪竞出寨前。番恃险仅留老弱守寨，余悉阵卡外，番铳连轰，啸声雷动。国珍忖辉武未度险，复佯怯以骄之，气益盈。已，辉武由山顶驰下，守番惊散，国珍督众亟攻，前后合势。番大乱，不知所为，则皆弃寨散走，罥岩挂林死者不可计数。我军即寨为营。羊峝闻之恟惧。休军数日，议仍以奇兵潜袭羊峝之后。各军衔枚进四十里，至大松树，番已设守，我军一鼓平之。夜抵竹自三寨。竹自与羊峝仅一路可通，番层叠置卡，不可上，惟左上数里有微径可缘，积雪封山，磴滑不留趾。胡国珍等用破岩赖之法，挽绁铲冰以行，及度岭，遂由寨后破壁入。番错愕，以为兵从天降，皆转坂下窜。我军乘锋逐之，挤岩陨壑，趾顶相属，种落为之一空。明日，鼓行进羊峝。时周家盛新破夹窝口，引军至芝麻沟，及辉武等抵峝，则空壁不见一番。盖峝番闻岩赖不守，又闻芝麻沟已驻重兵，甚恇惧，遂番撤其铜梁山、黑河塘各番回峝，卷其老弱、牲畜、辎重匿老林，出酋豪数人诣军门降。丙辰，余建旗鼓由小西天出漳腊营，与厅、镇各官会。丁巳，除地为坛，集喇嘛及诸种豪谕以顺逆，诛其尤不轨之欧利哇、烈烈保等示警，群番股栗。是日，番人至场者可五万人，军颇戒严。诇有林波喇嘛者，素为彼族崇信，召至令将众番谕退，第留土目数十人听约束，则皆攒牛饮血，愿受役不复反，松潘平。戊午，各军以次拔回。于是李辉武赴绵州，钟开兰往保宁，余悉随余趋会州。

当师旅之初进番地，人咸以馈餫为虑。其时犹倚文县采办相委输。文县隶甘肃，例不供支，徒以保境私惠暂役属。以后军粮遂不相及，军中悬釜待爨，朝夕不相保。就余用罗公亨奎计，会全部所赍糗，尚支半月，令各军匀济。飞檄近属亟供军，不十日，粮刍填委，士马获饱胜焉，军之免于哗溃者一间耳。军志云："千里馈粮，士有饥色。"岂非然哉！而于夷地尤切矣。

五年七月，移防泸州，备滇边野夷。九月，马边灯花教起事。蜀自白莲教乱后，虽经有司穷治党羽，而根株未尽拔。年来蜀乱日棘，妖民乘官不暇问，私自传习以相诱煽，名目虽各不同，实则白莲教杈蘖也。马边濒夷，易薮奸，文生宋仕杰为之魁，分遣其党朱芬、贺代宾、熊文才纠合滇鄙无藉近万人，造军火，颁伪印，约期起事。厅、协各官未知之也。至是突起围厅城，分党烧掠中坝、下溪各汛。厅官彭君名湜飞书告急，文忠檄我军及胡公中和会剿。时营伍已抵嘉定。十二月丁亥，进军犍为。寇前锋已及利店，经我击走之。天雨，各军栉雨发，寇意军自远来，宜少息疏备；军将黎泽桂、杨秉璪偃旗徐进，故示惫状，益易之。寇屯乔卢子山，尽出其众合围，城寇阵山下。秉璪等径前决战，寇靡，立翦其屯，乘胜拔筲箕坡。宋寇自胡家城赴援，遇秉璪，一战而溃。胡家城者，仕杰所止之屯也，墙壕高深，三面环石碉。我军毁碉进，燃火焚之，屯毁，俘斩满千。同日，厅、协兵练亦克轿顶山。仕杰走烟墩山。蹑追至柑子坪，寇先守险，不能前。其地两山对峙，中限一沟，山巅遍植木栅。军分三道进，甫及半岭，木石雨下，军士多受创，乃退屯山下，扼险图之。夜半，寇弃屯奔烟墩山。甲午，各军逼攻烟墩。是日，胡公中和独攻玛瑙山，未下。烟墩去玛瑙三十里，岩嶂深阻，寇营中峰四周安设木城，我军分道进击，寇跧伏不动，及近栅，则举枪丛击。军众逡巡不敢前，但然枪炮对轰。彼此相持间，间有跳壕出降者。余揣寇已离心，猛攻徒多损折，遂挥众下山，扼险断樵汲，分军将近山之白杨巢、蛮跳水、风溪峡各支寨焚洗。寇见火光，知脚寨被毁，甚惶扰。我军亟起攻之，阵斩寇酋三十余名，坠岩死者二百余名，解散胁从无算。军士被伤者亦近百人。宋寇遁尖古老寨。丁酉，我军由明王寺渡河。是日，胡公中和克玛瑙，周家祜克蕙兰湾。余率黎泽桂平大罗堰。己亥，会攻尖古老寨，破之，俘寇眷二十余人，余众数千人悉降。讯归诚人，仕杰已于先日与贺代宾跳岩免。明日，进攻何家村、白石坳，破之，贺代宾伏诛。周家祜之平蕙兰湾也，旋击寇中心寺、刘家沟，皆捷。推锋进匡家崮。崮倚危岩中，刳一缝仅通人迹，左右各一寨，与崮倚角。家祜先平旁两寨，然后冒险攻崮。寇不敌，折回崮中举枪外击。众不敢入，遂紧扼崮口，燔毒草薰之。相持两日，寇蜂拥出，我军扼险兜斩，无一脱者。甲辰，连下鹞子岩、核桃崮峒诸寇垒，熊文才被诛死。宋寇遁西宁，至麻柳塘，经汛弁诘获，送胡公中和军戮之，妖寇悉平。

时捻寇正窥汉南，川北戒严。我军方回嘉定，南北千里，难急赴，乃檄李辉武一军驻保宁，周康禄驻梓潼，听调遣；别遣刘镇军鹤龄守绥定，亲率各军星夜驰赴。未几，陕军败闻。先是，捻犯西安，前抚军刘公蓉留办防务，合湘、楚各军出击。捻据浐桥原坎。天大风雪，军无斗志，捻分两翼钞之，全军覆焉。时十一月甲戌也。捻既得志，奔驰郿、宝、岐、凤之交，势渐西趋。余以十二月至广元，即移江公忠淑驻朝天阁，刘公鹤龄驻通江，本军李辉武驻青石关下之两河口，何世华驻南江，潘泽霖驻转斗铺，周康禄驻广元之两河口，余以千五百人守广元。飞挽不及，则权借苍溪、阆中仓谷碾米以供军。令各军严密巡哨，防偷越。于是门户渐严。盖蜀北关隘莫重于青石、七盘，而口门应防者仍不止此。如广元之曾家河、杨家坝、烂坝子、城墙岩、望仓坝，通宁羌之观音岩、天心堰、长滩河、麻柳沟、泥坪；南江之七眼崮、磺厂河、荫水坝、竹木垭、铁炉坝，通南属之白杨庙、石梁、梅子坝、打鹿垭;通江之楠木窖、空山坝、两河口、铁溪湖、小口,通西乡之漆垭子、龙池场、盐茶坝、花屋基、佛牙庙。他如通江之钱家河,通定远之栗坝;太平之滚龙坡,通定远之鱼肚坝。而关口最重者,自青石、七盘及广元之两河口外,又以阳平之滚龙坡,通江之两河口、梅子坝、泥坪为次要。此其大较也。至坡口一路之大竹河,更与兴安、紫阳诸处相钩连,上下千余里,与陕犬牙相错,一路溢入,全局为隳,不独阴平七百里为固蜀圉者所应留心矣。

六年八月,我军分防平溪坝者,因暴雨溪涨漂去勇丁二百余名,参将左风云、千总萧腾芳与焉。九月,朝廷以陕乱日棘,命左文襄督办陕甘军务,刘果敏贰之。两公一由潼关入,一由武关入,别令高勇烈连升溯汉出兴安。文襄虑捻趋南山窥汉南,约我军出蜀会剿。余请于骆文忠,出师大安驿,与陕军响应。旋奏记文襄云:“承大咨,知捻寇张总愚见据醴泉、咸阳之交,陕西屏蔽渭南,自可无患。特恐铤而走险,南窜汉中,就食蜀北,则陕军已成尾追之势,须蜀军出褒城合势夹击,庶收聚歼之效。具征荩书周详。但查褒城,上据鸡头关,至险至峻,捻若由宝、凤趋留坝,则陕军跟追,蜀军迎击,自可成合殄之功。第恐贼情诡谲,不出褒城而由凤县出两当,以达略阳、趋沔县或大安驿,则达武径驻褒城颇落贼后。蜀北自昭平至城太与秦毗连,殆一千六七百里,通江只刘镇鹤龄三营,广元只陈镇希祥三营,兵力本不甚厚。由大安驿至广元仅三百二十里,万一乘虚阑入,西逾剑阁,南下保宁,处处可通,回救不易。管见拟移李提督辉武之三千人进扼南郑之法慈院,周镇家盛之二千人守沔县,达武自率三千人驻大安驿,既可扼七盘、阳平两关之冲,又可兼顾汉南。如捻专由一路趋褒城,达武即约会陕军并发沔县及法慈院各营防两面夹击;如由褒城、城固渡汉趋西乡、石泉以出兴安,尔时蜀北昭、广、通、南防务已松,更可与陕军放胆追击,似于机局较灵。”书上,文襄韪之。旋与刘果敏合疏请饬我军入陕会剿,廷旨俞允。会骆文忠薨于位，署总督崇实公恐师出而蜀备虚，持不可，仅分李辉武一军驻宝鸡，军事归陕西奏报。朝命达武赴贵州任，值越嶲夷乱，崇实公疏留办治，得旨报可。于是我军有分部，余亦马首西瞻矣。

七年二月，发沔县大安驿防师合四千八百人，赴越嶲。三月逾大渡河；四月甲申抵越城。越嶲介滇、蜀间，民夷错糅，班固氏所谓巴蜀西南徼外蛮夷是也。前代隶建昌行都司。康熙四十三年设邛部宣抚司，治杨村。其后兴革不常，种豪时出剽盗，官军屡讨不能定。其地西接冕宁，北枕打箭炉，峨边、马边、雷波、屏山、西昌、会盐环其东南。夷之悍者推普雄，而交脚次之。河内之布鸡、落仁、红寨、鹅毛、三家店、老堡子，河外之窝雪、曲碧、普鲁、阿吉磨、出柯得并为普雄大支落。普雄周回百里，万山岌嶪，汹溪贯之，向设参将营其中。道光十一年，弃普雄而营柏香。又二年退营越城，但留一汛于柏香坪，去柏香旧营五里。夷人不习种植，专掠汉人供役。前年土舍岭承恩助禽石大开，石党流入其中者，教之习火器、治军械。于是杀长吏，燔邑屋，钞掠四出，而边祸棘矣。我军初至，拟先抚河内熟夷，专用兵普雄，而种人反侧不定，乃先图之。

四月己丑，击夷大水沟，败之。明日，余率各营由龙保山鼓行四十里，出特西营之巅。夷列阵拒，别股由鸳鸯塘绕出特西之后。我军分起拒敌，夷散走，已复奔犯，倏进倏退，军为所绊。马承宗由山顶压下，夷始溃走。承宗即向芝寿，幼育向氏，随其姓，近始呈请归宗，并易今名。是时，武军凡九营，合以虎威宝营近七千人。夷地岐出，护运、守险，动资兵力，乃增募新军二千人，以罗应旒、邓日胜、钟有思等分领之。虎威宝营者，李镇军有恒所部，督部檄与丁镇军永升同剿越夷者也。连日与夷接战，渐得要领。大约夷姓剽疾，进止不依常轨，军器善标杆及弩箭，杆长三丈许，数人舁掷一发，能洞数人。弩箭安倒筅，筅端傅以毒药，中辄死。尤善乘人，出入岩岫如飞。收队须层层卷退。人自为战，否则为所牵。因申儆各军，毋轻进，毋骤退，毋近林箐而疏备，庶能致夷而不为夷致。自是连日用兵鸳鸯塘、跑马坪、野鸡坪，皆大捷。夷惮我整数，以零散来尝，每起或百人或数十人，鸟徙轻举。诸将患之，乃离析士伍，亦以轻兵应，追逐岩阻，日有捕斩。夷渐失恃，且惧大兵犁其穴，徐图反正，而未有间。会岭承恩随营向导，令其入山召抚。自上下芦沽坪、宰儿沽、受降汛、马蝗沟、柏香营来受款者计四十余支。己亥，各军以次进攻普雄。普夷数千犯跑马坪军屯，杨秉璪拒却之。周家盛移屯特西山顶，分军平旁寨数十。

闰四月戊申朔，进军脚磨山。沿山南下二十里曰尖角垭，下为阿弥落，两山皆石壁峭崿，邪径险绝，为入普第一门户，各有凶夷千余守之。我军先攻阿弥落，迫险不能上，家盛迂道绕出山脊，取远势以临之。夷既失险，弃屯奔。时李有恒攻尖角垭未下，遂留兵守阿弥落，亲率各军赴之，乘夜亟攻，期必克。遇雨少休，已雨止，余亲鼓之，毙夷六百余名，余众溜岩逸。雾重不能穷追。分军据柏香营、燕麦厂，护餫道，各军进五里箐。五里箐者，与柏香营相倚，陂陀起伏，篁棘刺天，中间大、小蟒子沟，上下盘垭，皆夷堡栉比，弥望无际。咸丰时，黎参将以八千人覆殁者，即其地也。比分两营扼五里箐山顶，余悉屯柏香营，别令周家盛取道策烘拉别出北路，以分夷势。是日，李有恒战滥田坝，丁永升战阿车，马承宗、萧德林战四季坡，皆夷坚夺险，斩获甚众。余与罗公亨奎出钻天坡，进攻那模，分兵击平摸姑坎、三家店。家盛亦迭克坚卡，由仁红寨、落尔姑扫荡直前，师锐甚。甲子，令李有恒由布呼梁子攻普雄之右，余率萧德林、罗应旒经黄都夷堡，沿老林深沟向寒林杠，当中路。家盛仍由北路入。于是，萧德林克鹅毛，周家盛克布鸡落。三路之师回翔搏击，各究其武，乘胜会攻普雄，克之。前后俘殄盈二千，我军伤亡亦百余名。当家盛发布鸡落时，河内外夷支如蟒子沟、六脚格、托天皇庙并出众奔犯左右，驰突如狂猘之不可控驭，赖诸将互援以免。是役北路氛甚恶，又冈峦杂袭，虽土人不能举名，侦探无所施，故极军行之难焉。时老巢虽破，各散夷尚多阻险，连日出师，攻下出柯得、勿雷、十福、碧普、鲁窝、雪曲各坚堡，参将邓有才战死。河外山后各夷来救者悉摧败之，并伐山开道，搜林网谷，凡深丛老樾天日不到之地，并予芟除。惟夷性駤戾，奔徙不常，虽胜不敢疏防。

丁亥，河外夷复合凉山野猓数千来寻仇。凉山接滇边，水土恶劣，种人较普夷犹狞悍。周家盛、李有恒等乘其初至未备，一鼓败之。方督追入山，忽急雨如注，峦溪汹涌，烟雾咫尺不辨，各军前后相失，部将黎泽桂被箭落马，经急潦漂去数里，遇捞始苏。于是，两军皆引还。盖夷地多雨，我军自克普雄后，无日不在浓云密雾中，又溪汛不常，不能以时出师，遂于河堧用巨木架高桥二座，派兵守之。未几，凉山夷复来犯，经杨秉璪、文德胜拒却，俘殄千计。自是不敢复至。我军扼险立屯，自老堡子至出柯得，连营八十里，并兴工修复城垣，于是种夷求抚者日至，出汉男女数百名。其抗不就抚之六脚格、托勒乌、乌兹落，用兵除之，火光连数十里，普雄百里内外夷巢悉平。捷闻，诏赏博奇巴图鲁名号。

旋上书督部议善后，略云：

窃计普雄悍夷，就抚者十之五六，其余或不难一例就绪。惟夷性反复，往往今日服而明日叛。是抚夷不难，善后为难；善后不难，得人而善抚之为难。历观古来治夷之法，不外变化与制驭。设汉官以理刑名，兴教化，易风俗，变化之谓也。然官之迁调不常，此非久道化成，不足臻上理。诚能择汉人之端谨有才略者，设立两土通判，一驻普雄，一驻交脚，凡夷之田土、户婚、盗贼、人命等事，由两通判治之。

又为设立义学，选夷子弟秀者，延汉师课以读书认字，渐知尊敬之义。虽不敢遽其通达文义，而行之十数年之后，必能渐革其犷顽之习，而日就范围。盖夷性虽顽，其乐生恶死之心与人无别。就建南论，明以前夷也。今则文物彬彬矣。惟设官于事未大定之时，仍须酌留劲勇一二千人，以资弹压。数年之后，根势已立，可以渐裁。通判或有不法，仍由昌建道纠参，择人更代；果其勤能称职，即准其子孙承袭。似此则人思效用，而一切苟且之习可除。至于制驭之法，亦非土官所胜任也，必有土弁以维娄之。夷人盘踞滇、蜀交界之大凉山，周围殆三千里，中通亦八九日程，大股出山掳掠，每年或止数次。其自宁越以至泸沽，如清水塘、篓叶坪、犁溪汛、青冈关、猓猡河、受降汛、白泥湾、黄草坪、小相岭、靖远营等处，近年无日不遭劫掠者，则皆普雄、思鸡、红岩、上下拉别、六脚、格托、松光林、阿坡落、特西、鸳鸯塘、甘相营、东山寺之夷也。商民被劫者，指不胜屈，无从缉拿。无论营汛司官呼应不灵，即厅县关移、道府牌票亦百无一至。夷人无赔赃抵命之忧，土司无革职降级之罚，安在其不日即坏乱也。达武初至越巂，士民控诉不下千百，其在剿办之时提讯固有不及，即见办招抚亦未便事事责其既往，便使缴出汉人、汉地即不苛求。惟夷支素无统纪。每支黑夷应择其贤者，各设土弁一名以治其本支。支大设千总一员、兵八名，小者把总一员、兵六名，再小者外委一员、兵四名。即家为署，量予俸饷。何地失事，惟该管土弁是问。复设土都司一员，驻普雄以总辖之。通计越巂大路不过数十里，设立土弁不过五六十员，土兵不过四五百多，岁饷不过万余金，而一切具有条理。夷人所富者牛羊，所少者银钱，予以俸糈，彼必乐于趋事。其有不安分者，仍由土都司申明通判革责。论者谓方今库款支绌，每岁万金从何筹给？查康熙时曾设土千百户，藩库固有夷饷可稽，嗣因夷多不法，遂尔停彻。是此次酌给夷饷，尚非格外创举。且夷地多产铜、铅，如碧玑山、烘胎梁子向均设有厂肆，若试采开铸，渐收课税，似可即就其地之所产，还治其人。即不然，或于蜀省兵额中酌汰老弱数百名，以补夷饷之不足。亦因地制宜之一道。又况连年建南保路送哨兵勇不下数千，如果夷汉相安，大路无阻，则前项兵勇亦可渐裁，此中得失不辨自明。然而，有司营汛之贪黩，不可不惩也；汉奸流棍之唆耸，不可不禁也；邻近豪民之侵渔，不可以不绝也；出入汉商之盘剥，不可不防也。是在贤牧令严以律己，公以御物，清保甲，练团勇，与土通判内外相维，始终互卫，毋乘祸乱而弃之，毋幸灾荒而绝之，将见夷人爱之如父母，敬之如神明，毕世纳粮支差之不暇，何至有揭竿倡乱之事哉？苟或不然，厅、县官或贪酷无良，或罢软不职，则官役兵弁皆足召夷人之衅，其罪固不专在夷人也。

是时，登相营之阿支绿书，甘相营之壁石围等支，尝于小相岭一路剽掠。六月癸丑，遣兵平之，进军红岩、吉木黑。丁巳，会李有恒、丁永升进攻阿吽核桃园，焚聚落六百余处，获弓刀、皮甲、粮蓄无算。谍报，出柯得、勒青得各溃夷尚据小凉山，立屋高岩，为负嵎计。拟推锋进，阻雨不能前。癸亥雨止，余亲跻险平之。进攻胎西三道拐，焚栅屋数百所。时夷酋中有号勒乌立兹者，凶狡为种人最。前年塔副将、黎参将失利于滥田坝、五里箐者，皆其所为也。我军既深入，各夷渐思反正，为立兹挟制，不敢就款。余令岭承恩诱至营，谕以顺逆，反哮怒跳走。立捕诛之，由是降者日多。

七月癸未，移军小凉山，周家盛分徇思鸡、松光林、阿坡落。各夷多匿老林。遂留家盛搜捕余党，而以抚事属越巂牧令，各军由滥田坝赴冕山。先是，冕宁之甘相营、东山寺与普夷相狼狈，至是移师剿之。丙申，由过路坎进攻东山寺，克之。明日，约丁永升会攻界木沟。我军由靖远营逾山出落磨之上，与丁军前后夹击，遂将界木周围数十里夷堡荡平。

八月，由泸沽进师宁远，平夷寨十数。壬子，抵交脚。交脚当凉山之中，较普雄更宽腴，汉人流入其中者约数万。咸丰时，土客交讧，戕汉人万计。厅汛员弁不敢诘也。尤悍者，推黑竹、八气两支。时各夷皆屯濊戛厂，我军先攻青山嘴四大岩旹及挖拉呷，而以轻兵袭濊戛厂，破之。

九月戊寅，夷合大凉山野猓扑丁荣盛屯，黎泽桂赴援，走之，斩获无算。交脚故产铜筋，时方议开采资鼓铸，余与地方官登山履勘。夷乘无备突起围之。随行仅杨秉璪率亲兵二百余人，夷耽耽欲上，秉璪扼险以待。各军闻声驰赴。余麾秉璪犯围出，援军四面应之，夷众披靡。乘胜拔骂木列拖、布欲波斯两寨，死者千计。余众奔吽牛坝后山。我军冒险进攻，俄而朔霰漫空，回岩雪深数尺。时方秋令，军士皆单帔，有僵冻至死者，遂止营不前。己丑雪止，移屯叭沙阿脚。余念地既险阻，而猓性又轻徙，非诱至平地，难大创。乃设伏以待，而以散卒数百人入山诱之。夷果率众出。俟其渡险，伏兵齐发，官军三面蹙之，伏尸满路，岩雪为赭。明日，余与李有恒会师赤碧玑。各夷分据约姑落、苏布苦、落浦泥等山。有恒先攻约姑落，夷伏不动。俄而苏布苦、落浦泥各出党千余缀我师，别出大股数千攻冯馨远、丁永升屯，经两军击败，复敛众保呷姑落后山。乙未，我军出队攻之，杨秉璪、文德胜首先破卡入，斩夷酋阿和吉黑于阵。夷见我军难犯，径奔丁永升军。秉璪驰援，纵横荡击，几溃矣，秉璪忽中飞簇，死之。各军并力奔救，于是夷之陷重围者无噍类，我军士气亦少伤焉。秉璪，怀宁人，前四川学政秉璋之弟。骁勇为诸将冠，积功至知府矣。蹶于小夷，闻者惜之。时野夷之匿后山者尚数千，方拟痛剿，摅积愤，毖后患，而夷人自知罪大，悉纳其户籍、军器诣军门降。会当路亦寖厌兵，乃陈师广场，召其头目谕以纳粮、应役、止侵暴，皆俯首听命惟谨，相与椎牛饮血立誓而散。建南夷务悉平。事闻，诏赏黄马褂。

八年，驻越嶲，滇寇常来犯边，各军扼险堵击，靡月不有战事，类皆创败遁回原境。以事微，故未著于篇。

卷　二

同治九年庚午九月，诏赴贵州提督任。贵州阻乱多年，苗、回交炽。咸、同之际，朝廷方以东征为急，未暇南顾，但责四川、湖南出师援剿。黔中戎政久不纲，饷复奇绌，巡抚、提督几无自主之兵，会城数十里外焚掠难堪，抚署尝见火光。其不径犯省城而北路稍完善者，黔食货皆资蜀，此路断，寇亦受困。故贵阳一隅之地犹获少安。

窃谓黔事之裂，固由兵饷俱单，然亦始事未得要领。苗栖岗寨，不据城邑，故治苗必深入以倾其穴，复断其回夷蟠结之路，然后可以议剿抚。以前多贪克城功，往往朝复而夕陷，屡试之后，逆焰愈张。湖南援军始亦未甚得利，洎席公宝田专军事而势始振。然一军进退仅能震荡下游，犻回猓猓之肆虐于都匀以上者，自若也。

先是，廷议以今相国合肥李公连兵进剿，东南各省共糗粮。已李公移督直隶，改命提督鲍公超，亦谢病不果行。是时，四川援黔之师凡万六千人，历年用饷约千余万，而黔事尚无起色。总督吴公棠论罢援黔军，请以达武莅本任总军旅，月由四川拨的饷五万八千两供军，于以重黔权，纾蜀力。疏入，报可。遂以十月壬寅率本军五千八百人发成都，闰十月庚寅抵贵阳。巡抚曾文诚悉以战事委余，区分厘金归善后，各省协拨供军需，增立仁、义、礼、经武、纬武等营，兵力稍厚。于是，贵州始有自主之权。

初，苗、回相结出没近郊，省城常戒严。查有三里、凯渡者，与广西接境，上下游咽喉也，苗酋李高脚集党数万据之。我军之入黔也，分提督钟有思、龚生环，知府罗应旒三营由毕节入，乘建瓴之势以觇上游。至是，增遣总兵何世华一军由龙里进规凯渡，连营百三十里，将上下游分为两段，军事粗有绪。

十一月庚子，总兵刘士奇复都匀。匀城四面倚山，不易守，然为省城至苗疆门户，遂分军驻之。是时，群议以苗疆为急。余意必先清肘腋，免牵缀，文诚韪之。疏言："黔省上游，自清镇西达毕节，游寇出没，道路梗塞。盘江以南诸城，久经回据，苗夷狆党倚之为援，每由安顺出犯定广，则全境骚然。计必以数千人由郎岱、南安攻其左，以数千人由定番、归化攻其右，再以数千人循安顺而上，节节扫荡，直指兴义、贞丰，左右会而夹击，庶可得手。是上游用兵以万计也。下游平越、瓮安为遵义屏蔽，地方粗定，接近苗疆，不可无重兵扼防。而都匀新服，前有八寨巨股，后有独山、麻哈之贼，阻截粮运。见拨六千人守都匀，兼顾后路。至前进机宜，臣达武拟亲率万四千人，分为两军，一出独、荔规八寨；一由麻哈图凯里，并檄都、麻两路防师层层进偪，一路衔接，期于尺寸之地有得必守，庶能步步深入，早会楚师，则下游用兵以二三万计也。两游贼匪多遁于龙、贵、定、广之交，是必打成两橛，使不得通声息相援应。否则，上剿下窜，下击上奔，牵缀官军，终于不可收拾。而兼办两游，总计护运、剿贼，非三万八千人不可。此项军饷，查前四川督臣骆秉章厘定章程，每楚勇一千，月饷五千六百八十两，黔勇一千，月饷四千四百四十两。计共募三万八千之数内，楚勇九千，月需银五万一千一百二十两；黔勇二万九千，月需银十二万八千七百六十两。除川省月协银五万八千两外，尚需按月添筹银十二万一千八百八十两。应请敕下部议。按期拨解来黔，归臣等核实报销，庶饷不虚縻，军皆宿饱，而成功可期。"疏入，奉俞旨。

己酉，左路钟有思、罗应旒、龚生环之师击苗清镇，败之。初苗犯清镇，署知县凌蓉第率练出击，中伏死。会有思等自黔西来，侦知苗据县属之月亮村，亟起掩之，杀二百人，余负创遁，获器械、服物甚夥。蓉第衣裘在焉。蓉第居官有惠政，百姓览遗衣咸悲怆，闻者悼焉。时回酋谭五受据永宁，分党攻归化。命副将毛际惠赴援，别遣钟有思及知府许乃兴等向永宁。己未，际惠解归化围。

十二月庚午，有思先克鲁辉寨，斩首七百级。进攻永宁。回方浚壕树栅，为固守计。我军亟攻东、西、北三方，回恃城南地险疏备，龚生环购死士梯城入，纵火烧之，回夺门走，俘斩二千余人，永宁复。五受负创逸。是日，苗陷威宁州。州为黔西重镇，镇道驻焉。先是，毕节有警，巡道奇克慎公以兵往，总兵万化林视事未久，寇乘无备，突城入。化林仓皇搏战，中枪坠马，弁兵掖之出，旋集兵勇结内应，一鼓克之，不四日，城复完。时上游虽连捷，而寇之往来龙里、贵定间者尚如故，乃部分诸军，三路进剿；左路提督钟开兰出麻哈，右路提督邓千胜向贵定，前路何世华规凯渡。千胜遣副将刘德顺、参将潘永昇进攻甲利。甲利为伪帅潘大五老巢。我军甫逼垒，炮石雨集，守备彭正升、外委杨顺发死之。永昇力战，拔其栅，斩大五，殪其党近千。

十年正月，谍报龙里、贵定交界之地曰笼松者，忽来苗夷数千，将下窥都匀。千胜遣参将黄立成赴之。立成深入，陷伏死。总兵吴占魁赴援，败之。余党窜匀南。立成之死也，由左右救不力，斩数人以徇。于是人始知法。丁未，钟开兰进师高木塘，距麻哈州城仅十里。苗营山巅，四围限水田，山腰遍设卡门，凭垒蛮结。官军开队稍迟，则城援立至，往往失利。明日黎明，开兰自由五寨捣中路；提督邓日胜、总兵何行保攻其左，县丞杨仕忠、总兵朱洪胜、成有余由羊脑出其右。已三路并抵寨前，苗出战。各军直前纵击，苗败入卡，我军大呼逼攻，约两时许，破旁卡十数，乘胜克其老巢，歼二千余人，余众翻山逸。侦知去塘不远，有中山、牛角、螺丝三寨，为顽苗窟穴。螺丝、牛角并以形肖得名。庚戌，开兰逼中山而阵，总兵邹有声首先夺险克之，于是总兵张锡卿趋牛角，邓日胜、朱洪胜向螺丝，两寨亦同日平，并击平枫香树以下二十余堡。

乙亥，余出贵定视师，先是何世华一军拟专办李高脚一股。至是粤寇李文彩拥众数千走平浪。文彩，石大开党，曾受伪宰辅职者。同治元年随大开入黔，下游经蹂躏几遍。平浪近匀城，若久据，必为都匀肘腋患。乃令世华率总兵郭安邦，副将张梁、李得贵，守备成国柱，从九杨大奎等五营援之。寇分两路迎敌。世华佯退，分兵绕其后，大败之，追至寨门，斩长发酋数十人而还。世华知寇无固志，设伏要路，而夜袭其寨，纵火惊之，寇果率众奔，伏兵要之，颠踣千计。我军数道蹑追，寇且战且走，天明及于岩头。适伪王潘得洪围攻民寨，文彩附之，并力拒战。斗方酣，文彩乘间逸，得洪不支，亦散走。李寇遁匀东桃花五寨，潘寇窜独山楼梯屯，与苗酋杨阿礼合。世华进攻楼梯屯，不意阿礼先出掠，方麾军围守已，寇援大至，侦之则阿礼也。得洪恃援出应，各军乘势挤上，守备汪裕基向前禽之。阿礼亦为成国柱所俘。两酋定番、独山积寇，同日授首，远近快之。

李高脚知当受兵，敛众保独山四寨。寨距楼梯屯仅四十里。世华令张梁、李得贵驻冗井，杜回窜，自率成国柱扼沙坡备迎击。时苗党众盛，颇虞不敌。诇其中有王之榜、曾学圃者，最桀黠，而与李酋异趋，遣人招之。未几，两酋伪为赴敌状，率其众二千余人诣杨大奎军前降，杨大奎掖之归。

三月丙午，我军并力攻寨，苗倾火药下，都司杨遇恩死之，伤勇丁百余，死者十余人。我军愤甚，成国柱、杨大奎等力击之，张梁、李得贵复绕出寨后。李寇知不敌，弃寨奔。我军追杀三十余里，斩馘四千余级，夺骡马数百匹，焚旁寨百余座。时近黄昏，拟归队，世华恐其逃入粤境，鼓众疾驰四十余里，至界粤大河。寇方编筏抢济，登彼岸者尚止千余人，余众近万人拥立河干，军至皆沿堤散走。官军四面蹙之，俘斩五千余名，溺河死者不计其数，出民男妇四千余口，李寇负创逸。钟开兰之克高木塘也，八寨酋闻国兴以壤地相接，闻风震惧，邀同独山团首唐大烜乞降，责令收回八寨上下江、三脚各城自赎，别遣副将刘廷玉一营监之。八寨顽苗萃处，居丹台之上，此处不烦兵力，则所谓古州八万指挥可定，大军东下沛然矣。

先是，钟有思克上游之永宁，后分驻铁索桥。自率罗应旒、龚生环，千总贺兴仁连下查喇、落烘、五里塘，并攻克募役司城。参将张晋臣战死。有思乘胜拔老君关。而别寇复窥永宁，总兵游宗翠击之，前后俘斩千计。谭五受自永宁逸出，率众复窥铁索桥，游宗翠、贺兴仁前后衷之，殪其众几尽。寻击平石头、三汊湾等寨。时客田、黄果树并有狆苗出山掳掠，行李患之。两处皆隶镇宁，所据之寨石围高数仞，外复沟绝之。有思率龚生环先攻黄果树，督众逾沟破其外卡，苗保内围募死士梯攻不下，夜纵火烧之，拔其屯并收客田，斩伪先锋苏乌兹等二百余名，收旁寨二百五十一座。生环赴归化与毛际惠合垒，击苗黑泥沟，败之，毁屯寨二十七所。进军白牛屯。苗遁三层屯。我军击退猴场、蒿枝托援贼，并拔牛场及蒙冲、蒿枝托两穴。钟有思、祝友信自永宁来会师，与生环会攻猴场，克之。旋下克座、打羊场、崔家屯三垒，乘胜拔尖刀山，斩伪师哈五，俘斩以数千计。都司何晓春殒于阵。

威宁之复也，回酋金大五、大七合余烬五千窜水城、黑塘。值总兵邓有德、黄宗耀、杨启益，副将胡蕴斌自黔西来，连败之于遥岩山坡及荒坝，斩金大五，歼其众三千余名。旋进湾河，拔花赖、次窝及郎岱之那被、陇慕等十余寨。大七遁入金家峝，峝倚悬崖，外列栅屋数重。启益等自荒坝驰至，枪炮但及对岸，阻险不能攻栅。千总雷玉廷冒险冲其头卡，被箭死。军功窦学双、杨得胜、刘益林继进，又死之。相持逾月不下。三月癸卯，黄宗耀等由山后绕出崗顶，腰絙扪棘缒出崗口，抛火焚之，都司梁庆章、守备黄裳吉左右继登，连夺栅卡，回退匿崗中不出。我军燃火薰之，全股无一免者，自是盘江以北无贼踪。

李高脚失四寨后，挟余党窜入广西，被粤军堵击，仍回凯渡河。何世华昼夜督剿，大破之。高脚独身跳免，余众破散。定番、独山、荔波寇亦平。东南吴秀河外苗教犹联结。命何世华进师平口。先是，守备周荣宗攻克苗拱石、高街等十余寨，都匀知府王彦、总兵何雄光等分下翁从、懒板橙、庖瀁各苗穴，至是皆引兵来会，列阵火焰山。适伪王柳天成率斑竹园苗众大至，大败之。斑竹园者，天成老巢也，纵横二十余里，阻河为固。四月，何世华克羊安，唐大烜破内外套。连下六垒，进攻交然河，斩苗千，殪天成于阵。邓有德、李得贵会攻吴秀河，克之，并攻下西冲、冷水沟等寨。大军编筏宵济，进攻斑竹园，邓有德、胡蕴斌攻其南，李得贵、陈安邦捣其西。苗亦分股拒战，势如涌潮。适何雄光、陈仪刚自羊安溯流上，邓千胜、林从太由都匀来，四面合围。苗不支，弃园寨东走。各军追击，歼其众五千人，出胁从男妇八千余口，焚寨堡百余座。老巢既拔，都匀防师邓千胜等复攻拔桃花、落水、焚仰、乌及、苟市、排冈、鸡贾等寨，余皆望风靡。继与林从太由谷崗分军循谷孟大江至水落，克寨落十数，焚陆家寨棚栅七百余所。复合军进攻高岩，克之。岩为金幹幹、蒙二保巢穴，地险党众，至是悉平。

时都匀西北各苗侦防军出剿，居守惟马金绶、陈建勋两营，遂乘虚来攻。千胜、从太由高岩驰至。前锋千总张国臣、把总冯有香、刘锡龄、杨文辉、王长生陷阵死。我军益励，金绶、建勋开城响应，苗败走，追斩五千余人。都匀接近苗疆，迤东百里皆群苗所宅，不加芟薙，匀城固岌岌，东下尤不可期。连日千胜用兵白果寨、水竹园、甘阳崗，皆克捷。从太亦连克瓮井、瓮蒠、鸭塘、枫香营等寨。旋合兵击平踏背、猺家屯，前后甏苗约三千名，夷寨卡九十余座。各寨皆叠嶂岖险，飞走俱绝，苗恃以为阻者也，招抚万余。于是，都匀四面皆平。遂令何世华率四千人守盘江，以防上游，余率各军东下。会楚军亦连克丹江、凯里及雷公山、九眼塘，军势甚振。

廷议令贵州会师剿办。当余莅黔时，曾疏调今布政使曾公纪凤及余季弟康禄来赞军事，至是皆至军。时麻哈尚为苗据，自州城南出宣威、平定，东达下司河，皆凶苗窟穴，对岸丹江、凯里，接连九股生苗，沿河渡口纷歧，构煽熟苗，众号数万，与州城苗互为援应。遂属曾公纪凤及邓千胜由都匀进，钟开兰及道员周家祐由平越进，先平城北数里之官田屯，约期会攻州城。

五月甲辰，邓千胜潜师袭香关，副将周莲生先登夺卡，一路直抵城根。总兵杨恩泽、副将黄千祥由黄丝驰至，分门围攻，参将周文和、都司任裕祥、把总易和静、李义成中炮死。成国柱怒马赴敌，马凤亲鼓之，正堙壕仰攻，家祐由官田率军至，各军勇气百倍，立拔其城，斩苗酋杨阿保等百二十九名，禽斩不可计数。明日，开兰徇瓮把朗，斩苗酋王如虎。纪凤克济秧、仰窝，旋合开兰，规下司。下司与凯里仅隔一江，为都、麻关键，河内外苗率守此以抗官军。我军方并力进攻，适道员周振琼与李启贵、杨思泽率众踵至。苗知不敌，突阵出走。各军驰之，随河死者千计。戊申，纪凤克老虎坪、大坪，开兰、家祐克撒毛，并收猫耳屯及绕家、白岩。戊午，两军攻龙昌堡，下之。邓千胜自克麻哈后，回防都匀。及是，复来会师。辛酉，进攻平定，甫交战，忽宣威援苗大至，守备罗则清、外委厉顺祥中枪殒。适游击宋桂芳等已连克湾滩、场脚，乘胜驰至，与千胜左右夹击，大败援苗，遂克司徒寨。旋进军宣威。宣威与展烧并为群苗老巢，各以一大寨领数十小寨，彼此至为声援，为州东巨患。钟开兰分军先取展烧，以孤宣威，继与周家祐数道攻巢，连伤军士三十余人。李启贵首先驰击，斩黄衣酋一，曾公纪凤麾军突出其前，苗尸枕藉，残众四逸。各军并力捕斩，死者二千有奇。蹑追至瓮城。余苗震慑，诣营求抚者四十余寨。州属一律廓清。

时我军与楚师仅隔一水，会暑甚疾作，死亡接踵。楚军亦因天行惨酷，撤回岩门司，彼此约俟秋凉再举。楚军之援黔也，前后积十余年，言官以屯兵日久疲于供支，请将援军撤半回省，自固疆圉节糜费。朝命下湖南、贵州议复。疏言："伏查川、楚同一援黔，皆用兵多年，费饷千万。近年，蜀则水旱频仍，楚亦本省多故，力有未赡，自属实在情形。惟两省紧接黔边，黔事一日不清，两省即一日不能驰负。楚军自深入黔地以来，转战甚力，犁巢扫穴成效可观，徒以事会艰难。未能即时蒇役，见在军事正资得手，苗地日蹙，大有可乘之机，若因节饷之故遽议抽腾，窃恐功亏一篑，将来滋蔓日深，转致重烦兵力，是欲省费而费转糜。诚如圣谕半途而废，必至尽弃前功，非所以重疆圉也。应请暂缓减兵之议，俾楚、黔两军并力合击，庶成功可期。湘、蜀交益，不仅黔省一隅之利。"

是时，八寨虽受款，而苗酋柳阿三、金幹幹、蒙阿保、龙兆祥各拥众数千，分踞大登、高老、八寨、大朗、歹神、五里铺，皆与厅城相距不远。刘廷玉、闻国兴、唐大烜力战御之。国兴部众既悉屯八寨，后路稍空，清台、丹拱各苗经楚军剿亟，乘虚上窜，烧毁大小寨落三百余座，杀毙团民三千余人，阵亡团丁六百余名，直犯国兴本团八宝山地方，与金、蒙诸酋合。国兴连告急，遂移邓有德填札八寨，国兴回援八宝。伪平南王包大肚正攻八宝西北等团，别股攻上江、图窜古州，唐天佑拒却之。包寇攻拱桥，国兴逆战不利，寇遂直趋八宝山脚。廷玉、国兴驰救，包寇走小革夷，陷达地营。国兴昼夜搏战，枪伤包大肚，身亦负重创。大肚不敢恋战，率众东走，上江苗亦退奔。我军克雅集，苗走千家寨，陷乌榜。国兴驰援，次尧排。别股集大脑，缀尧排军。包寇窜四格寨，拟由巴鲁走古州，复经唐天佑拒却，折回上江。

六月，包寇由打略汛进攻三脚。会邓有德由鸡贾河至，遂檄唐天佑自董蒙大河赴援，自率各军向八宝。天佑初战失利，旋败艾家桥、猴场。及抵三脚，苗正攻城，我军长驱入，城中鼓噪应之，斩柳阿三及其党三百余名，余遁簸箕寨。邓有德之进八寨也。击平沿路苗巢数十座，直抵坡脚寨之独鼻山而军。寨斩绝，莫敢直进，乃令李得贵出坡脚前，胡蕴斌缘右岩上，自率何雄光由间道出其后，寨苗大溃，颠死千计。乘胜赴八寨，城中兵练应之，斩龙兆祥，平苗巢数十处，俘斩满二千，参将何江海中炮死。时三脚各苗经唐天佑击败，分投簸箕寨、仰天窝，与包、蒙诸酋合，旋渡瓮城河，扰平定司。

七月，千胜由平定进攻簸箕。簸箕距河六七里，寨临重巘，与左右大寨、二郎坡相倚。千胜令吴占胜伏寨脚箐沟遏援众，守备蔡起坤等沿涧仰攻。苗伏不动，俄而鼓角齐鸣，寨苗悉出，则大寨、二郎之援至矣。起坤知其不能近，率死士冒险直上，乘风纵火，寨苗大乱，人践人而下。占胜由沟中涌出助击，死者千计，援苗遂不战自退。占胜麾军夺栅，三寨同日平。

八月，李得贵克羊卡、乌地，包大肚出柞街卤获，分党攻晒瓮、康郎洞、降寨。得贵分军赴晒瓮，自向柞街俘黑苗百余名。把总裴占胜、陈文举战死，晒瓮苗亦破走。丁丑，仰天窝苗出掠茶浦、两龙坡，邓有德拒破之，复败之于白岩、垢坝。于是自鸡贾至八寨、三脚，上下百余里，不能举名之坚险苗巢二百一十余处悉平。

是时，惟北路之清平、黄平尚为苗据。遂檄钟开兰、钟有思领清平之师，宇文秀领黄平之师，并以九月拔营前进。清平万潮山者，苗教蟠结，与城苗互应。先是，曾公纪凤曾以计离其党，使自相捕斩，收其寨落，仍令降人潘仁杰、姜德隆守之。有思至，即用德隆向导，败苗五里桥，进攻县城，知县戴焕南，总兵张锡卿、杨恩泽等由西南梯城入。副将李寿能死之。副将周章达手刃守堞者数人，邓日胜、李启贵、杨仕忠等驱众缘堞上，俘斩千余人。余苗奔滴水崗，清平复。同日，钟开兰克木屐卡，张锡卿、杨恩泽击败香炉山援苗，平寨堡数十处。钟有思克翁坝，连下盘龙坰、罗棉等二十余寨。宇文秀之向黄平也。各苗皆集重安江。钟开兰虑其牵制秀军，遂由观音山、老君关、大风崗扫荡而出，重安苗七八千人扼河设守，与城苗互结。开兰令知县杨仕忠、叶松涛上下分渡，抄出其后。自与邓日胜等径攻河岸苗，苗伪退，军乘之，副将李万胜中炮死。日胜由河岸折入，松涛等由山坡截出，前后击之。苗败入城，军从之，复外奔，自相骀藉，死者过半。乘锐攻下绞纱、小泡木、玉铃山，与宇文秀会哨，仍回重安。秀两路进师：提督马承宗、成有余、万化林出打铁关；道员周家祜，总兵朱洪胜、熊得胜、周章达出蓝田关，沿路并有斩获。至三转湾，侦知山北之平溪坝有路可通黄平，恐城苗由此溢出，断我后路，遂令马承宗、成有余从此路进，自率大队循菜碧、牛矢坡直取州城。近城里许曰大桥，苗卡栉比，悍酋王应祥守之。秀等攻之不能克。正相持间，马承宗等由平溪坝突出，直薄城阛，城苗倚大桥为外蔽，守稍疏，忽见奇兵叩关，惶遽不知所出，遂皆弃城而东。大桥苗见城不守，亦散走。我军追击斩应祥，焚杀枪毙千计。黄平新旧两城，旧城既复，溃苗悉奔新城。我军由桂香关、大耳铺、大罗朗、坛子窑席卷以入，沿途苗寨一空。及抵近城之石关，天大雨，苗铳不得发，遂弃关遁。我师至关，天忽霁，州城历历在目中，苗背城而军，四面皆结寨屯守，有两酋对立山颠，雉尾黄衣，号令其众。宇文秀将各营分为十二队，游击曾茂才攻其西，周家祜、朱洪胜攻其北。忽东南两山之苗欢噪而下，万化林、成有余、马承宗分起拒之。秀方督众攻城，西北两山苗忽蜂拥至，秀亟分军接战。俄熊得胜一军自大罗朗驰至，军益振。遂纵火烧城，苗弃城奔，我军秣马穷追，尽破其湍水沟、镫草哨、茶园、排楼坳、风箱峡等八十余寨，俘凶苗苟霸五等六百七十余名，前后殄苗以六千计。于是，东至施秉，南至重安江，驿传遂以无梗，所芟皆黑苗窟穴。前年川楚各军失利多在此。此次禽薙草狝，丑类为之一空，足为死者一洒之矣。

会楚师已克黄飘、白堡。诏达武饬诸将乘此声威与楚军联络。数月以来，曾公纪凤克瓮东、富朗、枫香、同千四寨，把总萧肇丰阵亡；邓千胜破铁挡、仰天窝、太平坡、卡乌落各坚巢，收旁寨四十余座，歼簸箕湾遗孽；钟有思破月亮坡、大塘肖、虾蟆山等二十余寨；宇文秀破炭坑、茅坡、黄泥榜、金湾四寨，千总谭德朋战殁；钟开兰破岩寨、长溪、半山、马鞍山、白岩、湾水六寨；邓有德克定力、老坝、司番、娘番、扛脚、开出、开□七寨，并招降马应富、王贵才、龙起魁、潘正洪诸酋。凡安抚一百七十余寨，另股吴老四等赴钟开兰军前降，出难民三千余口，各路俘斩万计。时近冬初，饷源疲滞，军士衣粮不给，讹言朋兴。余亲历都匀、麻哈、八寨，清平、黄平慰抚之。

十月丙戌，邓有德因九门汛为苗据，与南皋苗犄角，随约道员周振琼、罗应旒、同知丁翰率同胡蕴斌、陈仪刚、黄祥英、何雄光、黄千祥、陈建勋等营分道进剿。苗众万余出城拒敌，我军并力破之，苗败入城。各军蹑入纵火，苗弃城走，追杀十余里，遇南皋苗出援，溃苗合之势复张。我军奋击，苗集愈众，军士死伤接踵，势几不支。丁翰亟分军袭南皋，苗回救，有德乘势截杀，迭殪凶苗。会翰军已破南皋，回军夹击，大破之，生禽六百余人，破附近三十余寨。

十一月，邓千胜拔高桥、茄榔。曾公纪凤由下司渡河攻铜鼓寨，禽斩甚众。复沿河趋摆仰，破其木栅。钟开兰克落水肖。别股攻漫肖、降寨，邓千胜驰救却之，伪帅杨镇东合大新街、杨家排苗数千窥重安江防营，钟开兰、钟有思侦知，即同邓日胜、杨恩泽、李茂华、熊尚志、高德元、杨仕忠等先往截击，俘二百余名，陷淖溺流死者无算，杨酋授首。曾公纪凤亦分遣赵祖德、萧肇富、张义山、龚俊宜攻克山江、石绕、学庄、马田四寨。旋因铜鼓复有遗孽，遣军歼之。钟有思因落水陗匿苗尚众，复往搜捕。苗力拒，守备潘显恩战死。有思督众亟攻，苗匿后陗，鼓烟薰之，全股歼焉。旋招降羊卡、堂旦等寨，攻克孔庆、乌底两巢。癸酉，钟开兰破铁山寨。邓有德进攻排烧，遇苗于途，都司杨嘉勋、把总黄武青，外委李步廷陷阵死。周振琼率军踵至，苗始退走，两军会攻排烧克之，余苗翻山逸，有德就排烧立营。明日，苗合党来争，有德拒却之。乘夜攻漫陗防营，火光烛数里，邓千胜开壁纵击败之，副将曹步文中枪死。己卯，苗攻龙坡、降寨，副将萧永盛、都司周邦猷率众赴援。会降人被胁复叛，永盛、邦猷死之，伤兵勇六十余名。及有德驰救已别窜矣。

十二月戊午，宇文秀侦楚师已深入，遂约席军以明日由施秉之天星寨兜剿而上，我军出黄平之茶园坱以应之。适李得贵一军与宇文秀合，于是各率所部先将沿路苗寨削平，振旅由施秉大路进发。及逾岭，即见旌旗蔽野，盖楚军已破天星、台头等寨，鱼贯而来，黔、楚两军于是始合焉。明日，楚军将邓公善居来会师，因各路苗巢尚多，议仍各率部众分道剿办。连日宇文秀、李得贵等进攻平打寨、铜鼓冲，破之，乘势拔业朐、岩陗。降人彭朝青等反侧，率其党三百余人叛走羊排，有德令黄千祥等诛灭之。秀与得贵破白记、蟒陗，复败黄飘溃苗于马鞍山。余众窜摆仰，邓千胜败之。曾公纪凤亦渡河助击，禽斩无算。余窜猪市、田西，经千胜击败，复遁滴水岩，钟开兰督众围攻，克之。

十一年正月，邓有德、邓千胜等军会剿漫陗、田西、九门、龙家寨、大塘、火石坡各窜苗，禽伪得胜王潘老冒、龙世昌于阵，俘伪侯潘大五、杨阿九、吴阿雄等百八十六名。总兵周定堃、教谕宋次郊战死，兵勇伤亡亦数十名。其出扰重安江者，亦为钟开兰击走，余众聚舟溪。庚子，各军会攻狗头寨，邓千胜由青冈林抄出山后，钟有思由中路直趋寨前，提督胡国珍、邓日胜，主事李之锽,副将刘德新分两翼左右夹击,各军有进无退,四面合围,连掷火弹,烟焰蔽空。邓千胜一军斩关先入,殄凶苗数百名,其逸出者大半为钟有思等军所歼。时附近之大瓮、小瓮、龙洞、上平、下岩、黄金、虎场坡等寨并出党赴援,千胜分军迎击,各苗皆大败,由石猛寨遁去,大瓮等十二寨悉平。旋破竹埡、小漫崗、大山、麻拐、羊崗五寨。

时苗酋张秀眉等为楚军击败,率党遁排卓,结伪潘王等,拟由珠厂河窜广西。邓有德、周振琼、丁翰扼之番扛闸口,并伏兵山下以待。已而各党鸣锣吹角以至,黄祥英直前击之,伏兵亦起,大败之,余遁回巢。壬寅,邓有德克排卓,禽伪侯蒙老冒、岩先志等七十五名,出难民三百余口。各军集攻石猛寨,克之。下游遍地寇氛,数月以来,经各军穷搜深入,自都匀、麻哈、三脚、八寨以至清平、黄平、施秉,悉就廓清,就抚者百七十余寨,俘斩万计,民夷稍息肩焉。

时溃苗悉萃平茶、牛角坡、香炉山。平茶、牛角为包大肚老巢,与香炉相毗,前年楚军失利之所也。二月辛酉,钟开兰、宇文秀、李得贵克革种寨,斩伪帅包九林、金麻子于阵,守备周凤彩中炮死,余苗窜平路河。开兰旋与钟有思及署清平县戴焕南分下平路河、高邦坡、狗场、大小泡木,薰毙仰天崗匿苗千余名,并破羊排、两岔河、里牙、大塘四寨,与宇文秀、李得贵击败沙子冲窜苗,都司许世旒死之。苗遁黄腊老山,各军攻破之,斩伪侯黎大用、王得虎等八十一名,先后歼苗八千有奇。

三月乙酉朔,我军三路进平茶。包大肚分股拒敌,钟有思、李得贵、宇文秀、马承宗、成有余并力御之,破其众山下。开兰方力敌包酋,别股从旁钞出,开兰分军拒击。苗出愈众,总兵邹有声刃伤悍酋数名,众军乘之,大败之。各酋遁回寨。宇文秀、李得贵、熊得胜等亟起攻之,连殪悍酋二名,殄苗数千。开兰见寨苗尚众,传令纵火,一时烟焰涨空,寨苗呼号狂奔,各军并力追杀，直逼河坝。楚军提督苏公元春等已列阵对岸，苗无去路，溺流及杀毙者约万余，禽斩伪帅陈阿往、吴老余等十余名。包酋乘间逸去。丁亥，包大肚合众数千争寨，我军约苏公元春等会剿。师至长坡，苗遽却，开兰知为诈诱，张两翼进，过坡，苗伏起，我军左右钞之，苗大溃，斩九百余人，余众遁牛角坡，守备高启学中枪死。别股苗经楚军击败，由米䓫来者约数千人，亦经我军击退。是夜，苗酋乜大吾、杨麻耶、杨堡富率五千八百人诣钟开兰降。明日，降旁寨九座。甲午，克鱼梁。余众走岩头河，宇文秀迎头击之，俘伪帅杨大洪、吴大虎及其同党九十五名。逸出各苗经开兰等逼追至龙头河歼焉。

初，邓有德、罗应旒率同参军董应昌、守备黄祥英、陈仪刚等，自二月以来，会同楚军道员戈公鉴等，连破石板、风塘、巫吉、麻拐滩、泥塘等七十余寨，禽斩近七千，推锋克窑货厂、上堡，复击退牛角坡援众，杀溺死者约四千人。旋进攻上里峨之老营盘地，拔其木城及两卡。苗枪雨注，游击龚生隆、千总高耀廷，把总李庆华、吴大英、黄占元同时阵亡，并伤亡勇丁二十余名，师小挫。明日复往，克之，毙凶苗八百余人，附近十余寨悉平。至是，钟有思等亦连克香炉山之春花堡、高坡、大坪各巢，殄苗近五千。曾公纪凤分龚生环一军击破剪刀、革篙二寨，并却荷平渡溃苗。邓千胜、胡国珍与吴占胜、罗芳林，知州张邦熙等，击苗舟溪头寨，旋拔近牛角坡之新寨、黄金寨、火寨、养斗寨、青革塘。参将张国泰、外委黄新胜战殁。

三月辛卯，苗酋范懋修率党二千人赴邓千胜军前降。当诣降时，寨苗千余出追，懋修反兵力斗，千胜亦派兵助击，始却去。此外闻风归顺者又数千户。各路溃苗并归牛角坡，众约二十万，地既险阻，人皆百战之余，计非全力无以殄之。遂军分三道入：钟开兰渡下司河直抵仰干山为一路，邓有德、罗应旒出仰掌河为一路，邓千胜、周振琼取道两垭坡、新寨为一路。钟有思、宇文秀陈军河沿，往来策应，防抄袭。曾公纪凤与龚生环、万化林扼各隘口，遏窜逸。另分数营环扎香炉山，绝援寇。余赴清平督战，并约楚军提督龚公继昌、唐公本有等由凯里会剿。丙午，齐抵牛角坡。伪王吴起林、包大肚拥众出。开兰一军首先冲击，苗出愈众，邓有德、罗应旒战王老猴于坡侧，参将董应昌负重创，我军力战，殪其前锋数十人。苗悉众列山冈，拟左右包抄。杨仕忠、黄千祥及提督李启贵绕出苗后，纵火焚巢，苗惊反顾，开兰等疾乘之，邓千胜亦由左路驰至，群苗大溃。我军层层逼攻，苏公元春等复由坡后兜剿而上，人喧火烈，神鬼焦烂，岩谷为赭，焚杀、踣死以三万计，降者倍之，生禽伪王王老猴、伪帅猫姑龙尔耶及大小头目三百余名，余众走冷水沟。我军倍道追击，山高径仄，寨中乏食已久，苗多饥疲，沿途拥挤，积尸碍道，跌毙、杀毙又万余名。明日，开兰、振琼等督同都司闻国兴追至冷水沟，与楚军道员谢公兰阶等两面夹击，生禽千余名，戮死约八千，出被胁汉民无算，余党遁伍佰。己酉，开兰四路并进。苗由里峨突出，黄千祥歼之几尽。伍佰苗出援，千祥等截为两段，杀毙千余人，余众走乌鸦坡，我军乘锐驰突，禽斩数千。包大肚率众由长欛哨突出，各军尽锐攻击，阵斩数千人，降其众万余口，生禽包大肚及伪侯刘开甲、王凤开等二十二名。同日，曾公纪凤克辣子寨，降二千余户，毙苗无算。龚生环克镰刀湾，歼老虎苗数千名。明日，纪凤、龚生环、万化林与邓千胜会攻大坳，克之，逸寇经总兵龚俊宜、张义山，都司潘永昇等追击至岩寨，悉歼之。庚戌，纪凤督攻老虎苗，钟开兰、邓有德亦分军助击，总兵朱连升、参将萧肇富、知县曾纪鹗三路荡决，斩馘无数，伪王杨玉文、阿乔伏诛，降二万人，其逸出之吴起林、蒙阿保为钟开兰诱禽。金幹幹、杨文开遁至白坞，邓千胜、胡国珍扼之，文开遁去。总兵邹永龄、黄三元，都司蔡起坤追刺文开落马，两酋同就缚。别股逸往香炉山者，经提督张锡卿、总兵杨恩泽、刘德顺遮杀略尽。其北窜凯里之苗，为楚军截杀，分三股逸去：一趋雷公山，为道员戈鉴剿灭；一为楚军驱下河流；一由凯里渡河走螃蟹出岩鹰洞，则李高脚、李文彩两酋也，由玛瑙哨遁往镇远之刘家庄，与杨九毛合，沿途裹胁众逾二万。宇文秀、李得贵星夜追击，连败其众。寇遁荆蓬坎，拟由石阡、思南乘虚窜蜀。比饬宇文秀等无分昼夜尽力追剿，增遣钟开兰、周振琼等由龙头坳抄出贼前，知府潘泽霖等由牛场旁出余庆、石阡，以遏分窜，并知会楚军及署镇远府吴自发力扼东路，防回窜思南、铜仁。均严申军纪，全力殄之，勿使漏逸。

四月，宇文秀、李得贵驰抵荆蓬坎，寇方围民屯掠食，我军三路攻之。寇弃仓拒敌，李酋纵马督战，都司蓝金耀直前取之，殪马贼数名，金耀忽中枪殒。宇文秀分军从右路冲击，成有余、熊得胜复绕出其前，秀与马承宗等从后力攻，大破之。余众分路狂奔，各军追杀十余里，死者约六千名，生禽悍目四百余名。寇遁丢沙关，师及之。杨九毛窜羊场，李酋窜道天窝。秀等追败李寇于龙洞，余党翻山逸。适钟开兰、邓日胜由龙头坳抄出。寇亟由左路遁。周振琼、李启贵、邹有声等由黑岿、高岩横截而来，寇窘极，却而南。宇文秀等军复大至，寇胆落，弃械降者三千余人，余众夺路奔，追斩五千余名。文彩、高脚改装剃发遁入牛塘民寨，寨民徙避一空，寇遂敛众固守。各军抵寨前，炮石雨下，军士间有伤亡。秀麾众力攻，成有余等破栅入，大军随之。寇从寨后奔窜，钟开兰、宇文秀前后扼击，周振琼、李启贵、熊得胜左右抄之，立将李文彩丛刺坠马，并毙高脚于阵。时潘泽霖方围攻杨九毛于乾溪，彼此相持未决，李启贵率众助攻，破之，斩九毛及凶党八百余名，余党遁玛瑙屯隘口。泽霖等督众穷追，歼溺跌毙千计。其逸出者悉为总兵朱洪胜、副将张大洪、参将何光明等所歼。于是，全股无孑遗焉。李文彩创重，虑逃显戮，遂与李高脚就军前予以极刑。附近之骂溪、蛇岭、牛塘、黑岿，经各军网罗芟薙，殄灭各以千计。

平茶、牛角之破也，败党悉遁归香炉山。山去清平县城三十里，拔地千仞，形如博山，分上中下三盘。中盘纵广各数里，前后皆置卡守之。鸟道螺旋，攀跻不易。上盘高出云表，瘴雾凝蛰，素无居人。寨苗初只万余，及是归并日多，棚栅栉比，隐见岩岫间。是时，宇文秀病故，钟开兰以新城、兴义未复，驰赴上游，仅钟有思、周振琼等军留苗疆。遂令会队攻山。各军逼山而阵，寇踪历历在目，震以西洋炸炮，则皆蔽于林石，不能大衄，所幸人多食乏，有坐穷之势，令各军环守困之。侦知寨苗将弃老弱溃围走，遂悬重赏购苗酋吴阿撒内应。

五月丙戌，预派杨恩泽、刘德顺、张义山、刘德彰四营于昏时潜伏卡外，钟有思等随后策应。夜分，寨苗果开卡门蜂拥下，我军突击，毙百余人。苗反奔，恩泽等抢占卡门，于是钟有思与提督张锡卿、胡国珍，总兵邵永龄、朱连升从前卡杀入，周振琼与提督龚生环，总兵龚俊宜、徐有耀，参将萧肇富，知县曾纪鹗从后卡杀入，吴阿撒率降苗四路纵火。各军纵横奋击，斩杀勿计。群苗号呼拥挤，从盘边坠下，势如泻瀑，生禽凶苗二千名，乞降五千余名，拔出老弱数千口，伪帅田阿送挟死党数百窜匿山顶，田阿马与十余贼缒岩逸。有思分军就中盘环扎，以防山顶，复派队侦捕阿马。明日，凶苗二百余名由山顶冲下，经我军击杀。有思知匿苗无多，令军中造梯仰攻。壬辰，亲督壮勇百余梯险上，田酋犹率党拒敌，经军士击杀七十余名，遂皆逃入峝中。随纵火薰以毒烟，峝底低下，烟难透入。审此峝别无出路，令军士以石塞峝口。越数日启塞，则田酋及余众悉累累毙于峝中。旋侦知田阿马逃匿河外镰厂山，曾公纪凤派军禽之。张秀眉之出窜广西也，经邓有德督同都司闻国兴等节节截剿，叠有斩获，用是不能远扬。至是悉为楚军提督龚公继昌等所歼，秀眉亦就俘。

当我军克香炉山时，有高禾者，遁入雷公山，勒众保险，阴为负嵎计。高禾故革夷种，胡文忠公观察贵东时，与九松同就抚，及文忠出师湖北，充苗练随征，见中原人物繁丽，艳之。后因失律檄回，遂往来清、台、丹、凯间，号令群苗，威势出诸逆首上，以未亲临行阵，故奏报无名。此寇不除，苗患未已。遂令邓有德督同闻国兴等相机捕剿。及有德等驰抵山下，围其平水隘屯卡，禾令伪丞相欧保降出战，经我军击败退回。有德督众从屯前攻入，国兴绕出其后，副将董应昌、李必茂等继之，立拔其屯，斩六百余级，高禾越屯跳免。闻国兴与主簿彭瓒等追获之，并俘欧保降及其伪军师、元帅等七十六名，余众近三千分别歼释，苗疆一律肃清。时十一年四月二十一日也。捷闻，诏赏骑都尉世职，诸将士皆论功增秩有差。时下游军尚二万七千余人，酌留精兵万五千人备防守，余悉遣散。

贵东之乱也，前后垂十八年，川、楚同一赴援，大都受指督抚，各顾疆圉，无取深入，故劳费剧而成功鲜。自川督委事于黔，由是黔、楚合力而祸以纾，则蜀帅虽为规免劳役起见，而全黔之底定实基于此，不可谓非因私而得公矣。

抑苗疆之险在古州，而八寨实为古州门户，丹、台、清、凯四达交通，故治苗不先八寨，未有能得者也。先是，八寨酋闻国兴首先输诚，上书求抚，当事虑其反侧难信，责令单骑来见，国兴逡巡不敢前。我军东下，复求抚，余知其人为群苗信惮，即令立功自赎，不必赴辕，并准于三脚、定旦各城量收厘税以赡其众。由是国兴感激思奋而战最力，情形既熟，动往有功。人但知廓清涤荡由黔、楚两军犄角而成，而不知溃腹心而披枝叶，得力固有在也。古今事会之成，往往出于意外，是以用兵甫及年余，费饷只三百余万，而千余里之苗疆，十数年之逋寇，一举而庆敉平。事急则草木皆妖，气衰则群凶俯首，其亦天时人事之适然与？

是时，上游各军亦攻克兴义府城。兴义居盘江南，陷回几十载。同治三年破城时，屠汉民殆尽。城外增筑碉堡，守御屹然。盖以普安之新城为老巢，贞丰州为唇齿。安南一县种类犹繁。

其久于负固以抗官军者,专恃盘江铁索桥之险。先是,提督钟开兰、总兵何世华力遏盘江,分军扼毛口大路,尽收滨江各垒。寇不敢北犯,但扼桥与我相持,不时攻扑安南县城及乡民屯寨。毛口者,鄂文端所开以通滇驿者也。数月以来,开兰、世华分军解安南围,收降回酋谭五受,苗酋杨九,连克岩鹰崗及康乐、白寨,乘胜拔贞丰州,斩回首酋马斯骏,前后俘斩各数千名。我军亦阵亡二百余名,负伤三百余名。旋分军由毛口一路搜剿,增遣黄宗耀、祝友信、杨见龙分守大河桥、了桥,自率归诚人杨九等进规兴义。兴义与滇连。时两省各派道员莅师。世华督诸军进城西,浚壕作隧为轰城计。连日我军收鲁屯,滇军将夺铜鼓山,骑将文德胜迭毁石碉,师锐甚。南关之桅杆山者,势巍峭,回置屯守之,左右龙井坡、夹马石相为犄角。四月,滇军攻破之,斩银甲雉尾酋二名。越日,回分两路争山,滇军腹背受敌,军帅张振麟战死。文德胜力攻西北城,伤亡亦多。穴地轰城,城崩数丈,回旋结栅固守,猝未能下。戊寅,约滇军并力奋攻,克之,殄戮二千余名,回酋张七先仰药死,余党走西隆州。我军数道截击,安南、贞丰各城望风溃。大军集新城。新城介兴义府县间,居黔极边,普安丞驻焉。自咸丰甲寅失陷,当事皆以险远,不暇致讨,几成化外。回酋金万照、张定中率党据之。城小而固,要处皆置碉,又坎地作夹道通往来,远望不见一人。及官军进攻,则铳矢雨集,当者辄靡。五月,何世华、钟开兰等约滇军进军六官堡,连垒七十余,环城掘壕堑,深广各三丈,分军收民寨百余座,破外屯数处,外援遂绝。旋鼓众攻城,以险碉林立,动辄受创。旬日以来,总计滇、黔两军受伤者近三千人,阵亡千余人,出师以来未有创巨至是者。文德胜以攻坚非策,仍用攻兴义法,穴地袭碉。回先设机碉下,隧成,德胜中枪死。德胜战数有功,积功至提督。今年正月与胡国珍自宝鸡奉调来黔,沿路剿平怀仁、桐梓各苗教,声威藉甚。竟以攻坚致命。事闻,赠恤有加。时军势连衄,又新丧各将,受降民夷渐怀疑贰,势甚危岌。余因旧伤举发卧疾省垣,而寇坚若此,计非亲莅不为功,遂力疾率龚生环、周振琼以行。及抵新城,诇寇粮犹多,外矗坚碉,断非旦夕可下。而以弹丸黑子之地,至掷万众之命以争之,亦殊得不偿失。乃下令招抚,以离其党。县人刘垂祺者,故普安令刘公代英之抚子也。张定中未叛时,代英遇之有恩纪;及代英殉难,垂祺徒步千里,崎岖寇中,以觅父骸,定中阴遣其党护其遗榇出城,因是垂祺得与定中习。余访知其事,遂令垂祺往说之,定中遂降,并以计禽万照,戮之,余党分别剿抚,于是兵不刃血而新城平。张定中之降也,余曾许以不死,会滇将有违言,定中惧不免,自引决。事势参差,致言不可复,至今犹内疚焉。

不一年新城复有叛弁戕官一事,余弟康禄与焉。初,新城既复,筹办善后需人,曾文诚以康禄才,一是皆委之,随行仅亲兵百人。城中故有屯军千人,中多嘓匪。嘓匪者,始于蜀而遍及东南各行省,亦所谓哥老会也。会饷不时给,丑徒借此生事。时钟开兰驻军兴义,密以状白余,檄康禄治之。会机泄,哨弁丁发桂、何廷玉假索饷名,噪于康禄之门。经康禄剀谕几熄矣,忽中变。康禄知事裂,与普安县丞杨见龙冠服坐堂皇,同仰药死之。廷玉等遂反,分党攻兴义府城。钟开兰、邓千胜连兵纵击,禽何廷玉、陶甫臣、丁发桂,处以极刑,凶党千余无一免者。事平,文诚将获咎、出力各员弁分别奖黜,并录康禄死事状入告。诏以二品文员从优议恤,予谥壮节,于新城及原籍建立专祠,并宣付国史馆立传。天恩优渥,足以慰长逝者之魂矣。独念寇乱以来,余同气五人,没王事者并此而三,不能不隐痛在心耳。康禄少贱时曾获异兆,言人休咎辄验,己之禄命亦隐识之。然则致命危疆皆前定,非偶然矣。黔事大定,余以十二年领蜀军六千人回成都。明年罢诸军,由重庆具疏乞病归。

廖树蘅诗文集

（清）廖树蘅 著 · 廖志敏 整理

下

凤凰出版社

茭源银场录

禀抚部院陈及总局言会勘龙王、水口两山情形并请收买矿砂试办炼炉

窃树蘅以三月十一日行抵常宁松柏地方。十五日,偕喻守光容会同常宁县龙令起涛履勘龙王、水口两山情形。勘得龙王山全系石体,峭立四壁,为磺气所蚀,岩窦玲珑,略同浙杭灵隐之飞来峰。山石皆成紫色,山腰废䃲百十,多系横过,有穿至山后者,派人持火深入,据称洞内蝙蝠粪积深尺许,不利行走,火尽而返。山麓淤砂堆积,无一平地。循山西上里许,有泉一股,汇为小溪,四时汩汩不竭。沿溪置堰溉田千余亩,磺水害稼,欲图开采,必先买田作圳,将磺水漱出,始不病农。方志:宋时于此置荚源银场监。桂水入湘之口名荚源河,距山不过数里,场之受名,大率以此,据土人云:"明末尝有人来此开采,草棚绵互十许里,大为民害。经在籍总兵刘三湘请兵遣散。"足征本山开挖已历数朝,山体受戕,间多崩陷之处。现在喻守拟照同来矿师张都司金生所指之地,由山麓破荒直入,一切开办之法,应由该守自行禀报。此会勘龙王山之实情也。水口山由龙王山左腋出脉,陂陀起伏,计程约三里,若依鸟道,不上二里,至水口则澶漫几成平地,后左右三方略有小阜,惟右阜稍高,亦不过十余丈,左阜名铜鼓塂,右曰锡坑。两山之间,夷为平地者不过三十方丈,土人呼平垄为町,历来商民开采多由町隧地而入,往往得佳矿。塂坑两处亦开挖殆遍,大都因水大难戽,资本不足,致有作辍,闻因此丧资者不少。间有所获,得利亦微。惟光绪二十一年有江西贾人来此承开,自春徂冬,雨泽稀少,获矿颇饶,旋因土人争讼中止。人情觊利,容易肇争,可见矿非官治,未易贴然。查此山向来开办必在大暑节后,以水泉渐缩,可少省车戽之费,至来年清明便当停工。树蘅以随从人多,未能停待,拟俟小满过后,就西贾所

遗 口直下，以取町底之矿。现当择地支厂，招募 夫，择日开工。山内草棚栉比，环町而居者不下百数十户，烟馆、土娼、赌博居其大半，大都借拾遗矿为名，暗行攘窃。兹将莠类驱出山外，择其稍良者各给以搬迁之费，令迁至山口，列屋而居，略成市衖模样，编立户册，仍以小贸及营工为业，让出町地，以便起工。此拟办水口一山之实情也。查近年商人取出矿石堆积山间者不下万余石，其银、铅两种，土人呼为黑、白铅矿者，向归桂阳州及常宁县炉匠承买，用土法冶炼。矿内所杂硫质，则近山之人于距水口里许之田鸡墙支厂自炼，炼出净磺私销。各处间有外省官商持票入山，领买大半，与炉户相首尾。此本地售销矿石及煎炼磺砂之实情也。伏思山泽自然之利，在上者贵操其盈虚衰旺之权，庶利不旁渫，官民交受其益，若散无友纪，一任民之自为起灭，不特厚地之藏不能毕发，而争讦械斗由此日滋。诚蒙饬发大款，由树蘅一面收买各种矿石，一面募人就山设炉试炼，并将山民所炼私磺，由局发价笼买，归作官办。一局之中，数事并举，征本山之产，充本山之用，可以少纾度支；用本地之炉，炼本地之砂，暂可无需机器，未必非因利而利之一道。非不知力小任重，自取烦难，然不如是不足以截断众流，以免官私羼杂。是否有当，乞赐核示祗遵。

总局批

据禀已悉开矿之道，详于议法，不如慎于用人，盖人正而弊自除，弊除而后利可兴也。当兹奏办之初，抚宪择贤而任良，以该训导与喻守忠信廉洁，实心经理，必能挽回一时敝习，大开利源。所禀办理情形，思虑精详，能见其大，因民之利，循序渐进，钦企无似。磺务归分局兼办，握自然之利权，俾不归于中饱，尤为有胆有识。财用之丰歉，视乎人心之公私。该训导洁己奉公，生财有道，所谓国与民均受其益者，当必践斯言矣。益祈耐烦任劳，无避嫌怨，以收成效。时艰孔亟，拭目俟之，所需办磺收砂诸费，即当禀明抚宪发给特解，此缴。丙申三月二十七日。

禀抚部院陈并总局言水口山地势平衍请开明礲以避水害

窃树蘅于三月二十日将履勘龙王、水口两山大概情形，并拟办水口山矿务事宜，禀明在案。见在夏令已深，应即鸠工开办。查水口山开采利病，得矿非难，戽水为难。礲深至二十丈以外，日夜需用水夫三、四百名，自非大旱泉枯，时刻不能停止。抽水之器，截竹为之，俗称"孔明车"，一抽不盈升勺。前与矿师议及此山车水之费，暂时只将废礲积水车尽，非三四千金不可，即此一项，已属不赀。查矿砂愈深愈好，礲路既远，人夫、木料、灯油之费，亦随之而增，又须加开气礲，以资宣泄，工费与正礲相等。取矿之法，石工用火药轰裂，谓之"放炮"。然迫于矿礲寻尺之地，仅能摧落前、左、右三方之砂，顶高一层，碍难攻错，相传废礲尚有遗矿未经取尽，自属应有之义，且开挖二十余丈之礲，必经历数月之久，今若拘守成法，不能不照商民所丢二十余丈之废礲挖入，以臻稳著，而补苴崩陷，较开新更难。夫以阅时如此之久，耗费如此之多，入地如此之深，而局蹐一礲之中所获仍属有限，凡寻觅矿苗，诇察勤惰，仍不能不仰鼻息于矿夫中所谓工班头者，在己毫无把握，此其所以尤难也。伏思湘属煅灰采煤，向有明礲、暗礲之别。暗礲穴地深入，如此间现所办者是也。明礲则平地开一大口，宽深十数丈、数十丈不等，迤逦斜下，作为坦坡，豁然开通，全无遮蔽。据询本山银、铅诸矿，萃在两山适中之地，矿徒之年老者类能言之。今若就历年山民开采之所，开一明礲，招集民夫，略用兵法部勒，金鼓以齐其作息，左右以分其出入，复于礲之外沿修筑沟道，以防阳水溢入，仿制农家所用之龙骨车以戽礲底积水，每车昼夜用夫四名，更番踏之，计龙骨车一具可抵竹筒车六条之用，向之日役水夫数百名不足者，今以数十人任之有余。凡属暗䃅积弊,一扫而空。至于开挖土方,树蘅生长乡间,于穿筑塘堰及他水土之役,颇尝究心,大约土方一丈深一尺谓之一井,一井之土给挖夫工食钱百文,多亦不过百二十文,以方深二十丈牵算,约得土方八万井,需钱九千余串。而上哆下敛,折算只得一半,虽工程浩大,成数难拘,大致不出于此。既开之后,土中砂苗呈露,一轰可落无数石,一日可轰无数回。工费之省,出矿之易,宁止数倍。夫使估算经费,明䃅不及暗䃅之多,则暗䃅优矣,费无差别,暗则利少而害多,明则利多而害少,奚惮而不为也!区区之愚,窃以为可。且查商人开办旧章,就水口山平地入者为母䃅,左右铜鼓塂、锡坑里高阜取入者为子䃅,子䃅例贴母䃅,车水之费,以母䃅水尽子䃅早经涸出故也。若此法办成,将来塂坑两处尚可加开数口,何者?既无水害,成本自轻,开挖尚属易易。当发此议时,此邦之人亦多疑沮,大致谓:"土经磺气冲动,最为疏恶,若敞开大口,虑有坍塌。"及语以坦坡斜度办法,群情遂尔释然。常人难与虑始,固由故步自封,少见多怪,抑亦易幽深为昭旷,无所容其诡弊,惧因此失其佣作之利。岂知口门大开,诸害悉免,昔之必俟大暑过后始能兴工者,今且日日可开,工作且愈多而愈久乎?连日邀同喻守测量度数,旁咨博访,勤求办法。拟于五月初八日破土兴工。惟变更成法,浮议易腾,人三成众,慈母投杼,伏求宪台毅然主之于上,俾树蘅得一意从公,不虞牵掣,自当矢竭移山之愚,以图报称。即令明䃅难奏大效,将来另于明䃅中加开暗䃅,短去十余丈之车路,犹为事半功倍。特兴作之始,需费甚繁,应肯饬局暂拨银三千两以供支放,能求札饬衡州厘局拨兑现钱更善。至前回所禀收买矿砂、设炉煎炼一节,近来查察各商所采,皆在层翩之上,砂质不甚佳,且设炉事大,一时难于兼顾,深悔前禀视事太易,应请暂作罢论,不敢护前。至明䃅与收磺二事,则几经考究,委无流弊。是否如斯,伏祈训示祗遵。四月十五日。

总局批

据禀已悉。该绅于水口山情形考察既熟,深思博访,创此明礲之法,又与余守光容筹商,亦称其至善,策其必成,足见询谋佥同,但此法为中外所罕闻,此非亦与煅灰采煤有别,又舍孔明车简便通行之法,而改用龙骨车。本总局未能悬揣,该绅拟开明礲之地系仍旧礲,抑系别开新礲?以西人矿学之精,讲习历练,尚须钻机乃能深悉。禀中称银砂所聚,何以知之?其别有神术乎?又禀称礲夫所指之处,礲夫系何姓名?果精于矿学否?前委张都司查勘,据称照旧礲开挖为妥。今不从矿师所指之口,而遵礲夫所指之处,是礲夫反胜于矿师矣?从此开入,果易见砂,不致虚糜巨款否?该绅既勤求有得而建此议,毅然自任,谅必确有把握,不致亏耗官本,自贻后悔,仰即详明禀覆。果能收费省效速之益,本总局乐观厥成也。此檄。

禀总局复陈明礲情形,并申明商砂起运在奉文之先

窃本月初六日,奉宪台札饬"该训导创开明礲,本总局当即详悉批示,又奉抚宪面谕,另致一缄,于方深二十丈之明礲所以不可开之故,反覆论辩,以为古今中外所无,决其窒碍难行,必然劳费无成。该训导果有独得之秘,何不明白禀覆,效徐元直之事有不至,至于十反,来相启告。本总局毫无成见,自可择善而从。若考求未真,尚无十分把握,即当俯纳本总局之说,停此大工。乃该训导一切不顾,辄于五月初八日大开明礲,独不思矿务何等重大,当此国帑艰难,岂容视同瓦砾,肆意一掷耶?现在抚宪札委本总局提调邹令代钧前往查办,该训导当与邹令虚心以求是,毋再私心以求胜也"。又,"湘阴厘金局查获私砂,云由水口山运来,矿砂不准私运出境,已经通饬在案,并经本总局谕令该训导将水口山商采余砂一律买尽,以防偷漏,乃既不遵札禁止,复不

发价收买，均不可解"等因，捧诵之余，莫名惶悚。窃树蘅之以明礲为可开，与夫久稽禀覆之处，亦自持之有故，敬为宪台一再陈之。水口山虽有山名，开采之所，究系平地，历经民人开挖，山体受戕已深，中空数十丈之地，废礲交午，何止百十？停淤积潦，糜烂不堪。自来礲路之易于崩陷，积水之难于车戽，礲夫之艰于出入，大都受敝于此。然查此腐溃之病块，亦只及十余丈之远，以下则石礲一道，深入无间，乃近年商民开采，积日月以凿成者。传闻石礲之内，藏矿甚多，今若不将此朽壤揭去，则废礲潴蓄之水，灌满石礲，不车则取矿无期，车则一昼夜非用夫三四百名不可。而修整废礲之需工料，礲内昏黑之多费灯油，矿徒之出入幽潜无从稽其勤惰，种种患害，皆所不免。春夏水泉泛溢，碍难工作，更不待言。一开明礲，则土返其宅，水归其壑，外用龙骨车以戽明礲之水，内用竹筒车以戽石礲之水。水既无害，则日日可以兴工，时时可以取矿，无停役待时之事。明礲矿旺，取之明礲；明礲矿衰，取之石礲。石礲之上，既敞开大口，短去十余丈之暗礲，以后即欲下石礲取矿，出入亦自便易。前禀所谓即欲于明礲中加开暗礲，犹属事半功倍者指此。天下事，履之而后知其艰，亦必知之深，而后能尽其变。树蘅到山，已将四月，深知町中开采岁久，上层土性疏恶，实于暗礲非便，知其不便而不言，将来虚糜帑项，一事无成，宪台即不深加谴诃，此心何堪自问？区区之愚，始终谓明礲为可开者以此。树蘅虽愚，岂不知凡事蹈常袭故，仰候音指，可以见好而免过？其不敢有所避就，诚欲得当以报左右耳。现在兴工甫十日，日役丁夫千余名，常属苦饥，野有饿莩，以工代赈，咸效子来，而开深已至四丈方倍之，用钱五百余串。既蒙委员查办，只合将民夫遣散，候该令回辕禀报，以取进止，决不敢私心求胜，重烦督诲之来！至收买矿砂原议，本自树蘅，发之后，见砂质甚劣，曾于请开明礲牍尾附陈，暂缓炉炼，今既仍须笼买，已会同邹令，与山商议价签字画押矣。到山以来，为磺气蒸蚀,肢节疢鳖,不能起坐,致牍覆稍迟。他如湘阴起获商砂,缘树蘅以三月十六日到山,而该商由初六日由山内运出,起运在奉文之前,是以未及阻止,合并陈明。六月十五日。

禀总局详陈办磺经费数目,并请免征砂税

窃树蘅本月十七日奉宪台札开案,奉抚宪批"该分局禀陈开办磺务情形,据禀已悉,仰矿务总局核议详复,饬遵此檄"等因,查水口山磺务,向由炉户完纳砂税,今每石定价二圆六角,而来禀未叙明税则应再斟酌办理。至本山所出磺砂,既买归炉户煎炼,其砂每石可提出净磺若干,并应详加核定。或由炉户包煎,酌给工资。为此札知,札到该分局即便遵照,切切。此札等因,查常宁田鸡塂磺务,向归桂阳州牧发价收买,兼征炉税,议价甚廉。每石给制钱二千一二百文,每年只收净磺千余石,余悉任炉户私烧、私鬻,计炉一座日缴税钱四五百文。山内开炉近五十座,按日可收税钱二十余串,名为税则,实则陋规,外来委员尤视此为利薮,恃有督抚公文率不纳税,发价尤少。而炉户不恤亏本以就之者,既可联为一气,借便行私,又可免州官征税,而委员寓居松柏,广招商股,穷年累月,留恋不去,所收之数逾于公文所采数倍。州牧恶其占去利源,往往出示屏逐,彼此互讦不清。树蘅自奉文承办,即行晓谕地方,一切与之更始。旋于五月初八日,传集本地绅富公保殷实炉头五名,炉户十五名,共开炉二十座。其过于穷惫、专务作弊之二十余户一律封禁。每届炉户领款,由原保绅耆经手过付,取具炉头领状,以专责成听。其雇募炉匠,自行烧炼,局内但按日收磺。正如宪札所谓"包煎办法",约计磺砂千斤,可烧净磺百斤;特砂质有良楛,有不止千斤始烧百斤者,亦有不必千斤可烧百斤者,高低牵算,大要以千斤为索。现在砂价百斤百文,计烧磺百斤,需炭钱八百文,工食钱三百余文,瓦罐钱二百文,运砂到炉,运磺到局,力钱百五十文,连前项千斤之砂

价已合成二千四五百文，与树蘅前所禀二圆六角之数不甚悬远。近日所炼皆系尾砂，出磺甚少，中含晶石，瓦罐动经爆裂，又值米贵银贱，据闻皆小有亏折，而尚无告假辞卯者。一遇好砂，凝液较多，沾利较厚，即前所谓不止千斤可烧百斤者是也。树蘅承开之锡坑，暗窿所出磺砂，询据质地甚好，炉户争先估买，每砂百斤，愿缴价洋壹圆壹角，盖冀以前之不足，取偿后之有余。至征税一事，穷民鹄形瘁体，终岁勤劬，既不准其走私，又欲征其砂税，窃恐力有不给，仍不免于生弊，且向来砂归炉户自采，故有砂税之名。今窿归官开，砂为官物，另征砂税，名实亦有不符。查以前磺斤缴库，每百斤发库纹三两数钱，今连一切用项，只银圆三圆，合库纹二两之谱，无形之税，已寓于轻本中矣。如必缴税，以应部章，似可即如磺务畅销赢羡中，酌提若干归库，以合则例。总之收磺一事，得人则风清弊绝，涓滴归公；不得人，则百孔千疮，利归中饱。欲验私弊之有无，先观所收之衰旺。本山产磺，岁不下二万石，而桂阳州及外来委员，每岁收买报上之数，从未有至三千石者，走私多而归公少也。与其多所征求，迫使行私，宁给价稍厚，俾之瞻恋，以就我范围。公中之事，知无不言，树蘅愚蒙，以为此项砂税应请免抽，以示体恤而塞流弊。是否有当，仍求核示祗遵。六月二十九日。

禀总局言明窿矿苗进露，请加发巨款

上月二十四日，因锡坑暗窿到砂，曾将大概情形单报在案。本月初十日，所开明窿亦矿苗进露，连日加工采获，大如十斛之瓮、百斛之囷，磊砢璀璨于崩岩石罅间者不可数计。取之既不费力，约计一日夜所出不下三四百石。最奇者，明口深至八九丈，周围十七八丈，前、后、右三方皆砂石结成，毫无倾陷，惟向左土性稍疏，一若生成大口，以备千夫之采。四山新旧暗窿之水悉归槽底，用龙骨车数具衔接以戽之。水既有归，以后无论明窿、暗䃴，四季皆可打矿，无灌浸停待之患，是利在一时者犹小，利在后来者无穷。凡此实非初意所及料。现在正将露出之矿加班采斫。据询若再于槽底挖深一二丈，便可达前年商人所开之海口。海口者，白石结成篷壳，由石壳穿一方洞以达下层之谓也。海口以内之水，闻不甚多，惟须改用竹筒车，以利抽吸。当此豁然开通，形象呈露，按之初到山时䃴夫所述砂路、䃴路，无一不相吻合，因悟西法之必用钻机，当在未经开采之新山，若久经开挖之山，䃴夫穴地寻觅，惟在历年，砂之有无，知之已稔，焉用悬机试探为哉？就现在情形论之，此矿可望有成，当不至虚糜巨款。惟邹提调临发时嘱动款至二千金以外，便当请示候批，今矿苗既大出，与该提调在山时所见不同，可否由树蘅放手办下，以求畅出，如荷允行，应恳饬发现银一万两，派炮船径送近山之松柏，交分局领收，以资支放。附呈黑白铅净矿各四箱，箱各百斤，以备察览。八月初九日。

禀抚部院陈恳请交卸水口山矿务

树蘅自本年二月奉委开办水口山矿务兼收砂炼磺等役，自八月明䃴到砂之后，各暗䃴亦续出不穷，承叠发大款，所请辄允正，当矢竭愚蒙，以图报称，何敢苟图安逸、负知遇之隆？惟自忖实有不能久任之处，敬为宪台一陈之。常宁去岭峤不远，风土炎热，而产矿之地夹有磺砂，磺水涩劣，饮之辄病。树蘅自六月以来，疮痍遍体，不能坐起，邹令来山时曾目见之。近虽较前稍瘳，而胃脾受克，驯至饮食少进，精神锐减，滥竽不已，瘝旷必多。又胆气素弱，遇有可惊可愕之事，必忡惕累日。水土之役，本极危险，丁夫万指，调驭甚难，九月间因䃴路崩陷，连伤数人。时当深夜，大雨如注，呼謈满山，悬赏援拯，无人敢应，其时正患寒疾，览兹险状，心胆俱碎。至今思之，犹有余悸。始知诸艰历试，断归精果勇健之才，委非轻材弱植所能胜任。且官中之事，贱异贵同。树蘅质性颛蒙，素无阅历，尤于办事非宜无已，惟有吁恳宪恩赏，准派人接办。见在出矿尚旸，诸事粗有眉目，得人守之，可冀日起有功。是在宪台择能而使，则此矿可望有成。树蘅亦得以戢影家林，养衰疲而全顽钝，则感激鸿施，永永无既矣。十月二十九日。

抚部院批

禀悉该绅开办水口山矿务，用心良苦，收效亦最捷，且于地方人情，均甚浃洽。平时既负贤能之望，临事益征名实之符，佩慰何已！该绅学识优长，用意诚恳，方将出其素蕴，宏济艰难，矿务特其所见端耳。本部院不自忖度，创为此举，惟赖二三君子共相佽助，冀底于成，何遽亟思高蹈，翩然翱翔于云霄之上乎？仰即勉竟全功，以副勤望。所请应毋庸议。

禀抚部院陈言明暗两礲出矿情形，兼陈山潦暴发，极力抢救，幸免于害

自节麾于上月二十二日到山验矿后，眴经半月之久，明礲出矿尚如旧。惟锡坑暗礲皆穿废洞，水土之崩陷，礲路之险恶，时用惊心。该处居两山之间，地形逼仄，不能如町礲之敞开大口，自当照土法穴地而入。询据槽底藏矿尚多，如欲深入，必需用巨木装礲，始免坍塌。查杉木之较大者，聚于永州之黄石港地方，已派人赴港采买，约计采运到山在一月以外，只合暂时将礲停挖，以待木料之来。明礲出矿日以四五百石计，矿质纯净，敲出可得九成。查本山向来商采之矿，至净只得五成，甚至不及五成，今日出虽止四五百石，以纯准杂，犹之八九百石也。果能长久不变，此矿可望有赢。惟敞成大口，合众流为一泓，车戽稍懈，动遭淹灌。上月二十八日夜，雷电大作，猛雨如注，岩泉山溜，百

道俱飞，盲风灭炬，呼謈满山。儿子基植督率司巡、监守、车夫极力戽吸，直同河员下埽，与水土争旦夕之命。车至半夜，风雨稍息，仰邀庇借，幸免灌浸。然经此巨警，譬之新军猝遇大敌，既能坚卓不败，以后亦知防御之法，虽有小警不足虑矣。现在将𨫼口周围挖成深沟，以防山水溢入，加派巡丁昼夜监督，水夫毋使疏怠。树蘅亦矢勤矢慎，奉此心以与矿相磨，不屑欺饰以要功，亦不甘坐废以失己。所以报塞尊命者，如此而已。日内已将山内住厂翳盖完毕，拟择日由松柏搬入，以便照料。知关注念，并此附陈。丁酉三月初四日。

禀总局请暂停磺炉，并试办转盘、拖砂，置堰通船

本山磺务自光绪二十二年五月起，至本年九月止，共炼成净磺六千石，均派船运交宪局核收，连砂价、运费、薪工、炉用、竹篓、管索、纸张、油印，每百斤合成银圆二圆八角五，迭次报明在案。除将铅𨫼杂出磺砂售与炉户，收入价洋五千二百一十圆外，实销银圆一万一千九百一十圆，扣成湘平银八千五百余两。闻省城磺价百斤合湘平银四两四钱，是此届磺务虽非奇赢，尚有余利。惟山内磺砂一种，专恃锡坑一𨫼所出供用。该𨫼自二月停采，取出之砂业已炼尽。应请将磺务暂行停办，俟出砂畅旺之日，再议开炉。炉既停炼，所有该管之司事、巡丁人等自应一例遣撤，惟各𨫼出砂尚旺，原设司巡不敷分派，又叠次下砂至松柏上船，历来未设堆栈，每逢起运，率由局中派人至河埠经理，尤觉分布不来，应恳将管理磺炉之司事、巡丁酌留四名归入局厂，随时分派，以免疏失。又，分局取矿，以摇钱树下一𨫼所出为多，现在𨫼路深至三十余丈，幽深峭折，恃梯以通，出入最险之处，至矗梯于悬岩之上，尤觉阽危。向之日可拖至十八九转者，今减至十转犹嫌其多。自非矫捷精健之夫，往往望岩而返，而此项壮丁多怙恃其能，动辄把持，以期加价。近来每名于应得工食外，另给

加班钱三四十文，而应役仍属寥寥，加以乡俗于年节午节、趁墟赛会、尝新祀祖，必须告假数日。其因分秧割禾、捋收茶子、自营生业，散班之日尤多。致此蕴藏甚富之礲，出矿难臻极盛，若绳以官法，概不准假，觉非情理所安，若用重价和雇多丁，无论下班与否，均归局中豢养，则一日夜须用拖夫二百余人，番代数盈五百，未免虚糜禀食。此时西法既因费巨未易举办，而人夫又如此短之，不得已拟一权宜之法，用巨木百十，照礲口之宽窄截之横架礲内。每空以三尺为度，另取长大杉条镶成四尺宽、八寸厚之板衔接，铺于横木之上，随路之斜度直下礲底。板之两边刨成深槽，槽内安设铁轨，如其长之数。另造四尺长、三尺宽之竖木架，架上置柜盛砂，架之四角嵌以铁轮、轮与轨相摩，务求吻合。礲口之外，仿巨艑缴矛之辘轳，缠以四十丈栟榈巨绁穿入轮架之上，日夜用夫十余名轮流缴之，架轮循槽碾动，循环不息。现已制成十数丈于山坡试验，尚觉灵便。若施之礲内，亦能合用，则化险为夷，可以济夫力之穷。又，由山运砂至松柏，市百斤给钱五十文，通一年计之，约在六七竿以外。将来出砂畼旺，所费犹不止此。查近山二里有小水入湘，计程十里，水涨可以通舟。惟农民沿流置堰灌田，堰之高者丈许，低亦数尺，碍难顺流而下。若于原设堰头之下，节节加置新堰，将水托平，略如滩河筒车之作坝蓄水，约计加至十数处，小舟可以放行，所费至多不过两竿。若因堰水湍急，空船不能上驶，则仿浙东用牛拽舟之法，亦不患无法以处此。现在两事，皆次第议行，如能粗有成效，当不惜工本，精益求精，特善作不必善成。近世曾文正之锐首木脾，左文襄之独轮小车，当其冥心孤往，自谓举无遗策，后皆不甚合用。自顾何人敢谓闭门之造遂能合辙？惟当此丁夫把持，计无可施之时，不能不设法以求变通。谨将办法略陈，仍候办，有头绪再行恳请核夺。十月十八日。

禀抚部院俞言试办土炉情形,并现在矿产旣旺

窃树蘅于三月禀辞,蒙谕将山内黑铅矿一种开炉试炼,以验出银之多寡。到山以来,适当发砂事殷,猝未兴办。近始招集炉匠,就局门外支盖草厂,试开一炉,自本月初一日起至十四日出炉止,约计净砂百斤,炼成净铅三十六七斤,净铅百斤提出足纹银四两零六分六厘。虽砂质有良楛,炼出之银轻重容有参差,而大致不甚悬远,除去一切炉用、工食、薪炭之费,约计净砂一石连银、铅两项扣算,可得实银二两一钱四分之谱。二月奉批牍,黑铅矿每吨只准估价银三十两。六月奉提调槭示,黑铅价值渐涨,每吨可得洋例银四十四两四、五钱不等。今若依三十两一吨估算,卖矿不如开炉。照四十四、五两一吨估算,开炉又不如卖矿。贸迁无定局,宜择所获之厚者以就之。宪台钧陶万汇,盈虚衰旺,自妙权衡,固无俟树蘅之思深出位。惟既经试炼,不能不辜较实数,以备钩稽。此试办土炉考较一切之实在情形也。现在各礶出矿仍旣,每日约在千石以外。查山内已经出土之矿,敲至年下可得黑铅矿二万余石,白铅矿四万余石,以现在亨记订买之价估之,不下十余万金。而续出之数尚难预计,惟愿湘流不至浅涸,挑夫易于招集,经费不至棘手,三者得而事集矣。树蘅渥承知遇,断不敢始勤终怠,辜负恩知,亦不敢余粟余财,自沦污下,惟冀稍宽程督,沛发大款,俾得一意从公,激励徒众将人各程材,而地不爱宝,从此源源不断。其于宪台裕国便民之至计,或可裨补万一乎?清泉一学,士习尚为安静,树蘅到任以来,每月以一半驻山,一半居署,矿务固不敢抛荒,学中亦尚能兼顾。合并陈明。己亥八月初二日。

禀复总局遵查碓臼冲铜矿情形

六月二十六日案,奉宪台札开云云等因,遵于七月初一日,

遴派司事宋达三随带局丁三名，驰赴所谓碓臼冲地方遍加访问。旋据该司事回称，其地山谷峻深，全系石体，上年有人入山开办铜矿，其姓氏与此次具禀人相符，惟名字则遍询山邻，皆称不知。所开礲口两处，有一口深至十四五丈，一口稍浅，皆凿石直入，礲内砂路高五六尺，宽七八寸，前后打出之矿二百余石，铜矾各半，经桂阳州炉户买去百余石，尚余六十多石寄存近山民家，封锸一小屋中。现在两口均被水浸满。礲口之上，仅余草厂二架，无人居守，据询停采已数月，临去时尚有再来开挖之说。凡此皆该司事督同局丁亲自履勘之实在情形。附呈铜、矾矿各一封，由该处礲口拾来，乞赐核收。至抽税一节，如果该商再来开采，俟其矿旺之日，另行派人抽提不迟。若见存民户之砂为数无几，似可免征，以示体恤。惟查存之砂，仅只此数，一小船装运有余。该商求发护照，不宜多给，以免流弊。是否如斯，伏求裁酌。

禀复总局水口山地形、河道，并请将督运委员移驻松柏

窃前奉提调函示，"饬将礲厂在县治某方，距治所若干里，离水次若干里，或大河，或小河，由山至河埠中间有无转运处所，陆运每石力钱若干，水运每石力钱若干，逐一开单具报"等因。查分局水口山地方，在衡州府属常宁之北乡，居湘水之东。下至衡州府城，水路百零五里，旱路七十余里。上至常宁县城，水路百一十里，旱路七十里。左湘水，右名茭源河，桂阳州水入湘之口也。由水口山至湘岸十里，石路平坦，濒湘有铺户七十余家，地名松柏。分局发运矿砂皆于松柏上船，陆运十里，百斤给力钱五十文；船运长沙，百斤给力钱五十三文。水力一项，先由分局给付七成，其余三成候到长沙由宪局补发。砂数或有短绌，即于三成水力内扣赔。每当发运之际，派司事一人、亲兵数人侨居松

柏,凡验票过称、发给力钱、誊写运单、颁发船旗之事,皆属之。俟各船领运已毕,即将该司巡人等撤回。故分局开办三年有余,从未尝设过转运局。此地形、河道与夫办理短运之实在情形也。近来出矿渐旺,除运至鄂局外,山内屯积尤多,每奉札起运,不苦于挑夫之难集,即碍于水涸之难舟,因把持而遽加挑夫之费,未免长其刁风。因水落而有愆,趱运之期何以上符宪令?近查松柏地方新建财神庙一区,屋宇闳阔,可堆矿砂数万石,若派人长驻庙中,日役挑夫百数十名接运、灌运。水涸堆积庙地,水涨悉率上船,靡日靡月,循环不息。事既出以从容,一切夫徒抢攘、称难测准、滞楫难行之弊可以悉免。昨以此商之市人,佥谓事属可行,且愿将庙宇借用,不收僦值。惟设局必须添人,而添人必须添费,当此度支艰难之际,何敢位置多人,致滋糜费。伏思宪局派来监砂催运之姚巡检庭熙,朴实耐劳,不同寻常末职。究竟山内之事,各有司巡,不烦该员程督。今若将该员移驻松柏庙中,专管收砂、上船之事,由分局酌派巡丁数人供其驱使,在该员化无事为有事,得以展其所长。在分局改短运为长运,免至临时棘手,有添开局面之名,无加设委员之费。昔人所谓"事一而两得"者是也。惟由庙下河尚须加给力钱三文,应请核准,以便归档造报。合并陈明,伏祈裁示。八月十一日。

禀布政使锡言磅亏事

前奉札"以分局迭次解运黑白铅砂,其原装数目核与湘、鄂两局,所用西磅斤两不符,饬谕发砂司事,遵用前所颁之十六两八钱本称,不得仍用民间常行十六两之称,以免参差而杜流弊"等因,仰见尽筹缜密,综核无遗,捧诵之余,莫名钦佩。伏思凡事利弊相循,弊不除,是利皆私利,乘其弊之甫萌而遏绝之,察其弊之所在而铲除之,上下并为一心,虽不敢谓百无一疏,而因缘中饱,侈然无复忌惮之习,庶几鲜矣。分局自光绪二十二年开办此矿以来，亦思搜剔弊私，免至公家受损。无奈积习已深，虽极力禁止，而罅漏仍难尽绝。今奉宪札垂询，谨将斤两不符之弊约略陈明，幸加察焉。查分局运砂底册，光绪二十二、三等年，欠称尤少。自去年春季起至今年六月止，前后运过黑白铅砂十一万一千三十石，除末尾两帮尚未奉到回批、不能计其赢亏外，其已奉解批者，积欠至二千三百三十七石之多。是弊萌于去年春夏之交，而极于今日。若不严加检核，势必靡所止届，流弊不可胜言。惟分局历年所用之称，皆系十六两八钱，由树蘅亲手较定。去年四月因事赴省，经总局收砂郭司事当面齿定，以后每砂五十斤，总归作六十九磅半，以包失耗。回山后，即照所定磅数循用到今，较其铢两，稍溢于十六两八钱之数矣。今岁挑夫屡次把持生事，皆以称砣加大，要求增加力钱，即此可证用称之不小。然每次掣回解批砂之短数仍如故，及传船户鞫问，则咸推诿于省局收砂者用磅之未能测准。窃磅之为用，关捩一有抵室①，则铢两差忒积多，今砂数之不符，是否船户之偷窃，局丁之不善用磅，皆不得知。至分局承用民间常行十六两之称，则实无其事。然毖后不嫌于从严，奉公何容于自护？此后惟有严督司巡，遵用颁来之十六两八钱之称，以求有赢无绌，并仿造数条。仍令船户亲于水次验称领运，以专责成，再有少数，惟该船户是问。亦恳宪台饬谕省局收砂司事平其权衡，以免船户借口。似此水陆上下，合力维持，各有司巡，责无旁贷，斤两不符之弊或可少祛乎？树蘅愚蒙，罔知忌讳，谨将遵办缘由并以前所用称砣之处，据实禀复。伏祈察核施行。八月二十日。

---

① “有”，原作“切”，据文义改。

禀复抚部院俞及总局龙王山不宜交商人开采，及遵查职商曹某等是否良商

七月初六日，奉宪局札开，案于本年二月初五日，据职员曹玉成、高登瀛、唐文经、吴吉庵、朱秉圭、谷立夫等禀请开办常宁北乡龙王山铅矿，邀同保人周万胜出具切结，当经批示。查常宁龙王山铅矿苗路极深，非厚积资本不能开采。该职等集有股本若干，有无实银先行存放，未据叙明，所禀情形多不切实，未便核准此批，牌示在案。嗣于六月初六日，复据该职等禀呈股本数目及存放地方清单，恳请给帖试办前来。除由本总局批示，查龙王山山地、田亩并系官产，光绪二十二年设局开办，支销经费银五千六百两有奇，又曾发给津贴蒋莹等试办亏项银圆一千五百余圆。若归商办，岂能置之不问，加以礲深功巨，尤非资本充足不能集事。兹据该职等开呈股款清单前来，究竟存放数目是否属实，必须逐一切确查明，方足以昭凭信，应候委员查复核办。至前禀所列具禀姓名，有谷立夫一名，自称孝廉，查谷立夫即谷虚怀，并非孝廉，亦断无有自署孝廉之理。即此一端，已近荒谬，近来各属禀办矿务之人，时有借帖招摇情事，极应详加考察，以昭慎重。应并候查复核夺。此批牌示在案，合行札饬。为此札仰该训导即便遵照查明，单开各款是否属实，拣派妥实司巡前往存放行户，密切询明实在情形，详细禀闻。至曹玉成、朱秉圭等是否殷实，一并考察禀复等因，遵即遴派司巡前赴县城及烟州地方密访，据查曹玉成县属并无其人。惟光绪二十二年水口山未经开办之先，有曹龙光寓居松柏，口称奉督宪札谕来此办矿，到处招人入股。经前常宁令龙起涛屏逐出境，以后踪迹遂不可知。唐文经亦无其人，惟春间有职员唐子卿，具禀请开凉水冲矿务，宪局饬树蘅与赵令润生登山履勘，时唐子卿亦经到山，查该职近

年常以招股办矿为事,上年曾窃汤绅叔先职名,请开常宁各乡矿务,经汤绅禀县词内有"职虽不肖,亦断不至与痞徒为伍"各等语,比经赵令将原禀发出,交唐阅看,旋会同树蘅将会勘情形禀复在案。今曹玉成是否即曹龙光,唐文经是否即唐子卿,虽不能凭空臆断,核以两人前后踪迹大略相近。既有的保周万胜,不难一鞫而知。查谷立夫,原常宁北乡著名富户,由附生报捐同知衔,并非孝廉。光绪二十一年,有清泉贡生蒋某等禀开龙王山铅矿,山下之田大半为立夫与侄谷顺昌之业。矿水害田,众情愤怒,立夫叔侄不合,随众出阻,经蒋某等禀前院宪陈委员查办。及树蘅到山查悉原委,饬令立夫将近礶水田五亩捐出销案。该职所居距水口山二十里,此次传至,示以札谕,不胜惶骇。据云实不知情,且岂有因害己田随众出阻几于蒙祸之人,此次复入股开采之理?比经具禀求请除名。至唐所禀存银铺户廖详美,住常宁县城北正街,发函询之,据该商复函,并无存庋银两之事。其余李振升、黄广发、朱新发皆系贩买烟叶为业,成本不过一二百串,既系零星小贸,自不能存放万金之多,遂亦未加传问。窃维湘矿开办之初,地方绅富容有集股开矿之事,及久而无效,遂皆缩手,于是请帖办矿多系地方无籍之徒。一次未准,变名再渎,甚至一山化作两山,一人变成两人。诚如宪谕"近来各属禀办矿务之人,时有借帖招摇之事"。是此次曹玉成等所禀情节,早在洞鉴之中。惟是龙王山地方,当喻守光容开办时,尚有谷立夫输出山下水田数亩,该守停采后,将田移交分局,旋由分局禀请捐入常宁筹防局作为公业,沐批在案。是该处久成官地,即欲开采,亦不能让与商人,且前年颁发章程,官办之矿五里路不准商民开采。该山距水口山不过三里,于官矿大有妨碍,于旧章尤属不符,即令曹玉成所禀股友无一非殷实之家,商号所存二万数千金,绝无丝毫捏饰之处,昔年喻守开办所耗之五千六百金、一千五百余元由该具禀之人分厘缴足,职愚尤以为不宜准开。何况所禀全属子虚,其人皆无一足靠乎?其应如何传集保户,交出具禀一干人予以薄惩,以绝玩侮而省激聒,杜后患而全大公之处。宪台自有权衡,树蘅不敢妄议,既经奉札行查,理合将实在情形密陈,并将谷、廖两人缄牍上呈,附案备查,伏乞察核。辛丑七月二十三日。

抚部院批

商人请开矿厂,禀词多不可靠,嗣后无论何处禀请,务须仔细考察。仰矿务总局遵照办理,并饬该训导知照缴。

禀抚部院俞及总局言白铅砂敲刷已净,毋容再选,宜广求销路,以收利权

窃分局所采白铅矿一种,合已敲未敲估计不下二十万石。各礲仍日出不穷,局地褊仄,棚厂占去大半,正拟陆续起运,销滞积以空地段。前月二十八日,奉提调来函,内开白铅矿一项,经驻鄂委员来信,谓由亨栈指出"此项矿砂多敲刷未净,只能归作四成,以后应加工精选,免滞销路"各等因。奉函之后,一面传谕管理敲砂司事,严督敲夫,认真刷汰,一面挑选敲夫中技艺娴熟者提入局中,令于各堆厂内挑取已经过敲之白铅净矿过磅,较准铢两,交与该敲夫等过细再敲,敲毕仍用原磅过称,除敲碎灰屑不计外,约计百斤尚得七成有零。窃思精金入炉,犹有失耗,矿经捶碎,岂能复原,是此二成有零之灰屑,皆由过于求精所致,非原敲之果有未净也。凡事经历久,则情形愈熟,此矿开办已经六年,初至容有未悉,近则规模略具。不特树蘅粗有体验,即同来之司巡人等,无一不知办矿质之良楛,察丁役之惰勤,大都精益求精,不致受敲夫弊混,是以矿之运往鄂局者,前后不下三四十万石,该栈毫无挑驳,何至今日始有敲搕未尽之言?且银、铅两

矿，由敲夫一手分出，不净则均不净，何以银矿未闻不净，独铅矿失耗甚多？况分局历年办法，自出土而敲、而淀，节节皆由该管司事按日开单呈报，以资考较。佳矿可敲五成，劣亦可几四成，夫以初出土之毛矿，归净犹可牵四成，何至已经过敲之矿至如该栈所云只得四成之理？是四成之说，难保非该栈意存挑剔，又希如锑之减价，虽不能坐以必然，核以此番考察之实与前后交易之情，殆不能无疑。各口通商以来，中国受亏不浅，丝、茶为其大宗，若售矿又经垄断，无论各处矿务已成弩末，即令宝藏大兴，珍奇瀵涌，徒为我国添一漏卮，外人增一利孔，不如停采息役之犹得中策也。妄谓与外人交涉，不恃有可守之约，贵能伸自主之权，就矿之一事论，一与订约，交砂未满品，或另与他国市易，彼能执约而争。矿之成色，前后并无不符，一经挑剔，我不敢执约与论，何约之可凭？见在办理鄂局之委员，以宪台察吏之严，当不至敢于作弊。然职愚以为专恃一二人与一栈相磋磨，日久而渐生流弊，何如多委干员，遍历津、沪、闽、粤通商之埠，广求销路，免至专受一方之把持，万物久则变，变则通。所谓变者，始终不外班氏所谓参离钩距之法。盖欲问麦价，先问稻人。得于此，则于彼是也。此事不违公法，无碍约章。我之因应无方，彼将失其所恃，此又可以臆度者。抑更有变通之一法。查桂阳州土炉专炼白铅，约计每炉一座炼矿砂二石，二石之砂可烧成净铅四五十斤，或五六十斤，连薪炭、工食并一切炉用所费，不上三两。查白铅之价，百斤可贸十四五元，若于近山闲旷之地开炉百座，由宪台委员司之，不须三年，可将二十万石之矿砂炼尽，除去炉用，可得价洋六七十万元，以后只求铅之销路，不必以矿之窒积为忧。而以三石零之矿炼成一石之铅，省出水陆用费，又在二三万元以外，以供炉局委员、司巡薪水，局用有赢无绌。若虑铅仍仰售外人，犹恐销路难畅，则昔年督宪张与前院宪陈论矿书，明言白铅为中外通行之物，现在汉口百斤可卖洋例银十两，只患难采,不患难销,督宪究心商务有年,必能考究翔实。何况铸钱参铜、制造军火,此种铅斤为用本广,果能悉心疏销,何患无人过问?所谓伸自主之权者,此其一也。今若不先辜较得失,一切悉依该栈四成办法计,敲夫一名每日只能敲出百斤,非用工二十万不能尽此山之矿。此项加敲之费,不下三四万串,而以二十万现成之净矿作四成牵算,只得八万石。以现与亨达利所订百斤值银一两三钱零核算,仅得银八万余两,除去加敲之费,实获不过六七万两。开采出土,运送到鄂,并初次敲洗之费,尚不与焉,孰得孰失,可考而知。树蘅职司开采,本不应为此出位之思,且既不以得矿之衰旺为矿人功过,更无须辩论多少,以为将来幸恩委过之地,徒以在事有年,粗知利弊,蒙宪台不以寻常见待,而事关湘矿甚大,不能不罄竭一陈委,非护短而有竞心,实因受亏太甚而有惜心也。不然岂不知遵照来谕,但求每月加发数百金以为加敲之费,演演漾漾,直前办去,可以免过,可以省烦,胡取于云云不已也。悬悃之私,宜蒙亮察。七月二十五日。

抚部院批

据禀,计虑周密,筹算精详,足见实心任事,深用嘉许。其应如何办理之处,仰矿务总局确核妥议,详覆饬遵。此缴。

总局批

据禀,所筹各节,最为探源知要之图,本总局夙夜思维,极欲从长计画,以求精当者也。售销各矿,不专恃亨栈,是其本谋。白铅砂一项,销场较狭,筹销之道,尤未尝稍留余力。汉沪各洋行,凡可以承销矿砂者,均经设法交样议盘,数年以来,多无成说,又恐内地洋行或尚惮于经理。闻蔡守灏元游历泰西有年,情形极为熟习,托其寄样英、美各国试探销路、售价,比得覆信,知锑砂、黑铅砂均有销路,价亦得中。惟白铅砂以货低销滞见摒。

又以托粤商郭承炜寄样日本，亦以锑砂、黑铅砂易售，白铅砂难得优价，不肯揽销。由此观之，非尽由亨栈故为抑勒可知。至津、闽各处，未闻有著名销矿洋行，若派人四处询求，不惟销主难得，且虑外人哗言湘矿滞钝，愈形窒碍，其实若能大贬价盘，但求脱卸，亦自不患无人承揽，此则尚须再筹良策者也。外间销路既如此其艰，舍自炼而外，更无办法。光绪二十二、三年间，迭经筹议及此，遍觅桂阳土法及仿西法各种炉司试行提炼，通盘划算，月有亏折，是以中止。兹据禀陈及折开各项，似可有赢无绌，见在亨行所订白铅砂销数已将交满。以后销路，此时尚未筹定，自应设法自炼，以免滞搁。惟创办之初，诸事务求节约，若委员经理一切，局厂薪粮为费不赀，应即暂由该训导妥筹兴办，于该山附近择地建厂，招集著名炉工，酌议炉座若干，加派司事，刻期集事。一切用费，另行具报。开办一二月后，体察销路情形，再行估计赢亏，酌拟禀办。至该训导百端勤劳，未宜更以烦难相浼，然此事颇有关系，又为节用起见，当亦该训导所不辞也。此缴。

禀抚部院俞言蒋道德钧与英矿师布卢特来山勘矿情形

上月，蒋道德钧奉委伴英国矿师布卢特来山。该矿师亲自下巃验看，出称“砂路之宽，不特中国所无，即外洋亦罕见。土法办理至如此整齐，去西法不远，惟惜糟塌不少耳”。及告以白铅矿销路不畅，宜如何设法疏销，则谓津、沪两制造局承用白铅，皆由外洋运来，其实外洋所卖之铅，实收中国之白铅矿所炼。若于本山设炉煎炼，以供津、沪两局之用，则银不外溢，铅不外求，何患揽销之无人？随指松柏下五里茭源河口可供炉地，并指近松柏入湘小港，问上游隔水口山有多少远，可通舟否，告以只隔二里，惟溪水一写无余，不能胜舟。则谓宜多置堰头，将水蓄之，亦自有济。所言与树蘅昔年所上沿溪置堰条陈暗合。以上皆由翻译传出，诚不意以越七万里初到此地之人，而能事事精审至此。查山内白铅矿一种，合整块碎砂计之，不止六十万石，各𥕢仍日出净矿五六百石。洋炉一座每日可烧矿砂四十吨，每吨千六百八十斤，合成六百七十二石，即设炉三年，不足以罄此山现有之砂，是无矿以供炉炼一层可不必虑。诚得遴委廉干笃实之员就婺源河口开设洋炉一座，先行文津、沪局董，以揽销路，百数十万金之款，二三年中可以立致。此事蒋道深以为然，即前来之李令正，光亦以欲振兴水口山矿务，舍此别无办法。百闻不如一见，两人皆经到山验看，故所见略同。惟主办务先得人，而得人亦殊不易，是在宪台之善其用舍耳。知关廑念，谨以奉闻，伏希垂察。壬寅十二月初五日。

禀抚部院俞辞特科

窃树蘅于十二月初三日，准清泉沈令移知奉宪台札开遵旨保送经济特科，蒙采及葑菲，以贱名附入剡牍，伏念。树蘅生长穷乡，学识梼昧，自蒙宪台委办矿务，不过率所应尽之分委，非别有专长，乃蒙善善从长优加考语，并于性情、学术推许逾分，捧读之余，且感且愧。窃特科为朝廷旷典，较康熙、乾隆博学鸿词之举更觉优崇，自顾何人，敢膺兹选，且年逾六十，气体衰疲，今年二月大病之后，至今尚未复原。无论辁材薄植，不足以玷巍科，即此孱病之躯，其不能当明试也审矣。先是本月之朔，奉学宪柯札开，亦蒙举荐特科，与宪台不谋而合。诚不意肤学浅识，叠蒙大府之知，征檄频仍，彷徨终夜，欲计偕以副盛举，崦嵫之余景无多，欲却扫以谢简书，知遇之隆，情难拂出，处进退戁恍难双。继而思之，与其滥竽充数，致累知人之明，不若善刀而藏，得安愚陋之素。为此缕叙下忱，乞加宥察。凡所陈乞，委非矫情，诚得谅及隐微，不相敦促，则骀驽伏枥，当长鸣以报知己之恩，蝼蚁全私，益矫首而荷成全之德矣。十二月十四日。

湖南巡抚俞片奏

俞廉三

查清泉县训导廖树蘅，学问渊博，践履笃实，性情爽直，条理井然，经史而外，中西政艺讲求有素。调署清泉县训导，委令就近办理常宁水口山矿务，已著成效。臣于前年赴衡州阅兵，亲往查看，见该山横亘十余里，厂屋栉比，丁夫数千，悉以兵法部勒，秩然不紊，足征威足御众，力能任事。

禀总局言起运万吨白铅砂情形并请交卸矿差

闰五月初八日，奉宪局提调函开"亨达利洋人来湘，复欲揽售白铅矿，已经禀商层台，允订万吨，共议成价银一十九万两，订于今岁腊月、明年十月分作两批将砂交足，价银亦随缴。若能于今年腊底将两批一例全缴，则第二批之五千吨，每吨加银一两，综计已多得价银五千两，且年内添出十万两之进款，以原订明年十月之期，扣算每月七厘行息，又可赢息银七千两，祈速饬兴办，以济急需"各等因，分局奉函之后，即出榜招募挑夫、船只，旋于初十日将矿发运出山至松柏上船。从第七十三批起，截至八月十九日第八十五批止，共运白铅矿一十六万八千石，犹恐省河过船过磅不无失耗，另加发六千五百二十石，以资贴补。共计发过白铅净矿一十七万四千二百五十石，均用西磅较准铢两，交船户领运。每批遴派局丁二名，并请分防松柏护矿之澄湘营炮船一号随同押解，川涂络绎，循环不息。先准明年十月扫数者，今不及百日，将万吨之白铅矿一律全交。是皆仰承庇借，天人凑拍，湘流屡涨，故能源源灌运，不爽程期，抑亦始意所不及料者也。分局历年运砂，经费由山至松柏河岸十里，百斤给旱力钱五十文；由松柏船运长沙，省河六百另五里，百斤给水力钱五十三文，合水陆两运共用制钱一万六千串之谱。添制船旗，给发运丁伙食，砂船触礁漂失募人打捞，水陆两营更番护运、酒肉犒赏以及松柏加编木栅、局丁不敷分派短雇土人，又用去钱三百七十余串，通共动用制钱一万六千三百余串，合成省平银一万二千八百余两，均于按月报销册尾陆续划报在案，此次起运万余吨铅矿水陆运费之实数也。又据函开“今年既需运出万吨之白铅矿，已极烦劳，所有黑铅矿一种，亦需陆续起运一千五百吨，乞预为筹度，以便与洋行订买”云云。查山内黑铅净矿约存五万石，日来淮南路总公司蒋道德钧移文索取数千石以供炉炼，曾经肃禀请示，是此项银矿应否仍遵提调来函运交鄂局，抑或储存以备公司提炼之用，乞赐还示。缘山内只有此数，不能不求酌定，以便遵行。再肃者，树蘅驻矿场八年，精力渐退，去年春间大病之后，始而咳逆，继成肠风，渐至目眵耳聋、腰膝酸楚，自度精神不特不能治矿，即教官末职亦委难恋栈；加以出门日久，先垄蓬蒿不翦，拜扫久虚，每一念及，悄焉疚心。正拟上书乞假，旋准衡州府唐守迭来院札，猥蒙采听虚声，著将水口山分局交儿子基植接管，树蘅速回省局另有差委。而管理西路总公司黄道忠浩复寄上一函，略言抚宪面谕，谓湘矿关系重要，谊当勉力从公。树蘅具有天良，如果精力尚足支持，何敢苟图安逸？实缘力疲心倦，矿场经一手办成，粗具条理之事，犹欲恳求交替。总局任重事殷，自忖实难胜任，伏恳宪台俯念。八载微勤，于院宪前代达下忱，并祈别简贤能接办水口山分局之事。清泉一学，因二十五年俞院宪以树蘅本缺为宜章训导，穹远不便顾矿，遂调署此缺。今既求卸去矿务，应请抚宪饬司，将新选此缺之员到任，树蘅一意养疴故里。感激之私，永永无极。癸卯八月二十六日。

常宁忠字一团义田记

常宁忠字一团丰备仓记

常宁水口山矿归官治，自光绪丙申春始。其时，义宁陈公初来抚湘，命树蘅董其役。明年二月，公因诘戎之便入山视矿，近山之人夹道观觎。会连年旱暵，民有饥色，公凭轼恻然，谕分矿之余买谷备赈。未几，公以事去位，事未竟。举承其任者为今中丞山阴俞公。时出矿有加，于前庚子四月，公亦因巡阅纡道银场。余具以前议为请，则慨然曰："曩既有言，宁可自我食之。"乃于庚子夏檄发银二千九百两付树蘅建廒积粟，余以积谷不如置田之可久，具牍上陈，中丞与方伯今漕督锡良公并韪之。乃以属绅士欧阳藻买田百三十九亩，岁收租谷二百一十余石。另于松柏市门外购民地建廒舍两进，署曰"常宁忠字一团丰备仓"。别拟《善后章程七条》呈请核定，镌石嵌诸廒壁。于是，两大中丞嘉惠一方之事差备，树蘅亦借手以敬谢不敏焉。考常宁故孙吴时析耒阳地所建置，地望当荆之南徼，山谷杂袭，产谷少而五金之利有饶，唐以前银用未宏，采斫事稀，方志所谓茭源银场监及薛文清来县监收矿税，皆宋明两朝之事。以意揣之，九牧贡金三品，著于荆土。吴任臣《十国春秋》称马殷用高郁计，置邸开山，笼银茶之利。按：今湘、鄂两行省产银之地，莫著于常宁，如近水口之龙王山，巨石嵯峨，气势闳博，而山体受戕已深，废洞奚止千百，类非近世所凿。然则自三古以迄近代，荆州之贡焉知不即出于此？特古记略无从征验耳。与其齿者，去其角，县属之谷既不足以给众，是矿之丰于地，正天所以惠爱此一隅之民。天爱之，而受命牧民者，或不加恤焉，非所以承天也。是两中丞发地之藏以裕国，仍分矿之羡以惠穷，可谓上下交益矣。居是邦者，可不仰体上人之意，共相维娄以规为永利乎？为人即以为己，穷者得所，即富者蒙安，此又不待智者始知也。若树蘅尸此数年，不过矢竭愚陋，循分供职，以求无过，凡厥惠施，胥出于上，不敢掠美。聊述缘起，于此俾后之览者有所考焉。沩宁廖树蘅。

遵拟善后章程七条

一、此田自光绪二十六年，抚宪俞于水口山官矿羡余，酌提省平银二千三百两归入附近矿场之忠字一团，积谷助赈。札开"以二千金买田，三百金建仓"，自其年腊月起至本年春季止，先后买成熟田一百三十九亩八分，岁收租谷二百一十四石。公廒一所，建于松柏濒河之地，因原给之款尚有不敷，又蒙饬局加发银五百六十七两一钱八分。此田、仓两项之缘起也。查忠字一团，分成六隘，每隘应择首事一人掌管，另择总首事一人董之，所有总、散各首事，均须由地方公择，不准私相授受，其人必家道殷实，勤廉公正，每届以三年为率，由县官给发谕帖，以重职守。能举职者，准其久留，不准痞徒钻充，如有因钻充不遂敢于生事为害者，许首事指名禀官惩究。特此举为备荒而设，即应顾名思义，凡团内一切公事，如练团查匪、官差下乡之类，概不准将仓谷动用，违者惟总、散首事是问。

一、朱子社仓之法，春放秋收，每石以二分征息，子母相生，不十年利浮于本数倍，古今人艳称之。然法虽良美，必贤如朱子者始能行之，若典守非人，一放之后，多归无著，衡湘一带见行积谷，大半有名无实者，皆此弊也。此租略仿陶文毅江南丰备仓办法，每逢秋稻登场，颗粒皆需归仓，不粜不借，今岁如此，明年亦然。十年之后，谷不可胜食矣。年岁小歉，饥民告粜无门，由首事定期开仓碾米散粜，所粜之钱即存仓内，不许挪用，以便秋收后买谷还仓。若遇灾荒极重之年，首事先将六隘丁口查明多少，分别极贫、次贫，具造户册，视灾之轻重，按册发赈；或煮粥，或发米，计口授食，尽所有而止。盖积粟虽罄，义田犹存，以后仍岁储之，又可积微成巨。然必如道光己酉之流民遍野，方称重灾。寻常小小歉收，只准碾米发粜，不得援此以为口实。如有痞徒倡率滋闹，由首士禀县惩办。道贵因时，时果应赈，便当放手为之。不可如匹夫小家之硁硁吝惜，坐视人之死亡而不救。时不应赈，亦不得沽博济之名，致成好仁不学之愚。是在经纪此事者权衡至当，有以合丰啬之宜。

一、积谷至十年、二十年之久，中间若无荒歉，所储何可计数，若不设法疏通，不特仓不能容，亦且红腐可虑。其时应由首事禀县作主，就谷值稍昂之时，用粜三存一之法，将陈谷提出变卖，仍将谷价加卖义田，惟买田必求上腴，不得瞻徇请托，收受低业，由是赓续不已，将田日廓而租日多。古者耕三余九之制，既不能行，则保此既有之公田，以为此邦永利，士苟留心利物，其必共相维娄，而不任其败坏矣。

一、逐年用费报销宜征实，如纳粮收租、算数开销，皆有一定程则，无所容其浮费。所难者穿塘筑堰，兴修水利，补苴仓廒，与夫一切意外之事，稍不节慎，便成巨亏，其借此以图染指者，更无论矣。以后或有应办工程，必总首事同散首事六人商量估勘，无得一人专擅。设有万不得已之事，应禀官求理者，不妨多约图甲中晓事之人同来处置，可已则已，必不得已，然后告之长官。夫以抚宪嘉惠一方之义举，地方官自当为之保护，必不至纠缠缴绕，耗费无穷，此可以意得之，傥有借公生事，任意开报，希图自肥，一经查出，除追还侵款外，仍将其人摒退，求官另委妥人接办。但摒退必查有侵公实据，不准挟嫌诬堕，使任事者蒙垢，致正人畏害不来，败类乘隙而入。公事由此愈隳。

一、义仓前后两进，皆青砖砌成，一色用松木厚板装楼，工料极为坚实。前门之颏，用耒阳白石镌“丰备仓”三大字。楼上可积谷二千五百石，楼下之屋招人承佃，岁收房租若干串，仓谷即交其看守，僦价既轻，无庸另给工食，傥有疏失，惟该佃是问。此时水口山官矿未停，上进之屋暂借与转运委员作为公馆，将来若经停采，或有外来官商入山承办，即应别寻邸舍，以供转运。缘此仓既捐入地方，仓内积粟又多，碍难出入溷淆，致滋流弊，不得误认此系水口山官所，援例向首事租赁，来者谅之。

一、六隘各发二百叶大簿一本，由县给印钤缝，先取禀稿、批牍、章程、契券四项誊入简首。每年秋收后由总、散首事约定日期，设席义仓，邀请地方正绅兼精书算者六人，如期早到。首事将先年出入账目摊出，凭众清算覆核无错，然后择善书者二人楷书上簿，六簿一例。另刻"丰备仓"图章一颗，逐条戳记。六簿各制木箧盛之，归散首事分收所有契券、佃约及他字据。另制公箱交总首事收管，凡属总、散首事所管大簿契约，如有油墨污渍、虫伤鼠蛀，各人照赔遗失，除赔外罚银四两入公。总首事必择身家较大兼有物望者，所掌契约，亲书领字上簿，交卸时注销。接办者亦如之。

一、义田既经买定，日后不许兑卖，以防流弊，田亩方长圆椭，绘图于册，注明弓丈若干，不准佃人通大间小，各庄规银数目注载大簿，不许加重，尤不准佃户将田私行顶与别人。如有抗租情事，由首事禀县饬差追缴，仍勒令退庄另招，不服送县严办。用费准首事开销，但不得借此浪费。

附：

奏办湖南矿务总局宪札

照得该局办理矿务，卓著成效，所有员绅、司巡人等各有勤劳，亟应照章提奖，以示鼓励。惟本总局通计开办以来，亏累之项尚未悉数弥补，一时不能从优给奖，以酬劳勚，亦未便概从缺略，致失各员绅平日激劝司巡之意。兹奉抚部院批定，提给该局奖资银两合行开单札发，为此札仰该局即便遵照，将单开核给该员绅奖资银两，自行如数领收。其提给司巡等银两，由该局将窿厂在事各人酌量劳逸、久暂，分别奖资多寡，务使惰逸者不能幸获，勤劳者足资鼓励。至捐充地方积谷之二千金，即由该局督同水口山附近之忠字一团团绅择购水旱无虞田亩，积存租谷，以为地方备灾之用，务当建设公仓妥为储积。另发建仓费三百金核实支用，仍仰详定章程存案，岁举正绅为之经理。遇有赢余，陆续加买赈田，以期经久无弊。又捐充书院膏火之一千金，并仰该局会同常宁县发交管理书院绅士，发典生息，逐年将所入息银匀派给奖。又，该县教佐、武弁各员廉俸无多，平日照料矿事如果尚属出力，亦应酌予奖资，以资津贴，而示鼓励。另发一百金，亦仰分别酌给。以上各项，一面由该局将分别银数开具清折捐发款目，议立章程详细禀报备查；一面将捐充各项事宜移行该县查照立案。毋违此札。

禀抚宪暨藩守、局、府各宪言置买义田、修建义仓并遵拟善后章程

敬禀者：窃卑职于光绪二十六年三月奉宪台札开，录前又粘单一纸，内开“常宁水口山分局奉批提银五千两，除奖给驻鄂转运局员四百两外，计银四千六百两，一捐充地方积谷银二千两，一捐充书院膏火银一千两，一捐建义仓经费银三百两，一津贴教佐、武弁各员银一百两，一奖总办廖训导树蘅银六百两，一奖转运委员姚巡检庭熙银六十两，一奖司事、丁役银五百四十两”等因，奉此除将卑职及姚巡检与司巡人等如数分领外，其捐充书院膏火银一千两，遵于是年六月亲赴常宁县城如数交与林令泽经收转，付该县双蹲书院山长、举人吕鼎元。发商生息教佐、武弁津贴银一百两，亦交林令俵送，两项应由该令另行划报，想林令去任时已具册赍呈矣。其建仓之三百金，交与忠字一团团绅、同知衔欧阳藻，价买松柏紫宸宫对照阳姓园地，修建义仓两楹，一

色用青砖砌成，工料极为坚实，仓内可盛谷二千五百石。至购买田亩一节，衡俗将田出卖多在冬春两季，捐项到衡时尚未收割，无从求问，只得将此二千两之款储存商号，议定每月六厘征息，其中因卑局请款不时至，间将此款挪用，时存时取，得息甚微，扣至腊底，只得息银三十二两。自去年冬月起，至今年二月止，卑职督同阳绅陆续买成五契，为田一百三十九亩八分，每年可收衡斗租谷二百一十四石，其田均系水旱无虞，在清泉、常宁两县界内，濒临湘岸，距松柏义仓不远，惟是二千三百金之款，田既塍亩，畸零碍尽银收买，仓亦规模不能潦草，工费未免稍多，都计两桩用费实销银二千八百九十九两一钱八分，除将发来之二千三百三十二两之本息用去外，尚亏银五百六十七两一钱八分，已禀恳沐批照发在案。兹谨将田土契券、价值用项及《善后章程》，另具折册呈请察核外，伏求赏准立案遵行，以垂久远，实为公便。

附：

抚宪俞批六月初八日

据禀已悉水口山义仓一举，固矿产赢余，创为公利之源，具有裒益，鼓舞之意寓乎其际。现在田亩、仓廒、岁收租谷既经妥订章程，推举殷实首事掌管，规模大定，亦可预备不虞。但冀年谷屡登，不借此以资补救，则一百三十余亩之田，每年二百一十余石之租谷，月赓岁续，积储日多，逐渐推广添置田亩，将来必有可观。于民食不无小补，为首事者自当廉勤核实，不避劳怨，期于弊端终绝，为桑梓久远之利，乃为称职。其善后章程，法良意美，尤望该首事恪遵谨守，勿隳义举，不得借此他项公事擅动积谷，斯则本部院区区为民之苦心也。至不敷银两，由省局专款垫发，将来设法归款，毋庸列入该分局报销，仰矿务总局查照办理，并行该分局遵照，仍移藩司及饬常宁县立案，此缴册折均存。

藩宪湍批五月初九日

据禀已悉。仰候抚部院核实暨矿务总局批示。此缴册折存。

案：藩宪湍，即湍多布，时任湖南布政使。

矿务总局宪批五月十九日

据禀及册均悉，该绅于提充善举项下，置买义田，修建仓廒，筹办悉臻妥洽，所拟章程七条均能经久无弊，但使绅民人等逐一遵守，此利实可持之百年，所冀互相维持，毋令日久生玩，一境之中可以永无荒歉之虞。此则本总局不能不有望于将来该地绅民者也。候咨行衡永郴桂道，并饬衡州府、常宁县，将图册、章程各件，分别存案，出示刊碑，以垂久远。所有不敷银两，再由本总局另案给领可也。此缴册折均存。

衡永郴桂道宪夏批六月初九日

阅禀及章程、清册，详审精密，足以垂之久远，洵非才大心细者莫办，应准如禀立案，仰即遵照。仍候抚宪及藩司、矿务总局批示。此缴册折存。

案：衡永郴桂道宪夏，当指夏献铭。

衡州府宪唐批六月初九日

据禀已悉。所拟章程极为妥善，自可垂诸久远，准如禀立案，仍候抚部院及守、藩、局宪批示。此缴册折存。

案：衡州府宪唐，即唐步瀛。

水口山矿务局与民户李承兖家族就田地买卖签订合约

立契：退耕卖永远田塘、山岭、树木、屋宇、屋基、园土、瓜兜、沟荡、放分荒坪余地、阴阳两宅等项人李承兖、承齐，仝侄先珍、先瑞，今因移业就业，愿将祖遗分授，并接买地名羊玉凹田一处。上自老姆塘背起，至荷叶塘尾大丘止，共田五十七号。又老屋埠垦田一号，共种一十九亩五分五厘正。该民粮七斗四升正。系古八李一槐庄内出卸二斗九升三合，李明扬庄内出卸二斗九升二合，李一杞庄内出卸一斗五升五合。羊玉凹大小水塘七口，独管独注荷叶塘尾大丘田一号。水系荷叶塘并塘内荡一只，屋门首塘一口，又老屋埠荒塘一口，共塘荡四口，按分车戽注荫管放。又，接买荷叶塘村下手横屋一栋，大小屋宇一连六间及周围余地，前抵塘塍，后抵山脚。又，正屋门首禾坪平香火堂中一线，至塘塍为断。又，该屋后下手檐外余地，自滴水横量三尺，亦前抵塘塍，后抵山脚一线为断。又，下手山嘴菜园一只，及园址树株。又，门首塘放分及塘塍、瓜兜三只。又，门首塘下第一丘顺水左边，当头淤荡一只，并上手右边园成田一号。一并将来出卖，除尽房族人等不愿承受，自请中证人廖学庭、钟香山、朱汉臣，李俊臣、承兆等行言，向到矿务局捐入常宁忠字一团地方作为义田。三面言定时值永远田塘各色等项，价铜钱四百千文正。就日交身领讫，并无短少分文，领不重书。如有互混不明，系卖者理落，不与买者相干。其有羊玉凹左边山岭田断山止倒水为界。右边山岭随田倒水至新塘下，与李祖公山古堑为断。新塘上克存古坟二冢，丈尺照依上上首。又，虎形埠中坡新坟二冢，周围克存离坟一丈。其余以上各色均照上手随田出卖，毫无克存。自卖之后，田任买者耕发，粮任买者收过，屋宇、余地任听买者自便，粮明价足，永不续赎。今信后凭立此永远文契一纸。并上手四纸给与买者为据。

仝日立仝幅领字人：李承兖、承齐，仝侄先珍、先瑞，今领到永远契田塘各色等项价铜钱，俱以全领。所领是实。此据。

光绪二十六年十二月十六日。李承兖亲笔。

案：标题为整理者所加。

水口山矿务局与民户谭朴之就田地买卖签订合约

立契：卖永远田塘、泉井、堰水、水圳、屋基、屋宇、铺屋、阶基、禾坪、山岭、山林、桐茶、树株、竹木、荒坪、余地、沟荡、园土、瓜兜各色等项字人谭朴之，今因窎远不愿管业，夫妇商议愿将祖遗分授地名杉山里、杉木塘下插花刁零早迟田种一石二斗，该田系泉水并杉木塘、腰塘塘二口，身占一半，蓄放车戽注荫。又，清水塘下正洞、老炉冲刁零插花早迟田种一石三斗，该田系泉井堰水，并清水塘、老炉冲塘二塘水，按田注荫车戽二处田种，奉丈八分成斗约种二石五斗。正田名丘角，另注丈册，该屯粮一石四斗五升六合，现在后七谭春元单名出卸。又，科民粮二升九合八勺九抄，现在古四谭喜生单名出卸其杉木塘顺水左边茅盖庄居一栋三间，凭神堂中心一线为断，身占左边一半，该右边茅盖偏厦小屋、灰屋、牛栏、猪楼各屋，内外上下安就料木，各色俱全。禾坪下大菜园一只，逢中凭人行路一线，至园门口为止，左边园门口一连土三块摘补，右边屋后萧家园山岭、桐茶、竹木、树株等项，凭正屋身脉一线，至岭尖逢歧周围古界为断，系身独业。对门顺水右边石竹、牌茶、山园一座，周围古界为断，系身独业。又，清水塘右角茅盖铺屋一间，偏厦二间，内外上下安就料木，各色俱全，系身独业。右岸山岭东抵新园彭姓古界为断，南北抵田塍为止，西抵清水塘塍一线，凭田塍为止。惟有长埠出口、大沙坪一大块，上至明哲兄弟园界起，下至田塍止，左右凭山脚古界为断。又，路边山出水圳坑一条，并边山长沙田一节，身占一半，所有田边水圳任从整修，其有田塘、泉井、泉堰、沟地、屋基、屋宇、铺屋、园土、山岭、山林、桐茶、竹木、树株、荒坪余地各色等项，身名下所有分业，已载未载尽行一并将来随田扫卖。除尽房亲人等不愿承买，自请中证人陈秉钧、谭玉之等行言，向到矿务局捐入常宁忠字一团地方作为义田，出钱承买，永管为业。凭中三面言定时值永远田塘、泉堰、庄居、铺屋、阴阳两宅、山岭、桐茶、树竹、园土各色等项，铜钱五百千零五千文，正就日交身，夫妇亲手领讫，并无短少，领不另书，亦不另出书出粮字据。田有好歹，买者自见，如有重典互混分授等事不明，均系卖者承当，不与买者相干。自买之后，田任买者另发另佃，粮任买者收庄过户，塘堰、泉井任买者照田占分车戽蓄放，山岭任从买者栽种刨刬，桐茶任买者长禁摘取，荒坪、余地任听买者开垦、种植。水圳任买者开塞，园土任听耕种，屋宇、屋基、铺屋任听买者居住，起造自便。该契内田塘、沟池、泉堰、屋宇、屋基、阶基、禾坪、山岭、山林、桐茶、竹木、树株、园土、瓜兜、荒坪、余地各色等项，已载未载身名下分业，一并尽行扫卖，毫无克存，惟长墤出口山嘴坟地周围克存六尺，只许挂扫，不得进葬。粮明价足，受授楚白，永无异言。上首连共不给发，今信后凭立此永远文契一纸，给与买者永远为据。今领到契内田价等项铜钱俱已全领，是实此据。

光绪二十六年十二月二十一日。谭朴之亲笔。

水口山矿务局与民户谭元鑫就田地买卖签订合约

立契：卖永远田塘、泉井、堰水、水圳、屋基、屋宇、阴阳两宅、阶基、禾坪、园土、瓜兜、山岭、山林、桐茶、竹木、树株、荒坪、余地各色等项字人谭元鑫，今因鸾远遗业就业，母子商议愿将祖遗分授，并接买地名杉山里、柳塘冲、清水塘、老炉塘、贺福冲，共插花刁零早迟田八则，成斗约种二石七斗，正田名丘角，另注丈册，该屯粮四斗二升，现在后六谭让单名出卸。又，该屯粮五斗九升九合,现在后六谭明德单名出卸。又,该屯粮一斗九升八合,现在十七谭金单名出卸。又,科民粮一升一合八勺五,现在新八谭让单名出卸其清水塘下顺水左边茅盖正屋一栋三间,下手横屋茅盖三间,上首偏厦三间,各屋内外上下安就料木俱全。顺水右边茅盖庄屋一栋三间,左右小屋一遍,各屋内外、上下安就料木、牛栏、灰屋俱全。顺水左岸山岭、山林、桐茶、树株,挨吴茂海接买栽松树为界起,至庄屋下首周、刘、余三姓古界为断,上至岭尖逢歧古界,下至田边抵界。又,平园三只。又,罗姓屋后大园一只,四分内占一分,罗姓基地并油屋基地及门首园一只,身占一半。顺水右岸山岭、山林、桐茶、树株,贺福冲田边起,至彭人古界,至刘姓屋后岭尖,下至刘姓古界止,庄屋边下首小园一只,其有田塘、泉堰、庄居、园土、山林、竹木、桐茶、平园、荒坪、余地各色,均系四大分身占三,分身名下所占分业,概行一并将来随田扫卖。除尽房亲人等不愿承受,自请中证人陈秉钧、雷永章、谭玉之等行言,向到矿务局捐入常宁忠字一团作为义田,出钱承买,永远为业。凭中三面言定,时值永远田塘、泉堰、屋基、屋宇、禾坪、园土、山岭、桐茶各色等项,铜钱五百二十千文,正就日交身,母子亲手领讫,无少分文,亦无货债,并无逼勒等情,领不重书,亦未另书出粮字。田有好歹,买者自见,如有重典互混分授不明,系卖者理落,不与买者相干。自买之后,田任买者自耕,另佃粮任买者归收、过户,山岭、桐茶、树株任买者禁长、摘取、砍伐。园土、余地、庄居任从买者围植、开垦、起造、居住自便。塘堰、泉井、水圳任买者挑凿、蓄放、车戽、注荫。该契内各色等项,已载未载身名下分业尽行扫卖,毫无克存,粮清价足,授受楚白,永无异言。因上首连共,不便给发,今信后凭立此永远文契一纸,比给上首四张,一并给与买者永远为据。该契内清水塘一口、老炉冲塘一口,共塘二口,水按田注荫底分蓄放,四分身占三分,随田出售,并据今领到契内永价铜钱，俱已全领，是实并据。

光绪二十六年十二月二十二日。谭元鑫亲笔。

水口山矿务局与民户吴懋海就田地买卖签订合约

立契：卖永远田堰、泉井、山岭等项人吴懋海，仝男昌连今因家下缺用，夫妇、父子商议，愿将接买地名杉山里、张家岭屋门下首八石丘田一号一亩零八厘九本，田上漏丘田一号三分六厘七毫五，石路下耕田三分八厘八毫四四，猪肚丘田一号四分三厘七毫六，挟子丘田一号一分二厘七毫五，庙下首路下长丘田一号三分六厘三三，庙下大井背上葫芦丘田一号三分四厘，海园边湾丘一分九厘三，塘监子丘三分四厘二毫七，共田九号，丈明八折成斗约种四斗五升六合一勺四，该屯粮二斗九升五合，现在后六吴懋海尽庄当纳将来出卖，除尽房族人等不愿承受，自请中证人吴隆送、陈秉钧等行言，向到矿务局捐入常宁忠字一团作为义田，出钱承买为业。凭中三面言定，时值永远田堰、泉井等价铜钱八十八千文，正就日交身，父子亲手领讫，并无短少分文，领不重书，亦未另书出粮字据。田有好歹，买者自见，如有重典互混等事不明，均系卖者理落，不与买者相干。其田系茶盘堰、孟公塘、二白子、张家堰庙下、大泉井共五处，水注荫均照上首已载未载悉买无存，山岭、草皮随田刨刭。自卖之后，田任买者另发自便，粮任买洗庄过割，粮明价足，授受楚白，永无异言。今信后凭立此永远文契一纸，比给上首印契一纸，一并给与买者永远为据。

立全领字吴懋海，今领到永远契内田堰等价铜钱，俱已全领，是实此据。

光绪二十六年十二月二十三日。吴懋海亲笔。

水口山矿务局与民户欧阳鼎元就田地买卖签订合约

立契:退耕卖永远田塘、山岭、庄屋、基地、园土、沟荡、池子、树株、阴地、阳宅各色等项人欧阳鼎元,今因移就愿将分授并接买地名石角塘、上横冲塘、下垄岸田二十二号,今通作一十九号水系横冲塘二口,独管独注,左岸山岭随横冲塘起至岐角大塘头止,上至岭尖倒水为界。右岸山岭上至岭尖倒水为界,左右界内树株、荒坪、余地、沟荡,独管独业。岐角塘下左岸茶子塊垄岸田一十九号,水系茶子塘一口,独管独注,山岭逢歧倒水为界。又,庄屋门首垄岸田二十九号,水系尖子塘、火食塘、中子塘三塘独管独注,山岭倒水为界。又,颜家塊大塘背田一号,田角塘一口、井一口,独管独注,本塊垄口田三号,水系本塘注荫,山岭按田占分岐角塘下右岸老屋场及麻子塊口,共田六号,水系岐角大塘注荫,山岭按田占分。又,牛栏大塘垄岸顺右边山一带,至桥堡山嘴止,共田二十九号,大牛栏塘独管小牛栏塘,按田按分注荫山岭,逢歧倒水田断山止。岐角塘下正垄至堰边大猪肚丘止,共田三十二号,水系岐角大塘注荫,该塘放分独管总共各处田一百三十八号,奉丈照依上首合种六十五亩正,科民粮二石八斗六升,正民粮现在三十都正六区,欧阳谦益堂桥、桂八区、谦益堂三庄洗庄,当纳田名丘号,另注踏单册部尖子岭庄屋一座,一并将来出卖。除尽亲房不愿承永,央请中证人钟香山,颜子元、见能,欧省吾、王厚卿、朱汉臣、聂应臣,欧阳吉庵、印生等行言,向到矿务局捐入常宁忠字一团作为义田,出钱承买为业。三面言定,时值田塘放分山岭、树株、庄屋、荒坪、余土、园土、沟荡、阴地、阳宅各色等项,永价铜钱一千二百二十千文,正就日亲手领讫,领不重书。如有重典分授互混、清耕退佃不明,卖者理落,不与买者相干。田比退耕,任听发佃;粮比出庄,任听输赋。价比全领,并未短少分文。其有乌龟山照依上手克存旧坟三冢,除穿心五丈外,余俱出售所有契内已垦未垦、已载未载，概行扫卖，毫无克存，粮明价足，授受清白，自卖之后，永无异言。今欲有凭立此永远文契一纸，并上手一概给与买者为据。

就日领到契内田塘各色等项价钱，并上手批田一号，共价钱如数俱已全领讫，此据。

光绪二十七年正月二十八日。欧阳元亲笔。

案：原文中之“欧阳元”，应是漏掉一字，当为“欧阳鼎元”。

水口山矿务局与民户欧阳綵堂就屋基买卖签订合约

立契：永卖屋基地字人欧阳綵堂父子，今因家缺用，愿将接买地名松柏下码头第二间铺屋，基地前抵街檐为界，宽二丈七尺五寸。后抵长塘塝为界，宽三丈正。南抵公垛与杨方秀棚管为界。北抵公垛与陈厚怡棚管为界。逢中一线直长一十丈零七尺，自请中人欧阳紫青、吉庵，颜见龙等，卖与常宁忠字一团丰备仓建设仓廒，三面言定时值屋基地价钱一十六千文，比日亲手领足，未少个文，领不重书，如有来历重典互混不清，系卖主理落，不与买者相干。自卖之后，任买者自便，永无异言。恐口无凭，立此卖契一纸，付与买者为据。

立领字人欧阳綵堂父子，今领到契内地基价钱一十六千文，全领是实此据。

光绪二十六年十二月二十四日。欧阳綵堂立笔。

水口山矿务局与民户阳春坤就屋基买卖签订合约

立契：永卖屋基地字人阳阿魏氏同男春乾、春坤，孙告俫，今因需用，母子商议愿将先父接买地名松柏地字号栅门外下码头顺水左边屋基地一所，前至石路为断，后底塘塝为界，右边前伴毛家坪石塝为界，后园堑为界，左边园堑为界。将来出卖除尽房族人等不愿承受，自请中证人刘香生、颜见龙等行言，向到丰备仓出钱承买为业，凭中三面言定，时值基地铜钱三十二千文，就日母子亲手领讫，并无短少，领不重书，如有互混不明，均系卖者理落，不与买者相干。其有园内小塘一只，自卖之后，受授清白，永不续赎，永无异言。今恐无凭，立永远文契一纸给与买者为据。

仝日领到永契内铜钱，俱已全领，是实此据。

光绪二十六年十二月二十五日。命男春坤笔。

珠泉草庐公牍补遗

谢抚宪颁赏红奖禀

敬禀者：窃卑职于五月十八日奉宪台札开云云等因，奉此，所有省平银一千五百两，亦已如数领讫，具见宪台微劳不没、鼓舞激劝之盛心。闻命之余，钦感无已。窃承足此间，倏经七载，虽宪台谬加奖饰，谓成效之可观，而换己思维，实无功之足禄。乃蒙厚资颁奖，只觉颜汗频增。兹特遵照来札，得奖银五百两，银一百六十两转运委员，银一百廿两择出只余外，其余七百廿两，某经按照各司事、亲兵、巡丁、工匠及水陆各营劳逸久暂，酌量多寡，分别发给。莫不欢忻忭舞，共戴恩施。此后惟有督率儿辈及司巡人等，益加奋勉。各矿厂工，以期仰答鼓励激扬之意，除将各数目开列清折具报外，所有感激下忱，谨复禀答谢云云。

案：本文录自《时贤启笺杂钞》，第十二通。为廖树蘅禀湖南巡抚俞廉三谢赏红奖。

储谷备荒禀

为公恳出示储谷备荒事：本年湘省秋收成歉薄，惟湘西潭、宁、湘、益等属较稔。见值谷米翔贵，屯户到处收买，民恐无远虑，率皆倾廪以贪善价，连船累载，络绎川涂。若不思患预防，通筹合计，来岁青黄不接之时，势必告籴无从，比户洊饥，湘人浮动，不能如曩年山陕灾民之安静。此事尽人皆知，非职等鳃鳃之过计也。惟是筹办之处，亦属两难，抗米贵直添通，见在湘境偏灾，若有秋之地阻遏不许出境，不特灾区无从得仓，且使积谷之家金生粟死，亦非事理之平。就宁乡一县论，除零星食货不计外，他如钱粮、盐法两大宗，岁需制钱四五十万贯，向来皆赖谷米质济以资周转。今若升斗不许下河，何以清国赋而免淡食？此全禁出外之难行也。然民以食为天，一日阻饥，即难濡忍。查县属通湘之所，区分八埠，惟道林一埠谷米另由靳口运出长沙，余皆归靖港销售,常年销米二十余万石之谱。昨据靖局绅董函称,见在甫交冬令,销数已逾常额。而舟舫之装运,贩户之居奇,尚源源不止。如不趁此未尽匮竭之时,以为先事补牢之计,设将来凶祸洊臻,如前所陈之患害将临时,不免束手,后悔所无噬脐,此任其添衍不加检禁之难行也。职等再四思维,苦无善策,权衡两难之间,设为公督私藏之法,无法求宪台出示晓谕,并饬差暂将玉潭桥栅斫,限一月之内不许米船放行。旋谕团局首事备办册簿数百本,送呈冰案,盖用印花,仍交团局传送都总,散发各团,尽月内将所管团内有谷之家,无论绅粮囤贩、客租自业,悉照所收租谷米粒多少,准存三粜七。章程卷存,令该户亲笔注之印册,以备明岁乏时发粜之用。有好行其德、愿格外多存者,听或畸零小户,自赡不足,仍准变通酌留,亦不定以三成之例绳之。俟将仓口查明注册之后,旋即开栅放行,以恤商情。并求切谕邦团,不得视为具文,如有名存实亡,徒以典籍应令,来岁无谷备粜,一经告发,除将该户拘禁究办外,并治该团总以奉行不力之咎。似此通融办理,切实谕行,在宪台恤商与促民交尽,别无畸轻畸重之情,在四民感恩与奉法并行,幸免呼癸呼庚之差。其为造福,岂有涯量。

案:本文录自《时贤启笺杂钞》,第三十三通。为廖树蘅禀巡抚俞廉三言储谷备荒事。

禀总局言水口山矿场人员遴选事

奉上月十七日赐槭,敬承一切。运砂之速,由天时凑合,故能源源解济,循环无阻。计此批到埠,万吨之数,所差不多。见在船之拢岸者仍不鲜,诚得秋霖再沛,月内可以运足,不必迟至年下也。饬派司事以备顾问一节,分局所用十余人,大都朴僿欠明通,间有慧黠之姿,皆勉强以就范围,非于此道果有通晓。一经迁地,将不免如逾淮之橘,不能为良,是以不敢冒昧发遣。且各礲出矿正旺，一时难更生手。请俟稍暇之时，略加遴选送来何如？李天熊生以桐轩大令之戚，又朱菊翁所嘱，分局多添此一人在郡，其亦无固执不可。惟今岁五、六月以来，松运局员绅已添至三人，而山内草屋偪仄，全无下榻之所，或再求展数月，俟司事中有告假出缺者，再行奉邀。

案：本文录自《时贤启笺杂钞》，第三十七通。原题为《珠泉老人与总局》，本题为整理者所加。

禀阜湘公司移领黑铅砂可否照付请示祇遵

敬禀者：窃卑职奉委承办常宁水口山铅矿，先后八年，自近数年出砂颇旺，见存敲净黑铅砂不下四万石，毛矿尚不与焉。六月蒋道某、朱道某、王牧某来衡，具悉经宪台奏办阜湘公司，委蒋道等及黄守笃恭总持其事。七月，蒋道于郡城东岸开设炼局，移知卑局属发黑铅砂百石，以资试炼。其时，卑职以免经该公司来文，又四人中如黄守现充总局提调，而百石之矿，亦为数无多，且试炼事急，一时未及请示，比将黑铅砂照依来文百石之数全付。昨又奉蒋道移文请加发黑铅砂五百石，未知已与宪台订价否？虽明知分局与公司同属宪台开办之事，然卑职职司开采，未便专擅，以勉几挈瓶之义。为此具禀请示，此项矿砂应否如数付给，以下如再行移取，应即照此付发，抑或须宪台札行，以重公项而清眉目之处。公自宪裁，伏祈酌示。

案：本文录自《时贤启笺杂钞》，第三十八通。

禀赵次帅白铅砂万吨先期交足，黑铅砂应否接续起运请示祇遵，并缕陈病状，请另柬贤能接办以重矿务事由

敬禀者：窃某于五月初八日承准总局提调函开“亨达利洋人

来湘，复欲揽售白铅矿，已经禀商层台允准订销万吨，每吨实价合洋例银十九两，订于今年腊月、明年十月分作两期交足。若能于今年腊底将两批一律全缴，则二批之五千吨，每吨加银一两，综计可多得价银五千两，且年内添出十万两之进款，以原订明年十二月之期扣算，每月七厘行息，又可赢息银七千两，祈速饬兴办以济急需”等因，奉函以后，一面出榜招集挑夫，一面派人分赴各河埠雇募船只，旋于初十日发运出山。十九日从第七十三批接连起运，截至八月十九日第八十五批止，运过白铅砂净一十六万八千石，犹恐省局过船过磅不无失耗，另加发六千二百五十石，以资贴补。共计一十七万四千二百五十石，均用西磅较准铢两、交船户送归总局弹收。每批遴派局丁，并请分防松柏护矿之澄湘营炮船随用押解。川涂络绎，循环无端。先拟分两起限明年扫数者，今不及百日，一律全交，是皆仰承福荫。天人凑拍，湘流浩淼，故能源源灌运，不爽程期，抑亦卑职初心所不及料也。查卑局运砂之费，由水口山陆运十里至松柏上船，百斤给旱力钱五十三文，由松柏舟运至长沙六百一十里，百斤给水力钱五十三文。水力一项，卑局只给七成，其三成候运至省河过磅缓还船旗后，始由省局补给。如有偷盗失秤，即于三成项下扣赔。历年办法，皆是如此。约计此次万吨有奇之运费，共用去制钱若干。另有添制船旗、给发运丁伙食、砂船遇险漂失、募人打捞、驻防山内之运威炮队及松柏澄湘营炮船三条，更番护运，不无微劳，由卑局犒以酒肉，以及松市编造屯砂木栅，不敷分派，加雇上砂、添秤、小工工食，以上各项又费若干。通共动用钱若干串，合成省平银若干两，均于按月报销册尾陆续划报在案。惟由山内运至松市转运局，向用民间十六两之秤，由转运局短运上船，用十六两八钱之西磅，因此陆运多出若干石，多费旱力钱若干串，犹本山内发秤略饱，故所少只此。致其陆运斤两稍轻之故，系二十二年初次起运时，挑夫断断于称磅之大小，动辄结党把持，不能不稍轻铢两,以广招徕。以后遂援为例。此承办起运万吨铅矿之实在情形也。又,据提调函开"今年嘱现需运出白铅砂万吨,已极烦劳,而所有黑铅砂一种,亦需逐渐起运,此物售价较优,销行亦易,亨利达洋人昨在此间询年内能交若干吨,已称再交千五百吨,应如何以时运出,乞预为筹度"等语,伏查山内黑铅砂连年因亨利达壅销,接连运起见在净矿不上五万石,日来阜湘公司叠次移文征索,以供炉炼之用,曾经肃禀请示在案。是此项矿砂应否仍遵局函运交亨栈,抑或储备以留公司试炼,应恳饬矿务总局速行酌示,以便祗遵。

再敬禀者:某任矿八年,初受事之时,年力尚堪撑拄,自去年春间大病之后,由咳逆变成腹风,驯至目眵耳聩,腰膝酸软,行步艰难,加以先人坟茔连年失于修缮,蓬蒿不翦,每一念及,悄焉疚心。昨因秋祭回署,正拟上书乞假,乃由唐守传示宪批,猥蒙采听虚声,先加维絷,旋经某具陈宪谕,兼责以大义,自雇何人敢膺斯谊?中夜彷徨,且感且愧,如果精力稍足支持,某具有天良,敢不勉竭骀驽,以图报称。其奈衰病之躯,日益凋损。若不据实恳告,窃恐将来不免偾事,转伤宪台知人之明。见在万吨之砂幸已运毕,各礲仍壅出不穷,约计八年之间,动用款项若干,运出鄂栈之黑铅砂若干,白铅砂若干,均经列档奉批在案。其余各矿之屯积山内者不下四十万石,皆有数可稽,并无经手未完事件,合无仰恳宪恩。别柬贤能来山接办,以重矿务而恤衰疲。并饬新选清泉训导赴任,俾某将以一意养疴旧巘,贫士荒阡,感激之私,永永无既。

案:本文录自《时贤启笺杂钞》,第三十九通。原标题为《笙老禀赵次帅白铅砂万吨先期交足,黑铅砂应否接续起运请示祗遵,并缕陈病状请另柬贤能接办以重矿务事由》,与《茭源银场录》所录《禀总局言起运万吨白铅砂情形,并请交卸矿差》多有不同。

又,本文中之“阜湘公司”,原作“埠湘公司”,当为笔误。

禀衡永道恳饬哨勇填扎水口山以保矿场由

窃卑局水口山居常宁之北乡,左湘右舂,扼永桂两州之冲,距府县各七八十里,地同瓯脱,向欠安静。自光绪二十二年于山内开办矿场,峝丁民户,环棚而居者不下二千口,良楛杂糅,时有应惊。不得已于二十六年禀恳抚台札调炮舡三条舣湘岸,旱勇一哨驻局旁。当二十七年匪风猖獗之时,经水陆哨弁弋获匪会十余名送辕,蒙前宪夏分别诛释,由是运威消萌,不特矿局恃以无恐,即近山百十里之地,亦闾里晏然,其明验也。本日午刻驻山获矿之定字营后哨弁某奉其营主刘札开,粤西永宁地方有匪徒劫营戕弁之事,札调该营驰赴永州,约该弁“以廿日于祁阳取齐,其填扎冲州者为建威炮队”各等语,见在该哨已刻期开拨,惟是地方匪风因驻防而有惮心,即因撤防而萌肆心。矿务为财利之源,万一寇攘生心,以后更难收拾,不无过虑。宪台关怀大局,兼总戎机,可否仰求仍照廿八年原也。土法礲现开两口,一名锡寿场,光绪二十四年八月所开;一名锡庆场,本年六月所开,锡寿场历年出矿甚旺,湘矿倚为不涸之源,锡庆场开深只及十七丈便得大槽,矿质尤佳,收效又速,实为意料所不及。两场出矿,一昼夜约近二千石,敲净可牵四成。查该分局十月册报开除一切外,可获赢利二万金之谱,比较上年有增无减。司员启行时,蒙殷殷以推广为嘱,具见眷怀湘腹,思拓矿权以纾民力至意。日内与儿子基植亲率礲大遍历近局之山,又勘得地名铜鼓塃矿地一所,该处前年屡经开采,以水大停止。佥谓土中藏矿甚多,已择日就原礲稍下加开一口,诚得此处亦如寿、庆两场取之不竭,当可上纾廑念,此谋扩充土法窿之实在情形也。初五日,与夏倅乘坐吊车下西法窿,以窥奥窔。礲深六十丈左右,开平巷三条,左源一十八丈,右深六丈有奇,挨左一条深一十七丈,礲巷全系石体,乃积三年之力所凿成。石上间露矿苗，如飞电走壁，凝结甚微。近于左巷加开直洞，深至五丈四尺，尚无得矿消息。此厂开办已历四年，动款不止十万，现象尚止如此。可见西法之难收速效。幸石巷已穿入锡寿场礶内，寿场抽水、起重由西法礶曳出，省出人力不少。前蒙发下江进士所上书，谓水口山所用西法，除抽水、起重外别无新事，其时颇嫌其立言太过，至此始信其不诬。然天下事每有致力于此而收效于彼者，不敢随声影附，谓此厂竟无一割之用也。土法礶深至百数十丈，人夫出入，倍觉艰危，使无机器，虽有佳矿，焉能辔出？因此悟治矿之道，中西两法，不可偏废，盖西法应以人力辅机器之不足，土法即当以机器助人力之难移，二者互为其根，庶彼此各擅其长，而不困于所短。是此间西法礶不能因只能抽水、起重置之不办，亦不能因只能抽水、起重，别筹大办。前晤由美洲习矿归国之梁生焕彝，谓新旧金山取矿，亦机器、人力参半，不然胡为而招华工也？其时深有味乎其言。盖令之使于四方者，大都风马云车，不能窥见至隐，以致摭唾袭余，转相祖述，大都称美而不称恶。如梁生者，庶几善觇国矣。尤可哈者，尝有曾经到水口山之人，至谓该礶之旺全得西法，于开办先后之年月尚未详，而侈口以谈矿之得失，若斯之论，更不值一辩。见在夏倅以西法得矿尚不可期，目见此间丢弃残矿，填塞坑谷，实为可惜，手制压洗小机，试行碾汰，百斤遗矿可获净砂二三十斤不等，乃托鄂局加买此项机器，以图化无用为有用，二三年后，所入当不可亿计。此水口山办理西法之实在情形也。龙王山距水口山约三里，前代历经开挖，山体受戕已深，然取势嵯峨，土石发荣于外，自来谈湘矿者，莫不以为蕴珍尚多。当三十年春间，外人勾合地痞，私买山下田地，冀隧地以盗水口之藏，设计殊为狡毒，赖历任抚宪与德国领事交涉，始寝其谋，其时金道还正主矿局，曾建议此处无论若何，总宜自占，以弭外患。迄今办已四年，未收宏效。日来加买阳姓山田一契，将礶口缩上山腰，伴揣大势,佥谓宜如此办理,而就高阜以避积潦,期久采以保地权,二者各居其一焉。此顿整龙王山之实在情形也。取矿不能知自炼,不能不售与外人,外人抑勒多端,因此受亏不小。行路之人,皆谓非设炉自炼不可,主用西法者尤多,虽然,岂易言哉?西法黑铅炉糜款甚巨,办成之后,每月炼砂至少亦需一二十吨。无论湘中无此财力,并且无此多砂,炉设而砂不够煎,仍不免于停办。所用炼师,又多护以营私,领款尽化蚨灵,大宝终归乌有。湘矿因此受敝非止一次,查近水口山之松柏地方,当三十一年因白铅矿滞销,曾设有土炉二十余座,委地绅欧阳藻主之,所用炉匠皆由桂阳州募来。初炼时,铅矿百斤只能出净砂二十余斤,经该绅逐渐研求,渐增至四十斤,或四十七八斤。可知事在得人,日久则考效愈精,人勤则夙弊渐去也。至黑铅矿一种,既蒙委江顺德用西法于省城试炼,以该进士习矿有年,当必确有把握,若再于松柏白铅炼厂内附设黑铅土炉三座,交欧阳绅以炼白铅之法,悉心研究,精之以岁月,若可日起有功。窃查西法炉之长在化炼精而矿无遗利,所短在成本大而人不易求;土法之短在融液少而抛弃颇多,所长在事另举而经费不巨。俟西法办成之后,鉥析数目,当可得其大凡。矿务志在求赢,彼此何嫌互勘?此添设松柏黑铅土炉之实在情形也。据悉见所及,即西、土两炼炉均非急务,何也?当廿九年以前,黑铅矿每吨售价多不过三十两,少或十三四两。廿九年以后,价多至七十两,少亦五六十两,查山内土法𨫼取矿成本,百斤不过费工食钱五钱,连运费每吨约合本银十两之谱,以十两一吨之黑矿,照时价可得例银五六十两,为价岂止三倍。砂交价缴,具载合同,只求鄂局办理得宜,比诸开炉,有赢无绌。自炼则提出之黑铅片,仍须沽与岛国之人,万一如见在白铅砂片之滞销,提出之银,仅供炉用,窃恐所谓收其权者,反至丧失利源也。谬谓附政出纳,贵循环无端,以矿论,售价低,宜设炉;售价高,宜卖矿。因物付物不隅,物方隅,是为得之。当廿七年司员立山时，曾以此议上之总局，未蒙訾省，今特重申旧说，是又于西、土炼炉之外别竖一议，湘矿利源，仅此一线。偶失考校，动辄致亏，幸宿留此言以为左券焉。近又得一新法，有裨于矿者，列西法锅炉，燃料可以用柴也。此法前言闻之夏倅，初犹未敢深信，及来此地，经该倅试验，居然不妄。水口山旁近产煤，因无需此；平江一局，得煤难而得柴易，若令该倅以此法授之平局之工程匠，则如坻如京之遗矿可以化腐朽为神奇，岂非彼间之一大转机乎？夏倅人极诚实，言不妄发，又经连日亲验，委无流弊。前请饬收烟煤，趁春水运往平江，竟可无庸。尝怀时贤系谈矿学，莫不艳称西法之善，究莫知其所以善，徒然掷金灵牝，不求变通，以致效颦，愈增其媸，学步徒失乎效。司员近与习业海国人细谈，证以木场现办之事，乃知近人大都耳食多而心得少，因此固不甘护短而蒙顽固之称，亦不敢趋时而作违心之论，且年已迟暮，每怀止息，无所希冀。奉檄驰驱，粗有所得，不敢壅于上陈，惟审察之。现因购山启口，尚须耽搁数日，月杪始能赴辕。附呈矿石四种，合装一篋，以备察鉴。此次由水口山分局单衔上禀，诸用该局关防，合并陈明。敬请勋安，伏维钧鉴。

案：本文录自《时贤启笺杂钞》，第四十通。衡永道，即衡永郴桂兵备道。

禀衡永道恳饬修葺水口山局厂办公之所由

敬再禀者：分局厂乃光绪二十二年司员初到水口山时所造，其时不知有无成效，因陋就简，以供栖止，不敢多费，楹桷劣如系猿之栈，多用铁钉、黄篾钳结，并未牢笱。壁用竹片及薄板编成，经今十有三年。磺气蒸蚀，渐至嘭朽，风雪交作，索索有声。恒虞覆历，攲斜坍塌。常用木条撑住，苟且目前。而竹木易于生火，岁久枯裂，时兢兢于嘻诎之变。局内银钱、卷册所汇，时用耽心。且当日营造在砂堆之上，以便居高望远，万一因此失慎，延害各礶厂及民户,关系尤巨。司员到山,目击情形,拟暂将后进改造,墙壁一律用砖瓦,木料之朽折者换之,只求坚固,无取华饰,其余但略补苴,估费约在千元内外,可否准于余利项下提用作正开销,以臻稳固,而免意外之虞。伏祈批示。

案:本文录自《时贤启笺杂钞》,第四十一通。为廖树蘅与谭启瑞书,恳饬修葺水口山局厂办公之所。标题为整理者所加。

禀总局言水口山河道转运诸事

前奉提调函,询"礶厂在县治某方,距治所若干里,离水次若干里,或大河,或小河,由山至河埠中间有无转运处所,陆运每石力钱若干,逐一开单具报"等因,奉此查卑局水口山地方,在衡州府属常宁县之北乡,居湘水之东。下至衡州府城百十五里,若由旱路则止八十里;上至常宁县治,水路百一十里,旱路七十里。矿场介居府县之中,为九嶷之委,左湘水,右名茭源河,《水经》谓之舂水,桂阳州水入湘之口也。由水口山至湘岸十里,石路坦坦,濒湘有铺户七十余家,地名松柏,贸迁颇饶。卑局自光绪廿二年以来,发运矿砂皆于松柏上船,陆运十里,百斤给力钱五十文;船运长沙,百斤给力钱五十三文。水力一项,先由卑局给付柒成,其三成候运至省城由总局饬发砂之斤两,或有短绌,即于三成项下扣赔。每当发运之际,酌派司事一人、亲兵数名侨居松柏,凡验票过磅、发给力钱、誊写运单、颁发船帜等事,皆以属之俟。各船领运已毕,即将该司巡等撤回。承办数年,从未尝设过运局。此卑局水口山地形、河道与夫办理短运之实在情形也。惟近来出矿渐多,除运出外,其存积山内者犹不少,每奉札催赶运,不苦于挑夫之难集,即苦于水涸之难舟,因把持而遽加挑夫之费,未免长其刁风。因水落而有愆,趱运之期何以鬯通销路,转展思维,未得良便。近查松柏地方,于近河之处新建财神庙一区,屋宇闳阔,可堆矿砂数万石,若派人长驻庙中,日役挑夫百数十名接连灌运。水涸堆积庙内,水涨悉率上船,靡日靡月,循环无端。事既出以从容,一切夫役抢攘、称难测准、滞楫难通之弊可以悉免。而市商愿将公庙腾出,不收僦值。惟设局必须添人,而添人必须添费,当此度支艰难之际,何能位置多人?伏思正月派来监砂委员姚巡检庭熙,人甚朴实,究竟场上之事各有司巡,无须该员监督,若令移驻松柏庙中,专管收砂、上船之事,由卑局分派巡丁数名供其驱使,在该员化无事为有事,得以展其所长。在卑局改短运为长运,免至临时棘手,有添开局面之名,无加设委员之费。所谓"事一而两得"者也。惟由庙挑运上船,应请加给力钱三文,归档造报是否如期?伏祈裁示。

案:本文录自《葵源银场书牍》抄本,宁乡梅氏澄波楼藏书第四十七册,此为第一通。原标题为《禀总局》,内容与《葵源银场录》所录《禀复总局水口山地形、河道,并请将督运委员移驻松柏》稍有异。

禀巡抚俞廉三言加募丁勇负责监砂押运之事

窃卑局于承用局丁一项,自去年奉文后,遵即裁减,初犹勉强支持,近则渐形不足,缘今年出矿愈旺,新开摇钱树一口,又已到庄,出矿多则一切丁役亦随之而加。就今光绪己亥一年计之,起运黑白铅矿兼硫磺近十五万石,陆运松柏河岸十里,日挑十数起,每起须二人押解;水运长沙六百零里,前后解过廿七批,每批多或数十艘,少亦十数艘,每次又须数人护运,其往来衡州领兑银钱,采买糙米、油、铁及往各埠采办竹木,行者疲于道,即此数项,用人亦属不少。其局内外监砂、监水、看门、巡更,有定之执事尚不与焉。夏间曾以竭蹶之情械告裕守,旋准覆示,令短雇土人备用。近月销册,添出短雇工费一项者指此。然以本地之人办本地之事非狼狈,即瞻徇往往不能得力。常宁民情向愿,近亦渐即浮嚣,自衡山匪案之后,余党遁来常属者实繁,有传县境白沙、荫田、烟洲地方卵育尤夥，渐渐溢入近水口山之松柏豹子岭一带，夜间竟有人于栅边纵火，幸大众扑灭，未至燎原。卑局正苦局丁不勇分布，添此虚警，愈不敢大意，合无仰恳宪台准于湘潭、湘乡及卑职原籍宁乡等处，加募朴实农民二十名，日间派以监砂押运之事，夜间配以军械，督令演习，久之胆技渐娴，于用人可得指臂相联之益，于护矿可收藜藿不采之威。查此项工食，照小工日给百廿三文扣算，若将短雇土人一项停止，岁添不过四百余串。惟胆生于技，非予以军器不足以极其技之工。应请饬军装局给发前膛枪数枝，配以子药，由卑局具领备案。至领款一事，虽节经筹拨，无如动用甚大，不特总局无从悬揣。即卑局亦每每失于打算，所请少而所用多，应求饬局宽为筹备，俾得一心治矿，无虑缺用，现在矿旺非常，销路又畅，是宜加班采获，以求多出，似不宜停待，以窒利源。将来如出产渐微，自当据实上陈，断不敢虚张其事开销至艰之钱粮，亦不至恋栈自私，丧生平而干大戾。耿耿此心，伏祈昭察。至此后与商栈立约，恳将数目多少、期限远近饬知卑局，免至临事仓皇。所售黑白铅矿、硫磺价值，亦乞示知，以便照章誊写表谱，合并声明。十二月初四日。

案：本文录自《茭源银场书牍》抄本，第二通。原标题为《禀抚宪》。文中之“裕守”，指衡州知府裕庆。

禀巡抚俞廉三言试办炼铅炉事

窃七月内禀请试办铅炉，以销滞积，奉批后即派人赴桂阳州募来炉工七名，就山支架棚厂，设炉两座。自十月十五日起，截至本月十一日止，共炼成净铅三千八百七十斤，用去矿砂壹百六十一石，开销炉用壹百四十七两零。所烧壹百六十一石之砂，照售与亨栈廿二两一吨，估算应作洋例银贰百零玖两。查衡州白铅市价百斤值银圆十二圆，据此计算，开炉似较售矿为优。查山内白铅矿砂，敲净者不下十万石，未敲者半之。碎矿名“捡尾者”,如山如阜,更无纪极。各窿仍日出不穷,若不设法疏通,得以浚利源而销滞积,今若自行煎炼,所出铅斤到处可以行销,而化重赘为轻赍,起运亦较常为便。且敲剩劣砂,狼藉坑谷,发卖既无人过问,抛弃亦殊可惜。若归入炉中带炼,可以化无用为有用,于附近一带设炉,无论现今销路阻滞,事属应行。即令源源畅销,亦宜兼办。何也?物恶其弃于地,非是不足以尽本山之遗利也。惟办理必须得人,创始亦殊不易,是在宪台择能而使,俾之尽因应之宜。销路邕,炉可少开;销路滞,亟宜增灶以开炉济销路之穷,即以自立为驭商之术,权衡在我,循环无端,班史《货殖传》所以重在择人也。赋性愚豪,罔知忌讳,凡有所知,敬当启告。惟兼任炉局,则力实不及,敢为先请之贷。辛丑十二月十一日。

案:本文录自《茭源银场书牍》抄本,第三通。原标题为《禀抚台》。“抚台”,即巡抚俞廉三。

禀总局言查访罗诚斋等勾结洋人私订矿砂事

人日由蓉太守处付到密件,遵即派人查访。据查罗诚斋一名,清泉东乡人,常以开矿招人入股,与昔年在仙桥都转处充当司事之陈爱陶熟识,是否即系以猱猴峡呈报之罗脩,尚不得知。范梅生,宁乡附生,闻去年因新化锑矿与委员争执,曾来尊处具禀,其人虽与树蘅同乡,究不甚悉其为人,其余六名无从查悉。昨晤蓉守,云尊处为此事曾有函见及,已密饬七属严加防范。似闻各处现今尚无加开之矿,以后如有所闻,当即会同蓉守,一面飞禀左右,一面会县实力禁止,以免生事。据管见测之,若辈此时于开办之事,尚无端倪,辄敢先与夷栈订立四年万吨之约,无论其采获若何,即令邕出不穷,趱运亦非容易,即如敝场开采已经四年,得公等主之于上,地方官保护于下,款项充溢,毫无掣肘,而河流之涨落不常,礲夫、挑夫、船户之把持偷盗,犹时有棘手之处。彼以三五穷民，犯上官之忌，挟外人求逞，宁有济乎？且此辈惟利是视，侪偶怨嫉，合必不久，即纵之使开，终亦必败，不足虑也。明识以为何如？

案：本文录自《葖源银场书牍》抄本，第四通。原标题为《禀总局》。

禀总局言置买义田修建仓廒事

买田建仓归作地方义举一节，数月以来，已买熟田贰百十亩，岁收衡斗租谷贰百一十数石，衡斗捌出，若以长沙市斛秤之，可得贰百五十零石。尝病各处义田，非不明载方志，易世之后多不可考。此次拟将札稿、禀稿、批牍、契券勒为一编，另拟章程七条呈请核定，附之编内。所有田亩，丘塍、方圆、长椭、注明弓口多少，绘图帖说，逐一刊布，远近之人如得一编，陵谷难有变迁图志，或不尽蚀，后之人按图清丈，较之徒载亩数者，或稍经久。至买田二千金、义仓三百金，用项不免稍溢，应请补发五百金，以了此事。廒舍非坚固不能耐久，受田亦不能如所发之数，因此多出数百金，一时事难中止，仓猝未及请示，想不嫌于专擅。伏惟鉴照。五月初二日。

案：本文录自《葖源银场书牍》抄本，第六通。原标题为《致总局》。

谢年终奖赏禀

敬禀者：等因，奉此伏思，卑职秉性迂疏，不谙世事，猥承諈诿，受役银场，在事将及两年，课功尚无成效，乃蒙微劳是录，恩赉有加，兼金七十镒，远分左藏之储，从事数十人共拜仁人之赐。在大人坦怀期物，不嫌善善从长，而卑职纪绩无时，未免皇皇滋愧，惟有率励疲顽，始终奋勉，凭造物以开山骨，助君王以铸褭蹄。此日千夫食德，谨锤幽以发富媪之藏，将来万宝告成，愿执挺而为矿人之长。除将分别给发数目,具详销册外,所有感激微忱,谨缮禀恭谢宪恩。敬请崇安,伏维垂鉴。

案:本文录自《葖源银场书牍》抄本,第四十七通。此为廖树蘅上陈宝箴禀,以谢年终奖。

上岑抚院请释周汉出狱禀

敬禀者:已革二品衔陕西候补道周汉,湖南宁乡人。光绪某年为传刻单片诋毁外人,经督宪张委员来湘,毁其板片,奏请革职。不料二十四年,外间仍有讪詈泰西人揭帖,署名周孔徒。时当议款初成,前院宪陈恐因此肇生衅隙,饬将该革员发司羁管,无非假惩儆以图保全。不谓该革员入狱之后,激于忧愤,言动失常。庚子八月以后,忧愤愈剧,绝粒纵饮,以祈速死不得。七年以来,仅以瓜果菜茹充食,米汁未尝入口,无谷气养脏,致便溺频数,视息仅存,其愚可悯,其苦可矜。查该革员髫龄入学,弱冠从戎,涉历艰难,屡濒危险。其从刘襄勤出师西徼,硖口、达坂城等役,与士卒植立冰天炮弹间,往往彻夜不曾收队,坚忍卓绝,至今湘军将士犹能言之。甄叙微劳,得保今职。该革员笃于天属,痛其故父生员周瑞西死难广西,终身疏布菲食,不肯赴人宴会。同怀弟周浑同居襄勤幕中,感疾而殒,创痛益深。由此绝意进取,牒请开去本官,以所袭云骑尉世职咨归湘标候补。事虽过中,亦因感愤太深,为此不情之请。回湘之后,专刻善书,到处散发。其劝妇女不缠足,与今所行天足会略同。徒以不顾利害,干冒世忌,致撄法网。在该革员早拼一死,无所顾忌,惟以宽仁敦大之朝,独令此忠近于愚之人身填牢户,良用惜之。查该革员年已七十,衡以古礼耄悼不加之义,亦在矜宥之条,况当日徒有愤戾之空文,尚无挑衅之实害。某等谊托交亲,居同州壤,欲为讼冤,匪伊朝夕。合亟仰恳宪恩,疏求宽释。想该革员难后气平,年齿夙暮,必不再丛世忌,重烦廑虑矣。某等无任屏营待命之至。

案：本禀录自徐一士《一士类稿·廖树蘅二》。为廖树蘅代湖南巡警道赖承裕所作。其云："光绪三十三年丁未六十八岁。是岁巡警道赖承裕属拟上岑抚院，请释周汉出狱禀稿云……牍上，即允用像从送出。汉不肯行，逾年始归，病殁于家。"

禀抚台

白铅碎矿一种，土人称为捡尾，砂质较劣，去经禀请归桂阳州炉户领买，花边一元给捡尾三百斤。蒙批在案。……白铅矿开炉提炼，约计净矿百斤可出净铅廿五斤多，或廿八九斤，捡尾出铅之数不能及整块之多。现在桂阳州炉户有愿出身包炼者，其办法由矿局给矿七石，缴铅一石，一切煤火、器具、工食皆归炉户自备，除所缴百斤外，剩下之铅仍由局发价收回。此事若能办通，较之开炉自煎，劳逸迥别。……谬谓售与夷栈，与就山煎炼事宜并行；劣矿自煎，良矿售外，庶无遗利。……此种屯积太多，如欲将现存之砂炼完，非开炉百座，期以三年不可。

案：本禀录自《茭源银场书牍》抄本，第五十三通。标题为整理者所加。"抚台"，当指湖南巡抚俞廉三。

珠泉草庐书札

卷　五

致沅帆、修原

去腊为龙王山事，由驿送来公文一件，想邀察览，承拨大款以廿七日到山，适丁其乏，感汾何已！献岁发春，伏讳起居预吉，百度惟贞，至为跂祝。此间一切照常，窿路加修愈增稳固，矿砂日出七八百石，连去岁所出约三万余石，已过敲者万五千石，山内堆积几无隙地。近日于去岁明荡挑出之土累成小阜，上盖造草屋三进，大小廿余间，依吾沅公所命，略具公廨模样。腾出旧厂作为堆砂之所。天气无阻，一月之内可以完工，便将松柏房屋退出搬入新厂，以便照料，兼释廑怀。所应商者，礲内出矿既多，以每日捌百石牵算，月出二万四千石，一年将近三十万石。查高炉一座，日烧白铅矿贰石，自非数百座之炉不足以罄本山一岁之产。然则设炉一事，无论在山在省皆不易行，计惟有广求销路为第一义。盖得海国以为尾闾，则顽石皆成金银，实矿务无疆之休。惟先派往汉皋之二人，既不顺手，似宜加请熟于商务者帮同疏销，或意许以三成黑铅，总求于事有济，庶山内可免壅塞之患，烧炼亦免折阅之虞。出位之思，未知当否？求吾两先生酌之。腊应承将累月销册批准，并右帅磺务批牍齐发，具仰清厘积牍之盛心。惟查敝局十月军磺、矿砂解批未发，蒙批应恳一切掷下，以便粘案备查。兹又运来硫磺一批，乞赐弹收；销册两分，希为分送。龙王山事，想已蒙批示，到日当即遵行。外付银元四元，缴作《时务报》之费，以后仍求按月寄付为幸。

案：《珠泉草庐书札》钞本中，在“致沅帆、修原”右侧，标记有“《珠泉草庐书札》第五卷，起丁酉正月，讫六月”。其旁注有“贰拾日”三字。由此推断，本札当作于丁酉年正月二十日（1897年2月21日）。

与荪塘

去岁十一月奉赐椷，连篇累牍，详几乎言之。不必更论其他，即此书法绝伦，文章淹雅，已令人把玩不忍释去。薄书鞅掌中，当所用意如此周挚，公之精神满腹，后福岂可涯量。新律绾绶，具征大吏为地择人，勤廉敏练是公本色，不禁为棠疆四民额手称庆。树蘅自维寡昧，不能随时俯仰，老守空山，不敢出外谋事。宁州中丞莅湘，大开矿务，叠次招延，委以常宁分局，辞之不获。以去年三月到工，五月启土，经今数月之久，日役丁夫千余人，凿鎛裂山，不遑朝夕，动用款项已近四万金本，出矿尚丰，不致虚糜，足慰廑怀。中丞接见，旋又具牍力辞，无如此公维絷甚殷，批牍之殷勤，意思之曲挚，令人不好置喙。只得于嘉平望日，仍返工次，以后去留不能自主，惟愿中丞早深画折，或可置身事外。见在仍照常办事，猕牛土猴，受人牵系，每当劳困之余，不胜故园松竹之想。公知我者，何以策之？《祭山神文》并禀稿、批牍各录一分，以资笑哞。贵庄租谷，去岁全收，各处押租据舍侄绎林云，除荡子塘十余石未收外，余皆颗粒归仓。绎林见患咯血症，肌肤瘦减，喘息不止，恐不能起。小儿兄弟大半随侍差次，不能效劳，应请另简妥人承管，免至疏失。五云庐承慨捐三十之数已照领，庆祖有灵，必当默佑。所有一切支收，已嘱绎林力疾造报，不久当达典签。

与伯严

去腊曾贡一椷，计已澈览。献岁发春，敬维侍奉万福。此间一切照常，惟出矿渐多，堆积无所。日内鸠工另建官厂，腾出旧厂以为堆砂之用。似此源源不绝，终岁可得十余万石，将来愈无安放之所。即令多开炉灶，招人煎炼，一炉每日只烧白铅二石，纵开百炉，亦难尽本山一岁之产，似乎与洋商交易一层不可缓，盍与在事诸公亟筹之。昨禹门明府由郡回县，便经敝局，据称尊公将以花朝前诘戎到衡，明府拟借水口山新造之厂作为行辕，见在捐廉修路，日不暇给。诚得飞盖来山，一切供用，禹翁久已夙备。惟到山之期，以由永州返棹为便。松柏濒湘，到水口山不盈十里，路极平坦，请转达尊公，耑望赐临为幸。

陈三立复书

腊中奉笺教，以专卒急返，未及裁答，方以为歉。新诗鲜秀名贵，不独无豆腐气，亦无矿苗气，退之所谓"天葩吐奇芬"者，庶为得之。具此好怀抱，不禁且羡且慕也。顷又得书，则专言矿事而无诗。明黼主人竟获此奇效，以张湘矿之先声，而关言者之口，何快如之！然诸公闻之者，多不以为经济过人，而以为福气出众，闻之代为不平，执事聆之，亦当大笑亿千场矣。尊厂去松柏市不过十里，家公还节时，自当往视，但只在尊局留一便饭，千万转致龙大令，不必供张，致开此端、滋流弊。上年出巡，沿途皆不用燕菜，不用新绣花铺垫，无不照办。龙大令盛意虽殷殷，家公请代为转致，毋稍过费，以符儒素之风也。匆匆奉复，敬请勋安。

与陈师曾

春晴韶丽，想见康侍之余，读书讲艺之乐。足下以名公之孙，名父之子，居节园清旷之地，图史足供浏览，同俦足资考论，无一非人生难得之境，而又气清识雅，秉性渊冲，蓄德流誉有自来矣。仆于君家交谊在纪群之间，忆初馆闲园时，足下方周晬，今尊齿又与仆与尊公订交之年相若矣。尺波电谢，为之怃然。而足下方英英年少，何其幸也。愿盛勖光彩，以副见慕之徒之心，明识当谅及亲爱之情，而无疑于挟长法绘趾美熙鸾，屡欲奉求，惧防清课。今更忍俊不禁，附呈白绫一幅乞画，著色折枝，鄙性喜丽，以华为妙。三月运磺船到省，便来领取，敬祈拨冗成之。

致龙禹门

前荷惠临，因急于启节，地主之谊缺然，别来想兴居佳适，敬慰敬祝。中丞初四出城，不久当可到此，节内曾派家丁赍信前去，请由永州返棹始莅敝厂，庶此间部署能周，至今家人尚未回来。俟接信后，当即飞函奉告。未审尊处曾得有音问否？山内官厂正在修建，略具公廨体式，地方绅士修路亦已兴工，皆冒雨为之。惟愿天气放晴，则赶月内皆可办到。兹有恳者，敝礶出砂既旺，常有宵人偷盗，防不胜防。自正月以来，失耗不知纪极。昨二十七日夜间，因雨久墙垣倒塌，窃去银铅砂数十石。跟踪至独石湾地方钟永昌等屋内，起获矿砂四五十石。据供系朱忠庆等所寄，查各偷砂之犯皆住在水口山内，与锡坑礶厂逼近，胆敢偷窃官砂，与钟永昌通作一气，均属法所难宥。特备移冰案，请即日饬差将各该犯弋获严办，并将其住厂撤去，以免藏奸。外有朱忠禄一名，在山内开设烟馆，亦求饬役将该犯押逐出山，宵小无容身之所，以后便可安枕矣。何感如之。查山内矿砂之失，因有小贩接受，小贩之受因桂阳州私炉未经禁绝。欲杜桂阳之私烧，非准秧田缉私卡员兼查上水私砂不可。数者拟候中丞惠临，面陈一切，诚得即由行辕札发州卡，则诸偷窃持是安归，不禁自禁矣。明识以为何如？惟此时宪节未临，应恳先行移文秧田，请其赶早严缉。该处委绅奉文之后，便可饬查，不特矿务受赐无量，即敝局亦仰赖维娄矣。相晤匪遥，不尽屡屡。

与龙禹门

张、周两世兄来，借聆音旨，棠疆素无韶荡之扰，忽然承办大差，皆缘矿务使然。宁州贤者，历来憎厌厨传之腆，执事以故人居东道，损惠或不至过多。鄙生于节前曾以一书抵考功，请其转达堂上，求自涪溪返棹，始莅山庭。去卒尚未归来，未知能否如愿，俟得息耗，当即布闻。山内架厂及储备器物，阁臣兄已托阳代办，当不至误。此外，有可效劳之处，自当尽心。惟愿天气放晴，斯百凡顺轨也。

致龙禹门

张兄归，托呈一音，计已澈。贱价送信至省，尚未准覆音。北风便利，约计日内可以回局，便当飞启左右，以释廑悬。树蘅所架官厂已有六分工程，厂凡三进，前编朱签木栅，具行辕体式，轿厅、花厅穿堂，上房咸备，约算有屋廿余间。尊处所架之厂，业已平基，适有龙王山座厂一栋，常有人在内聚赌、烧磺，经树蘅致函总局，将屋撤去，遂嘱贵价派人将木料、苫营悉数搬来，以充造厂之用。得此一项，可以事半功倍矣。天气不阻，两厂可不日告成。修路得阳团绅经理，亦可于半月内赶到，知念附闻。偷砂一案，承饬差下乡，各化之居近礲厂者，业已压令将厂拆去。朱姓四名，有该族户首出具保结，以后凡朱姓人之在山者，悉行领去。其犯事之四人，遵法枷号游厂。徐、胡两名亦托人求请，照朱姓办理，既知畏法，尚可从宽，候事了妥，另备文请为销案。惟独石湾窝户钟永昌等三家，尚在逃未获，不能不留差多驻数日，以观后效。再有请者，龙王山自仙桥都转去后，其田厂均移交敝局带管，不料劣佃黄世秀竟敢招集多人在厂内烧磺、聚赌，经敝局派人拿获，曾经致缄总局，请将谷虚怀所捐之田，充作忠字一团公产，厂屋撤毁，已准回覆，录稿呈览。黄世秀聚赌、烧磺一节，因地方绅士在此求情，尚在犹夷。如难如法，不免仍渎听闻也。

与龙禹门

尊纪来，奉手书及《崇俭编略》，一涉猎皆布帛菽粟之言，与榕门相国之《五种遗规》同为人生必读之书。谨当布流同人，以广善教。贱价今日回局，得考功复书，钞稿呈阅。来日既舒，则一切可以从容。中丞俭德，无取繁缛，似当恪依，以成其美。敝厂花朝前可以讫功，尊处派人所办之庐亦计日可竣。阳团绅颇干，必不辜负台诿。送来水贼，祈久羁无释，至祷至祷。

致李石贞

去岁十月回长沙，先得唐君觳延书，谓从者适在轸垣。以为此次可以晤谈矣。及抵省寓，遣人至国华栈探问，则馆人对以去已数日。献岁发春，奉手书始知其时实未启程，怅然叹人生会合之难。当此条风总翠，庶物一新，想见衙斋清秘，读书讲艺之乐，何羡如之。老伯经世之才，其大有关系者在清厘本县漕务，至今犹蒙其福。道咸之际，县属士人嗜利无耻，羶付漕规，几如一丘之貉，令人愤叹。自经当日革除，始渐知耻，今又稍稍萌芽矣。人事无数十年不变，至此益令人释然于刘果敏及老伯一流人。承命撰传，于此事极力发挥，意同铸鼎象奸，务使魑魅魍魉，全神毕见，冀以发后生之愧耻。近读王壬父《湘潭志》，于此辈亦畅论无遗。吾宁县志之修，曾不一及之，可见多所瞻顾，毋亦当日与闹漕者同污其利，遂讳言欤？读吾弟所为行状，叙事有法，不愧诵芬，间有率处，特十之一耳。兄受諈诿近十年，迟未报命者，盖虑文弱不足为先德增重，加以连岁家居，频遭丧亡，心无佳绪，儿子辈屡次催促，起草者数矣，终以忙冗搁笔。自奉来函，只好于百忙中竭不肖之心力以为之。他日稍闲，当更修饰以进，幸惟谅之。本朝文家自以桐城为正宗，以方、姚皆能依本经义，言近于道。此公论也。独至碑板文字，以尊其文体之故，往往敛之使约，举大而遗小。李迈堂讥惜抱《方敏恪传》，谓其不足以见其事业之大，诚所不免。迈堂之于方、姚，不啻泰山之于丘垤，至其时论，不得谓其无见，然则杭堇浦、钱竹汀诸人，不甚喜桐城，盖亦犹是矣。兄于传志一门，颇喜随园、通甫，以两公牟揣人物，如颊上添毫，千载下犹想见其人，兄于此道未问津，而意向在是，故此次叙次，宁详毋略。老弟中年丧偶便不再娶，修德砥行，隐行君子之实，而不诡激以徇名。兄生平论交多矣，除弟之外，非吾之人。每奉手笺，必谬加推重，足知自不肖外，亦非弟之人也，相视而笑，莫逆于心。愿各葆岁寒，以贞晚节，幸甚，幸甚。宁州中丞仁廉贤达，非兄有所私而称之，莅湘之后即开办矿务，其意蓄之二十年前所为《馈贫一策》。已见大意。乃以勤求佐理之人，谬及不才，重违其意，出而应之。到工将及一年，用款至三万余金，幸自去岁嘉平起，出矿渐旺，日可达七八百石，约计出产与销数尚足抵，以下所出便是赢余。自维福薄能浅，到山不敢妄销一文，曾于启土时为文誓之山神，其文传之远近，颇为衡人所奖，未知吾弟亦曾见之否？所难者，举世皆尚欺德而习贪饕，举目苍凉，无一同志，大势瓦解，岂区区一杙之力所能支持？去夏获戾要津，饱受排笮，想亦闻之，幸中丞相信已深，犹足自立。办矿本至难之事，凿凶裂罅，时刻惊心，加以役夫千人，经手过大，尤防后累。曾携儿植随侍，数月以来，苦心焦虑，治公事如私事，不特兄鬓发皓白，即若辈亦困不支矣。去冬亲谒宁州，力求交卸，旋上公牍细陈情形，无奈此老坚意不允，至谓“舍兄之外，有何可靠”？情意曲挚，不忍再辞。批答之词，令人增感。只好磨牛陈迹，再混数时。设微官得选，当极力陈乞，寒饿一生，劳瘁毕世，借此自图逸乐，以终余年。不知天意何如耳？知念附陈。

与玉润

叶龙兵来，奉到惠椷，并荷野凫、鲜鳞之赐，敬谢，敬谢。承嘱之件，自当留心。但致书一层，碍难照办，候其巡阅来衡，见面时再为说项。中丞留心人才，以执下之贤，既经赏识，遇有缺出，定见录用。若传书达信，近于汲汲求事，反不为美，故不敢如命也。闻龙兵云，如久候无消息，当以三月为广东之游。据管见似宜少加斟酌，广东见在无事，谭制军一意裁减营务，虽有贵友为之居间，万一无事，则进退两难，不如仍居本省，省应酧节用度，再候一年半载，看事务如何。如愚叔老于世事，于书代督抚性情见示，今事势颇能窥见一二。即如老侄，见蒙抚军留意，已属难得之机会，他人求之而不得者，湘粤情形与台湾故不同也。附呈莲子、藕粉各一篓，祈管收；洋火一包，已照登赋。父子一切如恒，山内出矿颇旺，日可得七八百石，外商諓系湖南最上之矿，非我之所，乃他处办事太难商耳。

案：玉润，为廖基彩字，清蓝翎守备。

与总局提调

春阴如墨，峭寒中人维善自餐卫为祝。敝礲町里出矿如故，日可六七百石，砂质益佳，附呈一篓，以备化验。礲内矿苗日出，宽至丈余者，约有两副巷子，砂系立体如东笋，然每揭出矿砂一层，即有石壳一层以间之，愈深愈好。砂上时露气眼，据去岁邝矿师云，立体之砂最供采取，土人亦谓有气眼为佳矿之先声，其说姑听之，以为后日之验。锡坑开挖岁久，土疏善崩，方春雨多雷动，势难再开，拟于日内停止。此礲出矿不及町里之多，而经费比町里为大，暗窿之害如此。然磺务专靠锡坑之砂，此礲既停则砂无所出，且炉户因敝处禁私严切，大半折阅，皆有辞役之意，查运来之四千余石无人过问，月縻巨款以收滞磺，于公无益，于私大劳，莫若暂行停止，专力以取明礲之矿，用志不纷，乃凝于神，宽一尺不如厚一寸，此之谓矣。公以为何如？

致伯严

二月由运磺船送呈一械，并朱拓山谷屏一套，计已达览。尊公鸣驺入山，惜来去匆匆，未能久亲教益。归帆无恙，计早安抵节辕。此间出矿如故，惟二月廿八夜雷雨交作，小有惊骇。得群力营护，幸免无事，不过多费百十串水工而已。锡坑暗口，因水大停工，用费减去一半。恉此约旨，卑思等办町里之礲，不特用项省少，照料亦易周遍矣。山内新厂已成，离市井沮洳之场而即夹垲，诚有如柳子厚所谓："游息有物，高明有具。"特地方单露，安放银砂不能放心，乞于军需局饬发洋枪四枝，借资周卫，或具领状，或须备价，一切惟命，敬求示复。春寒保练。不宣。

陈三立复书

前奉惠书，兼辱赐山谷老人所书朱折，时正以洋鬼子入城事闹得天昏地暗，不及裁复。昨又承教，宜若可稍稍披露所怀，用塞天末故人无穷之思矣。而孙、黄求矿，匆匆告别，复不能较张胖子洋洋洒洒，下笔千言，殊自愧也。大诗别纸录还，杜老所谓"得失寸心知"者，盖天良不昧之说。公于此矿取盈三百万金后，方悟鄙人非引诱良家子弟耳。掘矿之款，打老虎之枪，均由局一律筹寄。李广文者，为之神往，何不闻公早言及？亦岂新交耶？贱子不日有鄂沪之游，惟万不敢与张胖子同舟，合并声明。

答梅殿芗

二月奉手书，知堂上康豫，令弟虽未霍然，当不至有意外。古记："贞疾恒不死，班史勿药得。"中医劝其保养，不乱用药，庶有瘳乎？此间锡坑两口，业于二月底停开，町礲出矿颇旺，日可六七百石。二十八夜雷电猛雨，𥗽险遭害，赖基植辈极力抢护，始得转危为安。经此大险，譬之新军当大敌能卓立不败，以后可以无虞。日来出矿如故，不过停班数日，多费百十串钱车水耳。右帅以二十三日到山，览矿务之有成，意甚欢喜。常宁办差甚盛，竟未领其勺水。彼都人士以前因矿匪骗惯，并鄙人亦疑为同类。及见江塽，见面时帅意甚勤而礼甚备，始释然平日所见之谬。山内于去岁所挑偏铜鼓墙土堆上，造新草敞三进，上房、轿厅、花厅、门房，具体公廨；左右傅以披厦，以栖亲兵。用钱五百缗，颇为净饬，坐北朝南，正对余家田，青山端丽，形势极佳。拟于初六日搬入其中。锡坑既停，销磺又不畅，已面陈大帅请暂停磺炉，将司巡极力减刷，已辞去司事五人，亲兵、巡丁共五人，尚有三十四五人办事。两处合为一局，气势既聚，费亦少减。高采章以粗人而有士大夫之行，本拟改作收磺司事，借资倚任，今磺既暂停，只好俟秋冬再行缄请。如果阁下有事，度亦不能让我，俟之可也。去腊所领万一千元之款，已将用尽，合前已销五万二千余元。山内矿砂、磺砂可抵四万三四千元，烧磺、采买末矿一万五千元，存项二千元，算未者本知念附陈。去岁以近日抵衡，旧人散去，存者仅九人，令人不能忘情。

答沈让溪

奉上腊二十三日手书，敬悉种切。所论百吉坳以前梗塞情形，敝处所闻大略如此。湘矿初办，风气未开，主办之人应先咨访地方正人，宣导上下之情，释其疑忌。若李牵引外来矿徒以势相压，往往激成事变。离水口山不远，龙王山前年亦由因办矿不善，酿出祸患，盖民情非尽无良，有激之者乃挺走耳。阁下檠才，兼该孙学官坦怀期物，定臻帖然。至请拨营勇一节，据愚见暂可不必，民虽至顽，窥上却智，知官决不因此而兵，我姑呼啸乡民为甚嚣尘上之形，以相恐吓。此时不办，无以遏发萌，遽加兵刃，又恐闹成四川东乡之案。必不得已，俟其蚁集愈多，绝吾粮糗，公然旅拒，然后请营以声势临之，是或一道。闻其党多有身家之人，惧撄巨祸，自然鸟兽散耳。故曰暂可不必也。开采之法，各处不同，承询，命基植条举敝处见在办法以相启告，神而明之，变通以尽其利，是在阁下之一心耳。率复。不宣。

与清泉孙盛卿

奉书敬承种切。即维起居豫吉，至为跂祝。云谷观察辱临敝局，山庭简陋，实为辆亵，拟屈留数日稍尽瞻仰之私，而观察过存体恤，一宿即返。承惠联扇，词翰之美，矜宠之遇，皆非鄙薄所敢当晤时乞代致谢悃凝。闻赛节回省，仍当为右帅主办矿务，以观察之贤明仁恕，可谓得人，不仅树蘅一人私事而已。敝礲出矿如故，惟愿早求销路，庶款项可以周转耳。知念奉闻。

答王荩宣比部

治矿茭源，虚延岁琯，琴从来山，正拟縶维，以永今夕，一饭便去，殊难为怀。军磺故珂乡所产，借供筹防之用，夫复何言？送来八篓，计净得四百斤，即祈弹收，承付磺价拾圆，如数照领护票一角，仍烦交去丁带回。率复并候。不具。

与重垞

彭君来，借知授经洪宅。此间因礲内水旺，已将暗礲停开，正当减人之际，无可位置，薄致川资。闻彭君家道甚殷，喜驰域外之观，亦计之应也。开炉尚无定局，即令就山炼冶，亦当请其择人。昨右帅阅矿到山，已将微意宣达，已报允矣。以后乡人有欲来此者，请力止之。敝局原设在距山十里之松柏市，近于山内盖造草屋十余间，拟于日内移居，借资照料。采矿本十分危险之事，去冬压毙数命。昨二月二十八日夜，雷电猛雨，令礲险遭灌坏，至今思之有余悸，不知湘人之营求差使者，何以乐此不疲？近因出矿渐旺，除抵成本外，尚有余赢。当事愈不宜放手，只好以力所能及者委之。人不可知者听之天，尽吾一缕愚诚以报塞上命而已。拙稿编成四卷，于衡州开雕，俟成书后当以奉寄。前年于桐荫深处为消寒雅集，分韵赋诗，逋责未塞。去冬舟次始成七言古诗一首，录呈以博一笑。吾家不振久矣。弟既连屈礼闱，兄亦偃蹇荒山，躬此无悝之事，令人喟然于家运之穷。所幸贱躯无恙，惟目光稍眵，不耐书字，而植、樾随侍左右，稍分其劳，足以告慰耳。叔母想亦康健，弟之坚实，必能无恙，何时握手以慰池塘之思？近接李石贞兄澧州书，附文数篇，人品之高洁，文章之朴茂，孝廉船中殆无其偶。弟不可不一交其人。春深矣，千万珍重。不宣。

与殿芗

前贡一笺，远劳裁答，关注之殷，溢于言表。感谢感谢。去年此际礶务正当棘手，足下同切忧思，今旧人星散，再更数月未卜又将若何？人孰无情，何以堪此？现在四围编造木栅，连新旧两厂皆圈在内，规模较昔谨严，局内仅绥南兄及叶瑞琪、李国卿、宋达山、张海春、廖德美、棕香七人。亲兵、巡丁、厨役、跟丁共二十六人。内人自上月十六日挈六小儿及令弟闻清来此，上下共肆拾人。冗食尚觉稀少，频年家运不济，内人终日忧烦，儿辈闵念其艰劬，劝其来此一散郁结，拟于六月仍行遣回。幸衰莫之人素畏乘船，到此当无病恙耳。本礶产矿近十万石，所净亦留五万有零，大都银矿多而铅矿少，栅内几无处可以安放。昨得沅帆手书，近与瑞士商人交易，计黑白铅一石三黑七白作银贰两。此举若成，则所获在十万金以外；合以朱子青之万二千石磺价三万元，将近十五六万两。而新旧领款不满五万金，今而后庶几免于戾乎？礶路周以三沙圳，点滴不渗，荡底砂路宽至二丈有奇。自三月起所出之矿，合多少牵算，每日四百石，此皆可喜者也。惟风火雷电终难放心，昨数日内三更后，监班厂路灯引火，上厂几至燎原，梦中惊起，心胆为碎，幸抢救快，未至大害。此时宁州既不任放行，万无弃而不顾之理。然此等危事终不愿办。倘再如去岁之不然，则弃如敝屣，断不少顾矣。新厂小有轩槛，杂植花椅，宴集颇宜。前数日内，吴观察锦章、王庶常良弼先后来山信宿，皆赠以诗扇，极口颂美，满耳谀词，优于去年之哮声狺语，足下闻之，当为笑也。所难者找事人多，不遑周给。前月卢敏斋及秋坪之弟棣园来此，住至半月。其余粗人来者络绎不绝，亦若金穴铜山，可以大家分润，此则湘人习气，无可奈何之事。又，敝门下曾生振钧为洋人事，经院长移院查究，乞援之书数至。鄙人不明此事原委，未敢代为致词，究竟此番举动若何人，还勿靳悉示。如果灾出无妄，当以片词疏理，能否见听，则不敢取必耳。䃔内取出晶石多奇古有致，惜多为人持去。近日出此渐少，俟觅有佳者，当更奉寄。局内减去司事数人，尚足敷衍，惟亲兵无得力之人，高采章不苟之行，名心重于利心，当是吾道中人，如尊处不甚需人，可请其前来。特来此须订一年之期，庶委任专，可资实获；若儳专，不久仍难善后。乞以鄙意告之，看能相助否？如来，不派以重力之事，但稽查厂䃔一切之事，或运砂、运磺及赴衡郡采买，薪水每月四千五百文，不扣伙食。湘省矿务惟敝局粗有成效，昨准仙桥太守信，似乎采锑之役与收金之举，皆非上善。甚矣，弟之幸而免也。仙桥规弟以持盈保泰，弟谓此事未臻盈泰，而良朋忠告，则当敬受，盖鄙人无时无刻不在忧危中。渠不及知也。

复龙禹门

人来奉笺教，并捐簿二本，敬悉种切。鄂省偏灾，至堪心恻。塔捐一法，取物廉而收效速，实为办赈第一良法。既承諈诿，自当效劳，此间民情良愿，数百竿之款，当不难集事。俟有成数可稽，便先由敝局垫发，专人送上，以副执事饥溺盛心。敝礦仰芘，尚称安静，出矿亦渐旺。昨吴观察云谷来山一宿，谓昔年佐幕黔疆，亲见威宁州地方所产之矿，成色不及此山甚远，土炉炼冶百斤之矿，得净银肆两有奇，决此矿可得六成。敝礦前后出矿近五万石，果如观察所云，可借手以报矣。弟自前月初六移驻山间，四围编造木栅，夜派亲丁数人时刻逡巡，并山内烟馆、土娼、牌赌一概驱逐、禁革。风气渐渐转移。白砂矿局之事，此间亦有所闻，某君为总局所引用，去岁为清厘宝源礦事，曾接见其人，察其所行，颇纤吝。此次即令亲身在局，恐亦不免有事，何况身去而委之司事乎？幸赖执事顾全大局，遏之方萌，不至如某倅之在益阳，犹属地方之福耳。

与提调邹、黄

前运样砂一船，运丁文云山尚未回来，想经解往汉口，不审矿砂合式否？日来敝处托芘如恒，惟积矿稍多，无地堆积，敲净之矿近二万石，未敲者尚有五六万之多。闻公等已于南城外开炉，管见拟将此二万净矿运送前来，以备煎炼，未审何如？如属可行，恳赐一音，即当照运。亨记二两一石之价，未审有无成议，敝礦所产之矿，银砂居七成有奇，白铅砂反少，前月吴观察云谷来山一宿，据云昔年从事黔疆，目见威宁州所产，用土炉炼冶，百斤之矿提净银四两，矿之成色不及此间远甚，若改用小洋炉炼之，当得六成。果尔，则卖与夷商又不如自行开炉之为得矣。公等老谋硕画，必有成竹在胸，无俟鄙人之鳃鳃过计，惟冀早将销路办通，毋令各矿久积山间，等诸无用，则公私交赖。前闻矿师温君与沅公以节前来山，何以至今未蒙移玉成？礦内日挖日深，必得略参西法，以纾人力，故望矿师惠临尤切。礦内所出之矿及敲净之数，另具折报，以备察核。硫磺一船、四月分销册两套并呈，伏祈弹收。五月酷热异常，维公余顺时珍扰。不宣。

答邹沅帆

奉三月十四日手书，知台旆为朱、阳误与法人戴玛德订买矿砂事赴沪，有康侯、少牧两君居间，想已废约无事矣。承谕运砂五百一十石至鄂，已装成一百二十篓交船户送来。内有黑铅碎矿六十六篓，俗称水砂，淘刷最净，乃银矿中最精之品，向来桂阳州土炉承买，议价在整矿之上。又附来白铅碎矿十四篓，未经水洗，俗称捡尾，炉户既不愿买，此间不甚爱惜，多以填路。据观成色，与整块无甚差别，物恶其弃于地，若交洗砂厂如淘刷黑铅碎矿之法过水洗净，未必不如水砂之精。汉上华洋错处，通化学者必多，应请将此种捡尾交与化验，若含铅汞尚多，便于水口加设一洗砂厂专洗此种，参入白铅整块内一齐与洋行交易，是化无用为有用，于湘矿利源大有增益，知执事必乐赞成也。明礲海口下已锤深至四十余丈，砂路宽至丈余，时露气眼如瓮大，内含晶石，芒角齿齿，黄白浅碧不一色。凡见气眼之处，矿出益旺，惟苗如憋壶，时有宽窄，出产衰旺，恐难一致。尊处既与洋行订买五万石，照现在日出千余石衡之，终岁可三四十万石，何五万之足云？尊处虑有衰歇，不贪多订，亦是稳著。如已定议，祈速示复，以便准备，售矿为公等主权，树蘅可不问，惟银铅矿仅茭源一场罂出，他处无之，不能不量入为出，以应征催，明者当能谅之。

答黄修原

奉三月惠椷，知大款已筹发。叶具印领送来，计已达。沅兄奉委赴鄂求销路，自是要著。山内积矿愈多，银砂居十分之六七，然不得岛国为尾闾，收其所交之价，用度殊难周转。沅椷属开发样砂，已送来五百石，内有五十石为极佳之品，载有号记，运船到省河，是否径运汉口，折需换船？据管见不换更好，免将号记篡扤。向议由松柏运砂到省，水力松柏运局发七成，省局三成,如径送汉口,省河起岸之后,一切应由总局核发,以清界限。沅帆如订买一大批,请飞椷见示。盈千累万之矿,敲磕、淘洗、上篓,非旦夕之功,不能不图之干豫也。

与陈伯严

月初奉还书,猥以拙诗重蒙嘉誉,当呈送时,即如秀才望榜,冀得好音。果承欣赏,慰喜无似。然乃公喜诞言,果出于至诚耶?抑姑奖之,俾为尊公出力,为此骗人之谈也?笑笑。数诗未及留稿,乞收原件发还。此间一切具于沅帆、脩原两君信中,祈取观之,中有应商之件,烦与诸君酌复。汾阳遣将,取方面大耳,近代杨昭勇睿圣称为福将,曾文正亦喜言运气。福即经济之根,人以此施及鄙人,可谓善颂善祷,伯严奈何代为不平耶?去岁为詹矿务得秦詷:若履虎尾,先忧后喜;不入虎穴,焉得虎子。履虎尾者,仙太守谓仆畏老虎是也;先忧后喜者,六月病疮几死,幸遇良医得活也;入穴取子者,由明礲下石礲得佳矿也。谁谓繇词不验哉!知吾伯严闻之,亦当大笑亿千场矣。某令心地尚厚,诗文亦佳,于矿场之事,亦肯留心,未审可令其终任否?乞于侍郎公前一言之。

答某主政

场事有应商者,日来出矿愈旺且愈佳,百斤银矿敲尽得七十斤,礲矿苗宽至二丈余,前年矿师邝镜和来观,谓苗宽二丈,各处稀有。惟礲险远,已达四十丈,拖夫用栟榈继系竹箕实矿其中。先时一日夜可拖至二十转者,近减作十五转犹畏难。礲路按日可凿深二三尺,开至年底奚止百丈?非参用西法抽水、起重不为功,而用人其要矣。人不必求之泰东西,粤产曾习业沪上者,皆可任锅炉及诸器具,除将平江金矿局度置未用之件择而用之外,另由尊处派善于其事之人赴鄂承购,不必交工程师过手,庶权借不至旁落，无喧宾夺主之虞。见在出矿甚多，应求销路，以免窒积。尽人皆言洋商垄断，宜自炼以收利权。其实不然，无论洋炉，成本大，暂时力不能行，即桂阳州所开土炉计，黑铅矿一吨炼净银三两，提出铅片充炉用当不足；矿运汉口，每吨价银肆拾两，至少亦三十余两，除去水陆运费、鄂局开销，洋栈抛潮、压磅诸般蠹耗，比较自炼当有赢。诚得主任诚心，及物价目由四十而五六十，当可希望加增，彼肆口于售砂不如自炼者，殆未思也。矿礲带出磺砂，炼出军磺，堆积太多，似宜随矿运鄂发卖，有人自上海来云，该处需磺甚急，百斤论价九两，比省局三两多几两倍，倾场上所储，可益六七十万金，亦巨款也。何惮而不速售乎？

与常宁县龙禹门

前奉手书并捐册二分，比由来力转呈一椷，计已澈。比日即具柬帖，薄治蔬觞，遍招忠字一团绅庶谕以一切，幸不辱命，众皆踊跃从事，即日捐至百五十元之多，尚有数处可以加焉。谨先由敝局垫发百元，以副执事饥溺斯民之隐，伏乞弹收，其余不出半月当可缴齐。此邦之人，可谓勇于行义矣。惟某绅经弟具帖敦请，不惟裹足不前，且并不以片纸见复，但遣其庄客一人持尊处所下该绅谕捐之公牍，声称已奉县谕，不能重行捐派云。窃思去年之事，弟于该绅有恩无怨，不谓报之，鲁莽一至如此。此种无味之人，弟实不愿再与交接，虚费口舌，谨将其送来之谕帖缴呈冰案，由执事自行劝谕可也。往读鄗州陈恪勤《救荒十二策》，凡富民悭吝不乐推解者，以“为富不仁”榜其门，其时颇讶恪勤不为保富之谋，而所行近于违道干誉，今而后始知其不苛耳。再有商者，北乡产煤之区，近日多经尊处封禁，煤炭每石涨至数文，于地方爨大之需颇不便，又穷民倚肩挑谋食，日不下千人，此礲一封，穷民亦将失业，棠疆山多田少，似宜留无碍丘墓者数处，以全小民生计。国初滇吏以封禁宫里雁桂家银场之故，致矿徒散而为盗，边圉因此骚然，可见此辈亦不宜操之过甚。明识以为何如？

与欧阳在勤

别来想养堂百福。赈捐承大力劝助，以六隘之地已得百元，可谓勇于行义。但禹翁原限二十日缴齐，至今逾限已久。救饥如救焚，窃恐下游饥民迫不及待，应请遇便寄信欧、王、廖诸君处，如有捐助请速齐，虽少不嫌，但以速为主。即贵市各家，亦求齿及。谷立翁处久未嗣音，未审究竟若何？仆拟于廿日专人赴县，是否有缴，祈赐一音，以便照复。敲砂工所欠款能否照缴，亦祈示之。如仍刁玩，即于廿日移县追缴可也。此事虽小，恐大松以后人皆效尤，故不能不认真。贤者多劳，谢谢不尽。连日猛雨，䆉路幸托庇无恙。知念奉闻，即候日安。不宣。

复龙禹门明府

久违雅教，方思就公一宣积悃，乃荷手翰先施，何其幸也！暑气渐深，伏承听政，余闲餐卫适宜，至为跂祝。烟州为匪徒卵育之区，此间渐有所闻，乃敢闯入城厢放飘，可谓胆大之极。此辈踪迹诡秘，莫可端倪，诘治之方，莫善于清查保甲，责令团族自相捆送，惟责治绅董自驻城三数君子外，四乡尠鲜可靠之人，欲求不枉不纵难矣。暂时莫若遴择干役，重赏购线，有犯即惩，毋令善脱，或亦箫勺群慝之一法，以执事之实心任事，茧丝保障，攸往咸宜，计早有以处此。蘅托居宇下近山，果有不靖，自当飞启以闻，不敢作置身事外之想。敝场经修饰，差足栖止，车骑或因事下乡，不妨枉驾一临，借光萝薜。手复，敬请升安。不宣。

与龙禹门

水满四泽，交苗怀新，有秋可卜，农夫之庆，亦使君之幸也。诸赠楹联，想已锓好。鹰师霍霍，延颈为劳，何时付下借光矿庐？

湖北塔捐，前垫百圆，兹补送谷绅立夫所输贰百圆，祈验收。谷立夫前年所捐龙王山田一小契，该处既停采，所遗田亩应归作贵治书院、育婴公产。谨将契纸佃约送交冰案，即请挈贱衔拟详送官矿总局存档，以备遗忘为荷。

与总局

久雨新晴，如沉疴去体，想茂对之余，襟怀愉怿，至为敬慰。前由磺船寄呈一函，计彻左右。锡坑两口，因水盛土溃，例难过春，业已停止。町里下海口之䃜，廿八日夜经猛雨溜急，倍极危险，极力抢护，幸得保全。不过停班数日，多费百十串钱抽水之费，耗失尚不甚大。经此番震憾，犹所周护，譬以新军当大敌，立脚既稳，以后更可无虞。见在出矿如故，日可六七百石，交夏水缩，尚可求多。就目前论，以六成归净，可得四百余石；以石值一元牵算，除用项外，日入三百余元，犹属中上之矿。惟顾风雨时节里面无险，岁计尚可有余，然非冒昧创开明口，揭出上面废䃜浮土，则与锡坑同一停采，断难挨过春天也。去岁腊底承发之款，开年支销较广，所存遂亦无多，应请两公代达前所，再则筹拨万金，储以济用。去夏与沅公所收朱子青等众商之矿，除拨给价洋外，尚有二千余元未兑。事悬一载，既不准其私炼私销，复不与以价值，似非人情之平，应即于万金款内提出两竿清还此项所请之款，仍以由裕源长汇至衡郡为便，特该号正月所兑之项成色平面皆不甚佳，应求派一敏于钱业之司事，与之质定，票内注明“省平足用”字样，庶无所行其驵诈。其汇票即请面交敝局运磺亲兵带来，是所至祷。局用以米、油两项为大宗，每逢采运，经各厘卡，不免留难，曾面求右帅札饬牙厘总局转行东洲雷家市，以后验票放行，毋滞微索，以归捷速，比蒙照冗。只恐回节之后，政务殷繁，不及札发，敢求两公于进谒时齿及之，诚得如俯各所请受赐多矣。锡坑既停，经费省去一半，所有该厂监班、巡水之人，悉行办退矣,人浮于事,势难瞻徇。被合如所办理外,呈公文一角,新赐批复。

与梅殿芗

前由运磺之便,附致寸笺,计邀青睐。渐炎,惟兴居豫吉为慰。敝境七都三区石塘冲楮树山地方,为七姓祖茔丛葬之所。刘姓所葬尤多。咸丰时,因采煤构衅,酿成命案。后经都属绅粮禀县,出示永禁开采在案,示稿别录呈览。昨刘姓坟下子孙远投敝局,据称有喻俊臣等用重价购买杨思本田山一契。该业恰与众姓祖山毗连,声称领有牙帖,将于山内开设煤矿,刘姓情词迫切,央求敝境八团绅耆致信前来,求为解释。窃查矿务章程,凡有开挖关人坟墓之处,必须绕避,尤须禀请地方官登山履勘有无妨碍,方准开办。今喻俊臣等并未禀请勘验,竟敢多招股友,向人坟墓最多之处以图开采,于官、法、人情均有不合。伏闻新任朱邑侯勤干仁明,洽于远迩,合无仰恳足下于因公晋谒之便,代达下忱,所有七都三区石塘冲楮树山杨思本出笔卖与喻姓之业,实系坟冢鳞杂,不便开采。如有控讦到案之事,应请援照矿局章程批饬停采,以全冢墓而息讼端。盖该山距舍间甚近,所谓七姓祖茔者,寒族其一焉。当日联名禀请封禁,弟之先人亦曾列名,不能不据情代请求吾殿香一婉达之。敝𥗽积矿逾十万石,惟销路未畅,不免壅滞。昨准伯严考功信,月内当令提调邹大令沅帆来山商度,似闻已与瑞士商人订约,每石作价银贰两。果尔,则敝处一局不至终于虚縻矣。

与邹沅帆、黄修原

径启者:宁乡七都三区楮树山地方,山势平衍,为刘、宋、黄、廖、喻、叶、周七姓祖茔祖坟鳞砌之所,刘姓葬坟居多。历年因采煤肇衅,经县封禁。昨六月内有喻某等集股买杨思本田山,朦县请开煤窑。刘氏聚族而居，人皆良懦，以启口三处迫近该族祖冢，远来吁恳代陈痛苦。查绎矿章，凡有碍庐墓之处，应引绕避。今喻某所买杨姓之山，实于人家冢墓有碍，其地隔敝居甚迩，知之较真。可否援照定章，不准违令冒采，出自卓裁。

与伯严

叠次笺奏，重劳裁答，得毋厌倦乎？然竟有不能不数数者，惟审察之。此间出矿如故，矿质亦愈佳，百斤之矿竟可七成，黑铅矿苗宽至二丈以外，去岁邝矿师云，凡矿宽至二丈者，即算最上之矿。每日可出五六百石。礲路经收拾渐臻稳固，沿山周以木栅，偷窃亦少。司巡久于其事，诸凡谙悉，办理渐有头绪。暗礲停开用项亦减。此具可喜者也。然尚有应商者，礲路日挖深二三尺，一月便深至十丈，开至年底将及百丈。悬索架梯，礲夫用竹筐绳絙曳矿以出，步步艰窘，起初日可拖至三十转，近日减至十五转犹觉甚艰。是必参用西法，以机器起重，庶以纾人力而省经费，应请派精于矿学之人来山履勘，并饬局置备器具，其应商者一。山内出矿甚嵈，无论无厂可堆，即露积亦苦无隙地，是宜亟求销路，以免壅滞。查与夷商交易，欧阳百斤一两二钱之议固属糊涂，即沅兄前信二两之约，似乎稍益夷商。所见者去夏运鄂极劣之矿，今山内所出既愈佳，且又七银而三铅，自不能用前价估买。前月吴公锦章来山一宿，据称昔年从事黔中见威宁州产矿，成色不及此山远甚，而土炉煎炼百斤之矿，提净银四两，近日外洋有小洋炉，每架不过数十金，诚得此等洋炉化之，则通商又不如自烧之为愈矣。惟设炉必先得地，尤贵得人，否则银杯羽化，徒以餍奸贪之欲，重可惜也。其应商者二。烧磺一役，为利颇饶，查本山已经解来省局者将满六千石，成本亦合万七千元，而束于成法，致销路不嵈，其实奸商领运、宵人偷漏，曷尝无私哉？访闻天津、广东等处，百斤值银八九两不等，即长沙私买亦值钱七八千文，独官局墨守成法，无人过问，管见直粤等省皆尊公过化之地，若先致椷当道，询求销路，旋派员领运，赴该处销售，必能畅行。若久堆官栈，筐烂索朽，必致狼藉糟塌。曩游陇上，见左文襄开局所织官呢堆积库藏，徒饱虫蠹，后经谭茶陵饬糈台，以贱价发各防营充饷，旬日而尽。军士将所领附之质库，得价视官估转优。一转移间，化腐朽为神奇，而上下交利，良由任事得人所致。孟子所谓无政事则财用不足者，适得其反也。横览并世人才，大都骛宏远而少缜密，与晋人清谭事异而害同。必得有如陶桓公、卞忠贞一流人，克勤小物，庶足以挽颓俗而新庶务，交游中似此不谓无人，惜乎不能多得，所以不能辅成其事。其应商者三。以上三项，皆属本山之事，为弟所得言。此外尚有出位之思，湘省矿务开至十余局，连分局计之，难更仆数，似闻各处尚无成效。昨准仙乔来椷，谓与夷商所定之三万吨，孙某所指之二十余处之锑矿，仅有一处可用，现取出不满百石，仙乔痛诋矿师之无用，而深以不能满品为忧。夫辰永锑产，众所指为极旺者，来椷如此，可见其不然。前有名贵人与弟言，谓来自省垣，曾属总局诸公矿务一事，切不可求速效，其言似是而实非。湘省矿务开办将及一年，不为近矣。从此不已，将安恃乎？浅见莫若择其可靠者留之，不足倚者撤之，至于官商合办、官督商办，皆夸谈经世，不知底蕴之言，何也？官商混收，势如连鸡，互相忮害，可决其一无所成算。若拣极旺之处归官专办，余赋民商自采，官为保护而征其税，较为直捷。耕当问奴，织当问婢，鄙人在事一年，居衡郴喜谈矿务之地，粗悉利病，感尊公知爱之厚，与足下相好之雅，故一私布之，语多干忌，求阴重勿泄为幸。

复成西秋

棣园来，接惠椷并屏联，谢谢。已交字画店装池，借光蓬厂。县人于六书罕所讲究，而足下独深得法门，笔力亦格外老苍，足为吾党生色矣。相别有年,想所治益进,秋风有信,伫见骞腾。时事日非,所赖士人留心有用之学,以相维娄科名,犹其余事耳。鄙人受任采矿,虽粗有成效,而经手过大,巉路至险,时刻耽心,辞之不获,只好再溷数时。俟有宿根可啖便当引退,庸钝之才淡于进取,他人视此为至甘之景者,愚则无甘之非苦也。棣园远来,竟无可位置,负负何似,山中情形,棣园当能言之,不赘及。附致王壬父《衡阳志》一部,计此老修此书时年甫及壮,而才学识力如此,真不可及也。梅炎藻夏,惟保练。不宣。

与某君

来示语长心重,具叨厚意。昔王莽加太学生膏火,颂功德者四十余万人。誉之不足凭如此,毁可知矣。鄙人无肥羊美酒以悦人之口,然自问亦实无庸鄙叨秽之事以见弃于人,然则所谓以弟为不然,原不足较,且亦焉知鄙人以彼为然否乎? 笑笑。来诗均极清稳,送鄙人作尤佳。佩服佩服。采矿宜阳恰周一年,非所好也。来此求事之人不一而足,无可位置,只好薄致川资,劝其归去。此致多口之一,然此时亦不暇顾。阁下之困,愿以一“耐”字处之。国朝经学有沈先生者,缺食两日,食马阑草以自活,志士不忘在沟壑,则无往不泰矣。然以公雅人,不以寻常语相慰,想能察之。此复吟安。不宣。

与龙禹门

前者贡笺左右,方惴惴于进词之不当,乃承虚怀若谷,不惟无所拂迕,且从而嘉纳之,何执德之宏也! 夫苟好善,则千里之外应之,何况近接棠阴者乎? 倾仰之忱,由此愈积。执事吏湘廿年,不改书生本色。遇有不能迁就之处,仍毅然无所屈挠。今之君子不怫,百姓以从己之欲,或犹庶几不违道干誉,则庸庸万辈不少概见。前闻不忍百姓受枉,与同官忤,与势绅忤,因此毁言日至，置多口于不闻不见。廓虚公之度以驭，此三代直道之遗，而民本归之，誉岂待干哉？然不知者莫不谓公之笨矣。树蘅身未能善，喜以善望人，因此重为人所厌。忆自丁丑、戊寅之岁，与考功论学闲园时，湘中才士颇骛声气，挟其所有，非东向玉池，即南就湘绮，弟则于诸老心迩而迹遐，其不善于为誉，与执事同，笨亦相等。自顾以来，数进不用难能之言于左右，亦笨之过也。书来过于称誉，令人忸怩。执事于此，又何不笨耶？一笑。

答喻仙乔

书来知孙宗尧勘定牛婆溪、女儿崖三百万吨之锑矿，采斫弥年，未得一当，甚矣人言难信，虚袭欧学，供役岛商之人言尤难信也。当丙申冬，由衡州下省，住金线巷官矿局，适局中人与孙买办订立三万吨锑砂，合同争价至于面发赤，询以锑由何处采出，答以即溪崖所蕴，正在择人往取，其时颇诧其早计，顷诵大槭知同此讶叹也。时贤治事往往堕入虚无，而执事独劳矣。敝场诸事照常，新于场口砂堆上葺草屋三进，略具廨舍体式，四旁周以木栅，留一门派人稽其出入。山内向有不入户册之流，娼烟赌一律摒出。旧时礲头惑于鬼道，招僧斋醮，月一举行，逐渐开谕，此风遂革。凡此皆去年八月以后之事，知注略复及之。槭属代募礲丁十二名已招齐，应给安家银及途费照章给发，由敝局垫出，另牍呈案。按舆图由衡赴辰澧、安化、溆浦，较搭船沿湖入沅为便。已饬该丁起程矣。

致仙乔太守

贵局亲兵启行，旋有黄姓二人愿来，谕令随大伴前来。比又于敝处支花边二元，祈照数上档为荷。按舆图，陆路从安化穿溆浦达辰较近，及接尊处由驿寄来路程单，适相符合，已将单交周丁遵行。天日凉爽，计不出半月可以到局。五局宏开，又添生力，以资驾轻就熟之用，必能日臻起色。预贺。敝礲始旺终衰，已寓书前头，请其派矿师来察看。总之不作一欺人语。前得龙禹门大令来书，亦盛称常局缓设，凡事脚踏实地，为不失为君子，可见旁观自明。闇子国人素无帮口，是则是，非则非，未必全然不欺，较之他处人犹少，此可自信者也，而外间公论已如此矣。尊处五局各距水次多少？远近？日内出矿何如？同事水乳否？据询亲兵，锑矿五局皆有大段苗线，则不为公等忧矣。幸由便驿时惠以释鄙怀。即颂台安。

复喻仙桥太守

初二日，贵局亲兵来，奉到手示。渐炎，惟善自餐卫为祝。当事盼锑矿以持大局，据尊论所见不如所闻，可见近日矿师之难信。去冬弟在总局，见诸公与夷商卖锑三万吨，争价至于面赤。弟询以出产有几，则云尚蕴土中，不觉目笑存之，以为如蒙庄所谓见卵而求时夜也，读来械益知其太早计矣。承示办法，妥善之至，分局太多，诚不免縻费，来示谓用人甚难，良然良然。中国每举一事，未论此事之成否，必先荐用其私人，而乡里亲故之相从谋事者，复如蚕如蚁，亦若此中为金穴铜山可以大家攫取，廉耻遂丧，请托公行，国是安得不日入于坏乱也？弟到此来，一切孤行己意，不少逶迤。去岁总办荐人，当面直辞，司事之不肖者连屏数名。张江陵谓愿此身化为稿荐，任人溲溺其上，终得安寝，此物此志也。现在将锡坑停采，局用减去一半，所用之人不满四十名。幸町里明礲出砂渐旺，自去腊至今将及七万石，每矿百斤银居十之五六，铅矿转少；间有四廉矿，则每石可得九成半。正在募人过敲，锡坑所产已过敲者万四千余石，银矿只十之一，其悬结如此。昨接省信，去岁运往汉口至瑕极劣之白铅矿六百吨，已与洋人订约，每石价银一两一钱。昨运黑铅砂五百一十石，交沅帆带往汉皋作为样砂，得价当不止此。此事办成，敝处连磺约在十万元以外，于公事不无稊米之益，而用款亦满五万元。近日于巃内寻出大矿一段，宽长丈余，砂上时露气眼。据土人云，凡有气眼之处，其下即有大砂，气眼深至丈许，大可径尺，中含精石，牙角齿齿，淡红浅碧深黄，无色不备，殆至德也。昨取极丑而有致者上之节帅，并诗一首，别纸录览。兹以二件贻公，来人亟于返役，未及雕座，幸为莞收。弟以三月十六日移驻山内，新筑草厂三进，宽十五丈，长十丈，卜址于去岁田中堆土之上，坐北朝南，形势尚佳，略具公廨体式，共用去六百余元。以龙公办差薄有佽助，故屋多而费不甚巨。宁州公以二月廿三日到山，遍阅明暗两口，颇以办理为得法。弟自到山以来，每夜亲出巡逻。烟馆、土娼一律禁绝，四围打造木栅，由一门出入，偷盗渐稀。所难者巃路渐深，防水浸溢，时刻可畏。二月廿八日夜，此间雷电、猛雨、山潦暴发，其时弟犹居松市，儿植率诸司巡极力拥护，几同河口具下扫，与水土争旦夕之命。幸获保全，经此大险，譬之新军当大敌幸未败，以后或能自立。然至今思之，有余悸也。

与陈考功

日内出矿不及从前之多，而纯净过之，犹云多也。最奇者，愈深成色愈佳，几与出冶净银相若，矿中裹有晶石，淡红、浅碧、深黄、纯白，无色不备，殆玉德也。惟红色仅一见，拣极丑有致者五枚，媵以七言长句一首，祈代呈堂上一览。取出矿石，堆存山厂无余地，似以急求销路为便。沅帆来信，属送样砂数百石至沪，送极上之品五百石派船送来。另有复沅书，露未封，取而观之可知此矿大概。贱状如常，新建草厂足供栖止。余不多及。

与梅殿芗

屡蒙赐书，兼荷隆贶，愧无以报。矿中佳石，一经出土，便为人持去，水口一山之巡丁、司事大半皆东坡、南宫，深藏什袭，而委员转妙手空空。始信同治甲子克复金陵,人谓曾忠襄悉笼窚中镃货者,皆冤枉也。然此种司巡不盗主人之金,而只攫矿中之石,亦可谓雅士。七搜八索,又得四枚,其一洼中似悬崖者,极有致饬,亦差可拟制雕座承之。因工匠散去,急难寻觅,足下自行雇巧匠镌镂可也。

上刘观察定夫

两谒轩墀,未瞻颜色。希风慕德,载结寝兴。天气炎蒸,流金铄石,当暑之法,静躁不同,莎厅兰气愔愔,想见调息养年,眠食增健。忝附矿人,岁月载改,率其庸昧,鸠合徒役,厚获难言,折阅差免,然非大君子坦怀期物,不以令甲相绳,俾得措其手足,亦未易免于咎戾也。顾循寡薄,惭感何如?山内自四月以来出矿渐少,幸自午节后渐渐复原,日获有赢,循是不衰,尚犹有幸。奉上石山一座,积素皑皑,小有岩窦,略同粤之英石,用供雅玩,并备他日荣归压装之用。此石西人定名"水矽",云系混沌时鳌极震荡,走入铝矿中凝结而成。先天之谈,泰西所独,支那所疑,然其说不可谓不奇也。

答龙禹门

人来奉手教,兼拜楹联之赐,谨即悬之楣间,增宠多矣。敬谢敬谢。附呈丑石一拳,聊备他日荣归压装之用。此石西人名"矽里开",银矿之苗也。礦内出此甚多,惜为人分持而去。上月曾以五枚上之节帅,媵以小诗,蒙其赐和,别纸录览。拙诗不足观,此老于公事阗委时有暇及此,足见精神尚好。诚得执事宠赐和章,将来附之梨枣,是折杨皇荂得白雪阳春,而顿增声价,亦矿山佳话也。奉委办理搭捐,除已送来三百元外,其已书簿而未缴者,尚近二百元,曾属各捐户以七月缴齐,容俟全收,并捐簿一并缴上。此次各团绅按户量捐,倍见踊跃,夫马皆系自备,未曾开销分文,良由执事德政在人,故皆仰体饥弱盛心,而不敢稍有濡滞。龙王山田归入筹防一节,备文另移冰案,契约附呈,伏祈弹收。承荐令戚贺君,本应倒屣,缘敝处文案、收支两席,已自有人,其余监班、监秤诸事,无论不足以屈高才,且实人浮于事。方命之处,伏希原宥。

复唐穀延

承惠书敬悉一是。据云不再随人入场,信然耶?只恐凭归不所耳。蟾香伊迩,侧耳以听佳音。弟谬作矿人,已成触藩之羝。乃承奖饰逾恒,皆是传言之过,惭赧曷已!去岁因分宁属举矿才,遂以大名荐剡。盖以此事重大,必得吾党二三忠信廉洁之士始足分任之,乃久而音问寂然,不仅吾党之阨而已,可为浩叹。前椷有意来山,甚善,多年旧雨急思一倾泻。惟是荒山丛谷,市无兼味,无以尽情。秋江系适,迟速惟命,不胜扫榻。敝场出矿时有衰旺,旺时日或三四百石,少仅百余石,山内堆积已满,而销路未鬯,开炉无期,领款至四万余金,虽上能放手,而鄙中常以经手过大为虞,所恃者穷贱之怯,素不宜钱而染子公之指,则亦不畏千人共指矣。明识以为何如?

与龙禹门

初五日,专丁送呈一音,计已澈览。山田渐缺水,连日虽未得透雨,而天气阴凉,时洒疏霖,想高怀为之怡愉,眠食并臻康适。敬慰敬祝。兹有恳者,敝处四月起出矿不旺,直至近日始有起色,需用水夫、拖夫甚多。昨初六日忽来一人,将各夫招诱,俗名放牌,致各厂夫役纷纷逃窜,经夫头将其人扭送到局,据供系吴诚意所开茶子山炭礶拖夫朱兴早,另有朱孝敬一名,亦系吴诚意所遣,携带洋元来此招引水夫云云。窃敝礶正当出矿,需人其殷,而吴诚意胆敢私诱各夫,几至全礶无人供役,殊出情理之外。

查吴诚意系敝处革退之夫，顾素性无赖，所开茶子山煤窿，又未经尊处验准，与现行矿务章程亦属不符，应请即日饬差先将吴诚意私开茶子山之煤窿封禁，并将该犯与朱孝敬、朱兴早三名带案惩办。庶各处私开窿务凛然，知官窿关系重大，不敢效尤。以后敝处可省多少防范，感激不浅。手肃，敬请升安。

致李石贞

前奉槭并大著四书文、散文各种，伏读累日，感叹无已。曩尝病八股文生吞活剥，割裂横决，为非经侮圣之尤。又以宋儒以意诂经，后人墨守其言，窘若拘囚。而孔孟教人之旨反晦，才力不足发古人之覆，亦第心知其无因而不敢出气。读老棣文，遂如拨阴霾而见白日，又如胸腹症结已久，霍然去体。甚矣！吾弟此文非并世之文，人亦非并世之人，倾倒佩仰，殆无纪极。已将全稿封送节署，而儿辈苦于别无副本，亟思各奉一编，以开茅塞，愿于贵学入闱之便，属其携带二三十册，交宁乡学书门斗转交植兄弟，是所切祷。古文沈挚朴属，自成一家，《王孺人墓碣》尤善，间有一二欠妥之处，已芟之，当不以为妄。兄自作矿，劳困已极，幸出土之矿估计可值十万金，尚非掷金虚牝。近来新构局厂，粗足安止，有暇借可读书，并将拙作古近体诗三百余首付锓。七月内可以成书，俟订成当以一分奉寄。仓卒未及宣備，即候著安。

复龙禹门

人来奉手教，并大移，敬悉种种。承赐和章，硬语盘空，风骨峻整。宁州作雅类大苏，公则与涪翁为近，盖皆不出其乡，而兼先贤之长，吕居仁《诗派图》必有赓续而起者矣。佩服敬谢。衡文之役，仍将借冠，具见上人之知人善任，使非伯乐，无以识千里马；非老宗匠，湘士之抱璞而泣者必多，在公为不称意，树蘅则不胜为怀奇不遇者幸矣。惟视揭晓之后及早回辕，俾矿人得所恃赖为望。天气炎热,川涂小舸必多蒸燠,管见不若先派从者至衡州,雇定永州官船,公迟一二日乘轿至郡上船较为良便。俭固美德,太苦亦恐生疾病,高明以为何如?敝场诸事托芘如恒,上月出矿渐少,心切忧之。幸近日又遇大矿,日可四百余石,惟风色欠顺。𨫼内时有阗噎之患,不免少有耽搁。山内积矿尚多,日来未奉总局之信,大约通商、设炉两事暂时皆无成局,日费百金,而磷磷者仍难变色,不免代为当事隐虑矣。知念附闻。前呈寄石一枚,未审已登清秘否?

卷二十三

复李黼廷

奉手教，祇承一切。平局李绅求退，应请商之总理，批牍慰留。该绅才稍杀，德有余，善识金苗，具有成效。自委内外收支理其财，故办理更自裕如。湘矿患在无人，若任蝉蜕，替人实难，惟公与子翁实利图之。来谕早来省局，尘事羁绁，碍难抽身。二月间，舍间有小事，须躬自料理，尤难从速。有公等在，诸事请蓬翁主持，更无须鄙人之亟于滥竽也。《开浚碧浪湖记》只有次青方伯一篇以外，别无论著。设因公上院，乞为上复，至录及微劳，具感中丞厚意。自忖十余年来过多功少，且叨忝已多，实不敢营求擢分。盖荐士之书，故北海之事，非盛孝章所可与闻也。一笑。国恤既免朝贺，尊例不复。肃笺贺岁，惟珍重不具。

与香浦、黼廷、子寿

儿杰归，具述尊旨。中丞有意论荐鄙人，颇嫌贱衔未足花样，应设法捐足，免致部驳。闻命之余，何其谊隆而虑密也！虽然，中丞厚意可感，究非鄙愿所属，何也？无论寒畯，无此巨款，且迟暮之年，鸟倦思还，即叨忝一□□□□□□。苏子瞻诗云："他年只好写铭旌。"谋以得之，无所于用也。且弟蒙大府之荐，亦□□□□□时年未赴。由于自家之懒，与人无涉，尤至次帅采听虚声，奏词极为矜重，对之增愧。及奉交部从优议叙之谕，大部以寻常劳绩议复，仅邀加级纪录之荣，生无食肉相，大府虽有荐剡之书，而无造命之权。故年来但图蝉脱，绝无求知当世之心。况世变丛生，得免为本，素性陬直，入世非宜。应恳香、黼翁婉达下情，请□□□□□。湘中有难进易退之本，民自甘□□□应。大中丞亦将谅其诚，而不□□□□□。君并转运、官钱为一，此议本自鄙人发之，既而思之，此时略迁，将原置之运局出售，即善价而沽，不够苏州湾之一炼、鄂会办之一欠，不如将运局文案并归官钱，腾出局屋发租，暂缓发卖何如？祈酌之。鄂局存磺出卖、堆栈遗缺补人两事，尽可由吾黼、子两翁专决，不必询及刍尧也。

复胡湘春

正月十七日，由省局送来大槭，具悉种切。尊听不聪是为寿，微不宜多服药。荣任纵迟，总在秋后，调养元气，以待好音。宿债一清，即宜初服山林，究逸朝市也。弟自去年九月起，由平江而衡州，而萍乡，水陆奔驰，往返近二千里，腊初始返长沙。幸贱躯因劳转健，腊底才返家园，安排以后不再出。不谓嘉州不谅，欲将贱名列入剡章，两次附函力荐。敝班系四品衔、分部主事，儿植只得训导，连印结捐免，保举三捐引见，约须三千数百两，力实难任。嘉州复于红奖外加提二千金，数金捐足，以便列保，并催赴省面商，不获已，饬儿杰赴省，与提调商量，加派基樾随同入都上兑，卜于廿二日展轮，回湘当在三月。笔已浸颓，实无须此铭旌料。嘉州之意可感，弟则难于供躯策，不能久于其事，然自有此举，仍不能稳坐家中。现在小孙寅儿入赘王家，令据执，柯请令外侄同往。土木工尚有一二事需亲自料理，纵速赴局亦在花朝后矣。素性疏慵，喜阒静，愈老而缨者愈不休。特科之举，奉部未行，此次竟不自由，特饺汤蛰仙瞠乎不及矣。自内子亡后，意绪颇萧寥，而人众食繁，家用日增，默念此生不知所屈，视兄之多累，殆彭殇一致，王内史所以兴感也。尊府平安，令孙静硕可爱，即此便是福，赣匪经击散，湘属无事，惟谷贵银荒，百货腾踊，新政繁兴，征发田至，蚩蚩之民颇不易为耳。略报，维珍重千万。

与梅殿香正月二十一日贻园

手示并单折均诵悉，锡坑山之误，肇自毛、黄，终之陇西，至今日遂不可收拾。大牍指陈利弊，确切不移，唐公条呈亦见缜密，就事论事，暂时只合如此办理，欲臻上理，非廓清摧陷，一切与之更始不可。所谓廓清者，不外合散为总、化私为公、去莠存良、有减无增四种办法，余皆枝叶，是非中峰谘呈大部，将利病和盘托出，请其勿受奸商诬讦，动辄行查，庶宵人失策，官商皆有固志，然而难矣。已将惠械交提调，属其送呈帅鉴。借悉贵局隐征，想能照送。按日将采获数目列档，严禁司巡盗卖私商，具见得窍。所虑者山体受戕已深，锑质发荣于上，十余年来斫取已罄。虽有良法，无如此病块何耳？领款已饬照发。鄙人为俗事羁绊，暂难到省，看花朝后何如？匆遽未及见，觍缕，惟慎护。不具。

复重垞

倦鸟思还，久谋戢翼。当事不谅，欲以尚父见待，两次托人陈情未见，并奖重金，以资运动。不得已，命儿杰入都承办一切，又恐难独任，加派基樾同来，其实无太公鹰扬之才，非梁灏大魁之命，何必以铭旌料相加乎？尊处如可寓宿，即令栖迟馆中，借聆教诲。其应如何查册、报捐，兄亦无从，恳揣请代询乡人之习于此者，传谕樾等妥为之。如需钱过多，无力及此，成否听之而已。项城被换，报纸喧传此公无本初之才，又不读《霍光传》，升梁视之过高，以董、曹相拟，非其伦也。其倚杨右相为泰山者，能无恐哉？摄政王对竺园侍御所言，具见英明，社稷之福。陈玉苍参幕究竟若何？樾等归来详示之。乡土事与樾等面陈，不赘谈。春寒犹滞，惟珍重。不宣。

与梅殿香

奉手示并公椷条陈各事，无一不精心结撰，利病了然，实心办事人固与他人殊也。已嘱同事一一议复。惟新化岁警察捐二百元，下次应请斟酌，盖帅座于财政颇硁硁稽核，敝处用至数十元之事，皆须请示，尊处犯不著任此出纳，难保不两行旧路，再来需索，幸推脱之。又，昨在府，闻之巨嵚，熟人来尊处找事者颇多，想阁下定厌之，计惟有碰他一次，渐可杜绝后来。否则，又如李晓翁乡人系白兜肚赴平江至三百人之多也。去岁鄙人奉委赴平，特为查此事。阁下清介，想早见此，而以鄙说为然。尊处罗知县注销卅余厂，是矣。老朽必欲越俎开复，贻误大局，天也。阁下抚卅丈之地，即以取出之石砌围，一举两得，只合如此办理，将来之得不得，亦天也，君可谓尽心矣。且看此著何如？

与蒋少牧

矿务输公明练，众载其言。昨晤嘉州，具告李金戣牍呈大部请复调查局，举阁下与某公主之，嘉州颇见疑，以谓上年李曾讦蒋，何至此次复加举荐？明系拉作陪客，盖嘉州于此事已悟出十之七八，不疑公为毛遂矣。具云调查能复与否不可知，公司则决不能由此放弃，非属之蒋某不可，属致椷左右，请亟来城，不日即有笺牍送来，公司保金、地权、成效具在，公在事有年，宁不可知此。见泽生入蜀，俊威不理事，劝业唐蓬翁以治州县之法治矿，不甚入扣。公如不出为湘矿，何想热肠古谊，亦不忍恝然不顾也。春雨未透，不能起耕，惟望乘龙启蛰，立沛滂沱，庶慰三农之望耳。

致唐蓬洲闰二月初一日

蔡灏元昨与其侄炳和来处，起初灏元颇气盛，谓本处发砂迟滞，致彼受外国洋行之罚，势必索赔。权衡答以议单以前之事不能再提，且汝转进外洋，本处不及知，即如湘裕股东朱菊樽亦因卖砂外人不能践期，受罚至五万金，以未预告本处，未向此间张口，事同一例，断难认可。于出手折驳议单各条，蘅与黼廷、子焘商量，拟具稿将伊手折痛驳。炳和乃谓受罚索赔一层，在未立议单之先，可置勿议，盖求和平了事。炳和身在事中，自知无礼，故措词较灏元为平，而蘅等仍未答应，蔡其情状，盖已气馁，大家持之当可就范。俟驳单缮出，当即呈鉴。磺事承示详稿，仍用小要，不过慎注月日及一公共地名，妥善之至，夫复何言？既经移知总公司，当共释然矣。先是外间未知办法，故单来请托，求公早定章程，以免壅滞，似此处置，不至再来烦聒矣。闰月朔辰刻。

复李晓春闰二月初三日

上月十八日到省，得读大函，借悉尊旨。后张司事、梁竹滨来，益得其详。金矿日满三百两，几复前年之旧，前途闻之甚喜，以为此事为公精谊。据竹滨云：“扼要在待遇镶丁得法，因此不忍欺。”新学家所谓德育，是非他所能矣。加派叶光廷帮收发，亲信稳妥者协办厂务，两事皆可照行。惟前途之意，谓不可不添一坐办，专管镶外之事，使公得一心志以治矿为务，更为妥协。既有此层，光廷或可缓来，协理镶务之人可由尊处自择，敝处当为照准。惟无故由处添派坐办，恐公疑为不相信任，而其人又实难其选，稍失当，又为梅李之续，俾贤者无法施展，千思百索，得一人焉，曰罗艺崖衡阳贡生，可保其决无违忤。薪水只得总办之半，事事仍受成左右，断不至有喧宾夺主之虞。惟镶外之事，如查察、春洗、各厂司巡、驾驭驻山弁目，帮夏芝翁、丁意翁综核出入，归其分任。至虑账房或有疏虞，无论芝翁为抚台所信任，冯晓翁所荐引，又为敝处札派，如有疏漏，阁下推之有辞，且经前途添派坐办，更可释此重负矣。弟于公自金线巷局楼相识以来，敬之重之，盖不仅敬重能治矿，并眼其学问优长，诗文得珂乡老辈宗旨，盖非恒泛之交也，何况矿事又有如此之成效哉！人贵有短有长，不可如霍王之无短矣。长治矿，积学自守，公之所长也；用人理财，破除情面，非所长也。圣门四科不相兼也，不害其为大贤。数年以来，弟于公自谓能尽心矣，顾俯纳此说，专心矿务，以答大府之知，发摅当躬以成旷世之业，不特于公有益，即走亦有光矣。如果查有账房本有疏失之处，不妨密函见告，敝处决不护之。惠缄颇称与芝公接洽，似乎当无不合，是以谓光廷可以缓来。以上所陈，皆承前头之意慎重此矿，又极知非公莫办，故设为此谋，以资贯助而臻极盛。若疑为不相信，则失之诬矣。昨中丞来处面谕，环金山数十里之地，如有蕴藏金苗较旺之所，请肩典遍历、细加审察，有则发价买之，以免外人觊觎，请即行之。梁竹滨不以机器燃料用柴为然，主张金堂用西法办理，仍踵柯和燃开士运之说，此间同人皆不谓然。以尊处甫经转运，又用西法縻之，无此办法。其谓燃料不能用柴，推为平属不产柴，此正李顺标张掖无水草，以欺魏孝文之意也。莽莽连云，蓁蓁天岳，岂少此哉？附陈一笑。

与成赞钧

吾县自道光以来，学诗者多俎豆玉局，陶季寿嘉树堂诸作，几如虎贲中郎，微嫌貌似矣，而神未至。复园、罘罳皆步武宋人，以云纯粹无疵，隆似在刘之上。此三公者，乾嘉以前之诗，于密庵、毅斋外，未能盛之先也。近又得一人焉，曰卢泳清，字邵常，以诸生入楚军，叙功得知县，随左文襄度陇，历官灵台、礼县，终丹噶尔同知。自云先不知诗，从军浙江时，于破屋中得《施注苏诗》残本，自是船唇马背，辄以自随，偶一为之，居然成咏，积日既久，卷帙遂多。其人寡言笑，性颇孤冷，与人少合。光绪六、七年间，奉讳归里，与树蘅相遇治城，一见如故，出所为诗相质证，诗有静气，脱尽窠臼，集中如《上湘阴相国绝句》二十首、《谒阿文成祠》排律百二十韵、《云鸡五大太清宫夜坐闻捷》三首、《首秋》四首、《送刘嗣伶从军新疆》四首，皆耐人寻味。其侔揣乡村风物，大似剑南，以钞本付余，存箧中有年矣。邵常殁于丹噶尔任内，子弟荏弱，吾惧此半寸之作日久散佚，会衡州书肆刻手索价不高，命儿械校字付刊，送呈一分以供披览。公具正法眼藏，当能鉴其幽僻静麓之思，异乎寻常江湖派也。小儿基棫有《送赵提学》之作，谬为提学推许，别纸录上，祈教正之。拙作送黄、赵诗，后有删改之处，始知诗贵苦吟，初出手即得意者，非其至也。一笑。

复陈伯严

咫荪大令来，奉到手教，借知胜状，别十年矣，贱齿已届七十，公与实公亦非壮岁。相隔一湖，竟艰一面。此间有公来提湘学之风，果尔，犹可赓续坠欢。否则，我既不往，公亦不来，未卜此生更有几见也。蘅一年强半在城，旧游星散，胸腹日益迂陋，前缄目为道坚，实则顽固之别名耳。然自问究与寻常顽固微不同，惜不与吾伯严一辔论之。日来黄、赵两公入蜀，同人牵率赋诗送行，儿子辈亦相率和之，芷公颇赏基棫之作，录呈乞一加评。此外尚有《寒食游碧浪湖》《客冬至水口山题松柏江楼》之作，并家弟重垞中翰和诗二首，均祈是正。咿咿以消永日，借可觇弟之无聊，非敢斗胆桴布鼓于雷门也。闇园诗自是好手，人亦质静有味，到州仅面两次，即奉委查衡永一带妖卉，俟其归，当与细论文也。

陈三立致书

久不通问，伏承道履胜常，撰箸日富，至为跂仰。走以毛布政兄之官肃州，日前抵汉上话别，惜公不及与一温卅年前同游祝融之零梦也。有年家子王思孙大令，以一官到珂乡。其人学有根柢，颇能戛戛独造，因公喜得端士，宏奖风雅，故特介绍，乞随时进而教之，知必相得益彰也。匆促草讯近安。

致洪毅夫

久不寄书，甚相念也。伏谭近状安好。蘅为矿事羁绁，猝难脱身，一年强半在城，虽官办只余平江、常宁、新化三处，凡商矿概归公司及劝业道，而每日酬接人客，批答函牍，势难悉免。七十之年，仆仆于此，殊少味矣。儿植仍留水口山，幸出产视前有加，计一年除用去外，约赢三十万之谱，以充练兵、学堂之用，可以鲜纾农力。闻大部委人赴各行省清厘财政，此项外销之款，不能终瞒，终亦集权中央，而湘省失此涓源，大府不无少懊耳。芷荪、泽生两公正安排启程入蜀，连日随人赋诗设饯，以宠其行。二妙皆楚之良，于蜀事当有起色，芷公于阁下为同馆，询及尊况，具以告之。泽公有入藏之说，体未复原而远涉岩险，似有惮心。且看顺平如何布置？闻治疆虽非大缺，愈于前所履之地，好在人所不争，姑守是以俟运气之转。惟祝稍足归装，彼此过从，宴乐于碧峰青嶂间，斯幸耳！东南民力已殚，习尚益侈，征敛益繁，失业益众。时会茫茫，未知所届。想同此喟矣。

与冯晓青十二日

韦通守来函，呈鉴礼和挑剔白铅矿成色不好，明是眼红瑞记购走三千吨之银矿，思假此以遂其要挟，盖犹蹈二十九年以前之故智，以为本处可以任其鱼肉也。查三十一年三万吨白铅矿之合同，指定三十六年交楚，而湖南仅水口山产黑白铅矿石，该行合数十万金之泷机，水口山一日不起运，该行即一日停机。为今之计，惟有致函通守，谓矿系一礶所出，并无良楛之分，礼和既以为成色不合，只好饬水口山停运，候挖有佳矿，假明年秋冬之际，征足以符原约。否则，请孙雪堂来湘，由此间派人接伴到山，以验矿之是否一山所出。似此对付，庶可弭其邪心。盖彼志在将交易延长，我总安排与之截数，查白铅整块欠缴不上万吨，捡尾当更少。尽二十一个月之期，将砂运至长沙堆栈，拚却吃一大亏，断此葛藤，恐非该矿之利也，公以为何如？今日接水口山信，黑铅砂用土炉试炼，每吨获银铅约值柒拾捌两叁钱零，据闻每试数炉，尚可加多单，呈鉴白铅，则已有成效，只求两项铅片畅销何有乎？礼和何销乎？江进士何赖乎？瑞记景贤，此好消息也。特此布闻，一笑。韦函附上。不宣。

答徐祝三

书来诵悉，买矿由汉过磅，以前办法原是如此。此间自光绪丙午年与各洋行改组归长沙过载，彼此省多少手续，近更于省城南关外灵官渡地方安设堆栈，各山运来之矿，分类立栅储之，外商如欲购买，先赴堆栈验看矿之成色，问明价值，然后至官矿总局立约签字，便由堆栈过矿打包、上船，水陆运费、一路关津税，则概归商人自备。汉口设有驻鄂湘矿转运局，买主将矿价兑过，由运局电告长沙官矿总局，总局须发护照，即时解缆，一路无阻，此现行办法也。来谕欲送汉口过磅，与今所办两政碍难照行，如不嫌远，就当即照此交易，否则不能俯就。琐琐奉告，惟谅察。不宣。

复冯晓青二十八日

手示并院牍二件，大箸、说帖，一扣均悉。武汉居天下之中，万商云集，汉水入江驶急，内港甚隘，风大盛涨，容易肇灾，诚得如尊策将鹦鹉洲夹套浚深，则患可纾，工程较南岸尤亟，南岸商场开，即以浚湖之土筑场亦甚便，湘粤人尤蒙福。南皮高掌远蹠，当必以尊论为然。特此时方主铁路，未暇及此，事可缓行。留此议于人间，以为将来蓝本，抑所谓有用之文也。下鄂运局公文已叙稿，计日可发。得台端襄理，本处极热，贱躯不耐暑，逢夏即归，且近来出矿渐旺，不能不售与外人，公谙外交，处置无一不当，为湘矿度，不仅一身得所恃赖已也。谨扫室以俟荣莅。上南皮折照缴，祈察收。不具。

致李荫棠军门

去秋承与绍庵部郎惠顾，疏盘、白酒，无以申敬，念之歉然。今春间三小儿樾抠谒华堂，辱荷饮食教诲，相待逾恒，弥深感谢。迩惟动履多胜，潭福日增，敬慰敬颂。承命纪述鸿烈，垂示方来，只愧不文，不足发扬懿美。今年二月到省，尘事猥多。四月病疟几殆，舆疾归家，更医调治，直至五月尾始脱体。衰暮之年，遘此疾戾，一切举动不能照常，比公龙马精神，老当益壮，不及远矣。日来始振刷疲慵，将大稿细译，拟成事略一编，大致公之战功莫著于随克金陵一役，赴机之速，鏖兵之苦，不在诸将之下，徒以自重不肯干人，致酬庸之典未能与涟上诸英比烈。凯撤之后，不名一钱，十载食贫，安之若素，此等行谊，恐知者亦稀。故编内于同治初年之事书之较详，及专阃陇中，正常归马，之后大府倾襟，崇阶累晋，老寿繁祉，子孙盛昌，啬于彼者丰于此，殆天所以报善人乎？至服官以后，善政累累，比诸建牙吹角之人，自然优异，究皆守官之常，不宜过于称述，故其间多用轻笔。至由权篆而即真具除，详履历，无须详叙，此微意也。谨削稿呈鉴，仍乞卓裁。

致赖子佩观察

五月江深，轻寒犹殢，伏维慎护眠食，为国为民。树蘅因病疟归里，近虽止息，而精神疲困，不能久立久坐，饮啖亦未复原。袁苍山谓："暮年遘疾，如秋雨之后，一经淅沥，则凉意便添。"信哉言乎！鄙县靖港船捐，承示及办法情至义尽，具仰大君子奉公恤民之意，两不相污。其时即函致靖市管理八元堂绅首，约其来城，不料该绅因病回宁，致稽复命。近始得其要领，大致捷臣公祖饬传各埠船户，谕以台端语树蘅办法，既取约而法不苛，遂皆一一遵办。查沩水、乌江船约三千余号，每号岁征百，合散为总，一年可收三百余串，出者不多，而于公事不无小补。且令出惟行，不甚阻梗，想中垣亦必见许矣。如蒙允准，当嘱靖局绅董率各埠首赴辕投结，以求寝事，祇候还云。手肃，恭叩勋安。

复重垞

手教具悉。领轴一节，兄之一分，请作罢论，转折多而縻费重，不如其已。盖人世虚荣久已厌倦，己生而不肖，不能显亲，粗有微劳，而居上者印刓不与，大约亦命，所招不愤亦不尤也。夏初病疟几死，服张医方而愈，近日饮啖复元。天气酷热，贪匿草间逭暑。植亦自节前归里，拟其母祥后再赴局，山内留樾居守。矿犹嗢出，今年得价约七十万金，而当事专望此事发达，可谓虞公无厌。清理财政员到湘，只恐秘之无可秘，终不免集权中央，善后局难免丧利。矿务处十余载覆盆，或可见天我无希望之心，一切听之而已。白露节后，当仍赴齐门滥竽，混过今年再打主意。凿坏墐户，台下肉食之计，似已定见，亦不必赞词。昔鲁絜非作吏，惜抱虑其不宜，后竟政声腾翥，贤者不测，是之谓乎？惟嘱好自为之。报纸浈阳为胡侍御所劾，而赵炳麟亦拟后继。此公用财如泥砂，步武老世叔之婪赃，宁有此中分公私哉？不可知也。东南盛潦，民卒流亡，斗米千钱，朝不谋夕。新政筹款，吁其艰哉！仗马寒蝉，无一人上告监国，季孙之忧，恐别有在矣。如何？如何？会馆捐当设法报命，特不能丰，既非攫财好手，又怀悭吝之情，乡衮或能谅之。即捐当在年下，不能从速。如此事并未动手，仍乞惠示，免至破悭尤得也。酷暑惟自重。不宣。

复黄子焘大令

久雨时晴，想茂对之余，起居佳适，至为跂祝。贱恙归家后，渐就痊愈，饮食亦复原。惟精神疲倦，不能久坐，昏昏思睡，又畏风寒，早晚皆御重棉，饭后复汗出不止，衣服加减，儿辈时刻经心，素不善医药，专慎寒暑饮食，以望有喜耳。病后不耐事，尤惮暑，不能即来，一切仰仗维持，俾得少安尸素。俟七月亡室祥后，如果炎暑渐退，再议行期。中垣及唐、冯诸公询及，乞善为说辞。承示大著，详院稿大致妥善，此等文章颇难圆足，只好如此办理，仍听幕府权衡，蔡京无理取闹，详绎大部咨院之件，左袒京意居多。近来外商两部，畏洋如虎，不讲道理，况蔡京声气广通，有以拉其线索乎？好在阁下所开手折，条辨分明，不难颠破，如再设辞，以庇奸人，鄙人虽不才，当拟稿与之痛驳。汤寿潜敢于诋汪大燮，有例可援。处无忌讳之朝，或不加罪于布衣。再不能请一切听部所为，我辈亦无恤矣，公以为何如？硫磺百斤价七千，始终不出李藩台范围，犹须送鄂钢药厂，未便太得便宜。如再订价，似非加作九千，于湘交割不可。晓公正人，当不可河汉余言。白铅砂龙王山所出无几，只能供松柏炼厂之用，似不宜发运。另与瑞记交易，惟黑铅砂尚余三四千吨，既须自炼，更难发买无已。生锑尚可出售。今年水口一局，至年下起运，收价总在三十万以外，亦不少矣。施者倦矣，而求者无厌，安得有此不竭之藏乎？应恳致函鄂局，陈明大略，收回买卖归长沙。不因另售生枝节，此矿庶有豸乎！愚见如此，明识以为何如？力疾裁复，未及宣备。

致唐蓬洲六月初四日

南风解愠，想见道体益臻老健。不陪之说，殆不然也。贱恙亦好去八九分，惟终日昏昏，如刘宋猪王之喜睡，无法驱此梦魔耳。我心惮暑，又恃公在事，可缓滥竽。拟俟亡室中元大祥过后，称娖来城。其时白露在天，凉堂瞻对，当更畅然。江湖盛潦，一片汪洋，市米翔贵，恐获后益难减直。饥民难于得食，又远烦朝廷议蠲议账，民力只有此数，想公同此喟然。可肃，度叩勋安，不尽百一。

唐步瀛复书

今日奉手书，读悉。台驾须二十五日始克来省，令人望眼欲穿矣。弟于矿事，全然不晓，一切均问子焘，幸子焘甚明白，然亦必有与老兄相商者。前函黑铅砂不贱售，弟深佩服。晓青来函，痛诋兰青，殊难为兰青解。人之不易知如此。

致汤寿涪军门

别十余年矣，欣谛精神富健，不减当年，闻之快慰。前年无妄之灾，初莫知其由来，及世兄以大牍见示，始知谗口嗷嗷，成此具锦。然麾下功勋之懋，久为当世名臣所推，方今贤王监国，求才若渴，光复旧物，在北顾间。预贺。大稿一禀一申，均极妥辔，惟措词间有过激之处，恐前途难于照转。既承大命，为之商定，不揣暗昧，略为增损。别纸缮呈，仍请裁夺，如有不合，别求能者可也。报纸载朝廷起用废员，本人赴都察院具呈不下数千人。近日，尧帅为余参议尧衢会小帅衔为之申理，竟留中未发，中峰微有戒心。尊件好在贵本家稚庵观察与中峰戚旧，得伊先为料理，或可随到随行。至出名之人，不必多列同县，如省城益吾祭酒、觐虞老守、尧衢参议，皆与稚庵交好，得其一言，定当署诺，诚得乡井巨公同申公论，不患无回天之力矣。舍间至尊府，一牛鸣地，本应登龙中贺，缘中元后仍当赴省滥竽，握晤之期当在冬间耳。来稿四分奉缴，乞察收。祇叩台安。

与梅殿香

手示并说帖、图绘、销册，并悉事之明婳，较若列眉。据鄙人观之，毫无遗憾。惟近日大部及办事之员，专讲体格，不求实事，未审能门筍合缝否也。已交贵局丁送总处，听其汇申呈院一分，是否能行，亦仰候提调斟酌。至销册核实，一丝不苟，有心目者自能知之。阁下谨慎，不替祖芬，足以式颓俗而全履蹈。如此办法，决无危险。锡坑山不能臻宏效，亦不至大折关，乃鄙人之恒言，阁下所见略同，足征考求得实。湘矿冠绝中华，前途不知守此致裕，专存得陇望蜀之见，属将水口山大办。去岁鄙人亲自到山，加开三口，至今渺无消息，徒耗金钱。又欲开办洋炉，引用扎台图骗之洋学生，不惜巨资，希望不可必得之利。吾谋不用，意兴萧然。今年四月病疟几死，盛暑恶热，匿伏家园已满百十日，近日眠食稍康，天气渐凉，拟赴省一终残局。春间嘉州有委赴东瀛之谕，棹涉风涛，曾婉辞之。兹复游兴大发，如仍举前说，拟借此一窥沧溟之胜，兼避同人生日之贺。如东溟之委作罢论，仍当赴金陵一访故人，或即由汉皋乘火车入都，一览帝京景物。大致行期在十月初，台驾如九月到省，犹可作数日谈也。吾乡年岁尚算好，但谷价翔涌，县官徇城商之请，不准放行，特因此闹成荒象。新政累累，饥鸿嗷嗷，此则不无可虑耳。知注附陈。匆复，虔候日绥，不尽缕缕。

致李晓春

吉顺昌事，渠于日内禀院、禀局，既经被人控诉，不能不委人行查。所委严二尹，温实人也，到贵局时，可将实在情形告之，以便会县裁判,市商固驵诈可恶,亦虑局丁朦禀,敢于生事,明者智烛几先,当不至为其所欺。自开办金矿以来,因与钱业往来,被其倒闭者以数千计。兼办官钱局之冯观察晓青,议于长寿街开一官钱分局,以后贵处便可向官钱分局领兑。现在水口、龙王两山,亦是向衡州官钱局支领,既有此通融办法,以下免至与市商纠葛,不日再有公文来,可即照行。此次与吉顺昌事,尊处固迫于难已,然亦稍嫌径禀院,未免小题大做,嗣后有事,可先专急定漏夜来此械商,第一要义,在约束局丁毋授人口实,世间"明"字最难做到,国侨不免校人人之欺,何论我辈?施恩丁夫,在不刻扣其工食,而严束以规矩,不在区区媪煦也。大牍言山内之事,明孋之至,具见实心。日来一切,想均照常。芝翁、廷光皆足倚信,德不孤矣。

复李晓春

书来如晤。请银八千两准备买谷,自属正办,已商之提调照付。本月金出稍逊,由于礶内闭风,风之不通,由于未雇贵乡木匠制造风鼓,开气礶亦稍落后,若是乎从者之疏也。下次于此等事,幸勿蹋场。中垣于尊矿拟大办,苦于有具之才不甚趁手,意尚踌躇。昨为湘矿连上两折四片,煌煌大篇,他省不能效颦。以前如俞如赵如端如庞,皆未暇及此,让嘉州独擅其能,其实亦因监理财政不能不和盘托出,留此以作外销之款,然后来竟胜前人矣。鄙人谬承荐剡,援光绪二十二年商部奏定之案,得三品阶,此时批折未下,或照请,或交议,皆未可知。树蘅老矣,即蒙恩准,亦恰如苏玉局诗:"他年只好写铭旌。"故感嘉州之意虽殷,而寸忱仍未十分忻喜。附闻一笑。折片不日当行,贵局览之,可得其详。吉顺昌之事,一误于公之不应禀院,再误于敝处所派之严巡检系于该店有连之人,竟会县禀,将尊处官司全输。姑将公之庇礶丁真假一层丢开,而县官非能将局丁刑押四月之久,权巡警司无刑押人之例，当初次接函，即弟亦疑公之不明，袒护夫丁。昨桂岑言之，此次示弟之椷亦详言之，然则委员之该死，县令之失刑，无可解免。函内又称问芝翁，可以得实，足征此案，尊处不错查吉顺昌为省城颜泰顺所开，现在湘乡分销店欠款四万，敢连络湘绅与督销局抗，其不安分可知，闻嘉州已不善该店所为矣。尊矿方拟奏请大办，若任官商如此凌藉，以后何能办事？已拟具稿详院，先将大椷呈院，俾得知委曲，芝翁经嘉州询问，甚以不一见为歉。椷内引之作证，前途必能照准，且听下回分解可也。洗机已买，开土连油应请梁竹滨动手开办。先将土法洗剩残砂堆积河下者洗刷，每日出金若干，用油若干，用工若干，即梁之薪水亦铺在内，数内详细见示备查。如不偿本钱，则此项机器以无砂接续难用。梁工师去岁向鄙人之言不实矣，乞过细考究一番。手复并候。不宣。

答重垞

两接手椷，林居卧病，未即报。承代为查问，费神之至。近查主事领照，应先缴捐免银两，实无力及此，即令勉强集腋，以至艰之银贸此铭旌料，亦殊不值，不如即收实收，以为凭据顶戴荣身。深悔春间奉托，虚费清神，兄老矣，无心当世，弟所谅也。月初到省，始悉嘉州以贱父子久历矿场，疏请以三品顶戴见畀，以候选教谕畀基植，不知主事未经核准，若交部议仍是不行，惜保案已出，不然仍当力办。湘中今年尚称中稔，谷米涨价，因阻境不准流通而起。湖北筹赈二百万，扬州玖百余万，古今办赈无此豪举。宁尧汤皆不仁，今之君子犹贤耶？毛实君不以甘捐局为然，大为沪人所诟，风气已成寸胶，焉能止河泻？心知非法而已。十月之交拟来京，借避生日之闹，并与诸友一叙。渴悰余容面宣。

与卣生明府

树蘅四月病疟，六月瘴暑，林卧百二十日。始以月之初四日抵处。夏间两奉手书，病中命儿杰具复，词意皆由口授，非豚犬敢抑扬以欺父执也。薇垣之信既如彼，如期满再试，得利尚有厚望，否则毋宁称娖以归。明知归亦非计，然较之流滞海邦犹为稳着，且尊府之事待捡挍者颇多，日久恐进退皆不易也。贱父子今年薪俸所入颇不菲，而出亦不赀。近奉中垣面谕，速将本班缴足捐免银两，以便列保，终以款项太巨，情愿不受此铭旌料，以免揭债。此事近于矫激，非人情之常，而不知非不为也，实不能也，即此可见其窘。然兄之窘更甚于弟，弟谨奉上百元，稍资敷衍，毛诗之数力实未逮，乞谅之。贱体托庇复原，饮啖较常加健，十月之交，拟由鄂达金陵，一览六朝遗迹。特不识届时能达其目的否耳。

复杨皙子

昨谈甚快。书来承奖借，只益惭恧。近世人情，患通患慧，非有确乎不可拔之操，即日讲维新，履遍全球，经学词章均臻绝顶，皆利也。左文襄谓“近世人情被一‘利’字蚀尽”。又曰：“无所谓名也，名亦利也。”阅世既深，遂烛破情物，不觉言之沈痛。阁下笃实践履，不为物移，数年以来，窥见至隐，通与慧盖不居也。自此佩仰益深矣。愿守钝恒，以慰见慕之徒之心。长河稿已交文案速拟，大致二三日可以达郡署，用慰廑悬。

复黄敬舆

前承椷示，梁姓应领银两已如数核发，奉恳先生转付梁君，鹄候为叩。由葛君舒桥处奉法书屏四帧，笔致精劲，深得晋人三昧，实玩不忍释手。行尊藏秘笈，以承墨缘，敝处同事李直刺黼庭曾介舒桥求书对联，乞付下，当为转致，以餍其渴思。

黄自元致书

荪畡仁兄先生道席：久不诣谭，惟兴居曼福为颂。命书两件，勉书奉缴，恶劣愧无以对佳茗之赐，殊自疚也。手肃陈谢，敬请台安。不具。弟黄自元顿首。

与陈泽湘

顷谈甚快，惜事冗未及久留。附呈《罘罳山人集》，卢邵常、吴韵霆诗各一部，又《周司农治河奏疏》一部。司农崇祯时治决河有功，明史无传，仅附见河渠书。王船山所撰《永历实录》，谓其改节降清，实无是事。生前之功既不列于史，几没后之名复不谅于遗老。下走昔年曾请宁州中丞与湘绮先生撰文辨之，交其子孙刊入疏议中。今以一部奉呈，以足下留心邑故，览之可助高深也。归期既改，尚能来此一谈否？

与李晓春

尊处与吉顺昌事，误于敝处所派严巡检与该商有娗，竟与平江县长寿司技同一气，朦禀院局，将事理颠倒，市商不足责，印委颟顶至此，实出情理之外。姑无论其是否受贿，总之巡检无擅押人之权，县官亦无不问明白黑，遽将矿局丁役刑责押至四月之久之理。事已至此，无他办法，只合将原委和盘托出，听候院裁。委员系敝局所派，不料敢于乱纪。至此亦难任其置身事外也。

答夏芝麓

手示诵悉。贵疾入秋复作，大致因受寒而起，不知渐愈否？念念。驻鄂转运委员韦通守调办常德官钱局，需人接办，冯观察晓春力荐阁下于中垣，谓曾于鄂臬黄廉访处共事七年，熟知性行,且咎弟过于避嫌,不早请出,局中同事亦同深企仰。见已由院下札赴鄂接事,鄂中为昔年熟游之地,轮船往来甚易,为亲家计,亦甚佳便。局务虽繁,已加派司事卢绍云帮同检校。平江收支一席,暂交萧廷光接管。本亟治装,缘通守急于赴常,不能不乘早到也。即候颐安。不具。

与周屏皆

八月奉皋兰惠笺,知已入实公幕府,甚善。陇右地高风劲,居者无重膇之疾,于尊体亦宜。惟闻实公与督部均以赈务为沪上所讥。即此见公云:“正苏沪人,行不忍人之政。”出于饥溺,由己者不谓无人。借此市义,干希厚实,恐亦难免风气所积,久假不归,乞助既多,无籍可考。袁简斋氏谓割他人之股以行孝,敛别人之财以自肥,非尽不仁人之言也。自通商以来,取易盈而用益滥,为前古所未有。近岁淮阳偏灾,赈款至九百余万,放散多不以实。百尔君子,心知其然,无人敢肯言,则言者异矣。与实君别三十年,不谓硁硁犹昔,亦空谷足音也。晤时为道区区。令郎已派往黄金洞,想有府报寄上。匆遽不能多及。

答石贞

久别甚相念,想起居宽适。承示待遇某观察一层,倚部章为重,又恃家中有千亩之田,阴阳怕懵懂彼施,施者遂无如君何,亦可谓今世所无矣。李芋仙掴赣藩之颊,卒致去官;公挫某道之威,反得张、袁称许,足见此公倚借上峰之眷,众人恶之而不敢得罪,假手于公,众情大快,然乎,否乎?然此等举动终不合时,下走素劝公,久涉仕途,亦出于愚爱也,想能谅之。弟近有兴出游,实一以避贺生日,一借以拓见闻,惜不能纡道中州,与亲家一晤耳。

与族研农

昨承与寿衡枉顾，仓卒未多谈，尝祭祠堂晤令伯，知吾弟窘况，然贫者士之常，此时宜硬竖脊梁，以耐寒窘，人无终困之理。愚廿年拥田较弟虽多而累甚重，守钝不营，强相撑拄，吾弟所目击也。湘乡罗忠节遗集自述省试归，妻病几殆，盎无米，极人世之困苦而志不馁。做人应于艰难日求生活，莫蹈常人脚跟。弟温良有守，以学论亦当胜人，仅副拔萃，诚为抱屈，科名无关轻重，毋庸介怀。仆愿吾弟为正人为贤人，不以暂抑为惋也。附来药言一分，系刘中丞霞仙所释，其中嘉言懿行，足相启发，可与寿衡共阅之。银饼数元，聊贶生火费，轻鲜甚愧。珍重。不具。

与陶矩林

前月道从至省，弟适归家，失于迎迓。近维动履嘉豫。贱体夏初病疟，缠绵至六月始痊。九月杪到局，拟于来月杪赴都，一览帝京风物。便航海至沪，过金陵从公谒叙，以释渴怀。如晤散原，请嘱勿他往，十年之别，甚思一握晤也。从子某留滞南京学堂，昨以书来，企仰高风，属为介绍，祈进而教之。即候台福。不宣。

致李晓春

前奉手示，承许逾量，愧谢愧谢。残秋苦雨，想调摄得佳安也。夏芝翁量移鄂渚，遗缺以敝从子润农接管，弟初未允，黼、焘两公必欲如是。此子游新疆二十年，颇稳慎自爱，且家粮粗足，此次回家不愿出山，经弟强之使出。一切惟幸教之。长寿司事已与中垣言之，请其换人，以顾矿政，比颔之。且看下回分解。弟因奉委赴鄂，拟趁此至南、北京一游。今日展轮，仓卒不及多宣。

复朱捷臣

省垣聚晤，冗未多叙。旋闻返旆，缺于祖饯为歉。敬惟兴居康豫，式符心祝。子翁观察属采仓谷一事，树蘅奉院谕赴鄂，势难兼顾，奈观察垂诿不已，只好与台端分办。已寄信下乡，有愿办者由舍间给付护照，卖户持照径送到省领兑。敝处不经手价钱，或万二千，不拘成数。子翁已经报允，昨接手翰，尊处所领二万之款，比托毓卿、儒卿代办，委任可谓得人。鄗县产稻之乡，区区二三万石之谷，又临以公祖之谕诰，当不难咄嗟立办，似此权限分明，彼此可免牵混，计台端必以为然。惟闻四都近湘潭之地，有匪党借缺食阻禁，敢于肆抢，实属目无法纪。现经枭六存四之法告谕遍行，信必怵法不敢再逞。设或乡愚无识，敢有借此生事者，层台既皆不许，执事直可执法绳之，氓之蚩蚩，决不敢与官抗也。承示煤炭坝事，又有人聚众强开，以上峰定断之案犹敢于藐视，可谓毫无知识，风闻其党乘驾来省，具呈典史，请其转行。即此可见其愚陋不知轻重。下走于乡上之事，久不与闻，辱承示及，略一论之，大致应请速派已经拟定之洪葆翁接办，如有不服，直可上禀层台，不宜容与徘徊，反致酿成事故。刍尧之见，未知是否，惟审察之。㪍庵太守处四月间已亲笔致信，劝业唐观察将请开禀帖取销，此刻虽意中不免藕丝不断，决不至挺身肩任。且㪍公昔年与下走在义宁中丞处作客有年，学问、词章皆一时之隽，颇称交契，可保其不至为难。此层公可无虑。总之，下邑民情虽不免愚结，然畏官之心尚重，何况由劝业道、总公司以为准驳，部章森严，谁敢干犯？其敢干犯者，特无知嗜利之辈耳，直可折棰笞之。公请勿疑。

再复朱捷臣

再启者：敝族祠在县西南二都三区乌牛山之上，距县城约七十里。祠者散居数县，岁以九月十五日入山展祀。当光绪八年，树蘅以谒祠被窃，其时今劝业道唐公适主鄙县，皆函请辑贼，不获。幸该犯于益阳犯抢伏法，由是贼风稍息。近年贼风复炽，本月十五日夜，复有贼挖孔入祠，窃去衣服、什物多件，随于山下烟竹塘余姓烟馆内起出铜水烟袋一件、铜毫一百个，比经席邀团保驳证属实。查烟竹塘至竹田一带，皆山谷杂袭，素为匪徒卵育之区，窝户余姓系一病瘫之废人，专以卖鸦片招引盗贼为生计。至竹田地方则豢贼犹多，地方人稍加讥禁，即声称毁屋杀人，因此无人敢报，以至肆无忌惮，愈酿愈深。此次敝祠失窃犹为小事，然不趁此番痛加惩治，将来屯积日多，贻害地方不小。所谓涓涓不塞，将成江河，不可不虑。公祖治盗之严，下走屡向上峰言之，即县人亦无异词。此番应恳遴派干役多名，先至烟竹塘将余瘫子带案，究出伙党，尽法惩究。再将烟竹塘、竹田两处饬都团总，遵照章程实行保甲，将匪盗分别办理，或驱逐，或拘办，庶廓清摧陷，县境少一匪巢，则合属感蒙威惠。感激之私，不第敝族受庇也。除由团保及敝族具禀外，谨再驰椷分奉，恳乞留意焉。

答周纾龕廉访

承命书条轴、录近作，目眵手拙，字既不佳，诗无风格，只益其丑，重违嘉命，勉强握管，不足济公家雪色壁也。纨扇太珍贵，不敢落笔，小儿初通六法，恭绘呈政，乞幸教之。属有鄂渚之游，归期在嘉平之初，恕未走辞。

与李黼廷、黄子焘

弟以廿二日午刻抵鄂，即住转运局。廿六日韦通守将局事交夏芝麓君，其收支吴某随韦往常德，派卢绍云承其遗缺，尚有干修两名，乃冯晓翁所放。韦君甚不然之，弟已将缺开去。大致韦颇认真，人尚质实，辞事缘由不出公等所料。甚矣，好人难做也。主办兵工、钢药两厂之监司,仅晤蔡君一人,所欠磺价,推以荆襄被潦,银根疲滞,此项应归善政局核发,现在无款可拨,一味推诿。查军磺皆系冯公经手,价值比长沙低贱,拖欠又如此之多且久,不知果何意也。运局收款二万余金存湖南驻鄂官钱局,日内又有大帮砂船到埠,估价不止二万金,官钱官矿皆系一道主之,月息不少。自非伯夷、原宪,谁能无私?已商芝麓,以后尽收尽解,与官钱局断绝往来,或不至如前之放失。梅根所抵后湖地皮,据张惟馨云不至落空,惟董家巷房屋已经湖北关道将屋出赁,以强权施之邻省,似不能不据理一争。当详院求转咨督部,即难全数收回,得半犹本,请黼兄先向中垣一商。再,冯管湖南驻鄂官钱局,经三怡倒闭十七万有零,内传梅根占七万两,系挪空官矿局之款,以辛苦垫隘取诸富媪之物,徒供诸人之一掷,实为可惜。揆其致病之由,皆由卖砂之后存转运局之款太多。此次经鄙人定作随收随解,虽不免为该局人所嫌,而动辄倒闭十万八万之弊庶乎免矣。昨在叶揆初座上,晤鄂客四人,据云四怡所倒,尚有一二成开销黄姓所开。三怡除还汇丰洋款外,仅余珍珠一粒,值六千金,以六千金滞贷抵官商四百万积欠,衡以国律不知应蔽何辜?默观湖北官商,已成一虚空缥缈之世界。据通守云,冯不愿再来湘宁,中垣有督过之言耶?君等有所闻否?

与夏芝麓

别来想尊体平善。弟自上月二十七日返长沙,值中丞卧病,至今未曾会面。据闻四怡及梅根欠款,颇咎冯晓翁经理未善。此事不了,晓公恐难置身事外。董家巷、郭家巷两处房屋,中峰已诺据详咨鄂督,能否争回,不可必。然不可无此篇文章。邵阳李某欠傅梅根之款,据县尹廖楚材来信,必须将借券发下才有银交,已转行梅根去矣,请告知张兰青。承电告有人索买生锑,每吨出洋例银九十二两,见有胡某在此间领买,价银捌拾四两,水力、关税皆由胡自备，长沙交银，通盘合计与九十二两一吨无甚高低，而省事较多。再，有来尊处问价者，祈抱定长沙交砂交银宗旨告之，惟价目涨跌临时面议。三怡、四怡所倒之壹拾柒万，由于以前管运局者收回洋栈，矿价存局太多，又官矿官钱由一人主管，此番经弟划清权限，矿价随收随解，留充局用者每次不上千金。诸事可卧治，省担多少关系矣。新于督部何日可用以履任，商号倒欠能收回几成，便中希示一二。

与梅殿香

人来借读致提调一函，所请照发。下走以九月廿日启程赴鄂，三十日乘快车至京，十月十八日仍乘快车，以十九日抵鄂运局，廿四日乘“慈航”上溯，廿七日回长沙。在京晤炳青、少庵、渐之诸公，游宴无虚日。炳青先得阁下信，闻下走到，十分接洽，并为领照事奔走不辍。其人诚信笃实，循资递转，可望推升，侍郎一席翘足可待，亦乡井之光也。令侄勋彝住圆通观，得举之后，不讲应酬，人极明通，无学堂敝习，黼兄长者宜其有后，后下走数日归，现在省邸。礼部公入祀瞽宗一节，炳青极为怂恿，勋彝初拟由同乡具禀大部，少省周折。据丙青云，部中仍是发原籍县、学等官申复，不如即由县起文，不过多费数十串之纸笔费。贵公田近既充裕，当亦无难。都门诸乡衮皆愿列名，下走拟腊初回县商之柱嵚，即于今岁定局，公牍琐琐，当躬任之。勋彝于此事极认真，惟云须请命堂上并诸父，即此见其谨慎，想阁下与闻清闻之亦喜也。湘绮文稿尚未出，容当索附呈。此举非君家一家之事，下走自当尽后死之责，提学处常有往来，抚院亦时见面，当并先请，以免延搁。下走在京略有吟咏，湘绮、葵园皆谓不恶，已交刻字上版，遍乞同人鉴定，俟刷出当以上呈。时事不佳，隆裕大有垂帘之势，洹阳革职，出隆裕之意；监国荏弱，诸贝勒年轻，任重志在求赢。朝无重臣，势力倾轧，恐有内衅。东三省俄日交争,两虎斗于室中,宁于房屋主人无损?此可以理度者也。湘鄂军、学两界散布流言,又如义宁时谭嗣同造谣,湖北已经德国插旗瓜分,风影讹传,毫无影响。湘、鄂两省学生皆有断指,以图激众办法。死一陈天华不足耸动,何论一指?兴学十年,仍是故习,毫无进步,可慨也。勋彝谓逾闹之人,逾不明白事,诚有阅历。大致世界万无好理,湮阳侵牟赈款三百余万,已见明文,似闻鄂中筹赈百余万半挪他用。贪风如此,安有穷期?湘省近日风潮由优级师范学堂而出,鄂督、湘抚已明白晓谕,禁止之矣。下走住京十六日,儿杰于十日后即患疟,颇为所累,幸回鄂已断,近已复原。儿棫于初二日嫁女,小女瑜挈十一儿回家送亲,初五日仍回去。以老姑在堂,不能久留。儿植患疸,八、九月间甚重,几不起,多服参耆幸痊。谨此附闻。

致朱捷臣

树蘅自京师归又逾月朔,尘事烟海,未及笺候。别来想政躬多福,庶事用康,至为跂祝。日来舍间来信,赖观察托采仓谷一事,据在敝处承采之廖萼楼告之小儿,近日在四都道林一带买有谷数百石,被该处地痞纠集多人借口阻禁,将谷抢去百十石,比将护照交验亦置不耳,似此胆妄实出情理之外。虽未据廖萼楼具禀,然既经小儿来告,不能不求访办,比将家书送赖公验看,已诺行之。尊处查明办理,无非欲烦据此严拿,无他意也。湘省莠民借荒抢谷已成积习,前年武陵一案,经蓬洲观察严办数人,风稍寝息。至敝县四都地方,与湘潭银亭市毗连,地方无明白晓事之绅,即有一二正人亦畏葸不敢出身,苟图见好,匪人偷安旦夕。此等抢谷之事,历年已经数见,甚至如庞姓盗匪倡为百棍会,杀人祭符。已故甘肃臬司成定康被人剖棺,剥夺珠宝,并于湘潭控案,未经破获,以至匪胆愈嚷愈张,至以院宪饬行采谷饬仓备荒之件,亦敢公然攘敚,顽犷藐玩至此,实属罪无可加。应恳饬派得力兵差前赴被抢地方密访,如果得实,立将抢犯带案,一面将情节禀院司请示严办。此等重大案件,大府亦断不至姑容,诚得大力涤荡一番,匪党怵法而不敢鸱张,小民受庇而夜能安枕,贤父母造福闾阎不小矣。方今世难方殷,虑非新法律所能止辟,诚得乘此案一澈大吏之听,以取进止,台端立脚既稳,可以放手一办矣。二都窝户余姓烟馆行窃敝祠一案,蒙几次饬差拿犯到案,具劳清神,惟闻有数犯在逃,该处竹田地方几成盗薮,一切情形承派办理。五亩丘煤窑之敝,本家篠汀大令知之最详,若因公晋谒,恳追询各贼坐落之处,必能言之详悉,问明之后,再求拘办一番,庶不至仍恋故巢,不仅敝祠感德已也。

再致朱捷臣

再启者:煤窑一事,以由尊处上详为合,不谓承办者必欲具禀,惹起争端,幸事属正办,不能翻案。此事拒外为正义,同室操戈,失其旨矣。闻出煤颇旺,求公力持之,裒其余力以行政,免至加派,为利多矣。中峰于公甚好,昨欧绅寿堂极论治窝之绩,益知循良之用益矣。因便附陈。

复黄子焘

春韶入律,万象更新。伏审累祐骈鳌,百凡萃祉,是为至祝。黄金洞安设钻机,即请怡臣明正至山,与晓公商定办法,甚为妥便。承示预算表单,每月不满四百,较江生简省多矣。阁下与黼公筹画办法,由渐而进,老成深稳,著著踏实,决不至一发难收,与鄙见不谋而合。据闻怡臣之弟学问比乃兄尤好,惟脾气颇大,怡臣前有信及鄙人代为求事,比时依违答之。今既由怡臣举出,必能属其悉心办事。而本局与其别雇洋人,不如用此人为好,中峰已经允可,我辈自当照行。自水口山至松柏铁路,管见暂可从缓,无论历年以来旱运未曾阻滞,只求河水不涸便可源源畅运。

且举办一新法，地方即有违言，划山堙谷，害及民业，而附近食力之人且失生业，亦殊可悯。去年树蘅到山，曾议及此事，据闻修小铁路每里需六千余金，十里之途开除在六七万以外，当此时绌举赢，窃恐银钱亦难应手，据浅见不如暂时留作后图，将来如果出矿愈丰，人夫把持不肯应募，斯无法耳。怡臣办事切实，操守廉明，鄙人素吹言黼公之前，官矿西法有此人，可谓至幸。惟渐染西法太深，于此等事只图将局面扯大，不顾将来矿之衰旺，不能如我辈之统筹全局以进，亦是其毛病。数年以来，水口山收西法之效，仅止于此，其不至十分伤费，如安源、唐山之累成巨亏，亦实由豚犬辈有以维持也。稍缓须臾，以观后效，似为稳著，阁下与黼公当必以为然。特恐中垣必欲举行，则非我等所能主矣。近闻平江一局，丁意芳操守难信，金堂尤多浮冒，必得李桂岑常川驻厂，或可挽回一二。桂岑虽落落寡合，而诸事尚持正，即常受其排笮者亦称之。盍烦椷致桂岑，请其检覆一番，长驻金堂，能于花朝前约其到局面商更善，惟高明酌之。黼翁既当履任，然则台旌吉林之游应请展缓，世兄明干，尽可代行。官矿事虽不繁，以偌大一局，仅留孤与使君，宁中峰视同赘疣不甚轻重乎？淳淳闷闷，莫测端倪，姑尽所见与阁下一谈。承惠年糕、糖果，山居无可为报，只好靦颜拜受。局内下人闻多不静，请一绳之。手覆，祗叩年禧。

复朱捷臣

敬复者：四都顽民受劣绅指使，攘敚采买官粟一节，闻执事得耗即亲赴被掠地，立将倡众首犯四名拘案严究，机神明速，具仰贤能。兹奉椷告讯之后，旋有都绅某出身担任赔缴，先将官粟卅余石赔出，发与承采之人，余犯分别轻重发落销案，处断甚为平允，佩感良深。所可虑者，微闻五都地方近靳江一带之谷，其地在双江口不远，仍有痞徒借缺食为名，出身阻遏，情节虽与聚掠有别，而生事召闹同一可恶。似此一波未平，一波复起，经手采买者固已辞事，不愿承办。即承办亦难，不欲以再三之渎扰乱聪明，献岁发春，只好另筹良法。是否能将诺办之谷缴足，不敢知也。查鄙县产稻素饶，每年出口之米，靖港、道林两埠销数以四五十万石计，虽以道光戊申之秋霖害稼，己酉之沅澧大无，县属不特无流亡，且有余粟以赈外属之荒民，此旧事之斑斑可考者也。同治六年，郭侯玉笙倡导绅粮加派积谷，夏放秋敛，颗米归仓，有欠由都团具禀出差追缴。四十年来，子母相权，比原存粟藩署三万余石之数不啻四倍。是以湘属连岁逢歉，氿民不曾缺匮，郭侯之泽永矣。治城团局之设，原意在帮助钱粮稽查积谷、举报盗贼，此外如田土户婚细，故有司之职，都团不敢与闻。近来典守失职，不应与闻之事肆意干求，应行考核之条置之不了，似闻县属七百余团积谷储之挪空，痞徒穷民压领不归者有之，都团因公挪用甚至侵入私囊者有之，良有司之良法美意，堕坏于冥冥之中，而不知措意。一逢歉岁，不断户口之多少，不计谷米之盈亏，在市贫民之浮誉者，动辄倡众蛮阻，阻遏不已，至于聚掠，都团佯为不知，暗实主使；而有谷之家，专贪美价，运出外埠不肯散粜，结怨邻里，至粜谷之人终日持空筐以归。凡此两种人，皆所谓酿乱之人，一言以蔽之曰愚，岂知聚掠犯法，万一闹成事变，如昔年巴陵黄华露之事，一己性命固难保，牵累更不可言，居奇而犯众怒，如近日汉口刘歆生之事，室毁身伤，众怒难解，故曰愚也。天方荐瘥不平，谓仍欲拯其偏，是所望于平政之君子。执事廉能之誉，洽于四邻，信而后劳，适当其会，应恳趁此未经升任之隙，传谕团局及都绅，实行执事所颁酌存之良法，清查户口，分别极贫、次贫，查核仓谷存记，孰多孰少，富者劝令散粜，贫者不许欢呶，积谷之未归者著都团具禀，立赐差追，如有瞻徇，著仓长赔出，诚得贤父母当献岁布令时，专主此事整治一番，虽补牢不免稍后，犹可消患无形，不特循绩上腾，下民亦永慕无极。小民之一,承不以恒洒见待,用敢贡其刍荛。翘首琴堂,不胜祷祝。

复邬筱亭

承命为大著撰序,谊不能辞。于百忙中濡笔展纸,竟一挥而就,若有神助。文章有神交有道,古人殆不吾愿也。湘绮作专论诗,拙作兼及君之为人,他日便可当一小传。自谓胜之,尊意以为何如?小诗既邀方伯谬奖,谨献拙集一部,乞为转致。塍以吴孝廉《椟慧山房诗》一部,乃弟在衡州时代刻,孝廉为方伯尊人蕙生先生高足,自云十四岁肄业箴言书院,先生充都讲,一切读书作诗文之法皆其所授,每一念及,感颂勿谖。韵霆诗偶有率句,至其灵光迸露,才气坌涌,湖外百余年以来之诗人,未能或之先也。想方伯贤之,定增风木之思。鄙人居此不乐,拟明岁不再来。《古诗十九首》云:"相去日以远,衣带日以缓。浮云蔽白日,游子不复返。"敬为老兄颂之。后日首途,恕不走辞。率候不具。

答蒋少穆

手书并详稿均悉,此事因劝业道唐公详院文有"与蒋某商之"之语,诚诧疑为夺披风池。星槎给谏晤唐公嘱其缓详,此老未听,即时行去,遂以为有意与西路公司为难,其实皆误会也。经莘田向星槎说明,已无事矣。公既上详,不管西路心迹更明,夫复何言?收买锑矿一事,中峰曾经见询弟,颇赞之,谓"连年锑商折阅已甚,现今生锑大涨,每吨可卖洋例银四百余两,非准其合股自炼不可。起衰而保利源,然系公司之事,应将中、南两路交蒋某照办,官商不能理"。中峰甚以为然,似乎公于此举不宜再推。劝业道与衡永道对调,中峰以官矿局交弟主办,不以谭鱼,不知何意?矿局司道会衔州县,交涉事多,蘅本州民,何能位此?两次面辞,并托人代辞,均不获命,势同触藩,已安排腊初回家度岁,明年拟将"混"字诀换一"拖"字,稳住柴门,不受促迫，看能脱离此厄否？去一匹夫，于矿何损？不知诸公何锲而不舍也。

与周振玉

久旅甚思南烹，前过尊寓，白酒、蔬盘，恍惚昔年在东茅巷与尊甫共饭光景，何其有味也！公事想已勾留，明春当可回湘相晤，仍不远耳。梅宅晤令亲，具云尊公尚无恙，惟食量少减，游子早归，当可生其隐悦而加餐饭耳。

复唐蓬洲

湘矿之害在公司。中峰初履任时，即与下走言之，其时颇服其见事之明，今既如此不和，何能捍御外侮？大抵皆一"私"字害之。上年春间，少穆禀院必欲牵率下走襄办该局，掩死不受，盖早知其难也。仆有恒言，矿务抵制外人易，抵制湘人难，不幸言之果中。暂时公可以不闻不见，公之看其变相何如？中峰如果肯任少穆，芝公会固粮成，即西路之代表恐亦不能自由。俞、赵两公奏设公司保守地权之良法，从此扫地，可叹也。下走新归，不知原委，因公语及，布其大略。

唐步瀛致书

今日彼此相左，想老兄必有所闻。西路矿商与鄙人反对，并诵诋蒋少穆，谓其迎合上峰，仍议与布某立约。此殆黄某一人耸动，西路锑砂甚少，惟南路甚多，少穆已与南路各商议妥，何至复有异议？不信该商人等有如是之权力也。弟请假数日，本无大病，不过伤风咯嗽，因家中有忌辰数日，借此休息耳。今日销假矣。

与俞廙轩

都门得亲言论，并承赐以酒食，儿杰亦蒙推屋乌之爱，饮食教诲沾益良多，铭谢曷已。树蘅自上月十八日仍乘快车返鄂，二十四日乘“慈航轮”返湘，水陆均托平善。儿子疟疾到鄂即止。自航轨交通，西人穷顿简二气之用，以速其机括，而飞行绝迹晌息百里，始信古经谓“奇肱车”者，并非谰语。机缄日启，制造日精，将来不知巧到何等地位也。在京略有吟事，《颐和园》一首曾经录稿呈请教正，厥后又有《留别感事》《登陶然亭》之作，壬秋、益吾谬为许可。因索观者多，刷成单片附陈一帧，乞加评削。承命小儿绘画《卧游图》册，遵谕画成，呈请法教，余四屏须开年始能报命。仓猝皴染，惧污笺素，不能无矜慎之心。湘事如恒，惟军、学两界惑于外来之言，谓列国已议瓜分，奔走呼号，以求抵制，经大府训谕始息。朝廷注重学务，开办已十年，学徒知识，犹懵然如此。甚矣，进步之难也。矿务平江之金，新化之锑，仅足保本，纵有余羡，岁不过数万金。惟常宁水口山一处，昨接小儿基植禀，日内加添之口又获大庄，其兼办之龙王山，新开之口不及五丈亦得大矿，每年除用外，赢项近三十万，不能不感大君子保全施措之功。惜万室一陶，无以供漏卮耳。知注附陈。

与王炳青

都门握晤，藉慰廿年阔别之思。别来想兴居豫吉。弟此次到京，因在汉皋差次，闻快车捷速，偶然发兴，不谓都门旧好饮食、导游，情意隆洽。半月之久，遍览帝京之壮丽，人物之浩穰，实意料所不及，而累公等破钞亦不鲜矣。游暇偶有吟咏，回湘印成单片，附陈一分，乞加教正。其中间及时事，生无讳之朝，所谓言之无罪，闻者足戒，台端以为何如？领照一节，重劳清神，其实老膺恩赏，正苏氏所谓铭旌料，下走得失甚轻，而公以为应领，则亦不敢过为矫拂，一切请为区画，纤鲜之费，自当照缴。弟于上月十九日抵鄂，廿七日抵湘，水陆均托平善。儿杰病到鄂即愈，知注附及。湘省铁路正在兴工，已淋土七十余里，好在近来公司、商会合为一气，刊行《湘路新志》一帙，出吾邑童子谅世兄之手，将借款与自办得失利害层层揭出，无激射之词，得昭明之观，人渐乐于投资。余尧翁演说一篇，与致林京堂、梁部郎一椷，亦痛切淋漓，足令阅者心动。据浅识观之，此事殆有转机，阁下负廉直诚明之望，众流倾心，不嫌遍告同人，大家投股赞成要政。下走先因事无头绪，亦在观望之中，近拟略集微资，以为壤流之助。湖外二千万之丁口，地大物博，人尚朴勇，得人倡之，何事不可为？所谓长沙贫国者，乃定王乞怜君父之权词，非事实也。惟军、学两界举办有年，尚无进境，近为东省有警，倡为列国瓜分之谣，至有某学生上书抚院，请集十万人省会，以资抵御，甚至有断指以图激众，如陈天华蹈海之为，经大府严辞痛驳，各堂教习、监督及谘议局剀切诫谕，厥风始息。此次情象始于湖北，湖南继之，湖南又以优级师范学堂为嚆矢。级已优矣，范可师矣，而懵然如此，所谓其无进境也。明识以为然否？乡城百货翔贵，食货弥甚，熟米百值六千，盐斤值百，贫人颇难度日，当事急于七州县被潦之灾民，而乡里啼号之隐象不及察于舆，所谓见牛未见羊也。因便一私布之。

与刘绍庵

别来想起居康吉。旅京师半月，承贤父子殷勤接待，不啻家人兄弟之欢，临行复承世兄走送，感泐岂可言宣。弟自上月十九日返鄂局，廿七日乘汽轮回湘，一切托庇平善。儿杰疟疾，抵鄂之后服金鸡纳霜，遂不复作，近眠食均照常矣。府报及白松别兰种子两封，已专人送至府第，交世兄纯生照收。据闻阖府平安，可释廑念。湘中近尚安谧，谷价稍平，我邑县官颇能治盗，探丸胠箧之举动,尚无所闻。铁路已动工,淋土七十余里,株昭一段,明年当可告成,大部派林、梁两公来,演说之词并无借款归部办之意。湘人闻之,投资者渐多,公司、商会亦合而为一,意见冰释,以后或不至再生阻梗。弟明年拟量入股分,以尽蚁驮一粒之义。阁下似亦宜投资,以为乡里倡。湘省大吏皆能顾大局,惟劝业唐蓬翁与衡永郴桂道谭公对调,前途殆为地择人。弟拟腊初归家,东鹜展墓之约尚在明年春间,届时当讯知纯生世兄同游也。都门小有吟咏,刷成单片就正名流,附呈三分,恳以一分代呈叔靖太史,公与维藩兄各一分,乞加削正。王先生壬秋咸丰时曾有《圆明园词》,传遍一时,昨见拙著《颐和园词》谬为称许,推弟作为元白,自作为吴梅村,虽不免阿好,要此老之虚心矣。弟此次出游,实避人贺生日而起,而壬老竟徇众人之请,撰序一篇。寿序滥觞熙甫,大老谀美居多。此老之作,虽不免虚誉,然谓鄙人意冷心热,则适搔着痒处耳。附呈一笑。

答黄渐之

住都门十七日,得大力导游名胜,屡费而不靳,极肆而不告疲,复承饫以华觞,假之藤几,使口之于味,四肢之于安逸,无一非阁下所赐,何相待之优也！铭谢匪可言喻。举世尚虚,惟一“实”字可以救正。阁下观政部曹,复勤求法律,春秋鼎盛,来日方长。内顾无忧,才足集事,守此勿失,胜达无疑,愿勖光采,以慰见慕之殷。吾乡风气久郁未开,而朴厚之姿,究胜列属。此次来京,所遇乡衮皆饶明达山川之气,或于此一昌乎？蘅自上月十八日发轫都门,十九抵鄂,儿杰病疟随即痊可。廿四随湘帆上驶,廿七日安抵湘垣,请托平善,足慰绮怀。拟腊月初回家度岁,行当上笺堂上,具达一切。急景凋年,北地当更冱寒,惟善自珍摄为祝。

与渐之

贤女志节皭然，尤难在髫年即深明大义，处处与古列女处己之义吻合，令人敬叹。征诗表微，自属我辈所应为，行当广征题咏，以扬芳烈。湘绮为海内尊宿，远近一词，得其只字，愈人什百。惟近因其世兄得举拔萃，酬应甚多，不久仍当回湘潭度岁，暂时未便征索。献岁发春，下走当仍来星垣，度其时此翁亦当下省，便可乘间为之一言，或诗或词，获其吉光片羽，便足以传，不定须哀诔志铭也。此等表彰芳懿之事，此翁并不受润笔，惟能事不促迫，尚须少需时日，俟之俟之。

致黄次如侍御

都门屡挹清芬，复承赐之酒食，感荷无既。曜灵急节，北地风严，伏承顺时珍卫，养堂曼福。树蘅自上月十九日抵鄂，廿七日返湘，一切托庇平善。俟诸事简料就绪，便当还山度岁。承嘱一节，谨当遵办。令亲茂岚先生已经会面，惟令弟尚未来，宁留京城未归耶？拟腊初归里，以趁下走在此定局为便，否则须献岁后矣。附呈拙诗一分，乞加教正。惜折杨皇荂，知不免为方家所哂耳。

答陈完夫

都门承密生，别来惓惓不忘。树蘅原拟至张家口，一览关原形胜，旋至津门附轮返鄂，不料儿子基杰病疟，亟于言旋，从前游兴，尽化烟云。以十月二十七日返湘，殊少味矣。足下气清俊雅，来日方长，居辇毂之下，日与豪俊交游，所诣必有过绝人者，此私心所仰企也。《颐和园词》《留别都门》七言长句，别纸录览，祈幸教之。冬暄，惟惜护。不具。

与陶世兄

别来甚相念。台从谒选，谖计已出京。小儿基杰承赐医治，腹泄顿止，寒亦渐痊，到鄂遂尔霍然，皆兄之赐也。湘路请归自办，由部派来之林、梁两君，闻亦不甚相强，子谅所拟说帖分辨颇晰，公司、商会既合为一，诸事渐有规模，株昭一段已填土七十里，继此不懈，当可日引日长，人病不求耳。化除私见，切实奉行，何事不可为？独路也与哉？知念累及之。

与孟调臣

汉皋接见颜色，少慰渴怀。承招饮琴台，极游宴之适，感谢何言！伏承侍奉万安，公私交鬯，慰如心祝。下走自上月廿五日乘“慈航轮”上驶，廿七日安抵省。儿杰疟疾亦未再发，足以上慰绮怀。买锑一事，因九皋公司愿于长沙交货，每吨作银八十四两，以平面水力科算，比尊处所定九十一两之数不甚悬殊，而免去江湖转运之险，前途尤以为便。现在瑞记及布卢特诸商，皆托人居间，意在多收，同事只允五百吨，而八四之价尚须加增，正在磋（以下文脱）。

致周纡龛

冬晴，想蕉石轩前水仙、蜡梅含花散馥，添多少清兴供高怀茂对。子厚所谓“乱虑滞志，无所容入”，然后“理得而事明”者是也。何画据小儿妄评，纨扇最佳，屏次之，屏之中以仿麓台者较工，未审所说当否。收到折扇，命儿杰绘染，树蘅书字，手如姜芽，素不善书，尤不宜折扇，勉强应教，父子皆丑，只益方家笑哢。与何画一并缴呈，祈验收。

与李晓春

上月因事赴鄂，乘快车进京，拟至张家口一览塞垣形势，然后由天津附轮抵沪。不料入都之后，儿子基杰病疟，仍由铁路返鄂。居京师十六日，如颐和园、万牲园、陶然亭、十刹海、劝业陈列等场，粗涉其樊，余皆未暇瞻仰。不生乾隆、嘉庆之朝，而生乎今之世，恰如唐肃、代时人，虽旧京犹存，景物大异。间作诗歌以寓苍凉之感，回湘交手民排刷单片，附呈一分，乞加是正为幸。尊处之事，闻长寿已调永寿，无非为薄惩微员，候全大矿起商未定，此乃实在情形，谨以奉告。居华洋辐辏之地，敏练明达，熟悉商情，明年或有于湘矿有益之事，尚望留心。此中共事有年，想不能无三宿之恋也。

与张兰青

汉皋承广仲由之谊，借肩舆以免徒行，感谢不尽。蘅自十月二十四日附"慈航"南上，湘水缩退，仅能行至靖港，正拟改雇民船，忽北风大作，江波腾沸，不数刻平抵省门矣。子安作赋之才，获马当神风之助，斯一快已。中丞起假之后，犹不可风，不出见客。董家巷一事，已由敝处上详议咨督部，诚得将此项争回，经手人之累可以减少，不然未知所届也。略报，稍释惦怀。

复梅殿香

来示诵悉。先德遗稿亦收到。礼部公人祀瞽一节，同乡在京者皆极力赞成。昨与提学吴子翁谈及，请其照转，亦欣然报允，容当与院司再言之。公呈列名，丙青、少庵、重垞、渐之、谔臣、册襄、瀛仙、翰宾固当首署，即钱旭人、黄寿苍亦在应选之列，外官如毅夫、石贞、谔林、蕙纫，在籍如云昆、寿堂、贯钧、子谅、次山、毓卿，似均不可遗。不知尚有应列者否？贤昆仲可留神一查。暂时似不宜宣露，恐有持异议者生出阻力。牍词不敢推诿，昨巨嵚来省，嘱其将寒香馆底稿清出见付。子修学使云，渠之先人亦曾邀此典，箧中存有公呈稿议，清出送交鄙人，并详示办法。凡一生事迹、著述皆应随呈送院，以便咨部查。礼部公家书，阁下曾抄有底稿，《薛花崖诗文》已刷成者并此次钞本，与家书一例锓板更妙，此事贤昆仲虽不乏诵芬扬烈之才，要以由阁下一手办成为更详密。事不宜急遽，尽可从容料理。明春能回府一行，借得面晤，商定一切，则举无遗憾矣。办事固不免需费，然查用项大约亦不甚多，况君家尚非筹措艰难乎？在京与令侄勋彝接见，其意亦甚踊跃，观其质性深沈，见事明白，不愧佳子弟，令兄可谓有后，忠厚人多福，理有征矣。鄙人在京略有吟事，颇为湘绮、葵园许可，刷成单片请教知音，付呈六分，以备览鉴，兼送郡县之解此者。腊初行将归里，矿事竟难脱身，明年二月仍当再来。令庶伯母体先违和，近已愈，可告知闻清，如尚未动身，缓归亦可，祈告之。冬初暖，想起居康豫。不尽缕缕。

梅英杰致书

人还，奉读赐教，敬承道从还湘，舟车安适，帝京风物，饱入吟眸，作陆地之神仙，备人间之艳福，钦仰无似。王父乡贤之请，发之自公。犹忆庚辰九月，英杰以试事留长沙，适公枉过旅舍，因与仲兄检家书出视，公阅竟叹息累日，即拟邀同人具牒学官。其时梗于浮议，特以王父不过一词林魁杰耳。公独能综其生平，窥其深隐，事虽未就，而寒家之忝附姻末，实此书为之蹇修。后公来主玉潭讲席，又以此事发题，当时韪者十七，违者一二，且闻有以阋墙讽者，迄无定论。今公撰杖京师，追思旧事，而乡衮诸公欣然推许，均愿列名。此礼旷废久矣，佥以王父名德克式浮靡，允当之而无愧色。以此见公道日久逾彰，即异学争鸣，而懿好不容尽泯。然非公三十年夙留念虑，锲而不舍，曷克臻此？英杰前在省邸，欲乞湘绮先生为王父撰传，公因置酒陈说轶事，往复详尽，具仰表彰贤哲盛心。顷读大著，委曲周挚，凡可以代吾家谋者，几于无微不入。此在旁观，犹深感叹，矧不肖等为人子孙，有不感激涕零永矢弗谖者耶？循诵再三，有陨如泻。闻弟已入山，即日传示，亦悲喜交集，感颂同深。顷驰书详告弟侄辈，求公便道辱临寒舍，一切悉听区画，能于今岁定局更妙。惟英杰羁此，不克归家，稍尽心力为愧负耳。九月家居，又从敝簏中搜得笺启遗稿数十片，及马教谕君手札数通，并录呈览。盖己亥家庭之变，王父独任其难，让产偿逋，孑然孤立，无一瓦之覆、一陇之植以庇其私，至挈眷属徙居格塘以避之。此中委曲，诚有不欲显言者。流俗不察，妄生横议，传衍至今。此教谕君所以谓一腔心事，苦不得我辈相对而涕泣道之耳。由今以思，王父之孝友忍让，固非不肖辈所能几及万一，即当日师若弟之积诚相与，又岂今世所易觏者哉？山中近月稍鬯，炼厂已拆卸兴工，若岁暮晴暖，工程或可得十之七八。闻弟母病，亟思归视，月内可成行。草草奉复，敬陈谢悃，并请道安，无任倾向。

复李晓春

昨奉赐笺，辱承推许，愧甚。冬暖，想起居豫吉。尊矿渐有起色，闻之甚慰。昨接收支作算，一年所出较上年多至千金，可谓优矣。惟中峰采听江顺德之言，于外国购有钻石机一副，合银八千余两，连运费将达万金，拟送尊局以试验山中蕴藏厚薄。查钻石机为新开未曾见矿之地而设，黄金洞矿苗迸露，可不须此。而江生一念，九五扣之，私致劳中峰，于财政困难时为此可缓不缓之举，西学皮毛家之伎俩大都如此。今岁为日无多，不能起运，拟缓颊至来年看势为之。贵局司事黄瑞鹏，乃次如侍御之从弟，弟在都时次如以其家贫亲老，欲调回省城，以便奉养。又托廙帅向弟言之。敝处人满，不能位置，合无由尊处派其驻省城办事，凡薪水、伙食、红奖，仍由尊局报销，由每月解金司事照付。明知尊处无须驻省，而不免巧立名目者，所以达廙帅与次如侍御之请也。瑞鹏所遗底缺，可以不必补人，派人兼之何如？瑞鹏拟月初间来山收拾行李，腊月解金、差事请以与之，省其回头夫马费，亦大君子仁至义尽之举也。阁下办事有效，除弊亦力，不特鄙人深信，即同事皆无闲言，惟中峰仍时常派人密查，据闻黄金洞司事有不实不尽之处，且气焰亦嚣张，是否有此情状，应请一查。如有不受公部勒者，不嫌将人辞退，请斟酌之。既有所闻，不敢不告。弟已如五羖大夫之羊，拟乞归未得，且将任加重，只好再敷衍数月。时事日难，学务无起色，都门闻见无一称心，发为讴吟，刷成单片求教方家，付呈四分，乞加削正。

与炳青

上月手奉一笺，计达签室。辰下虐雪饕风，湘中犹畏寒，想燕台更甚。伏谛芦帘纸阁，炉火纯青。下直余闉，厚自珍卫，甚善甚善。湘路自九月以来，意见渐释，骂座亦稀，株昭亦经动工，明夏约可通轨，不谓近日议论忽变，不外近诋参议，速求镇军，纷纷藉藉，各执一端。其实黄、余皆能办事之人，无能定其优劣。就现在情形论，余既勤勤恳恳，粗有端倪，查其动款，较之各行省路政极为减省。黄经蜀中奏调，正当前途倚重，岂能又顾而他，必欲舍近就远，不过如前年之举，海观、鞠樽徒费一番笔下口善。夫王而农之言曰："办事如工之煅铁，屡反其钳必折。"似此反覆无恒，窃恐又成画饼。近世鲁通甫谓："三代以下，有无欲之君子，无无意之君子。"此等关系绝大之事，道谋不定，室用不成，实为可惜。湘人喜争，不始今日，曾胡左郭时一怫然，然至公议所在，则合力赞成，绝无纤芥，其斯为和而不同之君子与？因前函有劝阁下赞助之语，故一及之。戋衔领照、注册一事，屡费清神，如部中尚须小费，出都时曾以百五十金托怡生兄转交左右，请尽此数为之。若过求,益无论力不能,亦太不值也。请封一事,闻覃恩尚可展至明年,更可从缓。恃好琐渎,伏希雅察。

复黄子燕

腊鼓冬冬,曰为岁改。恭维阖府佳善,起居祉福为祝。承示黼翁莅任平江兼顾金矿,可知前途意主大办。调彝臣赴平察看动手之法,自属正办,金苗微细,隐现不常,西法殆非所宜。弟与阁下及晓春亦既知之矣,亦且屡言不止一次矣。忠不见信于长官,只好奉令承教,以尽职司,充其量不过于湮阳十六万外再耗数十万。然以矿济矿,较之三怡十九万犹非民之膏血,造孽不至其深耳。兄以为何如? 弟日来病嗽不止,胸腹均牵痛,且乡间莠(以下文脱)。

致唐蓬洲十二月二十七日

告归未遇,欲白之事甚多,深以为歉。承示中峰清厘公司,具微实事求是,既经少穆详对,当已了然。湘矿创始于廿二年,为天下先。十余年来,抚部院经七易,每一次交替,即多一番新政,将来蕃变日出,更不知所底止矣。承谕中丞催明岁早来,其实无当轻重之人,不在来之迟早。春融气暖,当来滥竽,本为说教。还山半月,日督佣力种树粪田,以求实业,不劳劝也。一笑。嘉平廿七。

珠泉草庐书札补遗

致陈伯严三立

与子之别，八易弦朏，日月不居，思之成痗。虽音书往复，不废存问，而风雨萧寥，终伤遐阻。离索已来，鄙吝弥甚。方干射策，一第犹悭。阚泽佣书，半菽不饱。嘉平旋里，方拟抱汉阴之瓮，耕谷口之田。眄庭柯以怡颜，拥图书以适性。上奉老母，左顾孺人。窃此余闲，以苏劳轴，而乐山明府谬采虚声，远贻书币，必欲牵率顽钝，供其指臂。重违其意，欲罢不能，始以今日达于署园。山桃方华，覆压芳榭，池水解冰，照我尘容。而牙琴罢张，柯笛辍响，顾念昔者，味同嚼蜡。安得与吾子举酒命醽，一续坠欢也！仆生三十九年矣，昧道懵学，有靦面目。惟无耻之耻，粗知奉教于子舆，不德之德，雅愿观型于太上。即长此终古，亦无闷焉。自非亲昵，不敢宣言。鲍子知我，如何如何？尊公名业，群流仰镜。民之秉彝，好是懿德。明德之后，必有达人。时时读书，盛勖光采。

案：本札录自徐一士撰《一士类稿·谈廖树蘅二》，页一八七至一八八。

致黄修原

蓉坪太守一麾出守，公乃独劳，致足念也。渐凉，惟动定豫吉。旬日以来，叠奉椷札，旋即肃复，计均澈览。请将姚少府长驻松柏办理转运，想蒙画诺。山内黑铅矿万余石，白铅矿数千石，秋水犹旺，拟悉数起运，运费既不赀，而各口出砂甚盥，支放亦极浩穰。六月所领之款，用至秋节又已无余，应请再筹七千金，由商号兑来，以供支用。尚有应商之事，别纸条录，仰候批答，不尽缕缕。

一、木栅日久，渐形相坏，其在锡坑之坳者，时为大风推倒，应兴工修整，以臻稳固。锡坑一面尤须用巨木撑拄，并钉立夹栅，两栅绵亘七八百丈，即小小缮治，所费亦在百元以外。局厂三十余间，塱厂、水厂、监班厂、敲砂、淀砂以及铁木、小工诸厂，不下廿余处，皆稻杆所覆，虽逐年翳盖，而山高风大，不久即上漏旁穿，亟宜补葺，以利居止。此项用费亦在八九十元内外。来谕新奉宪令，外局动用至数十串即须请示，应请核复，以便兴工。

一、砂船到省，无一次不少数，究不知弊在何处？非总局、分局合力防范不能除此弊根，今拟照尊处颁来十六两捌钱之秤，仍百斤加耗捌两，由船户亲自掌秤，书立领单，尊处照单验收，如有短欠，惟该船户是问。惟据敝局丁陈升义禀称云，尊处收砂亲兵明言，凡遇砂必明加两镑，暗压一镑，以防失耗，果尔则敝处虽十分加重，亦永无合筍之望矣。以后应恳嘱咐纪纲，平其权衡，以昭公道，庶免流弊。陈丁由湘绮老人荐来，憨拙不韵，言当不妄。兹复派其押运前来，盍传与贵巡丁面质，以辨所言之有无捏饰。

一、矿砂长运松柏之财神庙，办法另详禀牍。由庙下河，每石应加力钱三文，想能照准。惟近来各种丁夫动辙把持，希图加给钱文，绳之以法，则愈噪；任其所为，势愈骄。此中操纵，颇不容易。然民可由而不可知，法立而谊乃明，未有一味用恩而不流于滥者也。惟吏乃可用法，是不能不借地方官之力矣。近日清泉、常宁两县，皆已斢换，应恳札饬两处加意保护，有求必应，不少掣肘，庶可息此刁风。船步皆属清泉，其必求兼饬者以此。

一、山内明、暗两礲，合成五口，惟去年五月所开锡坑两口，名锡禄场者，出矿甚旺，其余苗脉渐微，凡事宜防未然，万一禄场将来亦如各礲之衰，则水口山一局败矣。据询礲丁，向铜鼓塂一面尚有砂路可寻，似宜加开此礲，以济各口之穷，是否如期，祈赐酌复。

一、向来黑铅矿皆用篓装，每制竹篓一担，连封条、油印、菅索粗事，雇人装篓工食，共合成制钱数十余文。现在山内所存各矿不下四五万石，若河水不缩，尽年内可以运出，此项装篓之项，在二千圆之谱，究竟矿之失与不失，全在船户之好丑。船户不好，无篓亦偷，有篓亦偷，其不系乎篓之有无明矣。此次黑铅矿，拟只将碎砂用篓装，其整块散放舱内，如此回失耗不大，以下除水砂外，不再用篓，省此无名之费，更可免起运时派人装篓，忙迫万分。即令小有失耗，亦不能越出二十元制篓费之外，犹为合算，况由总、分局坚明约束，或者犹不至多失乎？并恳禀商前途，以为何如？如必须用篓，自当遵办，不敢拘执己见。

一、每月出砂多少，不能刻定，砂饱庄大，则多出；风不闭噎，水不泛溢，则多出；人夫麇集，则多出。衡民呰窳，遇稍丰之岁，便惰游不乐营生，加以插田、割禾、收采茶子，是其本业，定须耽搁。他如度岁、遇节、赛社、尝新，皆百招不至，无夫则有矿不能打。自七月以来，出数不能如前之畅者，一害于闭风，一害于人夫之不集也。来札颇断断于每月出矿之数，前后不能一律，殆未知此中情形。盖金银之气，蕴于嵁岩，衰旺盈虚，听其自然，一既有之，而天时人事又多阻窒，此其所以难也。若必如厘金之按月比较，则承其事者无所措其手足矣。素无恋栈之心，如果峒老山空，行当据实禀报，暂时乞勿加督责，以观后效。

一、石湾缉私局往往因砂船放柁稍迟，放船搁截，横加折辱，前后不止一次。昨又因林姓船户与该局巡丁口角，竟将篙橹持去，经押运司事张姓送钱三千文始行赎回，殊属不成事体。应请言之督销主办，饬该局以后不得任意勒索。如果砂船夹带私货，不服稽查，照章责罚可也。若借此需索钱文，船户积恨既深，难保不滋生事故。诚得咨行鹾局，早为传谕以下，彼此无事，为幸多矣。惟高明实图利之。

以上各条，有应求察核者，有仰候准驳者，乞逐条示复，以便祗遵。

案：本札录自廖树蘅《葵源银场书牍》抄本，为第五通。

答龙禹门大令

学会讲义，似以皮君尚能依傅经义，不至十分逾矩，余皆破道之言，其称述各国纪纲之肃、兵事之强，亦颇过当。欲求自强，先自绥矣。近更侪偶怨嫉，互相讥贬，尤不成事体。此风不息，诚如尊谕，行与祸会。岛国纵横，凡有血气，谁不思奋以刷国耻。顾吾湘人，昧者徒知诬诋挺击，不顾肇衅以贻宵旰之忧。其深知厉害，自托于保教保种者，凡所云云，亦不过如是，要皆无当于事实也。就目前事实而论，内患重于外忧，夷祸虽深，犹可借议款以纾目前之危，在彼亦愿留此守府，以拜其诛求要挟，当不至轻于问鼎。内地匪徒蟠结日深，几于到处皆是，必不能晏然无事。凡大痈之起，先沸小疮，洪杨未乱之先，有雷再浩、李沅发之徒一再起事。广西近两年小警，疮变为痈之症也，将来乱机一发，不特中国之忧，抑岂远人之利，斯诚识时务者所宜措意矣。时贤竞言变法，几于万口一词，仆则谓中法之宜急变者，在于惩贪务实，去鸦片之蛊，禁门户激聒之私，数者除，治内治外，皆有根基，否则虽报馆林立，风气大开，无当也。尝谓中国数十年来谈洋务者，莫善于左文襄，莫不善于李合肥。合肥欲中土自种罂粟，免银之溢外洋，是以酒解酲也。文襄序《海国图志》，能究析天地生人之始，区分种人之性之教，不失铢黍，探源星宿之论也。此外，如曾如薛，尚能灼知海外之情伪，在己不失自主之权，饬人则因昧生畏，因葸成滔，知有人不知有己，知有病不知有方，如时贤纷纷论说是已。

案：本札录自《荚源银场书牍》抄本，为第七通。

上陈中丞

违教晌经三年，虽书问疏简，此心靡日不在左右，伏承道体康豫，合潭佳善为慰为颂。某自承命作矿，久处山间，精神日即衰耗，幸矿犹毚出，较之廿二、三年不啻过之。鄂渚销路既通，运出之砂预先缴价，都计所入不下五六十万，山内未经运出之矿，尚可值二十万金。夏初廙帅诘戎南服，踵公前年故事，便观银场，颇为慰悦。其实，此矿之粗有成效，非伟画曷由至此？所惜湘矿大半无成，万室一淘，终亦无裨于国计，某连年上书辞事，均未蒙允。前年十月，选授宜章训导，以为借此可以交卸矣。乃又调任清泉，以縻之郡城，距场八十里，舟车仆仆，月一往来，泥滓涛澜，颇惮其苦，拟办过今年，决计寻一蝉脱之法，以为善刀之藏。默观衡永事势，长吏可恃者少，而乱民会匪卵育甚繁，属有事变，此间当为首冲，故尤不愿久居也。辅臣三月来衡，具道公自还山之后，体益充而神益愉，敬慰无已。天祚圣清，东山必当复起。又清泉杨生叔礽归自浙杭，云于舟次晤伯严兄，光采如旧，其时正当徙宅金陵，迩来想已定居矣。遥望江云，曷维其已。

案：本札录自《葵源银场书牍》抄本，为第八通。

与常宁县龙起涛

前谒蓂阶，饱餐笋餤，谢谢。自回敝局之后，连日冒雨，周历山间，派人支架棚厂，暂供栖止。此山久经开采，残破之区，荒凉满目。环山民户大半皆无业之民，草棚鳞次，不下百余处，土娼烟赌，所在皆是。若尽行摒逐，则此辈居此已久，一旦穷无所归，必至流为盗匪。若任其盘踞，不特薮奸藏盗，为患无穷，且连山接垄，皆为所占，无以为开采之地。不得已谕令迁出山口，每草屋一架津贴搬费千九百文，每口给千二百文，以示体恤。此项用费将及二百元之谱。于是众情帖然，现已纷纷徙去，就山口东西列屋，略具市哄体势。所难者，五方错处，无籍可稽，拟于日内传集地绅，编造户册，择立棚长，以便稽查。并取具五家，连结其众，所不连者，撵出山外，不准逗留。惟树蘅初来，此间无地方之任，一切除莠惩奸之事，不能不借重大力，以相维持。应请签派干役数名来山,如有应惩之犯,即由该役带案求从,默察此邦民情虽惫,尚知畏法,诚得明府君严惩一二次,当可帖耳受治。事关矿务,想不惮此贤劳也。

案:本札录自《茭源银场书牍》抄本,为第九通。

致石贞

前月尊府有人至松龄堂,承付来《慈利图志》。吴君之书,体例自是谨严,志山水全效桑、郦,此法始于湘绮,吴君承用之耳。微嫌注欠高简,略同寻常札记之词。职官一门,如武功志之美恶并书,似非极则流俗,毁誉难凭一已,抉择匪易,讥诋稍失当,不特死者蒙垢,其子孙亦茹恨无穷。即令讽议无差,而以部民进退长吏,讪上二字,其何能免?窃谓史修于易代,褒贬可以从严,志撰于州人,激扬无容过甚。如谓志与史同源,清浊攸分,庶后来官斯土者,览之可以知戒,则恐只能贸怨,虽望格心,使各州县之志悉准此例为之,秉宜矫托于董狐,骂人几同于刘四,亦殊乖大雅之旨矣。然则吴君近日之牵连得过,焉知冥冥中不有碁间其心术之微者乎?阁下爱其好学,而远其人,是为何?之前在轸垣,有人论湘中志地之书,抑湘潭而推慈利,故向尊处借来一观。平心论之,此事不能不推湘绮、玉池,吴君非其伦也。亲家以为然乎,否乎?时事日棘,弹冠之期似宜稍缓,现今曹司猥烬,投供颇不易。即得矣,华洋交涉,地方甚多,处处亦非容易,何如少加濡待乎?悃恳之私,尚希谅之。

案:本札录自《茭源银场书牍》抄本,为第十通。

答石贞

前书劝弹冠,宜少濡待,因时局阽危,又疆圻中鲜能满望。贤者宜择地而栖,绕树三匝,瞻乌谁止,是以不敢劝驾。久而好音寂然,以为狂瞽之词,或不蒙谅,及由舍间递到九月惠械,不特不以为忤，且深以鄙说为然，始恍然于前之所以见测者转成，三复德音，曷维其已？方今龙驭已回，海内才贤胥濯磨以待君权之用，清秩由大贤荐剡，视诸以资进者更不佯时乎？事事得。昔之据幽桂而吟招隐者，今且推毂而赠绕朝之策矣。道贵因时，不宜胶柱。行矣孔璋，夫复何疑？仆溷迹衡南，久伤倦羽，求去不得，只合仍栖。近来矿出愈旺，合六年计之，所赢奚止百万，支销不过五之一，乡人多疑有所沾益，其实不尽然也。敝场造端闳大，倚食于此者近三万指，议者谓可匹鄂之铁政。由潭至衡，北风三日可到，由敝署至山仅一日程。既有意来游，盍趁此秋凉，一来验矿人之设施乎？

案：本札录自《茭源银场书牍》抄本，为第十一通。

复唐縠延

两奉手书，承开示一切。然就管见揣之，夷祸终于一和。各国势如连鸡，首祸者必受众怒，不如留此守府，以遂其朘削之计，决不至害及宗社。惟烧毁其教堂、使馆，将来索赔必重。中国已穷，除割地外别无办法。合肥还朝，其必有处此。所虑者，拳匪窜入长江，沿江、沿海藩督抚恐不足以了之，此则东南之隐患矣。敝局因鄙人不常住山，儿辈疏于稽察，致外来匪徒闯入各工厂，传习拳棍，放飘敛费，渐染甚多，先是淀砂、敲砂两工厂，其中多系无籍少年，工食既优，宿娼聚赌，靡恶不为，稍加讥禁，便相率辞事，以图挟制。缘淀砂一事，只若辈二三十人能之，敲夫皆须仰其鼻息，不能不稍相假借以图集事。近日，因恶其生事，且查有从匪实迹，适各夫正欲联结同类，复拜把持。遂假他事革逐最坏之夫头六人，并将敲砂之三百余人一例停撤，先发以制其奸谋，托词当由上海另买选机，此项人夫亦不复用。于是，各淀夫皇然，失其所恃，而三百余敲夫之牵连受裁者，咸众怨于倡首，把持之十数人赴局哀求，情愿以后贴耳受役，不再多事。其已从匪者，悉将飘布缴出，凭地绅户首出具悔结。旬日以来，择其稍驯者收之，惯其作恶者摒之。重订局规，一切与之更始，由是地方之人，颇称此举能清积匪于无形，驭桀骜使就范，现在风气渐渐挽回，仍于栅内支架高楼，夜间派人守之，辅以洋枪巡逻达晓，以后或可相安无事也。

案：本札录自《菼源银场书牍》抄本，为第十二通。

谢隆道台惠山鸡启

顷承山鸡之赐，闲之以�笼，饮之以甘泉，饲之以香稻，庶几赐生必畜之谊。每当廊腰日丽，帘角风暄，长雊一声，翰辉五采，雏孙对之而喜跃，宾从览之而嘉欢，无讹罩之害，有山梁之适，鸡乎？事事能不三嗅以感旧主人之恩乎？既一命忝列为士，敢不执此拜嘉，纵三年不理于妻，宁忍射之，引叹尊启。鸣谢以侍莞尔。

案：本札录自《菼源银场书牍》抄本，为第十三通。

答沈让溪

尊处已经启口，以后土人想不至生事，管见似暂时只宜将倡首之人听县惩办，余可从宽，务使蚩蚩者晓然于矿务为朝廷所必行，我辈不过奉令承办，断无疾视庶顽之意。投之以小惠，结之以至诚，久之必当厘然就我范围。所用各项丁夫，不宜借才异地，务使本地人有余利可沾，则把持暗害之风自绝。最要之件在先立木栅，只留一门，以通出入，派人守之。局内之人无故不许出外，尤不准贩买货物，发与礲丁，恣为克扣，严禁烟馆娼赌，有犯虽亲必摒。至地方绅士之言，不可不听，亦不可尽听，固宜区别其邪正。然有时好人之言不尽可用，小人之言转有可采。譬如主父偃、封德彝一流，为小人之尤，汉祖唐宗弃玫录之时，亦资其裨助。纳众流以资抉择，在睛之者有以诇察于微。治矿固与他事不同也,以让溪之贤,宁有思虑不到之理?而犹不免有所陈者,咸奉下问之勤也。然此不过陈其大概,至于因地制宜,随方应付,不能刻舟求剑,是在吾子之善其用而已。

案:本札录自《茭源银场书牍》抄本,为第十四通。

致童观察少甫

违别晌经卅年,伏惟清德重望,布流朋齿,钦仰之思,与时俱积。此次绣衣持斧,荣莅海邦,值蛟鳄不靖之时,得贤者镇之,定见山越潜踪、夷氛渐息。乡土年来筮仕外间者,不及同、光两朝之盛,独阁下隐然风采,众望所归,名业之隆,其有属乎?弟一官苜蓿,兼及矿人,屡求交替,未得报允,只合濡迹委怀,以待期会。天下纷纷,随波噂沓,近来时事,益骇听闻,如公者固宜发摅,当躬以济世难。不才如蘅,惟有揩眼以观故人之事业而已。唐君穀延,同学有年,亦公所素识,气质和蔼,与弟静躁攸殊。去腊邀来敝署训课小儿,长材短驭,良用歉绌。伏思执事典司数州,唐人所谓"帐下文堂三幕府,膝前靴鞢五诸侯"者是也。诚得引而置之宾僚之中,元瑜书记,孔璋檄草,皆所优为。如蒙倒屣,当即请其前来,随从旌节,以赴荣任。即希还示,以定行止。

案:本札录自《茭源银场书牍》抄本,为第十五通。

致朴堂观察

九月遣儿植上谒,适笠屐游山未归。以后两次奉惠笺,奖饰之殷,关垂之切,惭感交并。伏承贞栖绿野,眠食康娱,未及悬车之年,迩享归田之乐,优哉游哉,亦足快矣!树蘅卑栖冷宦,兼事银场,青毡随畚锸而移,苜蓿杂金银之气,似官非官,时冷时热,顾影增惭,亦自笑也。所幸矿出犹悭,足以上慰绮怀。前槭拟来观矿,岁行尽矣,想难命驾。明年春水生时,盍乘兴一赋印须。校官虽贫,有矿则不甚贫,谨酿鄗斫鱼,以备大嚼。晓楼溘然,实出意外。闻其经手甚大，嗣子幼弱，可为寒心。

案：本札录自《莰源银场书牍》抄本，为第十六通。

复刘观察

违别又已月余，正拟裁笺问候，乃落华翰先施，益增其歉。承示挽义宁公联，深情若揭，语意浑涵宜静，皆诸君之击节称赏。族弟振才承荐求是书院分校，捷足先得，夫复何言？此次随蘅上来，船唇马背，积有吟事，木讷之人，心神恬淡，倡予和汝，客儿竟逊惠连，别纸录呈，以恃莞尔。吾乡诗人，近推罘罳，此子殆不多让，公学诗过达夫之年，知音在成连之上，契赏微漠，当不讥阿于所好。此邦教案，合廿一行省计之，衢州外以此为大。昨来教士二人，遍查各属被毁教堂，当事派人护送，已越两县，尚无狙击之事。惟索赔至廿余万之多，以贫瘠之湘，上供行在，下支本省，尚虞不给，添此巨款，其何以堪？时局如此，有识寒心。停考之说果真，教官一途已成冗赘，不久将从公于汤泉鹜岭间矣。庚子腊月十六。

案：本札录自《莰源银场书牍》抄本，为第十七通。刘观察，指刘倬云。

复裕太守

上月晦，由矿场归，奉到赐函。借悉解组之后，心益暇而体亦日充。甚善，甚善！执事治衡刚一载，士服其教，民安其居，治行实为一时之最，徒以时局不定，外人从而惎间之，影射波连，致兹小累。临发之际，扳辕以辙，几难成行。凡事观其得过何如耳，以此去位，虽去犹荣，况望实之隆，帝心简庄，东山复起，只在目前，愿拓冲怀，无渝平素。此间之事，已与外人开议，赔款至二十七万之多。岁晏方深，仰屋之忧，添此巨款，其何以济？想台端同此慨然。树蘅居此五年矣，扰扰磨牛，味同嚼蜡，尺波电谢，蝉蜕无期。幸矿犹偬出,足纾绮注。十月十一日。

案:本札录自《茭源银场书牍》抄本,为第十八通。裕太守,指衡州知府裕庆。

致王先生壬秋

三月十日,于璧园孝廉处奉到正月廿日惠械,并荷为先祖撰表,私淑卅年,尝欲乞一言为先人光宠,今乃得之,欣感岂有涯量！拟即请人书丹入石,无如近世书家,于先生齿德多不侔称,爰商之修原,不若即丐大笔一挥。附呈素笺,乞得暇一书,恃好想不憎为无厌之求也。树蘅正月因事晋省,借便回家,岩居川观,野芳鲜苔,流连忘返。直至三月廿二日始行返署。此间自去秋以来,人事屡有变迁,正如隆冬霜霰之后,景象只益凋疏。自杖屦言旋,至无处可以投足,间与戟传谈晤,近亦因事他往,孤寐愈不可耐矣。越寇已退,薪木无伤,盍翩然来思,以慰见慕之徒之心。附呈食物四盒、金腿两具,蔗冰、麦屑各一筐,借充中厨膳食。冷布、�扇,粗可却暑,微物将意,勿摒为幸。

案:本札录自《茭源银场书牍》抄本,为第十九通。

致朱渭亭邑宰

敝邑自凫舄重临,盗风寖息,讴颂之声固已洽于四郊矣。惟是乡间恶习,尚有一二须求整饬者,窃附汉刘胜《有事必告之义》,惟明府君察焉。一、城乡婚丧祭祀,贫民乞食者多或数千、少亦千余,拥入其门,恣意婪索,稍不遂欲,则撞搪叫呼,毁门而入,甚至打伤事主,掠取什物。前年五都原任贵州知府汪炳璈及富民杨亮臣家,均因丧事受丐徒之害,闹成巨案。杨姓因此破家。近日二都杨太守翰芸、童观察少甫两家,亦有毁墙入室之事,其余小小喧嚷,更难枚举。弊由地方无赖之徒,一闻人家有事,到处粘贴字条,捏称某家给发极重,每名可得钱米若干,哄动穷人,无远勿届,及至,给不如数,复唆摆众丐讙噪生事,受其害者非如汪、杨之巨创,率皆濡忍,以图省事,不敢烦渎长官。若辈屡试之后,以为官法不足畏,胆愈大而气愈嚣。树蘅此次回家,则愈出愈奇,至有联众数千,将五都富民张甫堂之坚墙摧倒,用洋炮向内轰击,形同盗寇,令人发指。夫涓涓不塞,将成江河,若不求早遏乱萌,此时三尺治之有余者,将来连兵动众尚虞不足,应请大张告示。如有前项情事,准都团捆送讯出倡首之人,从严惩办,不准不肖族邻联名滥保,此风或可少息。否则,相摩相荡,酿成大乱,仍不免烦执事之擘画,则殊费手矣。乡间或因睚眦细故,动辄呼朋引类拼入人家,甚至舁众毙之衰亲、临产之少妇,希图绝命其家,以肆其讹索。发廪刳塍,宰杀牛豕,靡恶不作。被害之家,即或求官为之申理,而身家之受,实祸已不堪言。此风道咸之际几于数见不鲜,富民受害尤酷。自骆文忠抚湘,曾文正主办团练,委员下县穷治其事,一时衙蠹讼棍受诛者凡数十人。油索之风,由是衰止,良懦获安者三十年于兹,近来乡团解体,浇风渐渐复原,应求出示剀谕。如有因田土户婚细故,拼索滋闹,因而酿成命件,即令理直,犹当先正其罪,然后与之申理。理曲则加等治罪,决不宽容,似此人知令君之法不可犯,故智不至再萌,地方因而鲜事,官与民交受其益矣。率臆渎陈,伏祈裁察。三月初十日。

案:本札录自《茭源银场书牍》抄本,为第二十通。

复俞中丞

上月底奉赐书,猥以豚儿初学绘事,重蒙褒许,并为指示法门,感泐曷已!伏闻公余留心六法,尺缣寸楮,争睹为快。国朝蒋文肃、钱通副诸公,文章气节,垂声来裔,游艺所及,如极其能,弆藏之家,无异球璧,物因人重有由然矣。承命题句,自维肤学,未敢率尔,近始勉成七言长句二首,相杨皇荂,只益俗哮,别纸缮呈,伏求钩削。矿凼如昔,近因礦丁归执田功,出数稍短,幸支发亦随之而减。承示他矿之鲜效者分别停止,具征卓识定力,不如是不足以塞漏卮。北来消息,日益棘殆,宜有嘉谟,以靖戎国,瞻言百里,如何如何?

案:本札录自《茭源银场书牍》抄本,为第二十一通。

上山阴中丞

三月叩谒铃辕,承以绡素,命小儿基杰绘画,比即寄回舍间,属其敬谨皴染,惟是下里童乌,居山谷无人之乡,师承鲜鲜,闻命悚惕,几于不敢著笔,直至天贶节后始画成寄来清泉,特此呈上,伏求法察。去夏承椷,谕谓初学宜循守涂辙,否则必堕狐禅,具感指示亲切,人情于勤求不得之际,遇人指授,便如冻蝇穿纸窗而出,恍然证悟于困极之余,况以大人先生之警场提撕,有不茅塞顿开者乎?豚犬何牵,闻此绪论,以后粗有所进,皆大贤之赐矣。溽暑,惟与时节宣。增履万福。不备。六月十一日。

案:本札录自《茭源银场书牍》抄本,为第二十二通。

复石贞

书来如面,三月入都谒选,一切想已夙备。服官之地,愚意亦以黔粤为宜,濒江濒海之区,上之所以课吏,与吏之所以自待,皆专意于应付外人,勤民之事甚少,反不若僻远之区,犹得稍行其意。来谕谓本朝无前代之失,及今事尚可为,鄙论亦恒如此。惟定鼎之初,多沿明代敝习,驯至上下炀蔽,不能有为。此则由于臣下之习为欺蒙,而非主极之过。万物久则必变,变则通。然则今日之一缴再激,生出事变,至于糜烂不可收拾,安知非天心仁爱,假此涤荡人心之痼蔽,以成维新之治乎?古来多难兴邦,即此可与尊说相印证。汤海秋所著《浮邱子》,有《释和》一篇,大旨谓激扬不宜过甚,君子、小人之辨不宜太明,与大著《过洞庭诗》命意亦略同。居恒不甚满意于元祐诸贤，同己异己之间爱憎殊焉。即此流于私而不及觉，因而至于意气相倾，一彼一此，善类空而国亦随陨，不能尽归咎于主德之不明也。然则居今之世，宜有鉴于此，而知所以自处，彼挟应气而悻悻自好者，非果忠爱也，名而已矣；亦非真为名也，利而已矣。冷眼窥观，可哂可叹。足下天资坦易，好善之心甚殷，不患名业之不成，不患志节之不卓，所虑者自恃此心之无他，言语或伤于易。明知世事之不易，心志不乐眷怀，小德出入盍少留意。树蘅自治不暇，好为攻玉之石，怙恃爱好，当不怫然。至于来书论事之识，析理之精，则固五体投地矣。三月十五。

案：本札录自《茭源银场书牍》抄本，为第二十三通。

答振才

天气寒冷，山中得毋难久住乎？惜抱不喜汉学家诋诽宋行，而所著之《九经说》实有突过芸台、竹汀之处，至其笃实践履，不装理学之幌，则安溪、望溪皆当愧之。生平最服膺其人乃曾文正，列之三十二人画像中，桦湖至拟之吕居仁一流，近日湘绮亦于其诗有微词，即吾乡三数人所见不同如此，老弟索其余集，想已卒业，如意云何？大著《银场乐府》，音节顿挫，并能笼括事实，爱诵不忍释手，勉强奉和，只益生丑。《淀金》《滴金》两首，有两韵太险，难于属和，遂将原韵略改，以就已作。前年矿场有恶少，趾枝骈，不良于履，以利刃斫去之。兄之改韵，与恶少斫趾适履类耳。笑笑。湘绮翁两次询及左右，舟过东洲，不可不一访之。基樾已由家动身，小除以前当可到署。新营火房，燔柴煎茗，清气可掬，甚望弟来同享也。

案：本札录自《茭源银场书牍》抄本，为第二十四通。

复胡翔卿明府

奉手示，祗悉荣莅之后，正当催科已毕之时，以治虽无追呼之烦，袖短颇觉回旋之窘。然章华密迩，湖濡日阔百里，今如兹之啬，仍可取偿于来岁之丰。况棠疆交涉事繁，萑苻待理，上峰择能而使，殆所谓不遇盘根错节，无以别利器乎？投分以来，于性情寸地，颇能窥见一二，枳棘之栖，大率不久，愿蓄光采，以承宏任。

案：本札录自《葵源银场书牍》抄本，为第二十五通。

致蓬洲太守

松柏当水陆之冲，为清、常两县交界之所，历来莠类甚繁。自三月以来，濒湘两岸被劫者不下廿余户，攘寇之后，继以奸淫，闻之眦裂，其受害者宁濡忍，不敢举报，以胥差扰索更甚于盗也。旬日以来，多有率其弱稚夜晚露宿山间，遗财物于室，听贼所为，不敢出声。自尊处准由体仁堂进禀，绅士稍稍出身，前后送来各犯，虽由澄湘营哨弁所获，发踪指示，大半得地方绅士之力，惟日久未闻拟办之信，人心颇用惊疑，以为此次逋诛，将来难免报复。查各匪，除某某情罪较轻，余皆法无可逭。其在逃之资、王两犯，已嘱水师谭哨弁上达，设法严拿，该弁年少英迈，及其朝气用之，可资爪牙之用，以后获犯来辕，立加容接，以鼓励之。至已经押来之犯，应请发县讯供，分别轻重，从严究治，决不可旋送旋释，以害地方。自来寇盗之萌，治之未乱，易为力治之；已乱，则官与民交受其敝，而劳费至不可言。杀人者，杀害人之人，以生道杀之，非汉时酷吏之居心可比矣。我公贤者，其必谓然。四月初九。

案：本札录自《葵源银场书牍》抄本，为第二十六通。

复振才

前奉手书，事冗未即裁复。聚处经年，别来声容笑貌如在目前。棣之默，鄙人之躁，皆天下之极诣也。玉潭一席，得棣主之，可谓得人。朝廷制度纷纷，力行戊戌新政，然即如学堂之设，承其事者，不仅患无款，尤患无师。昨于清泉沈令君席上，其同寅多甲乙科，并谓今年若调帘，平生所习既不合用，只好告才力不及。另有一公云，上年谒选都门，归经鄂垣，见岸上营伍方习洋操，口呼足蹈，不遗余力，轮船上夷人相与鼓掌大笑，以其多不中程也。若我辈不自忖量，贸膺分校之任，闱墨之出，几何不如演洋操者之见笑外人乎？说更有趣。吾棣若出掌文衡，当不至如演兵者之为人所笑，乃不得管驾之任，仅以寻常水手相饷遗，即此可见变法之不能得法。陆资车而水资舟，此定理也。今欲驰万里，不先谋轮辕，欲涉重洋而不豫求帆橹，欲兴学校而不求为师表之人，同一蔽也。方今之事，大都如此。载胥及溺，其何能淑？有望洋兴叹而已。此间暂幸无事。乐山颇为前途信任，自李公作古，大有即奠之势。湘绮翁尚无来书院之信，揣其意殆不愿来。敝署内外托平善，新于东轩池中构一六方瓦亭，略同麓山之吹香亭，绿波沄沄，草树蓊翳，惜不得棣同一拊槛也。二月初十日。

案：本札录自《荚源银场书牍》抄本，为第二十七通。

贺唐太守

接小儿基樾禀，欣悉已得真除衡郡之信，朝廷求贤之切，大府知人之明，均令闻者色舞，不仅末吏得所恃赖已也。汉治最为近古，其要在于重太守之权，近世官制益繁，守之上临以督、抚、藩、臬、监司四五公，层层辖制，办事乃如束湿。又禄薄不足自赡，恒仰给于属县之供亿，于是察吏安民之事，无一能行。独公率其廉直刚明之性，不受上下之羁绁，用能发摅，当躬以弭此邦将生未生之变，犹复激扬清浊，关心民瘼，此岂寻常治郡所能庶几？今望已崇矣，效已著矣，下怀倾仰，夫复何言？然数月以来，窃见公嫉恶虽根于好善，有时亦病其过严；刚正固出于无私，一发微嫌其太尽。极知经权互用，外虽示以威严，中怀仍多慈恤。然外人能知此旨者鲜矣。若能稍示涵宏于旌别淑慝之地，但精内鉴，不示人以形人之怀，而慕之者不更有加乎？凡此不能谓公之有所失，不过小有毗倚，本不应献暗规于明达之前。然人情于素所敬爱之人，则相为之情益切，抑人当名位渐亨之际，则自恃之意易流。禹之戒舜曰："无若丹朱傲。"夫圣如重华，何傲之有？而犹不免于云云者，诚爱之深也。近代方望溪序其座师高素侯之寿，至虑其无成，素侯不以为忤，当世两贤之。区区之诚，亦犹伯禹、望溪之谊也。抑孟子所谓齐人莫如我敬王也。公傥不以为忤乎！干冒尊严不罪。

太守得此书，深以鄙说为然，覆椷义谦词下，以得良规自贺，坦怀期物之人，固异乎寻常俗吏之见矣。

案：本札录自《茭源银场书牍》抄本，为第二十八通。

与罗顺循大令

别晌七年，仅于轸垣匆匆数面，所怀多未尽，想同此怅然。秋阳燥烈，惟餐卫攸宜，与时休适。弟家居弥旬，旋由湘潭经岳市以返于署，舆中感受积热，变成肠风，每如厕则血涔涔不止。医家谓为肝脾积郁所致。幸饮啖如故，他无所苦，足慰廑怀。足下治蒲之绩，当万难措手之时，竟能入坎出坎，回翔自如，此等作用，不特仅以"聪明机警"四字相许。阅《艾陵纪事》一编，深幸吾党中尚有健者，惜乎结辈之不多得也。时事日入于敝，省门谈晤，所见略同。窃见近来所颁新政，不外兴学、兴利两事，而扰扰经年，无一定办法，内外皆以一"欺"字蔽之，大都心知，学之不可一蹴而兴，不能不权且奉行，以塞诏旨。上下交相为市，如是愈严愈蔽，愈蔽愈懈，甚至制科已改场艺，仍守八股遗规。武备大兴，办法徒为外人鼓掌。前年湖北习洋操，适有英轮过境，见之大笑。岁科乡会，仍岁举行，书院、学堂并行不悖。其受聘而为师者，又无一不由情面请托得来，中西之学，皆未问津，经时不一到馆，以此求开民智，只恐炀蔽，甚而愚且益滋。以此求造人才，亦虑下驷充而贤能绝迹。都因办事不求真实，以致章程多窒碍难行，乃并世诸公从无一人兼赅本末，指陈利病，以入告于我后者，亦古今以来所未有也。兴利莫先矿路，尽人知之，而能言之。前年京师设专管大臣，以为震动发舒，必有一番措置，久而声闻寂然。但见某国求开某处矿务，某国包设某路铁轨，其归中国官商自办者，则集股罔非骗局，赢利尽入私囊。湘中间有一二处可观，亦因销路未通，炉局未设，致取出之矿，狼藉山间，无人过问。似此视为泛常，虽以山西二千里之煤根呈献地面，牛婆溪、女儿岩三百万吨之锑产迸露高岩，恐仍于公家无补。何也？西人办事，先公后私，中国反是，方今事事步武泰西，独至此等关捩不曾师法一二，以是知虽有大利，亦无善法以笼之也。凡事具有本，未有根势不立而能办成一事者。今不勤求忠信笃敬之士，于“勿欺”二字切实讲求，徒收召浮薄少年，谓其年资智慧可以施教，二三年后便可举以备此种专对之选，见弹而求鸮炙，识者已病得力之难期。即令可以速成，窃恐根柢未深，亦难任以艰巨。试思戊戌生事之人，何一非周知古今中外、自命为旋乾转坤之才？及其归也，徒然爚乱天常，激成事变，则何益矣？夫居今日而谓外人不宜师法，是谓无心，特行事须有次第，不可求之太骤，尤贵将以实心。尝笑今之图自强者，无异久故之家，库藏已空，揭债甚重，子弟复嫖赌蒲鸦片，浮游无耻；为之设谋者不劝其痛改积习，晏眠早起，栽赢缉匮，以希渐渐复元，徒羡东邻以读书得科名，西邻以商贾致充溢，不察子弟之材质，不计成本之虚盈，贸贸然举室若狂，为之延塾师、招商伙，以训愚傲之重昏，而就难成之市业；所请之师，所招之伙，又无一佳选，以此而求富贵，是犹南辕而北辙、航断港绝而望至于海也。即更百年，仍恐无成。然则事终不可为乎？曰奚不可为哉！化意气之私，除欺谩之习，求贤良以资辅佐，清吏治以靖内忧，化畛域之见，不启衅端，严赏罚之条，以存纲纪，积之以岁月，行之以至诚。以此兴学而学裕，以此兴利而利优，即以此应付外人，亦沛然有余裕矣。若惟是颟顸粉饰，上下相蒙，数年之后，情见势绌，大弨一驰，不能再张其患有不忍言者。阁下智珠在抱，于当世利病洞若观火，故敢就公披豁一言之，试宿留瞽言，以为他日之证。惟愿所言不中，斯为厚幸耳。

案：本札录自《茭源银场书牍》抄本，为第二十九通。

与李石贞

屡月不通音问，甚想念也。即承敷教殷勤，起居愉怿。甚盛，甚盛！衡阳、清泉小学堂经蓬翁老守督教办治，衡阳故有莲湖书院，基址宏阔，举为两县公学。惟岁久渐形颓败，蓬尊以修葺之事见委，自去腊兴工，于今年燃节蒇役，凡总办、副办之厅，藏书、藏器之楼，会客、会食之所，逐一添置。两楼占地绝胜，绿波十里，万柳毵毵，百顷风荷，收归睫底。落成之日，招同壬父山长、芝云观察宴于楼上。芝翁笑谓："此间风景不减杭州，湘人不善标榜，遂使无边风月不能与虎丘、圣湖比胜。殆犹志士暗修，不求闻于人，而人亦无知者，非君发其来，几于空谷自芳也。"其言虽戏，亦自有理，惜不得公一均此赏。楹柱遍题联，颇为湘绮称举。别纸录上，以资拊掌。见在正当考课，严加抉择，如果率教，亦幸事也。窃谓学堂固为应办之事，然不先从根柢学起，终亦无所裨益，善乎日本人有云："学问之道，无分新旧，苟具忠爱，于旧何伤？若失此心，虽新何补？"又曰："忠爱当储之德识，不当施之以意气。阐发新奇，窥探奥窔，谓之新学。僭越常经，破坏藩篱，谓之异说。"又谓："李文忠一世豪杰，其于西法惟船坚炮利是务，至其所以作新将士之精神者，绝无所闻。张南皮以硕学自负，所谓欲强中国不可不讲西学，然不以中学固其根柢，正其识趣，则强者为乱首，弱者为人奴。其祸比不通西学更甚。”以上数说，皆于近日官报中得之，乃衮衮诸公，无一能为此言，而出于倭奴之口，不亦可耻之甚耶？因便一私布之，想同此慨然矣。

案：本札录自《荚源银场书牍》抄本，为第三十通。

复谭芝云观察

奉手教，并诗片诵悉。春意阑珊，绿肥红瘦，伏想高怀怡愉、眠食增健。甚盛，甚盛！前读《与当事论兵事书》，于濒粤形势扼塞洞若观火，曩者石寇由南安犯宝庆，左文襄檄南路之师，逾熊罴岭赴之，遂以懊团封守。宝居湘之腹地，西南两路有重兵，便如手足之捍其头目。且粤寇逾岭，注重自在南路，决不涉岖险以趋靖宝。今之置守城步奚为者？宜宪台如武乡之不解也。承示兰陵之作，于二首六七忽横空盘硬，如食黄鱼之棘口，掀翻一部《全唐诗》，拗体容有之，未有拗至若此者，且句法亦非浑成，更无容过而存之。此君因坦率失居清要，今番采五，得毋又坦率乎？送中丞诗，自以大著为最，拙诗过于弦紧，适成山泽之音。前数日奉蓬洲老守来椷，盛称兰陵之诗之佳，以为必突过流辈，急思一读，及邮示又成枫落吴江故事。想宪台亦为輾然。

案：本札录自《荚源银场书牍》抄本，为第三十一通。

与唐太尊

天热，水陆奔驰，勤劳可念，不审还辕，眠食何似。昨口授牍词，奖借鄙生，虽不免过当，然使硁硁之节，澈于大府之听，具征笔妙，尤见至情。惟直揭江夏，似觉不宜。中峰事事隔膜，近又与彼人极洽，言必无益，居荪一层，尤当三思。伊古以来，君子与小人争，恒不能胜。孙文定公三习一弊疏，剡露其情态尽矣。朝野事势不同，公不宜引紫阳箍遁为解。至鄙生归计已决，义无中止，秋潦返郡，行就公一披露之。振才已来，所学与为人可以放心，惟与此邦能否浃洽尚难预定。惟公进而策之。

案：本札录自《荧源银场书牍》抄本，为第三十二通。唐太尊，指唐步瀛。

致湘绮先生

木叶微脱，征鸿已翔。惓怀光景，不能自已。矿场违湘十里，山谷杂袭金银之气，蒸为毒淫，山体受戕，裂若龟坼。岗丁万指，仰食于此。黧面赤体，几成裸国。喜人怒兽，调御匪易。近更发运矿质，数逾巨万，负戴疲于逵术，艅艎交于川涂。到此弥旬，未遑宁处。星饭瞑息，岂敢告劳。性爱闲静，不耐尘垢，何辜于天，致丁斯阨。每当怀铚垂穗，谷风飋扬，权衡人己之孰亲，未尝不浩然兴叹，亟求蝉蜕之方也。载考地志，此间地近荧源，明时薛文清曾来作监，自顾何人，敢步其后尘。然文清几陷貂珰之祸，鄙生亦频来蝇棘之栖，品诣虽殊，其致一也。静言思之，哑其笑矣。先生栖贞林薮，扬芳湘畹，正则以后，无此芳烈，幼愿执鞭，老始接席。昨辱惠翰，亦复相随，萦维恐应爨火，罔恤劳薪，毋乃近于不恕乎？月吉归来，再求詹卜。荔枝一筐、密饯两盎，聊佐含饴。祇叩道安。不宣。湘绮尝托购煤，故以恐应爨火戏之。

案：本札录自《荧源银场书牍》抄本，为第三十三通。

复谭震青

敝邑民气朴僿，勤于生业，惟士人之喜事者，操执公事，倾轹同类，已成积习。而自爱其鼎者，遂皆闭门扫轨，经年不一入城。然士之敢于生事，亦视官为转移。若廉直敏干如左右，亦遂嘿尔而息，不敢轻于尝试。胥差讼棍与此略同。来谕揭出七弊，皆能洞见垣一方。随案严罚，人知畏法。数月以来，良懦之气一伸，神明之举洽于四境，某虽在远，亦忭舞不禁矣。争坟缠讼，诚为乡鄙恶习，根究祸始，不外地师、族痞两种人。厥风长，属湘乡为最，宁乡次之。同治初年，屡酿巨案，近时犹其少焉者也，而台端已不胜其烦矣。属拟告示，率尔为之。可否合用，仍求斟酌。县属公事，向设城董二人、都绅二十人，凡帮催钱粮、举办团练、稽查积社、育婴筹谷，悉以委之；烟馆、盗贼、赌博，应求罚办者准其经建，略同汉时游徼啬夫之任，助令长行化。然得人，则民可蒙福，官亦不劳；不得人，则不惟无益，抑且有害。是在明府君慎其选于先，驱策驾驭以收一时之用而已。顷者蓬翁奉院札讯案常宁，与桐轩、阶六两公来山，道及初莅敝县时，于绅士中进贤退不肖，稍施作用，其后几于以治。公祖家传治谱，才能集事智足审机，其造福弹丸，必与蓬老后先相映矣。瞻言百里，不尽钦迟。某久役思归，暂时尚无良便，年下当晋省面陈悃悃，倘能如愿，晤教当不远矣。

《葬经》出晋郭璞，以上并无此说。近人惑溺甚深，以为地可谋得。究竟有何凭据，都关各人缘法。福人自有福地，大要归于有德。县属坟山案多，皆由人不明白。轻听地生之言，古冢旁多吉穴。造成假堆假契，平空与人争讦。此为丧尽天良，实为民中蟊贼。无论难图吉兆，即得岂能有发。更有仗族丁多，将人山地占越。冒认古堆为祖，统凶强葬强伐。甚至闹成械斗，山主将棺抛掘。两造犯法非轻，讼累连年不辍。凡此犯常乱纪，都由地师作孽。亦或族中痞棍，唆讼图笼财帛。此后遇有此案，任他如何狡谲。先将地师痞徒，拘案尽法惩责。然后讯出真伪，剖断以成信谳。本县言出法随，断不令其善脱。即或本属祖冢，无契只存谱牒。尽可托人通讲，买禁保全骸骨。如果自己近情，何至人家决绝。即令一时虽允，不嫌稍迟岁月。与其匍匐公堂，花钱尚难得直。何如乡团调处，免致彼此决裂。似此通盘打算，得失昭然若揭。家有晓事之人，祸患自然脱卸。至于管山之人，亦当平情交涉。果系人家祖冢，何必起意瞒没？心上宽得一分，阴功便累千百。切勿轻听旁言,破契不便守业。几见瞒人坟冢,子孙不遭殃灭。为此殷勤告诫,无非爱民心切。尚其懔遵此论,免至身罹罪慝。

案:本札录自《茭源银场书牍》抄本,为第三十四通。

复黄泽生

金盘岭一别,迅忽六年。每怀靡及,谅均此情。令弟来,兼辱惠书,具审公覆之才,久为东诸侯倚重。近复敦请发厚地之藏,以为抵制外人之计。千里沅湘,皆归赐履,造端宏大,舍我其谁?为国为民,敬慰敬颂。弟治矿茭源,八更岁琯,过多功少,谅有所闻。年来衰病侵寻,精神锐减,山内丁夫万指,喜人怒兽,调御甚难。而𥕢路愈深,事情愈冗,自忖精力难再滥竽,加以今年六月老妻在署一病几殆。儿子随侍山内,感受磺毒,结为巨疮,脑后发际,症尤危险。兼此数事,日夜思归,削牍已成,待时付驲。而同城上位探知此意,以谓此矿一更生手,恐难照原,群相阻止。先是有人自省归,谓悠悠之口,于仆颇有微词,此方官士同为不平,遂疑弟之求退由此而启,遽行腾告大府。其实不欲久居此席,蓄志已久,应昆、璧原具悉微意,曷常因此悻悻哉?昨由郡署颁来院批,蒙次帅奖借之殷,慰留之切,细绎之余,且惭且感。中丞坦怀期物,体国公忠,诚如尊谕,颉颃右帅,蒙独何心,敢求自外?其不能久于投效者,实有如上之所陈,出于难已也。况弟铨材薄植,非一时不可少之人,矿务亦非终久不能假手之事,有何关系,重劳縈维?今既承谕告殷殷,谨当具领雅意,暂时不即上牍,容俟腊底春初,亲谒帅辕,曲陈悃悃。古者东山零雨,勉人公义,亦恤人私情,次帅贤者,当不相强,尚祈于燕见之顷,善为我辞焉。

案:本札录自《茭源银场书牍》抄本,为第三十五通。

再复黄泽生

再启者:令弟克斋兄笃实和平,不失为佳子弟。来此数日,于治矿之法已得大略。据云与治金矿约略相同,惟淘砂一项,将来应于敝局分派数人以资练习云云。承付银矿,别无他矿夹杂,可称佳品,敝山之产,不及远甚,附呈数颗,以备参验。朱砂素未入目,不敢强作解人,惟觉色□而质净,殆非凡品。来谕韩池坳一处矿苗,亘廿余里,可谓极大之庄,惟详问贵亲兵,多系成团之质,未联为一片,或隐或现,时有时无,且多在层格之上,未知所言确否?果尔则办法似宜亦以散应之,不必专取一处,暂时不宜大办。敝山有一口矿,长廿余丈,横开多巷,皆有十余丈,去岁英人布卢特下虃验看,羡为各洲所罕,盖矿质虽不及尊处之纯,而庄大可兴大役具于此矣。我辈书生,何尝涉历各种矿学,不过孤恃此心,以与金石相应付,富媪亦无如我何。老兄精悍笃实,胜我百倍,可卜举无遗策。又,四万金之股本似乎太少,敝局八年共动支卅余万金。当廿二年初来,右帅沛发四万数千金仅供数月之用,初开动用较大,右帅尝夸水口山虽由办理得法,然非我亦难成功。良然,良然。为公计莫若就山设土炉数座,以本山之产,供本山之用,庶有合于《中庸》"执柯伐柯"之义。当廿三年四月,汉阳吴云谷观察来山,论及土炉一事,极称威宁州炉匠办理为合法。吴公贤者,必无訾言。贵郡与黔中在秦时本为一郡,相距甚迩,盍派人一往招之?因公夙好,敢献其愚,修原尝笑弟喜为出位之思,此即思之一也,其不以为忤乎?

案:本札录自《茭源银场书牍》抄本,为第三十六通。

致王苳宣

先德铭幽之文,应求如子固所谓蓄道德而能文章者,庶足发皇懿美,众信方来,否亦须名位显贵,借彼馨光,以动一世之耳目。乃皆不以相属，独于容儿禄位不足动人如不才者，强使为之，宁以尊公志事，惟仆知之颇深，能摅写以尽其隐乎？抑别有相赏于众情之外，欲借此以矫属世人干求贵要谀墓之习乎？受命以来，日夕兢兢，惧不得当以报塞盛意，加以斋居冗积，无暇属矿，及来山内，人事较简，勉竭不肖之心力，连缀成篇。所有尊公自撰之世德录及常熟所为六十寿序，行箧皆未及携带，于君家名人、世次，仅举平日所闻者约略记载。又北水合流，是否即系宜阳？以无方志可查，皆由意揣，应请自行订正，以归翔实。某于文章素乏讲求，勉应諈诿，实不自量。别纸录呈，乞加裁酌。如不合用，别求能者亦无不可也。

案：本札录自《葵源银场书牍》抄本，为第三十七通。

答蒋少穆观察

人来奉手教，祗悉种切。炼矿得潘、盛两公入股，质干已立，愈于寻常搜零举碎，有天渊之别，非公曷足以联之？炉地指定葵源河口，就敝场现有之矿与炉上应用之煤，较之设在岳州，省运费已在十万金以外。泰西事事综核，管子亦谓天下事至纤至细，可见高掌远蹠，未若细针密缕。明府君是为得之，佩服何言！自接台谕，即由松柏乘坐舢板前赴河口，其地势尚为宽展，足容多炉。惟惜地形洼下，据询春夏水溢，动致淹没，非周围高筑堤垸不足以当汛滥，而周回数里，工费亦殊不易。似乎此地尚须斟酌，归舟过松柏下之小洲，宽平过于葵河，而占地较高，历无水患，惟半系菜圃，买价比河口之田为优，比托市商大略询问衡民，较愿居奇一层，当可无虑。然两处均须台从到山始能开议。细思设炉与治矿不同，治矿须在穷山，厂栅翳茅编棘，可以苟简，炉则所用机器价已不赀。西人居室务求坚洁，设有山越之警，一散则损实多。据管见如两处皆不就，莫若于衡州木关之下，厘卡之上，择一闲旷之地最为稳适。常年敝局运矿长沙，百斤给水力五十三文，松柏距省六百零里，距郡仅百里，百斤不过十钱，其地居耒河之上，扼郴、桂两州之冲，见今桂阳正兴矿务，煤又以耒阳所产为最多，较之设在小洲、河口更为得地。虽敝矿多出百斤十文之水力，而郴桂矿务能兴，免至逆流百里，通盘筹算，要为有赢无绌。槃槃大才，智珠在握，何适而可，仍候荩策。至取煤之地，商之市商，见有距松柏不远之茶子坳一处，在阁下所勘之曾家礲下数里，脉苗由曾家礲来，煤根甚旺，土人以无力戽水，于花朝前丢弃。山可租而无需价买，地极广而犹可多开。此事一说便成，不劳多口。统候驾来定夺可也。

案：本札录自《荚源银场书牍》抄本，为第三十八通。

复衡永道谭芝云观察

蒙赐手翰，并示大牍，寓不挠之气于敷卾之中，比与蓬洲老守，赵、王两大令，回环庄诵，莫不叹识明而处当，惜乎居穆公之侧者，罕此晓畅不阿之诣也。害马败群，第去其害，而群仍不乱，鞭棰乱下，有铤走而已。《书》曰："尔毋忿疾于顽。"明示处顽之不宜过忿，天下有不易办之事，不可无一定之识，如大稿所陈，可谓有定识矣。谨藏箧衍，以资省览。某治矿日久，屡思引退，苦未得闲。秋祭返郡，当叩辕一闻大教。常属尚安静，秋稼被陇，十日内可以割完，矿场亦托庇如恒。谨此附陈。

案：本札录自《荚源银场书牍》抄本，为第三十九通。刘健鹤抄录之《时贤启笺杂钞》亦录有此札，为第二十九通，题为《荪老复衡州道谭芝云》。

与芝云观察

昨承密座深谈，高谊不敢忘。旋于幕府读荐剡之书，所谓公之知我，胜我自知，虽鄙薄不称其服，而老宪台之善善从长，可谓无以复加。数年以来，以卑官承剧务，相知不深者，容以酬赏不及代为歉屈。其实自义宁、山阴及今中丞，皆以过听而加优睐，今又得宪台如此标置，一己之荣，孰有加于此者？蘅虽昧道懵学，所志固在此而不在彼矣。上座如此縶维，何容再萌退志，而仍不免于云云者，常人之情，见当道信之愈甚，则毁之亦愈甚，勉强徘徊，同床异梦，于公中为益不大，而己则有损。家有先人敝庐，薄田亦粗供饘粥，知难而退，不与世竞，或亦藏拙之一道乎？且下属有难进易退之人，虽负嘘植，当亦蒙心许矣。颓俗滔滔，解人难得，并世之人如宪台孤怀闳识，兼综无遗，实罕其偶。他日岩居川观之余，忽闻开府连圻之命，岂仅趯然私喜，盖不胜为世幸矣。心所敬爱，不敢苟谀。附呈运砂万吨、禀请另简贤能公牍，伏希众教而督正之。

案：本札录自《蒌源银场书牍》抄本，为第四十通。

谭启瑞复书

苏畡先生史席：顷奉赐笺并抄件，具悉。前此荐贤一牍，未足恢张万一，乃示㧑谦，兼承宏奖，惭感交并。浊世滔滔，以公才气，正若球璧，璀璨莫名。其宝而遇之者，未尝不望而知爱。况今中丞相需甚殷，遽欲引退，纵累牍陈词，未必见允。屈高贤于矿人，自是当事之过，如区区者，殆不足责。惟自咸同以来，以三湘为中原根本，果兴美利以利湘，由湘而利天下，贫弱之患，庶其有豸乎？一夫衣珠，曷若千人被褐？是又不能不殷殷然为公劝驾矣。匆匆赴省，未及走辞，闻台从亦将有星门之行，容再晤教。大稿留供寻绎，未缴。手此奉复，敬候道履。启瑞顿首上言。

致朴堂

去岁阜湘公司主办蒋君少穆挟一英矿师布卢特来山，极称办理之善，谓在该外人办法只争一间。今正日本人细井岩弥来，亦称道不衰。及叩以白铅矿之销路，据布卢特云："贵国津、沪两制造局承用白铅,岁以四十万金计。两局购自外洋,其实皆外洋收买此山之矿所炼。若就山开炉,何必远求销路,即津、沪两局足矣。”某前年屡上书中丞请设炉,求津沪销路,未邀詧省,盖湘矿阻力即在中丞左右,仙桥知其人。某之久欲求去者,此也。近接少牧信,已合资十五万,盛杏荪、潘少泉各占五万,另借湖南官款五万,拟于上海购买洋炉,于近山地方设局煎炼,此举办成,稍为吐气。惜乎其已迟也。

案:本札录自《茭源银场书牍》抄本,为第五十一通。

与童余丞、李菉泉

修路一事,两公均赞成。昨晤子谅兄,亦云应办,得公等主持,已有六七分可成。子谅深沈明练,绍公为有子矣。路捐敝处已诺三百金,外间尚有二百之数,勉力相凑或可再添百两,是下走可任六百金之数,计由鄢泉冲以达黄泥坳,非千金不可,必得公等不惜齿芬,极力赞助,庶足以收集腋之功。路启夜间已拟定,时此呈鉴,如有不妥,请加笔削,幸勿吝教。首士请公列名,周郁翁似为不可少之人。近牌楼湾一带,尚有应请其出名者否?下走于该处之人不甚相识,请两公斟酌,尤欲就其地兴工,似不能不资熟手,明识以为何如?如蒙许可,县官处当禀请出示晓谕。中间应请教之事甚多,甚思走诣,又恐公出,能于午后四时赐步,至敝处一谈,为幸多矣。

案:本札录自刘健鹤抄录之《时贤启笺杂钞》,为第十三通。原题为《珠泉老人与童余丞、李菉泉》。《时贤启笺杂钞》钞本抄录晚清、民国时名人书札共计四十五通,其中大多为廖树蘅与友朋往来书信。其扉页有按语:“荪陔廖君,吾宁积学士也。曾得陈右铭中丞为友,名大噪,出为湖南矿务督办,获利巨万,因成富家翁。其平时与朋辈书牍往来汇集成帙,无虑百千万幅也。君已先后付梓。嗜此者复手钞之,此本即健鹤所手钞者。”

与刘□□

前承惠顾，事冗未及罄谈，致为歉。新年想养堂为福。舍间去冬已与石顽先生订约，留塾一年，不料石君忽回信不愿再来。明知小孙顽钝，不应聘请名宿，惟豚犬之质不得师资以相启发，则愚昧愈不可瘳。意欲请贤弟代教一年，束脩照梅宅之数，次小孙粗有成辂，为君家所出。诚得惠然肯来，则感激不可名言矣。如万难分身，或请代荐一位亦无不可。尹公取友必端，兄可以信尹公者信之，惟留意焉。

案：本札录自《时贤启笺杂钞》，为第二十通。原题为《珠泉老人与湘叔》。"湘叔"，未知是何人。

与刘其达

承命为先德立传，树蘅于文用功最浅，自问不如均培之粗识途轨。故凡以此见属者，皆矜慎不敢妄为，重违贤昆仲之意。旬日以来，勉缀成篇。尊丈一生得力之处，在善治生，于曾文正八字祖训适合。故近数十年来，戚属多中落，君家犹足自存，尊甫勤俭之力也。外人讥中国蹈灵，即不事事之谓，此最是中国坏处，吾湘弥甚，居恒悼之。故于尊公居家一层，用全力书写。孝友是尊公独至之行，不敢有遗，团族琐琐不足道，直以一二语了之。此微意也，归之尊属，俗例自称侄辈，实乖大雅。故以姻家子冠之，想考鉴及。志传宜真切，不宜虚美，真切可久，虚美难传。世俗喜铺张，近于诬罔，反令闻者齿冷，度大雅亦必不以为然。草稿屡经窜易，眼昏不能另誊，即以奉上，质之贤仲昆，未审以为何如也？

案：本札录自《时贤启笺杂钞》，为第二十一通。原题为《珠泉老人与家大人》。"家大人"，即刘健鹤之父，当为刘其达。

刘其达复书

日前蒙赐书及所撰先父家传，反复捧诵，铭感何言！夫传之著于世，必于其人之行义志事之大者书之，不能为溢美，方足以信今而传后。非若史志美恶兼收，无所忌讳，劝惩并寓也。世人不察，往往以先人无奇节异行，辄摭拾无谓之浮词，以求传者之表暴，是欲扬之，而实以诬之也。窃见先父在日，慨同族强半零落，思兹以救之。于是浚陂池，垦荒地，蓄树木，莳蔬豜豕，为之必力，数数年不少倦，于曾氏八字祖训多有合者。大著独于此极力铺张，不遗余力，而先父保家垂教之苦心，赖以曲曲传出，而先父已不朽矣。其感与报宜若何而圃之？不肖兄弟浅陋钝拙，不学无术，而先生奖之太过，欣悚交集，盼不能至，不敢不勉。先生蓄道德而能文章，当世之韩欧也。其于称谓，亦酌古准今，折衷至当。来谕犹以相商，亦何德之谦而心之灵也！

案：本札录自《时贤启笺杂钞》，为第二十二通。原题为《家大人复珠泉老人书》。

复刘定夫观察

寓庵枯坐，正苦无聊，猥以丑石之供，忽枉瑶华之锡，回环庄诵，口沫手胝。公诗古秀雅苍，接武山谷。骈俪遒丽，希纵六朝，老凤声清，群蛙息吠。山谷鄙生，惟有颂仰。不揣汶暗，搜括奉和，信屈之音，与石同丑矣。专此以恃定夫大公祖一笑。并祈教正。

案：本札录自《时贤启笺杂钞》，为第二十七通。原题为《荪老复刘定夫观察》。

刘镇致书

飞来雪窦，光生宝晋之西；活割云腴，妙出仇池之石。洞天一品，壶中九华。合下拜于米颠，恣卧游于宗炳。频年从宦，惟余清献之琴。他日还舟，将位郁林之石。借收攻错，无任瞻仰。

案：本札录自《时贤启笺杂钞》，为第二十五通。原题为《刘镇定夫观察谢珠泉老人赠锡里开》。

刘镇再致书

日内无新闻，惟李傅相又出总理衙门，不解何故？岂冰山老而□雇手□□□□□□，免使还厝内亦大行，徒在快意，想想一笑。

案：本札录自《时贤启笺杂钞》，为第二十六通。原题为《刘镇定夫观察谢珠泉老人赠锡里开又》。

与湘绮老人

山中极热，已到十分，几将胸气筋胀破，加以车盖往来，尤觉烦苦。视公高卧蕉竹荫中，立中学基础，以保存国粹，真成友对矣。矿人归计已定，方据报将万吨之矿运毕，即振刷灵魂，以伸自主之权，即压力极重，谊不返顾，从此溺确乎其不可拔矣。拥二千石之租，愈于八屯三仓之米，一任湘中国民耿□□□□□。善于驾驭者，此问题当可以下此舞台。先生何如一悍？炭百石，派船送洲边，到书院不过百十密迩。乞速派人验收，清单附呈。从然回城，再为拊掌。此请湘绮先生道安，彼非经同人矣。

案：本札录自《时贤启笺杂钞》，为第三十通。原题为《笙老与湘绮老人》。

王闿运复书

送炭船来，奉手教，洋洋乎，洋洋焉。知王介甫之非以去要君，为鬼怪辈害事也。功成身退，自然之道，龟山蔽之，斧柯奈何？午后兵备来谈，言及唐、刘佩服之诚，方以不得大用为恨。

公论自在，私意将不得申，阘运亦随转舵，又附于在矿言矿之例，知去就理多端也。且如公去，则明年送炭又靠何人？然则为国求贤，公私两利，孰若附和一人，徒增林下一诗酒朋友乎？恐公以买炭亏空，辄送卅六元交五世兄，以清前款。黄色人不肯杜后患，粮课之来，日内正与圣贤相对，此百五十石消得著也。凉秋始还，其期甚遥。张制军有巡江之议，进退维谷，窃恐公亦拜巡矿之命。则夺我凤池而仍栖枳棘，又洋人所不料耳。专复申谢，即颂近福，不具。

致陶履谦

履谦仁兄先生侍者：手笺敬悉，《北岳山房集》亦祇领。阁先生为湘中尊宿，想望风采，惟有历年。前年于伯纯处匆匆一晤，未罄所怀。承示来城，当即走候，以慰渴思。手复。祇叩台安。教小弟廖树蘅顿。十八日晚五钟。

答陶履谦

履翁仁兄先生阁下：奉手书迟迟作答，以连日事冗之故，澄累省释，以答尊命也。至矿之办否，商之定、亹两公，须将菜了，徐议大致，即欲开办，如令亲诸公、湘之绅宦，谊其不可，惟借此撞骗、收私影射之某某，则前途未能答应。然此事终有了日，特不能取必一时。此事发于裕蓉翁在局时，其中细目弟未了悉，容迟报命。湘矿哓哓，弟寝倦于其事，已削牍呈院求蝉蜕。十载劳人，想大府必见怜耳。略报，为叩台安。弟树蘅顿复。十二月。

致邹敬甫

世兄琴初孝廉来，奉到手书，并赐诗三首，屡诵不释。别数年矣，辱荷问讯，乃眷眷也。询世兄苜蓿一盘，拟即抛弃，所见甚卓。新法行，科举停，冷官已成赘疣。我辈年皆寖暮，安能脚靴手版奔走人前？家有田园足供饘粥，又得良子以传衣钵，从此岩居川观，杖履优游，前顾后望有余裕矣，可胜健羡。弟督役宜阳，绵历年岁，自天水中丞檄回省局，水口一场谕交小儿基植接办，以迂率之人与城中贵游相接，自觉不伦。儿植在山，一人不能肩任，常遣次、三两小儿番代。水陆奔驰，颇增犊爱。去年春间，次小儿基棫衡山阻水，几遭漂没。八月重往，冒雨趱行。棫儿出门常遇雨，略同东坡一生不遇顺风，曾作诗示之云："离毕阴蟾翳未开，居然磨蝎命宫来。汹溪春涨曾濡轨，驿路西风又洗埃。魂梦累余同绕越，羽毛怜汝太毰毸。鸿来燕去浑无定，何日云霄接翅回。"览此诗足知鄙意之所在矣。甚欲相从一谈，卒卒未暇，思之怅然。时事日新又新，无从说起，闻之徒乱人意，不复宣布，以累清怀。手复就讯起居，不尽依依。

案：在《珠泉草庐书札》钞本卷二十三第一、二页，即为《致邹敬甫》。而第一页上方标注有"乙巳两纸"四字，故知此札当作于光绪乙巳年（1905）。

复黄运藩

奉手笺并大稿，快慰之至。仗马不鸣久矣。自芷荪给谏后，复有此两篇大文章，大为湘人增色。言人所不愿言，亦言人所不敢言，不能不服公之胆。近晤令兄敬翁，谓猛子不怕雷，弟则谓大臣不言而小臣言之，亦衮衮诸公之耻辱也。犯新党之忌，至列之画报，曾见之否？笑笑。惟若辈恶之刺骨，足征大疏已有效验矣。望溪所谓其人能恨我，则其心犹未尽死也云云。

案：本札录自《珠泉草庐师友录》册三卷九，页十七。黄运藩《黄舍人书札》后有按语："黄先生运藩，字性田，安化人，为敬舆太史之弟。公于光绪丁未十月初五日复先生函云。"

答黄凤岐

别二十余年，始于有善堂一遇，彼此至不相识，几于笑问何来，合并之难至此。陈后山句云："一代不数人，百年能几见。"到此愈知诗之沈郁矣。午节后由吉来传到赐书，知一麾桂管，早暮宣勤。棠疆赐履辽阔，种人杂处，颇不易治。来谕先从通商劝农入手，可见布治有方。想氓庶从风，早已歌成来暮。于清端毕生勋业肇始罗城，太平其阁下之罗城乎？世方多难，乡国需才，为公为私，均不能无望于左右矣。弟从事银场弥历年载，磨牛践迹，倦鸟思还。年来重听健忘，衰态百出，其不足久供人役也决矣。台端厚相期许，以为犹可有为，毋乃未窥其深欤？

案：本札录自《珠泉草庐师友录》册三卷九，页十七。黄凤岐《黄太守书札》后有按语："黄先生凤岐，字方舟，安化人，公于光绪丙午六月初二日答先生书云。"

复陈兆奎

足下风业韶远，劬书殖学，力追古人。公侯子孙，必复其始。世运方否，学问一途，行将解组。盛勖光采，以待春回，不于君侯一流人望之，而谁望哉？树蘅八载茭源，裹蹄难铸。一官苜蓿，午后贻啁。犹忆与君东洲探梅，西湖赏雨，花新叶早，酒热香温。又未尝不如谏果之啖，无苦之非甘也。

案：本札录自《珠泉草庐师友录》册三卷九，页二二。陈兆奎《隐龛书札》后有按语："陈先生兆奎，字完夫，桂阳州人。山东巡抚陈公士杰之子，王先生闿运之门人也。公署清泉训导，时相过从。宣统纪元，公游京师，先生适官京朝，尤为款密。公居总局，亦时有书问往还。丙午秋，有复先生书云……观此，可以知其风仪矣。"

致吴庆坻

子翁大公祖阁下：昨日宠召，谨当趋陪末座。芷森、泽生两君联珂入蜀，均属知好，临别不能无言，各赋七言长句二首，以送其行。昔人谓欢娱之辞难工，实则应酬之词难工，录求宗匠教正为叩。敬请勋安，不宣。树蘅顿首上。

卅年前识黄公覆，白袷谈兵并少年。抵手杏坛犹昨暮，时校经堂权设长沙府学宫。别来沧海几推迁。风尘百战余生在，文武兼资众口传。又领戎旃捍康卫，雪山千仞照鞍鞯。

尘海连年少定波，西南天地待如何。书生岂少封侯相，名士能当曳落河。跃马蚕丛收琐甲，洗兵瓯脱戢雕戈。从来治外先严内，好助韦皋肃鹳鹅。

春阴如幂怆离群，呼酒江楼一送君。叱驭不知淫豫险，遨头容策管城勋。张纲已著埋轮绩，司马还传论蜀文。难得登坛有宗衮，顺平原是故将军。谓次山尚书。

天彭井络势嵚巇，不许干旄告小疲。岂谓弦歌溥全蜀，还期礼乐化三危。卫藏古之三危地。正来学鹄人争附，说到君恩泪尽垂。如此应官真适可，权留李泌息炎维。

案：本札录自《吴庆坻亲友手札》卷六。

复吴庆坻

子修大公祖大人阁下：昨承惠赐先公两世诗集，展诵之余，觉才华富赡，真气淋漓，根柢蟠深，并世罕见。尝怪乾嘉之世，仓山、藏园主盟江介，流风所被，几于夷夏交推。就今观之，不特太丘长文与之异曲同工，即吾湘之张陶园亦未遑多让，而当时坛坫之盛独归袁、蒋，岂非群士争趋，收名较易，其视此为余事而怀尚絅之思者遂多韬晦耶？风雅不沫，家集终传，灯窗伏读，惊叹不已。属呈近作，到此牵率应酬，无一惬心，重违嘉命，谨录《送定夫观察》七言长句三首、《题内子墓门》二首，呈请教正。题墓拙作，敬求赐和，借以塞悲，而增逝者之荣。逾分之请，无任屏营，祗叩福安，并谢不宣。治晚生廖树蘅顿首。十三日巳。

送刘观察定夫归武宁四首录三

相逢尘海托交亲，同赞湘南矿政新。入坎难谐多士口，树蘅初至水口山，因论事与省局诸君不合，赖宁州公毅然不惑，得以有成。盍簪犹有老成人。极知金锡能肥国，不道银场未疗贫。水口用款至今约六十余万，出矿约值四百万，徒供开销，定翁常痛惜。除却太丘无可语，崤庐宁州墓庐名东望一伤神。

冰橐难营下潠田，惟余奇石压舟偏。三湘作吏留鸿爪，七秩悬车养大年。诗派西江容著录，归艎南浦艳登仙。东坡海上春婆梦，争及乡山疑断鞭。

泬寥天气近新霜，归去重寻古柳庄。白社壶觞尊鹤发，沧洲烟月重鲈乡。晴空霹雳开先瀑，夜月琵琶送客航。从此江湖归老宿，坐看天地入清凉。

内子张淑人葬珠泉草庐后山，用曲园老人题其姚夫人墓庐原韵，作诗二首，刻之坟垣

镜影花魂谶竟酬，光绪丙子春，梦游衡岳，至一小园中，有室庐榜曰"安分知止"之馆。园中落红满地，镜高数丈，照影其中，冠青金石服貂。醒语淑人："余若迁秩，君当辞世。"其时彼此盛年，伊其相谑。不谓去年七月以逃暑还山，大府派襄矿务，为报捐主事加四品阶，未及一年，果丁此戚，梦有征矣。重来圆梦到松楸。今年五月，梦山内新翳茅屋甚饰，长松碨砢，谡谡有声，即淑人葬处。苍髯夜落涛千尺，碧藓今成土一抔。引分敢忘知止诫，树蘅惧撄世网，

屡求蝉蜕，淑人亦时劝归林。解弢先作化城游。人间何事非前定，一段因缘付蜃楼。

忍泪亲将志石镌，本来同穴订生前。梼檀君证无生果，萍梗余犹下濑船。华表他年归皓鹤，芳阡依旧带珠泉。曲园故事分明在，别此相看莫问年。曲园末韵："曲园未死先营葬，后世休疑题墓年。"树蘅亦营生圹于内子墓左，故云。

树蘅呈稿。

案：本札录自《吴庆坻亲友手札》卷六。

与李经彝会办

近闻三家洋行借贷一事，中垣拟定葵源银场所出之矿归三洋行领买……细思此举，亦有数难，未能默尔，聊贡其愚：此矿开办已有十五年，蕴藏衰旺，不敢预决，万一苗路缩小，即每年之三十余万，亦难十分倚恃……出纳太多，不可不稍存后退之想。若交不满品，外人鸷戾，宁无责言？难一。借债百二十万，岁须息银十万，矿产还息外，还本金不多。长日炎炎，永为估定；稍不满其望欲，始而索矿，继且索山，难保不地权丧失。……况与外人立约，徒然约己，不能约人，此又数十年来办洋务之通例，不仅矿之一事数见不鲜也，大局一隳，噬脐何及？人之多言，亦可畏也。难二。亨达利自光绪二十二年垄断湘矿，前后八年；至二十九年将洋栈顶与德商礼和，经今又六年矣。此十五年中，挑剔矿质，不守约章，抛潮，压镑，掯价不缴；犹复招引矿痞，私买矿地。稍拂其意，动辙怂领事、公使干涉。……及孙宗尧私购龙王山田地，冀隧道而盗水口山之矿，其居心尤为狡毒。凡此，皆因本处以前办事诸人与售矿立约以启之地也。……可见与此辈人之交易，未可忽视。自弟于二十九年冬经赵公召开省局，始稍将价目争高，不立合同，于长沙交矿交价，以后决不买空，始略就范围。盖以费九牛二虎之力以驯至此境，若再放失，收转愈难。难三。

立约必须定价，水口山黑铅矿三十二、三年买过六、七十金一吨，今若与之议价，自不超出卖与多福洋行五十六两长平一吨之上。万一销路大通，价值日涨，拘定合同，坐失厚利，终年孑孑，徒利外洋。难四。此处窒碍之事，不胜枚举，姑举四者，已添生者多少荆棘矣！查四月以来，水口山银场及本处生锑售出之价近五十万两，若再将二千吨黑铅矿售出，并矿价可上六十万两，亦不菲矣，然皆近数年所积而成，非一岁所得。山川蕴珍，只能有此数。取之不遗力，不特人力不给，恐富媪亦倦于施应。恳将以上各情转达中座并告薇垣，如荷采听，矿之幸也。

案：本札录自《湖南省志》（修订本）第一卷《湖南近百年大事纪述》，页二六七至二六八。中垣、中座，均指巡抚杨文鼎；赵公，指赵尔巽；薇垣，指署理布政使谭启瑞。三十二、三年，指1906、1907年。

自订年谱

徐一士《一士类稿·廖树蘅二》中有按语云:“廖氏有自订年谱,稿藏于家,未经刊印。曩承其外孙梅君节录见寄①,虽未获其全,得此亦大足供览。兹移录于次,以公诸世。”

咸丰四年甲寅(1854)　十五岁。三月,洪军复上窜,屯靖港,县境戒严,周廷鉴代理宁乡知县。前知县朱孙诒奉巡抚檄,率三百人自安化来援,召诸绅速练团。时洪军知省城兵防綦严,思略取旁近县为翦枝叶、溃腹心之计。二十二日,林绍璋纠万人循靖港、双江口陆路趋宁乡,营于县东虾蟆石山上。适国藩亦遣廪生伍宏鉴、守备魏崇德及郭鸿翥率湘军三营凡五百人驰救,崇德议屯驿马坪,孙诒持不可,令屯文书山,而自驻东门为后继。明晨,洪兵钞官军后屯,分支趋叶家巷,围之,三营熸焉。崇德跳免,宏鉴、鸿翦死之,孙诒亦遁去。时二十五日也。明日,洪兵焚衙署,六科书院、南门市肆,死者六十余。遂掩甲疾趋,由间道赴湘潭。时副将塔齐布奉曾国藩命,率兵一千三百人驰援宁,侦洪兵已往湘潭,急攻之。四月初四日,塔齐布与江忠淑克之。林绍璋以数十骑奔宁乡道林,县绅杨咏春督团勇截于烧汤河,斩馘十余名,洪兵乃奔东湖、龙凤山,窜靖港,合股东下岳州,自是县属无洪军踪迹。

案:以上录自《民国宁乡县志》册一廖树蘅《自辑年谱》。

光绪二年丙子(1876)　三十七岁。七月,长沙录科列第一名。九月落解归。义宁陈公右铭由镇筸道解任回省主营务,约明年司其笺牍,兼教读。新主纪元,州县例举孝廉方正,知县唐公步瀛拟以树蘅应之,自知不称力辞,唐公亦不另举。

光绪三年丁丑(1877)　三十八岁。是岁馆长沙闲园。在长沙局关祠右。学生三人,陈公次子三畏,兄子三恪,侄婿黄黼丞。

① 梅君,指廖树蘅外孙梅焯宪。

时公以内艰辞去戎政，无笺奏之烦，专主课徒。公营葬平江。公子三立，字伯严，同居园舍。五月，隆无誉观易与湘乡王文鼎来家。无誉有嵇绍之痛，遁迹梅山二十年。此次为怨家牵涉，拟游关陇避之。予引之闲园，与宁州父子相见。宁州赏其诗，为之序行，所谓《罘罳山人集》也。临别赠诗。七月，因事暂归，伯严赋诗两首。十一月二十五日，雪，梦至山，下有寺院，与一同行者立山上，赋诗一首。醒时残灯未烬，亟起录之。初宁州公喜谈矿，著有《馈贫》一策，予读之，未敢以为然也。及公抚湘，丙申正月以常宁水口山银场见委。则山中景物，与梦中所见无异。事兆于二十年前。以予不乐谈矿，偏以相属，亦若苍苍者故以此相靳。凡事前定，岂非然哉？

案："伯严赋诗两首"，指陈三立所作《荪畡新秋归家，赋此赠之》诗，共两首。其一："碧湘如梦得归迟，芳草天涯共酒卮。尽好园林从论学，最难怀抱与敲诗。春风桃李朱张渡，秋雨蘅芜屈贾祠。千载人文荆楚记，遥遥今古一相期。"其二："海内文章惜抱翁，诗篇坛坫亦称雄。多君识取名通论，后起居然淡泊风。绛帐青衫花寂历，深樽凉烛月玲珑。寥天鹳鹤秋风起，湘树沩云在望中。"（《珠泉草庐师友录》册一卷三，页三十至三一）

光绪四年戊寅（1878）　三十九岁。是岁馆闲园。三月，丰城毛庆蕃实君来湘，同寓园庐。四月，伯严邀同实君作麓山游，作游记一首。六月，复与两君游衡山，寓祝圣寺，听默安上人谈禅。七月，回长沙，作游衡山记。腊月，伯严送其弟就婚永州。解馆归。

案："六月"原作"六日"，"默安上人"原作"默安人"，应为笔误，现予改正。

光绪五年己卯（1879）　四十岁。是岁唐公步瀛官益阳知县，具书招司教读，兼阅课卷。三月赴馆。作书寄伯严云："与子之别，八易弦朏，日月不居，思之成痗。虽音书往复，不废存问，而风雨萧寥,终伤遐阻。离索已来,鄙吝弥甚。方干射策,一第犹悭。阚泽佣书,半菽不饱。嘉平旋里,方拟抱汉阴之瓮,耕谷口之田。眄庭柯以怡颜,拥图书以适性。上奉老母,左顾儒人。窃此余闲,以苏劳轴,而乐山明府谬采虚声,远贻书币,必欲牵率顽钝,供其指臂。重违其意,欲罢不能,始以今日达于署园。山桃方华,覆压芳榭,池水解冰,照我尘容。而牙琴罢张,柯笛辍响,顾念昔者,味同嚼蜡。安得与吾子举酒命醽,一续坠欢也!仆生三十九年矣,昧道懵学,有靦面目。惟无耻之耻,粗知奉教于子舆,不德之德,雅愿观型于太上。即长此终古,亦无闷焉。自非亲昵,不敢宣言。鲍子知我,如何如何?尊公名业,群流仰镜。民之秉彝,好是懿德。明德之后,必有达人。时时读书,盛勖光采。"四月,闻罘罳山人没于县人喻太守光容宁灵官舍,已逾岁矣。至是得其寄予与伯严诗,盖绝笔也。读之不胜哀惋。诗云:"秋风又到天心阁,乡思遥连地肺山。九日黄花开渐淡,经年白雁去无还。奇文欣赏荒凉夜,才子声名顾及闲。早晚曰归犹未得,离亭衰柳共跻攀。"山人在宁灵有《西征前后集》《宁灵消食录》,光容均为付刊,派人护其丧回湘。后予丐湘潭王先生壬父撰传。其诗集则予与义宁父子所校刊也。

光绪七年辛巳(1881)　四十二岁。七月,陈公右铭赴河北道任,至省送行。

光绪九年癸未(1883)　四十四岁。是岁三月,刘君朴堂邀赴杭州访义宁陈廉访,不果。

光绪十年甲申(1884)　四十五岁。周军门达武请撰其蜀黔两省战事,辞之不获,勉诺之。

光绪十一年乙酉(1885)　四十六岁。是岁家居。三月,葺西园茅庐,浚池种树。陈考功三立撰《珠泉草庐记》。四月,将甘泉赍来《武字营军牍编志略》二卷,托名周君自撰,徇其意也。八月,挈基植秋试,假寓福源巷。右铭廉访自武林免官来湘,偕罗惺四太守来寓。本届四书文题《而尽力乎沟洫》,予文取资《沟洫志》《河渠书》,右公极赏之。

光绪十二年丙戌(1886)　四十七岁。四月,陈生三畏暴亡,寓通泰街蜕园。父兄均不在,余临其丧,一哀出涕。九月,《武军志》成。右铭廉访笑谓何必借名领军,徒使周老五得名,然人莫不知出宁乡廖秀才手也。尤以弁言为工,谓雅似古微堂文。

光绪十三年丁亥(1887)　四十八岁。是岁馆罗氏。时义宁公父子居蜕园,相距甚近。罗顺循、曾舨庵、杜元穆、王伯亮、陈伯涛、文道希常来陈宅。文酒之会,几无虚日,每会必驰函相召,性耽虚寂,不免攒眉间托故辞之云。

光绪十五年己丑(1889)　五十岁。三月,寓书伯严考功,托为罘罳山人世兄蓼荪谋事。回报已交新化邹代钧录入测绘学堂。十月,刘朴堂署福建延邵建兵备道,召基植入幕。二十九日启行,凄然泣下,余作五古三首广之。由杭至闽,自以航海为便,在杭同乡,多劝其起陆以避风涛之险,盖不计其川资之丰杀也。及至铅山,旅费行罄,主仆徒步,勉强得达。后始闻知,未尝不悯其识之不周而身之瘁也。

案:“十月,刘朴堂署福建延邵建兵备道”至“而身之瘁也”一段,录自《珠泉草庐师友录》卷二刘倬云《读廖君荪畡示基植诗书后》按语中所引廖树蘅自辑《纪年录》。

光绪十九年癸巳(1893)　五十四岁。是岁居玉潭书院。二月,巡抚吴大澂巡阅过县,书《小雅·鹤鸣于九皋》两章手卷,后书“癸巳暮春书奉笙陔明经以致思慕之忱”。公工小篆,此帧尤极斯邈之能。先询知县郑之梁,拟造庐相访。之梁以乡居隔城远,始以篆轴交郑转付。余与公素未谋面,自来不曾奔走声气以希当道之知,不识何以过蒙殷勤。据郑云,盖欲邀余至求贤讲舍也。

光绪二十年甲午(1894)　五十五岁。作西湖之游。十一月,发长沙,拟游明圣庙。至武昌,值陈公右铭以明日赴直隶藩司任,即夕见之。明日与通州范当世送之登舟。居数日,由汉雇轮东下。抵沪留一日,僦舟赴乌程双林镇,友人胡大湘春司榷于此,遂留度岁。沅江张伯琴琳工诗,善章疏,现主湖州榷局,胡大邀往候之,一见如旧相识,惓谭三日而别。

光绪二十一年乙未(1895)　五十六岁。二月,由上海换江轮返汉口。过江访伯严,留居旧邸,招饮于菱湖楼。伯严为予序诗,劝刊行。十一月,陈公右铭抚湘,奏兴矿务,属为襄事。诺献岁赴省面商进止。

光绪二十二年丙申(1896)　五十七岁。是岁正月,往长沙省城。巡抚陈公右铭委以常宁水口山矿务,素乏讲求,未敢自信,重违其意,勉诺试办。先与公约:"既经信委,请饬官局勿荐人,勿掣肘,勿以意度未曾经临之事谕办,有效幸也,无效自行投劾,不烦举措。"公韪之。以二月二十八日由省河角解缆,儿子基植随侍。三月初四日抵衡州。十一日至隔水口山十里之松柏市。市濒湘水,距衡州府城百五十里。初至僦何姓市楼以居。常宁故耒阳分邑,矿场居钟、湘两水之间。钟水入湘之口,名茭源,宋时于此置茭源银场监。明薛文清瑄亦尝职此。距此三里许,有山名龙王,形势嵯峨,高出云表。奇石错立,有高至数丈者。石为礦气所蚀,玲珑如太湖灵璧,色深黝。山腰石礲,纵横穿凿,深入无间。峰势欹斜,若将堕落,开始不知几千百年也。时吾县喻光容仙乔奉檄主办此山之矿。水口脉络,由龙王山来,产矿之所曰余家田,土人呼平垄曰町,亦名町里。纵横不过数十丈,后左右略有小阜,前有小港,直达溪河,无所谓山也。历年山氓都向町里开挖,千疮百孔,积潦渟淤,已成病块。左阜曰铜鼓墙,右曰锡坑,亦间有开礲口者,特不如町之多。环町草棚鳞次,以百千计。大都借拾遗矿为名,窝娼聚赌,贩卖鸦片,生事召闹,靡所不为。居既稠杂,气候堙结,夏秋之交,疾疫繁兴,火警亦频。遍谕棚户，予以搬迁之费，令于山口另行搭盖。并清查户口，编造保甲，颁发门牌。设立墙长，以时稽查。惟废洞交午，町地受戕已深，不将朽壤揭去，必如山氓办法，春夏便当停采。因思长沙以下，煅灰采煤，均有明礲、暗礲两种。暗礲者如本山现行之法，掘洞支木深入地底是也。明礲则敞开大口，刨去疏恶之土，略同山农开挖塘池，聚四山之潦于一泓。舍竹筒车笨窒之制，改用农家龙骨车，一条可抵竹车六条之用。水潦既尽，另于槽底隧地深入，而墙坑两山之水既有所归，更可多开礲路，是为事一而两得。筹度既定，削牍上陈。时官矿总局提调用事，牍上报允，且多嘉奖之语。不知因何见忤，悉翻前议，竟舍暗就明，古今中外无此办法，为之必无成。督过之严，几同骂座。余始知官习之难除，先请之不能蒙贷也。既已兴工，欲罢不能，上书争之，仍不纳。直待邹君代钧奉院委来山，目击情形，极力赞成，始免纷纭。计自八月见矿，九月氇出，十月则所获更多。事既粗有眉目，重以磺气蒸蚀，水土恶劣，无日不病。遂以十月赴省面辞。比奉抚院批云："该绅开办水口山，用心良苦，收效亦最速，且于地方民情，亦甚惬治。平时久负贤能之望，临事益征名实之符，佩慰何已！该绅学识优长，性情诚笃，方将发摅素蕴，宏济艰难，矿务特其见端耳。本部院不自忖量，创为此举，所望二三君子共相赞助，以底于成，何得遽思高蹈、翱翔云霄之表乎？尚共勉竟前功，以副勤望。所请应毋庸议。"是日陈公大宴官士于庭，笑问树蘅曰："批语何如？"余曰："米汁虽甘，然偃鼠腹小，恐不能吸尽西江也。"座客与公皆大笑。余时犹怀去心，友人张琳、杨鼎勋均劝其不必固辞，遂仍回银场。

光绪二十三年丁酉(1897)　五十八岁。是岁正月在松柏。初二日晓起，儿子基棫猝问天禧是何年代。语以宋真宗、辽末帝皆以此纪年，汝何以及此？具云：顷梦至市南古樟下有宅，极宏丽，门署"延室"二字。右有跋云："保此令名，以全其德。惟彼汶汶，不受污蔑。不丰不俭，是为先生之宅。噫，微斯人孰能若此！”末署“天禧四年谦叟”。考辽天禧只一年，宋真宗五次建元，天禧属第四次，凡五年。此云四年，其为真宗时可知。而梦境迷离，末由推测，姑录于籍，以纪其异。

二月，棫回家。市商议建神庙于樟下，以余稍谙修造，请绘屋图。计长十三丈，横八丈。凡为屋二十间，有室有门，有楼有厦，凡如庙制罔不备。四月，破土开基，则地下故有石址，与图绘靡分寸之不合，众咸讶焉。明年棫复来，览之惊异。以谓梦中所见，与此无殊，惟南北异向耳。吾尝以此索解于人，不可得。又十年，为丁未岁，湘潭王闿运壬甫来观水口山银场，夜宿松柏，闻此一段因缘，谓寇平仲谪道州，在天禧四年，当日建宅，盖以馆莱公也。回衡州，手书“延室”二大字，并原跋，撰文记之。夫梦幻境也，幻极而真机露焉。余一生悲愉欣戚，皆先有梦兆。如丁丑十一月二十五日，闲园梦中所拟七言长句其一也（原诗刊集中）。今基棫之梦尤奇。岂非事皆前定，足以澹人世计较之心哉！二月，巡抚陈公阅边，由永州便道来山视矿，适余就山筑屋成，县尹龙起涛即于局所置顿，厨传极腆，陈公一茶而去。

三月，以晶莹矿石五枚上之巡抚陈公，媵之以诗（诗刊集中）。

光绪二十四年戊戌（1898）　五十九岁。是岁在水口山银场。二月赴省吊陈中丞夫人之丧。长沙开南学会于又一村后之孝廉堂，宣讲为臬使黄遵宪、浏阳谭嗣同、凤凰熊希龄、新化邹代钧、长沙皮锡瑞五人，惟皮君所讲，能依据经义。县人周汉，恶外邦见凌，著书诋之。臬使黄遵宪言于巡抚陈公，将其二品衔道员咨革，下狱。余为缓颊，公意已移。汉字铁真，人称为铁道人，性倔强，不愿出狱。道人以此蒙祸，诚属无谓。然当道恕此灌夫，亦未必成绝大交涉也。施者受者，所见各殊，无从解纷。五月，得选授宜章训导之信。八月陈中丞因事去位，承其任者为山阴俞公廉三。十月赴省辞矿差,公未允,遂乞假还山度岁,场事暂交儿子基植照料。

案:"长沙开南学会于又一村后之孝廉堂……能依据经义"一段,录自《珠泉草庐师友录》卷五皮锡瑞《题珠泉草庐图诗》按语中所引廖树蘅自辑《纪年录》。

光绪二十五年己亥(1899)　六十岁。是岁俞公以宜章隔常宁远,不能兼顾矿场,咨调清泉训导。清泉缺较优美,余辞焉。公不可,曰:"与君无私,无庸辞也。"晤前任梅君鋆,亦曰:"此席谊当属君。吾之莅此也,曾于梦中得句云:湖海句留十二年。吾由湖南海防例入粟得此职,今恰一纪,宁非数乎?"

余遂以四月挈眷履任。自是一年强半居官,命儿子植分管银场事。学署在小西门外,与衡阳学同在一隅。右为先圣庙,衡、清未分治时所立也。再右为西湖书院、西湖观、文昌阁、衡清书院。崇楹巨栋,绵亘湖壖,荷田十顷,连成一泄。湖水清泚,以在西郭外,遂蒙西湖之称。视杭之明圣,具体而微。学署之右,有濂溪祠,为茂叔外家郑向故宅。方志载元公寓此最久。余题学署楹柱云:"此间亦号西湖,十里烟波千柳树;遗构犹邻茂叔,一庭芳草万荷花。"又客座联云:"午榻梦初圆,小雨凉生乌帽影;水风香不断,白莲花是窃丝魂。"时湘潭王先生壬甫主讲船山书院,余弱冠即闻声思慕,至此始接笑谈。先生谓联语不类校官所拟,且不似湖南人吐属。赠诗云:"林屋比邻高露山,却因远士识孱颜。卅年诗句吟边马,一笑闲官似白鹇。尊酒未遑寻竹石,荒崖且为辟榛菅。喜君暂出酬知己,但炼金砂莫闭关。"后书"荪畡先生与予邻近,而初未相见,数于陈右铭处闻之。陈来抚湘,以矿务为累,以荪畡一矿有效.承命索诗,辄成奉赞"云云。

光绪二十六年庚子(1900)　六十一岁。是岁在清泉学署。郡人经商衡州者卅余户,议设会馆潇湘门外,请湘潭王先生壬甫与予主任其事。购买某氏废祠,撤故营,新增其式,廓中庭,设李、瞿两真人神牌，以其皆长沙人也。十二月，巡抚俞公廉三赴矿场阅视。时采出之矿运鄂售与洋栈者，入银以百余万计，场上犹皑素山积。公谕省局于余利项下提银五千两充本山之赏。总局区分此款，以四分之三作常宁通县积谷、书院之用，并分及该县散职佐弁，与汉口、松柏两处委员，其及银场者甚少。事为巡抚所闻，以为不应滥及场外人，檄树蘅将数核减。余上书辞焉。

光绪二十七年辛丑（1901）　六十二岁。是岁在清泉学任。正月，奉院令下省。衡州因教案停学政试五年，拟衡、清附长沙考试。中丞召商一是，虚怀询问，属勤攻其短，有贤者风矣。里人刘世溥，字毅人，貌古神清，工诗善饮。人多避之，独余与之交善。见其穷甚，思之济之，探囊适丁其乏。以治矿有获之人，而橐中无物，非矿人之穷，毅人之命穷也。

案："里人刘世溥……毅人之命穷也"一段，录自《珠泉草庐师友录》卷四刘世溥《野兴和珠泉老人原韵》按语中所引廖树蘅自辑《纪年录》。

光绪二十八年壬寅（1902）　六十三岁。是岁在清泉学任。三月，柯学使劭忞按部永州。时衡州停考，仅留一宿，索余近作，谬相推许，谓近体湘绮不能过。用纨扇写所作七律三首见赠，诗甚佳，录之左方。诗云："嵽嵲霜崖抱郡楼，旗竿晚掣朔风遒。地分二陕桃林近，水进三门竹箭流。望气应知行在所，论都再见帝王州。潼关近得平安报，父老迎銮涕泪收。"（《陕州作》）"殿前折槛尚嶙峋，欲挽滔滔又乞身。百二山河秦得地，五千甲盾越无人。论都事大关宗祏，抗疏名高动缙绅。见说曹羁三谏去，不堪西望属车尘。"（《送夏伯定乞假归》）"屃赑春寒析酒醒，长安二月雪填城。青山海上无田里，白道天涯有弟兄。道远衣裘常恨薄，名高官职不嫌轻。东坡底事悲清颖，十月匆匆已送行。"（《家兄敬儒入觐行在将归，以诗送之》）四月，挈儿子杰、栋回长沙应学院试。七月毕考，归珠泉草庐。八月朔，赴衡州，杰儿随行。

一日抵湘潭。取道南岳。初三日至祝圣寺,访默安上人。日尚早,上人坚留宿,遍约福严、上封诸方丈入席,以檀施见称。余愕然。具道戊寅六月,余与陈三立、毛庆蕃同来宿寺中,殿宇岌岌将颓。时主修岳庙者为李方伯元度,赖余介义宁陈公与之一言,求庙工竣后分盈羡重新此寺,坚致视前有加,山上同参,无日不感发踪之力,相与尸祝也。事隔卅年,回首前尘,如烟如梦。非诸辨才说出因缘,几忘之矣。作诗二首赠默公,并呈诸上座云。

案:“八月朔”至“并呈诸上座云”一段,录自《珠泉草庐师友录》卷九释默安《默安上人书札》按语中所引廖树蘅自辑《纪年录》。

抚院俞保举经济特科,凡六人:三品衔内阁中书浏阳欧阳中鹄,署山西宁远县通判、江宁举人吴廷燮,宜章县训导宁乡廖树蘅,举人湘潭梁焕奎,山阴副贡生傅以潜,湘潭县廪贡生王代功。树蘅考语:“学问渊博,践履笃实,性情爽直,条理井然。经史而外,中西政艺讲求有素。调署清泉县训导,委令就近办理常宁水口矿务,已著成效。臣于前年赴衡州阅兵,亲往查看,见该山横亘十余里,厂屋栉比,丁夫数千,悉以兵法部勒,井然不紊,足征威足御众,力能任事。”其时学院柯特疏加保,随由排封催赴省领咨,有毋得匏系一官辜负破格求才之意云。自顾疲钝,不能应召,具启辞之。

光绪三十年甲辰(1904)　六十五岁。是岁居湘矿总局。任官矿总局提调数月,以人百其心,徒劳无益,意拟脱去。时王湘绮先生在江西抚幕中,遂邮书以商去留。

案:录自《珠泉草庐师友录》卷六王闿运《湘绮楼书札》第十七通后按语中所引廖树蘅自辑《纪年录》。

光绪三十二年丙午(1906)　六十七岁。是岁在长沙矿局。正月初九日,王湘绮先生自省城来,邀作沩山游。十一日启行,宿横市。十二日,黄材早尖,申刻抵密印寺。(寺门楹联云:雷雨护龙湫，洗钵安禅，昨夜梦伽蓝微笑；松花迷鹿径，鸣钟入定，何人知节度重来。）十三日，方丈寄云陪观伏钵昙花泉。春晴水涸，非复飞花溅雪之观。未刻下山，宿横市。十四日，渡沩水，经滩山铺穿麦田，未刻至灰汤关庙。饭后偕湘绮观汤泉，夜宿庙中。十五日早起，与湘绮分袂，回云湖桥，计百里。予以午后归家。连日湘绮皆有诗索和，余不工步韵，勉应之（诗刊集中）。笠云上人和韵云："瘦骨曾从访月山，巇如蜀道喜追扳。净瓶早岁成高躅，吟砚何年对碧鬟。世外桃花云罨霭，梦中飞瀑水回环。吁嗟末路艰难日，谁为降龙置钵间。""问法求寻湘水西，沿流归梦不曾迷。俯参白足千年迹，记踏丹崖万仞梯。埋骨塔高存古寺，回心桥在枕寒溪。鼻头牵出沩山牯，往事从君得再提。"湘绮见余和韵，笑曰："诚如柯凤荪云近体无以过君。"及见上人作，驰函相告曰："和尚压倒廖、王矣。"

三月，新化欧阳偁，字窒甫，戆直工诗文，所撰《新宁县志》，详赡彳流。一日，不介而来，亟称余所撰《武军纪略》之善，尤称余古近体诗，而指摘亦严。袖余刊集出示，旁批眉注，无一不当，直谅多闻之友也。又按：衡阳彭刚直玉麐，有登泰山一联云："我本楚狂人，五岳看山不辞远；地犹邹氏邑，万方多难此登临。"极为一时所传诵，不知出谁氏之手，据窒甫先生云，乃其少时代为集句云。

案："三月，新化欧阳偁"至"乃其少时代为集句云"一段，录自《珠泉草庐师友录》卷七欧阳偁《欧阳窒甫先生书札》按语中所引廖树蘅自辑《纪年录》。

五月初十日，俞兵备绶臣、周郡守镜渔邀作麓山游。兵备调长龙船，置行厨其中，舣棹牌楼口，换舁至书院，晤监督陈善余，同诣麓山寺，登云麓宫，下山观北海碑。监督回院，余与绶丞、镜渔饮舟次，登岸更初矣。作诗示俞、周，兼贻善余。

案："五月初十日……作诗示俞、周，兼贻善余"一段，录自

《珠泉草庐师友录》卷七周儒臣《周按察使书札》按语中所引廖树蘅自辑《纪年录》。

石门阎镜蓉镇珩，以所著《北岳山房文集》交其门下陶履谦致赠，旋来相访，畅论文章风会得失，甚有意识。惜其目眵难久视，步履亦艰，不能常晤谈。随以历年所为散文乞序。明日至寓所遐龄庵报步，已脱稿矣（文刊集首）。

光绪三十三年丁未（1907）　六十八岁。是岁居湘矿矿政调查局。巡警道赖承裕属拟上岑抚院，请释周汉出狱禀稿云："敬禀者：已革二品衔陕西候补道周汉，湖南宁乡人。光绪某年为传刻单片诋毁外人，经督宪张委员来湘，毁其板片，奏请革职。不料二十四年，外间仍有讪詈泰西人揭帖，署名周孔徒。时当议款初成，前院宪陈恐因此肇生衅隙，饬将该革员发司羁管，无非假惩儆以图保全。不谓该革员入狱之后，激于忧愤，言动失常。庚子八月以后，忧愤愈剧，绝粒纵饮，以祈速死不得。七年以来，仅以瓜果菜茹充食，米汁未尝入口，无谷气养脏，致便溺频数，视息仅存，其愚可悯，其苦可矜。查该革员髫龄入学，弱冠从戎，涉历艰难，屡濒危险。其从刘襄勤出师西徼，硖口、达坂城等役，与士卒植立冰天炮弹间，往往彻夜不曾收队，坚忍卓绝，至今湘军将士犹能言之。甄叙微劳，得保今职。该革员笃于天属，痛其故父生员周瑞西死难广西，终身疏布菲食，不肯赴人宴会。同怀弟周浑同居襄勤幕中，感疾而殒，创痛益深。由此绝意进取，牒请开去本官，以所袭云骑尉世职咨归湘标候补。事虽过中，亦因感愤太深，为此不情之请。回湘之后，专刻善书，到处散发。其劝妇女不缠足，与今所行天足会略同。徒以不顾利害，干冒世忌，致撄法网。在该革员早拚一死，无所顾忌。惟以宽仁敦大之朝，独令此忠近于愚之人身填牢户，良用惜之。查该革员年已七十，衡以古礼耄悼不加之义，亦在矜宥之条。况当日徒有愤戾之空文，尚无挑衅之实害。某等谊托交亲，居同州壤，欲为讼冤，匪伊朝夕。合亟仰恳宪恩,疏求宽释。想该革员难后气平,年齿夙暮,必不再丛世忌,重烦廑虑矣。某等无任屏营待命之至。”牍上,即允用像从送出。汉不肯行,逾年始归,病殁于家。

十月十八日,叶奂彬招饮郎园,出其厂肆所购《元朝秘史》钞本,将蒙古语译成文字,拟付刊以公同好。奂彬云,由柯凤荪处闻余名,凤荪称余诗湘中近来无出其右。奂彬自言:“生平得节欲之法,二十六岁丧偶,不再娶,与孙渊如略同。能早起读书,不贪睡。人皆以我为沉瞒声色之人,所近优童妓女,皆互疑之,其实皆无之,言之君必不信。”余谓:“凡气清者欲少,望溪谓平生故人,凡知道者必早折,气清则多弱也。君性清强,耽金石书画,所欲有甚于色者,外诱何足以夺之?然自我外,信之者恐不多也。”奂彬笑颔之。余初疑其难近,不敢往来,近始知其豪爽快俊,以儿杰粗通六法,尝发其藏,使之纵观。由是加邃密矣。

案:“十月十八日……由是加邃密矣”一段,录自《珠泉草庐师友录》卷七叶德辉《郎园书札》按语中所引廖树蘅自辑《纪年录》。

香树簃日记

光绪九年癸未清明后一日

山居朋旧旷绝，鄙吝易丛悁忿之性，尤难克治。为学之功固浅，养气尤疏也。近绎蒙庄滑欲俗思之言，远览孔氏忘身及亲之戒，清夜自讼，惊惧交并，爰拟课程八条，专就鄙性偏戾之处力矫之，往不可谏，来犹可追，订顽砭愚，请自此始："寡言养气，静坐观心，勤俭惜福，读书不二，毋轻出门，力除浮躁，游心高旷，余力学文。"

三月朔日

微雨。儿子基棫自塾中归，所作文艺饶有进境，为之輾然。午刻得袁海帆书。

三月初二日

雨。作书示基植，时读书岳麓书院。

汉诏词旨多深厚，然悱恻足以动物者，要以宣帝为更优。岂非生长民间，周知闾阎疾苦，故能中肯乎？中兴之业有由然矣。

三月初三日

晴。绶卿弟来谈。天气新暖，佣人浸穀园池，将以布种。今岁穀价腾跃，须得秧苗不坏，庶稍纾缺食之虞。颇闻县境一都地方，饥民群向富室索食，岁比不登而人心思乱。有民社之责者，可不惧与？

三月初四日

晴。"执狐疑之心者，来谗贼之口；持不断之意者，开群枉之门。"《刘子政封事》中语也。拟《刘果敏墓表》一篇。果敏"裁饷"一节，人多议之，不知此等处正以觇学识之坚卓，末段专叙此事，惜笔力薾弱，无敛散曲折之致。殊觉索然少味耳。

“公姓刘氏，讳典，字克庵，湖南宁乡人。少好学，有大志，尝与湘乡罗忠节公泽南读书长沙南门外之陶公祠，时方垂无事，士人争为科举速化之学，以希荣利。公独与忠节潜心义理，兼及经世有用之略。家贫，薪米不足供朝，又典衣以资书。人或不堪，公夷然不以为意也。不数年，粤西寇起，忠节募勇战贼，殉难武昌。公适至军，为护其丧以归，旋以诸生参今大学士侯湘阴左公军事，转战江、浙、粤、闽之交，战功卓著，积阶至浙江按察使，以父忧解职。服阕，迁甘肃按察使，寻加三品卿衔，督办陕西军务，兼署巡抚。居二年，以母老乞养归。里中有东鹜山，宋处士谢英读书处也，擅灵泉岩壑之胜。公结茅其巅，若将终焉。新疆事棘，廷旨趣左公出关战贼。起公以三品京卿襄办军务，驻节兰州。公疏辞不许，遂以光绪元年冬抵兰州，久之补太仆寺卿、加头品顶戴，擢通政使。骎骎乎一岁三迁矣。屡劳甚致疾，且太夫人春秋八十有七，陈请开缺终养，行有日矣，而疾大作，以光绪四年十二月十五日未刻薨于甘肃督署，享年六十。事闻，上震悼，遣官奠醊，予谥果敏，谕史馆立传。凡建功之省及原籍并建专祠。子后补同知本鉴，以知府用；候补主事本铎，以六部员外郎用。于是，朝廷哀恤荩臣之典为极优渥矣。丧归葬东鹜山斗笠仑之原，距公结茅之所不一里，其兆原公所自定，以备太夫人专葬地者。及是，家人以公将母未遑，遗憾入地，遂启穴预祔，冀以慰公将母之思于地下云。公为人严重，耐劳苦，遇事不避险艰，尤轸念闾阎疾苦，见有不便于民者，如疾痛苛痒之场，体必振搔煦噢，使之得所而后已。当为诸生时，邑经发逆寇掠之后，盗匪痞匪缠结煽诱，势蠢蠢欲动。时骆文忠公帅湖南，知公能，属公擒治。初宁乡额征粮米六千余石，奸商浮索逾恒额数倍，民不堪。公率邑人列状白大府，得邀省减。邑人载公之德，至是争出粜粮，率子弟听公驱遣，公部勒如式，设法掩捕，戮渠魁，宥胁从，不逾自而事定。复商有司，编立团甲，略仿古游檄啬夫之制，每乡择耆民之廉明而仁者数人，助令长宣化，坚明约束，使人不敢骫法以行不义。近数十年来，乡俗不污而里闬无寇攘之警者，公所赐也。公之在陕西也，其地故有里差，凡征轺过境与官署一场，供亿率之。局中费由民间摊派，州县据为利薮。自汉初以来，流誉相仍，袭之沿革，公廉得其状，严檄禁之。令下，有司多阳奉阴违，监司郡守复徇属吏，代为缓颊。公怒禁之弥，属众知不可夺，始奉法无敢距违，至今著为永式。由是举汉唐以来之虐政一扫而刮绝之。公之布德于陕民者深矣。甘肃用兵，连年亏饷甚巨，至有从军多年不能领一金赡家者，将领之浮冒加勒，故皆利中饱。公恨焉，以谓不加综核，则贪饕靡所底届，而馈运益不支。于是汰疲卒，核虚籍，禁扣留，两年几节饷二百万有奇，交府著为承例。方事之初，叨秽者不便公所为，争为蜚语以相倾撼，甚或劝公少缓，以避宵人之怨。公不听，卒而人情帖然，积弊全消，而无哗溃之事。始之疑谤及公者，至此亦恍然于公之所为，有济于事而脱己于难。虽然，非公之见理明澈，毅然不惑于浮议，亦岂能不动声色为国家塞此漏卮哉？恐易臻兹也，呜呼难已！公长身矗立，目炯炯有光。自奉绝俭，起居饮食多人所不堪。领军十余年，俸薪所入悉以资地方义举与宗戚中之贫者，其家所有不加于旧。凡事务实，不求人知，性清介，罕所许可，而人自贤公，亦为争慕用之。患难相倚，固已□□，令天下人所共谅。婺源夏广文圻、朝邑阎侍郎敬铭，并湖北王家璧，与公不相识，及见公行事，里外法令公正，合交神契，纳交于公，显乎仍仰于公。广文即世所称弢甫先生也，徽州之役，公提彼军转战万山之中，先生感公义，至亲率生徒载粮以济。侍郎则论劾钦使，上疏溯劾之，举公革里差一事以相比证，时距公之没已二年矣。入告数君子者，皆当世之贤者也。其他代呈请建祠者，不一而足。公非有待于诸人，而人之目致如此，然则公之为人可知矣。公战绩列在史氏,他行可称者尚多,兹皆不具。谨掇其有关政务与众所不著者,以揭于阡,亦公平日之志也。"

三月初五日

晴,夜雷雨。小园百花竞放,风日妍丽,仿太白桃李园故事,招同群从昆弟凡十有一人觞咏其中,逮暮乃散。

三月初六日

晴。《园居》一首,时将作武林之游:"竹鸡声里斜阳暮,绿雾冥蒙混远天。不察春归因过客(短履寻芳林坳涧),相逢花落又经年。将难领枢归田业(林樾笋黄箬经折),归隐无名抱瓮贤。一桁青山同逆旅,醉说长恋白云边。"《汉书·江充传》,充自请愿使匈奴,诏问其状,充对曰:"因变制宜,以敌为师,事不可豫图。"充虽倾阴小人,然数语实为扼要。整日谈洋务者,不可不奉为圭臬也。

三月初七日

阴。葰蓝转正。接基植初三日家书。

《周仁传》阴重不泄,师古以为性密重,不泄人言,与服虔之说合,非也,似张晏说为优。汉诸王多以禽兽行被诛,国除,意常疑之,以为纵淫乱不道。以藩封之富,自能广致妖丽,何至乱及同产,为世所不忍闻?云汉吏以刻酷为能,知朝廷方恶封藩占地过广者,思以之而不得其罪。酷吏迎合上旨,搒求藩国之罪而不得,遂横加污蔑,陷以必诛之条。不然,彼诸王者亦人耳,以天馈之胄,秉师保之训,何以因此致败者累累不绝于史哉?读谷子云论梁立一疏,可谓得我心矣。"人性有畏其景而恶其迹者,却背而走,迹逾多,景逾疾,不知就阴而上,景灭迹绝。欲人勿闻,莫若勿言;欲人勿知,莫若勿为。欲汤之沧,一人炊之,百人扬之,无益也，不如绝薪止火而已。不绝之于彼，而救之于此，譬犹抱薪而救火也。养由基，楚之善射者也，去杨叶百步，百发百中。杨叶之大，加百中焉，可谓善射矣。然其所止，乃百步之内耳，比于臣乘，未知操弓持矢也。福生有基，祸生有胎，纳其基，绝其胎，祸何自来？泰山之溜穿石，殚极之绠断干。水非石之钻，索非木之锯，渐靡使之然也。夫铢铢而称之，至石必差；寸寸而度之，至丈必过。石称丈量，径而寡失。夫十围之木，始生如蘖，足可搔而绝，手可擢而拔，据其未生，先其未形也。磨砻底励，不见其损，有时而尽；种树畜养，不见其益，有时而大；积德累行，不知其善，有时而用；弃义背理，不知其恶，有时而亡。”按：枚叔此书，其旨雅追庄子。汉吏刻深，专致人于死，故路温舒尚德缓刑一疏，谓当时深者获公名，平者多后患。盖汉承秦弊，以严酷为能，所谓秦有十失，其一尚存，治狱之吏是也。今则庶狱纵弛，治申商之学者，借口于救生不救死之说，吏道多端，牵传引证，遂使罪人逍遥法外，死者含冤地下，求一执法能当人之罪者，渺不可得。古今世道不同，竟至如此。

得张子璠贰尹书。默耕内弟由兰州寄来一椷，时出外已五年矣。

三月初八日

雨甚。夜来雷电交作，猛雨如注，逮晓逾甚。小园池水陡添一尺，残香剩苗悉为狂飙卷尽。伯严、莲午、石贞之徒，将以今日入闱。如果南北气候同转，则砖墟油幕之旁，不胜沮洳，正与去岁乡闱时相同也。视我辈老屋空山，风雨不动者，又有苦乐之别也。塞翁失马，安知非福？敢援古语，以作解嘲。

汉之儒生，凡数种。郦食其、娄敬、叔孙通、蒯通之流，嗜权谋术数为用，承战国策士称谓，然术除冗正就，时强相用。自董、贾两公出，然后天人性命之微，帝王经世之略，发扬蹈厉，卓然为一代儒宗。厥后武帝崇用儒经，搜求群经，学者以论习为长，奉先生之意，深相阋閧，不相通晓，其于性命之旨、平治之略，不啻筑墙垣而设樊阶，而儒之术乃益裂。匡、王、郑、马虽或附祀宫墙，其实人品之可议者多，无论不足与董、贾比隆，即拟之郦、娄之徒，亦觉有利钝之别。近世承学之士，搜求于一字一义之微，毕牍连篇，哓哓不止，而自命为汉学，谓纵有功于圣人之经可也，而谓驾宋轶唐而上之，毋乃悉为匡吾郡焉之可弃乎？余作字最苦，平生以为疚愧，而陈右铭廉访、唐蓬洲直刺每见必称之，延为同邑唐漱荃、陶掬沧两秀才，亦时相推许，此皆好而不知其恶，与抑本有可造之境，而自甘暴弃，与惜焉。齿官长不能再为用功，使早闻诸公之事。刘□□麝煤龙尾，谬展濡袖，以与诸先生从事矣。

三月初九日

雨，寒。天气如此，种谷将坏，以一邑计之，耗谷将二十万有奇，可虑殊甚。

三月初十日

雨，微寒。西汉之季，王吉、贡禹之朴实，龚胜、薛方之节慨，其一阳来复之机乎？

三月十一日

雨，寒。松龄堂遣人来，绶卿患病甚急。

三月十二日

雨甚。申刻由松龄堂归，倦甚。

三月十三日

霁。试茗，香味甚佳。张茀荄由松全堂来。

三月十四日

霁。芾荄去。目疾静摄。

三月十五日

雨。目疾未愈。

翼奉请汉迁都成周,若豫知有东京之事者,岂术数家能见于未然乎?抑重于臣,复胡之难乎?赵广汉守颍川,患豪强朋党,虽治措会吏民,令相告讦,奸党散落,风俗大改,民多怨仇。韩延寿召长老开以谣俗,为陈和睦亲爱销除怨咎之路,民气复和。数年之间,一彼一此,美其事者,谓为不守故常,谋将因俗制宜,客之术竟如广汉所为,适足以病吾民,以归浇薄,无所谓良吏也。先以六德六行教民,窃惧之不知俗之不厚,宁有善之使争而得称为善语者?医者治疾,有时蕴结牢固,不得不用乌附以取一时之功,而元气亦因之而大耗,然即宜施以良药,以补其不足。今考广汉所莅之处,一切以巧诈迫胁集事,是岂知有乌喙而不知有参苓也。其将罪以死也,不亦宜乎?史称广汉虽坐法诛,而百姓追思歌之至今,彼讴思者,殆市井无赖小人耳。否则,史有溢词,不足信也。

三月十六日

雨。

三月十七日

晴。

三月十八日

晴。至怀永堂,省诚恒旧病。

三月十九日

晴。骤雨一霎，戊正开霁。樾儿归。

光武用吏，进菉良而退贪酷，吏良则可矣，而为柔者，何哉？诚以武健酷烈，民将不堪。西京持法甚严，温舒、义纵之徒，每决囚，断剐，无血流数里。传天之相，而使人丧其孝生之心，此光武所深鉴也。矫枉者不嫌过正，然则亦因时制宜之一法，人帝之所取矣。

三月廿日

晴。棫儿偕樾儿访白云寺僧舍。

光武明章屡巡幸郡国，而人不病其扰，岂非以轻骑以闻，从不烦供亿之故欤？读章帝七年河内一诏，可以想见矣。

三月廿一日

晴。大南风。

三月廿二日

北风。往杨家湾候赵子德上舍，舁夫力弱不任，步行十余里，腰脚为疲。

三月廿三日

晴。夜，大雨，雷电交加。

韦著以经行知名，屡辞不就，入云阳山采药，可谓贤矣。厥后因灵帝之诏书，被迫不得已拜东海相，政任威刑。而后，妻后骄恣乱政，卒为奸人所害，隐者耻之。处士应声，竟至如此。

三月廿四日

雨。冯绲征长沙蛮，惧为官，尝所申请中常侍一人监军财费,中官监军始此。

刘平为母求食,逢饿贼将烹平,叩头辞以为老母求菜,愿得先归,食母毕,还就死,因涕泣。贼见其至诚,遣之,既食母讫,因白曰:“属与贼期,义不可欺。”遂还诣贼。众大惊,许为烈士,不忍食,由是得全。噫!如平者,真所谓守义而不知方者矣。否则,逆知贼不害己,而以是为不高也。

三月廿五日

雨。夜,大雷电,雨下如注。

三月廿六日

风,微雨。马扶风颂成西第,以求梁冀之欢;陆剑南记撰南园,用投侂胄之好。卒贻羞于正直,常见笑于方来。文人无行,竟至如此,可慨也。

三月廿七日

阴。棫儿赴长沙应郡试。

三月廿八日

晴。

三月廿九日

与蓬洲直刺书。

三月卅日

雨。立夏。得直刺覆书,右铭廉访尚无到任消息。

四月初一日

晴。天气浮蕴，础润如沐，计日内必有甚雨。阅乐山聂翁《诫子书》，事理明晰，词旨婉厚，乐善之心，油然而生。属今日有寄友人书，因论茶市事，立言过峻，深悔之。此后当猛省痛改，毋再蹈覆之辙也。

四月初二日

雨。是日插田。

四月初三日

雨。夜，雷雨交作。僚惜贺穆孙遣人来索余手书，辞之。

四月初四日

雨。

四月初五日

雨。

四月初六日

雨止。夜，大雨。柳子厚《永州新堂记》，起笔袭《庄子·胠箧》篇。

四月初七日

微雨。连日苦雨，冗坐一室，无俚已极。人生不满百年，而具此感，其可慨也。

四月初八日

雨。病。

四月初九日

雨。

四月初十日

晴。

四月十一日

雨。病稍痊。

四月十二日

阴,微晴。

珠泉草庐日记

七月朔日

晨起，雾垂垂属地，须臾大雨，午后少止。拟《李提戎事略》，提戎功伐甚少，强余叙之，殊不能满望。

七月初二日

晨，云雾解，较微见日。未，率工至如在堂髹饰卧床。晚晴，北风甚适，至怀永堂小坐。侄女适彭者，为避六十生日归宁，茶话片时。润农饰其厅舍，焕然一新。

案：怀永堂，衡田廖氏祖祠之一，位于衡田湾西北向约一华里。其地旧名西湖塘，现名锡福塘。

七月初三日

晴。遣工接璇女回。泐致余介卿书，并示杰家书。夜凉宜睡。

案：原文“余介”后应漏一“卿”字，现补。

七月初四日

晴。从女适彭者六十生日，迎来一饭。遣人赴省召杰归。

七月初五日

晴。未，大雨。璇儿母子归宁，览之可怜。五云祠佃报旱。

七月初六日

晴。李咏楼来，馈北港茶二瓶。午，大雨。今日黎明，遣懋儿与润农侄至乌牛山踏禾，日晡即归，一路并未遇雨。据云，禾之受灾者不上五石谷，借此豫为求减租地步，可谓愚而狡矣。

案：乌牛山，山名，位于湖南省宁乡县中部，海拔四百多米。

衡田廖氏四世祖庆云公即葬于此，并建有五云祠。《民国宁乡县志·形势编·山脉》：“南向上有五巨石如牛，本名五牛山。山半有大场田数十亩。横田廖氏五云庐建于此山。”

七月初七日

晴。大风雨。沿河一带屋多被吹倒，大树围至数尺者亦经拔出。家人大恐，余率家人坐箭楼下，犹惶然恐惧。

七月初八日

晴。杰儿辰刻归，云先夕至马家冲遇大风雨，寸步难行。道旁有歇业村店，遂假宿其中，甫进门，一树枝从空折下，几被凿伤，亦险矣哉！

七月初九日

晴。扮禾。未刻，惊电迅雷，大雨如注。为乌山祠事，得孟、仲两房族侄商议，留宿。

七月初十日

晴。复重坨京邸书，交轿夫持去。夜奉四代神主，中堂殿献如礼。半夜腹胀，肚痛泄泻，服珍宝丹一匙，稍止。

七月十一日

晴。微雨一霎。草致啸汀翁书。

七月十二日

南风，晴，疏雨时至。午尝新，内外七席。遣人持信至横塘冲，为乌山祠事，黄昏人归。得啸公复书，悉报允。

七月十三日

晴。扮禾,间有未熟者,不能趁天气收割。昨日疏雨,像断雨脚光景,以后或可久晴。课佣人粪晒谷场,居然幽风中景象。

七月十四日

晴,热。中元祀祖,沿佛氏之说,事颇不经,然相谘成习,究莫敢废。吾乡旧俗,以初十日迎主奉安,中堂逐日设奠,至十四日夜间燃楮镪,设席送之。明晨仍具酒食,然后纳主于龛,以谓老年人行步羁迟,故多此一奠。其实出于溺信鬼神,而以人事伸其慕恋,非礼也。先夕子孙群拜,盛筵以饯之,翊晨残羹冷炙,命一子姓跪送,毋乃致敬反亵乎?余定于今夜合椟,明晨不复供饭,永著为例,子孙共世守之。

案:是日,张夫人忌日。廖基瑜《己酉七月十四日夜感赋》:“愁绝逢今夕,凄凉满目前。不堪华表月,来照墓门烟。残蜡凝寒泪,悲风怆夜泉。蓼莪篇久废,失恃已三年。”(《绎雅堂诗录》卷二)

七月十五日

晴。拟五云祠规。

案:“五”,原作“吾”,应为笔误,现改。

七月十六日

晴,热。拟大祥奠亡室文。

七月十七日

晴。内人十四日大祥改期十八日,设奠升主,邀石顽、莼垞、石梅、兆霖相礼,以今夜告白。咏农、兆岩两侄执事。

七月十八日

晴。撤灵座，化楮镪，石皆、梅潭、介卿、稌香侄、琼卿弟并集，刘生静庵、家锡林适来，梅外孙，内外八席。

七月十九日

晴。打稻毕。女孙、女外孙并于栗叶藤花楼下钓鱼。梅宅遣人接龙、庆两外孙。得闻双江口陈姓家被劫之耗，五都麻溪庙亦来荒民百余人。水口山遣人接植。得樾书。

七月廿日

晴。晒谷毕。计耕六十亩之田，共获净谷二百八十五石。以祖遗斗斛计之，得谷三百石。四钟即起，月色如昼，送梅外孙兄妹归，启行黎明矣。工人收稻草成堆，丑正即集得十余人。今年农事毕矣。

七月廿一日

阴。塅中禾有未收者，然亦不过二十分之一。润农侄来谈，日昳与基棫、基懋从两奚，由种芙堂相宅基，过墺至怀永堂，润农新垩横舍，甓地如境，屋后风竹萧萧，静趣可掬，茗话一晌。由廖家巷归，往返约三里许。小奚携有竹儿，沿路小憩，并不觉劳。

七月廿二日

晴。命家僮净拭棕竹。何联钱书“云山养年”扁额安排挂于新亭之上。阅《魏书·刘彧传》。彧立之后，民庶凋敝，军人多被超越，或有不与戎勤，寄名受赏，盖其时爵赏浮滥，无复检局，正如近日冒军功以得官者。前年柳庆匪乱，湘抚遣营防粤边，乱平之后，保至百十人之多。矿局提调某君以异常劳迹由主簿得知县，其实未出局门一步也。六朝文取生涩，所谓不与戎勤，寄名受赏，实则请托冒功也。可见此弊其来久矣。

案："所谓不与戎勤"，原作"所谓不不与戒勤"，"不"当为衍字，"戒"应是笔误，现改。

七月廿三日

晴。遣人送《李荫棠事略》，并薄致莲子、茗芽以将意。

七月廿四日

晴。收细瓦屋租。

七月廿五日

晴。晨四钟起，戒徒赴乌牛山墓庐，经和尚桥茶尖，午抵山下。润农侄派人以竹兜换去山轿，数人推挽，举重若轻。至祠，啸汀、德美、润农已先一日至此。下榻前，进左偏房，主堂扛栌虫蛀欲折，议召工换之。山佃蓄树尚深蔚，惟连岁歉收，临祭，到者日众，经费不敷，余首出百金，以资添补。夜与啸公谈至二鼓，啸公所居较余稍近，具酒食以伸地主之义。

七月廿六日

晴。日昳，谒太祖墓。群山纠纷，万籁沉寥，对此茫茫，百端皆集。念自道光丁未，侍先父以九月十四日至回龙山烧香，骑岭脊到庐。时先大父与族老咸在，余年甫七岁。益阳来有乙未科举人月槎，与先大父同房住，恍惚犹记其人白皙而肥，余则不及忆矣。流光如电，遂已六十二年，思之悄然。是时仅茅屋数间，劣庇风雨，自同治庚午，先君与啸汀尊人、雨亭翁大治堂宇，始获此宏阔之观，迩来又四十九年。山高风劲，渐形朽蔽，设法补苴，将日破落，兹行盖为此也。

七月廿七日

晨，微雨，午晴。辰刻，辞啸公下山，便过檀木桥对面文星塘午饭。此处为去年所购置良田百亩，瓦屋三进，厅舍整洁，可作住宅。申刻到家。

七月廿八日

雨，午止。种芙堂佃张姓邀饮新米酒，便至崇睦祠小坐。

七月廿九日

雾。四钟起，观基植治装赴水口山，计今日可达湘乡治城。

八月初一日

午前阴，后晴。欧松岩来宿。

八月初二日

晨雾。彭外孙莲儿来。与匠人商改东边房舍。属家僮检装，以明晨起程赴长沙。

八月初三日

晨雾。四钟即起，黎明启程。出门即雨，至南田坪稍止。油草铺午尖，谢家巷宿。由家至此，约九十里，由黄泥塅起步，以百五十步作一里，至油草铺十六里，其谓二十里者，夸也。夜雨萧瑟，雷电交作，与骨肉远而僮仆亲，颇不适。幸店舍新修，尚明洁，稍慰怀。

八月初四日

阴。巳抵局，蓬洲观察探余，到局即来谈。本局同事并集，梅偶、晓沧亦至。夜草家书。

八月初五日

晴。遣轿夫归家。黼廷、子焘来谈，具述嘉州保折已发，吾命不能得奖，前年赵次翁专折特保上谕交部优叙，部议只得加级纪录。此次以分部主事例难超级得保，嘉州殆未及查，终为部所限耳。儿植以训导保教谕，庶免部驳。午谒院，询谘议员刘本钟本末，对以肯为人出气力任事，设县属有变，由可用之，以供驱除。嘉州谓有人控其武断乡曲，殆怨家所嗾耳。至臬使署道喜，镜渔廉访故旧识也，畅谈时局，同为喟感。亦问刘本钟何如，具对如前。访乐山、吉来两公，并未遇。江顺德来。田香翁来谈。草示植、樾书，由驿递去。

八月初六日

晴，燥。织机巷刘宅道恼定翁无疾而终，可谓存顺没宁。其同居者为臬幕某，厅壁有何贞老联"花柳绿如前度梦，簃花红似昔年诗"句，极新峭。报梅偶步，适他出。解带服帽，小坐而出。至铜元局，报江进士步，并访田大令香浦。入城访和甫，畅谈。唐生锡寿、家祜初、梁和甫、梅春彝并来谈。侵晨汪郡伯凤瀛来，药阶老守之弟，南皮相国之幕客也。接朱邑宰书，旋复之。

案：日期原作"初九日"，应为笔误，现改。

八月初七日

天明，雨旋止。晓起得挽陈伯平中丞联："梧宫秋老，湖海楼空，遗爱难忘，赤子沿途瞻素节；时局日艰，劳臣心痗，天弢忽解，碧湘如梦引归艎。"访筱亭，坐谈甚久。乐山处小坐。报陈可亭步，可亭厅壁悬童元宰、梁山舟字条，均真迹，且极佳好。总公司报祜初、俊农步，不晤。尧衢参议来，不遇。稚庵观察到此畅谈，论时事最合。夜见星。

八月初八日

晴，雨半。报尧衢步。访赖巡警、王莘田，皆不遇。小亭来谈。文琴出其尊人国史馆传稿，并致葬仪。枕上改定挽陈中丞联：“生不识韩荆州，第闻大节嶙峋，事业足为乡土重；仕何必上柱国，似此哀荣备至，荣华远胜蟪蛄生。”

八月初九日

阴、晴半，颇燥。书挽联、祭轴。陈可廷、文子祐、崔玉良、严巡检来谈。陈君收藏书画最富，出董其昌字条示之，诧为极真极佳。惜绢破烂，不然价不赀矣。洪铁夫来。昨日景维行与德商二人来买黑铅砂，诺订千吨，惟价值未定。

八月初十日

晴，燥。杨京卿度、罗世兄润鸿、家祜初、赖巡警子珮、李孝廉馥先后来谈。发家书交罗世兄持去。与胡卣生书。送刘定夫观察奠敬。

八月十一日

晴。乐山公、欧阳晓沧、醴陵文孝廉俊字雪吟、涂君亹亭并来谈。接植、杰两儿水口山书。

八月十二日

晨，微雨，午微晴。报严巡司、文孝廉、杨京卿步。至赞钧处快谈。草示儿植信。致宋渔卿一函，又一函。陆广文来，昔年衡州同官也。接乐山公书，言毓卿被控事。田香翁来谈，以炼厂规则见示。

八月十三日

晴，燥。陈监理惟彦来刍论矿务。周谷芬仲苓为梅根事来。会杨京堂哲子。周秀才应昆、周疯子卓群、赵知县乐耕先后来谈。主黑铅炼厂游学生江顺德渐不受部勒，嘉州忧之，示意欲吾将所拟规则厘正，以免从宾夺主之弊。江生之少，前年累经言之，并上书诋之，不见听，至此复为之加衔勒，何哉？可笑也已。哲子来信，全是慕维，答之以戒警之词。水口山来信并说帖稿。

八月十四日

晴。晨凉夕燥。毅夫来信，极诋顺平治蜀之乱道。家中专人来送盐蔬、腊脯。报陈监理、杨京堂、赵城步步。便至莘田宅小坐。报谢应琨，不遇。黼廷馈食品，点心极佳，食之不尽，分饷清泉门生王瀚、谭子荣。

八月十五日

阴。局内同事并司巡来贺节。午邀乐耕大令、香浦大令宴节。兰青大令来，言鄂局事，大致仍难了，渠已赔至万金，梅根之误公误友皆不小也。夜草家书示棫、杰诸儿。刍荪来馈海味、苏竹笔筒、古砖拓本屏、杭茶。杨京卿书来，说木李坪事，复之。

八月十六日

阴。晨，微雨。遣家中工人以一日到家。候乐山、兰季棠、刍荪。草水口山呈监理财政说帖，讫夜缄交。植遣来之人，限四日到局。敬舆老守来。

八月十七日

八月十八日

阴。晨,微雨,旋霁。清理财政局委员谢大令来,问本处存矿册报多少之数。至东茅巷陈公馆吊丧,晤童次山、胡子静。接县局董宋君复书,言善后局采买三万石谷之事可行,旋以信交赖子翁。水口山来电,衡州阻米下河,山内二千余人之食米仅支二十日,请由省买米六百石,刻日起运以济急。比属内外收支照办,并专人回家,将本处和尚桥租谷三百石起运,得此六七百石之粟,计可供两月之食矣。沅澧水灾,大府将仓谷运往散赈,似闻未甚查析,安福一县本无所谓灾,亦发谷五千石。赵大令协莘正在交卸,无处可发,移交下首。如此之类,可发一笑。无灾而强与之谷,仓空复用贵价籴入,今之诸侯大率类此,畏报馆畏御史也。以此治国,焉能有瘳?时报江春霖、赵炳麟上封事,痛陈督抚侈费,借此冒销自肥,以暗指湮阳,无如其邸眷之隆,何也?改五云庐新定值年办事章程。

八月十九日

晴。遣人回家,为善后局采买及发和尚桥租谷至水口山事。晨起为杨世兄恖笙题《红桥春泛图》:“春流如玉滟邗沟,打桨红桥续胜游。江上酒徒星散尽,更无司理在扬州。”“闻道乾嘉全盛时,箫声月色放舟迟。只今萤火荒凉夜,剩有三生杜牧之。”“平山堂与梅花岭,一例苍寒怆客魂。好事偏来杨德祖,冶春诗好与重论。”“莺花当日麝煤鲜,又见琳琅续旧编。绝似尊前歌水调,江南重遇李龟年。”蕃舟、俊农来谈。遣人邀子谅来,畀以修路费二百金,系官钱局五两一张票四十张,由单贵持出。发水口山信。

八月二十日

阴。报陈监理、谢知县财政局委员、俊农、蕃舟、陈知县蔚章步。院上两折四片。两折：一论湘矿大势，一保吾与植儿。四片：一设黑铅炼厂，一言三公司事，一平江金矿宜大办，一请圜禁平江、常宁两县近官矿局百里之地，以保地权。其胪列余之事实能切实，无论朝廷之准驳，大府之意自隆，惜老矣不能久役，不免负知遇耳。乐山公来，极言大府荐剡之当，几如孟子于乐正之喜而不寐，亦见至情。和甫来谈。接平江矿局信。阅文留日本学生驳尧衢致李幼梅信，几于灌夫骂座，余公可以休矣。湘省铁路有米捐、口捐，岁入二百万，又有按粮捐一百余万，尽可不借外款。湘路千三百余里，需款二千余万元，约七年成路。是一年所需，不过三四百万，有粮捐百余万作实款，诚得忠信廉洁之巨绅出而肩任其事，遍邀九府四州之正绅集股，何患不成？况修成一段，便有车价可收，非掷金虚牝、别无生息可比。如谓长沙贫国集资甚难，不观学堂十年以来，动用亦将数百万、近千万矣，何不需借款乎？无政事则财用不足，以拍方畏葸之人充总，虽百年亦难成矣。

八月廿一日

阴。廉访周公报步，出驻鄂委绅抵款之书画数十种观之，颇赏戴文节扇面册叶，石谷、烟客立幅，持四种去，约迟日送还。吾县刘世兄本钟被人控讦，中丞必欲除其议员之名，廉访属致信，听其自辞，盖欲稍全其颜面也，诺之泐函派人送其家。葵园、敬舆招饮，同集者为陈、李两监理财政官。陈以家人投江被议，述其致死情节，因执炊不如式，叱之，其奴大声反对，陈连掌其额，遂愤而投水。陈，池州人，自云出腹即被兵他徙，一生磨砺，临官讫无好处。即如此事亦常耳，而偏因此去官，不亦异乎？其副李君,孝感人,以部主事充当此差,气体稍纤弱。据云近为清理米捐局事,与焕彬不相接洽,焕彬先次来信,有所收之款随收随解,既经查出有十三万串之钱存在其弟所开之店,焕彬恼羞成怒,大放厥词,有家资不止十倍此款之言,两监理颇笑之。葵园出其所辑《庄子集解》见示,其序甚佳,此公毕竟可人。夜接水口山禀。平江亦来一函。

八月廿二日

阴。沈知县祉臻来。亲兵回接棫儿,禀五云祠山内松枝卖与窑户,得价一百一十八千文,祠山自廿八年经余商族蓄禁,不及八年,树已成林,薄伐枝蘖,得钱如是之多。先是四年一归祠佃砍伐,缴钱三十六千。而童山濯濯,寸蘖不留,今既获葱蔚之观,不及八年几三倍。昔日之利,较其得失,孰为多哉?前之主祠者难辞咎矣。杨季翁来谈。接瑜儿书。殿香遣人馈冒筒、拜篋、小书篋、朝珠篋,皆竹为之。绢心董香院光字条一张,似是赝鼎。硎东诗一册。遣人至藜阁堂,告毓卿以大府不允咨议员之事。水口山砂船至,接植禀知矿之数。改五云祠值年办事章程讫。夜阅吴耀翁《黔语》,无甚殊异之处。皙子函来,托行首府事。旋答之。

八月廿三日

阴。高祖克昇府君诞祭期。改定《红桥春泛图诗》:“春流如玉滟邗沟,打桨红桥续胜游。赖有青山犹旧日,更无司理在扬州。”“闻道康雍全盛时,箫声月色放舟迟。可堪金粉飘零尽,愁绝江湖杜牧之。”“平山堂与梅花岭,一例苍寒怆客魂。好事偏逢杨德祖,冶春诗好与重论。”“羽觞当日会神仙,又见琳琅续旧篇。绝似尊前闻水调,江南重遇李龟年。”杰儿来,借知家中近事。蒋少翁来谈。

八月廿四日

晴。报少牧步劝业公所，中途遇唐公而还。奂彬来谈。蓬公亦旋至，云嘉州询其与吾何以有意见，蓬公答以此职道之过，盖以相干而渠不允也，乐山可谓善于立言矣。盖因欲用其戚某，余漫允而少杀其薪水，蓬愤怒，吾亦不相下，不谓事竟上腾巡抚也。向夕，余玠卿来谈，示以董玄宰，辨为真迹，特破烂，甚为收藏家所不尚，与奂彬所云略同。草家书，润农抚子不率教，拟废继，驰书已之，并召润来，与之面谈。黄寅卿来谈。接棫及毓卿信。毓上禀辞选举，托为递上。

八月廿五日

晨，微雨。轿夫回家。朱莼卿以镇筸道由京师归，作有《留别都门》旧五古四首，来此见示，诗有风格，不似前年《别镇筸士民》之作。少穆观察、香浦大令、杖芸广文来谈。

八月廿六日

微晴。报莼卿、少穆、香浦、杖芸步。傅梅根来谈。发水口山信。

八月廿七日

晨，雨甚。提学考长、宝两郡选拔，苦矣。读书、做人宜日日用功，不可以年老自诿。孔子自十五志学，至六七十毫无间断，业亦由此日进，其志从“朝闻道，夕死可矣”得来。吾少时有同学友，逢以年老自恕，不肯用心，吾或自他处归，得有名臣名儒文字出以相示，辄曰：“余此日心不暇及此。”吾笑谓之曰：“君心何日始细而能暇乎？”其人卒一无所得，穷老以终。一息尚存，此志不容少暇，奈何以年去自馁乎？人不可以无耻，生平于声色货利不敢犯，皆得力一“耻”字。丙申《祭水口山神文》有：“世习骫骳，竞规私利。某窃耻之，妄思矫励。”明年二月，宁州中丞入山视矿，见此文颇称善，指“耻”字曰：“吾一生亦得力于此。”公之始终不渝，其守有以夫！历年书牍甚多，湘绮先生、辟园征士屡劝付刊，取而观之，未能自信。一日在子修提学座上，湘绮亦在座，提学称吾公牍文字典赡条畅，湘绮然之。而吾终不敢自信也。

八月廿七日

报梅根步，中途遇之，回至局所谈半时之久。午招余玠卿、王莘田、蒋少穆、杨哲子、周应琨、李黼庭、黄子紊饮于旷观楼。应琨自吉林回，云珲吉铁路长千余里，外部许日人修筑，绝不通知东督、吉抚，外部之庸暗而丧失主权至此，可谓愤惋矣。

八月廿八日

阴，雨甚。至友善，候湘绮翁、杨仲子、王玉楼、周肇逸先后入座。有云泗阳扬州赈款九百余万，以七百万笼归私用，古今无此巨贼。经御史纠劾，交宁藩查覆，难乎其为宁藩矣！乐山处小坐。发水口山书。朝廷因外尚梁敦彦将珲吉路权让与日本，有起用项城入外部督东三省之意，项城果有用，当日去之太欠斟酌，既斥去矣，复欲起用，其宜为国家效忠乎？

案：“友善”，即友善堂。

八月廿九日

阴。十数年一意欲览帝京风物而卒未果，今岁决计往游。杰儿亦求同往，不过多添旅费，而照料有人，已许之。祐初来，以五云祠事托之。灯下致湘绮书。

八月卅日

晨，雨甚，旋止旋作。八月廿二日《神州日报》，有富川县民毁官矿，桂省函云："富川县西湾官办煤矿，奏明拨定经费五十万金，开办三年尚无成绩，矿师张金生月薪六百两，副矿师二人各二百两，总办三百两，会办二百五十两，支庶、坐办一百两，皆闽人。除每月耗薪工不计外，购机器，开运道，备运船，兴建筑，储材料，朋比为奸，无不浮冒。日前为会办之戚因买鱼踢死湘人某，客民土民群起将礲焚毁，火五日夜不息。张矿师禀请派兵，张帅委员先查该局原有亲兵四十名、警兵多名，皆窜去。张与总、会办亦逃匿。"噫！以奏办筹办五十万金之矿，而委之无识之人，以为揭地面便可致富，何不思之甚也！张金生当廿二年来湘，毫无寸效，后经南皮招去，今又祸粤，此人与张通典交密，殆二张合势成此炎炎乎！吾为人铭墓及祭文多出韵，湘绮纠之。《天岳山房文钞》谓铭有用韵者，如正考父鼎铭、滕公石椁铭、比干铜槃铭之类是也。有不用韵者，孔子铭延陵季之墓及卫孔悝鼎铭之类是也。丹书十七铭多无韵，故韩、欧墓铭中亦时有之。然则文之用韵者，亦无一定之例。尧衢参议署名遍告同人，以日午赴席祠致祭张文襄公，因雨甚未赴。且向无此例，自学界设追悼会以吊其党，于是祭王文诚于浙江馆，此次复踵行之，遂成故事。

九月初一日

晨起，雨止。望溪《释言编述》李纲主语韩子云：动而得谤，名亦随之，谤而无名者，众人也。名而无谤者，乡愿也。虽然，美疢不如药石，谤言彰，吾滋惧矣。谘议局开会，局员先行给票，约三寸长、二寸宽，用红纸上笔誊旁听人姓名，持此为入门之券。是日到会者约百数十，学界人为多，湘绅之名位显著者皆未到。

初至引入郡文庙右庑,款以茶,无烟,皆便服。吾未探实,衣冠而往,旋遣人回局接便服换之。少顷开讲,明伦堂设高座,抚院岑公与议长谭太史东西列座,另设左右书记员座。自藩、臬至州、县及谘议员,约百余员列上座。北面旁听人列下座。已书记员颂祝词,众皆立。俄,抚院中立,书记员持单宣讲,听者皆起旋坐,惟抚院立,宣毕,抚院归座,众旋起旋坐。议长复中立如前。礼宣毕,摇铃散班。抚、藩各太史及议长入便座茶,先时入门时,守门者持翦将名券翦去一角,发议单一纸,即抚台所宣之词也。听者尚整肃启行,肃肃成行,不似昔年南学会之强办凌杂,惟演说之人仅将刷单宣唱一回,如丁祭之读文,听不能楚,不及南学会皮鹿门、谭嗣同一流人多矣。报汤春生、傅梅根步,皆不遇。访湘绮,亦赴余参议席。至乐山处小坐而归。草示植书。接水口山图绘说帖。

九月初二日

晨,雨甚。蒋少牧观察来谈。

九月初三日

晨雨,午微曦。遣亲兵至和尚桥发租谷运省。示棫、懋、栋三儿书。致啸汀公手书,付去祠簿二本,派公款簿五本,封条、祠规各数十纸。湘绮先生来谈,托写名片。乐山公来,商量公司入股事。晚四钟上院谈甚久,盖欲强吾赴鄂清厘转运局。余为周渭臣尚书求奏还谥法,未允。为汤镇军咏山疏请开复,允之。便道候曾舣庵,阍人辞以赴洞庭春蕃菜馆。夜煮蟹,饮酒微醺。蒋少翁来谈,汉口不得人,今日回中垣,请以衡州罗明经珍主鄂局。继思罗年近八十,又病足不良于行。与杰儿计,不若移夏芝麓上舍赴鄂,则与冯晓青接洽,以润农八侄往平局接夏收支,则十分妥当。明日当与两提调商之。

案："咏山"，原误作"咏仙"，现改。咏山，为汤寿吾之字。

九月初四日

阴。候小亭、湘绮、咫荪。咫荪已移寓，未遇。湘绮座上晤夏编修五彝、黎明府薇生，谈及朝局，为之慨然。海涛来，以所著印谱见惠，又湘绮所书扇面十幅。湘绮出所撰《曾文正日记》石印本叙见示，谓文正专务克记，几不道人，长短记中，亦有暗指人之处，惟渠能知指，无闲工夫为之释出云。汉口转运局换员，拟以夏芝麓接管，较罗艺岩为更佳。夏在鄂有年，情形熟悉，所遗平江一席，则委润农侄接管，商之李、黄两提调，并称善。第不知二人肯来否？夜间沏棫专人送去，属于望前来省，以便定妥。

九月初五日

阴，夜见星。家中遣人来送食物。棫儿自县归，云典史又有差逼死二命，竟无人控府，亦奇。奉院札赴鄂清理运局，此间尚有事须料理，约二十前始可成行。阅梅霖生先生家书，刻苦自励，令人起敬。

九月初六日

雨，北风甚大。墀中蕉叶翩跹送响。去仆还山者至渡口，风浪轩天，仍返矿庐。为矿事与少穆诣乐山，告以留心防范。日中饮殿香酒，同集者为两书记、两提调、两收支及吾与杰儿，九人合为一席。庖人治蟹羹甚佳，连进数觥。写《和莼卿兵备诗》于玉板笺，遣兵送去，并沏数行。夜寒加衣。

九月初七日

雨，北风。家中遣来之人清早动身。清泉蒋生来谒，未见。日中风雨愈横，治觞邀湘绮翁、重伯、五彝、和甫、殿香、程世兄，七钟始散。接槭禀,润农诺允金局收支。

九月初八日

风雨甚。朱莼翁来辞行。蒋少翁来谈。县官朱捷臣来。天气微寒,换棉衣。灯下改散文,一道簇簇生新,余文用韵之处多不暇检,湘绮、窒甫并纠之,子威、镜蓉无言,四公者皆可谓直谅多闻之友,宽严不同如此。

九月初九日

开霁。报朱邑宰步。访月汀观察,不遇。至湘绮先生处啓谈,乐山翁已先在座。归经福源巷,至少穆处小坐。朱月翁来。改定《和朱兵备留别都门诸友诗四首即用原韵》:"凉风起木末,振野□惊飞。潇潇灞陵雨,吹上征人衣。飙轮缩地驰,居者方掩扉。劳逸既不侔,自伤毛发稀。东南方苦潦,搜粟赈调饥。奈何处堂雀,嘻嘻徒齿肥。""君家富文史,守约气不骄。兄弟不可当,方驾兰陵萧。池草梦生春,对床吟益高。齐心事铅椠,编撰忘疲劳。曾参养有余,孝先腹不枵。好舒雕龙手,一拯泽鸿嗷。毋谓事不属,斧柯今已操。不观溪洞民,矫手望烟霄。""五筸号岩疆,君曾歌折柳。重来郭细侯,花鸟皆朋友。木兰香似旧,铜柱铭不朽。无事足撄宁,有碑常在口。愿言赓旧续,察吏苏黔首。毋令摧租人,搜罗及升斗。绣衣声望崇,气可慑群丑。连村兴校学,诵法鲁中叟。百家等蜩螗,弃置无何有?""邹衍昔谈天,海外更九州。不图西风起,颓波倏东流。曾闻夸毗子,改制诬春秋。大言不知怍,已贻明廷羞。年来急征缮,薄敛讥前修。诛求到鱼卵,遑惜釜底游。监司古节度,兵食不外求。期君写区区,宁蒙俗士尤。"原作:"秋风吹客心,日逐雁南飞。行役曾几时,旅夜寒无衣。佳人卜金钗,稚子候柴扉。有约及秋前,坐见木叶稀。岂不餍甘旨,终朝如渴饥。早起命僮仆,为豕具轻肥。""少壮游京师，衣锦马不骄。三十年再来，两鬓发萧萧。贤路日以辟，君门日以高。出门见公车，方朔腹乃枵。珠桂分宜尔，四海如嗷嗷。我欲鼓瑶瑟，柱促弦难操。升平自有时，江湖望九霄。”“朝上黄金台，风撼台前柳。系马不能去，念我同心友。缅昔同游者，十九骨已朽。独此后凋松，犹得共杯酒。苦言庚子乱，余生脱虎口。万方难未已，岂图今聚首。感此再三叹，一举累数斗。意气激风云，笑谑忘老丑。汉有据鞍翁，周有投竿叟。老骥志千里，聚散亦何有？”“长风皱洪波，浩浩趋瀛洲。不有底柱力，谁其遏横流。结绳迨商周，法度垂千秋。后世自去籍，乃贻古人羞。末流乐世变，君子景前修。羹墙偶见之，麟凤其来游。吾侪耗太仓，于世能无求。别后各努力，庶几寡悔尤。”邬小廷来。

九月初十日

霁，午晴。哲子、组庵、莘田、和甫邀陪湘绮翁于华昌公司。同席为少牧、五彝、仲子、重伯、应琨。组庵以谘议开会未莅席。哲子云：“土耳其与陕甘回连，联将来吾华，以保其宗教。回性挚悍，与各种人不通婚姻，不食豕肉，耐苦善战，如得忘，非欧亚之利也。”湘绮、重伯机辩横生。五彝稍默，微露傲气。哲子、应琨周知各国强弱、科学原委。仲子韶年颇识草木鸟兽之名，西学家所谓标本者。莘田留发黑白相间，亦由人工补造，汲汲应酬，微现衰态。少牧守旧，语多踏实。和甫聪明，稍涉轻浮。一席之中，质学各别，要皆一时之选。仲子之室，为尹和伯女，工画，仲子出其临吴兴稍画马，甚工致，亦女学中翘楚也。重伯昔年在江阴于刘勇介船上，见有江驹俗所称“拜风驹”也，命以炮轰之，勇介不可，恐其肆害，重伯不听，一击而中，跃起丈许，数跃始困，近岸之水为赤。命人剖视，额有洞，喉如杯底，小舌有帘，凡鱼尾皆竖如舵尾，此独平，横广丈许。腹中尽小螺、虾、细鱼，得许石，无大者，为舌帘所限也。约重数百斤，背黑有光，远观若毛。仲子素讲格物之学，默悟许久，谓其与黗似，殆黗类也。江鱼不能入海，避咸水也。若在海中，大当百倍于此矣。万历五年，岁入四百三十五万九千四百余两，六年所入仅三百五十五万九千八百余两，五年岁出三百四十九万四千二百余两，而六年所去乃三百八十几万八千四百余两，是比旧多用四十万余矣。见张太岳看详户部进呈揭帖疏，夫当日四海之版图与今无异，丁口虽少于今日，而地丁所征亦未之免，而入款止此，可见明之取民有制矣。今岁入至九千万而司农仰屋，何哉？

九月十一日

阴，晡微温，夜月。田香浦、唐斐泉两大令，邬小廷幕府、成赞均老友并来谈。接巡、劝两道台书。巡为采谷实仓事。草家书，嘱儿辈筹画买谷事。阅《张太岳集》。海涛来。王阳明、张江陵皆倚宦官集事，可见晚明貂珰权重，不倚为援不足以成大功。然两公未闻纳贿，视近世之与李总管通赂者，用心各不同矣。

九月十二日

阴。遣局丁至家调查买谷事。示基瑜书，与诸外孙食物。邬小亭、唐乐山、柳林森来。罗世兄赴水口山，由家至此。接李晓春、夏芝麓、胡卣生书。明日祭桂馨祠，想族人咸集。

九月十三日

雨竟日，入夜尤甚。乐山送告示来阅。庄方伯招陪湘绮翁，同席为曾自元主政、督销局刘健之观察及其弟述之、厘金局胡观察、幕府邬筱廷刺史。酒旨肴佳，护世城中所无也。座间惟余能饮，方伯劝之甚勤，重以劝菜，则素所不喜，只好大啖，免其递送。袁简斋亦不喜主人敬菜，可谓先得我心。归经福源巷晤少牧，以乐山示稿请其斟酌，以归至善。今日桂馨祠祭期，雨大，恐与祭人不多。张江陵寄吴太史厚庵书，人能抑公之官职，而不能抑公之人品；能使其事业不显于当世，而不能使其文章不传于后世。其所能者，则既无可奈何矣。其所不能者，愿公勉焉。

九月十四日

雨愈甚。儿辈赴五云祠，祭者甚苦矣。少牧来谈，出示代劝业道所拟告示稿，甚妥。叶灯初、夏亲家自黄金洞来。连日饋雨，行尚能支持，足征气体未甚衰惫。夜雨愈大。

九月十五日

雨止。乌山祠祭，到者恐不多。自庚午建祠后，祭期多晴，惟祠成之祭及今年大雨。夜接棫儿信，栋儿举一女，四育皆女，一殇存三，真雌风不清也。遣人僦船，湘江轮须廿一日晚始开，而家事应面示者甚多。草书交亲兵，以明一日到，召棫速来。乐山来，云赵御史竺垣请假省亲道此，询问京城皆少年事，颇庞杂云。

九月十六日

晴。和尚桥租船来，接棫儿信，家中无事。水口山来信，基植患背疮，日夜呻吟，幸食量如恒，心不作恶，发信系初十，今已六日，当不至危险。发电询樾儿究竟若何，属其每日发一电。夜复用排封付一信去。午赴唐蓬翁席，同集者为王湘绮、赵侍御、蒋观察、邬直刺。侍御谈国事甚悉，闻之多惧。

九月十七日

霁。润农来，接家信并啸叮翁手书。谢唐大令斐卿、曾主政俟园、柳上舍林森。步湘绮翁处，贺其世兄得拔贡。杨京卿度适在座，相与论都门近事。巡警道赖子翁、湘乡蒋少翁、汤春生、赵耘培、胡典史灏先后来谈。命杰儿诣康医处求方服，为植儿治背疮，专人将药送去。

九月十八日

晨，雨旋止。感寒，服泄，始衣裘。赖观察送采谷护照来。未，次儿基棫具道家中得基植病疮之信，举室惊惶，基懋以昨日由湘乡赴水口山，申得衡州电报，植疮已溃出稠脓，病大减，甚不足虑。得此始慰。乐山公来送行，闻植病，馈黄芪一斤。夜与润农及棫、杰谈至十钟。

九月十九日

晴。家中遣人送茶叶来。懋儿于半路逢水口山来人，知植病已减，仍折回家。湘绮先生来谈。夜擘蟹，微醉。为臬使周镜渔廉访书。字条不佳，素不工书，外间索书者颇多，不可解也。

九月二十日

晴。乐山公来送行。缉吾在谘议局旁听议员所说森林办法，全是隔壁之谈。砚农来谢券费。午后吊於龙氏。报谢乐山，不遇。上院告辞，告伊藤博文为高丽人枪毙。出署至少牧处小坐。潘季鲁来，旋报其步。命家僮检装。

九月廿一日

雨，甚燥。御袷衣。蒋少牧招饮天然台。拟酒罢即上船，同往者为芝麓亲家、竹林卢绍云及杰儿，感寒发热，坚欲随去，家僮二人，夏、卢各带一人，主客并跟丁共九人。僦湘江轮船，约以黄昏上船，明日四钟展轮，秋水横江，雨意不止，计时可到，亦快事也。吾自十九年十一月赴杭州，附小拨船，节节阻风，甚以为苦。今乃曰汽轮之利，世变不测如此。以后另立日记，此号从此止书。

案:廖树蘅作吴越之游,是在光绪二十年冬间,此处曰"十九年十一月赴杭州",有误,当为"二十年"。

接上。属有鄂渚之役,挈杰儿以行。附湘江轮船,报欲明日四钟展轮。同往者为善化夏君芝麓叔侄、同县卢绍荣、跟丁四名。是日大雨,棫儿、沛侄拟同至舟次,因雨不果。晚五钟,赴蒋少牧观察之招饮天然台酒楼。酒罢上船,与善化李系莼、姚寿慈、桂阳夏五彝、江苏汪文溥同住一舱。

九月廿二日

黎明展轮至磊石,船坏柁,转测不定,修葺一时之久,始照旧行驶。杰儿感寒先卧,吾与诸公壆谈至一钟。

案:日记中此部分内容,原记录于"九月廿一日"中,而从"黎明"二字看,实为廿二日之行程,现予调整。

九月廿三日

晴。江涨,洲渚尽没,轮行愈快,近午抵汉口,时主运局者为韦通守申甫,名嵩年,派司事徐率局丁五人来接。汉皋前年曾两次经此,洋场不如今之华丽,近则楼台突兀,两旁树木交阴,不胜桓宣武之感。未抵局,通守即时将公事交出,盖将主朗州官钱局,以此席交芝麓兄接管。局在大王庙之上,颇壮丽,廿九年以二万数千金购来者。下榻东轩,连日劳顿,倦不可支,偃卧半时,始少清疏。

九月廿四日

时晴。调臣来谈。巳,往候兵工、钢药两厂总办,主兵工者为蔡观察子昭,主钢药为岳太守斐君,并致岑中丞所交函。岳君他出,仅晤蔡君。便报调臣步。往冯世兄处,不晤。兵工厂在汉水右岸,由此至钢药厂约五里,大堤杨柳,深秋未凋,一路砖垣,铁路、工厂鳞次，平湖百顷，在龟山之后，残荷泣露，风来綷縩有声，不知费几千万金钱才有此伟丽之观。然默窥内容，皆有暮气，再更数年不知成何景物。张文襄一生经济，在规模宏侈，一往无前。由是南北两洋转相则效，竭天下之力以恣其挥斥，计自唐虞以来，用才之侈未有如今日者也。官钱局晤张大令惟馨，谈及傅尹侵牟矿价，数年至十一万之多，竟至不能归款，殊骇听闻。杰儿至车栈，问僦值快车，头等每位六十五元四角，行李一百五十斤；二等每位四十三元六角，行李一百斤；三等每位十四元五角，行李五十斤。慢车头等每位四十一元七角，行李一百斤；二等每位二十七元八角，行李七十五斤；三等每位十三元九角，行李五十斤。快车由汉到京，慢车三日，时银元一兑钱一千三百零，银一两兑钱一千九百零。调臣送来洵贝子照片，面如满月，不愧龙种。

九月廿五日

晨，疏雨，旋晴。假兰青大令大轿，乘轮船渡江访元穆，不遇。出武胜门，观新河工堆栈。徐司事渡江至运局来晤，临新河口瓦屋一椽，卑陋殊甚，啜茗小憩。僦小划过江，至一码头访揆初观察，时主兴业银行，弃官而商，将托以终隐，亦识时之俊杰也。回局已交酉刻，韦君招饮，同集为芝麓、绍云、兰青及禅臣洋行之赵画堂。赵邀观法国戏剧，一女子衣浅绛衫，袒其肩臂，独立讴歌，音韵圆美，座中皆外国男女，曲终并拍掌称善。一老洋人拍之尤厉，其妇耻之，屡劝阻不听，座客览之皆笑。又有影戏，变幻不测。然此等排当，只可一次观览，过是欲少味矣。先是与申甫、兰青、芝麓、绍云、夏世兄、杰儿同过禅臣行小坐，楼房精丽如瑶台璇室，器具无一不精。及戏散，赵君仍邀入室，出茶瓜饷客，时已过十二钟，马路灯光犹如繁星。回局倦不可支，申甫命庖人具晚餐，为尽两盂。饮啖犹健，余生或可苟活数年。

九月廿六日

晴。韦通守申甫交出尹湘琳董家巷李冰壶堂房屋白契重纸,尹雯记息折一本,零星信札(阅过交申甫领发)数纸,申抚院报册一分,申湖南官矿总处报册一分,申清理财政处报册一份,后湖地皮图一份,交龙仆手收。蔡、岳来报步。元穆来谈,以刊刷上督抚说帖见示,于沔、监水利尚能言之清楚,谬谓:“方今筹款为难,应听其出外逃荒,不宜聚之原籍。”两江扬州赈务縻款九百万,外间言实惠及灾黎者不及半,徒供不肖长吏分肥。今沔、监两州县已筹款百余万,可谓巨矣,何若任其自为计,令老弱、妇女就食有粟之区,严饬地方官查核人数,不准羼杂匪徒,留其壮健者将冲决之堤加高培厚,以免再溃;分数十万金以恤老稚不能出亡者;余悉裒以筑堤,以工代赈,一事两得。盖沔、监上为汉水冲入,下为江倒灌,不坚筑堤垸以保将来,徒投巨资以沽抚恤之名,今之大吏,毋乃蹈好仁不学之蔽乎?未,招韦通守、张直刺、孟大令、吴书记饮于东偏厅舍,盖为韦送行,渠将以明日赴常德官钱局。元穆馈丞肴。正太庆洋行请酒,辞之,为揽生意来也。草致黼廷、子焘书。杰过江游览,申归。

九月廿七日

雨。韦通守交卸,趁武陵轮赴常德。县人杨文琴以知县需次鄂城,闻吾至此,过江相访,馈天台野术、金腿、广鱼加皮酒。兰青大令招同叶太守揆初、韦通守申甫饮于一码头嘉宾式燕楼,饮馔之佳、器具之洁,以长沙之天然台比之,远不及此矣。号客论四怡倒欠之款,洋行约百万,汇兑局尤多,安徽、湖南、江西、湖北官钱局又次之,合计四百余万,可谓善骗矣。各省搜刮民膏来此营运,徒供奸商挥霍。商骗不足责,忝然居民上者,奈何不择人而使,致以髓血供无底壑哉!回局倦甚。

九月廿八日

晴。揆初太守来，不遇。调臣招饮古琴台，湖波浩渺，残荷瑟瑟，亭轩雅饬，花石幽秀，风景绝佳。昔年曾经游历，其时濒汉尚无长堤，今则大堤杨柳，局厂林立，异乎昔时矣。同席为芝麓、绍云、杰儿，并兵工厂委员五位，忘其姓名。席散赴怡园听髦儿戏，中有旗妇恩晓峰唱正生，极佳。周媛媛亦楚楚有致，惟步履姗姗，雌声不能唱大花面。十一钟归局，饥肠如雷，啖饭两盂。紫阳、南轩游衡岳唱咏，紫阳以为荒于诗。吾自到汉，酒食征逐，两赴戏院，饮略中外戏文，亦可谓荒于嬉矣。

九月廿九日

晴。报孙、景、王三人步，三人皆具柬邀饮，辞之。及至景寓，则酒肴粲列，坚留入座。同席七位，惟调臣熟识，余皆初面，饮酒不觉至醉。回局偃卧一小时始醒。先是至礼和，其行主秋君接晤甚勤。及至景维熊家，瑞记两大班并来晤，无非为交易起见。夜勒函交亲兵送官钱局张大令，并将肩舆送还。

九月三十日

晴。五钟起检装，六钟晨餐，八钟瑞记行管事人景维行遣马车来，挈基杰同赴火车栈，维行另于所居具饭。九钟至车栈坐候，十钟四十五分展轮。昏时至信阳州。晚十钟过黄河桥，昏暗无从谛视，微有戒心。是时随众食番菜，生冷既多，微带羶气。杰儿尤不惯食，夜间遂不复赴座。十钟展衾卧，醒时已达顺德府。由是而定州，而正定，而保定，皆高原如坻，麦苗茁芽。车上口占一律云："千里飙轮一夕过，晓看寒日射霜柯。千畦稚麦饥乌下，万马当年战事多。心逐云山朝北极，人来燕赵动悲歌。宁知七十支离叟，耿耿情怀尚不磨。"

十月初一日

晴。车中望燕都形胜，山如海涛奔涌，形家抚星所谓破军体。孤云落日，万古蒙蒙。沿路榆柳成行，居人矮屋土墙，一洗东南侈丽之气，雅类西安沣桥一带。而商栈之屯积烟煤，络绎不断。平原间有小河，皆涓涓细流。卢沟桥下，水稍深，然亦仅堪渐车。虞伯笙京东水利以及某公之潞水客谈，以为潴水不泄，可成稻田，大都书生之见。纯庙谓西北水性立，不比东南无渗漏，可谓圣明天纵矣。近五钟进外城，旋有店家来接。至崇文门分局，经巡丁启箧衣服数袭外，仅残书数卷，得免征榷。店名东升，在西河沿，荒落沮洳，权为一夕之安。饭食一日每人银一钱五分，荤蔬皆须自备，米珠薪桂，长安居大不易矣。车中拟挽张文襄联一首："宙合撑持要伟人，看文章经济，冠冕群伦，天不憖遗，四海苍生悲硕辅；才气纵横成大业，尽山海梯航，沟通中外，心无私系，千秋青史有公评。"改定律诗："长路三千一夕过，晓看烟树蓟门罗。连畦宿麦饥乌下，万井当年战迹多。心逐云山尊北极，客来燕市动悲歌。宁知七十餐霞□，也让缁尘涴薜萝。"

案：日期原作"十一月初一日"，当为笔误，应作"十月初一日"，现改。"餐霞□"，或为"餐霞露"。

十月初二日

晴。东升店改定挽张文襄联："宙合撑持要伟人，看文章经济，名播寰中，天不憖遗，四海苍生惓元老；浩气纵横成大业，尽平准均输，钱流地上，心无私寄，千秋青史有公评。"生平未至京师，近来铁路交通，由汉口大智门上车，卅六钟可达都门，置邮以来未有如是之速者。此次因公抵鄂，遂挈儿子及两仆首途，车中虽不免颠顿，气力尚足支持。及来下车，人争询官职姓名，可见人皆为名而来，未有无事游历如吾者。惟携带书籍不多，飙轮急驰，于城郭山川未能研究，归途当赁慢车，市图册详纪之。解装甫毕，旋有无数人持晶玉冒领入户索售，麾之不去。惟北人性尚直率，虽用诈不及南人之工，然此据余初至所见言之，或未能窥其深，为久居长安者可匿笑耳。渐之、怡孙来谈。春彝继至，皆乡人也。杰从少安处携来《政治报》，基植并无奖叙，实官办法应令该抚另核请奖，吾则履历尚未到部，应候该抚咨送，到日查其底官，如系相符，再将所请奖叙核准注册，此折系农工商部主稿，会同吏部办理，合并声明云云。矿为今之要政，合各行省所办官矿未有成效，独吾致赢利四五百万两，动用官款八十余万两。薪水既菲，区区虚衔亦须候底官相符，微闻因主事尚未注册，遂作此波澜。查他游学陵工及种种例差，皆得优奖，余之得失不足惜，窃恐以后任事无人，颇为朝廷惜之。余来因欲游览帝都形胜及天津、张家口一带要害，不知者以为营运此铭旌料来也，岂知无是心哉！争名者于朝，余则不特不能争，反来承此部议，亦可笑。巳，渐之约日内遍览各处，得此导师，可以不迷于所往矣。邸次无矮围椅、藤床，老人坐卧均不适。

案：《政治报》，即《政治官报》。

十月初三日

晴。东洋游学生刷有《湘路警钟》，痛诋余尧衢、曾履初、高凌蔚所议聚股之法，间有可采，惜乎所举之人非真能任此者也。至南横街圆通观访少庵正邸及邓世兄维藩、梅春彝。至潘家河沿报渐之步，值其上衙门，未遇。粉坊琉璃街访炳青厅丞，谈及保案被驳事，托其调查，看能以余所捐主事移奖儿辈否。座间邕论乡井各事，室内疏窗短榻，书帙整齐，菊花平列，尚觉雅饬。圆通观古甃幽房，风日闲静，吾湘先达如曾文正、梅礼部曾尝寓此，礼部于此告终，其孙殿香自云："曾经访问易箦之所，无有知者。"今其曾孙春彝复居此。春彝游学日本，习陆军，考试得举人。渐之下直来邀游劝业场,场即在西河沿不远,高楼三层,平列金玉锦绣,任人平视。楼上茶楼酒馆皆极精洁,男女分室,尚无江苏荡冶之风。满洲、蒙古诸色目人及外国人,皆率其妇稚到处游观。蒙妇褦襶拥肿,满洲妇人不改旧妆,垂髫女间有苕秀者,色色形形各自成类。渐之唤茗饮供客,楼上略见景山及各城门楼。先于车中见京城妇人装束,大率皆宽衩大袖,满缠阑干,高翘躧步,尽属古装,鬓皆拖尾,与东南秃袖、小袖异矣。归当告之家中妇女,俾知首善尚存古式,不当较法服妖场。楼有新霞绣馆,为湘人所设,遍观陈设,不过华彩夺目,无甚殊异。以此示劝,劝殆无几。对门为第一楼,较此稍杀,略观即下。随至正阳门瞻仰,同游者为渐之、少庵及儿子基杰,皆步行。天气酷热,汗湿袙衣。回寓渐之别去,少庵留谈。炳青衣冠来报步,执礼甚谦,盖昔年与植同学麓山,近又与其从父家结亲也。据云:“查得移奖必受移者属实官,今杰仅虚衔,无庸议。惟查主乃实收,系保案前数年所捐。”拟于明日商之。京店并不换照,以免捐免银两。但得将实收证实报捐在前,度支部有案,看可得吏部议准否。约初五日至京店,约杰面谈。炳青笃实,不特吾县罕见,即湘人如此者亦不多,吾甚重之,旋与少庵同车去。县人向厚甫现充吾湘常备新军炮队营官,受协统命,出张家口买马,以前日到此,闻吾至,来谈。先是吾拟出口观居庸关,并向昌平谒明十三陵,问厚甫以至张家口车路。据云火车至口而止,以外皆大车,或乘骡马往返,必需数日,关外甚寒,游兴遂止。遣人至渐之宅借藤椅,坐卧甚适。

案:日期原作“十月初二日”,当为笔误,应作“十月初三日”,现改。

十月初四日

晴。袁咏文来谈。袁名宗瀚,东洋陆军卒业生,县之二都人。渐之邀观商品成列所,楼房曲折,略同灵隐寺之五百阿罗汉殿。楼上下摆列金、锡、皮革、磁、绣各货甚夥,周览腰脚为疲,细观各货,无当观览。有珊瑚树一枝,承以紫檀雕座,悬价二万元;八蛮进宝则饬以珠玉、翡翠,以景泰蓝座承之;荷花数盆,皆景泰渲出,价值二千元,无非争妍斗丽,务穷侈丽。观者须买票始能入,每人二角,男女杂遝,下至流氓、乞丐,皆能破二角之费,便可登楼赏玩。闻农工商部办此场所先后费至数百万金,不知果有何益也?下楼夙驾赴陶然亭,车上局蹐,体为不适。至则黄芦积水环绕一台,古屋数椽,别无点缀,凭栏望西山,烟雾空蒙,不甚了了。道士瀹茶解渴,泉清茶香,神魂稍清。亭有联云:"客醉共陶然,四面凉风吹酒醒;人生行乐耳,百年几日得身闲。"崔南蔡锦泉所题也。蔡曾视学吾湘,为清泉丁学士伊甫主粤试时所取士,吾隶学籍之岁,见至公堂悬有一联为蔡所拟,甚契其言。联云:"士林慎乃初基,立品有真,转学科名因我重;使者行吾真道,问心无愧,何尝清白要人知。"言为心声,据此可知其人品,不意至此复觏其手笔。坐一时之久,始别渐之回店。连日局促车中,膝腕发痛,静坐养神,以宁吾魄。黄寿苍郎中、刘少庵员外来,皆不遇。报向厚甫步,亦外出。陶然亭历为文人宴会之所,以"软红尘土中,梦华甜俗系",假清凉地一写天机,故国朝名人诗文集中多有陶然亭宴集之作。今则观上国之光者,大都遨游酒楼、戏院,否则劝业场、陈列所金迷纸醉,以遂其好丽之思,此亭遂成赘疣矣。亭之右上为先农坛,墙圈约六里,亭下荒冢累累,渐之云是前代宫人坟,未知可据。云亭成于康熙时,为江藻所建,亦云江亭。

十月初五日

晴。早起待饭不来。食馎馎、油饺、米粥。坐骡车至圆通观候绍庵。值移至下院,寻未见。遂至春彝、梅岑处小坐,既探知绍庵住处,经梅、童送至院中,与绍庵、维藩畅谈。案上有黄节女征诗本,作者如林,据维藩云,无有出吾与植、棫之右者,取视不诬。至乾菜园候俞侍郎廙轩,值入值,不遇。至宁乡县馆访振玉,并报袁生咏文步。县馆在米市胡同,出街为骡马市大街,便访沈燕生通守。回店始用晨饭,已至晚二钟矣。胡中翰莼成来报杰步。胡名熙寿,十都人,乡举未弱冠,今年廿五,与吉枚同为求贤馆高才生。黄寿苍来。俞侍郎闻吾至,下直来寓,辞不获,迎入快谈。吾举杰儿所绘琴条求指示,称其比昔年甚有进境,谓此事与年俱进,先宜循规矩,晚始纵笔为之。若未醇而肆,则多疏略矣,所云皆有得之言。并云明日当送纸来再索画,约日内便服至其宅寓闲谈,多年老友急思倾写云云。俞公抚湘,极以吾之治矿为得法,别后书问常通,故一见而意思隆洽。连日车上颠顿,腰膝酸痛不可忍,加以咳嗽,愈不适。炳青邀至京店,言注册盖出县城诸公之意。吾实不甚指意,万一有成,虽曰未运动,人必谓之运动矣。可发一笑。

案:“黄节女”,即黄应逵之女黄蕙清。

十月初六日

晴。八钟雇东洋车二乘,与杰儿进正阳门,伴红墙进方门,出三座门进东安门,伴红墙至城后望景山,山之左为万寿山,亦名煤山,明烈皇殉社稷之所,山上树林稠密,形如笔架,三亭平列,碧瓦朱甍,绚烂照眼,觚棱金爵隐现,墙内皆宫殿也。禁城四沿皆河,舆夫谓夏日荷花极盛,中有辇道通地安门。时值陵差沿道植牌,书“恭备道差”四字。地安门内外皆京货店,金碧照耀,衢路宽绰。再进有鼓楼,楼右下有湖,柳树悬黄,一望无际,云即明珠邸宅,曹雪芹《石头记》所谓大观园者,即在此地。由此回车,绕左沿洋街而归,已届十一钟,往返约廿五里。平日畅望京华,无由瞻仰,至此始得窥其壮丽,亦云幸矣。辇道有骡轿,甚都丽，从骑约四十余向地安门而去，殆亲王也。十钟至圆通观访少庵部郎，与其西席邓维藩畅谈，炳青、渐之亦至。俞侍郎约今日往会，便衣赴之，至则沈翼荪太守已先至，良久沈去，侍郎留谈，约暇日饮于市楼。再至少庵所，与炳青、渐之共饭，纵谈至夜，即始辞出。约少安明日同游御园。

十月初七日

晴，微阴。八钟邀绍庵坐东洋车出西直门至颐和园，与守园户以钱得入。循颐和门左转长廊百丈，下临澄湖，铺雪堆银，天地变色。导者引上山椒，观佛香阁，园之最高处也。余无济胜，具与绍庵坐待基杰，至廊之尽处观石船，园丁复导游大小戏园、乐寿堂诸处，堂即孝钦显皇后寝殿也。殿后东偏为总管太监房，山上多栽松、柏，轻风送向，日光寒碧，萧然生静趣。盖园居在夏秋两季，以湖波明瑟，高楼引薰，可以烦释清虑也。导者谓所游仅三之一，劝鼓勇再上，谢以足疲。循石洞下斜阁而出，园之亭阁、楼殿皆图画，青红杂以金彩，联扁亦矞皇典丽，皇居自应如此。园在西山，左股下另成一山，略同吾家对面狮山之高，自圆明经燹毁尽，孝钦命工部修此一角以供游豫，视昔园只得一半，可见盛时之盛矣。惟北地草枯，不宜竹树，虽以国家全力，不能如东南之青苍蔚然。吾曾于光绪初至骊山，山较此为高，广亦数倍，东西绣岭，唐人吊古诗多述其花卉烂熳成锦绣谷，可知本朝恭俭，不务广斥。周览既遍，仍乘车入城，辇道如弦，瞬息十里。日中冒风，咳甚。饭后即展衾卧。甚矣，吾衰也。

案：“盛矣”后，原有“虽以国家全力”句，与后文重复，现删。“瞬息”之“息”，原作“昔”，当为笔误，现改。

十月初八日

晴。王主政寓生步。便过绍庵、炳青、渐之谈。炳青之世兄伯度由家来，南中犹雨。绍庵处晚饭。黄寿苍来，与炳青论吾保案事，为吏部驳事，炳青动色，以驳复为不然。寿苍力言近例如是。吾笑谓不经吏部奏复，徒得县人力以得此三品阶，吾亦实不愿也。吉来见过，吾未归，等至夜分始去。

十月初九日

晴。孝钦显皇后神牌自陵迎归京师。八钟随渐之主政游万生园。出西直门左转三里许，向名三贝子花园，榜其门曰“农业试验场”。凡入观者于门外买券，每人铜元八枚。由东转入，场上圈养珍禽异兽、寻常六畜皆备，形巨以象为最，兕次之，虎、豹、狮又次之。纹马一匹，遍体黑白相间如带，领脊如篆文。猴凡十数种，有小如鼠者，有色如墨者，有蓝面者，有红面者。虎黄地黑纹，豹作金锦花。鹿分雌雄两种，雌无角。熊黑毛，体肥重。圈豚行如洋人之习步。狐尖嘴黄色。兕如牛大，巨首黑毛。牛五腿，马八蹄。牛之五腿居前，两腿之间用布束之胸腹下。与八蹄之马，殆皆二物之病，如人之有枝指也，非本体也。禽则孔雀、锦鸡、画眉、鹦鹉、斑鸠、八哥、寿带，诸色皆备。鹦鹉红绿两种，均色泽可观。植物园果树分畦，经霜叶落，恃牌以分种数，尤夥为菊花，有大如盘开至十数朵者，红、紫、黄、白聚成山阜。有茶寮，男女分位，茶既清芬，水亦甘洌，盘中有胡桃花、生蒲桃、雪梨、苹果，去肤存肉，劳勚饥渴之余，得此如餐沆瀣。园周围约十里，间有亭馆，中央有行宫，备孝钦太皇游园憩息。湖大数十亩，杜荷满地，莫夏日更佳也。大致京城四周皆略高，玉泉自西山泻出，到处成湖，北人命为“海”。宫掖之海子，皆泉所溉也。吾疲于行走，园中有软轿，恃此巡视，所费茶果、舆轿之费近三万钱。连日出游，皆渐之陪伴，供其费使。园有泥壶寄售者，形质朴拙，然类木兜，小有致。吾以五百文购之，渐之大笑，以谓此数十文之贾，不图今日遇此大主顾也。报吉来步，误入吏部，及至礼部亦不遇。夜服二陈汤，咳稍止。

十月初十日

阴霾，大风。怡生、炳青来谈。书《颐和园词》示廙轩侍郎。侍郎招饮，赴之，席设便宜房酒楼。同集者为沈侍郎子敦、罗郎中石藩、王左丞炳青，余不相识。馆中烧鸭最有名，然亦不能过湘省徐长兴之上，名之不可恃如此。酒罢赴周世兄振玉席，炳青、绍庵、寿苍、渐之、袁咏文、魏午帅之世兄，皆酒客也。云南人龙观察某，为龙提督济光之兄，亦在座。杰儿病寒，重衾偃卧，为之系怀。

十月十一日

大风，晴。晨起至圆通观晤勋彝，拟假寓其中。归途手指冰痛，寒风如刀。吉来适来啓谈时事，留饭。杰疾良已，安土重迁，函告勋彝不再搬移。炳青有相识者，能将吾保案三品阶部照领，并加二品封，约须费二百金。吾诚无意于此，然既承大府荐剡，亦不能矫为，一切置封典而不顾，区区二百之数筹亦不难，惟余来适值此事，人将有不谅，而讥为运动也，只好听之。箧金仅足归资，部费无出，属吉来以百五十金托带归，得此所争不远矣。申至礼部内礼学馆报吉来步，得端督去职之耗。先是孝钦显皇后以十月初四日奉安东陵，直督应扈从，自制洋房供沿途寝宿，合七千金，可以随时圻合①。隆裕太后传旨宣召，端已就寝，左右以已睡置对。二次传唤，亦偃蹇不应。三次宫监以有旨告，始入见，又沿路照相，至陵前为隆裕太后所见，著拿交大理院鞫问，大理院仅一人在差，派警兵拘禁。端督设法寝其事，仅交遵化州审问。奉安后，太后行奠礼。端复舆轿从神道横过，太后大怒。涛

① “圻”，疑应为“折”。

贝子向与端联帖,三次为之乞恩未允,谓该督有无君之心。李国杰者,文忠之孙,以散秩大臣任农工商部左丞,虑此事湮销,上章纠之。奉旨交部议,照例降三级调用,若加恩仍可末减。江御史福建人春霖字杏臣复上章,指横绝御道应革,今日奉谕,端方革职,直督著陈夔龙补受,瑞澄督鄂,宝棻调江苏,于是众皆以处分端方最当。端自莅任湖南,借新政耗去库银三百万两,由任道国均过付者已不鲜。两江借赈搜括近九百万,侵至二百一十万与某分肥,为胡御史纠参交查。及量移北洋,结亲贵为援,乃至丧心病狂,目无法纪,殆天夺其魄,使其衅盈恶积,获此严谴,人臣无将,将则必诛,设遇仁、宪、纯三庙之世,岂仅一革而已哉?惟愿监国恪守祖制,不为亲近所移,列祖列宗在天之灵庶不至有隐恫乎!此本朝优待居官之报也,而李、江可谓不阿矣。已故直督杨士骧生平爱演唱戏文、善挥霍,阶缘袁世凯,以翰林编修不数年躐践高位,死后易名文敬,有无名子制联云:“何谓文,戏文曲文,声出若金石;恶乎敬,炭敬别敬,用之如泥沙。”可谓雅切。吉来述陈伯潜挽张文襄云:“以经天纬地为文,新学旧经,死后更无人可代;有倾河倒海之泪,近忧远虑,窥微已觉世难为。”复一“经”字,想系吉来记讹。夜月如昼,寒气增重,吉来又云:“初四日,京城微震,是日奉安孝钦梓宫,不知何兆?”勋彝来谈。

十月十二日

晴。黄侍御来谈,并邀饭,辞之。护复渐之对期,请其早二点钟约吉来至大栅栏同仁堂买党参、驴胶、法夏、鹿茸丸等药,邀至寓小坐。吉来并陶晓秋、彭某来。报谢晓秋、胡萼丞、彭君于县馆。访陈大理完夫于丞相胡同,谈晤极洽。完夫为隽臣中丞之世兄,文笔甚工,为湘绮高足弟子,别已七年,握手甚欢。上四郡之人多厚,异乎吾郡人也。赴炳青湖广馆宴席,同席为履初、吉来、郑叔靖、绶瑜、渐之、绍庵,尚有二位未及问姓名。座中有二人,为洹阳抱屈,谓此次全有文致,以中官纳赂未足。夫洹阳之岂有持正不与群珰交权者?宁横驰御道,借陵树为电杆,招人立宝城照相,隆裕太后二次传唤不应,皆系无心之失乎?以平正易见之理,故为深论以脱人之罪,昌黎所谓设诐词而助之攻者,吾不能为二君曲解。又云,此次由群阉耸动隆裕,当李国杰上折时,监国入见太后,求免不得,至涕泣而出,果尔,则不免因以此生衅。其然,岂其然乎?午前有卖报老人,当吾与买《北京报》时,知为欲观此段参案,连声颂李侯好人。则席上二君不及卖报人远甚。杰儿前日恶寒,发烧、腹痛,昨日霍然以为痊愈,今日复作,殆疟疾。四千里外无人照料,累余担虑,心绪作恶。盖自上月附轮舟启行,其体已不安,至汉上既略无暇日,到京复清晓奔走,感受寒热,致此末疾,实不料也。幸平日体尚健,或不至缠绵不已。叔靖属搜罗湘人之善书画诗文者,余诺以罘罳草堂、椟慧轩诗集,刘书舫画册邮寄,如蜩如螗之世,尚有人关心及此,亦朝阳鸣凤也。

案:“大栅栏”,原作“大栏栅”,当为笔误,现改。

十月十三日

晴。吉来来谈。杰儿病未瘳,吾亦微畏寒,加狐皮袿。晚四钟赴渐之招席,设湖南馆,规模虽不及湖广馆之大,而坚实爽垲殆不多让。布席之厅为徐侍郎树铭所修,厅壁有何蝯叟七言联,并蝯叟屏联、左文襄墨拓联。同席为炳青、绍庵、晓秋、缉丞、维藩、寿苍、怡生、伯度,尚有不通姓名一位。酒半吾辞出,应黄侍御次如之招,系莼、振玉已先在座,其余多未谋面。有一位云是蒋果敏之子,又有余介卿之子。席散小坐,然后行。心系杰病,戚然寡欢。系莼力主归仍宜坐快车,慢车招风,彰德栈起卸皆在夜,遇雨尤难,于病人多不便,且人极杂,还有外貌修饰阴行胠箧,防不胜防。惟快车须二十始开,只好俟之。廙轩侍郎遣人送肴四大盘,以纸索杰儿画,并属吾题诗。复笺诺回湘应命。

十月十四日

晴。约吉来来饭。绍庵、完夫招饮,赴之。便道访绶舆、绍庵。领席为郑叔靖沅。叔靖留心湘故,以珠泉诗一部赠之。同席为振玉、晓秋、维藩、炳青、渐之、石蕃、伯度。完夫治酒广和居,相识惟绶瑜、玉笙及炳青、吉来,坐吾右者为章姓,并坐,横肱为之不舒,未终酒告去,询完夫,即靖港负曾文正出水章君之子,由庶常改部属,生长江南,善词曲,工诗文,人亦不恶。吾以其横肱颇憎之,及为座人述其能事,然后回嗔作爱,然举动仍不免脱略甚矣,《曲礼》之不可不读也。吾此次来京,实为游览起见,县人炳青、绍庵以嘉州剡章交部议,颇为不平,先是炳青云不惜多费可以领照,并请二品封,遂以百五十金贷自吉来者,与之听其使用。及晤绍庵,出吏部掌印张某复炳青书,仍有印刓不与意,盖嫌钱之未至也。查其人已得京察,婪财无公道至此,宜此部之见恶于天下人也。座中人云俄国到有马戏,极劣,某亲贵召观,赏以万金,亦奇闻也。杰儿疟复作,为之不怡。

十月十五日

晴。吉来、怡生、维藩、山阴侍郎并来谈。渐之来视杰疾,以骡车迎官医许秋涵至,四川成都人也。诊脉谓积寒已深,宜用温药,依方服之。湘乡曾毓鹤,昔年在杜元穆幕府,来候,谓其邑人陈方伯舫仙之孙在酒楼闻余言湘路应以保庆为基扃,若开马路至涟水边,则煤铁皆连船以出。陈公孙有志于此,故托来询办法。又瞿协揆之侄仙槎兆奎来谈,适吉来在座,其尊人宦黔有年,致资十数万,此君以知府发鄂候补,盖昔随侍贵州,习知矿务,闻余虚名,特来谈矿。盖二客皆为矿来者,岂知此事除实心实力外,并无他谬行哉!客去,雇洋车至大栅栏瑞英祥买花镜,无合目光者，至打磨厂三山斋买之。另于荷包店买盛槟榔荷包一斤。六钟赴胡萼丞中翰之招，邑人子也。入席则晓秋、伯度、雪卿炳青从弟、彭某、湘潭孙蔚林、陈阜生。晓秋自云知医，约明日晚四钟为杰诊治。到京以来，相识邀饮者甚多，每夕归，皓月当天，灯光满路，宴集多在顺治门大街一带，及车至本街，望正阳门矗立半空，遂有如归之乐。近为杰病，常罣念，尤以归店为亟。炳青为吾保案，干其同年吏部掌印张某，不之应，颇以为难，以为无以对吾也，岂知吾实无意于此哉！此等虚衔原不足酬吾之劳，犹以贿得之，是辱也，非荣也。以后不复过问，听炳青为之。

十月十六日

晴。晚两钟大风，尘砂蔽空。早饭后与吉来乘洋车至陆军部，阅工程之巨丽，贵胄学堂附其侧。出地安门，循红墙再望景山，林木、楼台之幽丽，驰道如弦，极车行之乐。至大栅栏茶园听戏，园比鄂、沪戏院为小，人极多，无坐处，略一寓目即归。脚色与长沙京班大致无异，服色较珍华。次如侍御来谈。怡生、勋彝、芑荪来。灯初至陕西北口醉琼林赴寿苍之约，同席为卸任遵化州陶直牧、左砻侯某、渐之及寿苍侄婿李，其一人则京店人，未询姓名。酒楼甚高，风震窗扉，碻碻有声，番菜、洋酒，陈设绮丽，旁舍有少年挟妓征歌，拇战喧呼，剧恐。左公孙坎肩窄袖，尖帽嵌珠，举止轻浮，无复故家标格，为之怅惋。席散骡车竟去，乘洋车归。杰疟复作，为之不欢。此次无事入都，累知好开樽相待，心甚不安，加以杰病，尤无好怀，以去此为便。拟明日诣各处告辞，后日升车，忍至汉皋，可以小憩。

案:“姓名”，原作“姓命”，当为笔误，现改。

十月十七日

风霾略小，午晴。姚世兄润吾主政自沪来此，同寓来谈，欲邀饭，辞之。馈口蘑、天目笋、查糕、杭扇。雇车至各处辞行，并报瞿、曾步。县馆晤振玉、晓秋、莼丞、咏文。时振玉未早餐，见其蔬菜清洁，长班仿南烹为之，振玉留共饭，与晓秋同食，味甚鲜美。诣山阴侍郎宅告辞，晨睡未晤。黄侍御、陈大理皆他出，晓苍、炳青故衙门未下直，绍庵处鬯谈甚久，以留别四七律示维藩。渐之处谈晤，贻以竹匣、平术、诗卷。归途遇炳青，同至舍馆，吉来亦来，次如、绶瑜、系莼亦来送行。山阴侍郎遣人持名片，询上车钟点，准明日来送行，辞之。陈世兄壬林来候，湘乡陈子俊之子，由东洋考满，归试得举人，据询其父殁已十四年矣，住湘乡会馆，因余谢曾毓鹤步，知余住此，特来。吉来云东三省事甚急，政府一日连发五十余电，遍询各省督抚，可知其警矣。炳青谓应起岑云帅为直督，袁蔚廷为东督。吉来谓项城恐其倚俄、日为援，三省非复我有亦必至之事也。宗藩黩货，庸碌居朝，无论岑、袁，不乐为用，即用之，于袁亦失政体矣，何以为国？况穆宗妃要求尊号，据陵屋不归。隆裕颇用事，势将听政。两贝子及诸亲贵不知祸在眉睫，招权、纳贿、渔色、引用小人，无一毫恐惧戒警之心，外患纷来，内衅不已，祖宗艰难缔造之业，窃恐因此日削。杞忧宁有终极？杰儿服晓秋方，腹痛稍止，息气亦松动，惟祝不再作为幸。

案：陈大理，指陈完夫。

十月十八日

晴。五钟起，唤两僮治装。八钟至前门车栈，先是廙轩侍郎、次如侍御皆来送行，辞未面。至是润吾、渐之、怡生同送车次。九钟三刻展轮，汽筒呜呜，疾行如飞鸟，所占房容两人已逼仄，适有福建举人陈衍字菽伊者，亦来占座，略赵大令乐，现年五十四岁，生平以馆为业，居刘铭传幕府多年，后就张文襄馆，去岁经学部调充部员，与伯严同年，且交好，大率有文采者也。逼仄复逼仄，与来时舒蹙异矣。夜间杰疟复作，车上坐卧不安，吾不奈番菜，腹饥，不得已至大餐室一啖羶腥，华洋男女，喧杂无伦，皆饮酒食肉，谑浪笑傲。吾独占一席，与一胖少年对席坐，冷眼窥之，觉礼教扫地。车行颠簸，散席回舱，几次倾欹如小儿举步。陈部曹卧上层，余假寐下层，来时昏黑渡黄河，未见铁桥，此次月明如昼，坐以待之，二钟至河畔，则电灯绵亘如繁星，车过桥上稳如平地，黄流浅涸，淤沙坟起，约计二十分钟之久始过完，吾数息亦满二千。外人称河桥为地球第一巨工，可以想见其架造之不易矣。时月光惨淡，浑流弥弥，四无人声，心为警惧。当光绪九年赴河右时，道过兰州，始见黄河，时为两山束缚，不甚漫衍，浮舟作桥，车过其上，时左时右。此处流愈澜，桥愈稳，神禹所不及料也。西人办事，切实不能不服之。阅毕，和衣倚枕，睡两时之久复醒，启玻璃窗，天犹未明，坐以待旦。

十月十九日

平原广野。黎明已近开封，作《吊魏武七律》一首，云："席卷中原霸业开，八方风雨会铜台。功名已盖三分国，子弟争推八斗才。对酒当歌何慷慨，分香台履太悲哀。发丘种就望前业，遗恍洋河竟免灾。"凡吊古之作，须别出手眼，言人之所未言。此诗多人云亦云，不足存之集中。过驻马店，车忽停，有传为黔藩沈某有事欲停两钟，有云前头路坏须加整饬，未知孰是。华、洋人近百无言，余亦何得促之使行？只好听之。然吾自京城早起一饭后，仅夜来大餐一次，饥肠如雷，有卖馄饨者，为尽三盂。杰亦勉进一盂，然惫已甚矣。五钟抵汉口大智门车栈，转运局委员夏芝翁派徐司事率亲兵具舆来接，积劳之余，得此为幸。昏抵邱家当，运局芝公具晚餐，蔬盘白饭，杂以鱼肉，饱食慰饥。车上不但无饭，亦无茶，命僮洗涤茶具，如玉川之饮，至七盂而止。夜深人倦，解衣就寝已九钟。棫儿初九长沙发来之禀，家中人口均好，植疮口亦渐愈，又添受山塘湾袁姓田土一所，函内附有湘绮先生为吾寿序，推许虽不免阿好，然亦无逾量之词，文尾劝乞休稍逸，盖至言也。

十月廿日

晴。杰疟复作。调臣、梅根、孙雪堂，礼和行主德国人狄维来谈。礼和、梅根并邀饭。梅根廿一日，礼和廿二日，皆诺之。馈夏芝翁墨合、法夏、糖果；夏一哥墨合、查糕。延洪先生诊视杰疾，梅、调所荐也。

十月廿一日

晴。巳，至兵工厂报调臣步，病，未出。坐少舠至禹王宫码头，登岸访兰青，并谢洪君诊视杰病之劳。赴梅根宴席，他客未到，邀至书室，壁上所悬书画皆赝鼎，不知破几许金钱矣。居室宽大，陈列精丽，此等排场焉得不亏公款乎？吾为事惧，相与谈诗文，其家有字少莲者，赏吾所制联语，取纸亟录之。少焉矩林、兰青、芝麓诸君皆到，七钟始散。矩林，县人，由副榜至道员，曾充出洋使书记，喜言新学，为洊阳所疑，几中危祸。旋改武职，署寿州总兵。兹送家眷回湘，至此似闻江督张所不与，故萌退志。矩林云伯严闻吾将至南京，扫榻以待，惜儿病牵缀，未能赴。明年如健，仍当一游。

十月廿二日

晴。陶矩林来谈甚久。调臣、梅根先后至，据询后湖地皮作抵公款，决不落空，惟董家巷房屋必须与江汉关道力争，幸齐关道已迁提学使，又右相冰山已倒，不至仍用强权，已泐函邮致本局两提调，上详请其咨督部，盖督部杨与兰青同乡，可以达意。草家书，纳函内属递交棫儿。兰青来谈。礼和大班落斯克、副大班狄雅史、买办孙宗尧约观洗砂厂。厂在对江武胜门外，规模虽大,而整齐不及水口山,西法厂洗法与安源洗煤机无二,大班一一指点,并询好否,吾谬称之。厂外铅矿堆积甚多,皆水口山一处所运来。问铅矿百金送回德国炼厂,可出净铅多少?答云二十余斤,盖讆言也。松柏土炉百斤矿石,敲汰不能如是之净,百斤犹可得铅五六十斤,岂有洋炉反少之理?西人狡诈如此。察其隐情,该厂专恃水口一处之砂,少加提搦,便当停工。此次极意招呼,无非恐三万吨之合同满数,吾局靳而不与,凡此数十万金之码头、厂屋、机器,皆归无用。吾以至诚答之,谓如果不如廿九年以前之办法,一切至诚相与、利益均沾,吾矿续订并无不可,渠为首肯。近接天津东局来信,净白铅百斤价银三十两,而提调前次来信,只开价十二两,该局乃变计只认十一两五钱,是来信之人赚去十八两五钱矣。然不任其寖牟,彼将向其总办一语抹之,谓铅不合用,交易仍是不成,即以十一两五钱之价科。水口山炼炉炼出之铅,除去局用,仍与礼和交易不相上下,是土炉之胜于洋炉,售铅之优于卖矿,不待智者而后知。乃黄修原一流人于廿九年以前,必欲以七八两一吨低价售与礼和,失出利权以数百万计,言之愤叹。而天津东局者,亦任司事作弊,不出价以买本国水口山之铅,及至销路暗通,仍非任经手侵克过半不能成议。迎猫所以捕鼠,是天津东局之主办直尔不捕之猫耳,国家安得不日坏乎?礼和具小火轮过江,来去甚速,登岸邀至嘉宾式燕楼宴饮,旁舍歌伎讴唱,喧杂特甚。落斯克传语,此次专为吾设具,其国俾士麻克九十六岁始薨,在日白须红颊,与余相恍惚,指余将来亦当与之同其年寿云。回运局已八钟。杰疟今日未作,可以休矣。

案:“孙宗尧”,原误作“孙完尧”,现改。

十月廿三日

晨风,阴。吾七十初度,约束家人不准宣漏生平,颇恶闹生日。此次远游以避之，虽不免矫枉过正，然吾既如此，以后儿孙辈应当效此，以免烦劳亲友，亦古人身教之意也。调臣两次来谈。梅根为谢鼎铭索水口山样砂，比草信示植儿交梅带上。张凯陶来，系与欧阳伯元一路来，乘德源小轮至此，拟就其轮回湘，未知载客不多否。巳，至迎宾江馆报矩林步，则于夜间已动身回江宁。又至大智门报景维熊步。洪铁生来诊杰病，有起色，改立方守服。接樾十二日水口山所发信，植病虽渐痊，然亦仅能出中厅，扶杖行步，疮口犹未合，据医云疮在督脉上，危险已极，气血大虚，宜服茸。关茸好者须千金一架，次亦须七八百金，力实不及，然坐视其羸惫亦断不忍，当设法凑金购之。水口、龙王两山同事人员挈锦为余贺生，植、樾辞之不得。吾避之四千里外，诚不欲以此累同人，而卒不可得，其意可感，于心实不安。近世专讲应酬，施者受者无非以私相市，生平甚不然之。世界之所以日趋虚伪而一事无成，私害之也。幸闻除请湘绮撰序外，余无珍物，不过镫彩等类，受之犹不至十分伤廉，不然大违初意矣。夜为湖水缩退，大轮不能到长沙，甚费踌躇。

十月廿四日

阴、晴半。“慈航”官轮管带钱为送抚台姻眷到鄂，至运局领验单，正因僦船不就著亟，闻其至，喜甚。传钱至局，议以今夕即展轮比，命家僮检装，午挈杰乘轿至大码头，坐划上轮，芝麓叔侄及顾、钟两文案于兵工厂码头坐划来送。轮船泊南岸嘴，在晴川阁之下半里许，船小而房舍雅洁，意甚便之。芝麓等别去，即生火开头，波静如砥，驶行甚速，管带所雇庖人治食亦精，通夕未停轮，水火相搏，震荡聒耳，江天昏黑，虑万一失事，则不堪设想。一路望濒江市集灯火，约略辨为金口，廿一年春于此阻风两日。十钟就寝，杰儿疟疾未发，稍释惦怀。驻鄂湘矿转运局在汉口乾隆巷之前，地名邱家当，官矿总处历派驻此，专管过矿砂、洋行收价银汇湘。近年委绅不得其人，丧失矿利以数百万，现因协理傅绍岩挪动公款至九万两之多，除收现银二万余外，仅以后湖地皮八千方及董家巷房屋一所作抵，二者乃傅借来之物，地主尚欠关道银数万，关员亦将笼为己有，彼此相持未下，是否终归湘局，仍不敢必。傅之经营此差，由天水公之戚孟昭埙，傅与孟结契甚久，图以此振拔之，不谓败坏至此，私之不可有也如此。以一书寄陈吏部。以食品四种谢洪医铁生，以其治杰疾得效也。运局有犬，每见众人入席则蹲踞席下，人稍睨之则人立，以前足向人三揖。若以手引之，则效西人执手，投以肉骨则欢跃。会典下属，庭参长官三揖。犬之志在得肉，官之志在得财，所志虽殊，求则一也。一笑。

案："廿一年春"，原误作"廿年春"，现改。"近年委绅不得其人，丧失矿利以数百万"，指黄修原、邓述之低价抛砂事。

十月廿五日

阴。先太高祖子成府君冥诞。轮船夜未停泊，醒时已达茅埠，至螺山望王比部柏心故居。癸未八月，曾于此避风三日，忽忽廿六年矣。夜抵岳州，船舱雅饬，仅与杰儿居之，不似来时之拥挤。灯下删改近作。湖水涸退，夜不便行轮，遂舣城下，无砰訇之扰，得安寝。

十月廿六日

雨，北风。湖水落槽，望之不甚危险，至卅六湾已昏暮，遂停轮。

十月廿七日

雨，大北风。管驾钱并谓船吃水四尺五寸，由此上驶只四尺二寸，恐于乔口、沩口一带当换民船，已而北风沧浪，湘水跃起，竟得平抵省，群称运气使然。连日局蹐舟中，体为不舒，忽然近省，为之欣然。舟中口占一首，云："北风吹水立，寒日暗无光。漠漠风烟白，萧萧浦树黄。近乡心转急，卷席仆先忙。久役形神倦，今宵引梦长。"晚二钟泊驿步门外，遣家人至局速轿来。逾时至局，同事皆为问讯，欢然如久别重逢。院送公牍，三品阶已奉部文准行，治矿十四年，始得一换头衔，不似近来运动家之容易入手。正惟其难得，免于俗，不敢怨天尤人。

十月廿八日

侯乐山上院。湘绮邀赴善化相国宴席，晤藩司庄、督销刘、议长冯，善化出《纯庙添筹广寿图》，共恭赏。

十月廿九日

晨，霰雨交下，寒甚，拥炉。乐山来谈。晚邀育才、少牧、黼庭、子焘、梅偶饮于花韵午晴轩。接植信，病已好去十之八九。龙王山亦得大矿。

十月卅日

冻霁。晨起，改定挽张文襄联："权臣不可有，重臣不可无，公去谁来，四海苍生惜元老；成事关乎天，办事关乎量，业由心广，千秋青史著宏规。"已，至提学署投山阴侍郎信，未遇。报胡滋圃步。莘田处小坐。至藩署，庄公适出。臬署晤镜渔廉访，极称杰儿六法之佳。访邬筱亭。报盛直刺步。微雪，灯下草示植书。

十一月初一日

晨冷。衣狐裘至总公司晤少穆。过友善堂，适王先生家祭，礼文均准古式，间有奥者，须详询始能知。吾将都门诸作请其指定，亟赏颐和园作，谓在伊所作圆明园作之上，以吾此诗上侪元白，伊作不过劣愈梅村。《留别感事四首》在宋、明之间，然亦不可谓非合作云云。督销局访健之观察，座上悬有汤雨生都督书画长条，均清疏有致。归，改定《都门诸作》。子佩观察、洪铁夫、张福恒两爷来，皆不遇。夜，少穆来，将以明日回湘乡。

十一月初二日

午前晴，后阴。黼庭、子焘呈院设购锑公司条陈，嘉州属吾审定可否，权搁候细思。草示棫书。六女孙以今日出嫁，先订廿八，后改初二，天气较前期为佳。改定《都门杂咏》。夜间族祜初来谈，诺捐五云祠钱二百串，以冬至交半，余俟明年祠祭时全缴。湘绮、葵园先后来谈。葵园称吾都门诗甚佳，惟第三首颔联应用原作，不必以伤当事为嫌。购花镜甚净，可省目力。

十一月初三日

晴。遣人牵骡子送回家。示棫等一书。午候沈翼孙。报张福恒、洪铁夫步。赴湘绮翁宴席，示以律诗四首，后一首衰飒宜改，余皆善。同席为王莘田、谭组庵、梁和甫、冯星槎、杨皙子。湘省瓜分之谣，据星槎云由优级师范学堂而出，为人师范又系优级，犹无识至此，可见学堂之无进步矣。

案："翼孙"，为沈祖燕之字。冯星槎，即冯锡仁，字莘垞。

十一月初四日

微晴。草殿香、晓春、润农信，交请乡人持去。梅偶、晓沧、王起恺（以下文脱）。

十一月初五日

阴。田大令香浦来谈。谷琴自家来。申，邀黼庭、子焘、舒桥、翰仙、荷生、拱培、梅偶及堆栈委员严君饮于花韵午晴轩，报其送生日礼也。更初火光烛天，查系杨勇悫公家，本局故有水龙，亟发号，派定之人闻声坌集，授以龙上器物，火急赴之。吾登楼上瞭望，大致在清泰街一带，及救火人归，始知为杨家。自去年以来，城中无火警，至此始一见之。以白铅五百送湘绮先生。傅梅根交出铁路股票及董家巷房屋息折，交内外支。沈冀翁来谈。

十一月初六日

日霜、雨，旋见日，午后阴。报杨应圭、严建侯、杨谷琴、柳葆生步。拜首府汪、黄敬舆，知性田已回常德。应圭收藏极富，自云在扬州时，所收有汪镛红梅、汤贻汾墨梅、金冬心梅均极佳。汪镛画，其夫人题跋，字极秀整，板桥兰草画于轴之右角，即非真迹，亦自楚楚有致。惟米襄阳字屏八幅，纸既渍黑，字亦丑劣，为赝作无疑。凡此皆悬之客座，尚有山水两幅，甚可观。老眼生花，难于久视，遂未辨视。应圭为石泉尚书子，以淮阳权漕督，人颇朴愚，自云将字画及身出售，以免身后衰失，与惜抱翁同一达观，亦借以舒家计云。棫儿来信，六孙女适黎，其家待遇甚好。拟初八日来此换杰归。

十一月初七日

阴。巳，出城报梅偶、香浦步，兼访哲子、赞均。本处售去生锑二千石，得价一万六千八百两。梅黼臣来。谷琴来。未，访朱樾亭、梁和甫、余尧衢，均不遇。子亮来谈。草家书，交延龄持交懋、栋两儿。夜卧至五钟始醒，枕上改定《彰德怀古》一首："席卷中原霸业开，八方风雨会铜台。炎精已堕三分鼎，水镜曾知命世才。横槊诗成乌鹊远，分香人解穗帷哀。一般玉几弥留命，白帝遗音量较恢。"

十一月初八日

晴。夜月如昼。欧阳在勤之世兄叔衡自东洋游学归,贻《日本外史》一部、矿质画图一卷。据云日本风俗颓败,匪徒白日持刀肆劫,警察不能治,即叔衡亦三次被窃。通商之处虽街道宽广,然茅屋忝屋基置轮,可以推行。乡间则穷民尤多,屋尽翳茅。田中草深于稻,问何不去草使禾易长,则云无力雇人,获时并茅革割归,农业之荒至此。今中国人之就学其地者不过二千余人,视前数年几少十之八九。惮美与中联盟,美兵舰之至其境,则饬少艾八百兵沿途迎接,有侯爵女极美,出令与美之将军把盏握手、接吻以悦之。群女雏手执旗帜,日美并书,拟于勾践檇李败后,事吴男臣女妾苟相媚悦,其无耻至此。独遇吾中国人,则夸其取台湾、战旅顺之功,其诸大吏劾吏考语能謟能骄乎?不知中国人甘心则效其所为?十年前,如罗训循、梁辟园一辈人,称其道不拾遗,几如尧舜之世,何其不善觇国,致贻今日之悔乎?接重垞中翰吉林书,盛称吾《颐和园词》,与湘绮《圆明园词》并敌。其子葵心附书,亦书词皆美。族中有此子弟,为之喜慰。莘田、星槎、组庵、和甫招同湘绮翁于小瀛洲设席,为吾补祝生日,尽欢而归。咳疾时发,未敢尽醽。甘藩实君因事革职,以直臬何彦昇调补,移岳常澧道王乃征任直臬,乃征七月间两次相访,吾均不在省。此公工诗,有风节,惜未一见其人。首府汪太尊来。

十一月初九日

晴。臬使周公来谈。棫儿自家来。接植、樾禀,植病已好去九分,各处矿鑛皆有起色。与棫夜谈至三鼓。

十一月初十日

晴。应琨来谈。衡州道谭芝云观察回任,泊舟驿步门外,吾往候之，不遇。至总公司报族祜初步，据云黄诚斋以中丞开去其西路代理，疑劝业唐公及蒋少牧迎合中峰之意，诚斋联络冯给谏星槎及华昌公司，将与唐公为难。少牧已归，无可排释。巳，蓬公来信，亦以此见告公司，为抵制外人而设，今内讧如此，殆将解体，后此争讦不知何所底止。谷琴招棫、杰两儿饮于酒楼，逮暮始归。廉使周公以折扇索吾书、杰儿画，并以何诗荪观察山水屏四帧、纨扇一柄见示，屏无生气，殆为赝鼎。接植书，族子集卿殁于水口山工次。集卿无兄弟，妻早死，仅二女已适人，平日颇诚实无妄，闻之甚为惋惜。有人以甘尖大褂蓝红绸裹索售，如数与之，此种皮张九狐之蹄上胫毛，昔年周渭臣送吾马褂，不知其珍贵，常服之。在衡州时，乐山翁识其佳，谓长沙惟余太华有此。及来省城，一日在剧席与余介卿联坐，余果讶为难得之品，应值三百金。有杨绍曾者著一大褂云五百金，介卿谓不及吾衣。昨在莘田家，冯星槎大加赏异，论谓此时京城无从购取，凡甘尖有三种，云狐甘尖居三等，阿陶二等，元狐头等。狐历五百年称阿陶，千年乃兹。自东省老林渐开狐尖旧巢，多被弋获，论价岂止三百金，劝珍收，勿使枯燥。语云："三世仕宦才晓穿衣吃饭。"吾本耕夫，熨补是婆，岂知有此轻暖，以后当叠之巾箱，勿轻披曳。大褂原可不必制，为席上解貂，皆著甘尖，未能免俗，聊复购之，自知奢僭矣。咳极，服阿胶稍止。

十一月十一日

阴。李子振、曹子固来。乐山翁来谈。邀子健观察及湘绮、莘田、星槎、和甫、组庵、晳子饮于东轩。子健甚伉爽，且有学，湘绮称之。自溎阳去职，湘中派胡元倓(以下文脱)。

十一月十四日

(续)居净丽，器且精好。巳，葵园辞出。胡召垂髫女侑觞。

吾不告而归，灯下缮发寄京友书。杰儿将以明晨启程回家。

案：日期原缺，廖基杰由长沙返回衡田老屋是在十一月十五日，由“杰儿将以明晨启程回家”可知，此段内容应为十一月十四日所记。

十一月十五日

沈让溪、欧寿堂、赖子佩、陈策襄来，皆会。杰儿以黎明登途，拟一日至县。寿堂曾任西宁道，人甚古质，笃实人也。子佩为乌江船户不愿缴水警捐，委员将其拘禁，先是子佩托余代买仓谷，船户虑官留难，百招不至，及募数十船到步，因此小费竟与刑拘，吾致书子佩，请其饬放，至是来商办法，以谓谷固关重要，而水警察亦不可破坏。吾谓以水警索费属私，征仓谷备荒乃要政，两害相权宜取轻者，则船户之亟宜释放，以便运也决矣！不然，篙师裹足，虽有粟，何能上仓？并闻警察翁某纵丁索贿五元，尤不成事体，经吾开导始认开放，由巡警公认船费，以两全之。此公为巡警，蒙咨议员之谤，吾犹取其勤恳常右之，据此观之，可谓无才矣。夜奉院札，派充官矿总处总办，按月加薪水六十两，合前成二百两，无故加薪，义不当受，拟上禀辞之。发俞廙轩侍郎、王炳青京堂、黄寿苍郎中、黄渐之比部、刘绍庵员外、陈完夫拟丞、陶晓秋明府、黄次如侍御、胡谔臣中翰书。尚有周振玉观察、王寓生主政二书未缮发。

十一月十六日

晴，阴。报让溪步。让溪先由辰州教授调署祁阳，主白吉坳矿，未得效，捐升四川知县，历署要缺，近自巴县告养归。据云蜀帅虽搜括，然皆提官之中饱，尚未及民，所办工艺胜湘。座上有帽筒、花瓶皆浅蓝，明玻璃画，花卉净丽夺目。地方盐井大小不一，小者仅碗大，用铁杵下衔，及衔碎土石，下一铁筒，中贯一铁爪,能动,将土石抓出,用木两片,如其口之大小,下入口黏以油灰,以防外水溢入。事并不难,所难在听声之人云云。如何听法,言之未详。至欧寿堂、柳茂南寓,皆未晤。拟再赴营湘街访湘绮,适吉祥巷失慎,人拥挤,遂归。乐山适来,将院札示之,商略用奏办湖南官矿总处戳行州县,不列坐衔,昔年成果道以湘人主厘局,亦是如此。尤不以辞薪水为然,谓辞不必得,徒劳往复,所言亦近理。夜草示植、樾书。

案:“戳行州县”之“戳”,原作“截”,当为笔误,现改。

十一月十七日

午前现日,午后阴。提学吴子翁来,云元时漕船可达十刹海,海之右名积水(潭),大致西山、玉泉昔旺盛,今所谓海者,皆可通州,由禁城西以达潭海,理或可信。邬小翁来谈。香浦来送恒子拔萃程帖。

十一月十八日

阴,微雨。钜卿来饭。梅偶来谈。遣人持手版至院署挂号,禀知已接事。欧阳寿堂暨张世兄来,旋出报步,皆不晤。接家信,杰疟疾复作,受田事约期二十日。

十一月十九日

晨见日,午后阴,夜雨。水口山来电,起运白铅矿一万一千余石,湘水缩涸,洲渚毕出,只恐舟行不易。寿堂送来海味、糖果、名茶、金腿,送来之人云此公已回县,只好受之。至应琨处谈一时之久,应琨寓郭宅,花石园池为城中之冠。过衡清试,与喻生谦、谭生子荣谈,以左文襄《盾鼻余沈》、王壬父《湘军志》假之。喻生有为《湘军志》考异之意,志中于吾邑刘果敏、周渭臣叙事稍失其实。左文襄有《送果敏回宁乡序》,览之可证其误。改定挽张文襄联:“权臣不可有,重臣不可无,嵩构云颓,四海丞黎失依倚;办事资乎才,晓事资乎识,宏规具在,千秋惇史待评论。”

十一月廿日

雨,阴冷。遣人以诗片遍发城中绅宦。草寄水口山书。涂亹翁馈密饯、酥饼,书来道病已就痊,惟四肢无力。作书报之,劝其守班氏勿药之训。

十一月廿一日

晴,夜月如昼。筱廷来谈。接儿植书,知病已渐好,惟外感未尽除。为应书条。黄瑞鹏来。汹平江、新化两官矿信。

十一月廿二日

微雨。湘乡杨应奎请陪王莘田、曾霖生。是日为应奎与子完婚纳采之期,女家为左文襄之女孙,子翊之女。应奎以石泉宫保诗文相赠,又架上有袁爽秋诗一部,诗有深功,腹笥亦富,惟嫌少芬韵。此公以谏阻义和团为端邸所恶受祸,相传端邸昌言用邪教时,爽秋从旁鼻笑之,邸恨之,遂及于死。处危乱之朝,而显与乱人为敌,其忠可悯,其术亦疏矣。应琨信来,极许吾书法之好,亦可谓嗜痂矣。

十一月廿三日

雨。接家书。廿日吾乡下雪,此间未见白,相隔百里,不同如此。杰儿疟已断,田事亦妥,惟改屋尚需时日,地方盗风颇炽。喻故镇俊明家来六十余人,掠去银元、衣箱等物。湖北逃水荒者,亦络绎于途。四都道林一带,匪徒借口阻境,将采买填仓之谷抢去,可谓民穷思乱矣。比属高拱培走告,赖观察札县严办,非此不足止息。

十一月廿四日

阴,午见日,旋雨、雷电。报梁和甫、周兹萌步,不遇。乐山处小坐。厘局胡滋圃同入座,子焘招同黼廷、梅偶、严太爷建侯、舒翘、荷生、翰仙饮于寓宅,报贺生日也。

十一月廿五日

阴,略霁。遣人肩镜花并寿堂所贻食物归家。邬小汀和余《都门四首》,甚有意致,亲自送来。据云道光时塾师多劣,有某秀才授徒王姓家,王姓子弟固多才,一日授《礼记》"至寝苫枕",块板本将"苫"字讹作"苦"字。唐诗"羌笛何须怨杨柳",将"笛"字讹作"苗"字,某以讹传讹,不知校正,其徒知其误,粘一联于壁云:"戴记四十篇,并无寝苦;唐诗三百首,哪有羌苗。"某即日辞去。余十岁时,蒙师授太白《蜀道难》古风,将"又闻子规啼夜月,愁空山"十字不能句读,余为断句始定。又点《礼记》"四郊多垒,此卿大夫之辱也。地广大,荒而不治"作一句读。余为正之,师甚惭。科举用八股,几于世间少通人,此吾所亲见者。王生之事,殆不诬。策襄来信,极佩余诗,题七言长句二首,惟第一颔稍逊,余尚浑成。尧衢参议来,出中丞致组庵信,娓娓数百言言路事,不宜舍余而就黄,并电邮部,力言其得失。

十一月廿六日

阴,午晴,二更雨。至筱汀处问捐封事。据云由三品顶戴加四级请一品封,例银四千八百余两减成只合三百六十两,连本身得四轴,由赈捐局上兑。虽系虚荣,亦藉慰先人地下。拟筹款以了此事。至吉祥旅馆报策襄步,鬯论诗文,甚有意致,后来之秀也。以罘罳、西问、椟慧三家诗本,周司农《治河奏疏》贻之。报安大班、张司爷步。杨绍曾来,不遇。

十一月廿七日

阴。报沈大令士登步。至肇嘉坪杨绍曾宅，为湘绮做生日，应琨、仲子、璧园主席，吾与俟园、重伯、正扬、季子、绍曾、李馥先生、组庵、莘田、稚泉、佩初均入，分主客共三席。佩初召雏使八人奏使侑觞，有一小鬟年七岁，旗装，跨墨镜，唱京调甚佳。吾笑湘绮为马融。主讴一人，年亦止十七八，胎发未燥，为此无耻之事，览之可怜，无所谓乐也。重伯携有文正公手札石印共四十帙，作四函，逐日札记，到底不暇，可谓有恒矣。湘绮谓恭亲王当孝钦皇后时曾出军机，不数日复其位，其缘因恭王素为宣庙康妃所重，文宗亦妃所抚，犹慈母也。妃寝疾，文宗候之。妃已昏迷，宫监将启妃以帝至，文宗摇手止之，悄立榻旁，惧惊太妃也。已太妃醒，见一人立其旁，以为恭王也，曰："他脾气大，其应给汝之件，吾已付汝矣。"言毕，举目见是文宗，翻身向内，不数日遂卒。自是文宗疑恭王弥甚。又，恭王一日入内，旧例太监递茶，必经太后吩咐给六爷茶，然后另以茶进。王适渴，忘记为孝钦之茶，取以止渴，至吻边始仍送还，太后恶之。一日吩咐小安，宫中用度广，宜撙节。小安谓何者宜节，王仓卒无以应，遂指宫中所用磁器，月须千金，岂非应节者乎？安监遂以粗劣之磁供两宫用，孝钦问故，对以六爷不许用精者，孝钦大怒。有此两因，重以先皇所素不喜，乃贬之。

十一月廿八日

晴。接杰禀改屋事，已筑基址。双江口乱人掠谷事，朱县公已亲自履勘，吾先有致县公书，请其惩治。懋儿交差，送上朱公遣差来吾家通知，以事关省垣仓谷，事体重大也。唐公蓬洲来谈。已张提督植堂之世兄来候，夜作书示植儿，且送余所作之龚君传。

十一月廿九日

雨，夜雷电。晨至清香留贺湘绮翁生日。归经莘田处小坐。知徐世昌电速梁焕均，询问湘事之耗。收支奉提调命致本月中垣饬加薪水，吾以十五日接事返璧，复送来，谊难全收，收其半。欧生文卿自汉口归，萧然无以为归计，赠钱四千文，令棫报步。从莘田所携归金直牧《痰气集》，官书也，曰《破邪论》，言诛夷之误也，曰《潜庵文钞》《书牍》及序、跋也。此公由工部改外，与洹阳交夙，而终有隙，文有议沦，且少官气，官场之铮铮者，闻近来颇耽禅悦。直牧，秀水人，为桧门先生孙，向闻其名，未谋面。曹世兄子谷外丁司书送来其父讣音，制联挽之："先生魏武之子孙，文采风流，记昔年宦辙分驰，同领蓿盘滋味；令嗣方今所推重，才名奕舄，忽一旦蓼莪辍读，更谁木铎传宣。"枕上改定云："先生真魏武子孙，记曾苜蓿分尝，文采风流光岭峤；哲嗣是长沙领袖，方慢蓼莪辍读，麻衣血泪洒湘天。"挽岑中丞之兄："太守一门三督抚，有猷有为，看麟阁图形，两世勋名震华夏；独拥五花骢久在，难兄难弟，忽雁行折翼，八方风雨黯中州。"

腊月初一日

晨，雨冻。晨起致函邬筱亭幕府，托其向赈捐局代捐一品诰封，出手挥省平足纹三百六十四两八钱，月十六日期交局核收。午，筱亭亲送饬收来，由三品衔加四级从一品封，尚须四十两领轴。覃恩尚有一年，明春再托都门友人为之。由邮政驰书示基植兄弟。湘绮遣其第四世兄来谢寿。劝业道谭公托蒋哲生来，说欲余将局腾出作衙署，亦可谓异想天开，不知何所恃而为此言。此公以春间入都运动不遂，侨津门数月，近始回省求抚台活动，中峰遂将唐蓬洲与之对调，防其扰乱官矿也，亟委余充总办以塞之。然全省农工商矿，又债帅所能胜任？将来必将与外来痞徒朋结为奸,中峰不必因之受累。据吾揣之,必难两全,拭目俟之。

腊月初二日

雨寒。方伯、提学、廉访招陪湘绮翁于臬署之蕉石轩。曾俟园亦同在座。余与湘绮皆衣冠,惟俟园便服,衙门赴宴,不能因其有燕服字样而信之。戊戌之变,心庵方伯正在京,俟园亦供职秋曹。据方伯云:当袁世凯告变时,孝钦皇后尚在颐和园茶,文忠入告,孝钦不动声色,即刻回京。故事皇帝当出迎,此刻未及通知,已到宫始觉。皇帝入见太后,留之供饭。饭已,邀便览各处,至勤政殿,命坐檐廊下,时秋暑未退,就檐下乘凉,是日安排召日本伊藤博文询问变政各事,皆康、梁、谭嗣同所画策也。太后顾皇帝曰:“闻汝今日召伊藤,可出召见,吾坐此少息。”先是命伊藤独见,无须带领,皇帝知事机已露,近臣请示应否带见,皇帝摇手,照旧带领引见,寒喧数语即命退。皇上退朝,太后询问根由,具述系康梁之意,有杨深秀、杨锐、刘光第、谭嗣同之奏折。太后谓:“伊辈何以处置?汝对诸臣诺,每年以数万金充我之用。”太后叹曰:“无我,汝岂有能存之理?真傻孩子也。”即刻著缇骑拘诸逆臣。其臣杨锐、刘光第实受诬。王文勤入见太后,为之营救。(中有脱文。)夜接芝麓、调臣及礼和买办孙宗尧书,并由长沙交兑,又求买黑铅砂,每吨价银六十两,比瑞记三千吨多四两一吨,稍一认真,若作四千吨扣,溢出一万六千两,可不慎哉!从前黄修原、邓述之之罪,擢发难数矣。修原卖与该行,每吨有止十三两者,亦多不曾上四十两,借此自肥,卒至落空,何其贪而愚哉!

腊月初三日

雪,冷。登楼玩雪。杨应奎家陪媒,应奎出香涛相国诗草见示。时执柯之莘田、霖生两观察方随新人至左府，锦堂清寂，细读诗草，多佳作。已花轿入门，鼓乐喧闹，告庙礼毕，遍拜亲友，以左文襄女孙配杨尚书之孙，新妇身材稍短小，与新人为长，珠冠锦帔，华烛双辉，可谓极一时之盛。酒罢归，已八钟矣。

腊月初四日

晴。午刻上院，未见帖，请其幕府田大令到官厅一谈，旋至劝业道公馆、友善堂，皆不遇。至吉祥旅寓报梅勋彝孝廉步。勋彝自日本入武备学堂，归赏举人，回湘充常备新军管带，其尊人现在水口山办事，人甚谨厚，此子所以报也。群益书社送来石印墨刻二种，曾文正手书日记四函，去洋趺八元余。提调李黼廷送年糕、糖果、鱼皮、淮鸭，辞不获。另谋所以报之。辟园来，言其学费事，不遇而去。接栋儿书，杰儿疟疾复作，幸不如前之甚。东偏副房改造，已砌砖平楼，天气不打阻，望前可以覆瓦。族祜初来谈。

腊月初五日

霜晴。接植儿水口山信。来砂船计白铅矿一万一千零石。黼廷、子焘、荷生、拱培、舒桥、柳茂南送行，中丞得入署谈矿事，意主大办水口山、黄金洞。莘田、恒子来，皆未晤。写寄调臣、菊樽及示基植诸信。莘田信来，言大脚岭事难于作答，属翰仙转告子焘，以实告之。夜看家僮检装，居此六年，每岁暮归家，抢攘不已，独此次颇萧瑟，宁有他变耶?

腊月初六日

阴，晚北风，冷雪。卯初起，与儿棫共饭。黎明起程，湘水涸缩，一苇径渡，谢家巷尖，油草铺宿。补作《谢泽生中翰馈丹砂》："朱颜合借朱砂驻，我友辰阳远见将。服饵拟师勾漏令，刀圭早受越人方。峒丁篝火雕镌苦，寄钻丹经配合良。上寿百年如可到，不关家有井泉香。”（此诗应移于上数日）改定《发靖港望长沙》：“飒飒北风立，寒日淡无光。漠漠风烟白，萧萧浦树黄。江昏余雪炼，轮急愈雷琅。久役形神苦，今霄始气扬。”改定《次韵湘绮先生送樱桃》：“筠篮初启一诗先，失喜赪珠带叶圆。晚笋充厨名并重，御园枝亚手谁搴。退朝恩足沾门下，拜赐勋还应策编。珍重故人投赠雅，玉盘和露荐雕筵。”店家炽炭，杀鸡煨酒，下榻于历年住宿之室。每年到此甚早，枯坐无憀，独此次尚适。烧烛阅袁昶《安般簃诗》，工夫甚深，意亦雅洁。本志以安贫退休为念，因忠殒命于奸凶之手，亦命之不幸耳。当廿七年，余与县人唐毂延于此分手，毂延就馆余学廨，荐之温处道童公处，三年归家病没。家食未康，其穷可念。口占七律一首：“逆旅分携事已陈，九年芳榭欲凝尘。漫云石上三生果，谁是金刚不坏身。文字嗜痂劳手藜，命宫磨碣属何因。荒园老屋余杉竹，振触前尘一怆神。”

案：“谢家巷尖”前原有一“谢”字，“应策编”前原有一“简”字，均当为衍字，现删。

腊月初七日

霁，风亦息。未刻抵家，瑜、璇两女，孙男女及子妇辈欢迎于庭，幼稚迎前，为之一慰。新修房舍，假箭楼下栖止，灯前夜话，得团圆之适，惟受田揭债颇重，差可虑耳。

腊月初八日

阴。局丁及轿夫均遣回局。草谕棫儿书。改屋工程已得一半，望后当可以覆瓦。罗、宋、黎三姻家均补送生辰礼，璧之。惟寿女孙馈大鱼一尾，重十斤，烹食鲜美绝伦。懋妇蒸藤蹄，亦肥甘满口。昔有鱼芹而美者，欲献之君，吾几欲如野人之献芹矣。

回忆在京时,店食无一可口者,视此不啻天渊之别也。夜传泥木匠,示以工作之法。

腊月初九日

微雨,冻霏。晨起刲豕,荐毛血家龛前。蒸肉极香甜,加饭一匙。遣人接寅孙妇回门,并请亲家护送。命僮将厅舍打扫,略悬灯彩,昏时接植、樾两儿水口山来信,极言银场贺生日之热闹,所贻屏帐诸物已由磺船送省局。植背疮已合口,外感亦因应酬得汗遂若失。

腊月初十日

晨,雨雪旋霁。冢孙妇王回门,姻家渭臣护送至,邀莼垞作陪。

腊月十一日

晴,夜月如昼。樾儿随渭臣至墓屋山,相荣禄公及太夫人葬地。如在堂小坐。午宴于东轩。

腊月十二日

晨起,雪深数寸,旋霁。晨后王亲家去,莼垞亦归。水口亲兵押来寿礼,一抬两挑。植信称山内治酒,款待颇周到,人皆满意。

腊月十三日

微见日。先考讳日,见背四十年矣,临终时情状历历在目。午供饭。棫儿自省归,接重伯及喻生谦、陈知县俊信。夜,草示植、樾书。

腊月十四日

晴。已刻阅《曾文正日记》，连日劳扰，稍一涉猎，便昏昏欲卧，耽藤椅小憩，以定神思，是日竟两卷。梅婿及其兄殿香馈礼，殿香紫色花衣一袭，太矜重，璧之。梅甥送沈道宽字条一首、碎磁香炉一个，受之。梅外孙出嗣其世父者来。夜月如昼。

腊月十五日

晴。亡室张夫人七十冥诞，设供于庭，胡卣笙兄之幼孙瑞芝来。玠嵚、锡林两侄来，写路捐与以万钱。镫下录笔记二页。刲豕重二百斤。

腊月十六日

晨霜，晴。晓起行园，棫儿、乐孙从，园中红梅、腊梅盛开。午刻，静庵、谷琴、巡孙来，夜谈甚快。

腊月十七日

晴。为三代祖考、妣及室人改题，曾祖、祖、考皆赠荣禄大夫，妣皆夫人，亡室亦赠夫人，合享于庭堂。崇睦祠下子孙到者十余人。

腊月十八日

阴，夜微雨，温。梅外孙阿宝、凤女孙晨后归。众客尽去。接子焘信，及孙雪堂、孟调臣诸信。子焘示以黼廷已挂牌署平江。复焘、黼各一椷。草水口山家书。

腊月十九日

阴霏，大北风。瑜女携其幼子归去。樾儿亦同往清理县城各店往来账目。夜阅昔年笔记,悄焉伤怀。阅《曾文正日记》,任两江总督时,贼势浩大,防不胜防,每日必围棋数局,虽算太傅有此高致,究不免因此废事。文正居京师时,亦甚厌之,尝设誓不再近楸,旋誓旋犯,老年恋之弥甚,虽抢攘之余,时借此自遣,终为盛德之累。吾一生于博弈皆厌之,故尤以为不然。十钟入房,心有所感,掩涕不禁。祖免侄基定病殒,命棫临之。

腊月廿日

晴,夜见星。督工匠治房舍。宰驴熬胶。省局人来,持龚作畴及基植信,又刘世兄彝孙致杰一椷。阅《曾文正日记》竟一卷。中庭安放红梅两大盆、腊梅两大盆,时有幽香扑鼻。钞笔记一则。《文正日记》:国恤,二十七日剃发,又祭其封翁光禄公,用三跪九叩首,皆于典礼不协,不知别有取义否?阅《通鉴》,宋徽宗一朝事实,与现行新法略同,如设书画、算学,括天下财以供侈用,设党禁,以排斥君子,立隆祐及神宗妃,群小盈朝,旋相排笮是也。

腊月廿一日

晨霜,晴旋晦。懋儿自县回,云四都抢谷案由都总王石峰、一萧姓粮户酿成,经杨姓讦发,比将萧收押示警。梅外孙焯宪都学毕业,经县官朱面试,题《汉文帝唐太宗宋仁宗合论》,入场固未怀挟片纸只字,约一时许脱稿,朱县尹极赏其文,拟置第一,嗣以都学童子压卷,恐县学增惭,改第二。旋询其所自出,知为吾外孙,执手赞叹不已。是日,阅《曾文正日记》克复金陵一卷。

腊月廿二日

阴,微霁。龙温冲宋戚遣人馈岁。朱县宰专差送信,言四都抢谷米事,并称梅外孙年稚学优。作书报之,稍嫌辞费。新修房室将近落成。再,从侄女适成、适王者,各携子女来,并馈鸡、豚,其嫂刘氏同来,设席款之。刘氏回去,两侄女留宿。适成侄女,内人在日遇之厚,哭泣甚哀,旋与妹至墓上泣拜。昏时县公又遣差来,为火煽痞徒阻谷事,由经手采谷之萼楼呈报,余不乐与闻,听其自行。老佣王吉顺年七十五,乘轿来视余,见之,留宿。龙钟已甚,殆难再来,给钱六百文。至夏、罗两戚家送年节人归,两家均平安。栋妇母女亦无恙。

腊月廿三日

晴。县官又有信,及棫儿言调查事。罗家及族萼楼均遣人馈岁。课人移西园佛桑花植下手园墙下,坐花下良久,阅《曾文正日记》竟四卷。入夜昏昏欲睡。派六孙妇祀灶,是日上午,送曾祖考、妣归如在堂,其附祀崇睦堂亦亲送奉安,以迎归本宅改题,仍送还祠也。

案:日期原作"腊月廿二日",当为笔误,应作"腊月廿三日",现改。

腊月廿四日

阴。刲豕重二百廿斤。檀木桥黎亲家遣人馈岁。大湖张戚家补送余七十寿礼,璧还。族侄艺珍送花,植之西园。侄女适成、适王同辞去。是日阅《曾文正日记》四卷、秦文恭《五礼通考》二卷,通考太繁重,涉猎而已。漱渐止息,十钟睡,尚能成寐。

腊月廿五日

阴,夜繁星满天。阅《曾文正日记》。夜煮萝卜一大锅,率儿子及两孙以酒宴之,极有风味,拟较献芹之入告我后也。二更燃巨烛祀神,谓之还诸天愿,内人在日即如此,今没已三年,命懋妇代行之。

腊月廿六日

晨晴,下午阴。督工匠甃地甓。是日阅《曾文正日记》三卷。写信交单丁,由邮政寄水口山示植。夜间,家人卧病,子孙散去,孤坐斗室,顾影寂寥,呼茶不应,至于发怒不能,以少涵养自咎。

案:日期原作“腊月十六日”,当为笔误,应作“腊月廿六日”,现改。

腊月廿七日

微晴。泥水匠治屋告竣,命奴子移梅花两盆列新房墀下。阅《曾文正日记》。书春联二首,贴东西耳门。近邻有为卖田参商者,至将树木伐去,二比均无赖,亦乡俗之薄也。

腊月廿八日

微雨。邀石顽、莼垞赞礼,奠土神及灶神。看木匠钉书房窗格。移火盆房内。次女率诸幼稚来久座。阅《曾文正日记》,有李姓把总诣公,白事用移文,公作十七字诗讥之,以其不足责也。光绪廿年,江建霞督湘学,东安令有文书到学院,误提学姓作“姜”。建霞作七律一首讥之,云:“东海兰陵世胄高,水工美女各分曹。欲邻曾共童颜郭,贵县何分金魏陶。好向汉皋寻伴侣,休从渭水访耆髦。钓杆不比生花笔,寄语东安令记牢。”亦可谓善戏谑矣。十钟睡。

腊月廿九日

命家僮将书橱移入新饬房。墀中移万年青两盆,与红梅相间,愈增其艳。檐柱水阁楹联悬之,联为何贞老所书“水满乳凫翻藕叶,风疏飞□拂桐花”十四字。吾全有此宅近廿年,庋置书宅三所,非写远,即逼仄。此室与黎家坡官矿总处大略相似,区隔内外，寝馈适宜，几净窗明，清幽爽垲，不必改向他室矣。今岁连修饬此舍，并上下副房，土木之工，并木料砖瓦之费近三百串，可谓侈矣。

案："水满乳凫翻藕叶，风疏飞□拂桐花"联中，"□"当为"燕"字，出自明代高启《初夏江村》一诗。

除　日

微雨。房壁泥底未干，艺火灼之。晨起团年，祀中霤及祖先，国制常服挂珠。大花厅两席，璇女母子三人，七、十、十五、十六四女孙与吾共一席，基棫、基懋、基杰、基栋、寅、竹六人共一席。计自昨日至今夕粜米近廿石，每升市价减七八，又惟愿价值不再翔贵。新年天气放晴，贫民尚易求食，盐斤至百三十文，其余百货皆贵，惟愿监国察识下情，饬部臣少轻微索，斯普天之幸矣。夜饮酒。登藤花栗叶楼，持火往来者仅五六处，即此可观世变。而井里萧条，可为至虑。阅班孟坚《西都赋》一首。

廖氏五云庐志续编

卷上　祠志

例　言

一、是编沿道光丁未志而作，大式略同，惟仕宦、艺文前志所无，今与旧所列世系、齐派、里居、计程、田墓五门横列作表，以便寻览。计程一类即附入里居，不另提。末附杂著，不拘例，不分类。

一、旧志原列三图，一《本山真形图》，一《山水全图》，一《宁乡疆域图》。图及全县，何也？衡旧作横田当宁乡西南鄙，熙四房世居之，为元时初来所卜地，不特四世祖妣伍、姜、曾、孙神山墓地所在，即凝公妣、文重房添庆配王，葬地皆在衡田境内。乌牛山祠墓居乌江、沩水之间，更不待言矣。人情恋故，明以来户、重、仪、凝四房子孙，由别县还居沩上者，不仅一支，合而图之，著其所居之里，首丘之义然也。祠堂建于同治年，距墓甚迩。其时仪三房曰承治者，工六法，祠成之后，将祠墓合写一图，亲书图说，今仍之。

一、官仕一门，从宗谱及方志录出，起明洪武，讫清宣统。宣统以后国制未定，即各处家牒邑乘多未议修，无从采辑，留作后图可也。

一、艺文不录生存，定例也。宗人以诗鸣者尚不乏人，至工骈、散文者不恒见。所录之文多他人题赠之作，仍须别裁正伪，不敢摭拾繁芜。

一、祠志与族谱不同，谱于齿录外，兼载族人志、铭、传、赞、寿序，不胜其烦，识者病焉。志体简严，谊不收录。

约书第一

廖树蘅

廖氏四世祖庆云府君，讳城景，原籍江西泰和县。南宋端平时，有曰淇惠者，以勋爵世袭潭州卫指挥，君其曾孙也。元延祐初由长沙来宁乡，衡田神山家焉，没葬县西南乡乌牛山。厥配伍、姜、曾、孙四氏，葬神山。子五人，曰户、重、仪、熙、凝，旧记府君丰于财，殖地跨连乡县，于是户徙湘乡潭溪，重湘乡平溪，仪安化玉鱼溪，凝益阳古塘基，熙守宁乡。旧巘户、重、仪皆有塑象祠于所徙之乡，作武人装。《元史》自天历以降，湖外患寇郡县，设千百户治乡兵自卫，略如近世团伍。先世起右职，宜膺此选。凝以诸生入道，象在益治家庙，元世重道习者无分官士，与晋王右军奉五斗米教同。五房惟熙无象，或曰今衡田神山庙社神擐甲执兵、里人拟为关侯者，即熙也。尸礼废，象设兴，虽以明永陵议礼精严，难尽革，以为于此犹得其仿佛焉。吾宗明以前无谱，有之自天顺四年熙四房曰连松者始，清康熙五十四年，连松从孙仁臣复合修之，以后归各房自行剞缉，顾于乌山遗阡旷未修复。清兴，族人朋试鄂闱，咸引此为疚恨。时户一房有居安化车田曰时乘者，曾五次登山展墓，议加封树。嘉庆年有事于山，宗人毕集，拟于墓旁置守户，两次均以地不加辟，不果。期会未至，吁其艰哉！久之，山邻杨姓举田山出售，山高约二里，围倍之，中颓四高，林树蔚映如圜，有田有泉有庐。问值银以两计不及千，咨于介众，刻期受成，道光庚子九月十五日也。墓右故有购自杨氏之庐，榜其楣曰“五云”。取供守冢人与子孙谒墓。五云者，山椒五巨石错列如牛，上名“滴水崖”，澌为晶帘，尝有云气涵之，故云。越八年，丁未，宗人会纂《五云庐志》记其事，词约义广，览者了然，今又七十二年矣。中间如同治庚午，易庐为祠，宣统时添置土墙田产，佥谓宜赓前志，俾勿谖爰。取丁未志不可易者仍之，略者增之，事加于前篇，第仍只两卷，署检曰《五云庐志续篇》。祠矣仍曰庐，从朔也。夫祖宗之世永矣，数百年未竟之事，落成于八十年中，非逾也，时也。时不能有室而无亨，抑不能有成而勿毁，今幸有基可凭，诚得来者勿懈益虔，相引于无尽。则夫昌黎所谓“饬稚昧为长久”，其庶矣乎！己未伏日暑中。

图志第二

廖树蘅

图学近推胡氏渭、顾氏祖禹、顾氏栋高，然专门名家之业一时不能尽晓，而单椒小阜分率准望亦无所施，故向来墓图多用堪舆家法，专详龙穴、砂水，甚至叩虚侔揣，侈其壤地之吉，失真意矣。前志绘三图，一《本山真形图》，一《本山山水全图》，一《宁乡疆域图》。虽绘法稍戾于古，然当日主绘者茧足岩峦，于形势无少差忒，今于本山真形、本山山水两图仍旧，惟疆域原作方形昧牙错之法，另绘之再用六法，将祠墓合为一图，浑写大意，盖祠建于同治时，添此一图，益明备矣。作图志。

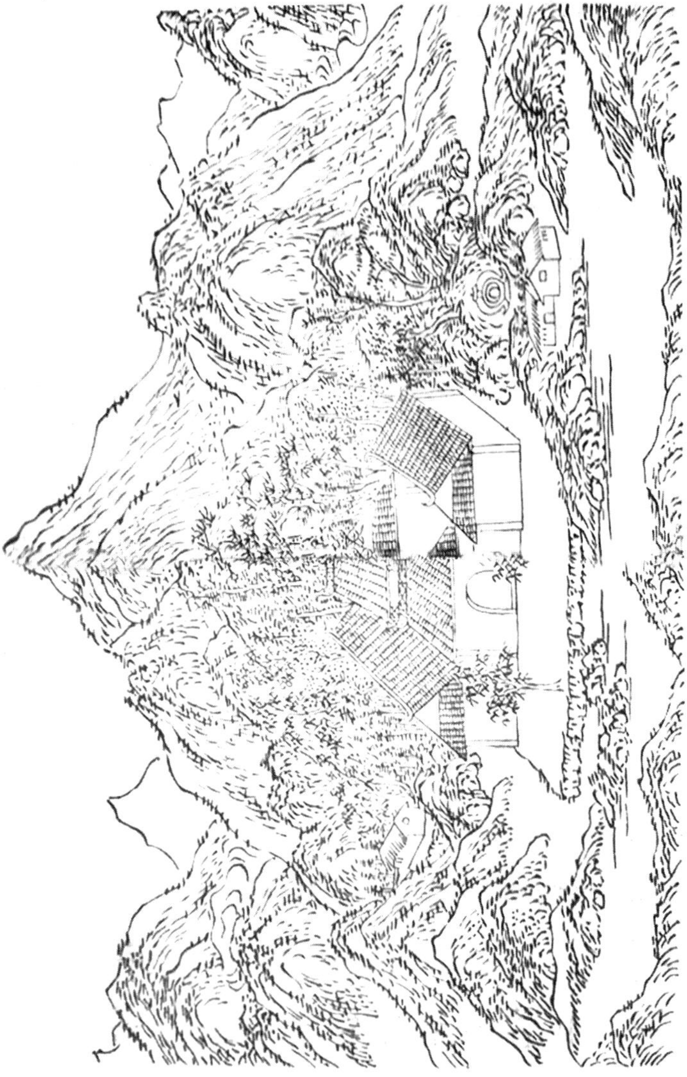

祠墓图

廖承治跋

乌牛山峻六七里,循山顶而下约二里许,我庆云祖墓在焉。道光庚子,熙公房景福、芬田诸公,倡族捐置墓田。越同治己巳,合族修建祠宇,众山罗列,诸水回环,雅擅吾宁山川之胜。祠成,嘱治绘图。治暮年衰病,笔墨久荒,濡管涂成,勉应族命。同治十年,承治谨识。

山水全图

廖新竩跋

周礼设墓大夫,掌凡邦墓之地域,而为之图,令国民族葬。然则墓之有图也由来久矣。乌牛山祖茔历无图,道光丁亥《五云庐志》成,谨将山水全形绘图,并志其崖略于左,山从麒麟山绵亘十余里至芙蓉山,自西南而东北者又十余里,左为望北峰,右为东鹭山,旁夹两水,左沩水,右汤泉。至香积庵,有天末山突起,秀插云表,即为祖墓朝峰,形家以为回龙显祖者是也。由天末山东南行起,仙女山至老鹳塘,过脉结小阜,迤逦高层,山势屼嵂,经急水岩、麂子洞东北行,如锦屏,周环者八九节,至分水坳,层峦叠起,是为乌牛山。少祖中抽。西北行结小蕊六七,又一尖峰曰斗笠仑,从右下脉东北行一二节转西北,自此落平。走正北经三眼塘、老屋冲、茶子山、石子托、枥山坡、杏树冲、烟竹塘,蜿蜒如游龙者十余节,小折向西北,又小折转北东,直上李家台、礼排仑,右夹老南冲,左夹白茅冲,三台鼎峙,屏嶂森列,形势至此最为尊严。脉从礼排仑西行,左右环卫,叠嶂巉岩;西北至石牛仑,有圆头如覆釜,下小脉西行数武,又南行至墓所,曲折如串珠,左右各起小阜者二,为到头环卫,下散大坪,中起小突,祖墓厝焉。子午首址本山,自石牛仑起,右分北行,转南抵石龙关,为祖茔右卫。自石牛仑左下转西,抵石龙关为左卫,两山分踞如捍门者,头顶兜鍪,然堂中广袤约三里,其小水皆汇于千佛桥,绕回龙山右,出峡口入粟溪,大河至乌江口与灰汤河合,经县城出沩口,亦名靖港,形家以为水绕玄武云。道光丁未新竩谨识。

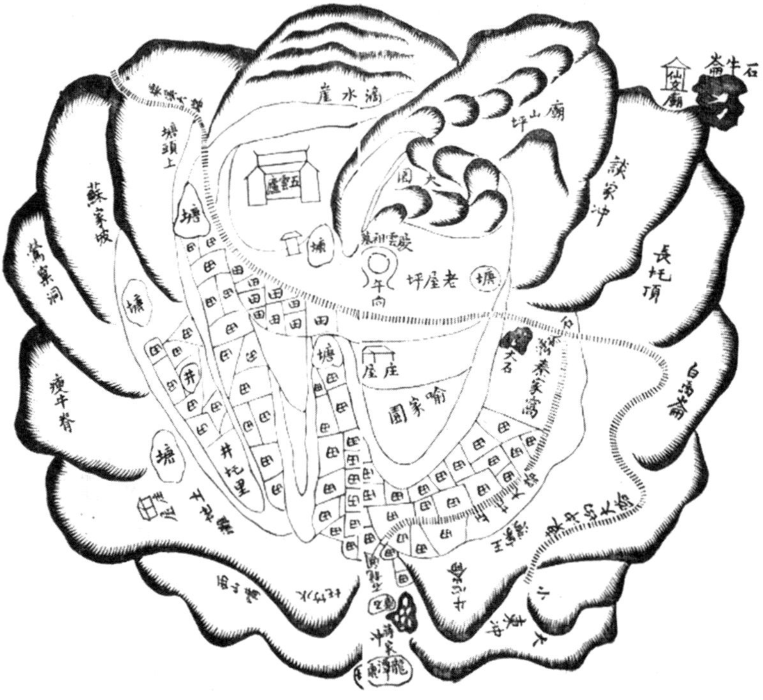

本山真形图

廖新谊图记

右图专绘本山自石龙关进口，左右山如劈笺，其山之名又似有天然配合者，如白马仑、瘦牛脊之类十数处，若对队然。八面环绕，纬结钩连，合成大局，其最高处有五石，高可丈余，形如牛眠，山因是受名。稍下有凹处，广袤二丈许，土人立仙女庙，有流泉自石罅喷出，轰雷溅雪，或潜流涧底，或倒悬石岩，屈曲盘旋，皆会于石关而出。中有石潭，窈然深黝，虽大旱不竭。当夏秋雨霁，常有虹出其中；又有巨石无数，作狰狞状，捍塞关口，望之竦然，洵奇观也。丁未旧记，新谊。

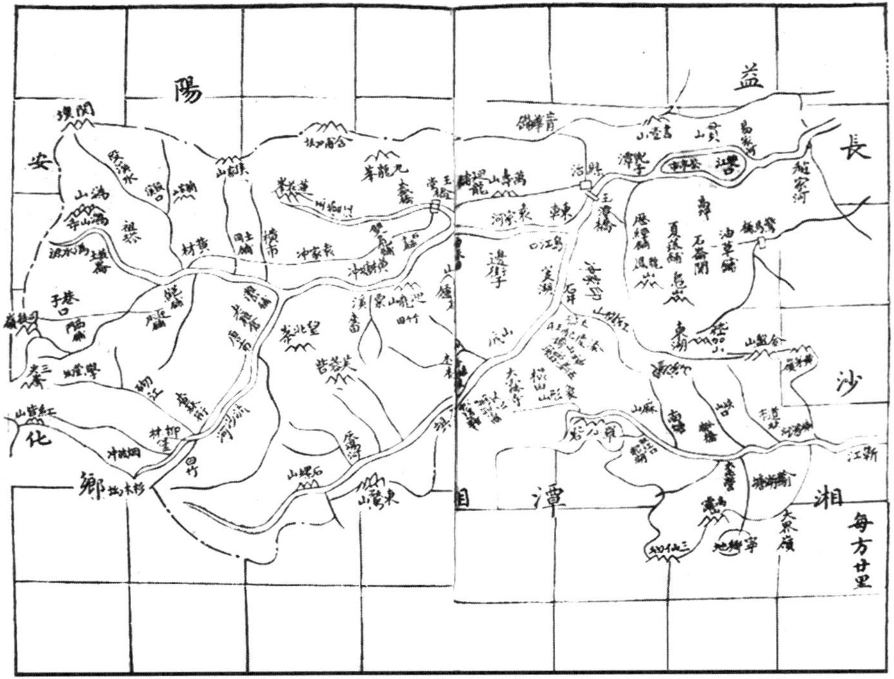

宁乡总图

廖含章跋

庆云祖祠墓已各绘一图,将其中一丘一壑之地名详晰具载,以便未登山者一览了然。兹以公配伍、姜、曾、孙四太君葬地,去乌牛山甚远,势不能附于图内。衡田为公始迁之地,当日公所亲建之神山庙故址,至今尚存。又如二都之袁家河,三都之东车、万寿山,六都之横塘冲,九都之排门、香山冲,十都之祖塔、袁家冲等处,多由各县转徙而来者,亦应连类,以及用是合一县全局绘《宁乡总图》,即以志我祖旧迹所在,按地以索,历历可指,当不至荒渺难稽也。丁未旧记,含章。

总分系表第三

眉山苏氏族谱,始于唐神龙初,长史味道刺眉州,而谱不及焉者,亲尽也。吾宗奉南宋潭州卫指挥淇惠公为一世祖,二世曰林龙,三世曰然点,均以荫官潭,卒葬无可考。四世庆云府君迁宁乡,是为廖氏始迁祖。今自四世等而上之,至一世列为总系,举其纲也。自四世推而下之,至七世为分系,张其目也。七世以下,族冗归各房自谱。苏氏所谓亲尽不及谱也,作总分系表。

第一世	淇惠	先世有曰理安者,由顺昌出守吉州,子孙遂家泰和。府君以南宋端平二年,随孟珙破金叙勋,世官指挥,镇潭州。子二:林龙、林凤。
第二世	林龙	袭指挥。子一:然点。
第三世	然点	袭指挥。子二:城景、城象。
第四世	城景	字庆云,由长沙迁宁乡衡田,配伍氏,继姜氏、曾氏、孙氏。子五:万户、万重、万仪、万熙、万凝。
第五世	万户	姜氏出,配卜氏。子二:添方、添寿。
	万重	曾氏出,配何氏。子二:添庆、添枢。
	万仪	曾氏出,配王氏。子一:添福。
	万熙	孙氏出,配王氏。子二:宗盛、宗德。
	万凝	孙氏出,配文氏。子二:宗贤、宗质。
第六世	添方	配萧氏。子一:元臣。
	添寿	配段氏。子二:元振、元贞。
	添庆	配王氏,继萧氏。子二:梦周、梦颜。
	添枢	配陈氏。子一:梦瑀。
	添福	配曹氏。子一:梦文。
	宗盛	配卜氏。子三:汉清、汉澄、汉洧。

续表

第六世	宗德	配毛氏。子一:福华。
	宗贤	配朱氏。子二:德贵、德永。
	宗质	配范氏。子一:德兴。
第七世	元臣	配傅氏。子一:文炳。
	元振	配李氏,继王氏。子一:文显,王氏出。
	元贞	配周氏。子二:文申、文智。
	梦周	配王氏。子一:文春。
	梦颜	配王氏,继萧氏。子三:文斌、文仁、文义,萧氏出。
	梦瑀	配陈氏。子一:文泰。
	梦文	配汤氏。子六:仁孙、铭孙、忠孙、惠孙、璋孙、常孙。
	汉清	配王氏,继李氏。子三:梦仪、添麒、添麟。
	汉澄	配戚氏。子一:辞尊。
	汉洧	配刘氏。子四:思德、思敬、思恭、思泰。
	福华	配毛氏。子一:振海。
	德贵	配文氏。子二:应通、应先。
	德永	配符氏。子一:应酉。
	德兴	配何氏。子二:应彰、应彩。

里居计程表第四

三代田以井授,人安其居,少越国鄙远之事。魏晋重世族、崇郡望,犹然聚国族于斯,陵夷至五季,难尽稽矣。湘中旧姓,多来自江右,年代在晚唐、北宋间,吾宗籍吉州泰和,南渡后建旌湘上,元代赏延既替,子孙分徙湘西各属,年贯与诸旧姓不甚悬远,绵历岁年,无恒安处,旧志虑其散无友纪也。详著百年以来,所居州壤闾里与距乌牛山祠墓道里之近远,俾萼跗相连,如众山之仰冈底斯，百川之会天池，虽百世不眩也。作里居计程表。

第一房	第二房	第三房	第四房	第五房
万户：徙居湘乡壶天十八都潭溪。其长子**添芳**，嗣业潭溪，今称湘乡潭溪支，后分居水口，距墓一百一十里，今称湘乡水口支。后又有分居南麓坪及南冲者，距墓一百三十里，称湘乡南麓坪支、南冲支。其有迁四川、衡山者，俟考。次子**添寿**，迁安化丰乐乡车田，今称安化车田支。后有分居钟家山者，今称安化	**万重**：迁湘乡三十七都平溪。子：**添庆、添枢**。添庆嗣业平溪，距墓一百五十里，称湘乡平溪支。添庆子二：**孟周、孟颜**。嗣业平溪。孟周子**文春**：由平溪迁本县十一都青陂廖家塅，距墓一百二十里，今称青陂支。孟颜长子：**文斌**。文斌子**思荣、思临**。**思荣**由平溪迁安化茹草、栗山冲，距墓一百六十里，今称茹草支。**思临**由平溪迁安化江家冲、水桐坪、甘家坳、贺家托、萧家冲、彭家屋场、吴家屋场，今称江家冲支。距	**万仪**：迁安化玉鱼溪。子一：**添福**。添福子**梦文**，嗣业玉鱼溪，距墓一百六十里，今称安化玉鱼溪支。梦文子六：**仁孙、铭孙、忠孙、惠孙、璋孙、常孙**。仁孙派下居铁炉冲，今称铁炉冲支。后有**世清、世爵**之裔，迁安化罗溪，距墓二百里。**世贵**之裔，迁宁乡东车红桃山、横塘冲、许家湾，距墓五十里。**世成**裔分徙宁乡烟包冲，距墓一百里，又徙湘乡三十六都秦家冲。**世中**裔徙茶溪，距墓二百里。**世和**裔居归化山口栟塘冲，距墓二百里，称铁炉冲支。**铭孙**派下分徙双陂，今称双陂支。后有**通明**：裔孙分徙石磴铺，距墓二百里。**达照**：裔孙分徙宁乡八都桃子冲，距墓一百里。	**万熙**：嗣业衡田。长子**宗盛**：居衡田，距墓三十里，称宁乡衡田支。次子**宗德**：徙四都输湖塘廖家湾，距墓一百里，称输湖塘廖家湾支。宗盛子三：**汉清、汉澄、汉洧**。**汉清**由衡田迁土墙，距墓三十里。长子**梦仪**居土墙。次子**添麒**：分居山底，距墓三十五里。子五：**孟青、孟良、孟贤、孟昌、孟湖**。今称山底支。梦仪长子**仲贤**：居土墙。次子**仲瑗**：分居山水冲，距墓四十里，今称山水冲支。孟贤子**志洪**：迁善化六都廖家冲，距墓一百四十里，今	**万凝**：迁益阳十三里古塘基。子**宗贤**嗣业古塘基，距墓八十里，今称益阳支。后六世孙**忠孝**分居廖家湾黄田村，今称益阳古塘基支。**忠禄**居廖家坪月塘、陈家洲等处，称廖家坪支。**忠福**居月塘村南冲等处，今称益阳月塘村支。后有**显滔、显昔、显棠**，均由十三里徙居县西南六十里，地名八里、桃花江、古杉等处，距墓一百六十里，称益阳古杉支。**显昔**房下一支迁益阳县西南九里罗带河，距墓一百五十里。**显棠**房下一

续表

第一房	第二房	第三房	第四房	第五房
钟家山支，距墓一百八十里。后又有名**富**者，由安化转徙宁乡二都袁家河，今称宁乡袁家河支，距墓四十里。后有名**昂**者，其裔孙分徙衡山、宝庆，四川、广西、陕西等处，俟考。	墓一百五十里。后有由茹草迁宁乡田坪鸟眠冲、排门，湘乡洴塘、石榴花，距墓一百里，今称茹草支。孟颜子**文仁**。文仁子：**思鉴**，由平溪迁安化曲溪石桥湾、川门湾、扬名塘、枫树湾、栎山冲、王家塅。距墓一百五十里。今称曲溪支。**文义**由平溪迁青陂廖家塅，称青陂支。有名**士裁**者，迁醴陵、江西萍乡南，距墓三百六十里。**添枢**由平溪迁安化丰乐乡九甲、曲溪中围湾，其后有**思礼**嗣业曲溪，今称安化曲溪支。	**达映**：裔孙分徙宁乡十都祖塔、袁家冲，距墓一百里。**达光**：裔孙分徙湘乡三十六都观音山、蒋家冲，距墓一百里。**达祥**：裔孙分徙湘乡三十七都田坪等处，距墓一百里，通称双陂支。**忠孙**居长寿塅竹侧冲，距墓一百六十里，称长寿塅支。**惠孙**居玉鱼溪。其子**琦**徙四川，无考。**璋孙**嗣业玉鱼溪，与子**泰**、**均**徙宝庆新化黄杨山，距墓四百三十里，今称新化黄杨山支。**泰**之裔孙分徙新化北溪、旧县，蜀之九龙山，新化官庄桥、汝南桥、蒋坪、彭家大托、珏公垣、井头街、桑园巷、土坪、黄茅村。其派下**志悰**一支又迁居大托、新屋垣、许家桥、社学垣、土坪、鹅黎坳、头星垣、梱树山、老屋垣、鸟山垣、砖墙垣、老树垣、苦竹溪、夏家桥	称善化廖家冲支。**孟昌**分居本县三都孔家冲，距墓五十里，今称孔家冲支。**孟湖**徙益阳十一里白茅塘，距墓七十里，今称益阳白茅塘支。**汉澄**由衡田迁五都廖家山东湖，距墓七十里，后分**孟谦**、**孟贤**、**孟魁**、**孟刚**、**孟公**五支。**孟谦**裔孙迁四都，距墓一百里，其余四房均居廖家冲、塘冲、洗马市，距墓六十里，通称廖家山支。**汉洧**嗣业衡田，子四：**思德**、**思敬**、**思恭**、**思泰**，均居横田近地。**思德**居石塘。**思敬**居栗山。**思恭**居长塘。**思泰**居钱家山，	支迁沅江县西南八都，距墓二百四十里，后有名**洪**、**惑**兄弟，由十三里迁居县北马渡西湾仙峰村，距墓一百七十里，今称益阳仙峰村支。**忠裕**居古塘基月塘冲、县东清水潭、兰溪，今称清水潭支。**忠昆**、**忠仑**由十三里迁县西十五里石桥廖家堤，距墓一百六十里，称益阳石桥支。**宗质**裔孙**忠实**，由益阳迁安化一甲蓝田光腾湾、青烟、张家湾、梅子坳，距墓二百四十里，称安化蓝田支。**忠序**由益阳迁安化常安乡石马山，后

续表

第一房	第二房	第三房	第四房	第五房
	思元徙四川，无从查考。 **思中**徙上梅古南家居，今称新化支。 思礼子三：**俊、庆、诚**，均嗣业曲溪。后俊裔迁居宁乡排门方塘冲，距墓一百里，今称方塘支。又有分居湘乡三十七都三区，乌云山杨家墩者，距墓一百二十里，称湘乡杨家墩支。 **庆**派下分居后乡二都一区。距墓二百里，今称后乡支。 **诚**派下分居湘乡易家冲。距墓一百四十里，今称湘乡易家冲支。余无考。	湘乡板山，蜀之开县。 **均**之后自黄杨山迁居水口、马家溪、韭菜冲、株树桥。后有名**望**者，自黄杨山分居城内毕家巷、后徙广西。 **召**徙云南。 **方奉**住井头街，徙石鼓。 **登奉**住洋溪市，徙鸭田，通称黄杨山支。 **常孙**居玉鱼溪大屋村西，距墓一百六十里，称大屋村支。 **达可**裔孙迁宁乡万寿山。称万寿山支。	距墓三十里，通称横田支。后思德派下一支迁益阳黑烟溪，距墓一百三十里。思敬二子：**仲仪、仲太**。 仲仪三子，**福广**分居麻塘； **福庸**分居栗山，距墓三十里；**福谋**迁一都易家河，东距墓一百一十里。 **仲太**迁贯山，东距墓一百一十里，称栗山房下贯山支。后一支分居湘阴二十五都沙田围，距墓二百里。福庸裔**义高**，迁流沙河，距墓五十里。 **福广**孙**士宸**，迁湘乡石坝，距墓二十里，称湘乡石坝支。	分龙坳，距墓二百四十里，称蓝田龙坳支。 **忠富**由益阳迁安化常安乡乌金坝，称蓝田支。 **志新**一支迁安福，未详。

齐派表第五

宗法者，所以纲维一世之人心也。辨昭穆，定疏戚，分尊卑长幼，宗法中之要最也。班派不立尊卑长幼，无由别宗法何所施。吾祖讳城景，仲曰城象，景五子，曰户、重、仪、熙、凝，每名皆以“万”字冠之。城与万皆派也。五万以降，各自为派，至不齐矣。康熙合谱，颁行“锦章新灿、圭瓒清香、炎堂锡泽、采耀陵冈”十六字。各支皆从二十派起“锦”字，久远间有参差，道光丁未王父芬田府君主持编辑《五云庐志》，佥以字派不齐，于收族之义未尽，且原拟只十六字，传衍易尽，爰取五行相生之义，拟成“锦章新灿、基镇湘东、炳垂锡泽、采照培钟、洵楚光瑞、铨治业勳、持钧衍懋、焕在铭洪、集烜增钜、溥植煇生、镜涵和煦、远鉴滋荣”四十八字。仍循旧谱二十派起“锦”字。夫众万芸生，宁无差别，以宗派联之，莫远具迩矣。抑所谓齐不齐以致其齐也。作齐派表。

万户房	万重房	万仪房	万熙房	万凝房
湘乡：添方支分潭溪、水口，旧自七派起，“元文单世承单复庭时必泰习学”，后于“学”字下接“锦”字。 **安化**：添寿支居下车田钟家山，旧自七派起，“元文单世续□明允远继梦	**安化**：茹草曲溪支自七派起，“梦文思单永兴宗祖秀继荣昌单”，后于“单”字下接“锦”字。 **湘乡**：青陂支自七派起，“梦文思志继嗣单得郑日单一应起廷必国振兴隆远”，后于	**安化**：玉鱼溪双陂支自七派起，“梦孙文单世崇明正守通达永嘉兴”，后于“兴“字下接“锦”字。 **宁乡**：世贵支东车企湖七派起，“梦孙文单世万方年际文鸿承祖泽德懋裕贻谋礼乐传家训诗书立本猷”。于“祖”字下接“锦”字。	**宁乡**：宗盛房瀚清土墙支，“瀚孟仲福单高正子学忠明承先求后裔”，后于“先”字下接“锦”字。 山地支瀚添，“孟志文经崇乾汝世明邦尚万春”，后于“尚”字下接“锦”字。 瀚澄东湖廖家山支，“瀚辞安熙式孟守友廷宗启其文大振道德永相承”，后于“文”字下接“锦”字。瀚洧“石栗长钱”四支，“瀚思仲福单大廷元继本仁义胜崇贤”，后于“胜”字下接“锦”字。 瀚洧栗山分贯山支，“瀚思仲秉志大廷元继本仁义胜”，后于“胜”字下接“锦”字。 瀚洧栗山分易家河支，“瀚思仲福单单亭立道荣宗国	**益阳**：古塘基支，从七派起，“德应志忠单孟显高时清思宗传大本永远效安宁”，后于“传”字下接“锦”字。 **安化**：蓝田龙坳支，从七派起，“德应志中元志宗文立大昌荣华

续表

万户房	万重房	万仪房	万熙房	万凝房
时单”,后于“单”字下接“锦”字。	“应”字下接“锦”字。	**安化**:黄杨山支,旧志永载,兹不增入。	辉”①,后于“辉”字下接“锦”字。瀚洧栗山分石坝支,“瀚思仲福单士名志廷朝希尚以”,后于“以”字下接“锦”字。宗德支,“福振既轩圻道廷元济本先邦尚”,后于“尚”字下接“锦”字。	兴富贵永远德贤良”,后于“华”字下接“锦”字。

官士表第六

廖氏自延祐迁湘西,无闻人,大抵多力田,明清之际始有读书入仕者,而服官止于司牧,科目止于孝秀。自清康熙庚午科蒋力恕榜起,至光绪癸巳李鸿仪榜止,举人三人,副榜三人,拔贡二人,国史馆誊录、进士点内阁中书一人,召试博学宏词一人,主事诏举经济特科一人,员外郎一人,校官入祀郡县乡贤祠一人,拔贡入祀岳麓山长祠一人,廪生入祀县孝子祠建坊一人,廪、贡、增、附生二百七十四人,监生二百八十九人,知府三人,道衔直隶州知州一人,同知三人,知县十七人,教谕七人,学正一人,训导八人,佐贰、流外、虚衔一百四十人,武职提督三人,总兵三人,副将四人,参、游、都、守、千、把、外委有案采入宗牒者九十五人。湘阴郭氏县志氏族表援常据华阳国志例,系世族于土著科名,仕宦稍有闻者皆得书上。元梅氏宗谱书后,从询圣俞起,详著累朝儒林文苑、高科显秩。明以来,知县、佐贰、流外、军卫、王府官,廪、贡、增、附、监生近千人,以谓历千余年时,亦发见文采以警动后裔。故详述以告子孙,吾廖氏于世录之选未之有焉,然望自淑

① “单单”,其中一“单”或当为衍字。

其身,发见警动于后,俾氏族稍有闻,亦自难已也。作官士表。

职官	举贡	廪增附生	监生	虚衔
万户房				
时乘:字御六,拣选知县,赠文林郎。	**时乘**:康熙庚午科举人,见职官。	**必元**:字首功,府学附生。 **时霖**:字乘六,县学廪生。 **泰坛**:字帝重,县学附生。 **梦瑞**:字若人,县学廪生。 **习礼**:字省三,县学附生。 **时可**:字品三,县学附生。 **泰阶**:字台友,县学廪生。 **嵩**:字岳中,县学廪生。 **涧**:字濬川,县学附生。 **章缕**:字带溪,县学廪生。 **锦辉**:字振羽,县学武生。 **章达**:字定邦,县学武生。	**锦粲**:字三英。 **新宁**:字建勳。 **灿朋**:号信斋。 **灿筠**:字泽湖。	**章礼**:字镜明,从九品。 **新僖**:号煦春,从九品。 **新举**:字蓂生,从九品。 **灿发**:字溥丞,从九品。 **灿希**:字子英,从九品。 **灿维**:字缉熙,从九品。
万重房				
嗣海:字仰苏,候选府经历。 **得银**:字元通,补用员外郎。 **虬**:字松岭,	**瑄**:字方江,明永乐癸卯副榜。 **虬**:岁贡生,见职官。	**日敏**:字哲夫,县学附生。 **郑光**:字曙楼,县学附生。 **日德**:字文川,县学附生。 **日宣**:字少隆,县	**必巂**:字茂生。 **廷能**:字昆泰。 **廷冕**:字福周。 **一序**:字盛吾。 **振达**:字兰亭。 **仕英**:字太生。 **兴书**:字柳溪。	**廷星**:字集五,从九品。 **必程**:字洁斋,从九品。 **必伍**:字实棣,从九品。 **国平**:字恒诚,

续表

职官	举贡	廪增附生	监生	虚衔
溆浦教谕，廷试一等第一名。**芬**：字兰石，候选训导。**章攀**：号炳垣，五品衔试用典史。**新绪**：官名秉钧，号荪棠，二品封典候选道，升用直隶州知州、同知衔，四川即补知县，历署雅州府打箭炉同知，双流、新津、名山、筠连等县知县。**新级**：字荪阶，五品衔、候选巡检。**灿藻**：号翰芬，五品衔、补授直隶永平府迁安县典史，在任候补知县。**灿藩**：字绍棠，四川按察司经历。**灿蔆**：字幼棠，浙江富	**芬**：增贡生，见职官。**新升**：册名沅，号篠仙，附贡生。**灿鹤**：字竹庵，附贡生。	学附生。**熟**：字见台，县学附生。**新绪**：县学附生，见职官。**荣达**：字如天，府学附生。**一麟**：字胜徵，县学附生。**一铉**：字新白，县学附生。**虹**：字鸣淑，府学附生。**应聘**：字赍园，县学附生。**廷进**：字特衡，府学附生。**锦制**：号云峰，县学附生。**必昇**：字鹤汀，府学附生。**达**：字豁堂，县学附生。**廷棫**：字朴林，县学附生。**廷对**：字殿飏，县学附生。**起渭**：字又姜，县学附生。**起筑**：字帝卜，县学附生。**起穆**：字西长，县学附生。**必熏**：字竹午，优廪生。	**振鶱**：字梧冈。**国瓛**：字秀春。**兴砎**：字鸣园。**隆琼**：字宴林。**芳**：字鹤亭。**廷丰**：字功堂。**振岳**：字蔚廷。**振海**：字朗峰。**文训**：号敬斋。**学向**：字照藜。**学文**：号清溪。**攀荣**：字耀宗。**昌育**：字茂对。**墉**：字楚亭。**昌正**：字文辉。**锦心**：字友世。**锦性**：字忠赋。**锦恒**：字久常。**锦城**：字之屏。**章甫**：字坤林。**章贵**：字才臣。**运昌**：字文绶。**章科**：字甲元。**章篆**：号宝图。**章考**：字作人。**章宪**：字崇典。**章智**：字巨华。**章绎**：字文虎。**新蔚**：号英贤。**新艺**：号毅田。**新萼**：字梅魁。**新恂**：字孚中。**新涛**：号春波。**新旺**：字焕廷。**新镛**：号树声。	从九品。**国光**：字辉采，从九品加县丞衔。**国宸**：字魁辉，从九品。**国柄**：字纹辉，从九品。**振家**：字翔鸾，从九品。**兴萦**：字德麟，从九品。**兴宙**：字庶华。从九品。**新奇**：字赞廷，从九品。**东皋**：字友兰，从九品。**名**：字名玉，晋赠通奉大夫。**锦福**：字正松，晋赠通奉大夫，貤赠奉政大夫。**章苏**：号文绮，晋赠通奉大夫，诰封奉政大夫。**章绫**：字文绣，从九品。**章綵**：字文尚，从九品。**新翔**：字玉兰，从九品。**灿旗**：字浚郊，

续表

职官	举贡	廪增附生	监生	虚衔
阳县典史。 **灿时**:字海藩,候选巡检。 **镇寰**:字聘农,候选县丞。 **镇南**:号介繁,蓝翎五品衔,江苏候补知县。 **隆健**:字顺伍,同知衔,候补知县。 **树勋**:字祜初,同知衔,直隶补用知县。 **灿时**:字海还,候选巡检。 **章琢**:字秉坚,候选县丞。		**国隽**:字超群,府学附生。 **章敏**:字时帆,县学附生。 **新藻**:字东洛,府学附生。 **甲澐**:字品珊,县学附生。 **毓衡**:字良卿,县学附生。 **灿鹍**:字麓滨,县学附生。 **灿树**:字寅陔,县学附生。 **章叙**:字九畴,县学武生。	**彬**:字焕林。 **新铭**:字商盘。 **新瀛**:号仙舫。 **新高**:字山峰。 **灿斿**:字九华。 **灿堃**:字芝轩。 **灿芳**:字桂秋。 **灿铭**:字永辉。 **玉生**:号槐柏。 **基岳**:字蔚亭。 **基青**:字篠亭。 **兆霖**:号心涤。 **炳麟**:号梅翘。 **式钦**:号浦芝。 **会东**:字朗峰。 **廷祥**:字醴泉。 **连城**:号华玉。 **兆雯**:号兰轩。 **基玒**:号鹤庭。 **镇书**:字青缃。 **肇基**:字星和。 **东励**。 **东厢**。 **东沂**:字逵元。	府知事。 **灿施**:字虚臣,同知衔。 **灿立**:字福修,从九品。 **新平**:字品珍,从九品。 **国潮**:字万奏,从九品。 **基伍**:号雨松,从九品。 **镇宙**:号庶华,从九品。 **镇圻**:字巩畿,从九品。 **道周**:字方来,花翎同知衔。 **德麟**:号凤斋,从九品。 **湘隆**:字云峰,从九品。 **澍**:字雨生,从九品。 **新明**:字濬哲,从九品。 **渭**:字竹樵。从九品。 **瑾**:字搢绅,从九品。 **基家**:号凤祥,从九品。 **东皋**:字友兰,从九品。 **振儁**:字雨生,从九品。

续表

职官	举贡	廪增附生	监生	虚衔
				新宅:字柳堂,翰林院待诏。
万仪房				
泰:号秀峰,岁贡生。江苏上元县知县,敕授文林郎。 **海**:字朝原,岁贡生。衡阳县教谕。 **询**:岁贡生。郧阳推官。 **大年**:岁贡生,会同县教谕。 **清**:贡生。江南泗州知州。 **甚年**:山西平阳府知府、中宪大夫。 **文魁**:浙江杭州府知府。 **先立**:字子健,县学生,候选同知。 **奉元**:字承宣,候补巡检。 **球卿**:字东序,候选府	**询**:岁贡生。见职官。 **京孟**:岁贡生。 **文魁**:恩贡生,见职官。 **伏泰**:字厚山,岁贡生。 **可受**:字容斋,岁贡生。 **方达**:岁贡生,见职官。 **方远**:岁贡生,见职官。 **际煦**:字景和,岁贡生。 **承绪**:号丕山,岁贡生。 **昌年**:字殿飏,廪贡生,入国子监肄业。	**文年**:字福华,县学附生。 **证**:字□□,优廪生。 **直悰**:县学附生。 **玿**:府学附生。 **文缘**:廪生。 **应智**:字河西,县学附生。 **方应**:县学附生。 **悰言**:县学附生。 **可熙**:字桃明,县学附生。 **先智**:字开荣,县学附生。 **绍湖**:字世涵,县学附生。 **先登**:字捷三,县学附生。 **绍贵**:字爵五,县学附生。 **绍龙**:字飞五,县学附生。 **先一**:字明宗,县学附生。 **先拔**:字折桂,县学附生。 **绍吉**:字凤鸣,县学附生。 **绍禄**:字万钟,县学附生。	**绍文**:字永清。 **绍才**:字永盛。 **绍纯**:字升禄。 **先民**:字开阳。 **先第**:字越三。 **可孝**:字继顺。 **先李**:字茹兰。 **绍渭**:字河清。 **绍一**:字万殊。 **绍佑**:字翼贤。 **绍伊**:字寔衡。 **可寓**:字允谟。 **宜德**:字钦若。 **宜本**:字钦崇。 **宜修**:字彰善。 **宜诚**:字彰信。 **贻忠**:号价藩。 **扬琛**:字德泰。 **先霖**:字培庆。 **可图**:字鲲臣。 **英元**:字教廷。 **显锦**:字秀庵。 **可澍**:字霖川。 **人寿**:字长禄。 **志煌**:字维藩。 **志刚**:字健吾。 **人益**:字谦斋。 **贻辉**:字鼎传。 **志鸿**:号南宾。 **宜穀**:号叔斋。 **贻周**:号维新。	**先业**:字守成,从九品。 **先达**:字兼善,从九品。 **贻厥**:号俊逸,光禄寺署正衔。 **扬烈**:字仁寿,同知衔。 **绍球**:字朝重,从九品。 **先享**:字春富,从九品。 **人嗣**:从九品。 **先华**:字竹筠,奉直大夫。 **志鹏**:字长祀,从九品。 **先维**:字辅姬,从九品。 **先派**:字绵长,从九品。 **绍淑**:字令中,从九品。 **先登**:字晴峰,从九品。 **绍仪**:字相圭,从九品。 **绍源**:号海帆,从九品。 **先楹**:号逸才。

续表

职官	举贡	廪增附生	监生	虚衔
经历。 **志瀛**:字淑勳,州同加二级,诰授奉直大夫。 **廷相**:字忠甫,候选县丞。 **显志**:字萃真,候选县丞。 **守理**:字玉文,候选府经历。 **方达**:字昇生,茶陵州学正,崇祀乡贤祠。 **方远**:字静超,泸溪县训导。 **乔年**:号明庵,入国子监学习,考授州同,旌建孝子坊。 **鸿兆**:字竹庵,候选县丞。 **鸿道**:号治厽,候选县丞。 **鸿开**:字泰来,候选县丞。	**文在**:字黄吉,乾隆丁卯科副榜。 **鸿椿**:号朴庵,乾隆丁酉科副榜。 **祖桢**:字小亭,附贡生,见职官。 **达材**:岁贡生,见职官。 **卜年**:字永厽,岁贡生。 **祖斌**:字文川,道光甲午科武举。	**先员**:字登魁,县学附生。 **瑛**:字洪俦,县学附生。 **诗玉**:字象德,县学附生。 **仕芳**:字帝简,县学附生。 **逵**:字□□,县学附生。 **可科**:号笔仙,县学附生。 **锦云**:字积善,县学附生。 **锡光**:县学附生。 **原本**:字秘英,县学附生。 **盛玮**:字文亮,县学附生。 **正经**:字位三,府学附生。 **一離**:字哲生,县学附生。 **守孔**:字麟哉,县学附生。 **显勳**:号省吾,县学附生。 **绍闻**:号树青,县学附生。 **显钧**:号秉山,县学附生。 **显铭**:号莹溪,县学附生。 **人镜**:字虚堂,县学附生。	**宜稷**:字伟田。 **宜梁**:字蓝田,例贡生。 **志秩**:字为善。 **之周**:号海如。 **人铸**:号立斋。 **可定**:字伯廉。 **绍仁**:字友善。 **可镜**:号栗溪。 **可杰**:字世豪。 **可任**:字健隆。 **可镛**:字声远。 **先觉**:字照临。 **显瑞**:号竹溪。 **人茂**:字理义。 **人柏**:字文厚。 **人梁**:号树斋。 **可锦**:字筱标。 **迈钟**:字斗虚。 **际焕**:字尧章。 **际炎**:字炳如。 **际煓**:字正松。 **际煌**:字辉四。 **际燕**:字义山。 **际燮**:字槐安。 **际照**:字季名。 **际炶**:字依庸。 **际炣**:字若霞。 **文巍**:字绍祈。 **文城**:字宗淮。 **文型**:字彝般,监生,诰封奉直大夫。 **文玉**:字蓝田。 **文全**:号屏山。	从九品。 **可楠**:号福明,从九品。 **可标**:字列魁,从九品。 **人班**:字自堂,从九品。 **人瑞**:字高科,从九品。 **先发**:字瑞林,从九品。 **先达**:字发林,从九品。 **鸿受**:字再昆,州同衔。 **人英**:字俊卿,从九品。 **祖椿**:号永年,从九品。 **祖杞**:字树楠,从九品。 **祖甫**:字春林,从九品。 **祖瑜**:字汉臣,从九品。 **锦璇**:号福畴,从九品。 **祖赋**:号汉云,州同衔。 **祖唐**:字宪彰,州同衔。 **章黼**:字襄门,从九品。 **章黻**:号秀钦,从九品。

续表

职官	举贡	廪增附生	监生	虚衔
鸿鋕：号桂岩，候选县丞。 **鸿祐**：字笃庵，候补府知事，敕授登仕郎。 **承治**：号雨亭，监生，翰林院待诏，诰封奉直大夫。 **达材**：字特峰，郴州桂东县训导，保升四川云山县知县，敕授征仕郎。 **承浚**：字天毓，候选州同加二级。 **承逵**：字新吾，候补县丞。 **祖棻**：字少亭，候选州同。 **祖桢**：附贡生，候选知县，诰封奉政大夫，晋封朝议大夫。 **祖模**：字□		**国选**：县学附生。 **一范**：县学附生。 **名卿**：字际明，县学附生。 **守正**：字星极，县学附生。 **昌裔**：字伯熙，县学附生。 **诚元**：字腾云，县学附生。 **仕芳**：字帝简，县学附生。 **诣元**：字文捷，县学附生。 **绍絅**：字景彰，县学附生。 **志鹄**：号愚溪，府学附生。 **先奋**：字鹏程，县学附生。 **国屏**：字少川，县学附生。 **一位**：字子立，县学附生。 **一卷**：字子诵，县学附生。 **守厚**：字公载，县学附生。 **守荆**：字胜侣，县学附生。 **先传**：册名钧瀚，号晴江，县学附生。 **之用**：字立山，县学附生。见职官。	**文庄**：字玉山。 **文堡**：字义荣。 **文堂**：号南山。 **文逵**：字羽仪。 **文趯**：字林区。 **鸿冠**：字元服。 **鸿钺**：字秉虔。 **鸿章**：字琢庵。 **鸿卓**：号洁垒。 **承琢**：号玉川， **承佐**：字亮庵。 **承缙**：号笏山。 **承美**：号利川。 **承袭**：字吉谱。 **承璪**：字泻川。 **承浦**：字楠岩。 **丕承**：字少基。 **承琛**：号献廷。 **祖立**：字楚材。 **祖衡**：号鉴堂。 **祖植**：号玉光。 **祖潢**：字星桥。 **祖榦**：字湘丞。 **祖琨**：字玉昆。 **祖松**：字景山。 **祖柏**：号植亭。 **祖柄**：号止轩。 **祖贻**：号汉亭。 **祖昱**：号芳兰。 **锦梅**：号香浦。 **锦柼**：字步青。 **锦蕒**：字瑞廷。 **锦荷**：号青洲。 **锦洛**：号篠村。 **瑺孙**：字朝州。	

续表

职官	举贡	廪增附生	监生	虚衔
南,补用县丞。 **祖榕**:号乔松,广西补用巡检,诰封奉政大夫。 **祖玠**:字镇南,候选巡检。 **锦苓**:号松溪,花翎四品衔,甘肃尽先补用同知,湘字左军骑兵先锋统领,诰授中宪大夫。 **锦润**:字鉴臣,甘肃候补知县。 **仲炎**:字笛樵,花翎同知,新疆补用直隶州知州,特授新疆新裕库大使,委署鄯善县知县,诰授奉政大夫。 **锦熉**:字棣华,五品衔,云南补用知县。		**显珖**:字玉浦,优附生。 **可偁**:字化隆,县学附生。 **可达**:号吉楼,县学附生。 **可道**:号立林,县学附生。 **人尚**:册名国勳,字德荣,府学附生。 **荣卿**:字巽山,府学附生。 **文元**:字玉章,县学附生。 **可实**:字叔隅,县学附生。 **显琛**:字凤鸣,县学附生。 **守密**:字玉彰,县学附生。 **守察**:字玉杰,县学附生。 **显魁**:字拔英,县学附生。 **仁孙**:字寿泉,县学附生。 **方选**:字俊生,县学附生。 **椿年**:字我籛,县学附生。 **荣年**:字东欣,县学附生。 **际烈**:字德尚,县学附生。	**章胜**:字云溪。 **兴业**:字映堂。 **兴卓**:号希颜。 **锦树**:字时元。 **锦湖**:号海溪。 **锦桃**:字花源。 **新镠**:字涛衡。	

续表

职官	举贡	廪增附生	监生	虚衔
锦灼：字棣云，六品衔，云南补用巡检。 **云锦**：字六修，六品衔，甘肃补用巡检。 **之用**：字立山，候选州同。 **锦荣**：字训钦，五品衔，山东补用县丞。 **章瑾**：字五愿，甘肃补用县丞。 **章璪**：字海吾，新疆补用巡检。 **章词**：字文军，浙江补用通判，世袭云骑尉。 **章鹍**：字福春，候选县丞，世袭云骑尉。		**际焘**：字象贤，县学廪生。 **际勳**：字庶康，县学附生。 **文起**：号义安，县学附生。 **鸿鉴**：号凤泉，县学附生。 **鸿禧**：字茂庵，县学附生。 **祖逌**：号石臣，县学附生。 **锦煌**：册名庶康，号潄清，府学附生。 **锦焘**：学名应庚，县学优廪生。 **炳章**：字润泉，县学附生。 **达廷**：字德义，县学附生。 **达可**：字三才，县学附生。 **正成**：字功一，县学附生。 **守典**：号麟庵，县学附生。 **加庆**：学名惕，字利贞，县学附生。 **章耀**：学名兆鳌，号蔗珊，县学附生。 **祖凝**：号绩臣，县学附生。 **祖龄**：号习垒，县		

续表

职官	举贡	廪增附生	监生	虚衔
		学武生。 **祖曜**：字芳城，县学武生。 **祖浩**：字芳泽，县学武生。 **祖瑞**：字觐臣，县学武生。 **锦瑶**：字汉池，县学武生。		
万熙房				
汉清：字孟瀚，海盐县丞。 **熙永**：字思任，武陵训导。 **大任**：字直侯，议叙州倅。福建候补知府。 **廷相**：字荩甫，陕西洛川县知县，四川泸州同知，诰授奉政大夫。 **廷伟**：字继泉，武昌崇隆县教谕。 **宗藩**：字价维，候选教谕。 **俨**：字次仪，戊寅拔贡，	**汉清**：岁贡生，见职官。 **熙永**：岁贡生，见职官。 **大任**：岁贡生，见职官。 **孟贤**：字槐南，岁贡生。 **宗藩**：岁贡生，见职官。 **俨**：戊寅拔贡，见职官。 **宗尧**：字台望，岁贡生。 **廷伟**：癸酉科拔贡，见职	**仲义**：字惠安，县学附生。 **式洪**：字法通，县学附生。 **既懿**：字源松，县学附生。 **志纯**：字又泗，县学附生。 **志洪**：字金池，县学附生。 **文元**：字□□，县学附生。 **廷伟**：廪生，见职官。 **文菊**：字功门，县学附生。 **文谟**：字公瑾，县学附生。 **福椂**：字允兴，县学附生。 **福远**：字永昌，县学附生。 **守明**：字知远，县学附生。	**孟良**：字子友。 **国维**：字云泉。 **邦潢**：字廷璧。 **宗经**：字东洲。 **胜栋**：字隆吉。 **锦椿**：字次周。 **锦铨**：字南山。 **锦典**：字缔书。 **锦鸾**：字金田。 **锦绣**：字玉斋。 **锦江**：字孔殷，诰赠荣禄大夫。 **章度**：字茂仙。 **章富**：字历山。 **章价**：字维藩。 **章俊**：字选亭。 **章倬**：字云汉。 **章介**：字景福。 **含章**：字芬田，监生，诰赠荣禄大夫。 **章佩**：字维玉。 **章韵**：字声之。 **新茂**：字吉麟。	**胜集**：字凤林，从九品。 **锦绍**：字扬廷，从九品。 **锦鳌**：字冠山，从九品。 **锦益**：字三友，从九品。 **锦本**：字盛全，从九品。 **球章**：字玉鸣，从九品。 **琳章**：字玉林，中书衔，例授征仕郎。 **新端**：字培吾，府知事衔，诰赠荣禄大夫。 **赞钧**：字芸舫，布政司理问衔。 **新左**：字辅国，从九品。 **新晖**：字润森，

续表

职官	举贡	廪增附生	监生	虚衔
沅江县训导，诏试博学鸿词。按：拔贡一科，乾隆以前尚无一定之制，或十二年一行，或十四年、十六年一行，康熙三十九年停止，至六十年始复行，乾隆七年改以十二年一举，永著为令，选拔必逢酉年举行自此始也。 **邦宪**：字赞臣，河南候补典史。 **章翥**：字翙云，岁贡生，候选训导。 **新祺**：字鹿苹，州同衔，江西补用县丞。 **灿敖**：字丽堂，浙江候补县丞。 **树蘅**：字荪畡，廪贡生，	官。 **章翥**：岁贡生。见职官。 **树蘅**：廪贡生，见职官。 **润鸿**：光绪癸巳科举人，见职官。 **基植**：附贡生，见职官。 **基棫**：字次峰，附贡生，加州同衔。	**有谅**：字大江，县学附生。 **圻孝**：字尊生，县学附生。 **廷信**：字献臣，县学附生。 **廷俊**：字端士，县学附生。 **廷俸**：字爵一，府学附生。 **廷珍**：字泰阳，县学附生。 **廷杰**：字恪泉，县学廪生。 **正家**：字龙溪，县学附生。 **正身**：字少湖，县学附生。 **友鹗**：字莲桥，县学附生。 **廷榜**：字士魁，县学附生。 **元仁**：字石友，县学附生。 **继安**：字竹坡，县学附生。 **继萌**：字竹峰，县学附生。 **文钒**：字秀昇，县学附生。 **经钟**：字世侯，县学附生。 **崇国**：字后江，县学附生。 **乾佳**：字莲池，县	**新谊**：字福臣。 **新枚**：字吉臣。 **新缣**：字文轩。 **新藻**：字喜麟。 **新芝**：字正元。 **新訌**：字远闻。 **新蒇**：字云门。 **新佳**：字季怀。 **新昉**：字晓峰。 **新韵**：字志和。 **灿青**：字东成。 **灿云**：字祥卿。 **灿莹**：字琼卿。 **灿藻**：字瑶卿。 **灿梓**：字美材。 **灿桐**：字自荣。 **灿槐**：字茂才。 **基烈**：见职官。 **基赟**：字荫门。 **基翰**：字砚贞。 **基麟**：字石皆。 **基沛**：字润农。 **石基**：字良佺。 **镇荣**：字聘珍。 **镇乐**：字掖瞻。 **镇珊**：字丹慰。 **湘瑞**：字玉耑。 **焜**：字鹤楼。 **绣灿**：字彩文。	从九品。 **新纶**：字诚斋，从九品。 **新楷**：字劲枝，从九品。 **新韶**：字可仪，从九品。 **新印**：字克丞，从九品。 **新铭**：字正斋，从九品。 **新堃**：字鞠棠。从九品。 **新棫**：字炳棠，从九品。 **新煌**：字纹轩，从九品。 **灿开**：字星桥，从九品。 **灿荣**：字方升，从九品。 **灿霞**：字绮堂，从九品。 **灿燠**：字安之，从九品。 **灿伟**：字右丞，从九品。 **灿铎**：字敬敷，从九品。 **基泽**：字采珍，从九品。 **基琛**：字福祥，从九品。 **基埕**：字福初，从九品。

续表

职官	举贡	廪增附生	监生	虚衔
郴州宜章县训导转教谕,调署衡州府清泉县训导,分部主事,赏二等商勋、三品顶戴,加级诰授荣禄大夫,保举经济特科。 **润鸿**:字振才,廪生,光绪癸巳恩科举人,挑取国史馆誊录,官丁未进士、内阁中书、广东即补知县,同知衔,诰授奉直大夫。 **汝贞**:字梅吾,候补府经历。 **灿楠**:字荫棠,考取吏员,候补县丞。 **焜**:字小垞,五品衔,新疆补用知县,补授温宿府经历,		学附生。 **子维**:字金山,县学附生。 **宗鏴**:字思溪,县学附生。 **道谦**:字六吉,县学增生。死邱存忠三百六十人之难,入祀县城邱公祠。 **宗济**:字助维,县学附生。 **宗颜**:字少熙,县学附生。 **宗鲁**:字伏周,县学附生。 **宗临**:字贵卿,县学附生。 **宗凤**:字□□,县学附生。 **宗洙**:字东山,县学廪生。 **宗浩**:字省南,县学附生。 **仁臣**:字伯亮,增廪生。 **仁巨**:字仲昌,县学附生。 **启索**:字沅伯,县学附生。 **启丙**:字贞伯,府学附生。 **启俭**:字修如,府学附生。 **启均**:字秉国,县		**基培**:字树霖,从九品。 **传衍**:字蕊香,从九品。 **基达**:字咏笙,从九品。 **基辅**:字德美,从九品。 **基明**:字照临,从九品。 **基质**:字尚彬,从九品。 **基茂**:字德林,从九品。 **基朴**:字季海,中书科中书衔。 **基樾**:字寿生,主簿衔。 **基杰**:字叔怡,同知衔。 **基栋**:字幼陶,县丞衔。 **镇芳**:字云程,州同衔,加二级诰授奉直大夫。 **镇涵**:字秋湖,从九品。

续表

职官	举贡	廪增附生	监生	虚衔
历署绥来县典史、精河厅照磨、温宿道库大使。 **建森**:字佑彬,同知衔,云南补用知县,署理普洱府经历。 **基植**:字璧耘,附贡生,候选训导,特赏四等商勋、五品顶戴。 **基烈**:字南泸,补用县丞。 **基炳**:字蔚垒,候选府经历。 **基灿**:字西铭,候选府经历。 **开业**:福建补用县丞,署理南靖永丰司巡检。 **人泽**:字福球,花翎五品衔,浙江候补理问厅。 **基开**:字葵		学附生。 **其煌**:字凝孙,县学附生。 **仲太**:字怀五,县学附生。 **文壥**:字竹村,县学附生。 **文显**:字如川,县学附生。 **文华**:字荣楚,县学附生。 **文鳌**:字占一,县学附生。 **义高**:字峻极,府学附生。 **胜槐**:字植三,县学附生。 **胜杰**:字盖英,县学附生。 **锦翰**:字西园,县学附生。 **锦笏**:字绅仕,县学附生。 **锦宸**:字家相,县学附生。 **章信**:字岳岩,县学附生。 **章受**:字映亭,县学附生。 **章经**:字翼之,县学附生。 **新颖**:字益之,县学附生。 **新萼**:字申乔,县学附生。		

续表

职官	举贡	廪增附生	监生	虚衔
心,同知衔,候选府经历。 **基原**:字劲吾,四川候补县丞。 **镇蓉**:字谷初,同知衔,新疆知县。		**楚柟**:字勳林,府学廪生。 **士宏**:字子勳,府学附生。 **仲濂**:字兆平,县学附生。 **基杰**:字云禄,县学武生。 **基长**:字楚堂,县学武生。		
万凝房				
章达:字月槎,道光乙未恩科举人,拣选知县,特授宁远县教谕,诰授奉直大夫。 **章法**:字端门,附贡生,候选训导。 **灿瀛**:字敬安,候选县丞。 **国珍**:字玉琦,蓝翎五品衔,尽先补用知县,诰授奉政大夫。 **玉琨**:字叔琨,廪贡生,候选训导,	**章达**:举人,见职官。 **章法**:贡生,见职官。 **时远**:字十洲,岁贡生。 **锦芙**:字玉田,道光乙酉科副榜。 **英灿**:字翔云,例贡生。 **玉昆**:廪贡生,见职官。 **章禧**:字望五,嘉庆庚午科武举。	**显龙**:县学附生。 **志通**:字器宏,县学附生。 **孟爵**:字云岩,县学附生。 **清章**:字斐其,县学附生。 **清音**:字希庵,县学附生。 **锦恕**:字如心,县学附生。 **锦瑗**:字蘧亝,县学附生。 **锦华**:字朴亝,县学附生。 **允祥**:字象贤,县学附生。 **章泮**:字芹友,县学附生。 **豫章**:字梅轩,县学附生。 **章欣**:册名殿魁,县学附生。	**锦英**:字明轩。 **锦兰**:字敬轩。 **锦苓**:字瑞林。 **锦光**:字鸿训。 **允恭**:字谦山。 **锦玉**:字振寰。 **锦启**:字迪斋。 **章汉**:字倬吾。 **章应**:字声皋。 **章言**:字可珍。 **章德**:字得心。 **章桂**:字春圃。 **章衮**:字仲山。 **章述**:字春亭。 **章贵**:字萼亭。 **章润**:字伯达。 **章春**:字晓□。 **新谟**:字书三。 **新柳**:字映春。 **新惠**:字甫堂。 **新濬**:字性之。 **新注**:字屺山。 **新儒**:字添锡。	**傅清**:字善鉴,从九品,例授登仕郎。 **锦意**:字声远,从九品。 **锦林**:字都廷,从九品。 **锦环**:字松垣,从九品。 **宗邦**:字镜潮,六品衔,例授儒林郎。 **傅忠**:字沙亝,从九品。 **思远**:字莲庄,从九品。 **章富**:从九品。 **章涣**:字若汀,从九品。 **章述**:字淑明,例授文林郎。 **章名**:字东亩,从九品。

续表

职官	举贡	廪增附生	监生	虚衔
以浚苏河议叙同知。 **新迪**:字吉芳,五品衔,江南尽先补用知县。 **章彤**:字碧藩,监生,候选巡检。	**长灿**:字玉彰,道光辛巳恩科武举。 **镇邦**:字司直,同治癸酉科武举。 **章寿**:出陕西兴安府荣阳县籍,中陕西乡试举人。	**新润**:字次侨,县学附生。 **新元**:字冠群,县学附生。 **新照**:字南江,县学增生。 **新仪**:字斌门,县学附生。 **新标**:字鹏翥,县学附生。 **新焕**:字召棠,县学附生。 **新涛**:字麓汉,县学附生。 **灿英**:字乐三,县学附生。 **灿瀛**:县学附生。见职官。 **基钊**:字方远,县学附生。 **锦瑜**:册名兆蓉,字骨仙,县学附生,诰封奉政大夫。 **树勋**:号肖韩,县学附生。 **章卫**:册名懋森,号竹泉,县学附生。 **鸿钧**:字鸣皋,县学附生。 **章澍**:字霖苍,县学附生。 **忠孝**:字廷恭,县学附生。	**新汇**:字茹阶。 **新乘**:字金坡。 **新佐**:字树臣。 **新树**:字兆林。 **新儒**:字趾祥。 **新训**:字桂亭。 **新诰**:字道轩。 **良灿**:字南英。 **灿焕**:字葆臣。 **杭灿**:字树秋。 **灿乾**:字葆元。 **灿诰**:字连发。 **瑛灿**:字珍亭。 **灿藻**:字秋元。 **灿熙**:字少臣。 **基庆**:字炳炎。 **基述**:号玉岭。 **基迴**:字注秋。 **基邀**:字焕廷。 **基岳**:字笛楼。 **基锟**:字霖树。 **基鹏**:字海芃。 **基胜**:字芷彬。 **基筠**:字茂林。 **基鋈**:号晋卿。 **基耀**:字济垣。 **镇渊**:字秉仙。 **镇琼**:字润珊。 **允灿**:字有章。 **允诰**:字洛章。 **允泮**:字鲁芹。 **锦钱**:字福田。 **锦裁**:字古桑。 **锦珪**:册名联魁,字晋初。	**章峻**:字秀庵,从九品。 **章瀚**:字云亭,同知衔。 **新传**:字维新,从九品。 **灿湘**:字美安,从九品。 **玘灿**:字蕴斋,同知衔。 **基园**:字廉辉,同知衔。 **润基**:字雨龙,从九品。 **镇瑶**:字润笙,同知衔。 **允攀**:字青文,从九品。 **允绣**:字云轩,诰封奉政大夫。 **章俊**:字清和,诰封奉直大夫。 **章斗**:字绍卿,从九品。 **新起**:字腾芳,同知衔。 **允怡**:字玉城,从九品。 **锦骐**:字益元,从九品。

续表

职官	举贡	廪增附生	监生	虚衔
		忠福:字时敏,县学附生。 **章侗**:字嗣元,县学附生。 **德润**:字沛恩,县学附生。 **时远**:字与参,县学附生。 **锦芙**:字兆元,县学附生。 **新僚**:字师白,县学增生。 **清泰**:字倬山,县学附生。 **镇涛**:字岭山,县学武生。	**锦璧**:册名联芳,字瑶阶。 **锦理**:册名联萼,字燮廷。 **新伟**:字迈群。 **贵珍**:字儒重。 **锦启**:字迪斋。 **新儒**:字新造。 **基庆**:字笃元。 **基园**:字清范。 **菘灿**:字伯恒。 **镇徽**:字少鹏。 **章柳**:字亦元。 **新仟**:字添锡。 **基志**:字士升。	

军功表

万户房	万重房	万仪房	万熙房	万凝房
锦乾:字玉池,五品衔,武功都尉。 **章杰**:字良佐,三品衔花翎参将。 **新萼**:号仙槎,花翎都司。 **新广**:字体仁,蓝翎守备。	**国福**:字锡纯,蓝翎守备都司衔。 **振赋**:字胜甫,花翎总兵。 **隆喜**:字盈廷,蓝翎守备。 **东嘐**:字贞轩,花翎补用游击。 **东咈**:字方仪,蓝翎把总。 **兴伏**:字启桂,蓝翎把总。	**宜义**:字中元,花翎参将。 **宜泰**:字太山,蓝翎五品衔,补用千总。 **先林**:字嘉和,蓝翎六品衔,补用把总。 **先寿**:字三友,花翎副将。	**宗鸿**:字南真,河南游击。 **添麒**:明銮仪卫指挥。 **锦华**:字文国,诰封建威将军。 **章美**:字国清,诰封建威将军。 **新祥**:字琳瑞,诰封建威将军。 **效忠**:字六冈,蓝翎千总。 **新笛**:字宏才,花翎副将衔参将。 **新栭**:字芝亭,蓝翎守	**新辉**:字明照,蓝翎千总。 **新容**:字林胜,补用千总。 **晖灿**:字石臣,蓝翎补用千总。 **基烈**:字文彩,补用千总。 **镇香**:字品生,花翎都

续表

万户房	万重房	万仪房	万熙房	万凝房
新远：字茂之，花翎留闽，补用游击。 **灿晃**：号桂芳，花翎留闽浙，补用游击。 **灿灯**：号贵和，花翎留甘，补用都司。	**国祜**：号明辉，花翎守备。 **国禧**：一名武溢，蓝翎守备。 **楚国**：蓝翎把总。 **青云**：蓝翎把总。 **先胜**：号圣甫，花翎总兵。 **基福**：字江发，以军功保守备。 **化龙**：号海鲲，花翎游击。 **珍基**：号树琼，蓝翎把总。 **镇士**：字恺才，花翎副将衔，留甘补用参将。 **义胜**：以军功保把总。 **福先**：蓝翎都司。 **鸿爵**：字盈廷，蓝翎守备。 **鸿仪**：字笃叙，花翎游击。 **东香**：字九林，蓝翎外委。 **东诚**：字玉岚，花翎游击。 **东源**：字春桂，	**先澍**：字容和，蓝翎都司。 **祖恒**：号国梁，蓝翎千总。 **祖旸**：字启明，花翎尽先补用参将，署福建台湾凤山中军守备。 **祖煦**：字春生，赏戴花翎，陕西尽先补用游击。 **祖香**：号芳圃，蓝翎千总。 **锦沂**：字清江，蓝翎都司。 **锦潢**：字渭臣，花翎副将，世袭云骑尉。 **锦州**：字先裕，蓝翎把总。 **锦熏**：字曙敦，赏戴花翎，闽浙补用参将。 **廷瓒**：字育	备。 **新桂**：字定升，蓝翎把总。 **新晃**：字云祥，蓝翎千总。 **灿英**：字桂和，诰授建威将军，赏戴花翎记名提督，甘肃补用总兵。 **灿胜**：字少春，花翎补用都司。 **灿盟**：字越凡，固原提标外委。 **治灿**：字云蒸，蓝翎六品衔、候补千总。 **沂灿**：字介三，蓝翎五品衔，补用千总。 **灿璜**：字福田，蓝翎把总。 **灿禄**：字有道，蓝翎千总。 **灿茹**：字辅臣，花翎提督，壮勇巴图鲁。 **灿贤**：字卫安，历任古州镇标把总、千总、守备，署都司。 **灿藩**：字振昆，花翎游击。 **复全**：字福田，蓝翎守备。 **灿芑**：字俊春，蓝翎五品衔，拔补千总。 **灿晃**：蓝翎游击。 **灿葆**：字毓昆，蓝翎千总。	司。 **允进**：字德泰，赏戴花翎尽先补用游击。 **锦启**：字有贤，蓝翎守备。 **章印**：字顺帅，尽先外委。 **灿煦**：字宝池，花翎都司。 **贵经**：字景云，花翎游击。 **新汉**：字定山，花翎都司。 **新价**：字学海，花翎都司。 **湘益**：字子谦，花翎都司。

续表

万户房	万重房	万仪房	万熙房	万凝房
	花翎尽先补用都司。 **义方**:蓝翎把总。 **汲湘**:号晓渔,蓝翎守备衔,留甘补用千总。 **新彩**:字玉和,花翎守备。 **新曜**:字玉成,花翎副将,武勇巴图鲁。 **国霱**:字青云,蓝翎把总。 **国霆**:字济沧,蓝翎把总。 **珍**:字昆石,靖州副将。	芝,头品顶戴,记名提督,莽阿勇巴图鲁。 **锦桃**:字春洲,蓝翎守备。 **锦美**:号惠泉,蓝翎守备。 **锦桂**:号秘谷,蓝翎把总。 **章青**:字子衿,花翎游击。	**灿馥**:字清渠,蓝翎外委。 **锭基**:字晓村,花翎参将,借补固原提标游击。 **汉臣**:花翎副将,卓勇巴图鲁,署陕西白土营游击,调署甘肃、宁夏右营游击。 **基硕**:蓝翎把总。 **定基**:字仙舫,留陕补用游击。 **基颐**:字梓臣,甘肃榆林镇标中营把总。 **绍泉**:字香溪,花翎贵州尽先补用副将,历带各属练军。 **基琳**:字德华,补用参将。 **澍春**:字云垓,花翎三品衔,福建补用都司。 **基照**:字仁贵,蓝翎守备。 **基礼**:字元吉,蓝翎守备。 **基鼎**:字永和,花翎游击。 **基星**:字艺林,守备保升花翎副将。 **基炬**:字楚亮,蓝翎千总。 **基鉁**:字观胜,蓝翎千总,入祀忠义祠。 **基超**:字拔群,蓝翎千	

续表

万户房	万重房	万仪房	万熙房	万凝房
			总。 **基璋**:字玉昇,蓝翎守备。 **基锽**:字玉成,蓝翎守备。 **基星**:册名斐章,花翎副将,记名总兵。 **基彩**:字玉润,蓝翎守备。 **基国**:字成章,蓝翎千总。	

田墓表第七

国律民间土田交易,由卖者书立交契,交受业户呈县给印,粘贴布政司尾券钤记,承管防伪弊也。人心古质今漓,券文古疏今密,防之益甚。人即于防检偶疏之处,施其诅诈,不胜防矣。洪稚存《北江诗话》:"嘉靖中,山阴县民垦地得晋时瓦莂,大男杨绍曾从土公买冢地一丘,值钱四百万,即日交毕,日月为质,四时为任。太康五年九月廿九日。"对共破莂民有私约如律。噫!何其质也!今岂能之?五云庐所管土田只有数处,依今律照契刊表,分藏千亿子孙之家,虽有变易无虞放失矣。作田墓表。

按:王先谦《虚受堂诗存》第十卷《题陶心云跳山访碑图》内云:"破莂文同访大男,引孙渊如续古文苑,载太康时,刻石文云,大男杨绍曾从土公买冢地一丘,东极关泽,西极黄藤,南极山背,北极于湖,直钱四百万,即日交毕,日月为证,四时为任。太康五年九月廿九日。对共破莂,民有私约如律令。"与洪多"东极关泽,西极黄藤,南极山背,北极于湖"十六字。

墓田	祭田	山地
乌牛山:立契扫售绝卖产业人杨玉爵父子、杨尔志父子,杨全山、美山兄弟等将二都一区地名乌牛山祖遗父分关内之业,水田二十亩、大小不计丘,水塘六口、茅屋三宅,大山一围,周围以大仓、骑仑分水,凡水倒冲内者,毫无间杂,石关水口外,两岸山抵罗姓山为界,不必另载四抵界址。界内松、杉、竹、木、杂树、果树、园土、茶兜、麻土、余坪、沟坑、壕堤,并三宅杂屋、墙围、门片、粪荡、地坪、槽门等项,兄弟订立合约,概行扫售,亲属人等俱称不受,挽请中人彭文彬、廖振作等觅得廖祖庆云派下、五万祖派下裔孙承接为业,公作墓产,便为祭扫。因廖散居各邑,总书一契,不便收执,玉爵、尔志兄弟等商议,将价折作五股,书契五张,每房各收一张,廖姓免订合约。契虽分书,而业仍公管,公择值年人总理,当日总共得受田山价银七百两正外,又银水杂费银二十一两正,系杨亲手领	**土墙**:立契出卖产业人唐协和同弟永华,今将关分七都四区原接张姓之业、地名土墙坝荒、熟水田四十亩,大小不计丘。另立田单册载户名唐涤新正饷欠钱一分钱七厘五毫;七柱屯饷唐涤新九分九厘五毫,土墙坝、泉坝照额澈底车放注荫二坝,车埠、圳路,坉坝随田作坉;土墙坝下垄中、小港随田作坉,坝田供修坝之费,照田亩品股承管,坝侧西头茅瓦屋一头,并包皮门、月桁条、楼栿门匡、亮窗、沟池、粪荡、内外禾坪、余坪、基地俱全,其围园界址从香火堂中分,后抵围堤坐势,右边亦以围堤为界,尽问亲房俱称不受,只得挽请中人说合廖族五云祠承接为业,当凭中人得受田价纹银九百七十五两,系唐兄弟亲手领足,并包头押字。扦田、酒席、脱业、起佃,清规银水,平面一切,常例在内,比日扦交明白。凡属分受土墙坝之业,除割卖与胞伯濂泉水田三十五亩,屋宇东头一头之外,无论已	**乌牛山**:立契续卖阴地人杨尔志父子,今将二都一区乌牛山原葬祖父文青公夫妇于道光二十年将产业出售廖姓。公上契批存摘文青公夫妇坟茔穿心六丈,将文青公禁内夫妇坟茔坐势,左边齐茔顶发尺七尺窖石为界,杨人管理横量二丈三尺,上齐文青公老界址,直下三丈俱以窖石为界,凭中彭文彬、杨美山出卖与廖正作父子承受安葬为业,比日得受地价钱一十七千文,正系杨父子亲手领足,并未短少分文,自卖之后,禁内任廖阳修阴葬,照契管理,彼此不得侵占,日后不得滋蔓。立此地契一纸付廖父子永远收执为据。道光二十三年十二月十七日,杨尔志立笔。 此系杨尔志将坟禁售廖正作之契,原可不刊,后因正作将此禁捐入五云祠,捐契无年月,且不甚清晰,故并录之。 正作捐契:立捐丈尺契人廖正作父子,今因二十三年接买杨尔志出笔五云庐乌牛山契内批存老屋园内乳顶文青祖坟坐山,左禁横二丈三尺,上齐文青界址,直下三丈所接杨

续表

墓田	祭田	山地
讫。照股品分,未少分厘。自卖之后,杨姓兄弟历管之业,除批存坟禁外,毫无存摘,概服廖族公管,任廖阳修阴造,永无续赎异言,倘有老契,各据遗漏未发,日后执出无用、互混不清,出笔人理落。今欲有凭,立此文契付廖族子子孙孙永远为据。道光二十年九月十五日,杨玉爵兄弟亲笔押。	载未载、已扦未扦概行出售,毫无存摘。自卖之后任廖阳修阴造,守售听便,永无续赎异言,倘有互混不清、亲疏异论,有出笔人理落。今欲有凭立此文契一纸,其老契归胞伯福春收管,未便发交。今特照抄一纸,一并付廖族永远收执为据。 计批泉坝水抬五亩车埠一个,土荡作坉三亩,四车埠一个,竹山荡下作坉。此批。 又批,业内水路与唐濂泉田彼此经过无阻。此批。 又批,前面禾坪公共出路二比无阻。 宣统二年十二月初四日,唐协和、唐永华押堂侄春乔,依口代笔。	尔志出笔契内价钱一十七千文正,因风水不吉,密迩公山,不便外售,父子商议,凭五大房人等将所买之丈尺捐入五云庐管理。此系甘心乐捐,今欲有凭,立此捐契一纸,付刊乌牛山志。并杨尔志所书买契付公永远收执为据。 杨财忠契:立契出卖废穴人杨财忠同侄九和、白安,侄孙有元、梓亭等嘉庆二十三年先父倬芸接买洪声、尔志等二都一区地名乌牛山老屋园外阴地一契,倬芸公身故安葬此地,因风水不吉,买吉改迁,合房商议将所存契管契批废穴一处,穿心三丈,挽请中人杨先志、清福甘愿出卖与廖五云祠墓下嗣孙管理,当日得受地价钱六串正,系倬公房下亲手领足,未少个文。自卖之后,禁内树木、土石毫无存留,永无反复异言。今欲有凭,立此地契一纸,并洪声老契一纸,付廖族永远收执为据。光绪二年十一月初八日有元笔。

祠规第八

先人祠墓,保守勿失。由于经理得人,本祠向设值年二人,掌管收租、纳粮、承办祭祀、巡守山林、修缮屋宇及诸应办之件,房裔居安化、湘乡、益阳者势难及远,历由仪三房、熙四房住东车、衡田两支中遴择,取其与祠墓近而习于事也。惟择人大难,务求廉能晓事、不徇私、能耐劳者,三年一换,以均劳逸。曾文正《八本堂记》略言:"凡事有本,得其本如探骊得珠。"窃谓奉祠当以勤求值年为本,亦沧海骊珠也。事关宗祏,其曙于此旨,共守勿失焉。作祠规:

乌牛山墓田二十亩,岁收租谷四十余担;土墙田四十亩,租八十石。乌牛山柴薪,四五年始一剪伐,只取枝孽,不及树身,摊算每年入钱有限,年来百物昂贵,不加撙节,即供祭已不赡,完粮、纳税、修缮、添补、地方杂派,更属不赀。加以子姓来山与祭逐年增多,食货如此翔贵,动用如此繁夥,不思改图,其何能淑?古者凶荒杀礼,无非国奢示俭,权济时艰,则崇俭素,以杜虚縻,屏冗从而严浮冒。应趁此时勒定法程,不然数年之后,财力瘅痡,先祀不能举典,宁非过欤?

礼质明而祭取平旦,清明在躬,以与神接。主祭人五房轮派,辛丙年归户一房,壬丁年重二房,癸戊年仪三房,甲己年熙四房,乙庚年凝五房。周而复始,俾无紊乱,其人必择齿德为众所孚仰,分献亦如之。

值年二人以九月十二日入祠办事,本年主祭人及五房掌簿人十三日至祠,各房与祭人十四日至祠,照章持号领牌,惟值年主祭、掌簿及留供缮写大簿人,以十六日出祠,其余概以十五日辰刻会食后出祠。此道光年初立祭祀时,五房耆长所定,自应永守,以符规轴。

世间事理蕃赜,固宜变通,以尽其利,然其中亦有不宜变者,所贵明者能见其深,相与保存而永行之。道光庚子所订祠规,凡钱谷收放,颁发大簿五分,户、重、仪、熙、凝,每房各掌其一,九月十五日利成合食后,值年将一年经手之数呈出,由掌簿人核过,简子姓善书者数人照书大簿,数或偶误,粘条簿上,俟来年更正,不许涂抹。五簿一律、罔有参差,钤用朱戳,仍交各房掌簿人带回,敬谨收藏。庚子距今垂八十年,大致无甚差忒,先正立法之善也。近来加注是年经手值年名字簿上,更专责成,所谓不宜变者,此也。房下所掌公簿,或因典守不慎污损、遗失,除依样照钞赔还外,照旧章罚款归公示警。

值年有事会商,不可专断,如粜卖租谷、砍伐柴薪、修整屋宇、进退佃户、收放祠款盈余,均宜与房下长老咨度画诺,然后举行。不先筹议,迳行直遂,是谓偭规,设有失败,惟经手是问。值年新旧交替,二比亲率佣佃,按照图志查明田山界限,清点祭器、什物、门片、窗格、几榻、灯彩、铺垫、柴薪、钱谷、券折,造档存记,一领一卸,登五房大簿,以清权限而免推移。

族祠之设,固以奠安先灵,亦以惇叙族谊,若各怀意见,激为不平,失前人收族本意矣。凡我等子姓之来此者,诸事务归和协,毋昵近而忽远,毋挟有以耀无,毋恃强以暴寡,各惇九族之思以尽,一日之雅具在。《诗》曰:“不话不吴,胡考之休。”又曰:“戚戚兄弟,莫远其迩。”愿与诸父昆弟交相勉之。

卷中　艺文志

艺文志叙

廖树蘅

《宋史·艺文志》“《廖氏家集》一卷”，所录多马楚时人，衡山一门，尚矣。如融之“红踯躅繁金殿暖，碧芙蓉笑水宫秋。银河旌节摇星浪，珠阁笙箫吸月华”等句，大都承晚唐之后，开金、元之先，铿丽绵绮，自成一习。明季长沙廖次裴选《楚风补》《楚诗纪》，谈者谓：“汝坟江汉，何尝无风？惟湖外盖阙耳。”次裴诗法钟、谭，与其叔孟符并有声坛坫，选政之操，其发愤而有作。与吾宗，与衡山、长沙诸廖同出顺昌，南宋后世系不可考。自延祐迁沩，子孙散居珍涟萸峡间，文采未甚发闻。明清之际始有以诗文鸣者，以下作者渐多。夫文艺末也，然以此陶写性灵，纪述时物，圣贤不废。搜求遗帙，缮而存之，不希著录于史宬，庶几赓续为家集耳。作艺文志。

廖时霖

时霖，字乘六，号而山，户一房十七世。安化禀生，清初由车田徙宁乡十都金紫山，有《而山诗文集》。

时霖与兄御六并负文名，罕知其能诗，自与长沙宗人次裴酬唱往来，熙四房俨亦盛称之，名益著。《而山集》久佚，今从家牒中录出。

长沙过雪蕉堂，忆宗先生元度所著《楚风补》《覆巢余草》诸稿感咏

彳亍循墙认雪蕉，重来翻忆旧诗豪。风经补后看全楚，草自焚余痛覆巢。穷老一身同杜甫，悲歌千载续离骚。漫言手泽名山闭，湖海思君正郁陶。

春日寄湘乡易公仙公申

名重荆南玉一双，闲抛机杼织文章。楼霞半吐明湘浦，涛翠全收置锦囊。《半霞》《翠涛》二易集名。池草春深同入梦，桂枝秋老合飘香。惭余潦倒浑无似，廿载蹉跎鬓欲霜。

与陈伯敬论交

君不见，黄金满堂杂罗绮，门前车马喧如市。有时金尽绮罗空，亲戚秦越将毋同。又不见，昨日炫新妆，今日逐老商。自顾颜色常如此，翻云覆雨谁主张。

采莲曲

谁家女子荡轻桡，颜色欲与花争娇。娇花亦若解人意，迎风含笑舒并蒂。解道莲花本无情，翻为无情恼有情。停舟曳桨默不语，手拗莲房泪如雨。日暮舟空人未归，绿杨枝下鸩鹊啼。晚风吹波月色媚，认取鸳鸯傍花睡。打起鸳鸯莫并眠，人家良夜长如年。

长沙别吴月三感赋

金络连镳返帝乡，人来争看绿衣郎。君归喜到家千里，我别

愁牵水一方。得失自来关气运,声名宁只在文章。蛾眉拂镜犹堪扫,检点残脂再理妆。

县尹刘公招同北郊赏桂,余适归里,用山阴宋南聚韵赋诗却寄

仙葩不为俗人开,直待花城仙令来。树底坐横青玉案,溪头香泛紫霞杯。频呼野叟分余馔,更许村童共笑陪。归客独难追胜饯,西风驴背首空回。

奉怀陶先生五徽

五柳先生树,山中宰相家。风骚今屈贾,松菊旧烟霞。池水能医国,鸿章久印沙。楚南文献在,吾道更何嗟。

新　晴

疏帘卷雨晴初放,日脚横牵水阁斜。云带冷烟收远浦,风翻翠竹噪群鸦。静琴香烬蒸新晕,笤帚苔茵扫落花。更喜雕阑舒苜蓿,呼卢豪醉酒频赊。

廖廷丰

廷丰,字伟烈,号功堂,重二房廿二世。湘乡处士,有《雪香书屋诗钞》。

廷丰积学负才名,与其县人谢芗泉、张五渚交善。谢以劾权奸落职,负奇寡合,独善廷丰,以女子子妻。其子熏,字竹午,亦磊落有节慨者也。道光时,乌牛山墓田图志襄事甚勤。《雪香集》未付锓,此诗乃县尹胡采选存卷礼科,备他日续修县志刊入艺文者。诗豪宕,称其为人。所居青陂塅,残明马进忠之乱,男

女多死义，族女适谢者为寇所迫，自沈溪口下之风化滩。里人吊以诗云："可怜风化滩前水，洗出香魂伴月圆。"可以责矣。见家牒。

题易岛庵《祝融观旭图》

忆昔南陟罗浮巅，危梁岩磴相钩连。上有缥缈凌虚之石室，下临浩瀚不测之虞渊。天鸡初唱振衣袂，纷纷星斗落胸前。须臾云气生脚底，千岩笼入鸿蒙里。长松古柏走龙蛇，身如舴艋乘潮起。凉风谡谡山鬼哭，对此惊心还骇目。朝曦渐动云亦收，苍茫万顷金碧流。赤轮欲上不得上，波吞浪吐相摩荡。淼然水面接天根，顿令阳乌失背向。忽转羲和正辔手，推出洪涛三万丈。斯则宇宙之旷观，惜不得一同志者，相与赏其奇而穷其状，异哉！潇湘之水，衡岳之峰，清淑郁积生我翁。培风直欲摩苍穹，湖山杯块何豪雄。朗吟飞上祝融宫，双眸遥注扶桑东。戴笠复杖藜，翩然来日下。名在邹枚前，馆向梁园假。淮王诗句妙阴铿，泼墨为翁更写生。乾端坤倪归掌握，一驱沆瀣发光明。当年蜡屐神相接，今日披图意不惬。翁名已与祝融齐，我梦犹同罗浮蝶。噫吁嘻！予本樗栎材，翁则珪璋器。座间身价有低昂，景中人物无轩轾。好借丹青纪旧游，回首临风增远思。

张五渚刺史招饮，即席口占

绿荫前山过暮春，马蹄晴日卷香尘。关河鸿爪怀知己，风雨猪肝累故人。贺监解貂先觅酒，平原张幄为留宾。沿江十里花如锦，不必桃源更问津。

寓留云古寺，次罗九峰少宗伯韵

深山古寺独嵯峨，蔓草荒烟废垒多。寥寂川原归铁马，繁华事业笑铜驼。遥遥孤馆残灯暗，漠漠西风细雨过。入夜心旌转萧索，满空红叶下寒柯。

登衡岳

天风洗我半生尘，长啸空高物象新。七十二峰盘楚国，九千余丈立诗人。夏王书古谁为译，汉代松阴独自春。我欲仙乎餐石髓，朱陵何路是通津。

泊长沙城下

新涨才添楚泽湄，浪花低卷柁牙移。曙光初起灵妃庙，夜气犹涵贾傅祠。春入短檠红作蕊，风揉细雨白成丝。廿年旧友晨星散，一读停云有所思。

登岳麓寺楼

浃旬苦雨喜初晴，人在丹梯第几程。苍翠四山包古寺，楼台隔水面孤城。六朝松落樽前影，万壑泉流笔底声。我醉吟诗荡胸臆，峰头日日看云生。

宏济寺和杨云庄给谏韵

几树阴浓荫径苔，幽通洞壑石门开。龙蛇悟后安寥寂，猿鹤驯时任去来。古殿灵和峰磊落，定香僧与客徘徊。半生欲证无生果，输与生公说法台。

五千甲子日还余，老衲人传尚荷锄。山泽风烟资妙义，荣枯事业会真如。炉香瓯茗皆禅契，竹影松枝是梵书。不见巳公空怅望，残灯诗就夜窗虚。

舟下星沙

惊心往事一宵删，两桨东风过碧湾。浪啮岸痕巉似石，树遮村落翠成山。客途酒兴乾坤大，水国诗情鸥鹭闲。漫道英雄羞发短，枕戈长听夜潺潺。

廖振方

振方，字义有，号济安。重二房廿四世。居湘乡青陂。

振方，性恬雅，丰度端凝。自幼工诗文，同人爱之，屡蹶童子试，遂绝意功名。年七十犹手不释卷，著有《家训》一卷藏于家。字尤秀逸，人争宝之。

登荆紫峰

荆紫峰头万仞高，攀林蹋磴不辞劳。竹因冬暖新抽笋，鸟为天寒早结巢。独抱灵心盟古佛，朗吟佳句负诗豪。飘然四大无边际，自信云霄一羽毛。

廖幹良

幹良，字棫坡，重二房。居湘乡青陂。录诗四首。

闻杜鹃

寂莫空山雨乍晴，晓风遥送杜鹃声。不堪斑竹林边去，偏向飞花树里鸣。怨妇半楼残梦醒，离人一枕旅魂惊。几竿旭日孤云断，唤起人间无限情。

重阳前夜大雨有感

先到重阳一夜雨，飙风吹荡海涛生。鱼鳞漫涌龙门水，螺角寒深虎幄兵。秋满南山昏古道，云扶北斗荫边城。半帘红上疏灯影，对酒黄花蟋蟀声。

重阳登高遇雨

驻足芙蓉千丈顶,无劳蜡屐步峰危。玉樽倒海临风吸,铁笛横天带雨吹。烟莽项台嘶马断,云横飙馆起鸦迟。长空木叶萧萧下,想见参军落帽时。

重阳后一日,雨霁再登高

毕竟登高舒望眼,青霄立我任徘徊。半天薄雾鞭挥断,万里长风雁挟来。红日上晞珠树露,赤霞低映菊花杯。茱萸不恨相逢晚,醉把香英遍插回。

廖方达

方达,字昇生,仪三房十六世,宁乡贡生,官茶陵州训导。有《昇生诗文集》。没祀郡县乡贤祠。

方达与弟泸溪训导方远并有名。方达官茶陵时,搜刻李文正《怀麓堂集》,大府交推,以为有功文献不小,费凡数千金有奇。其子乔年助成其事,至卖田充用,人以为能养志。其诗草陶仲调《荣木堂集》有序,其不止吉光片羽服矣。道光时,新化邓显鹤采辑《资江耆旧集》,仅录其诗一首,又将其名误书方远,今为更正。而遗集竟无传,大约当日集未发镘,稿多散失,只合将邓选耆旧集中一首列上,以存其人。方达入祀乡贤时,乔年亦经有司上其事,诏建坊旌之,今治城西门有廖孝子坊是也。并准附祀官墙,父子同祀瞽宗,异数也。

客中野望

出门何地肯淹留,作客关山处处愁。谢豹原因家国恨,冥鸿岂为稻粱谋。柳经寒露丝犹绿,菊过重阳叶更秋。游子不堪吟落日，长天远水尽归舟。

廖可受

可受，字容斋，仪三房。新化岁贡生。著有《容斋诗录》。

湖外文事，当推云阳、梅山为正轨。自《怀麓堂》出，有明一代之诗不能过茶陵，古文当推彭思眷父子。怀麓之名众所知，彭氏至今知者犹罕，要皆不失为正声。新化欧、邓并称，磵东声气不及南村之广深，于其诣者，宁就欧阳之隘，不乐邓之宽，以磵东持律较严也。南村诗虽逊磵东，文则今之穆伯长。柳开以前，湘之文人多有理无法，至此始一开之，是以湘乡、湘阴、养知、葵园皆善之，此非一人之言也。居新化之乡，与磵东、南村相往来，性情遭遇，诗律无一不与磵东肖者，莫如吾宗可受明经。所著《容斋诗录》三卷，其门人陈今柱为之锓行，志中故未多录，有《赠啸汀四首》未入集，盖同治年馆长沙时作也。

述怀四首录三

陈蕃就公车，黄宪征不起。蓬荫掷楯叹，毛义捧檄喜。士固各有志，安能守长轨。寂寂以终老，贫贱非所耻。

低心就夷途，柔退我所持。富贵自有命，荣瘁各有时。时来不求至，强求毋乃痴。吾今得吾真，归休栖一枝。

翠以羽自毁，麝以香自戕。剑缺动以锐，齿折恒以刚。人生处末世，壮往必有伤。滚滚长路尘，同此名利场。我独争进取，人谁甘退藏。

感事二首

坏云垂空若山颓，宁波动摇城欲摧。登陴守将仰天哭，钱塘水犀军不来。旌旗黯淡日无色，望气全营惨如墨。不闻夷吾出江左，竟有张宾奔虏国。夏竦何耸琦何奇，贼言虽背颇不欺。至尊怀忧相臣乐，海氛未靖国帑糜。河边羖攊尔毋喜，合肥韦虎不用耳。

黑风扬波海水立，番禺城中暗无日。西溟老蛟形似人，一朝跳梁东海滨。军符夜促官军速，官军来时坦其腹。怒马饱粟走人谷，妖风吹倒元戎纛。健儿脱兜戏相逐，粤东男妇绕城哭。传闻风鹤日数惊，城外村堡无人行。都言贼徒不足避，但戒切莫逢官兵。

题磵东先生诗集

京华前后主词盟，怪得文章海内惊。肯与驽骀争径路，老甘山泽抗公卿。百年金粟如来影，一代钧天广乐声。窃有瓣香私淑意，不关阿好倍心倾。

初度感怀

早岁如弨不受檠，蟠胸奇气郁纵横。人间食客轻毛遂，海内文章怪祢衡。髀肉迩来消有骨，头颅如此黑无情。箧中龙剑尘封久，昨夜星寒宝匣鸣。

杂诗六首

漆园务逍遥，柱下尚清静。此中有真道，抑情乃见性。晋人袭老庄，适以资躁竞。矫饰盗名誉，标榜互贤圣。揆之恬退心，形搅神已病。激水无宁波，对面不可镜。风流骋清谈，愧尔玉尘柄。

膏雨悦草木，礼义出丰盈。琐琐闾巷子，谁无仁爱萌。比邻有波及，况乃同根生。有口非悬匏，所借升斗赢。木石被苔藓，生儿可无绷。彼为室家累，不免交谪声。梅开有寒暖，树让有枯荣。勿以干糇失，操戈戕紫荆。

鹄不浴而白，乌不黔而黑。禀赋有殊绝，受材实超特。自非得天定，移转借人力。吴簳岂不劲，终须筈羽饰。蓬非生麻中，岂尽如矢直。君看头上虱，厥质黝如墨。夤缘入褌中，久乃白其色。素丝可玄黄，歧途任南北。

遇险始运奇，不如宅安平。受病始觉痛，盍先慎养生。达士识机早，观患防未萌。从容奠磐石，谈笑消戎兵。不作琐琐计，亦无赫赫名。澄怀抱千古，远量周八纮。惟虚室生白，惟公心自明。蚁徙识天雨，鹊噪知天晴。

观形假鉴镜，正弓资榜檠。谁能驰边幅，放诞任其性。狂哉伧籍徒，日倚酒为命。礼岂我辈设，傲蔑古贤圣。置身衣冠中，放浪无检行。盲人策瞎马，得不堕深阱。

齐廉诧陈仲，鲁直称微生。暂窃乡曲誉，卒为识者轻。匪苛以不逮，正恶其不情。生人有常径，一往皆坦平。何苦示矫异，骇俗令人惊。君看诡激中，何一非奸氓。千乘不足睨，破釜乃失声。吾钦陶渊明，率真信所行。进不薄轩冕，退不高隐名。

和阮亭《秋柳》四首

灞桥重过怆离魂，曾记毵毵映水门。愁趁秋声来有信，事如春梦去无痕。驮铃古驿青枫浦，酒旆疏林黄叶村。惆怅西风摇落后，故园萧瑟与谁论。

莫唱当时金缕衣，腰围消灭旧容非。榆关书断征人杳，梁馆尊空赋客稀。绕树鸣蝉犹嘒嘒，辞巢归燕故飞飞。阳春烟景都虚度，一入秋来百事违。

江寒收潦岸经霜，十里萧疏带野塘。歌馆曲停红拍板，舞衫尘闭镂金箱。秋娘老嫁羞商妇，望帝残魂怨蜀王。空记春阴海棠会，千丝萦绕碧鸡坊。

汉宫隋苑旧堪怜，憔悴于今有暮烟。忍对日斜频顾影，可能风暖复飘绵。黄金渐褪悲游子，青眼争迎让少年。休道婆娑生意尽，十围还倚戍楼边。

舜卿伯楣成叔读书慧能庵却寄

不为逃禅不问禅，僧寮昼静拥丹铅。文章得助有清气，香火相陪无俗缘。月满江鱼添脑夜，雾深山豹养斑天。他时野寺凭增重，名姓磨岩次第镌。

送晏伯楣归里

金风击枯树，叶落如脱发。霜高岸棱出，野水寒生骨。登山望行客，迢递远林缺。清江带平楚，烟际片帆没。想见泊舟时，澄流映孤月。

益阳酒楼留别曾二

绕阑春水绿于醅，归思浓浓入酒杯。满市屐声随雨止，过江山色上楼来。相依客舍难为别，凭语征桡莫漫催。惆怅城西数株柳，几番临去重徘徊。

晚宿老鸦田

晚次老鸦田，孤村夕照边。岁荒人影瘦，乡僻路程偏。古木然阴火，空窑罨暮烟。登高望城邑，山远碧黏天。

残冬与谌芸凡夜话

风雪浩漫漫，天涯岁又残。与君俱潦倒，生计各艰难。土室经冬暖，藜床彻夜寒。对谈忘尔汝，松火坐更阑。

雨中自水口还大桥

笠子遮头两脚忙，村前村后雨淋浪。溪流盖路野桥断，石磴入云山径长。痴梦几回寻旧鹿，劳生终古逐亡羊。最嫌滑滗崎岖里，一带鹧鸪声断肠。

赠段处士

养拙山林六十春，全凭疏略得天真。长衫大布溪边影，跣足科头树底身。嗜酒可能嫌户大，买书从不计家贫。段家桥畔行吟处，早晚披裘共负薪。

自杉木桥归满公冲伍氏山馆

杉木坳边落日迟，珂溪桥上醉归时。沿途过客烟中语，缓步聊吟月下诗。栖鸟争枝喧绕树，夜虫当路暗撄丝。青萝深处山斋僻，遥指灯光射短篱。

湘阴道中

野水涵空远岸微，嗷嗷天末雁南飞。西风老树声初变，落日流民影不肥。正恐萑苻凭啸聚，可忘仓社备荒饥。腐儒袖手空惆怅，蒿目时艰与愿违。

湘阴舟中即目

雨霁东风暖，湖阴卵色天。渚荑初透甲，堤蕨乍松拳。处处蜗牛舍，家家蚱蜢船。生涯一竿竹，凭钓缩头鳊。

上巳招同社诸子集双清亭，即送谌芸凡归溆浦作

亭外山围似画图，东风两岸长蘼芜。翩翩白袷新年少，落落青衫旧酒徒。过渡晴花飞入座，送春啼鸟劝携壶。君看结曲交流水，抵得离情一寸无。

春柳四首

未央宫殿液池边，想见娉婷绿可怜。十里晓莺声恰恰，半帘

娇燕影翩翩。垂青有眼皆狂态,刷翠无眉不少年。一自汉家兵燹后,为谁含雨复和烟。

军兴日日送征骖,无复听鹂载酒柑。已去韶华知不返,再经攀折恐难堪。关心壁垒屯淮北,满眼风烟接汉南。为忆陶公开阃日,武昌城外旧毵毵。

屡岁金陵未解兵,九江犹驻亚夫营。禁烟深苑妆楼锁,暮雨空堤战舰横。穷海忽来飞渡燕,高枝分拥骤迁莺。凭谁早晚官军捷,绕栅添栽绿近城。

古水荒沟夕照村,客行避难黯销魂。回头灞岸人千里,会面阳关酒一尊。故国春旗悲庾信,天涯芳树感桓温。何时舣棹秦淮渡,依旧青青白下门。

初夏书院感兴

时难谋生百计疏,偶安吟砚得精庐。殷勤剧愧刘长盛,老辣方期晏景初。樟树扑云禅院古,楝花笼月夜窗虚。何当小筑松间室,扫榻焚香读道书。

同舍寥寥三两人,乱书堆里著吟身。虚夸声价千金帚,赢得生涯十束薪。客去衣衫常潦倒,地偏花药颇精神。人生识字无穷累,莫更耽奇载酒频。

欲办齑盐自作糜,空罂无麦鼠潜窥。渐看蛙冷尘生甑,差信家贫卓有锥。南郭逃归那免笑,东方饥死亦堪悲。已烹瓠叶招同社,何必家居数米炊。

绿阴交户昼生寒,花气薰人独倚栏。得酒便思千日醉,同巢聊喜上枝安。先生懒例援边孝,童子憨谁学井丹。世难相期各努力,未应高卧日加餐。

贼退登郡城

古堞带空壕,登临首重搔。雨声秋树急,云势暮山高。笨伯操团局,枝官拥椽曹。那堪凋敝后,土贼尚如毛。

自郡归过大桥文昌阁书感

高柳寒蝉噪落晖,段家桥畔晚烟微。村墟岁恶秋停社,野寺僧残昼掩扉。历想旧游陈迹在,偶逢相问昔人非。溪花涧草应饶笑,见汝年年此道归。

雪后宿慧能庵

江天雪暗晚蒙糊,残絮随风暂有无。冻树倚岩龙解甲,颓云低水兽垂胡。不劳僧笠行沽酒,且借禅床坐拥炉。约兴梅窗共今夕,梦魂清极未嫌孤。

效义山体二首

姗姗轻佩九连环,乌鹊无声万籁间。信有灵槎来海上,断无仙骨堕人间。蓉城毺氇春常暖,桂府高寒夜不关。酒醒梦阑河汉隐,独携残月下蓬山。

一去青鸾信渺茫,谁将消息报王昌。重关鱼钥铜铺冷,小阁鸳壶玉漏长。石壁感灵通洞府,海天随想入诗航。休言银汉红墙隔,历历明星在枕旁。

溪　行

山木抱云飞豹鼠,流溪咽石蹴鱼鹰。夕阳唤渡断桥外,知是前村归寺僧。

丁卯尝新

往岁尝新酒满卮,饭抄云子滑流匙。年来藜藿羹无糁,想到杯棬泪有丝。负米百年悲季路,涌泉终古愧姜诗。从今更欲营升斗,纵有微缘捧檄迟。

秋晚步东郭追忆磵东先生水东草堂

散步古城东,萧条入望中。兵戈十载内,烟火数家空。病树支离瘦,荒花烂漫穷。最难回首处,曾此拜庞公。

次韵梅谷子《秋日寄怀柯园之作》

卜居恰得古泉源,僻巷萧然似小村。人有狷怀难入俗,地多秋感易消魂。孤芳傲兀出丛莽,老树离奇蟠石根。怪得赏奇梅谷子,短篱疏雨梦柯园。

山　园

薯蓣虽杂粮,犹胜栗与橡。矧此收获歉,余粟才瓮盎。所望薯米足,亦得供馈饷。连旬苦秋旱,枯藤萎丛莽。昨来忽微阴,烟树郁莽苍。萧萧夜深雨,才听檐溜响。天明陟陇首,沟水流泱泱。喜我园中蔬,浥润寒绿长。

家　忌

恸哉生我恩,高厚等崔嵬。垂老爱弥笃,摩抚意无怠。所嗟家室贫,常念众雏馁。生无一日欢,梦有百忧汇。养儿不得力,豚犬次驽骀。迂疏昧生理,我质独庸猥。舍砚既无田,投笔不胜铠。奉酌惭瓶罍,熟烹愧鼎鼐。去夏避兵乱,挈家栖崀嵬。茅屋云漫漫,葛蔓石磈磈。豆饭亦共饱,藜苋不时采。山埘岂无鸡,就买乏财贿。时难缺羞膳,间日供脯醢。贼退还故宇,喜若更爽垲。呼童略除扫,顾盼颇光彩。谓言灾祲销,从此歌乐恺。衰龄积寒湿,脚病渐褷褷。徙倚不出门,卧箦几半载。有时扶杖起,欲行战摇腿。饮啖幸无恙,颜鬓未全改。庶几及秋凉,精神或加倍。路人来穰穰,江水去漼漼。穷士苦饥驱,去住难自宰。含凄别床前,泉泪落珠琲。冀负仲由米,归戏老莱彩。谁知桑榆景,旦夕有危殆。忍死望儿归,期迫不我待。椎胸既无及,噬脐亦何悔。此憾遂终天,就死空蹈海。偷生延残喘,欲慰实自绐。乾坤溥惠泽,不择萧与莒。我生独何尤,曾不容大块。饔风息树已,瘣游子归亲。不在非行负,神明何至膺。此莫赎罪惟,有泣血咋指。誓刻励毋以,污辱为亲浼。

李氏园看菊

出郭半里余,忽得清净境。既无车马喧,颇觉嚣尘屏。荒圃八九丈,种菊一二顷。笆篱护周匝,茅屋耸修整。凉天雨初歇,连畦发新颖。离离枝动摇,散作黄金影。斜阳澹墙阴,满眼幽艳冷。怀人惬心赏,得酒诗思骋。挥毫吐奇芬,舐笔写秋景。安得时时来,吟对风日永。

宴豪少

金缸散彩琥珀浓,哥瓷十样花草茸。粗锦被椅交芙蓉,抹手绣帕鲛绡红。上坐者谁颐颇丰,玉笋肥茁尖玲珑。岩电滟滟掣两瞳,举觥狂饮奔渴虹。醉中拍手胆气雄,四座不敢撄谈锋。酒阑送客月影朦,主翁鹄立花雾中。傲然当门上花骢,绛纱前导燃两笼。

秋晚登南台山书感

城东佳胜古南台,绝顶螺旋翠作堆。曾记囊琴寻路上,又携樽酒渡江来。霜干错坏龙鳞出,雨霁长空雁路开。不道少时题壁处,廿年依旧满尘埃。

偕诸学子晚话溪上

晚来天气好,溪上霭余晖。携手步沙路,科头坐钓矶。野风吹酒醒,村月照人归。小犬隔林吠,山斋深翠微。

牛家店

紫逻四山围,荒村满落晖。罢墟羸牸返,争树乱鸦归。防堵无休息,传闻有是非。穷乡征税苦,烟火数家稀。

延真观池上小轩

最爱延真观,临池构小轩。点名鱼听唤,息斗鸭能言。石屋将云盖,山泉作雨喧。丹砂藏处稳,记取老松根。

山中夜兴

山空木落客心惊,露下天高夜气清。倚望岁星占穀稔,卧听更鼓报霜晴。穷途侘傺思投笔,乱世功名属请缨。袴褶紫褾君莫笑,犹胜章甫一书生。

东郭幽居小憩

长夏苦炎歊,每念秋风爽。今朝西窗树,萧萧作微响。谁家好园亭,有竹门可款。人言小瀛洲,地胜惬幽赏。近市颇疏野,背城剧宽敞。笆篱绕林塘,苔径剪荆莽。徙倚假山侧,徘徊小池上。新凉疏雨过,洒地浥尘坱。会心不在远,展睡发遐想。何须买山隐,深林纵孤往。

小淹书感

一江云树远依稀,两岸青山合翠微。林表乱帆冲雾出,雨中春燕掠波飞。投梭雷泽人何往,乞米胡奴事已非。犹有生存华屋在,塔形楼势尚岿巍。

西陵港阻风

堤树苍茫缭四围,野湖秋涨浸斜晖。暮江风色帆争港,空岸人家水半扉。苦趁亡羊歧路迴,再寻藏鹿旧隍非。人间得失都如梦,且市村醪擘蟹肥。

长沙西城逢周三

古堞下黄叶,城隈与子逢。西风半江水,斜日对河峰。潦倒成愁侣,饥驱失旧容。一灯能就话,山馆听秋虫。

长沙旅馆题壁

斜卷芦帘坐小亭,西风掠面酒初醒。庭垂橘柚秋容老,市近鱼虾水气腥。一夜愁来头顿白,几人穷路眼还青。时危处处招乡勇,城上悲笳怕晚听。

将进酒

老奴拥彗晨扫门,铜铺晃射扶桑暾。龙头泻酒凸满尊,笑语绛帐生春温。十八张郎足标格,银鸾睒光练裙白。绿毛幺凤桐花香,对客团团弄明月。七星挂城更鼓催,主人起送婪尾杯。杯中拨云云不开,倒喝斜月东南回。东轩贫士背阑立,露苔踏久芒鞋湿。灯影幢幢独闭门,纸窗窸窣酸风急。白藤交穿作书笈,自入鹅笼百愁集。辛苦盘餐饱粗粒,石鸽吞声玉蜍泣。

题尔侯《达摩渡江图》

祖师东来是何意,精蓝坐破蒲团地。祖师何事复西归,杖头只履随云飞。长江拍天水东赴,风涛滚滚蛟龙怒。谁言到岸必须船,一苇飘然履空渡。化人御气游八垠,神为之马尻为轮。涅槃示寂遗厥身,凡所有相皆非真。精诚贯石石为裂,石壁千年影不灭。共诧讲经天雨花,岂识原无法可说。贪嗔不除徒舍身,纵欲相随那可得。

题刘仲德西郭新居并柬尔俟

结庐特地背城阛,疏竹高梧掩映间。绕郭清光一渠水,扑帘晴翠满窗山。老庞对宇遥相望,诸阮同游本自闲。肯扫松风高处榻,与君时约一跻攀。

呈高学师祝庐

一官清苦坐无毡,谁似风流老郑虔。到处筑台难避债,几人郎署代还钱。汉家博士穷成例,鲁国诸生幸有缘。独愧不其山下草,栽培无补托阶前。

土寇窃发避地居滑石缸

三家古步夕阳村,亭树萧萧叶打门。戏港野凫衔荻影,退潮沙蟹抱芦根。酒垆近岸渔人便,米舫停桡小市喧。不为时艰避兵燹,谁知此地有桃源。

晴冬早起

炙背南荣下,映轩绵袄黄。雾凝林作凇,霜簇草成枪。身贱通农谚,时艰祝岁穰。莫嫌粗粝涩,吾道有行藏。

仆于丹青茫无所解,诸生有初学执笔动诩遗貌取神者,漫题数韵箴之

丹青虽小技,笔端擅奇伟。变态入风云,巧匠夺神鬼。琐细逮微物,虫鱼暨花卉。逼真斯入妙,惟肖乃为美。论画不以形,此论不为韪。乌飞必缩足,牛斗不掉尾。体物一有疏,涉笔滋谤诽。我嫌卤莽家,动辄诩神似。遗貌言取神,取似能有几。证鹿可为马,诋象直如豨。苍莽同一望,渺不辨葭苇。窃恐吴道元,

写生不如此。愿君仿能品，循途守常轨。积久变化生，由貌得神髓。

横柏界道中晓行

冻日上绝壁，乱山层复层。冱寒泉有骨，干冻地生棱。岩处民多瘠，危途气益增。渐投平坦处，回望转崚嶒。

偕杨筱芝游浯溪，小憩息柯别墅

石磴高低草树荒，一溪云水黯苍苍。僧衣古刹供香火，人到空亭话夕阳。名境例从尘外赏，胜游争奈客中忙。君看断碣诗多少，谁似春陵老漫郎。

寄啸汀宗兄

汉代长沙守，云礽子姓留。与君追世系，于此溯渊流。吾姓之分处湖南如宁乡、安化者，皆后汉长沙太守廖立之后，往岁修族谱，受以为远溯世系，当以立为鼻祖。沩水枌榆在，资阳谱牒修。何时偕父老，扫墓拜松楸。

营得新祠宇，收还旧墓田。岁远年湮，祖山几致失业，赖父老之力，璧复归赵矣。足征先泽远，端赖子孙贤。霜降逢秋祭，家风溯祖传。乌牛山下路，回首意拳拳。

矫矫文场彦，才名信不虚。定应光族姓，何止大门闾。柳巷秋风老，梧窗莫雨疏。凭君顾南阮，判袂意踟躇。

顾我城南馆，知君注意深。几时重把臂，一见已倾心。梦远占池草，风高慕竹林。山阴知可访，便道拟相寻。

廖鸿兆

鸿兆，字竹庵，仪三房二十一世。宁乡监生。有《半舫诗集》。

鸿兆，乡贤方达玄孙，其六世祖世贵由安化铁炉冲徙宁乡东车。鸿兆所居曰许家湾，擅林屋之胜，宅西凿沼引溪水入之，跨沼甃桥亭其上，署曰“半舫”。养鱼于沼，如圣湖玉泉，暇日招饮亭上。叉鱼煮酒，甚乐也。邻寺有僧能诗，与斗诗牌，久之成集。性爱客，务推解。华容孙琪工书，游学来家，爱其疏俊，佽重金使游京师，果得通显。县人何焕有诗名，为唐陶山幕客，刻有《梅庄诗钞》。老年目盲，迎居园池，久而敬之。一日大风雪，踏雪溪上，见丐者披破单衣僵卧雪中，垂绝矣。解身所衣狐袿覆之，命舁置庑下得苏。留之过冬，丐善饮，一斗不醉。春暖丐辞，去日厚恩无以报，丐无他能，惟善握蛇，已授法从者，此后府中无带蛆之害矣。鸿兆笑颔之，仍予以钱并酒。人谓其事类查伊璜，惜丐非吴六奇也。诗钞本甚多，节录之。

游寄佛寺

禅关依古道，著屐入幽林。钟磬随山静，烟霞趁客深。敲门惊鹤梦，面壁听虫吟。惆怅僧归路，苔痕落照侵。

半舫偶赋

半阶桐荫受风斜，么凤鹈鹕绕屋哗。题扇旧留张旭草，藏书误认邺侯家。鱼争月上吞银浪，燕睡春寒梦落花。课罢儿孙春昼永，种槐庭院翠交加。

小辟荒园遍种莎，幽人长爱住烟萝。亭开楝子惊春半，窗剪芭蕉受月多。客为酒酣题画去，僧因雨歇袖诗过。阑干扑蝶香无主，闲趁吟鞋到翠窝。

送华容孙少白

避俗若韩康，卖药金陵市。伯休众所知，何地逃姓氏。君如鸥浪迹，我似鹤营垒。旧辟半舫居，疏泉灌渠水。环以珊珊竹，杂以短篱枳。观鱼小濠梁，宛然漆园子。庭无剥啄喧，径幽于太古。款扉忽见君，魁礌标韵宇。运腕摩钟王，谈诗迈徐庾。联床语壮游，烛残萧寺鼓。别酒为君歌，歌罢还起舞。君家傍章台，折柳空延伫。我家玉潭畔，望断归鸿雨。芳草送马蹄，帽影渡南浦。

晚集旷观楼

层楼迢递倚陵峦，四月风光尚薄寒。芳树绿阴侵绮席，夕阳人影上雕阑。镜中山列图书古，花里风回笑语欢。不放珠帘频跂望，子规啼处落红残。

庚申春，编小圃新成偶作

斗室依崖筑，危檐旁树齐。青归啼鸟路，红暝浣花溪。酒熟频邀客，诗成不问题。满园空翠处，松竹护墙低。

得地便为圃，浓阴四面遮。篱疏穿野蔓，径曲护新花。茶臼留烟静，诗筒挂壁斜。此间有佳趣，不羡五侯家。

春　游

微雨初过竹院寒，晚晴天气正春残。游鳞避客沉芳沼，语燕随人出画阑。花媚一村红影飐，树藏深坞绿阴团。旷怀时倚长松立，苍莽云山隔水看。

晚行溪上

溪山足笑傲，踏遍陇头春。村犊耕云坞，江鸡立钓纶。花迎沉醉客，乌避欲归人。待觅寻支路，钟声落远津。

夏日偕何云渚僧敏超过梧村,与璪侄兄弟斗诗牌遣兴

调琴拂几静禅心,香袅氤氲月色深。霭霭松风清画阁,霏霏梅雨潄书林。壶中自觉三生石,梦里谁来五色禽。极目清和无尽处,闲花野草入新吟。

碧梧庭畔乏仙俦,随意吟哦捡旧筹。不识杏林过药圃,却舒槐荫上诗楼。鸾笙响彻云收璺,雀舫波回水乱流。短榻未曾成客梦,一天风雨为谁留。

秋　暝

萧疏凉意扑银鞍,马上闻歌欲和难。枯草吟蛩秋满路,半山红叶响阑珊。

秋日雨后作

凉风吹破雨如丝,十里蝉声乍歇时。寒意入秋萍信老,一群花鸭啅方池。

廖承猷

承猷,字沩川,仪三房十七世。宁乡监生。

承猷工吟咏,邑人何焕尝评其诗整逸有度,嘉庆时为知县谢攀云选入《玉潭诗集》。今录三首。

水亭晚照

卖痴无市客,飘泊剑花生。水镜开山面,窗琴杂竹声。放怀论往史,闭户卧残檠。万景深林寂,时闻鹤报更。

星沙送友赴都

玉潭河畔水潾潾，柳折烟桥记昔春。那复湘城弹别曲，一江梅影照行人。

中秋寄居岳麓偶赋

人拥香街杂管弦，送瓜灯影淡轻烟。金城不夜秋如晓，银渚无痕水接天。处处楼台钩幕幔，罗罗星斗落杯筵。家园半隔湘西渡，丛桂应余旧日妍。

廖承治

承治，字雨亭，仪三房二十一世。宁乡监生。翰林院待诏衔，赠奉政大夫。有《觉梦草堂诗草》。

承治，为乡贤玄孙。四世祖裔居宁乡者，清初多富人。乡贤鸿、博两支尤阜，以明时子弟多藉于庠，国例生员免秋粮卅石。残明赋重，人多举田拏投秀才家免役，多者田至数千亩，奴婢至百余口。事详熙四房同春与子俨遗嘱。乡贤房嘉道时犹拥多田，承治袭先业，耽书画，所藏多元明孤本，翦茅筑别墅储之。县人刘愔，高士也，工六法，曾供事内庭，著有《悟香亭画谱》《诗文集》行世。承治为其入室弟子，岁时迎致于家，供其饩牵。愔孤介不轻许可，独善承治，并称其诗。承治能嫉恶，咸丰时粤寇过后，山谷妖民乘起为变，前陕西巡抚刘果敏典、举人印江殉难知县邓凌云方在籍治团，相与练勇，平之不言功。同治年，与熙四房新端建乌山族祠，不日成之。子七人，皆能养志，其时食指累数百，颇虞不给。没未廿年，子孙能复故物，人颂穀诒。诗本失去，仅存七绝一首录之。

黄陂郭大令庆飏出宰吾宁，有善政，署中新构明远轩，属作图张之。轩壁仿麓台《冬林行旅图》，并题七绝一首

羸马冲寒雪意酣，残鸦髡柳塞江潭。红衣乌帽关山路，一抹疏林认汉南。

廖祖桢

祖桢，字啸汀，承治中子，仪三房二十二世。宁乡诸生，候补知县。

祖桢有刘季绪之癖，好诃人文章，尤不喜谈诗，五十以后自陇上归，忽耽吟咏，甚工，人笑之以为季绪将变为高常侍矣。惟诗多苦心，与其本支可受之《容斋诗录》同调，将毋因时局日艰，瞻乌靡止，有激而云耶？同治时，乌牛山建祠，祖桢实与熙四房树蘅共之，当日鸠工庇材，经之营之，祖桢出力尤多，功不可没也。卒年八十三，五世同堂。子仲炎，新疆知县，先卒。

丙子正月将赴甘肃有作

少壮悔宴安，老大嗟行役。秣马立柴门，万感填胸臆。仰视堂上亲，古稀俱已历。衰病更侵寻，风烛惊旅魄。谁为犬马心，忍作天涯客。顾我数亩田，惟存树桑宅。众口日嗷嗷，株坐岂长策。频年恣浪游，徒凛数餐责。女嫁复男婚，已竭薄棉力。龃龉无一成，对镜伤头白。守兹藜藿羹，曷报昊天德。我闻古贤士，为亲曾捧檄。今幸翘翘车，驾言往西北。穷达虽云命，时乎不再得。不畏行路难，惜少乘风翼。揖我兄与弟，好护椿萱色。出入慎扶持，定省勤时刻。诫我子若孙，日点堂前额。努力事诗书，

勤俭绵遗泽。驻马语须臾,挥手从此别。朝发乌山云,莫宿沩江雪。万里阵云飞,千山惊鸟绝。边地苦凝寒,朔风衣削铁。冰冻鱼失水,士饱马溅血。日极黄河清,志矢冰壶洁。不愿户封侯,但愿名书帛。何时返故山,共庆团圞月。

庭前古柏

轮囷千尺锁苍烟,老傍茅庐不计年。天与贞心抑霜雪,阅残时局话桑田。好留余地蟠根大,独倚斜阳顾影怜。盼得东风旋解冻,隔墙丛桂正清妍。

游五龙寺

层岩曲涧路纡回,竹杖芒鞋度草莱。黯淡山川应酿雪,迢遥驿使莫逢梅。时长男仲炎在新疆,久不得消息,问卜于神。龙蟠旧迹遗规在,鸦背斜阳带影来。樵子负薪依树立,松阴竹影共徘徊。

珠泉老友招饮长沙高明游息之楼,座中纵谈海国时事,即席赋诗

频年踪迹溷林丘,重泛扁舟访渚鸥。湘上烟蓑逢旧雨,尊前海客话瀛洲。白波豪卷宁辞醉,寒雨连江欲上楼。莫怪诗怀太萧瑟,颓年心事等虚舟。

往长沙北门外开河工次,遂便道过校经堂开佛寺

朔风霜鬓感萧疏,策蹇鳣堂访异书。鸿爪雪泥陈迹杳,龙门日暖旧窗虚。佛经浩劫余荒土,人为时趋味故吾。城郭依然陵谷变,满江烟雨独踌躇。

戊戌秋日病中感怀

萧瑟西风厉,年年病累身。死生原定数,灾厄岂前因。良药

和丸苦,名医触手春。去蛇刚入梦,好鸟亦相亲。晚稻连畦熟,空困屡室贫。久晴曾怯旱,既雨又伤畇。怀旧悲荒草,忧时感积薪。多情此明月,终夜伴愁人。

廖锦梅

锦梅,字香浦,仪三房二十世。宁乡监生。耽吟好学。著有《听竹楼诗草》。

庚午季秋,五云庐落成敬赋

陟险仰高山,无远不凭眺。振衣凌崱屴,云峰辟奇妙。九月秋风高,龙虎助吟啸。岩扉绕黄叶,石窦开泉窍。庐高五云齐,隆然建新庙。依崖出华构,深谷避冲要。古墓越三朝,鹤表增辉耀。巍然换碑碣,松楸瞻日曜。拜石几何年,翁仲亦含笑。诸峰尽罗列,儿孙愿相肖。相将肃冠裳,登堂齐望燎。

慈利学署秋夜书怀

扫榻署斋静,灯光将上阑。鸦栖城市远,雁宿水云寒。别绪飘萍梗,诗情触笔端。程门惭立雪,相忆整归鞍。

星照树间朗,月明窗外秋。书声嘈枕席,虫语闹更筹。楼阁通佳气,关山纪壮游。滩声风送急,清梦警眠鸥。

秋日田家即事

茅舍烟横竹径斜,炊藜蒸黍是谁家。蔬畦惯惹穿篱犊,栗树争趋啄粒鸦。东道风高沽市酒,西郊雨润长秋瓜。衣冠不羡秦时旧,鸡犬随人踏落花。

冬日过友人故宅

池馆依然在,茶烟隔竹浓。水寒清客虑,径险少人踪。石出鱼潜穴,巢空鹤恋松。夕阳迟古道,层叠白云封。

江村早秋

叠叠罗云映水光,稻苗遗穗长新秧。环墙竹影高低绿,夹道槐花远近黄。日上鸦巢云渐散,泉侵蟹舍石生凉。移樽静倚回阑坐,却有诗情未可忘。

晚步溪上

蜿蜒沩水曲,彳亍步溪桥。风旋菱翻角,霜摧柳折腰。逝波看渺渺,征雁去迢迢。何处歌声起,儿童竞采樵。

廖　俨

俨,谱名启俨,字次仪。熙四房十七世。宁乡拔贡,选沅江训导。有《警亭遗草》《息六轩诗集》。

俨父曰同春,崇祯癸未,张献忠胁降不屈,断其右臂者也。有训俨遗嘱见杂著类。俨七岁能属文,语多奇峭,塾师诃之,自署其幅曰"再如此作文,令天下人笑我!"此语已惊长老。十岁补博士弟子员,屡蹶鄂闱,一夕,已抡元俺,得复失,充雍正戊寅科拔贡。巡抚赵恭毅荐举博学宏词,许诏试,值上宾罢行,恭毅旋以"斗南文英"旌其庐,聘主岳麓讲席。性疏达,家故有田数千亩,恒割与所亲之贫者。《湖南通志》:"廖俨主讲书院时,辇金以佽寒士膏火。"家由此少损焉。友惟湘潭张璨、胡祁绪,攸县陈之驱,同县推陶氏一家,密翁故其妇翁也。生平轶事甚多,县人胡泽潢、黄遇隆、陶仕偰三太史赠序言之甚详,见外编。宅旁有湖,盛夏不涸，值旱田，邻向乞水，应曰："汪洋之水，何乞之云？公等自为挹注可也。"即日四邻增埠十数，桔槔声四起。诗不常作，惟与同族倡和稍勤。相传康熙乙未，五房合修宗牒，谱引出其手，后以谱例不合，遂不与闻，其落落自将如此。

怀古五首录四

范大夫蠡

岁星固从越，少伯实苦辛。十年与一朝，弃取定天人。雪耻安足奇，霸图速且神。扁舟藏灵物，管父或非伦。

鲁先生仲连

齐生真倜傥，强秦不北面。画策解诸纷，貔虎罢争战。东海风洋洋，岂为千金羡。仪衍大丈夫，得毋愧贫贱。

张留侯良

辅汉为报韩，虎啸起大风。秦楚悬阴符，智勇胡为穷。受书旋辟榖，黄石本赤松。淮阴人杰尔，老子真犹龙。

严先生光

天子有故人，孤影桐江寄。披裘把长竿，耻钓王侯贵。烟雨大泽迷，达士行藏异。客星应苍穹，先生难位置。

紫竹庵

云通一径微，春日叩禅扉。室静花香入，神恬鸟语稀。局开僧失定，坐久客忘归。证取山中趣，无劳悟佛机。

次韵答谢康山惠贻新诗，客冬过予山居，欢留旬日

空谷知音少，山阴客兴多。亦同牛马走，翻喜雪鸿过。霜气融金玉，骚怀满薜萝。相看殊跋扈，岁晚慰蹉跎。

倾倒天河落，纵横国士豪。交情亲异地，诗律帅吾曹。愧我三村陋，轮君百尺高，何当投赠意，许赋鹤鸣皋。

大雾寺

蹑步最高地，盘桓在数峰。水声咽怪石，竹籁答疏钟。雪每余幽壑，风多隔古松。莲花清净域，车马亦从容。

己卯冬杪，寄张恺石同学

论交才半载，用意自千秋。剑影清潭水，珠光黯楚楼。三冬皆雨雪，一病盛离愁。闻舟中一病甚危。短褐寒难送，阳春调应酬。

己卯秋，偶读胡祈绪同学感兴诗，率和四韵

秋风万里来，声声动林谷。萧瑟澹长空，俯仰清且肃。野鸟倦飞还，逡巡傍茅屋。况复阵云排，雨意相委属。八百顷湖光，忧乐此间伏。寂寞伫芙蓉，所赖凌霜菊。楚客悲岂徒，醉翁醒诚独。天地警收藏，形神胡碌碌。岳色照柴门，啸歌答灵麓。

物理不苟合，志士护所珍。宁皆按剑人，山鬼笑湖滨。遭逢本适然，丈夫出处存。穷达命有之，读书岂无因。愿结素心侣，晨夕敕埃尘。高山流水间，声情细讨论。秋色随空取，元珠赤手扪。妙绪窥自然，为诗亦有神。有时天风起，意象入苍旻。不见抟云鸟，谁与斥鷃伦。

辟牖南山下，空明接远光。景物异阴晴，意态为更张。物情逐炎炎，时序倏履霜。莎鸡啾堂宇，寒蝉畏朝阳。消息理如此，忻戚安可常。鄙夫怯双丸，宴舞忙高堂。铺设盛剧场，罗襦颓酒浆。烛红彻夜深，行乐正未央。盏空银河落，灯影亦微茫。狼籍兴如何，达士暗嗟伤。每每探窗色，开卷证行藏。

宝剑挟飞鸣，不止光常澈。骅骝绝影驰，风生亦电掣。何事古文人，灵物翻屈折。岁月一床书，风雨声不辍。齐人教吹竽，夷然志不屑。钢经百炼成，及锋玉可切。声价重洛阳，透纸皆心

血。浮云翳长空，登楼生呜咽。憎命本文章，达匪论工拙。可笑荆山囚，不顾足几刖。年年趁天风，凄凄八九月。霜侵短褐寒，心沸炉为热。造物司权衡，颠倒在俊杰。此事观古今，此意终自决。

山庄晚雪

幽意山中讨，天低日易斜。流云争度岭，急雪舞翻沙。松上全欺鹤，篱边早吐花。无忧金错尽，村酿夜能赊。

江　行

楚江连夜雨，此日快初晴。远岫云边断，轻舟画里行。岸移村树动，风定浪花平。更望芳洲上，愁随春草生。

湘夫人祠晚眺

江岸湘妃庙，年年碧水春。朱幡摇浪影，玉幔集沙尘。雁阵迷青草，龙堆乱白蘋。惟余不尽泪，长自染霜筠。

早泛洞庭

晓钟刚出岫，又泛洞庭船。沙鸟迎风出，樯乌逐雾穿。地宽云是岸，山没水连天。何事烟波里，东征不记年。

武昌秋感

金风万里肃，玉露一天生。绿树漫村暗，黄花照眼清。秋来为客日，楼上对江情。喜看飞鸿意，层霄试羽轻。

古　松

古干苍苔蚀，云峰拥盖青。呼涛疑带怒，望岳欲分灵。奇骨骄冰雪，清光接杳冥。不堪秋夜静，幽籁隔窗听。

竹　里

一派冷烟含古壁，几多霜箨坠山池。中宵坐听潇湘畔，正是欲生风雨时。

族叔静超卒于泸溪学署，赋此唁之

凭公有道出羲皇，无术能医阮籍狂。十载几枯双眼泪，三秋今结九回肠。云埋沩峤魂何处，星陨辰泸水一方。不奈归途闻楚些，吾家文献太凄凉。

棱棱瘦骨本天全，敕断红尘定几年。早岁冠裳开后起，坐人风月俪前贤。遗文剩有悲秋赋，大雅争归北郭筵。犹有清风贮缃帙，庭前三树绕云烟。

悼茶陵训导昇生族叔

西风一夜老湘蘋，弹指都成过去因。毕竟羊昙惭舞鹤，谁云臣叔是痴人。胸惟有镜宁疲照，气更如云自绝尘。门祚那堪连遘厄，芰湖听平雨早伤神。公弟静超卒于泸溪学署。

人天法会散龙华，剩有图书插架斜。北海丰神曾伏鬼，东山啸咏直飞霞。澜回洣水罗奇士，文起西涯阐大家。曾捐金刻李文正《怀麓堂集》。未用蘅兰伤楚畹，芙蓉城定胜长沙。

己卯下第归，阻风沌口，时乘六侄拈工部《秋尽》韵索和，作此酬之

影随雁阵带云回，千里途穷水一隈。愁绪远牵江岸柳，悲歌聊送客中杯。南风歇后秋何竞，黄鹤盘空势欲来。底事不堪圆旧梦，尘埃面孔倩谁开。

连日舟阻大军山，叠前韵

何事狂澜未肯回，廿年情思冷江隈。风声偏自排归橹，气味真如中酒杯。冀北留群谁再顾，江东有句忆重来。仙楼望断难为别，喜见南云岳顶开。

初八夜泊双市

岸荻披离带雨丝，客心惭忆出山时。三年梦绕秋江远，九日杯悬夜棹迟。影入双江怜故我，人归千里有新诗。关情家事凭谁问，急得平安慰所思。

九日傍舟城南，同王子柚佳饮寓楼

城隅搔首意何如，此地难禁感慨余。对酒愁论归里事，谁人笑解说秦书。曳云雁阵惊秋老，绕槛花心遇雨疏。兴尽那能夸戏马，扁舟重入莫踟蹰。

梅族乘六侄卯秋分袂，久不嗣音，今春赴试，又掇高等，远来就我凌云馆，兼闻近诗盈帙，作此寄之三首录二

别来捶壁压拘囚，念子牢愁自不休。岳顶雾横盘俊鹘，长楸身倦笑羸驺。琼花无语催春去，绛帐移来为道留。喜听僧弥翻落后，吾家双剑是纯钩。

极知百里爱阿咸，两载何堪杳一函。作客远怜耕倚舌，卖文犹信笔如镵。欢言桃李栽庭树，应坐春风话赵衫。痴叔只今愁米价，逢人辞拙笑呢喃。

花石中秋月夜，饮程子日斯甥婿宅

岂是昭潭月倍明，撩人秋色扑筵生。纤毫影澈千峰净，嘹呖

声惊独鹤横。旅况我来淹一月，清光今喜醉三更。可无素发愁银汉，好把蟾宫子细评。

天河倒泻宕金波，分得遥辉净薜萝。冉冉花香侵露细，沉沉岳气入江和。楚南清绝虽如此，明岁风光定若何。宅相团圞人月话，酒余拈笔遣诗魔。

石潭过访谢康山，欢留连日，奉和扇头见赠诗

黄叶日催秋色老，素心人与世缘疏。樽前歌舞凭谁壮，岳底烟霞护独居。才大意难归矩尺，情奇户亦辟空虚。喜看雏凤层层彩，掩映湘天更自如。

再酬梅文麓见赠原韵

难遣情怀半醉乡，每逢佳士发清狂。悲秋意自多南楚，论古诗应薄晚唐。千里浮名惭我共，孤行亮节许谁颃。最怜几曲清商调，好入云和奏八琅。

湖海论交未几年，销魂长与别为缘。最难剑合平津日，绝喜樽开八月天。兴到名园无问主，诗消旧恨屡传笺。我歌骊曲牵君思，一望枫林意黯然。

次乘六侄寄讯一首答之

当年声咽放还初，千里悲风飒太虚。幸有歌酬如意舞，可无食恋武昌鱼。家山封雾迷征雁，客馆孤情系远庐。愁绪只今随乱柳，何心词赋拟相如。

雨余同赵外舅泥饮村庄

闲来兴亦发山罍，喜试春华雨后催。冰玉何人思映日，莺花有句欲登台。尘抛万斛随云薄，座对千松送翠来。解事村梅情更重，泥途香送马蹄回。

登 楼

江上群峰拥一楼,楼前极目大江流。天寒节序霜催雁,客感登临月满头。荒草已随宫锦没,名山端为酒人留。古今不尽凭栏兴,万里苍苍吴楚秋。

新 柳

春光未露汝先知,绿浅黄深二月时。眉黛不劳张尹画,腰肢已动楚宫思。迷离绣阁窥舒眼,宕漾晴窗看吐丝。最是离亭垂别意,几多游子赋新诗。

寄胡祈绪同学

人在云峰第几层,天章倒影带湘澄。奇情世尽推中散,诗格时谁敌右丞。我久猎场争逐鹿,君犹江上试呼鹰。当春说奏青峰调,应笑松门未有僧。

廖含章

含章,字芬田。熙四房廿一世。宁乡监生,赠荣禄大夫。有《五云庐志初稿》《春泉堂诗录》《文录》。

含章所居春泉堂,为元延祐时旧基,乌、柏、樟、栗,大皆百围,苍藤缭之,同治时犹存。罘罳山人诗所谓"三朝乔木远青苍"也。先业既丰,兄弟三人析居十三年,念两兄不给于用,邀合爨,均隆杀。其资产已倍于初,伯辞焉,与仲同居至老。性颖悟,读书博涉多通,不为俗囿,拟习业大学,已戒涂矣。姻家叶翔德驰书尼之,遂辍行。笑曰:"此行倘得校官,自忖犹能堪之。惜为催租人败兴也。"事亲能尽忠养,父曰锦江,自营生圹,筑庐居之。今名"如在堂",隔春泉堂两里,越日一省视,风雨罔间。二亲没,合葬二十年矣,察有水害,与仲兄景福重趼数百里,郡属山水佳处靡不至,最后得湘乡金鸡山、燕子崖两穴。笃于宗亲,远祖自四世、五世至七世坟墓、祭享均竭力为之,事皆办。咸丰丧乱,旧业稍不如前,童孙未成,意稍颓矣。日惟诵名家诗自遣,尤爱玉谿、渔洋。笑曰:"两家本不相侔,吾自耽嗜之,江瑶、荔枝同味。非大苏莫辨也。"晚年不常作诗,所存皆中岁作。卒年六十八。王闿运为之表墓。县志有传。

和揾芝兄见赠原韵。兄耽经术,屡踬棘闱,性狷一介不取。授经大雾寺,以余颇受天颖,赋诗见勖

守墨真成一世豪,不辞糠核郁蓬茅。长耽服郑千秋业,傥许方干一第叨。顾我无长同袜线,输君有用胜铅刀。客儿宁待阿连助,标榜从知作意劳。

园居苦雨,柬翼之石佛禅林

雨久苔痕蚀苑墙,荼蘼开尽示闻香。营巢燕啄芹泥细,蜡屐人归石径凉。时节花风惊楝子,春深草色梦池塘。宵来恍惚游山寺,携手龙潭话夕阳。

和刘景唐见赠原韵,兼约来园

世缘惭我拙,诗笔让君清。欲效云芳子,欣逢柳梦庚。看花随径湿,望树隔溪荣。独酌翻成闷,心香待月盈。

上巳前一日,与宋小山、刘景唐、周春浦、刘笄垞、喻午庄鲁门修禊玉潭,分韵得流字

别馆停骖集胜俦,风光依约会稽游。人间俯仰成今古,望里云山若献酬。天爱芳辰清昼永,人先上巳羽觞流。玉潭千尺芦

花水，涤尽寰中尔许愁。

午庄惠水仙，诗以报之

花坞分携到草堂，素瓷文石伴幽芳。卷帘月悄初无影，破冻风尖乍有香。洛浦人归罗袜冷，湘皋珮曳梦痕凉。敲冰自取清泉注，倪有微波脉脉将。

展重阳日，偕社友游里中盘泉寺

山腰危栈势萦回，笠屐同参绝顶来。天迴烟岚争出没，龛闲龙象积尘埃。黄花有约酬佳节，白社多情覆旧醅。赢得山童齐拊掌，接䍦人已玉山颓。

元夕赴景唐剧席，雪月交辉，泥饮达曙，席间分韵赋诗，甫归复以诗来索和，走笔答之

四条弦急滚梁州，一片春声满画楼。花雪表年仍皓月，承平歌舞到林丘。灯前正拍欹乌帽，客散催诗走绿鞲。我醉欲眠聊复尔，枯肠禁得几回搜。

壬申九日

跳丸容易逝东隅，白发苍颜入寤思。香暖茱萸将进酒，感深蒿蔚罢哦诗。五更寒彻泉台夜，九日风凉丙舍时。落叶满阶书满榻，起看朱墨泪如丝。

云门寺瞻普门大士金容

旧县经连道，名兰附郭开。参天余老柏，弹指见楼台。一瓣香成篆，三年愿未灰。为先公礼岳三年期满。尊高真妙手，依栋几徘徊。

祝融峰和刘景唐韵

紫盖芙蓉列下方，九千余丈接穹苍。天边朱鸟犹余咮，世外飞仙尚有梁。峰右有石，可坐十数人，凸出悬岩，名会仙桥，上镌“何人曾此会飞仙”七字。望日台高藏舍利，峰左下为上封寺，寺外有台，可望日出，上有舍利塔，湘潭李文庄胜芳志。念庵松古压冰霜。右下为观音崖，明罗洪先读书处，古松十数，偃蹇如支离叟，高不盈丈，相传为罗先生手植，人呼念庵松。登封岂是重华事，玉检金泥定渺茫。

喻三鲁门志行芳洁，君子人也。家累甚重，入都应礼部试，非本愿也。冒雪道途，赋此送行

节义堪登独行传，科名期现宰官身。謻台汩没平生志，贡举当知困学人。万里鹍鹏舒健翮，弥天冰雪压雕轮。世间婚宦诚何乐，送汝临岐一怆神。

癸酉清明上冢

细雨连山百六天，岭头无树不潸然。烧苏荒磴寒犹勒，水决空陂柳乍眠。屃屃渐滋金粟影，纸钱空拜墓门烟。问安无术增怊怅，淅沥风声咽谷泉。

庚辰斋居书怀

昔年拟观光上京，友人叶翔德驰书尼之，以谓家食充足，宜键户课子，无庸驰域外观，迄今岁纪一周，别无增益，书此志慨。

十二年来事屡更，填胸磊砢浩难平。吟情苦炼秋池蓼，铅椠犹悬雨夜檠。作父已难焚子券，课儿犹怯倒孩绷。清溪绕屋花如海，难遣吴瑛醉后情。

廖新谊

新谊,字福成,含章长子,熙四房廿二世。宁乡监生,有《古梅仙阁诗存》。

新谊少工制举文,试辄列前茅,性儒缓,场中必燃烛,族有名新颖者亦绩学能文,与之同性,宁乡朋试近二千人,夜深出棚,尽余双炬荧荧,则两廖生也。新颖旋获隽,谊独否。县人惜之。书法摹松雪,有手书谢希逸《月赋》,神似天冠山碑,其犹子树蘅为之钩勒入石。喜饮不能多,多辄怒,人不乐近。有子慧颖绝伦,人称圣童,十二岁殇,因此益湛于饮。性爱莳花,所居老鸦坡种梅数十本,花时香涨壑谷。通青乌家言,四世祖葬乌牛山,道光时修图志,属之主绘,茧足重峦,不辞劳瘁,绘图帖说均极详赡。吟诗不多,能脱弃,几近随手散尽,兹于人家灯屏上录出数首。卒年五十九,树蘅子来后。

游小桃园

松林一路净烟霞,瀌瀌泉声石径斜。满坞桑麻人不见,惟凭鸡犬问谁家。

蕉　阴

种来蕉叶绿为天,跂足花阴自在眠。隍鹿不须频入梦,此中空洞好安禅。

移居老鸦坡,春日无事,即景书怀

纤槿牵萝便作家,石铛茶臼足生涯。万花谷里香如海,闲看蜂王闹午衙。

廖新端

新端,字培吾,含章中子。熙四房廿二世。宁乡监生,府知事衔,赠荣禄大夫。

新端兄弟三,次居仲,伯、季均乏嗣,独端一子树蘅。伯先有子,乳名湘一,甫四岁,颖慧如成人,读书识字,工属对,人称奇童,十二岁殇,历数十年念之犹汍澜也。又,从弟新峿性贤孝,从县人马昌培游,工文章,习经史,手录杜佑《通典》,成巨帙,亦无年,恸与湘一同其笃于天属类此。幼患咯血,楼居三年,食淡未沾盐酪,疾良已,因此绝意试场。所为诗文,仍有法度。道、咸时,谷贱伤农,族人多弃田,新端独专力治田,得保存。勤于追远墓田、丙舍,父作子述,罔非损己益公。喜观书,留心政务,斗室中史鉴邸钞撮要写定,积成厚本,老犹不辍。湘乡洪彭述赠诗云:"满院松花点苍雪,白头编写史宬书。"纪实也。卒年六十五。

题斋壁示儿

室堪容膝便能安,茗灶新泥尚未干。莫把韶光抛却尽,寸金容易寸阴难。

邓蔚春芗海以举人官慈利教谕,因事解组归,居里中之阳和塘。春日同游大雾寺,夜宿僧楼,芗海作诗见贻,赋此答之

笠屐苍山路,同为物外游。斋厨参玉版,诗思涤冰瓯。身世遗荣赋,浮生不系舟。邓君意难释,然以此广之。僧毡差可卧,话雨尽更筹。

附录邓作：

偕廖培吾上舍游大雾寺，看扶鸾，夜宿山寺中

磴道盘空万绿稠，禅关好共白云游。仙人来跨天边鹤，旧侣重联海上鸥。风雨惊心三月晚，江湖回首半生浮。空山寸草皆灵药，底用携锄过十洲。

乙丑九月十八为余六秩生日，老友王雨农工绘事，作《寿山图》，系之以诗，兼及儿子入泮，拈此报谢

人生六十不为老，今我胡然双鬓皓。多君写作寿山图，积素皑皑出林表。君如大壑罗众岫，君子孙众多。我只孤山一峰小。一芹偶掇何足云，劳费诗才兼画稿。明岁君年亦周甲，白髭红颊容颜好。天生摩诘沾佛性，鸾胶不问稠桑岛。周妻何肉不相干，留得清芬还大造。君中年丧偶，不再娶。君其自作辋川图，华子冈头富香草。君喜艺兰，园中盆盎皆满。乞君貌我著岩壑，筇杖相随恣幽讨。

廖灿星

灿星，字石臣，次仪六世孙。熙四房廿三世，居宁乡塘冲。

游岳麓有感

四围杉枥压檐青，坛席都归岳效灵。庭草争酣新雨露，讲堂空穆旧仪型。六世祖次仪公康熙时曾主讲此席。蒲帆叶叶开星渚，落木萧萧下洞庭。日莫风高无限思，不堪重上望湘亭。

春日怀友人

林莺睍睆朝曦上,红紫争春次第开。愧我疏慵消岁月,多君气谊拟风雷。芸窗有志搜青简,尘榻无人扫碧苔。回忆西林歌笑日,看花同尽掌中杯。

廖基植

基植,字璧耘,含章曾孙,新端孙、树蘅长子。熙四房廿四世。宁乡诸生,保训导,赏四等商勋、五品顶戴。有《紫藤花馆诗钞》《伯诚文钞》《绿净轩词》《骈文》《尺牍》《随侍葵源官书》《银场日记》《丧礼辑略》等编。

基植生八月,识一陶字,六岁祖父口授五代宋人长短句,一日以《春雨》命题,成唐多令一阕。九岁出就外塾,归家得四十字,颔联云:"园中穿弟影,门外识儿声。"祖览之喜甚,以为小儿能若性也。笃于天属,不忍一日离家。弟妹并喜吟诗,自相师友。弱冠补弟子员,不喜八股,然为之辄见赏宗匠,傥得复失,澹于荣利,耻干人,中年仅一应乡人之招,居漳州,一年归。丙申侍父水口山银场,每日未明即起,燃巨烛治官书,精录《礼经》一页,已毕《仪礼》全部、《周礼》半部,矿务则一身任之。灯下读经史、宋五子书,录日记,在矿十六年无间断,日记没前三日始辍笔。会有言于州将者,谓廖基植治事之才过于乃父,基植闻而憾焉。其父笑曰:"此鱼藻之义也,然其人可谓巧于排笮矣。"自是基植日思退,苦不得闲。辛亥革除,其父因病先归,省垣行政者虑基植去而矿难得人,再三留,不可。及受代委一姚姓来场,勾稽出纳、发档册任辜较。姚君叹曰:"天下宁有是哉?吾舌犹存,归当言之人人,俾知并世尚有此廉谨人!"以壬子正月归,工场人及地绅送者以千数计,有泣者,基植亦潸然。治矿本极危苦,土石崩陨,水火突发,日夜惊心。两患发背几死,前后数年,母、妻并丧,忧能伤人。甲寅正月,没于衡田旧庐,可哀也已。父友王湘绮重其为人,没后来家,评定其诗、词。中梅李士铨、龚作畴千里来临,武进李宝淦尤伤之。

冒雪赴洛伽山寺,用昌黎《山石》韵

天风欺人酒力微,雪花如掌空中飞。破裘乌帽犯晓出,平林衰草黔驴肥。溪桥冻合水泉涩,石头路滑行人稀。是时萧然万籁寂,丁丁啄木寒乌饥。招提忽转绝壁下,老僧肃客开荆扉。苔花如钱绣金兕,苍藤倒挂凝烟霏。枯枝带雪斫云壑,入门下马红炉围。会须联吟嘲石鼎,宁待火尽方传衣。洛阳伽蓝久煨烬,把茅聊且容孤羁。暖汤洗脚倒床卧,明发杲杲吾其归。

采菱曲

晚霞十里明轻罗,银塘滟潋生微波。秋菱团团露头角,风来历乱争相磨。兰桡桂楫来烟际,玉腕娇鬟斗妍媚。槎头细语人不闻,惊起隔花双翡翠。纤指玲珑软玉枝,风前自掠春云丝。香魂如烟隔花语,搔头暗坠芳溪湄。翩翩年少谁家子,斜倚金鞭笑相指。低头不语梨颊红,撑船避入汀烟里。

园庐课弟妹读书

寂历茅斋傍竹开,鸟声花气入帘来。轻阴几日开新霁,久雨闲阶长旧苔。雏鸭刷翎春水暖,乳莺调舌午晴才。长镵自向西邻去,乞得芭蕉带露栽。

榖阴蒙密掩窗虚,尽好园林慰索居。花落晓风沉蝶梦,客来夜雨剪畦蔬。浇愁赖有床头酒,医俗频探架上书。好是几竿新竹子,隔墙分荫到庭除。

飞花缀锦草如茵,帘卷东风净曲尘。池面攫鱼猫哺子,林间锄药鸟亲人。客因避俗门常掩，诗为频删墨未匀。一笑执经来弟妹，每从花底立逡巡。

癸未读书麓山山中，景物绝佳，仿吴嵩梁游武夷之作，每于胜处作诗纪之十首录四

松阴弹地蝉声凉，溪水半篙明夕阳。吠蛙唤人似相识，石梁横锁烟苍苍。烟光水光浩如醉，衣带重重掩山翠。鲦鱼散影碧波澄，大有蒙庄濠上意。崦风凉透蕉衫细。

右咏归桥

青山一角余斜晖，参天古木皆十围。秋来微霜点林薄，珊瑚瘴海腾光辉。西风萧条白日暮，天半蒲牢吼深树。万鸦争噪赤城霞，息辙空亭屡回顾。令人错认桃源路。

右爱晚亭

长松谡谡吟风细，六朝如烟花雨坠。嵌岩剔壑露精蓝，薜荔侵墙苔满砌。自矜游历腰脚顽，芒鞋踏遍不辞孱。云堂日午仙梵静，林峦幽丽开心颜。山中日月何闲闲。

右麓山寺

攙身绝巘天豁开，松声万壑殷晴雷。危亭嵌空森欲动，隔江万井堆楼台。湘烟湘雨浮高栋，香草风流思屈宋。浮生未了归丘墟，城郭人民同一梦。骖鸾拟纵青丝鞚。

右望湘亭

春日馆中和家弟次峰作

又是春光欲莫时，嫩莎庭院雨丝丝。暗渠流影通花径，上阁轻寒斗酒卮。尘事渐稀孤馆梦，冶红新绽小桃枝。沉绵药里休相笑，长日心情总觉痴。

碧浪湖宴集和湘绮老人作

和风扇郊甸，微雨洒芳尘。言偕素心侣，结轸出城闉。晴湖滟潋光，一碧浩无垠。上有骄王殿，岁久沦荆榛。缅维创霸时，豪侈迈等伦。紫薇盛丝竹，祓禊湛清醇。人事有乘除，访古来遗民。主人敬爱客，置酒扬芳斟。雏荷间新竹，绕涧生漪沦。依然螺黛雨，点染山光新。嘉会谅有常，兹焉垫乌巾。

由龙潭口至石佛禅林

斜阳恋崖腹，返照入林薄。幽寻度石梁，山径经荦确。香芹茁水裔，杉竹连山郭。琳宫露烟际，隐隐见金爵。拾级升陂陀，登堂惫腰脚。阶前薝卜花，白香生静觉。谁惊山鸟喧，孤磬一声落。

乔 口

半江红树逐帆移，斜日轻风放棹迟。绝爱浅黄深碧里，峥嵘微露水神祠。

舟次扁担夹

烟空山色遥，露下江水澄。涓涓深潭畔，爱此孤月明。西崖窅深黝，渔火明星星。烟中见孤塔，突兀愁攀登。羁心合夜色，苍然满郊坰。严城信有情，时闻鼓角声。

舟中对月

盈盈江上月，皎皎照愁生。清辉解相送，婉转若为情。远岸浑无际，江流静有声。南飞有孤雁，累汝报行程。

夜泊南星港

隔岸犹闻渔笛声，城头宵柝已三更。人喧汉港舟争泊，风静鱼龙梦不惊。灯火随流呼卖酒，戈船放哨夜鸣钲。回看湘上青山远，银烛乌丝纪去程。

舟过岳阳楼风利不泊

峥嵘楼堞倚晴空，碧瓦朱甍照落枫。山势抱江趋下隽，江豚吹浪舞蛟宫。连城气共霜华白，趁市人喧晓日红。甚欲凭栏访回老，天风飞送大江东。

登黄鹤楼故址感赋

黄鹤仙人不可招，渚云江树望迢迢。黑灰已换当年劫，丹壁犹明落日潮。笛里梅花和梦断，洲边芳草易魂销。低徊不尽沧桑感，又听霜笳咽丽谯。

舟晓望小孤山怀二舍弟

晨光汛天容，波镜净如拭。谁将绿玉杖，倒向空中掷。凌虚矗危塔，戍削瞻绝壁。水气合孤烟，空翠混一碧。琳宫上朝旭，可望不可即。灵均去已迟，剩此天问笔。自从别君山，寤寐常相忆。朅来未兼旬，灵镜欣重觌。他时倦游归，为君述历历。

嘉兴舟次

摵摵霜林战朔风，空蒙水气罨孤蓬。离离浅渚蒲菰合，细细寒流汊港通。荻火熹微渔子舍，桑畦依约梵王宫。悬知郡郭无多路，白塔朱楼在望中。

西湖灵隐寺

万木槎丫蔽夕阳，薜萝深处见红墙。泉飞涉磴凉生袂，石引苔痕绿满廊。佛座烟销仙梵寂，僧寮人静法华香。拈花试向维摩笑，已避人间半日忙。

雨行常山道中

群峭来江右，嵯峨八面环。云阴迷废垒，雾雨锁雄关。风劲添寒重，愁深得句悭。鹧鸪啼不断，何日唱刀镮。

铅山道中

无数鹌鹑噪夕阳，东风骀宕菜花香。青鞋布袜鹅湖路，不待猿啼已断肠。

崇安道旁见桃花盛开寄内

攲侧篼舆踏浅莎，家山回首夕阳斜。东风不解游人意，催放天台洞口花。

便欲归家得计无，长途濡滞客怀孤。故园消息从头问，春到花源第几株。

自崇安至延平，江中怪石林立，舟行甚险

江中峩峩千艇闹，江头呼謈万人噪。长绳百丈袅空中，线路延缘腾复踔。问君摇摇何太苦，水底牙鬣森虎豹。中洪一线差容舟，十丈奔流复飞瀑。长风一掷涛怒翻，澎湃舂撞不容棹。上滩濡滞更奇窘，要与飞流竞雄骜。寸移尺进旋后却，竭蹶几同河转漕。篙师负手坐长叹，咫尺犹难刻期到。刲牲打鼓赛江神，傥许天吴息横暴。自从重趼履岖险，梦回孤枕犹惊悼。宁知水宿更颠危，呼吸存亡难逆料。伊余寂寞甘蠖屈，浪迹风尘非所乐。

饥驱跋涉五千里，寸意愔愔向谁告。夜阑舣楫傍芦碕，收召羁魂入灵窍。推篷四望天茫茫，举酒酹江还自劳。

病起登延平城楼寄舍弟

暖气初回大布裘，也随吟侣强登楼。一春烟雨天如醉，绕郭浮岚午未收。丹嶂茫茫连四郡，沧波淼淼合双流。桃花如烧栟榈绿，收得青阳入倦眸。

山郡人家水竹居，刺桐花罥土神祠。饧箫闹市初晴候，渔笛冲烟欲暝时。吊古荒陵悲霸业，怀人天末误归期。东风城郭荒凉甚，闲剔苔纹读断碑。

大风渡海

苍茫四顾天无垠，双轮激水银涛奔。阗阗旅枕雌雷鸣，浓云涨空蛟窟昏。亏蔽日月迷乾坤，北燕东粤烟一痕。长鲸跋浪海水掀，饥乌敛翮楞索蹲。烟中岛屿相吐吞，万怪惶惑难具论。我来乘桴遵海滨。郡邑咫尺成通津，谈瀛何异虱处裈。须臾噫气祛游氛，碧波如镜光鳞鳞。千樯万橹来纷纷，言辞海若庆诞登。呼僮斫鱼兼倒樽，烟涛微茫劳梦魂。

随府主及同事诸君出漳州东城，便至南山寺

飞盖出城闉，循涂寄幽兴。风柔白袷宜，荠生沙路净。青畴秀禾黍，濯濯苞初孕。新水涨空陂，雏荷拭明镜。榕阴兼竹翠，凉意一夌晕。好鸟悦山光，交交满清听。言寻古阑若，拾级穿萝磴。浮苍翳寺门，时闻堕幽磬。山僧喜客来，茶瓜满盘饤。开轩面幽院，众绿压檐缝。花木不成行，芬芳乱苔磴。鹿鸣深涧窅，鸟梦丛篁醒。悠悠见物情，忘机两无竞。深谈契禅悦，趺坐窥佛性。潇洒澹忘归，松门凉月映。

衙斋清暇寄怀故园诸弟

佳气蔼庭除，丛兰吐幽穗。萧闲谢俦侣，且喜尘嚣避。疏慵得顽仆，昼日隆隆睡。院静悄无声，官槐堕幽翠。摊书得玄览，学道苦未粹。缅怀太古初，心神浩如醉。

榕阴覆廊曲，爱此夏日长。轩墀雨乍晴，微风苔气香。幽禽聒嘉树，丹荔垂怜墙。薰风时一来，几砚生微凉。呼僮汲清甘，瓦鼎号寒螀。一瓯泛绿雪，舌本留芬芳。

言怀湘上山，泉石带林麓。茅斋好读书，静窍延山绿。卯君吾白眉，闭户勤课读。想见日斜时，咿唔满林屋。伊余汗漫游，负米羁荒服。南望重踌蹰，还归谢尘服。

登芝山仰止亭

海国阴多气莽苍，孤亭犹自枕崇冈。百年征战余残垒，一抹江山画夕阳。驿路迢遥通岭表，溪流澄澈似潇湘。不应更结南朝恨，一勺犹闻井水香。

碧玉千峰绕四围，半崖花雨昼霏霏。城边鼓角连潮动，海上风云拓地飞。古戍烟荒楼橹废，平畴青合稻粱肥。残碑剔藓从头认，天半雷声隐翠微。

送浏阳邹煦经南旋应省试

空山偃蹇两闲人，尘海相逢信有因。客里论交见衷悃，酒边谈笑亦精神。槐阴官阁春如梦，芳草天涯碧似茵。莫更璇玑怨苏蕙，灯花如血报君频。

荔子流丹龙眼黄，骊歌声曳海天长。扁舟不改琴书久，三径何堪草树荒。身世多艰伤撖捣，文章有价待评量。西风迟我天心阁，余亦归帆指碧湘。

丙申二月，随侍家君赴水口山银场，舟过空灵岸，得诗一首

浮空轩槛晃朝晖，细竹修藤翳四围。天与诗人传胜迹，我循欹蹬叩岩扉。云蒸石壁流青髓，风引钟声出翠微。小杓汲岩供茗饮，上池清水自生肥。岩内清泉涌出，相传可已病。人多瓢汲煎饮。

雁峰寺

布帆甫卸草河口，芒屦旋探雁峰寺。寺门高揭俯衡城，题榜犹留且园字。万家烟火森眼底，百尺盘陀转空际。台高犹僭郊天名，门外有吴三桂郊天台。桧古疑撑夜叉臂。阴崖合沓动虚响，幽榭苍茫锁寒翠。微风忽散岭头云，时有疏钟自空坠。我来正逢天雨花，膜拜千人万人至。龛藏饿佛苦低眉，似愍浮生无了义。相传首善领七二，主名将毋有遗议。峿嵝岂足参泰华，世间冠履多倒置。姑苏艳说虎丘奇，应与兹峰同一致。

清泉刘先生竹侯，昔年与家君交好，酬唱甚多，今岁先生主讲石鼓书院，余往候之，欢爱倍常，赋诗以志敬慕之私

廿年私淑推藜阁，藤角斑斓句尚新。湖海才名矜后辈，衡湘耆旧更何人。愔愔大隐嗤投笔，落落高风仰折巾。几度宫墙窥未得，碧湘烟雨舣舟频。

横舍濒江次第开，萝阴深护旧池台。人来槐市春风暖，老去兰陵祭酒推。入槛涛声双派合，过江山色一樽陪。从今认取元亭路，傥许侯生载酒来。

长歌行赠姚少尉梅耦

矫首望八极，风起云飞扬。天风吹愁不能去，纵琤金铁增凄凉。忧愁如山命如寄，学剑学书都未遂。长绳系日苦难回，嗟我与君同己未。四十三年驹隙过，双丸跳掷龙腾梭。灯前绿鬓逢秋改，镜里朱颜借酒和。伊余早岁游江表，仲宣楼头伤潦倒。万里重山指福州，飙轮渡海栖闽峤。倦游仍返故山陬，已拚埋没同秋草。身世飘零不自由，年来又泛碧湘舟。为采金穴开山骨，随侍银场助运筹。君来一舸浮湘水，萝径闻音跫然喜。吏隐差同梅子真，诗人喜接陈无己。胸中奇气郁杈丫，笔巅飞出万梅花。衙官虽压百僚底，转运权乘八月槎。高谈大睨兼谐际，烧烛论文夜无寐。借汝中流作楫材，摅余湖海元龙气。君不见，黄河可堵石可穿，惟有漏卮不易填。荆衡三品有时尽，林林百尔何出贤。余犹负米身，君亦哦松客，刁懒遗荣意相得。抽毫写臆倾渝縻，请挤君家雪色壁。

银簧引

碧天耿耿银河长，桂宫的历悬秋香。蕊珠仙人怨遥夜，玉笙新炙调银簧。繁音迸落玻璃碎，白凤娇狞同鹤唳。玉珑虚掩不胜寒，割取红云作衣袂。香雾淫淫凝紫烟，璚卮酒滴珍珠圆。嫦娥不语瘦蟾泣，长夜仙牢清可怜。天鸡叫彻扶桑晓，呼龙耕烟向瑶岛。一把香桃玉骨寒，蟠桃花落灵芝老。

题梅氏听雨楼，楼在蘚花崖畔，下临玉潭

岑楼迢递俯村廛，楼外花光照槛妍。远岫千层环碧玉，澄潭匹练泻秋烟。夜窗风雨连床梦，绕郭云岚过眼缘。尊酒相逢成一笑，笛声吹老白鸥天。

插架琳琅万轴罗，溪山佳处辟行窝。春明旧梦前芬远，花萼

新编后起多。渺渺疏钟香界雨,萧萧落木碧湘波。年来嘉会惭行役,乌帽疲驴奈我何。

拟明日归家,风雨骤集,再留一日

颠风知我意夷犹,又作溪楼一日留。酒盏茶瓯犹有分,鞭丝帽影慢生愁。岂因风物增凄恋,难得家山共唱酬。明日鹧鸪江上路,柳花寒拓酒旗柔。

初秋夜坐

四壁虫声入耳尖,新凉乍喜一丝添。淡黄蕲簟宜幽梦,瘦绿灯痕隔一帘。堕地秋容知叶脱,昵人新月学眉纤。闲阶坐看星河转,玉露侵肌冷不嫌。

秋夜偕王杖芸集杨氏娱园,即示畅笙昆仲

的历华灯灿九枝,玉栊低掩乍寒时。酒边谈笑狂犹昔,镜里华年去不知。花气和烟萦曲槛,渚芽翻雪瀹新瓷。粗官明岁芦沟路,定有青山入寤思。畅笙以大使赴部谒选调之。

紫竹红蕉罨画楼,沉檀香冈锦屏幽。评量风月资谈助,折取花枝当酒筹。北地烽烟悲马革,南皮宾从有羊求。高车薄笨何分别,倾倒平生马少游。

偕莼荄过石顽洞口山庄

杉竹连云暑气微,相携笠屐款柴扉。无多诗卷供吟啸,尽有田园足息机。绕屋清流双涧合,参天乔木万鸦飞。溪山如此嗟无分,始悔年来作计非。

过东樵循陔草堂

随意诛茅便作家,林塘深护枳篱斜。待需有妇能藏酒,生火

呼儿自煮茶。暑退藤床宜小睡,蠹除瓜蔓缀疏花。虚檐久憩忘拘检,坐听邻庵暮鼓挝。

喜张康拔见过

桐阴堕地秋光圆,扫地如镜方昼眠。平头支门报君至,相逢笑拍洪崖肩。亟开风轩面园圃,荷香竹露流涓涓。兴酣吃吃笑不止,天真尔汝谢雕镌。呼童拭席置羹饭,紫茄绿苋罗芳鲜。深杯百酌不辞醉,微有红晕融双颧。酒边索我半寸作,口角流沫声詀詀。高吟朗诵颇欣赏,谓我才调优阿连。君评余诗,才调优于次弟,特沉郁不及耳。君耽帖括务速化,空山十载勤摩研。莘莘学子守师说,皋皮坐拥藜床穿。今年屏居谢徒众,要于矮屋鏖群仙。文章早拚一战霸,辛苦聊慰三年淹。宁知维新变科举,东西学说喧蜩蝉。英雄竟无用武地,奚劳赤手张空拳。砖炉油幄不复用,经畬策宝飞秋烟。劝君早鼓回风船,不然终南捷径无由缘,君乃仰天绝缨大笑如雷颠。

次李义山《燕台四首》

曲尘暖趁东风陌,蜀殿琼仙求未得。落花飞絮浩如云,翠羽明珰乍相识。窈窕波横妆阁西,湘罗裙衩芙蓉齐。芳魂如烟共花语,麝月蝉云花亦迷。金猊烬断春窗曙,流苏帐暖娇莺语。油壁车轻藉落红,抱月飘烟无处所。银当迢迢云路窄,灵槎晓泛春烟白。小刦传闻葬落花,愿将金屋藏仙魄。嫩寒侵幕朝慵起,剩取遗芬结湘珮。始信人间枉断肠,愿化冤禽赴东海。

右春

翡翠屏开珠箔卷,玉阶荧火深深见。冰簟无聊梦易阑,晓入瑶林放金弹。一缕丹霞明远天,金铃窗屉风回旋。预计人间火云热,缕金箱镭兜罗绵。香径紫兰凭记取,露盘珍重闻私语。已看月姊带愁来,谁信徐娘真老去。黄河摇落天上源,奔流万里洪涛浑。星妃消息渺何许,荃桡望断云中君。

右夏

凉露无声青桂湿,琼窗已放银蟾入。金风一叶坠疏梧,络纬惊寒啼更急。欲寄芙蓉江路远,愔愔宝瑟含幽怨。却怜环珮隔银潢,梦绕蓬莱水清浅。鹅笙吹暖红玉春,香绒绣出花如茵。楚娇捧笑玫瑰晕,谁更相思怜远人。璚箭忽作江南弄,彩鸾帘额沾寒重。绿鬓成烟红泪枯,荒唐枉忆巫山梦。宛转当年劳织素,愁生旧日红行处。白柰花开仙院凉,罗袂香残不如故。

右秋

玲珑玉碎昆山下,孤眠桂树嫦娥寡。碧城十二不经寒,一夜花开洞庭野。兽炭如磐漏声起,阑干折竹红蕉死。洛浦徒闻赋水仙,东门未必逢云子。瘦骨香桃同一概,珍珠密字藤缄在。凄断楼头紫玉箫,妒煞花间双姊妹。鸾镜晶莹易受寒,谁怜云髻拢双蝉。玉妃唤月不归去,斜倚香篝待天曙。

右冬

十五夜玩月歌

繁弦脆管夜未阑,绮疏乍拓银屏寒。青天寥寥望不极,素娥捧出玻璃盘。玻璃滟滟光微紫,倒泻圆球三万里。人间天上不胜寒,把酒问天天不耳。海山仙子春云妍,霞衣综缭珍珠圆。铜壶阁上看未足,神灯导上峨嵋巅。烟光冥冥隐寒兔,冰盘饱饵金径露。微闻吴质斧声凉,露光湿透桫椤树。银箭频催漏点多,渐看壁影附江波。愿言三五团圞夜,岁岁金波滟叵罗。

长相思寄梁大辟园

庭梧恻恻轻飔吹,玉阶络绎缫秋丝。美人娟娟隔湘水,空堂有客长相思。相思沉冥渺烟雾,枝柯缭绕珊瑚树。细擘蛮笺割绿云,霜毫写寄瑶华句。明星摇摇光满天,冰纹簟卷愁如烟。吴丝凄清蜀桐瘦,凉风天末同茫然。长相思,无断绝。赪鳞六六踏波去,何以报之青玉玦。

除　夕

长绳系日浑难住,局蹐荒山又九年。乡思不随残腊去,诗怀合共夜灯妍。春回诘旦云容换,暖入屠苏病骨便。四十六年弹指过,几回揽镜惜华颠。

乙巳元日立春银场试笔

腰鼓琵琶闹作堆,春风喜气郁樽罍。云书太史桃符换,景丽中天斗柄回。献岁衣冠勤里老,开年爆竹殷晴雷。椒花柏叶浑如旧,惭愧人间作颂才。

汉阳王桐轩由县令擢牧桂阳州兼护银场,履任年余,卸篆索诗,书此贻之

依然治谱守遗编,百里争如五袴贤。到处风谣夸健吏,一帆烟雨压归船。牵丝已遍三湘路,负郭犹无二顷田。眼底青松定何物,从来宦海说无边。

桂岭迢迢接五城,叉鱼豢鹤见孤清。萑苻气靖都亭柝,卢雉声消旅夜檠。捧檄欲开山骨尽,铸金虚望裹蹄成。从知齿角难兼并,费尽才华是令名。

清晓赴龙王山视矿

山路新秋暑气微,篼舆伊轧趁朝晖。残荷露裛香犹湿,幽涧泉枯响渐稀。碧染襟裾岚翠合,黄连陇坂稻粱肥。自惭尘鞅原非计,西崦人家尚掩扉。

廖玉基

玉基,字子铭,熙四房廿四世。住宁乡山底,有诗钞。

玉基幼耽吟咏,受业衡田族人。同塾有曰灿珍、曰基慎者,年相若,相与唱和甚洽。灿珍尤颖悟,三人同应县官课,珍诗先成,其咏黄天荡二律句云:“旌旗风卷金山寺,鼓角秋岩铁瓮城。”又曰:“红妆挝鼓江天晚,白雁笞兵海上归。”玉惭不及,为之搁笔。然玉他作亦不相下,同列前茅受奖。由是向学益勤,珍有《喜客至》一首,句云:“玉碗烹茶香雪泛,第三松上月初来。”尤为众所赏。以为年刚舞勺,何得沉雄清丽若此也。珍不永年,玉亦旋陨,惜哉！珍死时,一子犹稚,诗稿散失,经基槭默记数联附存。玉基伯祖曰新颖,性沉默,精九宫算法,制八尺珠盘,昕夕布算,一夕豁然,告家人曰:“此法仁庙未一贯,吾今幸得之。喜弥甚。”听者茫然,不审作何语。或深夜起,削圃中瓜析为数片,用天平量其铢两,疑思至目眴筋掣肉颤而后止,其苦思力索至此。著有《源泉堂算法》一卷。县人张茂涀,广东臬司铣子,从海上受算学归,湘人推为绝学,一日基植以源泉堂本叩之,阅毕,慨然曰:“学诚深至,具见苦心,然无知者将疑为拾尘,盖皆前人已发之秘,若游江皖文物之邦,见梅氏之书,不劳馨心渺虑至此酷也。”书今存玉基弟士宏家。

拟杜工部《诸将五首》

延秋门外夜啼乌,阵马如云叫仆姑。西狩翠华愁远幸,北来胡骑竟长驱。陵园久困摸叶平金尉,图谶难凭赤伏符。愁绝骊山歌舞地,苔花零落蚀金铺。

郡列渔阳势壮哉,天教形胜控燕台。不图紫塞防秋士,同向黄河渡马来。落日潼关余废垒,西风城阙长蒿莱。犹闻晋水前星赫，早焕光芒烛上台。

海内承平忆昔年，那堪接地尽烽烟。东南民力疲飞挽，军国何人寄仔肩。宫殿洛阳余瓦砾，衣冠京国陷腥羶。凭谁力挽银河转，依旧风云净九边。

瘴雨峦烟迥未消，伏波功业太寥寥。槟榔叶黑严城闭，翡翠香消职贡遥。台上鹧鸪飞已久，殿前貂锦泽方饶。扶桑晓日瞳瞳上，谁共葵倾答圣朝。

剑阁嵯峨列郡环，严公清望压朝班。频年节钺麾南服，万里威名镇百峦。燕寝香凝邀客话，铃辕风静诘戎还。崖疆出镇资良弼，济变扶危反掌间。

闻克复乌鲁木齐有作

骄虏歼除尽，元戎肃队还。烽烟消雪岭，弓剑挂天山。曲听金铙奏，荣应玉节颁。郅支今已斩，碧血染刀环。

壮士长歌入，关门柳色凉。槛车送元济，伟烈出陈汤。苜蓿胡天远，葡萄汉苑香。威棱真震叠，绝域尽来王。

记得征车出，平沙万幕开。大旗招落日，笳鼓引春雷。一自降王缚，相于卷甲回。乾清看赐宴，雨露浥金杯。

献捷驰征骑，旌旗猎猎红。皇图万里拓，壮士十年功。西北军书急，东南杼柚空。诏传休究武，圣度故恢洪。

秋夜与璧耘弟坐月下有作

疏桐露滴草堂幽，剔尽银缸月满楼。归雁夜惊孤馆梦，残荷香送一庭秋。诗因炼字翻成拙，情为怀人易惹愁。小倚阑干如读画，竹阴凉润衬帘钩。

忆　家

咫尺溪山不见家，半堤疏柳夕阳斜。望云不尽思亲意，林树苍茫噪暮鸦。

落　叶

西风萧瑟起天涯，黄叶飘零下故枝。孤馆虫声人未卧，寒林疏雨鹊先知。灯残长信惊秋早，月冷浔阳送客迟。莫道荒园阴尽减，要从沟水验题词。

补　遗

廖方达昇生二首

偕朱司衡、陶庶常、谢渭水、陶奉长看二月梅花

时事悲今昔，于兹及仲春。人如醪臭味，梅共月精神。照色窥蝌蚪，忧心念葛巾。夜来谈不寐，匡坐思纷纷。

望太行山

隐隐峰峦入望长，极天无际塞云荒。青山一发中原迴，千里溟蒙见太行。

廖承治雨亭二首

壬寅夏，筑草堂于室之北，署曰“觉梦”，盖有感放翁“浮生触处无真实，岂独南柯是梦中”之句而云，堂成，因作是诗

卜筑茅堂只数椽，余生于此过年年。敢云胸臆无冰炭，好饮醇醪入醉眠。风雨免教生瓦隙，梦魂早已到壶天。劳劳是处无真实，身世由来不系船。

年来世味等浮尘，随意溪山足隐沦。荣辱不来闲散地，衣冠免束自由身。图书以外无长物，名教于吾是废人。梦里繁华须静悟，就中难断是贪嗔。

廖锦翰

锦翰,字西园,熙四房二十世。宁乡诸生。有《丁巳类稿》。

锦翰,为李虎轩外侄,虎轩工诗,有节慨,为县人张石攻先生及安化陶文毅所推重。没后,其诗稿藏文毅家。锦翰亦工诗文,为岳麓院长罗鸿胪典所赏。性和易,享高年,诗稿散失,兹于邱氏子孙家录得一首。锦翰祖曰义滨,康熙中叶以银十三两买衡田周注塘田四百八十亩,今印券犹存。于此见残明虐政,田卒污莱,无人承买,仁庙中厥风犹未涤尽。其谓湘赋自赵恭毅后,墨吏革尽者,不尽然也。锦翰从父曰杰,亦诸生,康熙时从御六孝廉游,有日记言乌牛山谒墓事甚详,兹并记之。

赠医者邱翁

御书忠实旧家风,《宋史》理宗书"忠实"二字赐宰相邱岳。良相良医心术同。康济道通台鼎上,太和春贮玉壶中。采芝袖染苔痕绿,锄药衣沾杏雨红。肯效韩康藏姓字,市廛综迹等飘蓬。

重刻《怀麓堂集》序

廖方达昇生

云阳与江西接壤,山水清奥,毓为人文,明少师李文正公其首出焉。公幼举神童科,为景泰帝所矜异,壮由词垣洊登鼎辅,立朝本末,具详史传,扶危定倾之功,人以为唐之狄梁。公所为诗文,起一代之衰,盖明自洪永以降,体崇台阁,至公始斫雕去伪,以存正始之音。虽以崆峒弇州之魄力雄骜,主盟坛坫,不能驾乎其上,无他,真与伪之分也。全集当明世仅一刻于徽州,故乡流传绝少,纵有藏者,多系写本,讹缺滋多。方达忝同州郡,平素服膺甚切,僻处沩上,深以未窥全豹为疚恨。今上庚申之岁,奉檄司铎茶陵，私心自幸以为近文正之居，可以慰平生景仰之愿。而于遗文轶事，当更多于夙昔所闻，甫受篆适奉提学蒋公令，凡公诗文前刻所未入者，勿恤广为搜罗，为之补刊。苜盘多暇，谋之州人士相与发故家之藏、宗牒所纪，下暨荒庵坞壁、残缣断碣，有见必录，只字不遗。编成，质之同里陶先生密庵，先生谓："昔与湘潭李湘洲宗伯亦常有志于此，以卷帙繁重、集资不易中止。子盍少加裁节以善其成？"余唯唯，虽然，鹤颈虽长，截之则伤，况蒋公有令，颇涉两难，盖陶先生有搏虎之思，袛录神光威彩，欲严文正，以贵文正。蒋公有存羊之意，不遗皮毛角齿，但就文正以还，文正谋不同而道一也。方达无似不过假手以塞上官之令，兼以尽半生私淑之心，戋戋劳费，不足道也。惟讹舛阙略，迫于程期，未暇细检，大雅宏达，尚或恕焉？

廖章达

章达，字月槎，凝五房廿一世。益阳举人。宁远县教谕。

章达，通敏工书，中道光乙未科何绍基榜。父锦环，敦本厚，族乌山买田修志，由其父子联络族属克底于成。司铎宁远时，粤寇犯城，资装散尽，撰述亦失，仅录存《古杉记》一篇，丁未《五云庐志序》一首，《致族兄景福、芬田书牍》一函，吉光片羽亟录之，以永其传，俾咸知五云庐缘起。孙璨瀛，亦名诸生，词章、考据、楷法均博赡秀雅，有祖父风。

古杉记

余所居近桃花江，在益阳西南隅，隔治城六十里，江上有古杉，柯如铜石，深二丈许，围称之。有枝无叶，土人名其地曰"枯杉"。方春苔痕延缀枝上，远望如嫩叶蓁蓁，穹冬祥霙遍洒，见晛坠落。又如无数白鹇上下飞舞，亦殊观也。吾家宅江上二百余年，昕夕与杉相对，先高祖莲庄府君虑其岁久摧剥也，甃石台护之。地志无征，不知始自何年，姑培壅以存古迹。近阅新化邓氏《南村草堂诗钞》，有《黑田铺古杉歌》，为南宋陈简斋而作。黑田当邵阳驿路，冠盖往来无虚日，得邓氏张之，传益广。此地川岩遐阻，骚人墨客过从甚稀，同一古干，显晦殊焉。虽然世无不朽之株，子贡手植之楷，孔明庙前老柏，今皆无存，何况荒江寂寞之滨，生意已尽之橛，能保其终古不败乎？惟吾族久与杉邻，又曾经先人爱护，桑下三宿犹恋，谨记之以示勿忘，且以备他日志地者采焉。

廖氏五云庐志旧序

廖章达

夫运必积久而复，事必积力而成，要皆本于孝敬无已之心应机以赴其节。我四世祖庆云府君，由长沙迁宁乡衡田，没葬县西南之乌牛山，数百年矣。子孙散居湘乡、安化、益阳等县，云山百里，省谒殊难，无何兵燹迭经，沧桑多变，碑残于蔓草，冢失于荒山，传遗于父老之言，名讹于樵牧之口。去者杳矣，存者茫然，远者固不常来，近者亦倦于登陟。一盂麦饭，空山之洒泪奚存；三尺蓬蒿，葛藟之庇根安在？此不过徒存其孝敬之心而已。如安化康熙庚子科举人时乘，字御六，授徒宁乡之栗山，五次登乌牛山省墓。宁乡拔贡生俨，字次仪，晤御六于长沙客邸，有诗约偕省墓，诗存《息六轩稿》中。邑痒生仁臣，字伯亮，修康熙乙未谱，拳拳于乌牛山祖墓，闻者无不唏嘘欲涕。道光己亥，章达以公车旋里，适续修支谱，因历访祖墓至衡田，而景福、芬田以乌牛山为府君之墓所在，山主杨姓适以田山向售，谓吾族自应接买。章达归禀家君，家君欣然曰："余积念久矣。今景福诸君既有志于此，且有机可乘，汝其勤力赞助，慎毋虚此孝敬之心也。"章达遂以其事至湘乡，竹午、兰石两君即列名倡首。由是而潭溪、水口，而安化豊乐乡茹草、曲溪，而大屋村、车田、蓝田、石马、龙坳，皆殷勤恳切，踊跃争先。章达于是商诸仙峰冲古杉诸长老，皆喜其事有成局，遂寓书衡田，以董事归景福、芬田昆仲。而家君乃从中调护之。章达又以春闱北上矣。辛丑南归，始得展谒祖墓，深悉各长老惨淡经营，共蒇厥事，今而后子孙之心安，而吾祖之灵当亦欣然以喜也。夫数百年始复其土，千万人而成其事，审时度势，以赴其机，非我祖厚德之流与？子孙孝敬之积，何能以一心一德树千万年不敝之基哉？族中长老芬田等君，以其事之成于艰难，恐将来无以示后，遂编为一书，名曰"五云庐志"，借以垂诸久远。章达不过通讯于始，乐成于终，无一赞助之力，而诸君子以其洞悉颠末，遂俾以数语弁诸首云。道光丁未仲春月，章达谨譔。

廖氏五云庐志旧跋

廖章经

初志事之征草也，章经询谋未悉，议仅旁参。今月槎、竹午、端门、芬田诸君子，已汇成编帙，以经年齿差长，俾侧名编辑之林，自惟棉力，与事常迟，殊深惭负，抑于此而叹诸君子之能，有而不居也。敬尊恒于斯，亦收族恒于斯，呜乎！岂不懿欤？章经益之。谨跋。

廖昇生诗序

明翰林院检讨　陶汝鼐密庵

《三百篇》而后，《离骚》续之；《离骚》而后，《歌》《辨》续之，江汉之风始变为江潭之曲，终诗之在吾楚也，代有起者无疑矣。然而公安、竟陵、晚霏、郢雪谈李长沙经国之才，亦尝望涯而返，则云阳山水间，二百年有遗响也。今振其铎者谁欤？同里廖子昇生，嘐嘐好古，及官茶陵学正，日取《怀麓堂集》而涵咏之，诗境不能不进。时一简点奚囊，刻近诗数卷叶，作于云阳者过半，盖将奉西涯导师而居然若郢中唱绝,但不知云阳诸生能相属而和者几人耳。顷上诏求博学宏词,得选,即上玉堂备顾问官。昇生躬逢其盛,岂能无意乎?因窃叹右文再造。我湖南荆棘兰社重荒中间,敢以诗倡于绛帐者,仅见于昇生,此其风始也。岂复江潭憔悴之音,聊以写忧而已哉!荷询老人不觉跫然喜,懼然畏焉。若夫玄晏,则当世之名公卿,能如文正之奖进才隽者不乏也。昇生持此以问之,当不使怀麓而后,此事久寂寞矣。

廖方达重刻《怀麓堂全集》序

湖南巡抚 韩世琦

三湘七泽之间,山川伟丽,人物瑰奇,古来藉藉于文章者,代不乏人。然求笔墨所至,坌涌磅礴,电起云奔,倾囷倒廪,以至随意所如而不逾典则者,盖亦鲜其人焉。前明三百年,独茶陵李文正公崛起其间,雄视海内,比时文章之名,控引错综,足为一代之冠。而四方贤豪,林立坛坫,相驰不无蛾眉之妒,迨时久论定,先民之典型具在,犹之积玉玄圃藏珠深渊,奚能一日掩其光采乎?杨文襄公称公诗文法度森严、思味隽永,而且称其天趣溢发,脱尽凡近,盖诚服膺之至矣。故文章一道,传之天壤,固不得以好恶争为轩轾,亦不得以私意抉其藩篱,后如焦弱侯、钱牧斋诸君,俱极力敷扬,至今山陬海澨,无不知有茶陵李西涯者,盖其精华吐孕、昭著人群,固历久而弥新耳。兹湖南当兵燹之后,八载烽烟,楼船甫定,予秉钺斯土,甚悯文风萎薾,寖加陵替,辄难振兴,每思有耆旧先贤遗留著作、宜为后来模范者,不可不亟为表彰也。适有署广文廖子方达深契予心,乃搜求李西涯《怀麓堂全集》汇为百卷而重梓之,则羽翼名贤护持风雅,廖子始事之勤洵不可泯,凡在斯土有兴文致治之任者,固当共襄其成焉。是集既成,不仅楚南文献照耀山川,乃贡之史馆,布之士林,上以佐朝廷崇文之治,下以助操觚博雅之资,三湘七泽之间,又获一大观矣。

廖方达重锓《怀麓堂稿》序

提督湖广学政　蒋永修

尝观古人身后，则论定独明李西涯先生历二百年褒刺不一，乌乎！西涯何遇于生前而不遇于身后也？幼举神童已结主眷，年少成进士，过壮大拜历首辅，受孝宗顾命，无一差蹶，不可谓不遇矣。迄何、李跅弛踸踔、负才谩骂，其初不过争文章之名，意气所激，遂欲使之，不得为全人士林一唱百和，谓西涯文章取熟烂人物，取软靡。甚者，有进士山东李伯华，相逢亦骂李西涯之句，毋论是非当否，其词固轻薄矣。弇州则欲独有一代者也，不置茶陵于必废，则坛坫不在，大仓故大纵其说，势使莫挽。迨晚年始悟，曰："西涯乐府，自是天地间一种文字，憾其说已行世不可复收。"弇州虽悔，而不可复收之言，为士林金科玉律矣。其最所指摘者，刘、谢已去国，西涯独眷恋不休，当时已曰："回首长沙芳草绿，鹧鸪啼罢子规啼。"不知西涯所以优于刘、谢者，正在此也。三公同受顾命，朋友寄托犹不可负，况君父乎？老仆受故主命辅幼主，值其不肖，宁御侮和内，以守其家乎，抑畏祸惧罪，逃而不顾乎？托孤寄命，临大节不可夺，鞠躬尽瘁，死而后已，西涯得其遗意焉。尝闻致仕后，每谈国事，悲鸣不已，深有幽冥负先帝之憾。邵二泉曰："白发门生思往事，每谈忧国泪双涟。"古今贪位据势者，有忧国之泪否？况优游泉石间，亦不过乐圣衔杯，作为问门前客之叹，肯复去国怀君，涕泗涟洏耶？当时逆瑾擅柄，刘、谢二公以介持之，西涯独外与和而内与辨，阳为调剂，而阴护正人，故在孝宗朝有细必争，在武宗朝有大必争，瑾忤奴所护者细，争其细则必乱，予以细则必安，斯大臣之体，亦御小人之法也。史称扶植善类，滋培元气，此二语何易承当，苟非酌沉潜高明之中，剂竞絿缓急之宜，史臣必不畀此语也。而后人尚欲议之，何哉？一旦立门户，尚气节，则俊厨、甘陵、元祐党人之祸起，其遗害贤士大夫,宁终极耶?故当日论西涯者,西涯不与之辨,惟守己率物、优游乐易以镇之。老臣忧国议论,所不恤其心,固已苦矣。后日论西涯者,西涯门人满天下,卒无一人持激论以相衡,惟守其学、志其行,不敢以党护祸国家,不敢以争名毒缙绅。至嘉靖末,犹赖西涯之门生故吏以治天下,则西涯之教可知也。余持论大约与焦弱侯同,钱牧斋刻《列朝诗》,益畅弱侯之旨,条其门生,为一卷以证人物,取软靡之谤;又与程梦阳论其诗,反覆发明,深求忠厚和平之所在。于有明三百年,独推西涯一人,非牧斋之阿也。至今日而后,论定也。呜乎!西涯又何不遇于身后哉?余巡守星沙,与安仁署令刘子美度、茶陵广文署席廖子方达购刻是集,美度固茶陵人,得是集,尚未有善本,虫鱼亥豕讹不可举,仍与二子共订而刻之。杨文襄曰:"其诗文深厚浑雄,不为倔奇,可喜之词,以法度森严、思味隽永,尽脱凡近,而古意独存,每吮毫伸纸,天趣溢发,操纵开合,随意所如而不逾典,则准乎?"斯言诚盛世之音也。然而西涯诗文,尽于数言矣。且今之论西涯者,又未尝深入西涯之室,但拾唾余之说,余兹刻成,将遍告之海内,则论之者不亦可以寝哉!

廖次仪传

户科给事中　胡泽潢

先生姓廖氏,讳俨,字次仪,警亭其号也。父了翁,有隐德。先生七岁能文,多奇句。十岁补弟子员,岁科试辄冠军,屡次荐元不第,尝赴鄂州省试,舟泊岳阳楼,值岳州士绅上公牍。是日,远近文士咸集,分笔札较工拙,日晡稿数易无当可者。先生登楼,短衫小帽,据上座,视客所作,目笑之。众哗曰:"若能办此乎?"曰:"能!"援笔成数千言不移晷,脱稿妃青俪白,裔皇典丽,见者咋舌,乃张灯命酒。询姓氏里居,众大惊曰:"真仙才也!"于是,大湖南北,莫不知有次仪廖先生。居恒闭户,自守遇,里中有大利害,慷慨以身任。武进赵恭毅公抚湖南,初下车即闻其名,叩所学,源源本本;语吏事,则侃侃而谈,旁若无人。赵公叹曰:“此才不遇,天也!”大书“斗南文英”表其庐。延主岳麓讲席。子弟承指授者多所成就,赵公疏荐于朝,诏廷试,而先生已病不能起。年六十以明经需次,得沅江学博,未莅官而没。悲夫!先生袭素封,性豁达,不事家人产业,常以腴田资亲友,不少吝。晚年家渐落,而壶盏楮墨因缘几席,怡然自得。著有《警亭遗草》《息六轩诗集》。

《警亭遗草》序

翰林院庶吉士　陶仕偰

次仪廖先生,于予戚谊为祖行,于先君兰谱为同社,素树帜文坛而有声,湘泽闻者也。予成童时,即从先君子诗签酒盏后,窃聆廖先生论,议若泉涌,风发岸然,一往而酒酣耳热,慷慨啸歌,使座上如对鲁连、太白一流人,不敢言猥琐事。先生文固如其人哉!然抱负日深,闻誉日广,而名场轗轲,卒以明经老牖下,议者乃窃谓其文迂怪不协时宜,并摇手戒子弟勿学为廖君文。噫嘻!技虽不售,数十年来,精光犹炯炯射人也。大约先生平昔自命不可一世,同里中诗文,自先太史公密庵、先大父儋庵及先君子叔季外,鲜所推服许可,时俗眼孔亦遂讶且怪,而谬相为疵类,真诀未语玉霖金薤不逢韩愈,乌知其文之光怪陆离,有弗可泯没者哉?先生赍志矣。黄子天为是少游其门者,捧遗稿千余首,先生堂侄南炎与堂孙如川,率其裔孙付锓,问序言于余。夫余则何能序先生文者,第以素所钦服而乐为之传诵,爰择集中深醇雅饬者若干篇,勉缀数言以归之。盖事颇艰资,简则易就,集非患寡,要在可传耳。独是先生负才卓荦,抗志嶙峋,既不克致巍科上第,发抒当躬,复不获俾箧中虹草,早阐扬于身后,而徒令一二后进悲遇合之数奇,惧遗文之散佚,而存径寸于赤水也,是不能不为之掩卷三叹云。

《警亭遗草》后序

翰林院庶吉士 黄遇隆

栖息重林,依然多故。强兹披检,四方为昧,有同里先进廖先生次仪《警亭遗稿》,闭息余闲时一展焉。在目因是感胸慨臆,念兹前辈平生炯炯熊熊,精魂飙起,百无一效,迅忽不留,兹编仅存,有与俱存,斯无憾矣。如其刍狗糟粕,亡者不复有存,存者无补于亡,轮蹄遗迹,循之则是,执之则非,斯真往矣,亦何为哉?同学老生称说先生遗事,似迂似狂,最足倾倒,听闻起人遐慕。执竿飘麦,行思坠岸,往往有之。置器待汲,还牛不受,窃金不辨,又自出其天性。郑驿陈井,孔尊阮屐,己卧上床,客卧下床,流风余韵,宛然在也。先生道气,从容含醇发睟,而臂力材勇绝世,众莫测所由来。能以齿扣瓶,索胜五斗水;尝手擒巨盗数辈,乡里健儿莫足当其一指,斯绝奇矣。素丰于资,中心秽之,出入去留,一任自然,不设筹管。及其晚岁,亦既萧然。天神弥泰,壶盏楮墨,因缘几席,轩举之余,青冥无碍。呜乎!若斯人者,讵犹凡近耳目之辈,今其文章具在,仿佛见之矣。同学廖子如川,先生从孙也,裒辑先生文稿甚勤,遇隆得窃观之,如川之惠也。因并志之。

卷下　杂志

杂志叙

廖树蘅

《续编》成后，尚有剩文，仿昌黎杂志例附纪之。莫古于重二房青陂支谱所载，元至正戊子贵溟分关及熙四房清康熙辛酉同春左腕所书遗嘱，两人所遭均极危苦，同春尤荼矣。遗嘱经今二百余年，字体苍劲，微见欹斜，故纸犹完，文亦简质，弥足珍也。分关称："易华谋杀湘乡知县王文彪，反入黄泥寨，巨盗泼涨，献城伪汉。"如此巨变，方志纪述寥寥。遗嘱所书马户京兑殷实赔粮诸虐政，皆前后三藩时事。《宁乡县志》亦无征，仅略见于邑人陶汝鼐《哀湖南赋》及寇事诗。尝慨湖外官书以前太多漏义，不如私家纪载犹有资国故也。此编于遗文轶事，稍关吾宗事实者，皆择而取之，亦后来得失之林也。诗文少变前例，录及现在，无非以华宗诞秀，留之以贻方来。作杂志。

湘乡青陂房贵溟、贵良分关

我祖添庆府君，觅葬地青陂，见山势如象眠栏，精气凝结，乃购张氏宅更张而扩大之。门外江水回环，梅花土星为镇，群称胜地。所置田业，北至栗山河，南至挖堤口，东至朗公峰，西至水口塅。吾父兄弟三人，长早逝，次配王氏，安化望族；三始赘张重八郎女，继配萧氏，亦安化名家。请社兹土，越今已四代矣。至正戊子后，节遭兵荒，民无所耕，至壬辰、癸巳年，少得休息，适易华谋杀知县王文彪，反入黄泥寨，并攻破黄泥等峰。甲辰乙巳，伪汉陈友谅称龙凤等年号，巨盗泼涨，将城献于伪汉。丁未苗贼复大举，流离死亡，岁无宁日。此中之艰难辛苦，诚有无所控告者。戊申，幸我太祖正位，群寇授首，得睹天日。洪武元年，潭州改府，本州亦改县；三年，取勘供报户口。迨十四年，丈量率土归版，共庆太平，实亿万世无疆之休也。今奉谕旨勾刷民籍，诏垛军匠，因集家族议，贵良顶充军头名；廖良贵、溟子，充二贴户名；真一，垛充贵州威清卫前所。百户杜茂下，军伍、田园、庐舍、奴仆、牛马，各得其半。役虽分而差共，产虽晰而情联。上供朝廷赋役，下遗子孙基址，惟冀克勤克俭，且读且耕，毋失祖宗垂训之意，立关为照。

《湘乡青陂房贵溟、贵良分关》跋

廖竹午

按先人传说，添庆府君所购张氏宅，即今祠右第一宅。宅后来龙体势安静，仿佛若象之驯伏，故名“象倒眠阑形”。张始建斯宅，规模最为阔大，府君更修葺而恢廓之。崇祯丁丑，临蓝矿贼大肆杀掠，宅以是毁。当年基址俱已废作田园。右侧有塘，名“荷叶塘”，乃昔之莲沼也。有宅名“仓场湾”，乃昔之贮谷处也。门楼所在，今呼为门楼丘；箭楼所在，今呼为箭楼丘。农人往往掘得础石、磨砖诸物，盖其遗迹犹可验者。夫巍巍堂构，荡然芜灭，抚今追昔，曷胜感怆！今即其宅地，重新建造，廖家老屋之名，远近同称。去府君五百余岁而遗址犹存，谓非吾族之幸哉！嗣孙熏识。

澹远堂训子遗嘱

廖同春

噫嘻！尔父同春，字台望，号了翁，生先朝天启之三年，甫四龄，尔祖即赴任秦中雒川，随迁蜀南泸州同知，凡两任六载有余。迨世乱还乡，于崇祯先帝之六年逾期捐馆，遗尔父兄弟六，尔姑二。尔大伯年二十一岁，二伯十七岁，皆婚娶生育。尔父年才十岁，如尔四、五、六叔犹黄口也。尔祖所遗上里灰汤田五百三十亩，本居及左右两庄二百八十亩，共田八百一十亩，所遗老幼仆婢共一百二十三名口。变起卒然，未遑分析，任尔两伯六股均分无异。当此之时，楚南未罹兵乱，世袭承平，尔两伯席父余庥，不好纸笔，惟日事走马击剑从禽结客为娱，挥金如土，暴殄非常，尔父目击心非，然亦只得随趋逐步。至甲申国变，献贼临长，家荡人散，田芜粮悬，合家转徙流离，望门投止。尔大伯惨罹兵革，尔父尚未有室，内外一切，系尔二伯主持，其后尔祖上里庄五百余亩，以之出售喻、陶两姓矣。本居上首潭湖塘一庄八十亩，系先分受尔四、五、六叔者，以之归邑人刘文雅矣。下首拓湖塘一庄八十亩，系先分授尔两伯及尔父者，以之归里人梅思孝矣。仅存尔祖栖巢洗马塘田一百二十亩，系尔父兄弟六股均分者，又以之出卖汤同人。时尔父以尚未婚配，坚留私分二十亩存户，遂隐然作一成一旅之想。可怜尔祖人产未满十载，荡然一空，其不属他人者，仅尔父栖巢存户二十亩耳。厥后尔二伯日寄于酒，不理外事，尔父又惨刖一手，万死一生之余，蛮习左字，且尚未成名，正值张献忠、高、李、牛、马、左诸流贼盘踞宁乡，尔父日携尔祖母、姑母及尔二伯男妇共二十余口越境避乱，又百计支荒，幸免填沟壑于兵凶困辱奇穷奇苦之中。乡父老见者且惊且喜，盖一惊吾家之一败至此，一喜尔父之年少颇材耳。尔父习见昆弟之无成立，始发愤出就外傅读书，幸性稍敏，能日诵千言，每会可作文十余首，然天厌余生，委顿万状，形影相依，仅一仆僮礼保。至二十七岁，始博一衿，始娶尔母。顺治七年，蒙皇恩敕查各州县庠生有贫者、有极贫者，将姓名区分注册申报，以便账恤。吾邑册注贫生十一人，极贫生五人，而尔父姓名竟注入极贫生册内。呜乎！尔今日亦知尔父当年之苦之一至如此哉！是年，尔父应科岁，并观风季考，七试冠军，当事推重，文名大起。如周司农公尝指尔父言曰："君当是我以后一人。"乃屡蹶棘闱轮。顺治十七年，正贡为试卷誊红解部，中有四语用周礼等字，部议磨勘，奉旨批文字险僻怪诞，著礼部议革。随又更名，试童子场第二，补食县饩。又几次战场屋不利。呜呼！宁独科第之命压人头哉？时在庠子弟，犹沿先朝待士恩例，获免秋粮杂徭三十石，其在里民，除草上赔粮外，又点马户京兑殷实诸苦役，所到之家，皮穿肉烂，以故尔族伯廖省南为马户，归尔父田四百七十亩。廖赞南为京兑，系狱不出，归尔父田一百三十亩外，又有随粮仆俾二名口。今刘公冲大皮山、万华冲马家山、杨家冲横冲山、戚家冲老屋湾、下奄山等九庄是也。尔二伯所出尔祖上、下庄，其在喻、陶者不可动摇，惟刘、梅、汤三姓，皆听尔父取赎，于是先赎尔祖墓前潭湖塘田八十亩，去原价八十两。继赎拓湖塘田八十亩，去价二十两，后赎洗马塘栖巢田一百亩，去价三十二两，然后尔父于是始有家矣。本年冬，上官按台巡行宁邑，通邑士民推尔父条陈疾苦，尔父手具恳请除荒征熟一疏，长跪南司，自巳至申，面谈求请，后荷题达，蒙恩俞允，宁人始免草上赔粮之苦。族人散在邻邑者，始渐次招归故土。所悬尔族伯廖三保绝嗣粮三十石，族人压尔父承认收管，按田五百有零，今黄花塘油榨屋、石子塘陶家坝、麻料山白竹冲等六庄是也。随又领外姓朱、李、钟、刘、汪、武诸处粮，计田三百有零，今朱家湾、樟树塘、桐木冲、奄竹塘、徐家冲、仓场湾、雷公塘、岳薮塘、胡家冲等九庄是也。最后赎龙圣符所得族兄廖贵卿塘冲、黄瓜塘、上奄山三庄一百四十亩。又收上里龙现图何家冲、横岭、大石窟、豹子塘四庄共六百二十亩。凡此所受之田，虽价值轻重不同，亦有推粮无价者，亦有赔价随粮者，然受田之后，满目蓬蒿，收租之田仅百余亩乃为庄佃，命盗诸案，府道司院连年株累不休，苦尔父磨几番顶踵，枯多少心血，风餐露宿，袜绽鞋穿，只手撑持，以有今日。其能逃亲族乡邻耳目乎？尔父悼长兄斩后，四、五弟早亡，所存二兄与六弟无地立锥，听其所愿，庄田肥硗多寡，量力领取百亩，以作栖巢。至顺治十五年，汝二伯愿受龙须塘四十亩外，再选老屋湾一庄六十亩。汝六叔受六房屋场田十八亩，并油榨屋田八十二亩。又汝二伯忿争，分定礼保，汝父即凭族邻职役一干，一并义让，契领两授矣。汝父又分授族侄廖盛清李家垄田三十亩，廖文星戚家冲田四十亩，廖文卿栗山赀田二十亩，廖述所廖家冲四十五亩，廖云伯砂子塘田二十亩，廖德星铁矢塘田十八亩，此皆量力酌授者。念尔大姑母汤门早寡无子，依尔祖母、尔父四十余年。尔生失乳，赖姑哺养；汝四岁失恃，赖姑母鞠育成人，亦分授大皮山庄田百亩给姑终老。先年遵汝姑命，变价交付汝姑，其两女俱汝父独力结配，然未足偿两姑劬劳也。尔六叔晚生一子，甚幼，今其父又先逝，尔后善遇之，以成吾志。尔二伯二子，性情举动酷似其父，如尔二伯昔年凶夺礼保情状，尔幼不知，其两子苦，尔父完娶教读，始终玉成。乃当庚戌、辛亥年间，犯我害尔等行径，尔所亲见。此所谓其父杀人，其子必先行劫，而乡邻至今叹息者也。今长子暴死无嗣，次子貌愚心毒，善附奸邪，幸尔免不肖，无贻吾忧。但尔一味率性疏坦，待人恩里之怨，当防意外耳。若无大故，仍当体尔父之待伊父子者待之，幸勿效他家浅薄子较量报施，有坠尔父孝友声名也。先民有言："积书积金，不如积德。"冥冥之中，以为子孙长久计，尔父此物此志盖四十年于兹矣。老屋湾系吾家五大房始祖发源之地，住址山场分籍甚多，非可专管。尔二伯当年坚意就此，尔父曲意从之，诚恐日后必有侵凌蚕食之事，倘吾言有验，尔固难以秦越视族党也。其上湾始祖墓前，磨砖屋基一座，田六亩，塘一口，此受之族兄省南分下者，宅后园林树木蓄禁颇佳，诚恐付之劣子坏孙，不无损伤干犯，今凭族捐作宗堂，听族得便，协力启建，停朴老僧俗，只许一人备洒扫香火之役，或族人有志读书者，帅子弟董戒其中，是一举而先后均有赖也，切不可偏徇游移，以恫先灵，以违父命。尔文章品行倘能初终不懈，汝父当食报九原矣。病苦中，语不能详，且不能文，率所欲言，聊以示后，其珍藏之无忽时。凌云我镬，适省余病，并侍笔砚云。康熙辛酉岁孟春雨水前三日，澹远堂主人泐于北堂牖下。

附：

《澹远堂训子遗嘱》跋

廖润鸿

台望公没于辛酉二月八日，其为此书距易箦时不远。公素以左手作书，银钩铁画，他人右手为之或不能及，病亟为此，一笔不懈，真天人也。自鸿博公后，家世珍藏，字虽略缺，而澹远堂印色如新。此书不但可以训后，尤裨邑中掌故。兹特刊诸谱牒，至墨迹尤当付之影拓，以永其传云。从孙润鸿谨记。

春泉堂记

廖含章

此宅旧称“老屋湾”，亦呼“廖家湾”，谱称廖氏四世祖元时由潭州迁宁乡衡田之神山。子五，一、二、三、五分徙湘乡、安化、益阳等县，惟熙四房守衡田。旧籍神山距此宅里许，地浅隘，难容宏构。惟老屋湾占形胜，为廖姓世居，历朝未属他姓。宅左樟、栗、乌、柏大皆百围，佥谓元时卜地当在此。《旧记》我九世祖曰怀四，由衡田迁居长塘，至今犹称其地为大屋岭。明清之际，我十六世祖曰赞寰,复由长塘还居衡田之上新田,今称正屋,在老屋湾上约半里。清康熙庚辰年,十八世祖子成府君,余曾王父也,兄弟析产,就老屋湾筑屋三楹居之,府君六子,长、二两房分长塘,三、四、五、六分老屋湾,我王父克升府君次居季,生于是宅。乾隆丙子,王父府君移家炉七冲,今之怀永堂。丁酉,吾先君孔殷府君分居老屋湾,甲辰建左边横屋,戊申右边横屋,两头皆矗以砖垛。嘉庆戊辰,余兄弟分居,长兄云汉得龙窠塘,仲兄福景得栗树背,余得廖家湾老屋,名其堂曰"春泉"。以后将三、四、五房分产接买,至己卯始全而有之。庚辰春,余与仲兄合爨,壬午建东偏横厅,改西偏花厅,以甲申六月初三折正屋,十五起手,建屋三楹,计费不下千余金。因念吾家自元以来五百余年止,此数迁所谓长塘、上新田,不出二里外,非先人谋贻之善曷克臻此?守此宅者,当思堂构之艰也。七月十日辛未,竖柱上梁,仲兄命予纪其巅末,因泚笔志之。其梁由此去里许申家塘拆来,亦吾家旧宅。木理坚致,非数百年不能有此良干。堂扁乃曾王父五十初度族邻所上,题曰"大衍遐龄",岁久剥落,今加髹饰,改题"春泉堂"三字。道光四年甲申七月初七日记。命男新竡敬书。

附:

《春泉堂记》跋

廖润鸿

此记大指述"春泉堂"原名"廖家湾",亦名"老屋湾",即六百年来始迁祖卜居衡田故址。自古贤人君子流寓一方,或不暇自为记载,而后人景慕,每于郡县志中记其故宅,况为之子孙者乎?文献久而失征,犹存此记,足资故实。自春泉堂改建又将百年矣,今归芬田公之孙树蘅,贻谋之善,良非虚语。兹得遗墨刊之于谱,以示后人。当共庆先人故址犹世守云。甲寅七月,润鸿谨识。此跋从熙四房支谱录出。

寄衡田景福、芬田两君书

廖章达

去夏厚扰经旬,并承惠赐,感谢之至。前闻庆云祖所葬之乌牛山,杨姓有田业出售,公等拟倡五房嗣孙接买,并闻已议定价银千两,每房不过二百金之谱,其购买之法,书总契一纸,分契四纸,付交各房收管。办法极为妥善,钦佩无已。公等心细才长,性行诚笃,此事全赖主持,始克成此美举。承示往湘乡、安化各县,弟归家即与诸长老商量,均极力怂恿,遂于十月初间径赴湘乡之青陂竹午兄家,其地聚居者为万重公之后,弟即以公等倡买乌牛山田业与之商议。竹午、兰石诸君极为踊跃,当即亲书襄事名目交弟,以为凭信。由是而潭溪、水口,安化之茹草、曲溪、大屋村、丰乐乡、龙坰、蓝田等处。族中诸公均极以此事为子孙应作之举,亦亲书襄事名目付弟。至敝房,虽属寒微,无不听命之理。兹附呈各房诸君所书名单一纸,以便按照择人,希即察收为荷。更有求者,敝房文氏太妣葬在贵县之大雾寺山,屡荷关垂存没,均感修墓一事,实以此时谱事未妥,尚须缓期。兹付元银四两,祈代交寺僧作瓣香之费,请略书丈禁,以便登谱。并请托寺僧饬工,将墓后水沟修深,俾山水涨发时不至流入墓中,则感荷更无既矣。弟拟小除日束装北上,人事匆促,未及告辞,殊歉然也。墓田之事,一切惟公等是赖,弟惟有心焉感之而已。肃此不尽所怀,敬请年安不庄。族弟章达顿首。

复月槎孝廉书

廖章介　廖含章

腊月既望,奉到手书,欣感交集。乌牛山为吾指挥公墓地,距始迁之地约四十里,荒凉榛莽几六百年,族先辈屡思置产保墓而卒不果。弟等良用蠹然,每当霜露之余,瞻望云山,不胜凄怆,盖十年前犹思以此事商之阖族,勉为其难。今则马齿加长,精力衰惫,即舍弟芬田亦近耆年矣。兼以连岁歉收,房下子孙颇多零落,心余力弱,只恐无成,然亦有不敢尽诿者。有老兄倡之,诸族长和之,弟虽年迈无能,亦当令儿侄辈效奔走之役,以作附骥之蝇,承附来各房襄事名单二纸,暂存敝箧,俟传知敝房各祠,以便择人经始。盖此时杨人急于将此业出售,乘机购买,或可易成,但事成之后,所费总在千金以外,此必另为筹画。鄙意五大房各发总知单一分,散部几本,选择殷实量捐。吾宗地广丁多,当不难集腋而成。明识以为何如?承委清理大雾寺山文氏太妣坟禁,事关族谊,万不容辞,况尊处既已特备香资给与寺僧,更无须丁嘱。昨与元合兄同赴山寺,扦清丈禁,书立字约,一一清妥,便可将僧所立券约刊入宗牒,以永其传。公车北上,献岁当达都门,首夏清和,伫闻吉报,不胜翘企,敬请侍安。并贺荣行。族弟章介、含章顿首。谨复。

右两书藏在春泉堂箧衍,经八十年,纸墨如新,事关乌山缘起,附刊以存崖略。

廖章经

章经,字挹之。熙四房廿二世。宁乡诸生。

章经,湛深经术,尤邃于易,性狷介耻苟,得年八十,穷饿不悔。道光时,宁乡岁征漕米六千余石,石折九三五圆,丝银七两五六钱。自司、道、知县、佐弁,均规取粮书尤横,时谷贱银荒,石谷值银三钱。民重困,多将田贱售,图免害。绅亦群起,持官短长,有叩阍者,而绅多以义始、以利终。官窥所欲,乃与之和剂而饵之,视绅之巨细,以为与之多寡,有千金者,有八百、三百者。

尤畏举人中文武乡榜者,每名必百金,生监至少亦三十两,谓之漕口,又谓吃口子米,岁取其赢,恬不为怪。吾宗居宁乡者多拥田,论资可分肥,遍族中无吃口子米者。有与章经习者,劝其少逶迤,可济困。章经咈然曰:“吾宗颇明义利,君奈何以此相污而败吾家法耶?”其人惭沮以去。其有守如此。《谱余碎录》是其手辑。今节录之。

谱余碎录并序

记事分类,昉自汉志谱一家言也。为类不多,事亦错出,类无可附,阑入传记,不合体,其事未遑愸置,于是不专一类,姑录之,以广遗闻。事多纤悉,故以碎命之。

康熙乙未合谱,五房皆有序,兹于诸序中择其言之有关于谈往事、述时事者并录之,以作将来掌故。万户房十六派必沅序曰:“上年春,宁乡伯亮、次仪、凌云诸公发谱引来家,余接读之,因毅然以助修为己任。”万重房十七派达仁序曰:“吾初祖自江西徙居湖南,旧谱之纪载存者十之五。一日,宁乡天倬持谱引来家,同志有人,殊为欣幸,遂于甲午春告诸族人,无不踊跃。越两载谱告成。”万仪房郴州教谕、十七派达材序曰:“吾族有谱,续于昔日者再,火于兵燹者三,甲午夏,稽考残缺,载笔成稿。”万凝房青用序曰:“景公子五,分居各县之日,在宁乡大雾寺分别而去。”按:是说系族中父老所传,谓五万公分徙各县时,兄弟在大雾寺会食一次始散。证之此序,当益信也。

城景公卜宅衡田,相传神山庙自公始建,既建为庙矣。即作为住居遗址,恐非是今横田,左右不止以里计,神山亦非建宅之地,旧迹所在当必有在。

大雾寺有关帝像,先是湞房下轮流迎祀。乾隆壬戌,迎神像至厚德湾,讹言兵至,境内居民纷纷逃走。有人卜筊于神,如系讹传,当连掷九,仰后如卜,遂未逃。以是更见神之灵验。

《次仪遗集》有寄族侄乘六诗，又御六尝主伯亮家，盖当时族人往来甚为亲密。今则历派绵远，消息阻隔矣。

御六讳时乘，万户房，居安化车田。康熙庚午举人，尝教授于宁乡衡田，栗山族先辈多游其门下。周孝廉木轩，讳治辂，有《赠御六先生六十寿序》。

有人拾得康熙年间日记，内载："康熙三十年春，谷价每银一两，谷七石三斗；至六月，银六钱五分，议谷价六石八斗；三十三年七月，新谷每银一两，谷七石七斗。"

《康熙日记》载："三十二年十月初四，大雪至初六方止。十一、十二两月大晴，一冬无霜雪，而明年大熟，人皆莫解其故。查先年十月初四，尚系秋雪，故为丰年之兆。"

长塘冲在七都四区，冲内有长塘，可里许，故名。长塘近则两岸皆为田，约计可二十余亩，塘亦变而为三，尚有迹象可寻。相传当日每岁端阳节，居民于此塘作龙舟之戏，至今神山庙中有划船会牌位，共三十余人系溺水而死者。

嘉庆十二年丁卯，旱极而雨，亦有秋。是岁，春多雨，夏四月十九日大雨，二十三日又雨，嗣是匝月不雨，至五月二十三日微雨，后遂晴至六月中旬，田既坼而苗尽槁。七月初五日立秋，不雨；初九日，雨一霎辄止。初十日，午后微雨，夜雨甚猛，陡然大水，侵晨起视，枯黄遽新，青苍遍野。嗣是或间日雨，或连日雨，稻孙方长，乃秀乃实。询之父老云：惟乾隆辛未年旱，与是年相近，而是年稻孙极盛，先未作苞者，至七月尽一齐出粈；先已作苞者，至此一并出粈，但出粈稍不齐。在苞内干坏者，虽已扬花，较之头禾极迟，结实亦极晚，至九月初旬始收获，旋阻于雨。十六日大晴，乃大兴工，计每亩可获净谷二石零，极好者可上三石。是年春夏之交，谷价每银一两，粜谷一石三四斗，至年终每银一两只能粜谷七斗。

廖秉钧

秉钧，字荪棠。重二房廿二世。安化诸生，四川候补知县，历任打箭炉同知，双流、新津、名山、筠连等县知县。有《自治官书》八卷、诗一卷。

秉钧，为锦福孙，章苏子。锦福，字万安，有威略。道光庚子，乌山会食，策蹇先来。章苏，字文绮，治家严肃。二子侍侧，不命之坐不敢坐，不因贫废礼，性乐善，平治道涂，排解纷难，损己不厌。一日寒甚，子妇陈为制一絮衣暖老，出见丐者股栗，解衣之。事多类此。秉钧弱冠入泮，从戎边徼，得知县，入都谒选，资匮，徒步入蜀，历宰赤紧，不招幕客，减傔从，诸从俭约，一冠二十年不易，有梁山舟风。臬使新化游公奇赏之。蜀多优缺，取与不苟，积俸专以奉亲，平时治家不妄费一钱，然奉巨金于迁祖祀庐，继述先志不少吝，贤者不可测矣。归田逢乱，不敢康居，与众同患未足病也。少专事举业，未遑他及，长涉宦途，书法、篇什、笺牍均极雅饬，余事足了十人。子三，长灿藻，直隶迁安典史，候补知县；次灿藩，四川按察使经历；三灿蓤，浙江富阳县典史。

习安府署即事

重叠蕉阴绕画廊，海棠碑映紫薇墙。碑为汪仙谱太守所立。清池水涨群鱼乐，老甫花繁独鹤翔。占得高枝舒鹭序，每随晴旭看鹰扬。园中古树甚多，其鸟多鹰、鹭两种，群分类集，朝去夕归，千百成群，飞鸣不止。窗排山势旌旗列，万绿丛中著楚狂。

无　计

无计可疗贫，天涯屡问津。时欣逢洗甲，生憾不逢辰。目逐南飞雁，心萦北上人。府主方入觐。空惭徐孺子，一榻尚悬陈。

寄陈秀才

不抱潜云志，谁甘远别离。从戎君已晚，去国我尤迟。豪气元龙逸，神谋曲逆奇。诵芬应有意，努力俟前期。

昂昂千里骥，感奋入风尘。一见惊如故，三生信有因。同为羁旅客，犹作别离人。他日如相忆，新诗寄锦鳞。

乙酉秋，余简青招同蔡念皇、尹听南、商子固游播州文昌宫有作

苍茫谁独立，仙笔至今留。竹护层楼迥，江回带水流。秋空涵万象，日落眩双眸。难得群贤集，相随汗漫游。

七夕偶作

清梦时时绕故乡，盈盈一水隔潇湘。若教乞得天孙锦，不羡人间缩地方。

寄周仪臣司马即以留别

咫尺犹嫌远，何堪马首东。功名成画虎，学业类雕虫。话别增留恋，怀疑孰折衷。高山如可仰，长愿坐春风。

廖树勋

树勋，字祐初，重二房廿六世。湘乡监生。有《广石山房诗草》。

树勋居湘乡青陂，厥考隆健，字顺五。童年失学，稍长为人主计，尝岁晏自湘潭负重归，一日踔百余里，以宁其亲，踵趾流血。中年粤藩某廉其强直信义，委主粮台兼鹾务，积功保知县加

州同衔。会寇截粮，同事委而去之，顺五独抗守得全。晚归林下，年逾八十。子能继志，得天厚矣。世传衡阳彭刚直微时充衡州协标稿书，岁除，手制钱四串、肩豚肉一方，犯雪著屐回所居之渣江，距郡八十里。湘人强果耐劳有由来矣。树勋克恢先业，笃于追远，可谓能负荷矣。诗具风格，不落纤靡。今存四首。

晚次洞庭偶成

秋来湖水阔，一望没西东。远色连天碧，斜阳照水红。好将尘眼涤，觉与镜心通。谁是逃名者，烟波傲上公。

书灯一首，少时周恕斋师家塾课题也，一日从敝簏中捡出录之

一盏琉璃斐几陈，诗书作伴几年亲。奇花屡报缘何幸，矮屋相携最有因。赖尔玲珑光不断，识人甘苦趣偏真。辉煌莲炬承恩后，犹自殷勤剔几巡。

珠泉老人以诗集见贻，寄呈五古一首

风人不可久，正声不可求。皇华与下里，流俗相嘲咻。吾宗有硕学，志气凌衡丘。手弄明月珠，身跨白玉虬。雷霆生睒旸，河汉泻新秋。时而变淡远，九逵任夷犹。旷怀陶彭泽，逸思韦苏州。懿哉大雅伦，而崇下士修。美人结环佩，兰芷采芳洲。良工无弃物，瑕瑜期兼收。垂青及下走，猥以琼瑶投。捧之日三复，妙义思穷搜。惭余尘满面，相对意悠悠。行当谋良辰，重与坡仙游。

和彭斌升《春游》一首

万紫千红遍处生，绿杨阴里蹋莎行。农当雨后频驱犊，鸟惜

春残屡唤晴。山色葱茏开画本,云天潇洒助诗情。归来更喜花间蝶,粉翅翩跹扑面迎。

廖式南

式南,字赓扬。重二房。湘乡人。存诗不多,自饶风格。

案:原作"重三房",有误,应为"重二房",现改。

淮阴侯钓台

曾无片土终皇汉,剩有微时旧钓台。一饭尚能申报答,三齐安忍启嫌猜。自知辟榖非仙骨,应悔投竿逞将才。若遇嚣陵滩下路,王孙翘首且徘徊。

溪边晚眺

万缕垂杨百啭莺,遥山粉黛暮烟横。陌头燕掠香泥去,水面鱼吹锦浪生。远树千重添晚色,斜阳一角照荒城。野鸥相狎浑忘迹,别有逍遥世外情。

廖人瑛

人瑛,学名瑛,字洪俦,号纲珍。仪三房。新化诸生。

人瑛博学多通,壮游海外,工诗,兼精说文、舆地之学,志体简约,不及备录。今存诗十二首。

晚　眺

散步方塘又小丘,争将晚景贡双眸。翔风羽倦归巢燕,浴水身闲野宿鸥。去国穆生缘撤醴,思乡王粲始登楼。谁怜芳草萋萋绿,江畔王孙尚远游。

飘飘身世等沙鸥，去住无心任水浮。符朗自存千里志，幼舆聊作一丘谋。交非知己谁青眼，壮不如人况白头。拄笏却忘归路晚，东山渐上月如钩。

登岳阳楼

危楼千古峙巴邱，俯瞰重湖日夜流。地锁沅湘成巨镇，商通英法坠阴谋。人民久共纯阳醉，廊庙谁怀小范忧。浩渺烟波千万顷，乘风欲济苦无舟。

寄陆吉山

身世荣枯未可知，蓬门十载尚栖迟。燕无归处仍依户，龙未飞时自在池。衣马已输同学辈，隙驹空过少年时。狂谋百事俱无遂，只有霜华渐入髭。

酬石先生焕章饯别

频烦尊酒意缠绵，曲唱骊驹便黯然。千尺交情方似水，一腔离绪遽如烟。重逢元度将何日，得识荆州亦夙缘。漫咏抟沙悲聚散，沅江双鲤尺书传。

戏赠戴先生显斋

半老徐娘最可怜，为君沽酒祝高年。耐寒古柏冬犹秀，解语名花晚更妍。能识生辰真故侣，得寻旧约亦前缘。殷勤莫负尊前意，量小无妨一醉眠。

和龚谷人《送春》四律次原韵

报道东皇去玉津，方羊车驾远蒙尘。离歌绣岭声初渺，驻跸蓉园迹已陈。木长华平空有兆，花飞旌节岂无因。回思彩仗郊迎日，斗靡争妍鸭绿滨。

转瞬烽烟换物华，旗枪森列簇芽茶。纥干山畔风声恶，积善堂前日影斜。劲节谁如梁苑草，小鬟犹唱后庭花。运移赤帝身应退，受禅台高易水涯。

青车绿盖饰行装，驺从翩翩驾远翔。鹃泣烟花悲故国，燕辞王谢剩空梁。南风摇落群芳歇，北坞凄凉隐恨长。若使阉门过建德，归途虽渺漫彷徨。

残红惨绿别愁萦，况听淋铃夜雨声。处处莺花归浩劫，重重秀麦簇荒城。铉翁泣话前朝事，庾信哀吟故国情。敢道阿郎能识世，深忧聊抱监门婴。

由安南海防抵琼州海口

晓泊珠崖浪拍船，沧瀛东望渺无边。前途尚虑夷庚塞，同舰欣逢郭泰贤。秋雁如宾来又去，春蚕似我起仍眠。风尘万里空鞅掌，况复天涯已莫年。

寄题吴偁三广文《石笥山房图》

昔闻石笥山，双尖白云矗。今观石笥图，如到兹山麓。纵未著屐寻，陑嶭在吾目。嶀𡽪何处来，或乃从天竺。秋杪风飕飕，笙磬酣万谷。倚杖半山听，颇觉俗尘扑。先生嗜此奇，因树构云屋。径西仲蔚蒿，篱下渊明菊。壁挂琴一张，架拥书万轴。下帷斗室中，谈经听者服。纵备文学掾，心经五斗禄。吾庐爱不忘，梦魂时往复。丹青倩徐熙，为写图一幅。文章记巨公，歌咏征耆宿。我才愧许浑，苦思竭芼芼。题诗贺名山，欲语嫌陋朴。但愿费长房，遥将此地缩。扶筇向云巅，撷采兰一掬。

廖应庚

应庚，字砚农，仪三房二十三世。宁乡廪生。有《横塘诗草》。

夜宿五龙寺

一笑款禅关,真如悟达观。孤松横塔出,野鹤似僧闲。花气侵人湿,泉声逼梦寒。疏星天欲晓,钟磬度遥山。

苦雨偶作

昏晦渺愁予,郊原赋索居。秋风凋木叶,旧侣断音书。篱菊无人赏,园蔬欲自锄。何时放晴煦,双眼豁清虚。

地僻罕人迹,凄凉百感并。氛冥迷远眺,淅沥杂吟声。衣润尘偏涴,书蒸蠹渐生。浮云会消散,村落一闲行。

宿白云寺

山高云敛寒风急,傍晚余氛半晦明。座对老僧茶话久,床支独脚客怀清。雨中蕉叶敲残梦,岩下泉声解宿酲。悟到人天真色相,好凭香火证前生。

闺　忆

浮云苍狗寻常事,岐路亡羊合等闲。明镜苍茫悲白发,古槐摇落惜衰颜。家山梦里忘途远,儿女灯前话夜阑。风雪萧萧人独坐,隔窗依约响琅玕。

夏日游开福寺

会春园已成尘土,五代江山属道场。老柏数株依古塔,荒台一角剩斜阳。僧能煮茗供茶话,客为逃炎借竹床。坐久浑忘天欲暝,乱鸦翻树晚风凉。

湘江秋感

云净天空山四围,层城迢递晚鸦归。野花经雨芳容淡,老树带霜红叶飞。贾傅祠堂余废井，马王宫殿剩残晖。湘南三载羁尘迹，满眼沧桑感慨非。

呈珠泉老人，用黄山谷《次秦觏过陈无己书院》原韵

吾师鲁诸儒，鼎彝充旧第。茫茫尘海中，玩此古窑洗。桃李满墙阴，小草存山荠。矧兹乔松姿，千岁蕴根柢。贱子承家世，玉壶清彻底。无缘器当途，笙簧渥酒醴。近亦学吟咏，俚鄙无定体。再拜几杖前，何以为予启。

秋山晚眺

深树乱流中，逶迤一径通。山随溪水尽，云敛夕阳红。黄叶响孤磬，青天挂一弓。柴扉相望久，双鬓拂秋风。

小憩青莲寺

日午行人少，山门傍塔开。僧因采药去，客为乞浆来。寺共灵松古，峰随佛殿回。此间幽静甚，花雨湿苍苔。

舟行杂咏

舟行初霁雨沾衣，石壁横江挂落晖。傍晚游鱼时出没，绕樯饥鸟忽分飞。江头古塔迎人出，月下重波荡桨归。何处疏钟云外寺，卧听清韵欲忘机。

怀王十二咏仁邗江

自昔悲欢共歌哭，今知气数有乘除。风云万里羁羸马，书卷三生笑蠹鱼。明月扬州应有梦，离骚江上渺愁予。长沙自古伤心地，为念家山感索居。

廖兴仁

兴仁，号益光。重二房。湘乡人。存诗二首。

夏日偶作

雨过风清夕照妍，横塘初泛木兰船。画桡一拨烟波阔，红耦花中唱采莲。

听友人弹琴

流水空山兴未穷，高人独坐抚焦桐。朱弦已罢三更月，绮阁犹余满座风。别鹄流音深院静，阳春妙曲有谁同。听来坐久浑无奈，独倚阑干看远鸿。

廖树勳

树勳，字肖韩。凝五房。安化诸生。有《慎思堂诗草》。

树勳少工制举业，入泮后兼治诗文及地理、医卜之学，晚年益精，著述甚多，不及遍录。今存诗三首。

光绪辛卯授徒于先祠之西楼，楼下松柏数株，高与楼齐，古干虬枝，葱蒨可爱，伴我岁寒，是亦身心之一助也。诗以纪之

俯槛皆松柏，冬风破寂寥。雨余虬在树，云度鹤迁乔。劲节盟修竹，清香透绮寮。萦声春不远，生意已凌霄。

宿岳寺赠某方丈

梵堂银烛座浮光，新供斋厨饭亦香。客子芒鞋黄菊候，道人

衣钵白云乡。饤盘佛果心堪证,午夜钟声漏未央。想见当年煨芋处,地炉生火一灯凉。

赠半山亭道士

霜髭雪发欲忘言,老不开堂道益尊。我踏云山三百里,君储道德五千言。学宗柱下渊源古,药贮壶中天地存。但愿半山毋自足,好跻绝顶净尘喧。

廖润鸿

润鸿,字振才,号漱芳。熙四房廿三世。宁乡举人,内阁中书。有《春海堂诗文集》。

寄怀家荪畡兄莈源银场

琼岛珠崖愁异域,金州铁岭惜雄关。汉家骄虏忘中策,贾相筹边任半闲。难塞沧溟无底壑,待倾赤县有铜山。可怜龙马增银币,不为楼船破敌还。

设誓青山神所鉴,盟心白水尔之初。谓《祭山神文》。矿人一职司徒属,以广文司矿务,亦职分相近。盐铁千年文学书。已忍艰辛襄国计,不忘节省裕军储。伯夷岂为贪泉误,浦返明珠海出鱼。

老屋梅花思别岁,梦回池草定惺忪。春愁目极伤千里,古事心疑望九峰。近日国风多小雅,向来人物尚中庸。哀时应有流传作,可发鲸鱼万石钟。

外府乞灵从富媪,孤嫠恤纬念王畿。三神山畔波难定,九大洲中利岂微。人道太丘原自广,我为仲子请无归。兄屡萌退志。冬来倘逐南飞雁,拟向回峰刷羽衣。

题荪畡兄梅壑诗二首

连峰不断西来爽，东望苍茫岳麓秋。百尺青梯窥洞府，四围红树拥烟楼。黄冠老去山堪买，白社人来酒可谋。况有岁寒三友在，更添嘉客共觥筹。

云密山深不知处，却从平地踏青瑶。林间扫石安琴荐，岩下疏泉养药苗。奇境正如书乍读，小诗中有画难描。几时乡社寻秋寺，设位何如此一招。

九月祭大雾寺新祠，有感前代避寇事，赋诗寄珠泉老人

雾里遥山翠一堆，寺门前对岳屏开。秋池杏老阴笼石，古庙龙归雨洗埃。供佛旧饶香米饭，荐馨新酿菊花杯。萸囊且喜人长健，岁岁看君策杖来。

深山劫火避红羊，豹隐犹闻此发祥。王府旧田余野史，鲁公家庙费平章。溪云凉护三朝树，寒日风凄九月霜。数典自难征志乘，欲寻翁仲话沧桑。

廖士宏

士宏，字子勳。熙四房廿四世。宁乡诸生。有《澄潭吟稿》。

荪畡族叔招饮梅壑，作诗二首奉呈

松萝旧献犹嫌浅，笠屐来寻物外幽。四面弯环连古刹，一峰窈折建危楼。丛条拥谷山含笑，曲涧凝苔水碍流。更有老梅清节在，花时飞雪满罗浮。

世乱年来万事艰，不辞岑寂掩重关。携琴喜傍桐荫坐，放鹤时从竹里还。岩溜乍添经宿雨，药苗闲种驻衰颜。此间奥趣宜中隐，石磴崎岖几度攀。

早过洞庭

旌竿无数滉朝暾，晓雾迷离色尚昏。野鸟带烟冲桨过，江豚吹浪傍舟掀。遥山倒影浑无际，远水连天势欲吞。如此风波怕回首，柁楼呼酒压惊魂。

自万县舍舟至梁山，客行疲苦感作

客程才入陆，奔走意凄然。石级千层上，沿途石栈甚多。巉崖百尺悬。马头初见日，山外更无天。此役殊云苦，崎岖路不前。

傍晚思投宿，荒村尚隔程。心惊饥虎至，声怯怪鸱鸣。粟脱无秔玉，盘蔬只藿羹。瓦盆呼未得，魂梦一宵清。

薛涛井

染出蛮笺十样新，美人身价本无伦。乌丝赋就传佳句，玉版裁成寄锦鳞。当时达官贵人获一笺者如获至宝。深巷枇杷歌舞歇，望江楼阁水云屯。井畔有望江楼，为雪涛遗构，至今犹存。只今井畔纤纤柳，凭吊香魂一怆神。

流杯池黄山谷贬戎州流憩之所

山水曾因谪宦传，流杯遥继永和年。沿池竹笋供春馔，池边有苦笋，公所手植。扫地壶觞忆旧眠。流杯时各执酒盏从上流下伏地作牛饮。小阁宜人舒望眼，池畔有楼，流杯后登楼眺望。崇祠踞石瞰流泉。池上有山谷祠。南来绝少推迁感，宾从携游意洒然。

秋日晚眺

西风木叶下，秋色已平分。古寺一声磬，长空数点云。倚阑人影乱，沽醉晚清熏。底事情相遂，狂歌亦自欣。

游香山寺

香山尘世外，展步半忘机。钟韵坠幽谷，昙花净夕晖。天空归鸟倦，禅寂语人稀。杖屦苍茫里，盈盈月满扉。

题友人山居

小年比长夏，即景若心知。林密阴凉早，楼深月到迟。开轩常读画，扫石共题诗。镇日浑无事，翻然抚剑思。

己未四月七日，饮于荪畡叔之藤花栗叶之楼，同人均即席赋诗，依韵奉和

玲珑楼阁倚崖开，胜日壶觞喜共陪。波影倒涵花气重，暄风时卷鸟声来。闲田负郭平如掌，乔木连云翠作堆。难得主人真爱静，不论时事只衔杯。

书　目

艺文仅举书目，班史创例也，后来史家及志地者多因之。吾宗著述无多，有诗文者已录入艺文。有目而未见其诗文者亦志编目，不没其纂述之勤也。

《鹤梦草堂诗稿》。宁乡廖方达昇生著，陶汝鼐序。

《警亭文稿》二卷，《息六轩诗稿》三卷，《次仪制艺》二卷。宁乡廖俨次仪著。黄遇隆、陶士偰、湘乡张发濬均有序。

《而山诗草》。安化廖时霖乘六著。

《匡山集》。安化廖时乘御六著，《湖南通志》存目。

《松岭诗草》六卷。湘乡廖虬跃添著，《湖南通志》存目。

《双台阁集》。湘乡廖梦埒若人著。

《曲礼俗》一卷。湘乡廖文仁著。

《四书讲义》《五经注疏》《作山诗集》。益阳廖清泰天闲著。其中《五经注疏》,《湖南通志》存目。

《半舫居诗钞》二卷。宁乡廖鸿兆竹庵著,《湖南通志》存目。

《雪香书屋诗钞》。湘乡廖廷丰功堂著,《湖南通志》存目。

《春泉堂诗钞》《松泉书屋文钞》《五云庐志初稿》。宁乡廖含章芬田著。

《知古山房稿》。益阳廖章达月槎著。

《源泉堂算法》二卷。宁乡廖新颖益之著。

《四礼辑略》四卷。湘乡廖熏午竹著。

《导窾集》一卷。湘乡廖必昇鹤汀著。

《古梅仙阁诗草》一卷。宁乡廖新竝福成著。

《容斋诗录》三卷,陈今柱序;《海杉文钞》。新化廖可受容斋著。

《听竹楼诗草》三卷。宁乡廖锦梅香浦著。

《赓悟堂文钞》一卷、《诗钞》二卷、《说文杂俎》一卷、《春秋舆地三传异同考》一卷、《小师悟堂杂志》一卷。新化廖人瑛洪俦著。

《自治官书》八卷、《荪堂诗草》一卷。安化廖秉钧荪棠著。

《砺节山房稿》。益阳廖灿瀛敬安著。

《息游园文钞》一卷、《诗钞》一卷。新化廖钧瀚著。

《地理真诠》。新化廖诠扬著。

《伯诚文钞》二卷、《紫藤花馆诗钞》四卷、《绿净轩词钞》一卷,《骈文》一卷、《丧礼辑略》一卷、《银场日录》二十七卷、《公牍》八卷。宁乡廖基植璧耘著。

《慎思堂诗草》二卷、《文钞》二卷、《随笔》一卷、《托业要言四种》。安化廖树勳肖韩著。

《佛谛》一卷、《叔琨诗草》一卷、《文钞》一卷、《小说三通人演论》一卷。安化廖玉昆萃卿著。

《春海堂诗钞》四卷、《文钞》二卷。宁乡廖润鸿漱芳著。

《广石山房诗钞》二卷。湘乡廖树勋祜初著。

《横塘吟馆诗钞》二卷。宁乡廖应庚砚农著。

《瞻麓堂诗稿》八卷、《次峰文钞》二卷、《桐荫阁诗话》二卷、《笔记》一卷。宁乡廖基棫次峰著。

《澄潭渔舍吟稿》一卷。宁乡廖士宏子勳著。

婺源银场诗录

序

廖树蘅

治矿宜阳，绵历年载，富媪效灵，差免凿空。地志宋以来，皆于荽源置银场监。荽源者，舂水入湘之地，在常宁县之北乡，去今水口山矿所不远，明薛文清尝来主之，山川贡珍有自来矣。余之获程薄效，亦有天幸。朋交谬许，赋诗张之，名篇隽句，美不胜收。其中有详著探斫之法者，尤可资后来考镜，裒录付锓，俾阅者知此矿之大凡焉。宣统三年四月，荽源矿人记。

案："荽源矿人"，即廖树蘅自指。有认为《荽源银场诗录》之辑录者是廖润鸿，误，实为廖树蘅。

居水口山月余，见矿之出土，由敲刷、淘洗，至于水陆起运，费人力甚多，客居多暇，分类记之于诗，以见经纪之不易也

廖润鸿

宜阳官矿

有夏铸开庄山后，自周以还皆设官。天地生财救民困，宝藏岂合封荒峦。前朝秕政兴矿税，诟病千秋忧积弊。积弊湔除待有司，今日方知裨国计。从来矿产本难求，开采无成半中弃。况乃招商力不膺，始而侵渔饱官吏。后来豪客复争攘，附近罢民还挟制。覆辙相寻成本亏，地方无利先滋累。宋明银冶重荧源，监场良法讵无存。方志百年无纪述，此中委曲谅难言。何期此地顿殷繁，近成聚落远成村。役盈万指情逾洽，运集千夫静不喧。主持交颂上游美，盘错方知当事贤。官办较于商办易，择人更比择矿难。瀛海何时洗兵马，群策方当屈鼂贾。地球谈矿遍东西，荆牧贡金分上下。得人立法法始良，弊去利兴归大冶。吾宗故事补楚风，用敢作歌告来者。

观　矿

石骨穹窿扶地体，流铅走汞骨中髓。中含硫质秉纯阳，火有龙雷原在水。何人凿险破中关，不信宝山真有底。官书催发集艅艎，昼夜趱工盈万指。硝磺喷火转自贼，取矿需用炸药轰裂。或疑富媪有时死。岂知大地原无垠，皮毛何患成疮痏。金气流行区盖间，迹象成亏莫歧异。纵使炉锤化细尘，本质仍还天地耳。此言河汉余所云，不须说与工班子。礲夫二等工头，俗名工班子。

明　礲

昔年商民开采，礲内抽水皆用竹筒车，即俗呼孔明车也。每

逢春令雨水过多,难于抽戽,即需停办,必俟大暑节后始再兴工。自创办明礲,改用农民所用之龙骨车,任凭大水,立时戽,并无停工之事。

巨灵擘山山谺閜,傍山开口口邪哆。陂陀迤靡无骞崩,沟隧周遮免倾泻。当时凿石挥五丁,愚公尽力不肯舍。我用我法世罕闻,矿师旁窥尽嗢碙。心诚金石忽为开,宝藏云兴积作堆。百夫踏翻老龙骨,如酾钜野澹沈灾。地底暗礲千百丈,积水如湖失漭瀁。自春徂夏无停工,竟收大效纾官帑。

挖　礲

白木长鑱突鸦嘴,土伯相遭顿披靡。我阅山经识怪奇,如汝穿山赛陵鲤。金碧高岩富蕴藏,铅精未孕却胎磺。可怜用尽千夫力,利少工多价不翔。群夫归来坐太息,安得宝花生顷刻?黑铅矿有大花一种。山前尘土生光光,徒然满地金黄色。宵人有以磺砂为金矿骗众者。我告众夫勿叹息,眼前作计尚非差。几辈金钱掷虚牝,如汝颇足称当家。北斗争高何太苦,所望过奢堪掌拊。果然一锄一寸金,明日白金贱如土。为当事责效无已者进一解。

监　班

每礲口派司事二三人,专司礲夫之勤惰及拖矿出口时过秤、画码诸事,名为监班。

屋棚何连连,中有监班厂。寄语工班头,慎莫轻慢监班长。监班日夜精且勤,每遇客来能说矿。说矿先夸矿苗美,砢峨百尺土花紫。上有陵石下有银,又疑青曾兴元砥。银场有石卓立,俗名摇钱树。清时川岳修贡珍,潇春下木装礲身。裂石穿篷寻宝脉,如线如囊如禀囷。浑沌贞元互融结,银质铅硫须识别。只愁夫读鸿宝书,烧金不解神仙诀。而今官作自有程,朝听鼓声暮角声。日班告毕夜班起,严更点点催清钲。朝暮司巡递敦促,万指齐心无怨讟。公家不吝散官钱,汝曹归去余酒肉。昔有居奇暗把持,黄金用尽商人悲。今日监班欺不得,考成况复关有司。

拖　沙

银堂金馆开门户,出入宝山排洞府。生来所见信多奇,执役终年亦良苦。百尺猱升不计梯,千钧牛挽常盈篓。下缘蚁孔上羊肠,赤体不缠丝一缕。烟煤塞窍苦无风,湿雾蒸肤疑有雨。忽出忽没如江凫,性命争将一掷赌。一掷赌来金矿多,大班小班为君拖。凡礲、水夫,管工,一昼夜者为大班,或仅管日班或夜班者为单班。出行沾得新年赏,更与高讴得宝歌。元旦各拖夫皆拖砂一箕,名为出行砂,监班司事燃放爆竹迎之,各夫皆有赞词。得宝歌,歌未阕,砭骨东风吹石裂。负絙昂头吁向天,日莫归来面无色。辛苦何曾补漏卮,愿君钩考慎文墨。金钱莫浪比泥沙,由来此货称难得。

敲　沙

矿砂出礲,每多夹杂,需派人敲选,分出黑、白铅砂,磺砂各种。

宜阳小儿泥满膝,且从老父踏寒日。双瞳翦水辨矿质,但望日落吹筚篥。黄昏时,局门吹铜角,则各夫散工。颇闻商胡来海边,碧眼绿睛如豆圆。搜罗宝货动盈舶,买砂重银不重铅。手执坚刚三寸铁,千锤散落宝花裂。精光飞处黑白分,十指权衡铢两别。敲夫精于其事者,拣选黑白铅砂无需用目,以手权其轻重,即能辨别。官书日夜催运砂,待晓签名又几家。宝气通宵烛江汉,金钱换与海西夸。穷山不识谈瀛客,岂有奇书别金石。阅练精深在所书,盲师学矿老何益。君不见,宜阳童,若问年来才五尺。

水　夫

何人断竹复续竹,千筒百筒聊以肉。乍前而府似推毂,忽后而仰若抽椟。初疑鼓鞴风谡谡,旋似翻车水漉漉。十十五五形瑟缩,渴鸟侧翅饮崖腹。翻江倒海出飞瀑,古湫渐干蛟龙哭。君不见,衔尾老鸦蜕骨蛇,何如今日孔明车。海龙畏迫不得已,再拜献宝开银花。泰西水器惯使汽,万指铸机享余利。湘东却用人力牵，千夫日逐水衡钱。但今钱多人力足，不用汽机亦灵速。我闻矿人出周制，辨矿全凭分水味。惜哉古法无人传，徒对泡黄滚碧心茫然。

炮　夫即石工也

精钢作锤复作錾，宝山有门铁为限。不辞齐力凿地皮，打矿有天花、地皮之分。颇虑失声穿海眼。海眼不开地皮礫，璀璨毫光闪金碧。黑人太阴雷火红，地光礲礋奃碚窿。石破天惊众花落，划然敞出琼瑶宫。耳聋目眩驱尘坋，摄魄收魂人渐近。不识谁能铸裹蹄，此身幸免成齑粉。石蓬逗雨花根湿，铁镫青荧更深入。只愁洞老复山空，黑夜幽崖寒溜泣。几人自诩识金银，望气空劳走原隰。闻道汉家龙马文，半充恩泽不论勋。白金成堆贱作器，拜赐君前动百斤。富媪耴嗟大声发①，地底隐隆如可闻。

淀　夫

凡砂经敲碎成灰者，有淀之一法，其法以木桶盛水，用竹筛承砂置水内搏洗数转之后，头一层为土屑，二层为拣尾，即白铅碎砂，三层为磺砂，筛底一层为黑铅碎砂，此砂之极精者。

天生南金杂砂砾，光芒不显天应惜。良工淘汰攘腕前，日对寒流情觑觑。官人执扑日逡巡，切戒淀夫常怒嗔。若使纯驳不辨色，岂望公家给工食。有言敬为长者回，我今拣金如拣才。顽矿自然留不舍，会见精光人手来。岂与人间官宦等，手执权衡茫不省。金刀不取取铅刀，至今粗犷犹为梗。我闻此语心不怡，出言虽戆非无稽。姑免捉去捶尻脽。

滴　金

砂经淀过之后，其灰末沈于桶底者，仍不可弃。又有滴金一法，其法掘地为坎，坎内容水约二石，坎上面作斜坡形，将灰末堆放其上，一人持竹皮帚，淘洗其土屑随水流入坎内，黑铅砂质凝

① “耴”，疑应为“叱”。

重，不随水浮动，故渣滓去而精碎存。

掘坎激波声泠泠，科头箕踞手不停。回头借问滴金夫，何由得金奉官符。由来真品善藏匿，辱在泥涂甘所习。我为濯尽满面尘，会见精光生的砾。精光生处有金留，体质坚凝性不浮。岂同弱植无根蒂，一任随波复逐流。嗟雨滴金夫，告我良不慌。世有真姿少真赏，我愿百金买雨方。得不远过洴澼统。

烧　磺

洗磺洗磺水濆沱，两手皲皴不敢惰。山头烧磺官令严，正虑边防缺军火。瓦器装排泥作床，熊熊裂焰熚朱光。茅屋尖风火龙怒，炉灶寒泉成沸汤。黄烟百道漫空起，晓来青气犹披靡。赪崖草树尽焦枯，斑剥青红剩余滓。旧日虞衡领桂州，四方驰牒坐微收。掣电轰雷荡云日，湘东硫磺推第一。莫讥惨烈守儒巾，利器安邦信有神。弧失而今等儿戏，盗弄磺池多死人。况复时艰忧国步，疏防竟爇金陵库。噫吁嚱！湘东路伏莽，逋逃知几处。海边魑魅更攫人，慎戒私藏与偷漏。

运　砂

山内运砂下河，挑夫多至千数百人，竞后争先，致多喧攘，复用数十丈拼椆索派人持其末站，立路傍，挑夫来一人，则用索穿入该夫箩索内，挨次穿去，俾令鱼贯而入，进门发筹一支，堆栈司事验发以免弊混。

采矿不如运矿乐，休讶持筹更带索。运砂不比采砂难，休畏执牵与驳船。砂多苦乏点金术，海客洪炉资鼓铸。运官南北各分镳，络绎川涂竟朝暮。茭源人集紫宸宫，耒河船来松柏渡。山程水驿有稽巡，牍记分批常密付。十日过湘春门，千里掠汉阳树。华洋宝货喜流通，无限利源凭挹注。江头日盼运船回，邑里嗷鸿尽解哀。已报官银经解发，更闻采买奉严崔。矿局朝来出文字，运夫欢声满阛市。局内发砂出山，必先数日悬牌招夫，牌出则欢欣鼓舞，曰吾辈有饭吃。今日且运长沙钱，明朝更运湘潭米。

荪畡学博从常宁矿厂以石山五枚见贻，并缀以诗，瑰玮雄奇，雅与石称，率次韵戏酬，奉呈粲政

陈宝箴

匡庐五老饶乡思，真面何人写照来。混沌凿开犹有魄，娲皇炼后未全灰。虎丘夜气今谁识，鱼浦军屯古所哀。此日济时须楚宝，看君满载万艘回。

荪畡先生与余邻近，而初未相见，数数于陈公右铭处闻之。陈来抚湘，大兴矿务，惟荪畡一矿有效。承命索诗，辄成奉赞

王闿运

林屋比邻高露山，却因远士识孱颜。卅年诗句吟边马，一笑闲官似白鹇。尊酒未遑寻竹石，荒崖且为辟榛菅。喜君暂出酬知己，但炼金沙莫闭关。

衡州奉送荪畡仁兄矿成还山，因感右铭辄为长句

廖润鸿

万室掀尻望一陶，惊奇收绝齐赞叹。和若金石埙弦匏，残冬访公九嶷麓。夥颐连声入公屋，黎其脱尽冷官气。浩如江海王百谷，仰屋司农忧石田。愿将平准续谈迁，君不见，淀人浇波金滴滴，裹蹄报国亦长年。

寄怀家兄荪畡先生芰源银场

廖润鸿

琼岛珠崖愁异域，金州铁岭惜雄关。汉家骄虏忘中策，贾相筹边住半闲。难塞沧溟无底壑，待倾赤县有铜山。可怜龙马增

银币，不为楼兰破敌还。

设誓青山神所鉴，盟心白水尔之初。谓《祭山神文》。矿人一职司徒属，以广文司矿，亦职分相近。盐铁千年文学书。已忍艰辛襄国计，不忘节省裕军储。伯夷岂为贪泉误，浦返明珠海出鱼。

老屋梅花思别岁，梦回池草定惺忪。春愁目极伤千里，古事心疑望九峰。近日国风多小雅，向来人物尚中庸。哀时应有流传作，可发鲸鱼万石钟。

外府乞灵从富媪，孤嫠恤纬念王畿。三神山畔波难定，五大洲中利岂微。人道太丘原自广，我为仲子请无归。兄屡萌退志。冬来倘逐南飞雁，拟向回峰刷羽衣。

荪畡道长兄六十有三初度，时以清泉校官兼荽源银场监，适来学廨，赋此寿之

洪汝源

老树逢春发古姿，面庞赪玉绕银髭。座间谈笑多新义，海内论交有故知。出处待编高士传，姓名终逸党人碑。湘中新旧学界争竞甚烈，兄翛然无所兴。少陵吟咏多忠爱，珍重千秋一卷诗。

结庐同跨灵衡麓，好与平分岭上云。不信功名惊震旦，几人学派衍河汾。神仙旧有丹砂井，故友偏多宿草坟。太息营湘抗私议，空劳五夜步星文。卅年前，著有《营湘私议》，指陈长沙形胜利便，可以建都，将来欲为避狄计，应在此方。

艰难国步困天骄，挥手风云气未消。荐牍有谁求贡禹，封侯未便老班超。六盘曾踏秦关雪，七发亲题浙海潮。独许评诗陈吏部，美人香草媲离骚。宁州陈伯严谓珠泉草庐诗另有一种幽芬，非梅非桂，令人不可名状。

识气金银入想奇，郑虔官冷不嫌卑。山川宝藏输忠信，官吏文书受指挥。富国耻言阿堵物，传家争羡宁馨儿。年来款敌多烦费，莫笑书生少设施。

荪畡广文荆南令士，博学多闻，朝廷以经济特科征试不应，而经筹矿务赞益实多。今绍华移调滇藩，请假回里，既承伟饯，复赠诗宠行，桃花潭水之喻曷以过之，步韵两章，即希郢政

张绍华

衡岳风云钟闲气，累朝人杰庆蒸蒸。论功近代推元辅，薄宦三年漫纪礽。惟楚有才皆大用，摄官承乏愧无能。羡君未肯因时出，坐护名山宝藏兴。

利权旁落招群侮，公益公心力挽回。已见富强恢荜路，争传词翰继兰台。新诗赠我归帆稳，远道劳人驿瘴开。一赋去来增缱绻，厚情珍重共徘徊。

叠前韵

访碣荆蛮瞻岳麓，征文潇水溯沅蒸。使星展祀怀先德，先詹事公于康熙间奉命祭告南岳。胜地维藩愧后礽。拙甚阳城何有誉，老来烛武更无能。量迁滇峤知恩重，北望宸垣祝中兴。

三年主计厄难塞，邦有贤能共挽回。束帛曾闻招蒋径，巾车无意逐燕台。文章载道原堪重，金石通城信可开。一咏一觞叨雅饯，扁舟欲去共迟回。

廖君荪畡于常宁松柏市建仙云楼落之以诗并序

曾广钧

庚子八月，翠华西巡狩，余奉桂林大府檄，奔问京陕，过松柏市，知距水口山逾十里，与勤王军僚友数人，冒微雨徒步狂驰，登山察银场。至则见山穴纵横，银砂晶莹砢䃁，如琼田映日，海岸堆盐。运者锤者洗者，各司其事。有大风轮径逾寻丈，以二人转

之，送风入穴。有土炉试炼白铅及黑铅者，闻所得不减西法。余因为同游诸友言总此事者为宁乡廖君名树蘅字荪畡，自一荒山废礦起，七年而为数千人之工场，以两万金起，亦七年而赢利逾百万。廖君固诗人，余发未燥即识之，投分谈艺，每与酒笑谑，竟日不疲。然所言者西北关河之游记、流连光景之诗篇耳，未尝闻一及于富强也，谁则知其宏毅任重如此？使义宁亦以诗人遇之，不且失矿才于交臂哉？廖君信振奇，若义宁知人之明，不尤足令人激动兴起耶？诸友皆赞叹湘才不置。适维舟催发，同行友多不能独诣廖君，遂不留名而去。后二岁抵会垣，晤廖君，言曩行过银场，何不作数日谈，乃知一湘乡人雨时隶银场守运兵籍识余，余去后，乃以告君也。君父子治矿，奉身太觳，宜得游观之所以佚之。西人于名人大事，往往有建筑物以为纪念，戊申十月，松柏仙云楼落成，君虽不唊纪念之名，要不辞游观之佚也。湘绮有诗，余亦继声焉。宣统庚戌清明节日，曾广钧撰。

六辩西巡我泛湘，维舟松柏看银场。嵇生操锻惊钟会，主父窥秦骇始皇。精诣捶钩思大马，高材传剑属雏凰。匆匆未下陈蕃榻，不是追攀许子将。

当日楼台无地起，谁知今日有高楼。纪群父子赓欘斧，膺泰仙人泛鹢舟。云气遥怜监禄水，虹霓回带马殷州。悲歌莫怨齐王客，试听星河槛外流。

送荪畡先生赴任清泉并题大集

梁焕奎

裙屐当时见羽仪，今来无复鬓华缁。忘年谦托情如此，望气幽通识未疲。晚岁不辞东序养，清名那有北山移。汉廷莫漫论盐铁，文学贤良赖主持。

题珠泉草庐图诗

李宝淦

楚南英杰天下无，中兴勋业焜寰区。宁乡二湘实鼎峙，继踵武烈兼文儒。道光咸丰以来，惟湘乡、湘阴及宁乡得人最盛。君子之道异语默，施于有政功岂殊。吾庐歌啸足千古，苜蓿何让牲牢腴。琼琚玉珮有奇耀，名公倒屣承风趋。曹郎积薪聊戏耳，膏肓泉石那可渝。先生以校官为大府敦迫，治矿常宁水口山，嗣改官部郎，处之泊然。拥书百城田二顷，菟裘小筑山之趺。地灵磅礴盖有以，寒泉漉漉鸣珍珠。延祐肇迁溯别子，耕读仕宦无华膴。门庭穆行式乡里，陶母莱妇贤声俱。服畴食德五百载，真隐已画桃源图。岸上牵船太矫诡，墙东避地诚安娱。庞眉皓首健腰膂，陟巘嗔被孙曾扶。百年文献赖耆旧，著述乡邦遗事。灵光长岿天南隅。平生羞道桑孔术，汉冶周矿皆皇谟。书生作用贵法古，芸人舍己甚矣诬。治矿不用西法，而所获什百于他处。近来富媪改坤吝，求之有道民其苏。阴阳为炭炊万物，财恶弃地非囊储。匡时濡迹圣所尚，北山未敢轻卢胡。萍踪邂逅荷折节，绪论顿起蓬心愚。疮痍待哺殷望岁，秋稼芃碧连郊郛。朝来猛雨涤烦溽，沩水乘兴翩轻舻。嗟余尘鞅百无用，长铗未遂归来乎！君不见，季鹰知几托忆鲈，寻阳薄宦三径芜。岂知城市有大隐，抗迹邈尔羲皇徒。南山酒熟酡颜朱，泉甘庐好德不孤。手种梅花松竹梧，林有猿鹤池鸥凫，白云黄石同怡愉。

李瀚昌

甲辰夏五溽暑，访荪畡老兄会垣矿局，见示沈明府所绘《珠泉草庐图》，因忆去夏衡州之游，尽睹常宁水口山矿状，部勒千夫，信恺恻而有条理，尽举所见，敷衍成篇，顾白发红尘，于心戚戚。尝赠余句云："得以接罍花下坐，相看常覆掌中杯。"兹师此意，转相赠耳。

山城烁日人浮瓜，炎毒蒸雨汗如麻。我来访君见此册，一团凉气浮轻纱。长松马鬣风吟壑，比屋鱼鳞烟绕郭。平畴不旱碧参差，夜气舒寒珠错落。笑君挟画可忘归，画中之庐是也非。度岭寻君岁凡几，造庐见君日已稀。衡阳旧贡金三品，茭源新掘银三井。岩间力士驱五丁，穴里珍腴逾二丙。琉璃湖畔烟尘秋，眉山父子良弓裘。宝光璘彬月皓皓，诗情啸傲风飕飕。但取脂膏润吾国，焉用渔樵守泉石。何况沈君图此图，直似幽人宅尔宅。不然出山宁似在山时，问君消夏将何之。固知吾庐亦可爱，岂其三顾来相谘。

皮锡瑞

尘世几沧海，乾坤一草庐。膏肓在泉石，勋业付樵渔。膝抱安龙卧，眉轩谢鹤书。先生经俞廙轩中丞、柯凤笙学使奏荐特科未赴。沩山幽胜地，谁叩子云居。

耕读承先业，田园恐暂芜。雄心历关塞，归梦系江湖。冰雪携诗卷，丹青托画图。季伦金谷序，有此胜情无。

富国非无策，环瀛颇倦谈。风潮九洲外，烟月五湖南。盐铁论方急，金银气不贪。脂膏何必润，佳处有茅庵。

生意幽含草，吟情淡入烟。藏书富玉海，灵境擅珠泉。欲夹清漳宅，将求下噀田。披图触霞想，矫首益茫然。

欧阳述儆

闻道珠泉叟，皤皤鬓已霜。早能空色相，端不负行藏。抗志沧溟外，澄怀沩水旁。匡时先富国，艰苦独登场。公经筹矿物十余年，为公家收利数百万，贤劳从事，湘人颂之。

飘泊江南久，归来喜识君。汪洋黄叔度，拓落杜司勋。声闻凌霄鹤，情闲出岫云。苍茫频俯仰，荣谢若无闻。

遁迹成长隐，林泉独往还。烟萝新宅舍，风月旧江山。白社聊吟后,青灯课读闲。杖藜随徙倚,幽趣有无间。

慷慨披图册,青毡老郑虔。一官余苜蓿,万念薄云烟。不必夸金谷,何妨傲辋川。幽然草庐外,谁咏卜居篇。